Monika Geiers Kriminalromane, fein geplottet und bevölkert mit frappierend echten Figuren, sind eine Klasse für sich. Es gibt darin so ein warmes Leuchten. Als ob der ziemlich schwarze Humor mit der empathischen Darstellung menschlicher Realität – die ebenfalls reichlich finstere Seiten hat – eine liebende Verbindung eingeht und so all die Widersprüche, Tücken, Egoismen, Missstände und Verfehlungen in eine leise, nüchterne Heiterkeit transzendiert. Eine Wahrhaftigkeit. Wie die Schönheit eines nicht geschönten Kunstwerks.

Alles so hell da vorn liefert meiner Fantasie eine mit Rätseln durchwebte Gemäldegalerie. Satte florale Motive und Landschaftspanoramen, wenn Boll ihren klapprigen Taunus durch die Pfalz lenkt, wie Naturbilder alter Meister mit unheilvoll schattendunklen Ahnungen von Abgründen und Tabus. Schnelle Skizzen alltäglicher Szenen und hingehauchte Porträts, so lebendig, als würden sie gleich zwinkern.

Und dann, damit es nicht zu gemütlich wird, eine ganz besondere Erzählstimme: wild, vehement, garstig, bestürzend in ihrer schlichten Brutalität. Pablo Picasso, im besetzten Paris von kunstliebenden SS-Größen hofiert, soll von einem perplexen deutschen Offizier beim Anblick des Bildes *Guernica* gefragt worden sein: Haben Sie das gemacht? Seine Antwort: Nein, das haben Sie gemacht.

Monika Geier klagt nicht an, belehrt uns nicht, sie beschränkt sich strikt aufs Erzählen, kunstvoll, spannend und verschmitzt: So sieht Kriminalermittlerin Bettina Boll die Welt, unsere Welt, hier und heute. Das zu lesen ist reiner Genuss. Und zugleich steckt darin eine dunkle Geschichte, bei der man sich gerne mal fragen darf: Haben wir das gemacht?

Else Laudan

Monika Geier, Jahrgang 1970, wurde in Ludwigshafen geboren. Nach dem Abitur folgte eine Ausbildung zur Bauzeichnerin. Für ihr Debüt *Wie könnt ihr schlafen* wurde sie mit dem *Marlowe* geehrt. Inzwischen ist sie Diplomingenieurin für Architektur, Mutter von drei Jungs, freie Künstlerin und Schriftstellerin.

Monika Geier

Alles so hell da vorn

Ariadne 1223
Argument Verlag

Ariadne
Herausgegeben von Else Laudan

Lektorat: Ulrike Wand

Monika Geier bei Ariadne:

Die Bettina-Boll-Serie:
Wie könnt ihr schlafen (Ariadne Krimi 1110)
Neapel sehen (Ariadne Krimi 1136)
Stein sei ewig (Ariadne Krimi 1150)
Schwarzwild (Ariadne Krimi 1174)
Die Herzen aller Mädchen (Ariadne Krimi 1184)
Die Hex ist tot (Ariadne Krimi 1216)
Alles so hell da vorn (Ariadne Krimi 1223)

Außerdem:
Müllers Morde (Ariadne Krimi 1200)

Deutsche Originalausgabe

Glashüttenstraße 28, 20357 Hamburg
Telefon 040/4018000 – Fax 040/40180020
www.argument.de
Umschlag: Martin Grundmann, Hamburg
Motiv: Colorful light tunnel © wannachat – fotolia.com
Satz: Iris Konopik
Druck und Bindung: CPI books GmbH, Leck
Printed in Germany
ISBN 978-3-86754-223-4
Erste Auflage 2017

Glück für alle! Umsonst!

Arkadi und Boris Strugatzki:
»Picknick am Wegesrand«

1

Nicht von dieser Welt, dachte Bettina, als sie ihren Taunus auf dem Trottoir unter der alten Eibe aus Tante Elfriedes Vorgarten parkte. Der Baum war wie eine Zeitkapsel, man stellte sein Auto drunter und befand sich unversehens im vergessenen Außenposten einer uralten Schattenwelt. Sie stieg aus und fröstelte. Wie immer hier. Obwohl die Seele des Ganzen, Tante Elfriede, jetzt in einem anderen Teil der Stadt unter Linden ruhte und Baum, Garten, Haus Bettina gehörten: Es war kein angenehmer Ort. Alles viel zu groß, darum längst schleichend stillgelegt und umgeben von zudringlichen alten Gehölzen. Im Grunde besaß sie einen Wald und ein Schloss. Ich bin Dornröschen, dachte Bettina und versuchte ein Lächeln. Es geriet schief, denn plötzlich streiften sie ein paar weiche Eibennadeln an der Wange, ganz zart, wie die Finger einer Taschenspielerin. Bettina schrak zurück. Den herabhängenden Ast hatte sie nicht bemerkt, obwohl er unübersehbar im Weg hing. Witzig, dachte sie. Du wirst fallen, Eibe. Du wirst die Erste sein. Deinen billigen Grusel werden die neuen Besitzer nicht mehr dulden. Sie werden dich bewerten, schwieriges Mikroklima, Umsturzgefahr, Schädlingsbefall, vergiftet den Boden. Und dann werden sie dich fällen, ganz ohne sich die Jahre zu nehmen, die man braucht, um deine boshafte Seele so richtig kennenzulernen. Irgendwie fast schade, aber ich werde dich verkaufen, Eibe, und das ganze Anwesen dazu. Mitsamt seinen abgesperrten Schränken, den seltsamen Kellern und unerklärlichen Luftzügen.

Mit Schwung öffnete Bettina die Gartenpforte. Kühl hier, trotz Augusthitze, aber gefegt und aufgeräumt. Alles sah ein bisschen nackt aus, die breiten Eingangsstufen, die hölzerne Haustür. Es würde schon gehen, für den ersten Besichtigungstermin. Morgen kamen die Interessenten, ein Architektenpaar aus Grünstadt mit zwei Kindern. Die waren von hier, die hatten Pläne und Ahnung. Die würden etwas Neues aus diesem Vorkriegsbunker machen, Mietwohnungen, gehobener Standard, große Zimmer für kleine Familien und Singles mit Niveau.

Bettina inspizierte die Rabatte, die sie letzte Woche bepflanzt hatte, damit es einladender wirkte. Umsonst, sah sie jetzt. Die Blumen kümmerten, nein, faulten. Nichts wächst unter einer Eibe, weißt du doch. Irgendetwas wisperte im Geäst. Bettina blickte auf, der Baum stand still und majestätisch, als sei jede Gehässigkeit weit unter seiner Würde. Und plötzlich dachte sie, dass es vielleicht doch mehr als Ahnung, Pläne und ein optimistisches Familienkonzept brauchte, um dieses Hauses und dieses Baums Herr zu werden.

Dann wanderte sie durch die Zimmer und öffnete die Fenster. Lüften Sie, hatte der Makler gesagt, und wenn Sie können, backen Sie Brot. Es muss gut riechen, und es darf nicht klamm sein. Klamm war es in den hohen Räumen aber immer gewesen, das kriegte man auch in einer Hitzeperiode mit der sattesten Augustluft nicht weg. Die Nässe steckte in den Mauern. Alle Klinken und Geländer waren mit einer feuchten Schicht überzogen. Bettina betrat das Klavierzimmer, klappte die Läden auf und ließ die Abendluft ein. Die Einrichtung wollte sie im Haus lassen. Das ist ein Risiko, hatte der Makler zu bedenken gegeben, nur wenige Käufer betrachten Möbel als Mehrwert, und, tja, räumen Sie wenigstens die Bücher raus, und alles, was noch persönlicher ist, erst recht.

Tatsächlich weggeschafft hatte Bettina dann nach ihrer ersten chaotischen Hauruck-Räumung gar nichts mehr, denn unpersönlich sah es sowieso aus. Sie lehnte sich an die Fensterbank und schaute hinaus in den Garten: eine Wildnis. Zurück ins Zimmer: eine Gruft. Trotzdem hatte sich etwas verändert. Die Räume kamen ihr kleiner vor als sonst. Und viel schmutziger.

Seltsam, es schien, als wäre der Dreck zwar immer da gewesen, hätte sich aber erst jetzt, nach Jahren der Unsichtbarkeit, auf einen Schlag bemerkbar gemacht. Sie fror nicht mehr hier drin, und sie fühlte sich nicht mehr hässlich. Höchst merkwürdig.

Genau wie diese Sache mit dem Rauchen.

Sie hatte damit aufgehört.

Erzählt hatte sie das noch keinem, denn es war ihr selbst nicht geheuer. Musste man nicht kämpfen, um die Sucht loszuwerden? War sie es nicht allen anderen Ex-Rauchern schuldig, sich mit Pflastern zu bekleben und Sprays und Kaugummis und Eso-Ratschläge zu verschleißen, um dann bis aufs Blut gereizt jeder Zigarette einzeln zu widerstehen und außerdem zehn Kilo zuzunehmen? Sollte das nicht Grundvoraussetzung sein, um sich nach Äonen des Tabakkonsums »Nichtraucherin« nennen zu dürfen?

Sie war Nichtraucherin. Seit zwei Monaten. Ganz einfach so. Sie, Kriminalkommissarin Bettina Boll, hatte gedankenlos eine Kippe nach der anderen geplotzt, seit sie zwölf war, denn da waren ihre Eltern gestorben. Jetzt rauchte sie nicht mehr. Das war alles. Einen Entschluss dazu hatte sie nicht gefasst. Es war nur einfach nicht mehr notwendig. Und wenn sie überhaupt genervt war, dann eher von den umständlichen Ritualen der Raucher als von ihrem eigenen niedrigen Nikotinpegel. Das Verlangen war auf einen Schlag verschwunden. Seltsam allerdings, was ihr erst an diesem Abend und angesichts des staubigen Klavierzimmers in ihrer kalten Familiengruft klar wurde: Verschwunden war es exakt am Tag von Tante Elfriedes Beerdigung.

Was du mal werden willst: Nichtraucherin. Nee, jetzt im Ernst, ein Körper, der ganz sauber ist, das wär's. Alle Löcher gehören dir allein. Und deine Lunge und dein Herz auch und vor allem dein Gehirn. Dein Herz: Schalt es aus. Deine Lunge: Halt sie frei. Dein Gehirn: Tja. Da läuft alles zusammen. Komisch, dass du ausgerechnet hier aufgewacht bist, in dieser Drecksbude, bei diesen Losern. Plötzlich hat es Zoom gemacht und alles war hell. Du kannst hören, was die anderen denken. Dabei bist du nicht mal mehr drauf, du kannst wirklich *alles sehen. Den ganzen Müll.*

Kommt vielleicht daher, dass hier nicht so viel los ist. Kein gutes Haus, baufällig und dreckig, manchmal passiert gar nix. Da ist einfach Pause und du kannst denken. Vielleicht ist es auch, weil du aus 'nem Club kommst und nicht von der Autobahnraststätte wie Olga und Angelique, und wer weiß, aus was für Dingern die andern sind. Auf jeden Fall bist du hier falsch. Davor, ganz früher, warst du eine Preziose. H.G. hat dich so genannt, H.G., der Richter. Pre-Zi-Ose. Das war … na ja, H.G. eben. Die anderen Sachen sind unwichtig, dieses andere Leben ist sowieso vorbei. Jetzt sitzt du in der Wandnische, Beine breit, ein Fuß im schwarzen Creeper auf dem Sitzpolster, Faltenmini knapp überm Schritt und verträumter Augenaufschlag. Ein Mann betritt den Raum. Du siehst, wie Diandra ihre Brust vorschiebt. Sie senkt die Wimpern, richtet den Blick. Es ist still, na ja, es fühlt sich still an. Die Anlage haut Beats raus, aber das zählt nicht, das ist Tapete. Die Stimmung ist ungemütlich. Alle sitzen auf Position. Du bist genauso gespannt wie die anderen, irre, als würdet ihr zusammen auf diesen einen Mann warten. Er wird fliehen, denkst du, jeder vernünftige Mensch würde das tun.

Er bleibt. Er schwitzt und geht auf Diandra zu. Sie grinst ein Grinsen, das aus tausend vergeblichen Versuchen besteht. All die Lächeln, die davor schon nicht geklappt haben, stecken mit drin, so verzerrt sie ihr Gesicht. Du siehst, dass sie ein Zombie ist, das ist ganz klar. Du bist nicht drauf. Du hast seit zweieinhalb Monaten nichts mehr genommen. Daher weißt du es genau: Diandra ist ein Zombie, und die anderen sind viel zu kaputt, um noch irgendwas zu sein, die könnten genauso gut sofort verfaulen. Geisterbahn. Das hier ist ein leeres Zimmer voller leerer Menschenhüllen, da ist dieser Mann, der gleich einen Zombie ansprechen wird, und da bist du. Der einzige Mensch hier, vielleicht der einzige Mensch überhaupt auf der Welt außer Nini: du. Witzig, oder? Mach die Augen zu und die Welt ist weg. Mach deine Löcher zu und die Männer sind weg. Mach die Augen auf und du siehst: Diandra.

Und weißt du, was? Diandra ist das Letzte, aber sie ist alt. Sie ist über vierzig. Sie hat einen Körper, eine Stimme. Sie ist die Zukunft. Wenn du es schaffst, so alt zu werden wie sie, dann darfst du eine Diandra sein.

Du hörst, wie sie mit dem Mann redet. Sie sagt: »Wo wir sind, ist vorn.« Ihr Spruch für alles. Sie fügt an: »So weit vorn hattest du ihn noch nie.«

Der Kerl wird rot. Diandras Blick beginnt zu suchen. Das richtige Mädchen für den roten Typen, der schwitzt. Sie schaut sich lange um. Der Mann wartet. Er braucht Gelegenheit, auszudünsten, an seinem Bier zu trinken und alle zu betrachten. Damit sich irgendwie zeigt, worauf er steht. Du lässt dich tiefer in die dreckigen lila Polster sinken. Deine Beine wickeln sich umeinander. Eine Serviette wandert vor dein Gesicht. Du fächelst, als bräuchtest du Abkühlung. Diesen roten Typen willst du nicht. Den kannst du jetzt auf keinen Fall brauchen. Du musst frei bleiben für den Bullen.

Diandras Blick bleibt an dir hängen. Mist. »Ich glaube, du suchst mal was Echtes und Ehrliches in deinem Leben«, hörst du Diandra zu dem schwitzenden Typen sagen. Sie sieht dich an.

Der Mann schluckt. Er ringt sich seinen Satz ab. »Was kostest du?«, fragt er laut. Er meint Diandra. Die ist mindestens zwanzig Jahre älter als er. Du hättest gelacht, aber es ist nicht komisch. Es ist nur gut gegangen.

Du legst ruhig die Serviette weg. Gehst wieder in Position, fast lässig, als wärst du nur einen kurzen Moment abgelenkt gewesen. Das Glück ist auf deiner Seite. Diandra ist jetzt eine halbe Stunde beschäftigt. Und heute Abend noch, sehr bald schon, wird der Bulle kommen. Das ist die Nacht der Nächte. Du spürst es, weißt es sogar: Der Bulle hat angerufen. Macht er immer. Und der Bulle will immer zu dir.

»Ach genau, Sie sind die Polizistin«, sagte die Stimme des Maklers aus Bettinas Handy, was die etwas irritierend fand, denn was hatte ihr Beruf mit dem Hausverkauf zu tun? »Polizisten rufen immer vorher noch mal an«, fügte er hinzu, und der kleine Seufzer danach ließ durchblicken, dass er mindestens im Liegestuhl, wenn nicht in einem Pool saß, Zielvorgabe: ein entspannter Sommerabend ohne die Anliegen seiner kontrollsüchtigen Klienten.

»Ich wollte Sie nur dran erinnern, morgen die Pläne vom Haus mitzubringen«, sagte Bettina etwas grantig. Die Pläne hatte sie dem Makler ganz selbstverständlich überlassen, aber jetzt wünschte sie, dass sie zumindest eine Kopie behalten hätte.

»Aber klar, Frau Boll«, sagte der Makler verbindlich und geduldig. Irgendetwas plätscherte leise bei ihm im Hintergrund.

»Danke«, sagte sie.

»Aber gern, dann bis morgen.«

»Em –«

Längere Pause. »Ja, Frau Boll?«

»Sie haben die Pläne nicht zufällig jetzt irgendwo in der Nähe …?«

»Tut mir leid«, antwortete der Makler entschieden. »Ich bin grad im Außendienst und hab keinen Zugang zu meinem Büro. Morgen bring ich alles mit, versprochen.«

»Na gut«, sagte Bettina zögernd. »Es ist nur –«

»Was denn?«

Bettina fror. Jetzt doch. Denn sie stand im Licht ihrer Maglite in Tante Elfriedes Apfelkeller, einem düsteren Loch ohne Tageslicht voll alter Apfelsteigen, Kartoffelkisten und Regalen mit Einmachutensilien. Es war saukalt, richtig eisig, hier schien der Ursprung des Unbehagens zu liegen, das durch die Mauern nach oben kroch. Bettina konnte sich an diesen Raum kaum erinnern, sie wusste, dass es ihn gab, aber sie hätte nicht sagen können, ob sie überhaupt je drin gewesen war.

»Ich hab eine Tür gefunden«, sprach sie in ihr Handy und

leuchtete den wurmstichigen Schrank an, den sie soeben beiseitegerückt hatte. Weil darunter so eine seltsame Kante gewesen war. Die Kante hatte sich als Stufe entpuppt. Welche hinab zu einer Tür führte. Und diese Tür hatte Bettina noch nie im Leben gesehen.

»Frau Boll, Ihr Anwesen ist wirklich ein eindrucksvolles Ensemble«, beschwichtigte der Makler, jetzt spürbar bemüht. »Und wenn Sie dort nicht aufgewachsen sind oder längere Zeit gewohnt haben, ist es nur natürlich, dass Sie nicht alle Räumlichkeiten kennen. In diesen alten Häusern gibt es viele Abseiten, Nebenräume und so weiter, einmal haben wir ein ganzes Treppenhaus entdeckt, war zugemauert, das kommt alles vor. Wir werden –«

»Sie verstehen nicht«, sagte Bettina, zitternd vor Kälte und dem dringenden Wunsch, das Rätsel zu lösen und dann schnell hier zu verschwinden. »Diese Tür kann es gar nicht geben, weil das sozusagen eine Außenwand ist, nur unter der Erde, wenn man sie also aufmacht, dann stößt man eigentlich aufs Fundament, beziehungsweise sie ist *im* Fundament und führt in die – na ja, in die Erde.«

Pause. Dann seufzte der Makler. »Frau Boll.«

»Tut mir leid«, sagte Bettina. Sie hörte sich vermutlich ziemlich wirr an, und hinter der Tür, egal wie verschlossen und versteckt sie war, konnte tatsächlich nicht viel mehr sein als ein weiterer Keller. Der dann eben ein eigenes Fundament besaß. Oder so. Und das war nichts, weswegen man einen vielbeschäftigten Makler am heißesten Abend des Jahres aus dem Pool jagte.

»Wir klären das morgen«, sagte er versöhnlich. »Alles klar, Frau Boll?«

»Alles klar«, sagte Bettina, unterbrach die Verbindung und steckte ihr Handy in die Hosentasche. Dann leuchtete sie die Tür an. Die war aus dickem Holz, Eiche vermutlich, trotz der Wurmlöcher solide, ziemlich breit und oben rund.

Das ist keine Tür zu einem Nebenraum, sagte eine Stimme in ihr. Das hier ist mysteriös. Und mit einer Kraft und Verzweiflung, die ihr selber ziemlich unheimlich war, warf sie sich gegen das Türblatt und rüttelte mit aller Macht am Knauf.

Nichts tat sich. Nur die Stille, die in den Raum zurückflutete, sobald Bettina nachließ, wirkte jetzt lauschend. Sie fluchte und ließ den Lichtkegel der Maglite durch den Raum wandern. Schatten tanzten. Ihre Zehen in den Cowboyboots waren so kalt, dass sie kaum noch zu spüren waren.

Der Bulle ist da. Diandra nicht. Das macht ihn nervös. Normal kommt er reinstolziert, in Uniform mit allem Drum und Dran, marschiert straight auf Diandra los und sagt so Sachen wie: Ich werd hier mal eine Razzia anberaumen. Und Diandra sagt dann: Aber, Hasi, kann man da nicht IRGENDETWAS tun? Und der Bulle so: Ich glaube nicht! Das hier ist ein Sündenhaus, wie ich sehe, beschäftigt ihr sogar Minderjährige! Darauf Diandra: Aber nein, gucken Sie sich die Mädchen doch an, Herr Kommissar! Und er: Das tue ich grade, und die sind viel zu jung! Und Diandra: Aber eine Razzia, lieber Kommissar, das ist echt too much! Könnten wir nicht so ganz unter uns noch mal drüber reden? Und der Kommissar: Ich muss mir diese Girlies mal genauer ansehen! Diandra, flehentlich: Es geht ihnen gut hier bei uns, und glauben Sie mir: Die wollen das! Die sind so heiß, zu einem langweiligen Leben wären die gar nicht imstande, schauen Sie mal, die kleine Manga, wie die unter Strom steht, die BRAUCHT einen dicken, fetten …

Heute fehlt Diandra. Darum fehlt dem Bullen sein Vorspiel. Du siehst ihn dastehen, in seiner engen Uniform. Sein stumpfer Blick huscht durch den plüschigen Raum. Er sucht eine Bühne für sein Bullenspiel, das Stichwort für seinen Auftritt. Aber du weißt, er weiß, alle wissen: Die anderen Mädchen können mit Irren nicht so wie Diandra. Sie räkeln sich nur in ihren Positionen. Olga und Angelique kichern an der Bar und rufen: »Hallo, Bulle!« Und: »Willste wieder 'ne Razzia machen?«

Sie lachen ihn aus. Das macht dich panisch. Du musst etwas unternehmen. Er wird schon ganz starr. Olga und Angelique könnten nie so bösartig sein wie Diandra. Aber genau darum kann jetzt jeder sehen, wie dreckig und verrückt das alles hier ist, ein Polizist, der echt in Uniform, mit Schlagstock und Pistolengürtel antanzt. Ein großer, schöner Mann. Wahrscheinlich nicht mal doof. Der draußen sicher geachtet, klug und gefährlich ist. Und der nur hier so gebückt steht wie ein betäubter Bär, der nicht anders kann.

Du schluckst die Angst weg und erhebst dich. Schlenderst auf ihn zu. Darfst du nicht, musst du jetzt aber. Das ist nicht deine Rolle, und du sollst nicht ewig mit den Typen reden. Du bist der Preis und nicht die Puffmutter. In all der Zeit, die du bisher mit dem Bullen verbracht hast, habt ihr bestimmt nicht mal hundert Worte gesprochen. Aber so wie es jetzt aussieht, braucht er Hilfe.

Und du brauchst ihn.

Draußen in der weichen Abenddämmerung vor der alten Remise überlegte Bettina, wen sie an einem Donnerstag um die Zeit noch bitten konnte, eine Tür aufzubrechen. Inzwischen hatte sie ein komisches Gefühl bei der Sache. Eine verschlossene Tür mit einem Schrank davor, die barg doch nicht nur einen leeren Keller.

Eventuell war es klüger, die Tür zu öffnen, bevor die Käufer kamen. Aber wie? Wer war dazu in der Lage? Ein Kollege? Kollege Ackermann? Der wäre bestimmt stark genug, aber ob er jetzt sofort hierherkommen würde, an einem Sommerabend in Bettinas Löwinnenhöhle? Es hatte mal eine Zeit gegeben, da hätte sie ihn ohne Zögern angerufen, aber dann hatten sich die Verhältnisse kompliziert. Jetzt gingen sie sich nur noch aus dem Weg, also konnte sie ihn kaum herbestellen, wenn sie bloß einen Rammbock brauchte. Und sonst fiel ihr niemand ein. Also musste sie doch hoch, in Tante Elfriedes »Büro«, die Kiste mit den Schlüsseln holen.

Noch so eine Sache, die der Makler ihr aufgetragen und die sie nicht gemacht hatte: alle Türen mit den passenden Schlüsseln versehen. Eine Wahnsinnsarbeit, und die vielen abgesperrten Schränke machten sie wütend, zumal meistens nichts drin war. Genau wie das Klavier. Nur Tante Elfriede würde es einfallen, ein Klavier abzuschließen, so dass niemand mehr etwas mit dem Instrument anfangen konnte. Es war schlichtweg Schikane, sämtliche Möbel im Haus zu versperren und die Schlüssel dann wild durcheinander in eine riesige Kiste zu werfen. Aber vielleicht, dachte Bettina jetzt, hatte Tante Elfriede die Kiste gebraucht. Um ein Versteck zu haben für den einen, den geheimen, den kostbaren Schlüssel. Der zur Tür im Apfelkeller passte.

Mit dem Bullen ist es so: Sobald er bei dir im Zimmer steht, ist das Spiel vorbei. Da sagt er gar nichts mehr. Er sieht dich nicht an. Dann ist er am Ersaufen, will ausgezogen werden, reißt dir die Klamotten weg, küsst dich und ist jedes Mal erstaunt, dass du ihn nicht wiederküsst. Er ist sehr groß. In jeder Hinsicht. Stark und hart und gleichzeitig ewig weit weg.

Jetzt steht er an der Bar neben der kichernden Olga. Die macht sich immer noch wispernd mit Angelique über ihn lustig. Er sieht dich an, als sähe er dich zum ersten Mal. Als wüsste er nicht, wohin mit seinem dämlichen Pädo-Polizistenspruch.

Du sagst: »Hallo, Bulle.«

Er sagt: »Guten Abend.«

Du, melancholisch: »Kennen wir uns?«

Er, schwach: »Bist du eigentlich alt genug, um hier zu arbeiten?«

Du siehst ihn an. Sein Blick hält deinem nicht stand. Da nimmst du seine Hand. Und so geht ihr auf dein Zimmer.

Als sie wieder vor der seltsamen Tür stand, erkannte Bettina, dass sie so nichts erreichen würde. Es war zu kalt hier und zu dunkel. Draußen im Hof mochte es als eine durchaus erfüllbare Aufgabe erscheinen, aus mehreren Kilo gemischten Schlüsseln den richtigen für ein bestimmtes Schloss herauszufischen, doch hier unten in der klammen Finsternis war einfach jeder Misserfolg einer zu viel, hier krochen einem die Schatten in den Nacken und die Gänsehaut ging nicht weg, hier wurde man ungeduldig, ungenau und wollte nur noch eins: hoch, in Sicherheit. Es war scheußlich wie Schwimmen im kalten Wasser. Da half auch die kratzige Wolljacke nicht, die Bettina jetzt einhüllte. Das Ungetüm hatte an einem Haken gehangen und spendete kaum Wärme, war hauptsächlich widerlich und roch modrig wie das Haus. Diese Jacke zu tragen war fast so, als würde sie dem alten Gemäuer gestatten, ihre Haut zu berühren und ihren Körper einzufangen. Das Gefühl wurde so übermächtig, dass Bettina die Jacke mit einem Ruck abstreifte, in eine Apfelstiege feuerte, dabei die Maglite zu Boden warf und dann natürlich noch viel mehr fror, während die Taschenlampe davonrollte und komische Lichtflecke über den Boden zucken ließ. Fluchend packte Bettina die Schlüsselkiste, eilte ihrer Lampe hinterher und verließ den Keller. Den Gedanken an einen Spezialisten vom Schlüsseldienst verdrängte sie gleich wieder. Heute würde sie nicht mehr in dieses Loch zu dieser Tür hinabsteigen. Selbst wenn dahinter ein Goldschatz lag: Den letzten schönen Sommerabend war er nicht wert.

Es ist wie immer mit dem Bullen: Er ist grob. Aber trotzdem ein super Kunde. Weil er eben einfach unter Strom steht und du ihn nicht mühsam hochkitzeln musst. Im Zimmer drin packt er dich und drückt dich gegen die Tür. »Was MACHST du da?«, hauchst du. Wehrst dich ein bisschen. Er küsst dich in die Halsbeuge, so zärtlich, dass du ihn ohrfeigen willst. Du schiebst ihn weg. Du musst zum CD-Player. Ihr braucht Musik. Sehr laute Musik, der Bulle verlangt es nicht, aber er ist dann besser. Weil er im Rhythmus bleibt. Und das muss sein, denn er ist echt groß und kann schnell und heftig werden. Aber er ist auch ein Tänzer, folgt immer dem Takt. Du drehst die Anlage bis zum Anschlag. Bässe hämmern los, fetter Elektropop mit verfremdeten Girlie-Stimmen. Ihr hört hier deine Mucke, macht DEINE Schulmädchennummer.

Der Bulle berührt deine Schulter. Du wirbelst anmutig herum. Augenaufschlag, comicmäßig, du bist Manga, die Animefigur, ohne Piercings, aber Wimpern so lang und gezackt wie Schuppen auf der Drachenhaut. Das sieht er aber gar nicht. Er hält die Augen geschlossen. Legt dir die Hand zwischen die Schulterblätter. Zieht deine Bluse nach hinten. Dann berührt er die klaffenden Säume über deiner Brust mit den Lippen. Leckt deine Haut ab, da, wo er sie erreichen kann. Jetzt klebt er an deinem Körper. Bewegt die Hüften im Rhythmus. Auch seine Uniform spannt überall.

Du fragst dich plötzlich, ob es wirklich eine richtige Uniform ist. Sie riecht irgendwie. Vielleicht spielt er den Schupo nur. Ist gar kein Bulle. Aber: Der Schlagstock und die Pistole, die sind echt. Müssen sie sein. Du fummelst an seinem Gürtel. Er stoppt. Sieht auf, blickt dich an. Du küsst ihn. Hast du noch nie gemacht. Erst aufs Kinn, dann auf die Wange, die Nase, die Lippen. Er steht ganz still. Dann küsst er zurück. Du nimmst wieder den Gürtel. Das hier, diese Pistole in diesem Gürtel an diesem Mann, das ist trauriger Alltag und gleichzeitig das Irrste, was dir je passiert ist. Es ist ein Geschenk. Du musst annehmen. Wenn du diese Chance nicht ergreifst, dann wird Gott nie wieder einen Gedanken an dich verschwenden. Dann wirst du mit viel Glück wirklich eine Diandra werden.

Der Rhythmus wird schneller. Die Frauenstimme von der CD kreischt. Der Bulle ist in seiner Welt gefangen, nur noch Bewegung, Gewalt und Sehnsucht. Breitbeinig. Im Nirwana. Vorsichtig öffnest du die Druckknöpfe der Pistolentasche. Ziehst die Pistole halb heraus. Das Ding muss geladen werden, dazu schiebt man den oberen Schlitten zurück. Das geht nicht mit einer Hand. Der Bulle greift unter deinen Rock und reißt deinen Slip mit einem Ruck fort. In der Bewegung lässt du die Pistole zurückgleiten. Dass die echt ist, hat der Bulle selbst gesagt. Er hat sie rausgeholt und dir gezeigt, ungern, aber doch auch stolz. Jetzt greift er selber nach seiner Gürtelschnalle. Du fasst seine Schulter. Trittst einen Schritt zurück. Tanzt um ihn herum, den rechten Zeigefinger an seiner Hüfte. Kommst hinter ihm zu stehen. Dort hebst du die Hände, um die Berührung zu unterbrechen. Wie um es spannender zu machen. Die Pistole hängt direkt vor dir. Rechts. An seiner Hüfte. Er quält sich mit dem Reißverschluss.

Du machst eine schnelle Handbewegung und packst die Waffe. Bekommst sie gleich richtig zu fassen. Ziehst den Schlitten zurück. Alles funktioniert wunderbar. Du hörst die Musik nicht mehr. Zeitlupe. Schwarze Seite im Comic. Er fährt herum, schnell vermutlich, aber für dich ist es ewig: Überraschung, Schreck, dann Unglaube, Wut und jetzt Entsetzen. Also, denkst du. Schieß.

2

»Boll«, sagte Bettina schlaftrunken ins Telefon und richtete sich auf. Im Zimmer war es stockdunkel, das Fenster stand offen, von draußen drangen Sommernachtsgeräusche herein, ein Auto fuhr vorbei, die Bäume der Grünanlage wisperten wie im Traum.

»Boll!«, echote Kollege Habermeyer von der Zentrale streng durchs Telefon. Sie erkannte ihn an seinem tiefen Organ und der Hektik, die er verbreitete. Um ihn herum herrschte immer Drama, er grüßte nicht und in seiner Nähe schrillten sofort alle Telefone. Jetzt brüllte er »Geh doch mal dran!« in irgendeine andere Richtung und sprach dann wieder zu Bettina: »Boll, du hast Bereitschaft.«

»Ich weiß«, sagte Bettina und gähnte.

»Wir haben ein Tötungsdelikt, du musst sofort herkommen.«

»Okay.«

»Moment.« Im Hintergrund hörte Bettina jetzt mehrere andere Stimmen, die auf Habermeyer einredeten.

Sie gähnte wieder und streckte sich. So ein Mist, ausgerechnet heute ein neuer Fall, da dürfte der superwichtige Termin mit den Hausinteressenten am Vormittag platzen. Außerdem hatte sie gerade so schön geschlafen.

»Nein«, sagte jetzt eine Stimme ziemlich laut. »Frag Härting, der wird dasselbe sagen!«

Bettina rieb sich die Augen und blickte auf den Wecker. Zwei Uhr fünfzehn. »Was ist denn eigentlich los?«, fragte sie in ihr Handy.

Da hörte sie wieder Habermeyers Stimme. »Boll!«

»Ich bin noch da.«

»Es ist kompliziert.«

»Sag.«

»Der Fall betrifft einen Kollegen.«

Bettina erschrak. »Wen?«

»Es ist so, EKHK Härting hat jemanden aus der Bereitschaft angefordert, aber jetzt höre ich, dass du eher ungeeignet bist.«

»Wieso?!« Bettina setzte sich kerzengerade auf. Das war natürlich der allerbeste Weg, sie für einen Einsatz zu interessieren.

Aber Habermeyer war kein Taktiker. Er meinte es ernst. »Weil«, sagte er, »ich grade erfahren hab, dass ihr befreundet seid, und dass – in dem Fall brauchen wir jemand Neutraleres. Zumal es keine Ermittlung von uns ist, der EKHK will nur so schnell wie möglich dorthin, und zwar nicht allein –«

»Wer ist gestorben?«, fragte Bettina in diese Rede hinein.

Habermeyer räusperte sich. »Der Kollege Ackermann.«

Bettina, die sich halb vom Bett erhoben hatte, fiel zurück auf ihre Kissen.

»Boll?«

»Noch dran«, sagte sie lahm.

»Alles in Ordnung?«

Bettina nahm das Handy vom Ohr, schaute es in der Dunkelheit an, blickte im Zimmer umher, spürte die warme Nachtluft – und sonst nichts. Ackermann war tot, das war schlimm, aber er war nicht mehr ihr Freund, und vielleicht nie gewesen. Sie hielt das Telefon wieder ans Ohr. »Ackermann?«, sagte sie. »Wie?«

Habermeyer räusperte sich.

»Ich werde es sowieso erfahren«, erklärte Bettina.

Der Kollege holte Luft. »Ist erschossen worden. Wahrscheinlich mit seiner Dienstwaffe. Von einer Nutte. In einem Puff. In Frankfurt.«

Bettina setzte sich wieder auf. »Mit seiner …? In …? Wie bitte?«

»Ich sag ja, Boll, geh wieder schlafen, ich rufe –«

»Ich komme«, sagte Bettina.

»Der EKHK will gleich los.«

»Sag, ich bin da.«

»Also, Boll, ich weiß nicht –«

Bettina sprang aus dem Bett. »Ich bin startklar«, sagte sie, während sie ihre Jeans vom Sessel klaubte. »So doll befreundet war ich nicht mit Ackermann, ich habe Bereitschaft und ich werde das machen. Verstehst du, sonst heißt es hinterher, ich hätte Befindlichkeiten.«

»Nein, Boll, das doch nicht –«

»Bis gleich«, sagte Bettina und schaltete das Handy aus.

Als sie auf dem Parkplatz im Hof der Dienststelle hielt, war der Himmel noch schwarz, nur direkt am Horizont verblassten die Sterne vor dem Lichtschein, der aus der Stadt aufstieg. Zwei Uhr achtunddreißig, sie hatte es in Rekordzeit geschafft. Bettina sah sich nach Kollegen um: Kein Mensch war hier draußen. Aber der Parkplatz stand ziemlich voll, und vor dem Eingang parkte groß und breit Härtings Benz. Im Eingangsbereich konnte sie eine Gruppe Kollegen erkennen, die aufgeregt zu palavern schienen. Bettina stieg aus und hieb die Tür ihres Taunus ins Schloss, dass es krachte. Ackermann erschossen. Mit der eigenen Dienstwaffe. In einem Puff!

»Guten Morgen«, grüßte sie, als sie die kühle Eingangshalle betrat, und erntete beredtes Schweigen. Drei Kollegen in Uniform standen da, Diensthabende von der Wache, außerdem Meier II, Spohn von der Sitte und der Erste Kriminalhauptkommissar Härting, der in dieser Krise offensichtlich auch seine Sekretärin aus dem Bett beordert hatte, denn neben ihm bearbeitete eine sehr übernächtigte und ungeschminkte Mona ihr Handy. So ohne Betonfrisur wirkte sie um Jahre jünger.

»Frau Boll, da sind Sie ja«, sagte Härting in einem Ton, den Bettina nicht kannte, nicht vorwurfsvoll wie sonst, eher müde und lauernd.

»Morgen, H'Hauptkommissar.«

»Sie haben gehört, was passiert ist?«

»Kollege Ackermann.«

Alle Umstehenden blickten sie interessiert an. Niemand sagte etwas.

»Ist getötet worden? In Frankfurt?«

Härting nickte kaum merklich. »Die hessischen Kollegen haben hier angerufen und um Informationen gebeten. Ich hab ihnen gesagt, wenn das wirklich mein Mann ist, will ich ihn sehen, und wir fahren da jetzt hin.«

»Sind wir willkommen?«, fragte Bettina.

»Ja«, antwortete Härting knapp. »Frau Boll, ich nehme Sie ungern mit, weil Sie mit Ackermann befreundet waren, aber andererseits kannten Sie ihn, das ist sicher von Vorteil. Und außerdem können Sie vielleicht mit diesen Leuten reden.« Er blickte abschätzig an ihr hinab, und die Kollegen taten es ihm gleich.

»Was soll das denn heißen?«, fragte Bettina, die noch zu unausgeschlafen für duldsames Schweigen und Ertragen war.

»Na, das sieht man doch«, erwiderte Härting ungerührt. »Gut, haben Sie alles, dann kommen Sie.« Er strebte dem Ausgang zu. Spohn von der Sitte schloss sich ihm an, der sollte offenbar auch mitfahren.

»Was sieht man?«, fragte Bettina ihnen nach. Härting drehte sich im Türrahmen noch einmal um, sah Bettina kurz an, schüttelte genervt den Kopf und setzte seinen Weg fort.

Sie blickte an sich hinab. Stiefel, Jeans, schwarzes Velvet-Underground-T-Shirt. Ganz normal. Gut, das Shirt war vielleicht nicht die beste Wahl, darauf stand: *I wish I was born a thousand years ago*. T-Shirt mit Spruch drauf. Und dann noch dieser. In der Hektik hatte sie eben das Oberste aus dem Schrank genommen.

Mona steckte ihr Handy weg und blinzelte ihr zu. »Es ist die Art, wie Sie es tragen, Liebes«, flüsterte sie laut. »Wie ein Cowgirl, aber dann haben Sie nie eine Waffe an! Das geht nicht, und das wissen Sie!«

»Wenn man erst eine mitnimmt, schießt man irgendwann auch damit«, murmelte Bettina und stiefelte Härting und Spohn hinterher. Oder wird erschossen, fügte sie im Geiste hinzu.

Sie nahmen Härtings Benz, der Chef fuhr selbst, und sie schwiegen, bis sie die Autobahn erreichten.

»Er hatte eine Uniform an«, sagte Härting dann in das Schweigen hinein. Bettina, die auf dem Beifahrersitz saß, blickte rüber. Härting sah stur auf die Straße, eisgraue Haare über fahlgrauer Haut über betongrauem Anzug. Hinten auf der Rückbank tippte Spohn in seinen Computer.

»Unser Ackermann«, sagte Bettina leise, »ist *in Uniform* in den Puff gegangen?«

Härting zuckte die Achseln. »Ich dachte, Sie könnten das vielleicht erklären.«

»Nein«, sagte Bettina von Herzen. »Fetische sind mir nicht bekannt. Oder hat er dort irgendwie – ermittelt?«

»Als Polizist?« Der Chef schüttelte den Kopf. »Ich wünschte bei Gott, ich könnte das sagen, aber gearbeitet hat er ganz sicher nicht.«

»Man fragt sich, was das für eine Uniform war«, sagte Spohn von hinten so laut, dass Bettina zusammenzuckte. »Ich meine: Hab ich hier drauf, ist online, eine alte grüne Außendienstuniform. Aber: Wo ist die her? Hatte Ackermann so eine?«

»Der wird sich eine aus der Ausbildung aufgehoben haben«, sagte Härting. »Oder aus seiner Zeit bei der Schutzpolizei. – Vielleicht wissen Sie das, Frau Boll: Besaß er noch alte Uniformteile?«

»Keine Ahnung«, sagte Bettina. »Ich war vielleicht dreimal bei ihm in der Wohnung, nie länger als ein paar Minuten. Wir haben schon viel zusammen gearbeitet, aber – em, diesen Teil seines Lebens kenne ich nicht. Wie kam es eigentlich dazu, dass er erschossen wurde? Er hatte auch seine Waffe dabei …?«

Härting nickte grimmig.

»Das Mädchen konnte sie wohl stehlen und hat ihn erschossen«, sagte Spohn nüchtern. »Sie hat außerdem noch einen Angestellten des Lokals getötet. Offiziell Security, vermutlich ein Zuhälter, denn ein Laufhaus mit Clean-Club-Siegel ist das nicht. Die Kollegen vermuten Zwangsprostitution, die Mädels wohnen dort, sagt alles. Jedenfalls, sie hat beiden Toten alles abgenommen, das Geld, die Handys und die Autoschlüssel. Ackermanns Schlüssel haben sie draußen auf dem Parkplatz gefunden, mit dem zweiten hat sie wohl das Auto des Zuhälters gestohlen, denn das ist weg. Sie ist momentan noch flüchtig, aber vermutlich wird sie bald gefasst, denn laut Online-Akte ist sie wahrscheinlich grade mal volljährig und hat keinen Führerschein.«

»Eine Achtzehnjährige ohne Führerschein, und die schafft es, unserem Gorilla von Ackermann die Dienstwaffe abzunehmen«, sagte Bettina.

Die beiden Männer schwiegen. Aber was hätten sie auch sagen können, außer dass es eben so war mit Achtzehnjährigen und Gorillas.

Als sie Frankfurt erreichten, stand ein halber Mond am Himmel, seltsam fahl hinter weißen, weit entfernten Dunstschleiern, die Stadt darunter war von einer orangen Lichtglocke umgeben. Das Bordell lag im Vorort eines Vororts: Heddernheim, Niddabogen und dann in ein kleines Gewerbegebiet, das ganz proper aussah, aber irgendwie zu weitläufig und zu verlassen war für das enge Frankfurt, es gab viel Himmel hier und viel Grün, doch der Himmel war zu hell für die Nacht und das Grün staubig.

»Da vorn das Schild«, sagte Spohn von hinten. »*Sexy Bar*, das ist es. Da sind auch die Kollegen.«

Sie bogen in eine Seitenstraße und erblickten gleich mehrere Einsatzwagen, die vor einer heruntergekommenen Anlage aus drei Reihenwohnhäusern parkten. Die Gebäude sahen aus, als wären sie zum Wohnen für Angestellte aus den umliegenden Betrieben gebaut, aber so nie genutzt worden. Sie lagen ruhig zu einer Brache hin, die in ein unübersichtliches Bahngelände überging, in der Ferne begrenzt von trostlosen Wohnblöcken. Konsequenterweise richtete sich die grelle Leuchtreklame der *Sexy Bar* nach hinten hinaus an diese Wohnblöcke, man sah einen riesigen rosa Bogen, der vielleicht zu einem Herzen gehörte, über den Dächern der Hausreihe aufflammen und wieder erlöschen. Die Gebäude selbst waren weiß verputzt und dreckig, billige Bauweise, schwarze Dächer und zugeklebte Fenster. Selbst das Schild mit der Aufschrift *Sexy Bar* hatte schon bessere Tage gesehen. Und vermutlich noch nie so viele Polizisten auf einmal.

Härting parkte seinen Benz neben dem blausilbernen Audi, auf dem »Einsatzleitung« stand.

»Ich kündige uns noch mal telefonisch an«, sagte Spohn etwas nervös. Das hier war fremdes Revier, anderes Bundesland, offiziell waren sie nur da, um Fragen über eines der Opfer zu beantworten. Wenn sie hier irgendwen auch nur ein winziges bisschen störten, konnten die hessischen Kollegen sie bitten zu gehen, und dann wäre die Fahrt umsonst gewesen und sie blamiert.

»KHK Guhl, mit dem hatte ich vorhin schon zu tun, Moment –«

»Nicht nötig«, sagte Härting.

Bettina öffnete die Beifahrertür. Die frische Morgenluft ließ sie kurz frösteln, obwohl sie eher feucht als kühl war.

»Da kommt schon jemand.«

Die Begrüßung verlief äußerst gelassen, zwei Beamte in Zivil prüften ihre Ausweise und ließen sie ohne weiteres das Absperrband passieren. Der Tatort erzeugte offensichtlich eine gewisse innere Distanz bei der Truppe. Die Kollegen hier draußen wirkten fast peinlich berührt. Dies war ein versifftes Loch, wer hierherkam, musste krank sein. Oder würde es werden. Bettina erhaschte einen Blick auf zwei blasse Mädchen von allerhöchstens sechzehn Jahren. Sie trugen dicke synthetische Strumpfhosen und mehrere unbequeme Schichten enger Kleidung. Pappig überschminkte Pickel, metallisch gefärbte Haare, viel Stahl in den Gesichtern. So abstoßend wie möglich, dachte Bettina, eine klare Botschaft an die Freier: Finger weg. Die beiden standen an der Hausecke, rauchten, kicherten verhalten und blinzelten in das Licht der Strahler, die die Hausfront erhellten. Man fragte sich, was Ackermann, was *irgendein* Mann an diesen gequälten Kreaturen erregend finden konnte.

»Kommen Sie, Frau Boll, wir dürfen mit rein«, rief Härting vom Eingang her. Die Mädchen betrachteten ihn spöttisch und kicherten lauter. Bettina schnitten sie Fratzen, die Rache fürs Mitleid.

Bettina feixte ihnen zu, rollte ihr Haar im Nacken zusammen, stopfte es in den Kragen und eilte Härting hinterher.

Im Inneren des Hauses stank es nach Putzmitteln und kaltem Rauch. Sie passierten einen engen Flur, an dessen Wänden braune Teppiche klebten, und erreichten einen größeren Raum, in dem sich mehrere Polizisten versammelt hatten. Das Licht war schummrig. Fenster gab es nicht, sicher wären die schmuddeligen Polsternischen und die vermackelte Bar sogar im Mondlicht augenblicklich zu Staub zerfallen. Und der Mann, der hinter der Bar stand, gleich mit, der wirkte, als könnte er sich im Spiegel nicht sehen: langes schiefes Gesicht mit spöttischem Mund und verhangenen Augen, Typ Blutsauger mit großen gelben Zähnen. Er war der Einzige hier, der offensichtlich nicht zur Einsatztruppe zählte, und er tat gar nichts. Bettina hielt ihn für den Hausmeister.

Sie schüttelte zwei, drei Kollegen die Hände und wiederholte eifrig deren Namen, vergaß sie aber sofort wieder. Härting führte das Gespräch. Er bat darum, Ackermanns Leiche gleich sehen zu dürfen, doch die Kollegen wollten erst noch die Spurensicherung am Fundort abschließen. Die Schießerei hatte im Nebenhaus stattgefunden, wo die Täterin, eine Frau namens Manga, gearbeitet hatte. Erfahren hatten sie von dem Vorfall erstaunlich schnell. Und zwar durch einen Anruf, der alle vor ein Rätsel stellte: Er war offenbar über die Notruffunktion von Ackermanns Handy abgesetzt worden. Nach seinem Tod. Von einer Person mit Frauenstimme, die ihren Namen nicht hatte nennen wollen, aber eigentlich niemand anders als Manga selbst sein konnte. Wieso sie ihre Tat bei der Polizei gemeldet hatte, konnte sich niemand recht erklären.

Auch Mangas Identität, deren bürgerlicher Name angeblich Lisa Engel lautete, hatte sich nicht abschließend feststellen lassen, denn sie war nicht im Haus gemeldet und hatte angeblich ihren Personalausweis mitgenommen. Genauso wie das Auto ihres zweiten Opfers. Und offenbar auch dessen Handy. Mit all dem war sie geflohen. Inzwischen zeigte sich Härting sehr betroffen über Ackermanns Auftritt in diesem traurigen Etablissement und fühlte vorsichtig nach, wie illegal das Haus denn nun tatsächlich war.

»Es gibt Hinweise auf einiges«, sagte sein Gesprächspartner, ein sportlicher Mittdreißiger, der zu Härting aufblicken musste, dies aber tat, ohne unterlegen zu wirken. Es war der bereits erwähnte KHK Guhl, er führte die Ermittlungen. Neben ihm stand eine etwas ältere Frau von grundsolidem Schick, die mit spöttischer Nachsicht Guhls schiefen Hemdkragen betrachtete.

»Die Mädchen sind sehr jung hier«, sagte der vermutlich etwas zu früh aufgestandene Guhl. Seine Augen waren noch ganz klein, er gähnte und blinzelte ständig.

»Das ist wohl die Spezialität des Hauses«, sprach die Schicke. Im Gegensatz zu Kriminalhauptkommissar Guhl wirkte sie nicht müde, und auch nicht wie eine Polizistin. Vielleicht die Pathologin, diese Vorstellung hatte Bettina ebenfalls nicht genau mitbekommen. Thot oder so. Jedenfalls sah diese

Frau aus wie eine französische Lokalpolitikerin: gesträhnter Pagenkopf, Goldschmuck und feine Lederpumps mit Pfennigabsätzen. Ihre Hände steckten in den üblichen Tatortlatexhandschuhen, was an ihr merkwürdig unpassend wirkte. »Tja«, machte sie. »Die Mädchen schwören Stein und Bein, dass sie volljährig sind und hier ihrem Traumberuf nachgehen.« Sie zuckte verächtlich die Achseln.

»Traurig.« Guhl rieb sich die Augen. »He, mit den Papieren von denen könnten Sie eine Kunstausstellung machen«, sagte er, ließ die Hand sinken und hatte plötzlich so einen hellen Blick, als ob er innerlich über seine eigene Formulierung lachte. »Die sind zum Teil handgemalt. – Leider müssen wir davon ausgehen, dass in mehreren Fällen Personalausweise und Personen nicht übereinstimmen. Bedauerlicherweise sind die jungen Frauen auch gar nicht mitteilsam.« Er schaute zu dem Vampir an der Bar, unterdrückte halb ein Gähnen und senkte die Stimme. »Und dann der Geschäftsführer. Hat keine Vorstrafe. Er heißt Karl-Heinz Schmitt und ist gelernter Kaufmann. Falls sein Lebenslauf stimmt, dann könnte er sich bei der Caritas bewerben. Der hat wahrscheinlich nicht mal ein Tattoo.« Wieder dieses innere Lachen.

Thot indessen musterte abschätzig den schmutzigen Raum. »Wenn seine Angestellten keine gültigen Papiere haben, dann ist sein System trotzdem fehleranfällig.«

»Mag sein, aber aktenkundig ist er nicht.« Langsam wirkte Guhl etwas wacher. »Dieses Haus wird mit wenigen Unterbrechungen seit neunundzwanzig Jahren als Bar genutzt, seit vier Jahren unter Herrn Schmitts Leitung. Das ist in dem Gewerbe eine Ewigkeit. Und nie mehr als die üblichen Probleme. In Schmitts vier Jahren hatten sie mal eine Drogenrazzia, bei der wurden ein paar verbotene Substanzen beschlagnahmt und eine junge Frau verhaftet. Das ist alles. Keine Schutzgelderpressung, keine Bandenkämpfe, jedenfalls nichts Dokumentiertes. Einfach nix.«

»Nach viel Halligalli sieht's auch nicht aus«, urteilte Thot prompt.

»Aber wie können die Frauen denn alle gefälschte Papiere haben?«, fragte Bettina. »Noch dazu so junge! Das muss doch irgendwo auffallen!«

KHK Guhl schüttelte den Kopf. »Sie sind nicht alle gefälscht. Schmitt hat drei Feste, eine etwas Ältere, dann ein Rubensmodell, die wohl auch schon länger da ist, aber nicht hier gemeldet, und außerdem noch eine von den jungen Frauen, die ist knapp neunzehn – jedenfalls, die Ältere, die Rubensdame und die Kleine – deren Papiere sind in Ordnung. Da gibt's gar nix zu beanstanden. Darüber hinaus hat er angeblich starke Fluktuation, die anderen sind Freie, die sind hier sowieso nicht gemeldet, eine hat einen gestohlenen Reisepass, zwei gefälschte Personalausweise, und der Rest sind teils abgelaufene Aufenthaltsgenehmigungen, das ist erstens leicht zu kriegen, zweitens leicht zu fälschen und unterliegt drittens nicht Herrn Schmitts Verantwortung.«

Sie blickten alle hinüber zur Bar, wo Karl-Heinz Schmitt sich wie ein Mahnmal aufgepflanzt hatte und ein blutdurstiges Gesicht machte. Bettina dachte über den Ausdruck »Rubensmodell« nach. Irgendwie gefiel er ihr nicht. Und dann Schmitt: Noch nie hatte sie einen Zeugen gesehen, der sich an einem Tatort so wenig rührte wie er. Es war nicht erkennbar, ob er irgendetwas um sich herum wahrnahm. Er stand nur da wie ein Baum. Sie musste an ihre Eibe denken.

Kriminalhauptkommissar Guhl schien ihren Gedanken zu spüren und sagte fast mitfühlend: »Der ist erst mal fertig. Sein Geschäft ist hin. Eine Frau aus dem eigenen Laden tötet erst einen Kunden, dann einen Security und dann schickt sie ihrem Chef noch postwendend die Mordkommission ins Haus. – Irgendwas muss sie gegen ihn gehabt haben.« Inneres Leuchten.

»Guter Gesichtspunkt.« Thot zückte mit ihren latexüberzogenen Händen ein ledergebundenes Büchlein. Sie machte sich eine Notiz. »Rachemotiv«, sagte sie. »Klingt gar nicht unplausibel. Ihr – Herbergsvater Karl-Heinz war wohl die Adresse ihrer Taten?«

»Wenn Sie mich fragen«, sagte Guhl, »ja. Aber Sie sind die Gutachterin. Ich kann Ihnen nur meine Meinung als Kriminalhauptkommissar sagen.«

»Ihre Meinung ist fundiert, von langer Erfahrung gespeist und daher wertvoll«, sprach Thot glatt und schrieb etwas in ihr Buch.

»Müsste man Manga nicht orten können, wenn sie Ackermanns Handy bei sich hat?«, fragte Bettina in dieses Geplänkel hinein.

»Versuchen wir«, sagte der Kriminalhauptkommissar. »Ist ja klar, aber leider ist es aus. Die Kollegen vermuten, dass sie es nach dem Notruf weggeworfen hat. Für etwas anderes kann sie es auch nicht gebrauchen, da müsste sie den Code kennen.«

Härting wies mit dem Kinn unauffällig auf den Mann hinter der Bar. »Ist er hier der einzige Verantwortliche?«

Guhl schüttelte den Kopf. »Im Moment sind wir bei vier Männern. Unser Security-Opfer hieß, soweit wir wissen, Leon Bausch, genannt Longo. Ist noch nicht verifiziert. Kein Personalausweis, wir haben nur die Meldedaten vom Auto. Herr Schmitt behauptet, das wäre der einzige feste Helfer hier gewesen, aber es muss noch zwei andere geben, die haben wir bloß noch nicht angetroffen, ein gewisser Eros, und die Mädchen haben noch einen Han oder Hon Masamun erwähnt. Von dem konnten wir vorläufig weder Kampf- noch Klarnamen verifizieren.«

»Honjo Masamune«, sagte Härting unvermittelt.

Guhl starrte ihn an. »Sie kennen den?«

Härting reagierte fast erschrocken. »Das ist ein legendäres japanisches Kampfschwert«, sagte er und räusperte sich. »Honjo Masamune, das verschwundene Schwert.«

»Na, dann passt es ja.« Guhl zuckte die Achseln und musterte Härting interessiert. »Tja. Drei feste Securitys mit Kampfnamen und dazu ein Geschäftsführer, der Karl-Heinz heißt und sofort die Bücher parat hatte. Das erklärt zwar, warum die keine Probleme mit Banden hatten, aber wenn man so drüber nachdenkt, ist das Haus dafür zu klein und zu –«, er sah sich um, »weit ab vom Schuss.«

»Wofür zu klein?«, fragte Härting.

»Für vier Männer«, antwortete Guhl. »Einer davon sauber wie Persilwerbung. Und auch keine internen Machtkämpfe, jedenfalls wissen die Mädels von nix, und so was kriegen die als Erste mit. Alles in schönster Eintracht.«

»Sie meinen, hier gibt es zu viel Personal?«, fragte Bettina.

Guhl wandte sich ihr zu. Sie spürte undeutlich, wie sich Härting neben ihr entspannte. »Das hier«, sagte der Frankfurter Kollege nachdrücklich, »ist ungewöhnlich. In einem Laden dieser – hm, Qualität, sitzt normalerweise *ein* gestörter Egomane, der irgendwas davon hat, den Kiezkönig zu spielen. Einer mit dickem Vorstrafenregister. – Na, wahrscheinlich werden wir am Ende rauskriegen, dass da eben doch irgendwelche rivalisierenden Rockergruppen einen Revierkampf ausgetragen haben.« Er sah sich um. »Wobei man sich echt fragt, was es hier zu kämpfen gibt.«

Die schicke Thot betrachtete einen Fleck auf der schmuddeligen Polsterbank vor ihr, dann kratzte sie mit der Miene einer ordnungsliebenden Hausdame daran herum. »Diese Manga war vielleicht dabei, zu einer konkurrierenden Gruppe überzulaufen«, warf sie etwas lauernd ein.

Guhl nickte.

»Glauben Sie, dass sie zwei Menschen erschossen und sich dann selbst angezeigt hat, nur um ihrem Zuhälter«, Bettina wies auf den hölzernen Karl-Heinz, »das Geschäft zu vermiesen?«

Guhl blinzelte. Ohne zu gähnen. Dann sagte er zu Bettina: »Frau Boll, ich muss der Frau Thot recht geben, tatsächlich sind wir jetzt hier und fragen Papa Karl-Heinz nach den Büchern. Und wieso tun wir das?«

Papa Karl-Heinz. »Weil er Minderjährige zur Prostitution zwingt?«

Guhl blinzelte wieder. Müde sah er jetzt nicht mehr aus, das schien eher eine Art Unmutsbekundung zu sein. »Nein, Frau Boll«, sagte er. »Weil er die Leiche eines Polizisten in seinem Haus liegen hat. Diesen Toten hätten wir ganz sicher nicht hier gefunden, wenn Frau Engel ihn nicht gemeldet hätte. Dann hätte Ihr Kollege ein hübsches Begräbnis in irgendeinem Wald bekommen. – Was soll sie sonst gewollt haben, als dem Herrn Schmitt eins auszuwischen?«

»Weiß ich nicht.« Bettina wies in den trostlosen Raum. »Fliehen?«

»Sie meinen, den Arbeitsplatz wechseln?«, fragte Thot.

»Ich meine«, sagte Bettina zunehmend gereizt, »dass sie offensichtlich misshandelt und gegen ihren Willen festgehalten wurde und nicht die Möglichkeit hatte, ohne Gewaltanwendung das Haus zu verlassen. Und dass sie mit ihrem Anruf irgendwen genau darauf aufmerksam machen wollte. Weil nämlich die Frauen hier gar keine Frauen sind. Sondern Kinder!«

Guhl sah jetzt sehr ernst aus. »Frau Boll, das Alter dieser Frauen ist nicht leicht einzuschätzen. Noch dazu bei Kunstlicht. Kinder sind es ganz sicher nicht. Vielleicht Jugendliche. Aber Sie müssen bedenken: Die werden auf Jugend getrimmt. Wir gehen dem nach, doch wenn das wirklich Minderjährige wären, hätten sie jetzt Gelegenheit, uns das zu sagen. Tun sie aber nicht!«

Thot warf ihr einen schwer deutbaren Blick zu. »Sie sind freiwillig hier, und es geht ihnen ausgezeichnet.«

»Die sind mit Sicherheit völlig verängstigt und müssen erst mal raus«, widersprach Bettina. »Wir sollten sie trennen und ordentlich versorgen, und dann –«

»Dann adoptieren wir sie und schicken sie auf die Schule?« Guhl leuchtete. Kurz, aber das ließ er sich nicht nehmen. Und fügte an: »Verzeihen Sie, dass ich das so krass ausdrücke, Frau Boll –«

»Sie tun, was Sie können«, half Härting dem Kollegen. Er betrachtete Bettina kalt.

»Frau Boll, ich verstehe Ihre Bedenken, das hier ist kein guter Ort«, begann Guhl.

»Das ist ein Kinderpuff!«, rief Bettina.

Guhl blinzelte.

»Ja«, sprach Bettina streitlustig, bevor Härting ihre Anwesenheit, ihr Benehmen, ihre ganze Existenz herunterspielen konnte, das wollte er nämlich, stand ihm auf die Stirn geschrieben. »Gucken Sie sich die Mädchen doch an! Schule wäre gar keine schlechte Idee für die! Und wenn dieses Haus wirklich so verdächtig ist und die Mädels mehr schweigen als üblich und alles drauf hinweist, dass hier im Hintergrund irgendeine noch viel größere Schweinerei läuft als in einem normalen Bordell, dann müssen diese Kinder erst recht in Sicherheit gebracht werden.«

»Diese Kinder sind alle erwachsen«, sagte Thot in einem überaus beschwichtigenden Tonfall, der eigentlich nur ironisch gemeint sein konnte.

»Was soll ich machen?«, ergänzte Guhl. »Ihre Gebisse sichten und sie schätzen lassen?« Leuchten.

Bettina stemmte die Arme in die Seiten. »Sind Sie wirklich sicher, dass unser Ackermann nicht doch irgendeine Spur hierher verfolgt hat?«

Pause. Thot lächelte plötzlich mitleidig.

»Herr Ackermann war hier Stammkunde«, sagte Guhl, jetzt sehr sanft.

Härting räusperte sich und schoss einen vernichtenden Blick auf Bettina ab, der hundertprozentig nicht ironisch war.

»Wenn Sie möchten, Frau Boll«, sprach Guhl im selben Ton weiter, »können Sie gern mit den Mädchen sprechen. Versuchen Sie es einfach mal, wir wären Ihnen dankbar für alles, was

Sie herausfinden.« Damit wandte er sich abrupt von ihr ab und Härting zu, so dass sie nur noch seinen Rücken sah.

Sie war abserviert. Also drehte sie sich um und ging raus, hier drin war es sowieso zum Ersticken.

»... Frauen gehören einfach nicht mit in den Puff«, hörte sie Härting von weitem.

»Sie sagten, sie wäre mit dem verstorbenen Ackermann befreundet gewesen«, antwortete Guhl tiefsinnig. »War vielleicht ein Fehler, sie mitzunehmen.«

Genau, ein Fehler, dachte Bettina. Und du, mein lieber Härting, zeig mir mal einen Puff ohne Frauen.

Die Frauen standen immer noch an der Hausecke, sie rauchten wie zuvor, und irgendwie sah es aus, als hätten sie Angst, damit aufzuhören, weil sie vielleicht gar nicht wussten, was sie tun sollten, wenn die Zigaretten alle waren. Bettina schritt auf sie zu.

»Wo werdet ihr jetzt wohnen?«, begann sie geschäftsmäßig. Sie holte einen Stift heraus und sah die Mädchen streng an.

Die kicherten nur, aber ihre Blicke waren unsicher. Bettina spürte ihre Angst. Wovor auch immer.

Sie klickte mit ihrem Stift und kramte mit der Linken im Rucksack nach ihrem Block. Aber er war nicht drin. Vermutlich hatte sie die Einkaufsliste draufgeschrieben und ihn zu Hause liegen lassen. Dann musste es eben ohne gehen. »Namen.«

»Olga Pjotrovna«, nuschelte die eine, die etwas größer war, und warf ihre Kippe weg. Ihr Haar war seltsam schmutzig blond gefärbt und mit vielen Klammern so platt an den Kopf gesteckt, als würde sie normalerweise eine Perücke tragen. Ihr Körper war schlank, aber trotzdem irgendwie unförmig, weil sie vermutlich mehrere Schichten formender Trikots übereinander trug. An ihrem Ausschnitt sah man vier verschiedene Arten Träger. Und ihre dünnen Arme waren an einigen Stellen aufgekratzt (oder aufgestochen?) und entzündet. »Olga Piotrow-na?«, fragte Bettina.

Olga nickte und kicherte. Dann warf sie Bettina einen kurzen abschätzenden Blick zu. Ihre Augenfarbe war schmutzig braun, wie der Teppich drinnen an den Wänden. Sie hatte drei Piercings an der rechten Braue und eins am Mundwinkel, alle vier Stellen waren rot und grindig.

»Und du?«, sprach Bettina das andere Mädchen an.

Olga stieß ihre Kollegin in die Seite. Die sah Bettina aus hellen Augen an und entließ langsam Rauch aus den Nasenlöchern. Bettina fragte sich, wie diese Kinder es schafften, ihren Freiern auch nur einen geraden Blick zu bieten.

»Nini«, sagte Olga.

Bettina klickte wieder mit dem Kuli.

»Dein richtiger Name«, kommandierte Olga barsch, sah Bettina an und nieste. Sie war die Wortführerin. Und Nini sagte gar nichts. »Nausikaa Karima Zimmermann«, sprach Olga für sie.

Nini wurde ein wenig rot, ihr Blick war jetzt schnell und ängstlich. Sie trug ebenfalls mehrere Schichten Wäsche und darüber ein grell orangefarbenes Dings aus Synthetik, das ihr noch den letzten Rest gesunder Farbe aus dem Teint sog.

»Nau- was? Nausika-a Karima Zimmermann?«, wiederholte Bettina.

Nini senkte den Kopf.

»Selten, der Name«, sagte Olga, wie man sagt: Ja, meine Freundin hat drei Brüste, und jetzt starren Sie nicht so.

»Darf ich eure Ausweise sehen?«

Die beiden schauten Bettina an, als ob sie nicht ganz dicht wäre. Schließlich räusperte sich Olga und sagte: »Sind drin.« Sie wies vage aufs Haus.

»Okay, Nini, richtig? – Und Olga: Wo werdet ihr wohnen?«

Die beiden sahen jetzt nervös aus. Olga zog ein Päckchen Marlboros hervor und zündete sich großspurig eine an. Fünf

Stück hatte sie noch, sah Bettina. Fünf Zigarettenlängen, bis die unsichere Zukunft begann. »Wohnen«, sagte Olga gedehnt, als der Glimmstängel brannte.

»Hier könnt ihr nicht bleiben«, erklärte Bettina entschieden.

»Wir werden sehen, was Karl-Heinz für uns findet«, sagte Olga obenhin.

»Karl-Heinz?«

»Unser Papi«, flüsterte Nini kaum hörbar.

Olga, die Bettinas Blick sah, hieb ihr den Ellenbogen mit Wucht in die Seite. »Manager«, teilte sie Bettina obenhin mit.

Papa Karl-Heinz.

»Der Polizist, der gestorben ist, der kam regelmäßig hierher?«, fragte Bettina. Themenwechsel.

Die Mädels kicherten wieder. Nini nickte.

»Wie oft insgesamt?«

Schweigen.

»Wann hat er euer Haus zum ersten Mal besucht?«

Kichern.

»Olga«, sagte Bettina. »Wie oft hast du ihn hier gesehen?«

Olga blies Rauch in Bettinas Gesicht. »Fünf, sechs Mal.«

»Wann war er zum ersten Mal da, vor einem Monat? Zwei?«

»Ich glaub, der kam zum ersten Mal, als –« Olga zögerte.

»Ja?«

»So Vierteljahr.«

»Wo bist du eigentlich her?«, fragte Bettina.

Olga nahm einen tiefen Zug aus der Zigarette, senkte den Kopf und schwieg.

»Nini?«

Sie schüttelte den Kopf.

Olga blickte strafend und tuschelte Nini etwas ins Ohr. Dann sagte sie: »Ist doch jetzt egal, außerdem, er wollte immer nur zu Manga.«

»Manga? Das ist das Mädchen, das ihn erschossen hat? Lisa Engel?«

»Engel«, schnaubte Olga. Dann sah sie Bettina an und antwortete: »Ja.«

»Hatten die beiden Streit?«

Kopfschütteln.

»Und er ist immer so hier – aufgetreten? In Uniform?«

»Ja.«

»Mit«, Bettina brachte es kaum über die Lippen, »Dienstwaffe?«

»Er hatte immer 'nen voll behängten Gurt«, sagte Olga anzüglich. Der Ton war ihr hörbar geläufig, trotzdem wirkte er total unpassend. Nini kicherte.

»Und war diesmal irgendetwas anders als sonst?«

Pause.

»Nein«, flüsterte Nini schließlich unsicher.

»Ja«, sagte Olga fest.

Bettina hob die Brauen.

»Er war viel schüchterner als sonst«, erklärte Olga, paffte an ihrer Zigarette und hieb Nini in die Seite. »Weißt du noch, er war voll komisch.«

»Komisch?«, fragte Bettina.

Olga erwärmte sich für ihr Thema. »Ja, Mann, Nin, du hast es nicht gesehen, aber ich war mit Ann so an der Bar und hab ihn begrüßt, weil Diandra 'nen Job hatte.« Sie grinste.

Wenn doch nur dieses Grinsen verkäuflich wäre statt deines Körpers, dachte Bettina melancholisch. Du wärst eine reiche Frau. In diesem Moment sah Olga nicht mehr erbärmlich aus, sondern so fies und satt wie ein Tarantino-Film. Sie hatte sogar Grübchen. Nini kicherte.

»War das ungewöhnlich«, fragte Bettina weiter, »dass – Diandra einen Job hatte?«

Sie erntete hysterisches Gelächter. Die Mädels wollten sich wegschmeißen. »Hast du Diandra *gesehen*?«, brachte Olga schließlich sehr affektiert heraus.

»Nein«, sagte Bettina.

»Jedenfalls«, Olga zündete sich die nächste Zigarette direkt an der alten an und sog lange, »Diandra war nicht da, der Bulle kam rein, war noch ganz früh, überhaupt nichts los, und er war so –« Sie schüttelte den Kopf.

»Verloren?«, half Nini mit ihrer leisen Stimme, und es zerriss Bettina das Herz, wie sie das sagte, eine kleine mitfühlende Seele.

»Die Hosen voll«, präzisierte Olga. »Normal brüllt er rum und will immer gleich 'ne Razzia machen, aber diesmal: *niente.*« Sie nickte gewichtig.

»Er war stiller«, fasste Bettina zusammen.

»Ja.«

»Und dann?«

»Dann hat Manga ihn trotzdem mit hochgenommen. Ich meine, die hat ja auch auf ihn gewartet.«

»Sie wusste, dass er gestern Abend kommen wollte?«

»Sie war ganz aufgeregt«, wisperte Nini. Olga hieb ihr wieder den Ellenbogen in die Seite, vielleicht aus Gewohnheit.

»Du meinst, sie hatte *geplant,* ihn zu erschießen?«

»Der hat immer angerufen, so vorher«, bestätigte Olga.

Bettina starrte die Mädels an, die starrten zurück, fast vertraulich, so fremd konnte man sich gar nicht sein, wenn man ein Rätsel teilte: die Männer.

»Klar, er ist ja ein Bulle«, sagte Bettina langsam.

Nini kicherte verständnislos.

»Man sagt, wir würden immer vorher noch mal anrufen.«

Kichern. Dann tuschelten die beiden wieder.

»War Manga erst seit seinem Anruf aufgeregt oder schon vorher?«, fragte Bettina.

»Seit seinem Anruf«, sagte Olga.

»Schon vorher«, flüsterte gleichzeitig Nini.

»Und wie war Manga dann? Wenn sie aufgeregt war?«

»Sie hat vom Bullen geredet«, sagte Nini.

»Hat sie nicht«, fuhr Olga ihr über den Mund.

»Sie wollte wissen, ob er anruft. Wir sind ja auf den Zimmern, so am Tag, und kriegen das nicht mit –« Nini wurde rot.

»Das Telefon steht in der Küche«, sagte Olga kalt.

»Ihr habt keine Handys?«, fragte Bettina ahnungsvoll. Wenn es einen Beweis dafür gab, dass diese jungen Frauen Zwangsprostituierte waren, dann das.

»Schon, aber der Empfang ist hier so schlecht«, murmelte Olga tonlos.

Klar, dachte Bettina. Mitten in Frankfurt kein Handyempfang.

Olga schien zu spüren, was sie dachte. Sie schnaubte und nahm sich noch eine Zigarette.

Bettina sagte: »Ihr müsst euch Hilfe holen.«

Die Mädels nickten schwach und sahen plötzlich ganz leer aus. Niemals, sagten ihre starren Gesichter, nie und nimmer, werden wir hier wegkommen. Bettina wollte ins Haus stürzen und selbst Hilfe holen, eine Sanitäterin, einen Frauenhausflyer, die Amtsärztin, aber dann dachte sie an Thot und sah in diese abweisenden Gesichter und öffnete ihre Handtasche. Beziehungsweise Ennos Rucksack, den sie über der Schulter trug. Frauenhausflyer, so etwas hatte sie doch neulich erst eingesteckt, jetzt fand sie es nicht mehr, aber die Nummer wusste sie auswendig, die musste sie oft weitergeben. Es war die von Ludwigshafen, aber zur Not konnte jemand die Mädchen weiterverbinden.

»Habt ihr mal mit der Amtsärztin über Frauenhäuser geredet?«, fragte sie.

Die Mädchen sahen sich an.

»Frauenhäuser«, sagte Olga mit aller Verachtung.

»Die sind hier nicht sicher«, hauchte Nini und erntete wieder einen Rippenstoß.

»Okay«, sagte Bettina kurz entschlossen, fischte einen alten Umschlag aus dem Rucksack und notierte darauf die Nummer, die sie kannte. »Dieses«, sie sah Nini fest an, »Frauenhaus ist sicher. Da könnt ihr zumindest mal anrufen, wenn was ist.« Sie reichte Olga den Zettel.

Die sah ihn an, als wäre es die Beitrittserklärung zu einem Bibelkreis. Bettina nickte ihr aufmunternd zu, und Olga nahm den Wisch, genervt und mit rausgestreckter Zunge. Sie steckte ihn in ihren Ausschnitt. Dann paffte sie verächtlich an ihrer Zigarette.

»Okay«, sagte Bettina. »Manga hat also schon auf diesen Anruf gewartet.«

Schweigen.

»War es so?«

»Ja«, piepste Nini.

»Und wie hat sie dann davon erfahren?«

»Sie hat gewusst, dass Diandra meistens drangeht«, flüsterte Nini, »aber Diandra kann man nicht –« Sie brach ab.

»Kann man nicht was?«, fragte Bettina. Wieder herrschte große Spannung in ihrer zugigen kleinen Raucherecke.

Bis Olga ihre kaum angerauchte Zigarette auf den Boden pfefferte. »Fuck!«, schrie sie Nini an. »Du bist so doof! Wieso hast du davon angefangen?« Sie wandte sich Bettina zu. »Diandra ist nicht drauf, verstehst du, und Manga war es auch nicht mehr! Die fucking Missis! Und ich krieg noch Dust von ihr, aber hallo! – Weil ich aufgepasst hab, und weil ich's ihr gesagt hab, ich wohne neben der Küche, verstehst du, ich hör, wann einer anruft! Und sie wollte supergenau wissen, wann er nächstes Mal kommt!«

Nini starrte Olga angstvoll an und klopfte ihr leicht auf die Schulter.

»Du kriegst *Dust*?«, fragte Bettina ruhig.

Da packte Nini die wütende Kollegin am Arm und zog sie fort. »Wir müssen mal wieder rein«, sagte sie leise zu Bettina. Und das klang gleichzeitig bedauernd und endgültig, als sei die Zukunft jetzt beschlossen und die Raucherpause eben doch kürzer gewesen als ein paar Zigarettenlängen.

Bettina starrte ihnen hinterher, wie sie sich ins Haus schleppten, bleiche Würmer mit blutig gekratzter Haut, Piercings an unmöglichen Stellen mitten im Gesicht, zwei echt junge Frauen, die echt so gingen, als ob sie es nicht gewohnt waren zu gehen, nicht einmal die drei Schritte ins Haus hinein. Sie fühlte sich schrecklich. Ackermann war tot, und fast noch schlimmer: Ackermann war ein Arsch. So viel Zeit hatte sie mit diesem Kollegen verbracht, so eingespielt waren sie gewesen, so sehr hatte sie jederzeit seinem Urteil vertraut. Aber in Wahrheit hatte er diese verwahrlosten Kinder gekannt, und wenn die was in ihm gerührt hatten, dann jedenfalls nicht sein Herz. Er war ein Dreckschwein.

Sie sah die Kippen auf dem Boden und klopfte ganz automatisch auf ihre Hosentasche, um die Zigaretten rauszuholen. Dann spürte sie, dass da keine mehr waren. Heftige Gier überkam sie, denn der Boden war an dieser Stelle mit Stummeln geradezu bedeckt, und das sah zwar ungemein liederlich aus auf den alten Waschbetonplatten, aber eben doch auch nach dem Raucherplatz, dem Versteck, der schnellen Befriedigung. In dem Moment hätte sie alles geraucht. Doch weil sie nichts hatte, und weil sie den Teufel tun würde und eine von diesen widerlichen Kippen vom Boden aufklauben, legte sie den Kopf in den Nacken und atmete tief durch. Als sie die geschlossenen Augen wieder öffnete, da erblickte sie in Sichthöhe an der Hauswand ein Fenster mit einer schmalen Fensterbank, und darauf lag ein hübsches, eckiges, silbergraues Päckchen. Marlboros. Ein Feuerzeug lag daneben. Fast automatisch griff sie nach der Schachtel. Öffnete sie. Halb voll. Es gab Millionen Gründe, eine zu rauchen, Millionen Male, in denen sie eine durchgezogen hatte und dann wieder richtig denken konnte, grade gehen, das Bessere tun.

Aber das Bessere, dachte Bettina, war in diesem Fall nicht die Komplizenschaft mit diesen Mädchen, obwohl die ja jetzt nicht einmal da waren, um zu applaudieren und dann ihre

Geheimnisse auszupacken. Nein, hier musste mal irgendwer Verantwortung übernehmen – und sei es nur für sich selbst. Bettina klappte das Päckchen wieder zu, legte es auf die Fensterbank und fühlte sich wackelig. Und dann schritt sie schnell Richtung Straße, dorthin, wo die anderen standen. Und auch nicht rauchten.

Sie musste mitkommen, Ackermann identifizieren. Unter anderem deswegen waren sie ja hier: um behilflich zu sein. Die Leichname waren jetzt zum Transport freigegeben und wurden in Zinksärgen aus dem Haus geschafft; draußen standen schon die Leichenwagen, die sie zur weiteren Untersuchung in die Pathologie bringen würden. Im Osten ging hinter grell leuchtenden Dunstschleiern die Sonne auf. Das einsame Gewerbegebiet schien immer größer und trostloser zu werden, ein riesiger Himmel, darunter niedrige Hallen, die in dem hellen Licht wie von innen heraus in merkwürdigen Neontönen strahlten.

Da an diesem Ort nicht mit Publikumsverkehr zu rechnen war und Guhl sie jetzt offenbar doch loswerden wollte, ordnete er an, Ackermanns Sarg hier unter freiem Himmel zu öffnen, damit die Identifizierung gleich und ohne lange Formalien durchgezogen werden konnte. Härting winkte Bettina zu sich heran, er sah angespannt, grau und sehr alt aus. Diese Sache, dachte Bettina, nimmt ihn mit. Dabei konnte sie sich nicht erinnern, dass Härting und Ackermann je freundschaftlich miteinander umgegangen waren. Nun aber stand er vor dem Sarg und sah aus, als betrauerte er seinen verlorenen Sohn.

Bettina trat vorsichtig näher, fast hätte sie Härting am Arm gegriffen, ihm die Schulter gedrückt. Sie unterließ es und betrachtete stattdessen Ackermanns Gesicht. Nur das war von dem weißen Laken unbedeckt.

»Er ist es«, sprach Härting leise. »Unser Kriminalhauptkommissar Michael Ackermann.«

Unser. Bettina nickte. Er war es, eindeutig, und er war es nicht: So schwach und fliehend wirkte sein Kinn, so abstoßend die Bartstoppeln, so fleckig die Haut. Niemand hatte ihm Augen oder Mund geschlossen, und jetzt schaute Ackermann mit einem seltsam kalten, fast bösartigen Blick gen Himmel, und seine geöffneten Lippen entblößten zwei Reihen schlecht gepflegter gelblicher Zahnkronen mit schwarzem Metall dazwischen, die auf Bettina plötzlich ungeheuer eklig wirkten: Diesen Mund hatte sie geküsst. Nicht oft, aber angesichts dieser Zahnruinen kam ihr das jetzt mehr als widerwärtig vor. Da waren nicht nur die hässlichen Kronen, sondern im hinteren Bereich fehlten mehrere Zähne, dort klafften ganze Löcher, und irgendwie roch es, das musste eine Sinnestäuschung sein, aber es roch ganz einfach faulig –

»Frau Boll? Geht es wieder?«

Bettina nickte schwach und dankte Gott, dass sie nicht gefrühstückt hatte. Sie richtete sich auf und trat einen Schritt von dem Grasbüschel weg, über das sie sich gebeugt hatte. An ihrer Seite war Guhl aufgetaucht, da stand er und reichte ihr ein Papiertaschentuch.

»Schlimm, wenn man einen guten Kollegen und Partner verliert«, sagte er verständnisvoll.

Bettina nickte.

»Ich kenne das«, erklärte er vage. Dann legte er ihr überraschend den Arm um die Schulter. »Wir kriegen sie. Großfahndung läuft, wir haben über hundert Leute da draußen im Einsatz.«

»Wir kriegen was?«, fragte Bettina verwirrt und schob Guhls Arm weg. Die Berührung war ihr mehr als unangenehm.

»Wir kriegen *sie*«, wiederholte Guhl lauter, als hätte sie nicht richtig gehört. »Manga. Lisa Engel. Die Frau, die das getan hat!«

»Oh«, sagte Bettina matt. »Ach so! – Ja. Natürlich.«

Sie werden dich kriegen. Klar werden sie das, du weißt es, da machst du dir nichts vor, wenn du eine wärst, die sich was vormacht, dann wärst du jetzt nicht hier.

Das Handy vom Bullen hast du weggeworfen, aber du hast noch Longos Smartphone und seine Autoschlüssel und den zugehörigen Kia, der dich auf einen Rastplatz gebracht hat. Das Passwort fürs Smartphone heißt digger, *wusstest du schon, und fürs richtige Buchstabieren hast du nicht lang gebraucht. Außerdem bist du im Autofahren Naturtalent. Du kannst alles. Es gibt nichts, was dieser kranke Macho dir vorausgehabt hätte. Aber seine Karre musst du loswerden. Damit kriegen sie dich. Sie werden dich sowieso kriegen, das ist klar. Aber im Moment – so und hier – kannst du dich nicht fassen lassen.*

Du hast noch was zu erledigen.

3

»Er ist tot, nicht wahr?«

Ackermanns nächste Angehörige war seine Tochter Kati, die bei der Mutter lebte, und diese, Manuela Paaris, stand jetzt vor ihnen in ihrer Haustür und betrachtete die Ankömmlinge mit klugen Augen. Sie war eine schlanke Frau mit naturblondem Haar, in dem sich ein paar graue Strähnen versteckten. Soviel Bettina wusste, arbeitete Paaris als Anwältin für Strafrecht. Vor ihr etwas geheim zu halten war sicher nicht leicht, außerdem kannte sie sich mit den Gepflogenheiten der Polizei aus: Härting hatte sie angerufen, und wenn der Vorgesetzte eines Polizisten die Angehörigen anrief, brachte er selten gute Nachrichten.

»Manuela Paaris?«, fragte Härting die Frau, ohne ihre Frage zu beantworten.

Die nickte ernst. Ihr Gesicht hatte sich ahnungsvoll verdunkelt.

Härting blickte nervös zurück. Bettina stand direkt hinter ihm auf der Haustreppe. Thot hatte noch einen Parkplatz gesucht und erreichte eben die Gartenpforte. Die ironische Blondine hatten sie mitnehmen müssen, als seelsorgerische Unterstützung. Wie sie jetzt wussten, war Thot eine psychologische Fachkraft der Frankfurter Kriminaldirektion und hier Vertreterin der hessischen Polizei. Es war Härting ein Anliegen gewesen, die Todesnachricht selbst zu überbringen. Weil es persönlicher war. Guhl hatte das kapiert. Aber auch auf Thot bestanden, vermutlich, weil Härting und Bettina selbst nicht gerade ungerührt wirkten. Wie konnten sie auch. Sie hatten Spohn von der Sitte dort gelassen, um alles zu regeln, was noch anstand, und dann waren sie wie im Traum über eine weiß glänzende morgendliche Autobahn zurück nach Ludwigshafen geflogen. Geschwebt. Irgendwie drübergeschossen.

»Kriminalkommissarin Boll«, stellte Härting jetzt vor und schielte unruhig ins Innere des Hauses. »Und Kollegin – äh, Thot, aus Frankfurt. Frau Paaris, ist Ihre Tochter Katharina da?«

Paaris sah sie aufmerksam an und machte dann den Weg ins Innere des Hauses frei. »Ja«, sagte sie. »Nach Ihrem Anruf hab ich sie nicht in die Schule gehen lassen. Aber kommen Sie doch rein.«

Das Haus war innen heller, als es von außen wirkte, fragile Gemütlichkeit an der Grenze zum Chaos, viele Bücher, Möbel, denen man eine Geschichte ansah.

Paaris führte sie in ein freundliches Wohnzimmer mit kleinem Fernseher und großer Couch und bot Plätze an. Härting nahm sie beiseite und bat sie, Kati erst einmal nicht dazuzuholen. Paaris nickte und sagte: »Sie ist noch im Bad.« Damit schloss sie die Tür zum Flur und setzte sich auf einen Stuhl. »Also. Was ist passiert?«

Härting gab eine kurze Zusammenfassung, die angesichts der Umstände von Ackermanns Tod nicht sehr schonend ausfallen konnte. Paaris blickte ihn während des gesamten Berichts unverwandt an und wurde ein wenig blasser. Sonst zeigte sie keine Reaktion, allerdings schwieg sie lange, nachdem Härting geendet hatte.

»Danke für die Nachricht«, sagte sie schließlich ziemlich steif. »Es ist gut, dass ich es Kati jetzt selbst … mitteilen kann.«

»Ja«, sagte Härting, und man spürte, wie froh auch er darüber war. Eine Pause trat ein. Man hörte eine Uhr ticken, die Sonne kam heraus und malte Kringel auf den Boden. Irgendwie sah plötzlich alles golden aus, so, als ob die Welt ein wunderbarer Ort wäre, eine sichere Heimat mit weißen Mullgardinen an den Fenstern und ewigem Sommer draußen, und als ob sie alle sich hier zusammengefunden hätten, um sich gemeinsam vor dem Tod zu verschanzen.

»Hatte Ihre Tochter Kati ein enges Verhältnis zu ihrem

Vater?«, fragte Thot schließlich. Sie saß auf einem hübschen Sessel neben einem Tisch mit Blumenstrauß und betrachtete ihre Beine, die sie hochelegant übereinandergeschlagen hatte. Und vielleicht war es gerade ihre sichtbare Raffinesse, die ihrem Satz diesen überaus beunruhigenden Doppelsinn gab. Plötzlich stand ein erschreckendes Bild im Raum. Bettina sah, wie Härtings steinernes Antlitz noch grimmiger wurde.

Doch Paaris parierte ohne Mühe. »Oberflächlich und freundlich«, sagte sie in einem Ton, der die Idee verbrecherischen Inzests zwischen Vater und Tochter glatt hinwegfegte. »Als sie klein war, konnte er nichts mit ihr anfangen, dann so mit acht Jahren hatte sie eine Phase, in der sie oft traurig war deswegen, und dann hat sie rausgekriegt, dass er ihretwegen ein schlechtes Gewissen hatte, daran konnte sie ihn packen. Da hat sie's pragmatisch gesehen und ihn als Fahrer benutzt.« Sie zuckte die Achseln. »Dazu war er zu gebrauchen.« Dieser Nachruf hörte sich eine Spur maliziös an, aber Paaris machte keinen Versuch, die Worte durch eine Geste abzuschwächen.

»Und Sie selbst, hatten Sie noch Kontakt?«, fragte Thot.

Paaris schüttelte den Kopf. »Ich hab Michel ewig nicht mehr gesehen. Wir haben uns getrennt, als Kati grade ein halbes Jahr alt war, und –« Sie brach ab und schwieg.

Härting auch.

Bettina ebenfalls.

»Und?« Thot schlug die Beine andersherum übereinander.

»Wir waren sieben Jahre verheiratet«, sagte Paaris. »Das ist nicht sehr lange und auch schon lange her.« Sie blickte Bettina eine Spur zu offensiv an. »Soviel ich weiß, haben Sie täglich eng mit ihm zusammengearbeitet. Sie kennen ihn sicher besser als ich.«

»Ich kannte ihn von einer anderen Seite«, sagte Bettina abwehrend. Super, jetzt hatte sie den schwarzen Peter. »Von den Angewohnheiten, die Ackermann nach Frankfurt geführt haben, wusste ich nichts«, erklärte sie nachdrücklich.

Thot legte den Kopf schräg. »Sie nannten ihn Ackermann?«

»Wir reden uns fast alle mit Nachnamen an.«

Thot lehnte sich im Stuhl zurück und betrachtete Bettina mit offener Neugier, doch Paaris unterbrach die Belagerungsrunde und stand auf. Sie hatte die Stafette Ackermann erfolgreich weitergegeben und darüber hinaus kein sichtbares Interesse mehr an Bettina. Härting erhob sich augenblicklich. Bettina folgte. Thot blieb sitzen.

»Ackermann war ein echter Polizist«, hörte Bettina sich da sagen. Verrückt, denn sie wollte ihn gar nicht verteidigen. Aber diese Thot – und auch diese Paaris! –, die reizten das irgendwie aus ihr heraus. »Und ein guter Kollege«, setzte sie trotzig hinzu. »Er hat so ein Bonnie-und-Clyde-Gefühl erzeugt. Wir gegen den Rest der Welt. Das war aufregend. Aber auch unreif.«

Paaris blickte sie einen Moment interessiert an, dann nickte sie. »Stimmt«, sagte sie. »Aber mit Kind ist es einfach was anderes. Ein Kind braucht den Rest der Welt. – Oh, hallo, Kati.«

Da war sie, und Bettina fragte sich, wie lange Kati schon im Türrahmen stand. Auch Ackermann war oft so erschienen: groß, total präsent, aber trotzdem nicht polternd, sondern ganz plötzlich einfach da. Genau wie er lehnte Kati lässig im Türrahmen und reichte fast bis oben hin. Sonst sah sie ihrem Vater nicht ähnlich: Sie war auffällig weißblond, langhaarig und sehr schlank. Ein echter Modeltyp. »Hallo«, sagte sie, nahm einen Schluck aus einer Teetasse und blickte misstrauisch in die Runde. »Hallo, Tina. Warum musste ich hierbleiben? Was wolltet ihr uns sagen? Was ist denn eigentlich los?«

Bettina nickte Kati bedauernd zu.

Härting trat vor. »Fräulein Ackermann?«

Kati neigte argwöhnisch den Kopf.

»Wir müssen Ihnen eine Mitteilung machen«, sagte Härting steif.

»Eine – was?«

»Setz dich, Liebes«, sagte Katis Mutter nachdrücklich. »Das ist Erster Hauptkommissar Härting. Und Frau, äh –«

»Thot«, sagte Thot.

»Genau. Und Kommissarin Boll kennst du wohl schon, die drei sind Kollegen deines Vaters, und sie bringen leider schlechte Nachrichten.«

Kati blieb im Türrahmen stehen. »Was denn für Nachrichten?«

»Fräulein Ackermann, wir müssen Ihnen leider sagen, dass Ihr Vater heute Nacht verstorben ist. Er wurde erschossen.«

Kati starrte Härting ins Gesicht. Sie ließ die Tasse sinken, dann verzerrte sich plötzlich alles an ihr und sie schrie: »Sie sind dieser Härting!«

»Kati«, sagte Paaris.

»Fräulein Ackermann«, sagte Härting begütigend. »Es tut mir leid. Es ist für uns alle ein schwerer Schlag.«

»Sie wollten ihn loswerden!«, brüllte Kati, drehte sich um und polterte die Treppe hoch ins Obergeschoss.

Paaris erhob sich. »Sie sollten jetzt gehen«, sagte sie.

»Schwieriges Alter«, sagte Härting nervös. Seine Stirn stand voller kleiner Schweißperlen, er kramte in seiner Tasche und holte ein Taschentuch hervor. Altmodisch aus Stoff und gebügelt, registrierte Bettina.

»Es ist eine schlimme Nachricht«, sagte Paaris abschließend.

»Wir verstehen es. Ich habe das schon öfter erlebt. Es ist normal«, sagte Härting, sichtlich mitgenommen. »Kommen Sie, Frau Boll? Frau, äh – vielen Dank, wir finden allein raus.«

Hier kommst du nicht raus, jedenfalls nicht gleich. Der Truck rast über die Straße. Und der Trucker will dich kennenlernen. Wie du heißt? Nenn mich Gott, hättest du fast gesagt. Ich hatte schon so viele Namen. Und ich bin Herrin über Leben und Tod. Aber der das wissen will, ist ein fieser schleimiger Typ, und was er sonst noch will, siehst du mit einem Blick. Das absolut Letzte. Du hättest nicht in diesen Truck steigen sollen. Aber du hattest keine Wahl. Hattest du noch nie, Gott. Göttin. »Meggie«, sagst du. »Ich heiße Meggie.«

Auf der Treppe nach draußen sagte Thot: »Interessante Reaktion.«

»Nein, normal«, widersprach Bettina, die nach diesem anstrengenden Besuch einfach nur noch genervt war von Thots aufreizender Neugier. Und Härting sah nicht gut aus. Er schleppte sich mühsam die Treppe runter und wirkte ganz blass.

»Wenn ich den Ausbruch richtig verstanden habe, hat die Tochter gesagt, Sie wollten Ihren Mitarbeiter Ackermann loswerden?«, bohrte Thot. Sie blieb auf der Straße stehen und musterte den schwer atmenden Härting.

»Das war ein ganz gewöhnlicher pubertärer Anfall«, sagte Bettina kalt. Sie hätte Härting gern am Arm genommen. Er schien sich gar nicht wohlzufühlen. Aber sie wusste auch, dass er Hilfe nicht mochte.

»Nein«, sagte Thot. »Das war mehr. Diese Katharina war feindselig. Wie kam sie drauf, dass Sie ihren Vater loswerden wollten?«

»Das wollte ich nicht«, sagte Härting.

»Es hat sich anders angehört«, stellte Thot fest.

Härting stolperte plötzlich. Bettina griff nach seinem Ellenbogen und erwartete, dass er sie wegstoßen würde, doch er stützte sich im Gegenteil schwer auf ihren Arm.

»Tschuldigung«, murmelte er. Sie sah, dass Schweißtropfen seine Wange herabliefen. Sehr ungewöhnlich, wo er doch sonst ein echter Betonklotz war, der nicht einmal aß oder trank oder sonst welche menschlichen Regungen zeigte, zumindest nicht öffentlich.

»Geht's?«, fragte sie.

Härting nickte und sah aus, als würde er gleich umfallen. »Der

Kollege Ackermann war unsolide«, sagte er mühsam zu Thot. »Wie man gesehen hat. Wir waren nicht immer einer Meinung.«

Thot hob die Brauen.

»Er wollte vorankommen, Karriere machen. Ich sollte ihm Empfehlungen geben. Das habe ich abgelehnt«, sagte Härting. Er keuchte. »Vielleicht hat er seiner Tochter davon erzählt.«

Thot nickte.

»Wir müssen uns jetzt verabschieden«, unterbrach Bettina. »Der Erste Kriminalhauptkommissar ist gesundheitlich nicht auf der Höhe.«

»Ja. – Soll ich einen Krankenwagen bestellen?«, fragte Thot durchaus ernst, aber ohne spürbare Besorgnis.

»Nein danke«, sagten Bettina und Härting gleichzeitig, Härting heftig, Bettina eher aus dem Bedürfnis heraus, die unangenehme Gutachterin loszuwerden.

»Es wäre vielleicht besser«, sagte Thot nachdenklich. »Sie sehen nicht gut aus, Herr Härting.«

»Es geht schon«, sagte Härting kalt und schaffte es, sich etwas aufzurichten.

»Sicher?«

»Absolut.«

»Danke für Ihre Anteilnahme«, sagte Bettina.

»In meinem Beruf ist man immer Beobachter«, erklärte Thot jetzt tatsächlich etwas entschuldigend. »Vielleicht sehen wir uns dann noch auf Ihrer Dienststelle, ich wollte mir den Arbeitsplatz Ihres Kollegen mal ansehen.« Damit drehte sie sich um und schritt elegant zu ihrem Auto.

»Ziege«, knirschte Härting ihr hinterher. Aber irgendwie hörte es sich fast anerkennend an.

Bettina schaffte es, ihn zum Auto zu geleiten, nicht aber, die richtige Tür anzusteuern, nämlich die zum Beifahrersitz. So schwach er auch war, so rasch hatte Härting den Benz aufgesperrt, die Fahrertür aufgezogen und hockte nun schwer atmend neben dem Lenkrad, die Füße noch auf dem Straßenpflaster.

»Ich hole Frau Paaris, die wird ein Glas Wasser für Sie haben«, sagte Bettina unschlüssig.

»Nein!«

»Dann werde ich echt einen Krankenwagen bestellen.«

»Bloß nicht.«

»Sie sehen schlimm aus.«

»Hätte nie gedacht, dass Sie sich mal trauen, mir das zu sagen.«

Bettina starrte Härting an. »Also diese Thot …«, sagte sie abwartend. In dem Zustand konnte sie Härting nicht fahren lassen.

»Ach.« Härting winkte ab und betupfte seine Stirn mit dem Taschentuch.

»Ich würde Sie gern zu einem Arzt bringen.«

Sie sahen sich an. Bettina erkannte, dass Härting allen Nachdruck, den er hatte, in seinen Blick zu legen versuchte, was jedoch nicht recht gelang. Seine Augen wirkten nicht kalt oder gar böse wie sonst, sondern irgendwie verschwommen und wässrig.

»Kommen Sie«, sagte Bettina. »Ich helfe Ihnen auf den Beifahrersitz.«

Härting holte Luft. »Frau Boll. Setzen Sie sich mal rein.« Einen Moment wirkte sein Blick streng wie immer, dann senkte er den Kopf.

Bettina seufzte, umrundete das Auto und ließ sich widerstrebend selbst auf dem Beifahrersitz nieder. Nicht, weil Härting der Chef war, sondern weil er so hart darum rang, der Chef zu bleiben.

»Tür zu«, sagte Härting.

Sie schloss die Tür.

Er wuchtete umständlich seine Beine ins Auto, es sah aus, als ob er Gegenstände und keine Körperteile bewegte, so angestrengt fixierte er dabei seine Füße.

Bettina tastete nach ihrem Handy. Das hier war gruselig und wurde immer schlimmer, sie brauchten dringend einen Arzt. Auch gegen Härtings Anweisung.

»Frau Boll.«

»Ja.«

Härting knallte die Fahrertür zu und ließ, davon erschöpft, den Kopf gegen die Lehne sinken.

So saßen sie eine Weile.

»Ich bin krank«, erklärte Härting dann.

»Ja«, sagte Bettina ernst.

»Sehr krank.«

»Es war auch ein bisschen viel heute«, versuchte Bettina, ja, was? Zu trösten? »Und«, sie holte Luft, »also echt, *Ackermann* …«

»Nein«, sagte Härting. »Es ist nicht wegen Ackermann. Ich meine: Ich werde sterben.«

Bettina spürte das glatte Polster der Kopfstütze an ihrer Wange. Sie blickte Härting an.

Er schaute zurück, suchte ihren Blick, wie aus weiter Ferne, als ob er sie kaum erkennen könnte. »Sagen Sie's nicht weiter, aber ich bin eigentlich schon ein Dreivierteljahr krankgeschrieben.«

»Oh.«

Härting wandte den Kopf und blickte jetzt blind hinaus auf die Straße. »Ich werde einen Nachfolger brauchen.« Er hob die Hand, wie um Protest zu beschwichtigen.

Bettina sah den Chef nur an.

»Es gab bis jetzt noch keine Ausschreibung, aber ich habe ein paar Gespräche geführt«, sprach Härting, »unter anderem mit Herrn Ackermann.«

»Aha?«

Er holte tief Luft. »Ich habe ihm gesagt, dass ich eine Bewerbung von ihm auf einen höheren Posten, etwa so wie meinen, nicht unterstützen kann. Und dass ich ihm vorerst auch keine

Empfehlung für anderswo geben werde. Das war etwa vor einem Vierteljahr.«

»Oh.« Die Mädchen in der *Sexy Bar* hatten gesagt, dass Ackermann etwa seit einem Vierteljahr regelmäßig dort verkehrt hatte.

Härting nickte grimmig.

»Vor drei Monaten«, sagte Bettina, »ist Ackermann angeblich zum ersten Mal in Frankfurt als Bulle aufgetreten.«

»Gerade in einer leitenden Stellung muss man Druck aushalten können«, entgegnete Härting unwirsch. »Mit dieser Aktion im Bordell hat Ackermann mir und allen anderen Entscheidungsträgern bewiesen, dass unsere Einschätzung vollkommen richtig war. Gerade, wenn er das aus Frust gemacht hat.«

Und doch sitzt du hier und beichtest, dachte Bettina. »Dann haben Sie sich ja nichts vorzuwerfen«, sagte sie sanft.

Härting seufzte.

»Sie müssen mich fahren lassen«, erklärte Bettina schließlich.

»Nein«, sprach Härting und ließ den Benz an.

Bettina öffnete ihre Tür und stieg aus. Der Motor lief, aber Härting fuhr nicht los. Sie umrundete das Auto und zog die Fahrertür auf.

Der Chef atmete heftig. Mit einem Ruck drehte er den Schlüssel wieder herum und blickte zu Bettina auf.

Sie reichte ihm den Arm. Er ignorierte das und wuchtete seine Füße raus. »Achten Sie auf die Gänge«, schnauzte er, fast im alten Ton, »das ist kein Automatik, Frau Boll.«

»Ich fahr einen Taunus«, erinnerte sie. »Automatik hat der nicht. Weiß nicht mal, ob's die überhaupt gab.«

»Ach ja.« Er erhob sich schwerfällig und taperte um seinen Benz herum. »Sie denken dran, dass der hier ein Stück größer ist, ja? Sind Sie überhaupt schon mal über hundert PS gefahren?«

Bettina lächelte dem Chef zu. »Das ist mein erstes Mal.«

Sie wartete, bis er seine Füße drinnen und alle Körperteile

sortiert hatte. Dann drehte sie den Schlüssel und ließ die Kupplung kommen, widerstand der Versuchung, den Motor ordentlich aufheulen zu lassen, und fuhr an, so glatt und geräuschlos wie eine Barke zu jenseitigen Gestaden.

»Ist mein erstes Mal«, sagt der Trucker allen Ernstes, »dass ich eine wie dich mitnehme.«

»Ist mein erstes Mal, dass ich Auto fahre«, sagst du, das stopft ihm für eine Sekunde den Mund, dann lacht er. Dreckig.

»Du bist lustig«, sagt er. Was er ist, sagst du ihm nicht. Du guckst auf Longos iPhone. Gut, dass er es in der Hosentasche hatte, wenn er es in seinem Jackett getragen hätte, dann hättest du es vielleicht getroffen. Und du brauchst es jetzt.

»Was guckst du?«, fragt der Trucker und greift danach. Es geht so schnell, du kannst gerade noch an die Tür ausweichen, zum Glück ist das Führerhaus breit. So wie das Grinsen des Fahrers. Er hat das Handy nicht erwischt, aber das ist nur eine Frage der Zeit. Sagen seine Augen. Er wiegt doppelt so viel wie du. Und er ist hier zu Hause, auf dieser Straße, in diesem versifften Truck. Du bist nur ein grell angezogenes Kind.

»Ich gucke, wo ich rausmuss«, sagst du hinhaltend.

Der Fahrer beginnt zu lachen. Du blickst auf das iPhone, Google Maps, und sagst ernst: »Nächster Rastplatz. Über Höhbrücken.«

Der Fahrer lacht noch lauter. Du denkst, dass es lustig ist, wie nah alles zusammenliegt. Wie schnell du diesen Rastplatz, diesen Ort erreicht hast. Wie klein Deutschland ist. Gruselig, irgendwie, denn ob du hier in Sicherheit bist, ohne heimliche Feinde, vom Recht geschützt, das wird sich erst noch zeigen. Aber einen anderen Ort kennst du nicht. Dies ist der einzige Name, den du hast, hier muss es sein.

»Da ist bestimmt nix los, auf diesem Über-Höhbrücken-Rastplatz«, sagst du zu dem Fahrer und stellst deinen linken Fuß aufs Sitzpolster. »Da werden wir ungestört sein.«

Er kichert und versucht, dir in den Schritt zu fassen. Der Truck schlingert, du weichst aus und klebst jetzt an der Tür, linkes Knie am Kinn. Etwas Anreiz muss sein. Aber in deiner Tasche, hinter deinem Rücken, steckt die Pistole. Du greifst hinter dich und packst sie am Griff. »Warte doch, bis wir da sind«, sagst du.

Ins Krankenhaus hätte Härting sich sowieso nicht bringen lassen, und als Bettina dann mit ihm auf der Dienststelle aufschlug, war sie froh, es nicht eigenmächtig für ihn entschieden zu haben. Hier in seiner natürlichen Umgebung sah der Chef aus wie immer, eine Art Stein, der sich schon so lange an diesem Fleck befand, dass er, eingewachsen und bemoost, fast lebendig wirkte. Bettina lieferte ihn in seinem Büro ab, wo er sofort mit dem Drehsessel verschmolz. Dann blickte er streng und grimmig wie je. Nur Mona, die Sekretärin, erschien etwas zu augenblicklich, zu besorgt und bot zu eifrig Tee an.

Härting funkelte abweisend. »Ich trinke keinen Tee«, knurrte er, »hab ich noch nie!«

Worauf Mona Bettina einen langen Blick zuwarf und das Büro verließ.

»Brauchen Sie noch was?«, fragte Bettina verlegen. Sie hätte Härtings Zustand gern mit jemandem besprochen, wusste aber nicht so recht, wen sie da ins Vertrauen ziehen sollte. Ackermann ging nicht mehr. Und die anderen waren eher Kollegen als Vertraute. Mona?

»Mir geht's gut, Frau Boll«, schnarrte Härting und winkte: Hinaus.

Bettina blieb stehen. »Wie geht es jetzt weiter?«, fragte sie. »Ich meine, mit Ackermann? Was werden wir den Kollegen sagen? Müssen wir den Frankfurtern irgendwas schicken? Haben wir einen Ermittlungsauftrag?«

Härting schüttelte den Kopf. »Sie schreiben den Bericht, dass wir seiner Tochter die Nachricht überbracht haben.« Er sah sie an. »Fertig. Alles andere – was glauben Sie denn, Frau

Boll, das weiß doch jeder hier längst. Wir sind schließlich Polizisten.«

»Aber was ist unser offizielles Statement?«, hakte Bettina nach.

Härting musterte Bettina grimmig und kaute auf seiner Unterlippe. Dann sagte er: »Offiziell ist der Kollege Ackermann an seiner Dummheit, Gier und Unzufriedenheit gestorben.«

Sie sahen sich an.

»Na gut«, sagte Härting schließlich mit Todesverachtung. »Falls einer fragt: Unfall mit Dienstwaffe, heute Abend achtzehn Uhr ist Sonderdienstbesprechung. Mit allen. Sagen Sie Mona Bescheid. Sie haben recht. Wir müssen eine Linie finden.«

Bettina nickte.

»Wir machen Informationsstopp und berufen uns auf die laufenden Ermittlungen in Frankfurt, das alles kommt nicht in den Polizeibericht.«

»Gut«, sagte Bettina. »Besprechung heute Abend ist gut, dann schaffe ich jetzt vielleicht tatsächlich noch meinen Maklertermin um halb zwölf.«

Härting runzelte irritiert die Stirn, persönliche Informationen liebte er nicht. Aber Bettina fühlte sich ihm verbundener als sonst.

»Wahrscheinlich steht es morgen früh eh in allen Zeitungen«, mutmaßte er.

Bettina dachte an Kati und schüttelte den Kopf.

»Verdammter Mist«, sagte Härting, das erste und einzige Mal, dass sie ihn fluchen hörte. »Na los, Böllchen, ab mit Ihnen, Sie haben doch was zu tun.«

Du hast nur noch ein volles Magazin. Das ist nicht gut. Zu wenig. Du müsstest wissen, wie viele Patronen drin sind, aber jetzt kannst du die Waffe kaum rausholen und nachsehen. Wenn die Pistole vollständig geladen war, als du sie geklaut hast, müss-

ten es so acht, neun Stück sein. Der Bulle hat drei gekostet, das war viel, Longo den Rest des Magazins, das dagegen ein Wunder, schließlich hast du durch die Tür geschossen. Der Bulle hatte noch ein volles Magazin im Gurt, das hast du mitgenommen und nachgefüllt. Kann gut sein, dass du mehr als eine Patrone für den Trucker brauchst. Er ist widerlich. Er stinkt. Er hat dich gepackt und drückt deinen Kopf auf sein Gemächt. Du könntest kotzen, du könntest ihn beißen, all diese ungewaschenen widerwärtigen Schwänze, irgendwann wirst du sie zerfleischen. Du wirst sie abhacken, aufkratzen, verätzen. Sie vernichten. So wie den Trucker. Er achtet auf gar nix mehr. Kannst du sehen, direkt hier, nur mit dieser stinkenden Aussicht vor der Nase. Deine Arme hängen runter und berühren den Boden des Fußraums. Du hältst die Pistole in der Rechten. Deine Linke ist frei. Du schiebst den Schlitten zurück. Es klickt. Er hat was gemerkt und zieht dich an den Haaren hoch. Du hältst ihm die Knarre vor die Brust.

Er lacht. Unecht. Er ist stärker als du, ein Zögern kann dich alles kosten. Aber irgendwas an dir scheint ihm Angst zu machen. Vielleicht letzte Nacht. Dass du nicht zitterst. Du hältst die Waffe ganz ruhig, auf die Stelle, wo normalerweise das Herz sitzt. Oder sonstige lebenserhaltende Organe. Sein Blick flackert. Er lässt dein Haar los. Weicht zurück, nicht viel, aber es ist ein Zeichen.

Du bist nicht mehr Manga, die wirklich schießen musste, und Meggie bist du wahrscheinlich auch nicht. Wer weiß schon, wer du bist, wie willst du das jemals rauskriegen? Wie hieß deine Mutter? Fick dich, Schlampe?

»Fick dich, Schlampe«, sagt der Trucker. Du willst ihn nicht töten. Er stinkt, und sein Blut wäre eine widerliche Sauerei. Du rutschst auf der Bank zurück und öffnest die Tür. Er glotzt dich hasserfüllt an, sein Schwanz steht riesig hoch, er will über dich herfallen, dich killen. Aber du hast die Knarre. Du guckst auf seinen Schwanz und lächelst, und sein Hass füllt alles aus und gleich ist ihm die Knarre egal, du springst aus dem Truck. Longos Smartphone landet dabei im Fußraum des Lasters. Der Trucker

lacht wieder, fies, gewollt, zu echtem Triumph reicht es nicht. Er lässt den Truck an und fährt los, erstaunlich schnell, erstaunlich laut, du fällst fast hintenüber, wenn er könnte, würde er dich überfahren, das weißt du, aber der Rastplatz ist zu eng, er muss anziehen, weiterfahren, die Tür schlägt im Fahrtwind zu. Das iPhone bist du los, den Trucker aber auch.

Der Rastplatz ist sonst leer. Du frierst. Jetzt zitterst du doch. Als du die Knarre wegsteckst, triffst du kaum die Tasche. So sehr. Noch die Klamotten richten, viel ist da nicht, aber Ordnung muss sein.

Da ist der Wald. Und unter dem Wald, im Tal, der Ort. Du hast noch ein volles Magazin in deiner Bullenpistole und an den Füßen High Heels. Sitzschuhe, wie sie mal eine genannt hat. Deine Knöchel sehen winzig darin aus, deine Beine dünn und blass und bläulich. Sitzbeine. Aber du musst den Berg ja nicht mehr hoch.

* * *

»Am besten, wir gehen gleich hoch«, sagte der Makler etwas angespannt zu der kleinen Gruppe, die sich unter der alten Eibe versammelt hatte. Das Architektenpaar war etwas bulliger, als Bettina sich die Leute vorgestellt hatte. Und älter. Ein Ehepaar Ende vierzig, beide mit demselben maschinengeschorenen Stoppelhaarschnitt, beide wohlgenährt, reinhäutig und trotz aller Gesundheit irgendwie verhärmt aussehend. Zu viel Heilerde zum Frühstück, dachte Bettina leicht angefressen. Die kraftvolle Konstitution dieser Menschen reizte sie mehr, als jetzt wahrscheinlich gut für sie war. Die Tochter des Paars trug ein Pippi-Langstrumpf-Kostüm, grün und rotweiß geringelt, in tiefem Ernst. Die Kleine musste sechs sein, ihr Bruder nur wenig jünger. Alte Eltern, seelengute Kinder. Aus dem Weidenghetto. Neben ihnen wirkten Bettinas Enno und Sammy wie Straßenkids. Allein, dass sie nicht in der Schule waren. Aber sie gingen nach Mannheim, dort war heute der letzte Ferientag, in Baden-Württemberg immer ein bisschen später. Jetzt hockten sie lässig auf den Eingangsstufen, steckten ihre Köpfe zusammen und kicherten. Fröhlich. Und die Eibe, die Hausfront, das ganze düstere verwachsene Drumherum, all das umgab sie mit so beiläufiger, schroffer Eleganz, dass sie aussahen wie das Motiv für irgendein abgefahrenes altmodisches Plattencover. Led Zeppelins Unveröffentlichte.

Die Architektenfamilie versuchte das zu ignorieren. Dies war nicht ganz ihr Stil. Stil hingegen war im Grunde das Einzige, was das alte Haus noch besaß. Und es tat sein Bestes, um dem Nachdruck zu verleihen, ließ Sonnenflecken über die modrigen Fensterläden und Balkone tanzen und hatte noch in der kümmerlichsten Efeuranke, dem unsinnigsten Mauervorsprung plötzlich mehr fiesen Glamour, als Bettina je zuvor aufgefallen war. Sie blickte hoch in die Eibe, worauf ein Sonnenstrahl sie blendete und ihr zuzuzwinkern schien.

»Bitte einzutreten«, sagte der Makler, der seine Kaufinteressenten von der offenen Haustür aus sorgenvoll betrachtete.

Im Inneren des Hauses wurde es nicht besser. Das Parkett knarrte, aber es knarrte müde und störend bei den Besuchern und rhythmisch bei Bettina. Enno und Sammy machten nur leichtfüßige, klangvolle Schritte, die sich wie Tanzen anhörten. Hier drin jedenfalls. Überhaupt schien das alte Gemäuer, das sie all die Jahre zuvor nur mit eisigem Pesthauch empfangen hatte, sie jetzt auf einmal für das kleinere Übel zu halten. Es fühlte sich an, als würden die paar Sonnenstrahlen, die den Weg hineinfanden, nur ihnen folgen.

Zu spät, dachte Bettina, aber Enno und Sammy, die ohnehin gern hier eingezogen wären und nur oberflächlich von dem Verkauf überzeugt worden waren (Mehr Geld! Neue Klamotten! Wir ziehen wirklich um, aber in eine Wohnung in Ludwigshafen, nicht in diesen kalten Kasten mitten auf dem Land!), schienen sich überaus wohl zu fühlen.

»Das also wäre dann der Eingangsbereich«, sagte der Makler trocken.

Die Architekten sahen sich um und nickten, sie waren sicher keine Menschen, die sich leicht von einem Vorhaben abbringen ließen. Leise begannen sie von vorhandener Substanz und Deckenhöhen und Wärmedurchgangskoeffizienten zu sprechen, und der Makler atmete etwas auf und nahm Bettina beiseite. »Ich hab die Pläne dabei. – Was war das jetzt gestern Abend, Frau Boll?«, sagte er mit einem leicht ungeduldigen Blick auf Enno, der auf der breiten Treppe Platz genommen und seine DS ausgepackt hatte. Er zockte hingebungsvoll und sah mit seinen dunklen Locken, dem schmalen, hellen Gesicht und seiner umfassenden jugendlichen Weltverachtung aus wie der künftige Erbe eines ganzen Imperiums und nicht nur dieses maroden Bürgerhauses.

»Da ist eine Tür im Keller«, erwiderte Bettina leise. »Die ist verschlossen, und ich wüsste gern, was dahinter liegt.«

»So weit hab ich es mitgekriegt«, erklärte der Makler. »Aber Pläne vom Keller hab ich nicht, wenn da welche sind, müssen Sie die haben.« Er verfolgte mit ausdrucksloser Miene, wie Sammy sich anmutig in einem Sonnenflecken auf dem Boden niederließ, worauf das Parkett um sie herum genau den unwiderstehlich dekadenten Schimmer annahm, der sonst nur in alten italienischen Palazzi vorkommt und der Sammys Haut dunkel machte wie Ebenholz und das billige orangefarbene Spängelchen in ihrem Haar leuchten ließ wie den Stern von Indien.

Irgendwie schien Pippi Langstrumpf aber auch nicht von gestern zu sein. Sie merkte was. Mit schmalen Augen in dem runden Gesichtchen trat sie auf Sammy zu. Die blickte auf und lächelte, kicherte sogar, perlend, wunderhübsch, worauf die kleine Pippi selbst kichern musste, aber nur einen winzigen Moment. Dann verzog sich ihr Gesicht und sie stampfte ungelenk auf dem Boden herum und sang: »Zwei mal drei macht vier, WITTE WITTE WITT! WITTE–« Sie drehte sich und streckte die Arme aus, um dabei möglichst viel Platz einzunehmen. Der Makler versuchte, sie freundlich anzublicken, aber man sah, wie er bei jedem Stampfer zusammenzuckte.

»Die Tür«, sagte Bettina lauter, »ist unten in der Wand von der Giebelseite, also praktisch im Außenfundament. Das ist komisch.«

»Was ist komisch?«, fragte die Architektin, die herangetreten war und ihre schreiende Tochter vollständig und fast bewunderungswürdig ignorierte.

»Ein verschlossener Kellerraum«, sagte der Makler mit ehrlichem Desinteresse.

»Mit Tür im Außenfundament«, sagte Bettina.

»Haben Sie gesehen, die Treppe ist massive Eiche«, lenkte der Makler ab.

»... ja, diese Decken könnten raus, und die Bäume im Vorgarten, wenn die weg sind und das Licht reinfällt, dann muss man nicht mal die Fenster vergrößern«, rief der Architekt und blickte in die weite, deckenlose Ferne.

»WITTE WITTE WITTE!«, brüllte Pippi Langstrumpf.

»Warum hast du braune Haut«, sagte Pippis Bruder zu der königlich am Boden hockenden Sammy, »und dein Bruder und deine Mama nicht?«

Irgendwie fiel dieser Satz in die eine kurze Atempause, die alle anderen machten, und stand dann laut und peinlich im Raum. Laut, weil der Junge geglaubt hatte, alle anderen überschreien zu müssen, und peinlich, weil seine Eltern sich deshalb wanden. Dabei war es eigentlich keine dumme Frage für einen Jungen von allerhöchstens fünf Jahren. Aber der Vater war sofort erstarrt und rief strafend: »Marvin!«

Die Mutter sagte laut: »Tatsächlich, Eiche, ja?«, sah aber ihren politisch unkorrekten Marvin an.

Der Makler sagte hastig: »Sehr solide und wunderbar verarbeitet, quasi für die Ewigkeit. Gezapft, wenn Sie mal sehen wollen, nicht etwa genagelt, das wird heute nicht mehr so hergestellt ...« Er brach ab, weil keiner zuhörte.

Sammy blickte freundlich zu Marvin auf und sagte: »Tina ist unsere Tante, nicht unsere Mama. Und mein Vater war schwarz und Ennos ist Italiener.« Dazu kicherte sie, weil sich das irgendwie lustig angehört hatte.

Marvin lächelte schief und blickte den nach wie vor romantisch über die Treppe gegossenen Enno misstrauisch an.

Pippi Langstrumpf indessen fixierte Sammy und sagte: »Bist du ein Flüchtling?« Sie blickte auf zu ihrer Mutter. »Sind das arme Flüchtlinge?«

Worauf die Mutter einen sehr roten Kopf bekam. »Was ist das für eine Tür im Keller?«, wandte sie sich an Bettina und sah so angestrengt aus, dass Bettina einen kurzen Anflug von Kopfschmerz verspürte, stellvertretend, quasi.

»Im Außenfundament«, sagte sie, abgelenkt von der stummen Konversation, die von allen anderen quer durch die Halle geführt wurde, dem Funkeln, Lächeln, den strafenden Blicken und der Ungeduld. »Solide Eiche. Hält seit Generationen. Verschlossen.«

»Oh«, sagte die Architektin.

Und das Ende vom Lied war, dass sie alle gemeinsam runter in den Keller stiegen, um sich von der ominösen Tür von den eigentlich wichtigen Dingen ablenken zu lassen.

Natürlich bist du sofort mit dem Knöchel umgeknickt, dem rechten, tut höllisch weh, aber davon kannst du dich jetzt nicht ablenken lassen. Und natürlich hast du es trotz der Schmerzen nicht geschafft, auf dem Weg zu bleiben, der Berg ist so schön steil, der Ort so nah, du schlitterst unter Bäumen auf altem Laub die Hänge hinab, macht sogar Spaß irgendwie, ist ein bisschen schleimig und dreckig und die Dornen zwischendurch sind fies, aber es riecht gut. Höhbrücken, so heißt der Ort. Und du gehst zum Gutvatter. Diese Namen hast du behalten. Und da gehst du jetzt hin.

»Schlüsseldienst«, sagte der Makler mit Todesverachtung. Er hatte keine Taschenlampe mehr, zwar besaß jeder Makler eine, aber diese spezielle hatte Marvin ihm abgeluchst (und sofort ausgeschaltet, weil das Batterie sparte), und jetzt stand der unbeleuchtete Makler in Tante Elfriedes Apfelkeller vor der verschlossenen Eichentür, die für die Ewigkeit gebaut war, und rieb sich die Ärmel seines feinen Jacketts.

»Aber nicht jetzt«, sagte die Architektin, die auch fror, man sah es an ihrer Gänsehaut. Sie trug ein Sommerkleid. Bettina war die einzige Erwachsene mit einer funktionierenden Lampe, und diese Maglite hielt sie nach den Erfahrungen des letzten Abends fest in ihrer Rechten, direkt auf die Eichentür, entschlossen, ihr Licht nicht herzugeben. Wobei das Hellste im Raum eindeutig Ennos DS war, aber die strahlte nur in unmögliche Winkel des Raums und ließ bläuliches Fernsehlicht über die Apfelstiegen an den Wänden wabern.

Der Architekt indessen klopfte die Tür ab und wunderte sich. »Da stand immer dieser Schrank davor?«, fragte er mit Schatzsucherstimme.

»Ehrlich gesagt weiß ich es nicht«, sagte Bettina, die sich von der Neugier des Mannes abgestoßen fühlte, was Blödsinn war, da sie das Haus ja verkaufen wollte. Je mehr Interesse er hatte, desto besser für alle. »Aber ich kann mich nicht daran erinnern, dass er je anderswo stand«, fügte sie halbherzig hinzu und tastete mit der Linken nach ihrem Handy. »Ich ruf jetzt den Schlüsseldienst.«

»Nicht nötig«, sagte da schnell die Architektin. »Das können wir noch klären, sobald hier renoviert wird.« Erstaunlich zielsicher griff sie nach Bettinas Hand, die die Lampe hielt, und richtete das Licht an die Decke. »Ich würde lieber mal die Leitungen angucken, wo wir schon hier sind«, erklärte sie. »Ich glaube, das ist Blei, was meinst du?« Sie wandte sich an ihren Mann, und beide blickten nach oben an die Decke, wo einige dunkle Rohre verliefen. Dann redeten sie über

Trinkwasserqualität, und weil Bettina die Lampe nicht hergab, führte die Architektin ihr die Hand. Eine superkonzentrierte Frau, der egal war, wo das Werkzeug herkam: Sie benutzte es einfach. Sicher eine höchst erfolgreiche Unternehmerin. Auch der Makler machte ein zufriedenes Gesicht: Die Kundin hatte vom Renovieren gesprochen, als sei es beschlossene Sache, also war der Deal praktisch perfekt.

Nur der Architekt schien abgelenkt: Sein Blick wanderte unablässig zu der verschlossenen Tür. Und weil das Licht aus Bettinas Lampe ihn unregelmäßig und seltsam von unten beleuchtete, sah er verstohlen und gierig aus, wie von einem kalten Feuer beseelt. Er kann sich von dem Geheimnis nicht losreißen, dachte Bettina. Er wird das Haus allein deshalb haben wollen. Und plötzlich fühlte sie sich total abgestoßen von all dem kalten Grusel hier unten, überließ der Architektin wortlos ihre Lampe und verließ den dunklen Raum, dann den beleuchteten Teil des Kellers, mit einiger Gewalt öffnete sie die kleine Gartentür (es gab auch noch zwei normalgroße und ein Tor), schritt die paar überwachsenen Stufen hoch und atmete auf.

Doch richtig entspannen konnte sie nicht, sogleich wölbte sich dunkelgrüner Garten über ihr, und die Luft, die sie einsog, war auch wieder feucht und kühl, das Licht gebrochen, die Stimmung still und unheimlich. Es lässt dich nicht los, dachte sie. Irgendwas ist da noch. Wahrscheinlich kein Goldschatz. Eher etwas, das du klugerweise diesen Fremden überlassen solltest. Wenn du kannst.

Die erste Straße, kein Ortsschild, nur ein staubiger Spielplatz im Wald, dann Gebäude, normale Häuser, normale Straße. Kennst du nicht, so was, vielleicht ist es gar nicht normal. Kannst du nicht sagen. Du bist Jungfrau. Das hier ist alles neu für dich. Sieht aber normal aus. Wirkt beruhigend. Gärten. Blumen drin. Bunte Steine in Mustern. Mäuerchen, Zäune, Fenster mit

Gardinen. Ein Mann mäht einen Rasen. Er sieht dich und lässt den Rasenmäher los. Das Ding stottert und geht aus. Der Typ glotzt dich an, mit offenem Mund. So was wie dich hat er wohl lange nicht gesehen. Tja, für Make-up-Kontrolle war zwischendurch keine Zeit.

Du trittst an seinen Zaun. Er starrt entgeistert. Du sagst hallo. Sein Gesicht verzerrt sich zu einer aggressiven Maske. Sein Blick flutscht weg. Er schreit: »Anne!«

»Können Sie mir helfen?«, fragst du freundlich. Er rennt ins Haus. Anders kann man es nicht nennen. Er sieht aus, als wäre der Teufel hinter ihm her. Du guckst an dir runter: rosa Top, hellgrüner Rock, pinkfarbene Schuhe. Ganz normale Klamotten, keine Schulmädchenuniform, die hast du natürlich nicht angelassen. War auch Blut dran. Dein Haar ist schwarz, dein Gesicht vielleicht zu doll geschminkt für einen späten Vormittag im Dorf. Elf Uhr, schätzungsweise. Eine Frau kommt auf dich zu. Sie blickt dich an, zögert kurz und geht weiter. Sie trägt einen Rock, der übers Knie geht, und sie hält eine Einkaufstasche in der Hand. Eine Oma. Sie versucht, dich nicht anzustarren, was ihr sichtlich schwerfällt. Aber sie will höflich sein. Du findest sie nett. »Guten Tag«, sagst du.

»Guten Tag«, sagt die Oma und riskiert einen langen Blick in deine Augen.

»Ich suche«, sagst du, »einen Gutvatter.«

Die Oma setzt die Tasche ab. Sie guckt dich jetzt sehr offen von oben bis unten an, ihr Blick ist misstrauisch. Und mitleidig. »Gutvatter«, sagt sie zögernd. Und schnell und lauernd: »Wer sind – wer bist du?«

»Ich heiße Meggie«, sagst du, und die Frau wird blass.

Mit dieser Reaktion hast du nicht gerechnet. Sie taumelt sogar einen Schritt zurück. »Meggie«, sagt sie mit seltsamem Unterton. Ihr Blick fällt auf ein großes flaches Gebäude, das am Ende der Straße gerade so zu erkennen ist. »Wo kommst du her?«, fragt sie. »Wo bist du gewesen?«

Du zuckst die Achseln. »Gutvatter«, wiederholst du.

»Gutvatter gibt's hier viele, meinst du das Haus?«

Du denkst kurz nach.

»Oder den Rektor von der Grundschule?«

»Ja«, sagst du. Rektor von der Grundschule. Das ist gut. Das passt.

»Das da unten ist die Schule«, sagt die Alte, packt ihre Tasche und hat es auf einmal eilig.

Hallo, Schule, denkst du. Besser spät als nie.

Sie trat tiefer ins Gehölz hinein und fühlte sich wie in einer Krypta. Bettina kannte das, seit sie ein Kind war, hier war es schon immer düster und feucht gewesen. Und dornig. Gespielt hatte sie hier nie. Auch wenn sie sich jetzt plötzlich an einen Sommernachmittag erinnerte, an dem es draußen so heiß gewesen war, dass hier im Garten tatsächlich angenehme Temperaturen geherrscht hatten. Die Sonne hatte den Bäumen Lichter aufgesetzt, und Bettina hatte im Moos gelegen und in den Himmel geguckt. Lichtspiele wie in einer gotischen Kathedrale, ein einziges Mal hatte es der Garten ins Obergeschoss geschafft, sozusagen. Damals hatten ihre Eltern noch gelebt. Sie war hier zu Besuch gewesen. Oder erinnerte sie sich einfach an einen anderen, freundlicheren Ort? Sie wusste es nicht mehr. Ihr Handy klingelte.

»Boll?«

»Frau Boll!«, rief Monas aufgeregte Stimme durch den Äther. Augenblicklich manifestierte Sammy sich vor Bettinas Füßen, Enno schlenderte vom Hof heran, und vom Keller her hörte sie die Stimmen ihrer Gäste. So war das immer, wenn sie telefonierte: Schwupps standen alle vor ihr und starrten sie an.

»Was ist?«, fragte sie und drehte sich Richtung Garten.

»Sie haben den Ersten Kriminalhauptkommissar vorhin hierhergefahren?«, fragte Mona.

»Ja?«

»Sie wussten von seinem Zustand?«

»Em –«

»Wieso haben Sie ihn nicht in die Klinik gebracht?«

Bettina hörte, wie Mona am anderen Ende schniefte, und ihr wurde eiskalt. »O Gott!«

»Ja!«

»Ist er –?«

»Frau Boll, er ist hier in seinem Zimmer zusammengebrochen«, sagte Mona, jetzt sehr gefasst, aber dafür umso vorwurfsvoller.

»Und …?«

»Und liegt im Marienkrankenhaus.«

»Also lebt er noch?«

»Ja!« Mona knurrte. Wirklich. Es klang sehr seltsam, wie ein helles Grollen. »Aber vermutlich nicht mehr lange!«

»Ich wollte ihn ins Krankenhaus bringen«, sagte Bettina lahm. »Aber er –«

»Hach, Frau Boll«, sagte Mona. »Es gibt diese Sachen, die lernt man nicht in der Schule. Die macht man einfach richtig.«

Sie aber nicht, sagte die lange Pause, die folgte. Und dann legte Mona auf.

Hallo, Schule.

Du bist ja echt Hammer, Süße, du hast mehr gesehen, als dieses Tal jemals fassen könnte, warst tausend Mal die freche Schulgöre, und kaum stehst du auf einem echten Pausenhof von einer echten Schule, wirst du nervös. Dabei kannst du lesen. Kannst du sogar gut. Da vorn auf dem Truck steht – Moment – Polizeipuppenbühne.

Bullen!

Genau. Bullen. Ganz ruhig. Nicht hier draußen. Nicht bei dir. Polizeipuppenbühne, das ist – was kann das sein? Bullenwerbung für die Grundschule? That's it. Kein Wunder, wenn die Jungs von klein auf so gepolt werden, dass sie dann als Kerle in Uniform in den Puff müssen. Und wahrscheinlich sind alle da vorn in dieser großen Halle, klar: Das ist die Turnhalle. Da drin rumort es irgendwie, da sind Leute, das spürst du.

Leute!

Das gibt's doch nicht, calm down, lady, das sind alles nur Spießer, die lassen vor Schreck den Rasenmäher absaufen, wenn sie dich sehen, kein Grund zur Aufregung. Da in die Halle, da gehst du jetzt ganz langsam rein. Doch, du gehst. Und wie du gehst.

Doch.

Dochdoch.

Andererseits, du musst dich auf ein *Ziel konzentrieren. Du kannst nicht planlos in eine Halle voller Spießer – Spießerkinder! – stöckeln und dort –*

Kinder …

Doch, du kannst.

Du kannst.

Also schön. Du weißt, zu wem du willst. Zu Herrn Gutvatter. Der ist Direktor. Also wahrscheinlich echt nicht bei der Puppenbühne, sondern ganz langweilig dort irgendwo im Schulgebäude in seinem Büro. Dann geh eben erst mal dort gucken.

Feigling.

»Schlechte Nachrichten?«, fragte der Makler laut und lächelnd. Ich verzeih Ihnen alles, sagte dieses Lächeln, sogar, dass Sie mitten während der Besichtigung rausgerannt sind, denn die Käufer WOLLEN KAUFEN! Das heißt, Sie haben ALLES RICHTIG gemacht, Frau Boll! Er strahlte, kam rasch heran, packte Bettina beim Arm und sagte: »Bingo.« Dann blickte er mitfühlend – standen da nicht schlechte Nachrichten im Raum? – in Richtung des Hauses, wo die Käufer jetzt palavernd die steil aufragende Fassade bewunderten, und zischte leise: »Aber das mit dem Brot, Frau Boll, das hätten Sie sich überlegen sollen. Dreißigtausend Euro, wenn's nach Brot riecht. Glauben Sie mir. Bei der Größenordnung wären bis zu dreißig Tausender drin gewesen, die Sie jetzt nicht runtergehen müssten.«

»Ich geh nicht runter«, sagte Bettina automatisch. Sie hasste Handeln. So oder so herum.

Der Makler lächelte milde. »Wenn Sie jetzt nicht verkaufen, werden Sie noch Jahre auf der Hütte sitzen. Diese Investoren sind ein Gottesgeschenk für Sie.«

Vorn an der Hausfassade riss der Architekt etwas Efeu von der Hauswand. Die Ranke verfing sich in seinem Hemdsärmel und schien ihn jetzt ihrerseits anzugreifen.

»Es ist einfach ein verrücktes altes Haus«, sagte Bettina zu dem Makler, der die Szene stirnrunzelnd betrachtete. »Man hasst es oder –«

»Diese Leute werden es lieben«, unterbrach der Makler enthusiastisch.

»… es hasst einen.«

»Rechnen Sie mit fünfzigtausend unter dem veröffentlichten Verkaufspreis«, erwiderte der Makler darauf hochnäsig. Und eilte auf seine Käufer zu.

Alles so hell in dieser Schule, die Sonne knallt durch die Fenster, auf dem Boden ein komischer altmodischer Belag, der dir irgendwie bekannt vorkommt, das Muster mit so schwarzen Flecken, es federt ein bisschen, deine Absätze hinterlassen winzige Punkte darin. Du hinterlässt Spuren in der Schule, haha. Alles ist leer, aber irgendwie fröhlich leer. Wie Musik. Luftig, sonnig, bunt. Du siehst ein Aquarium mit ein paar Neons darin und kriegst Lust, einfach dort mal reinzuschießen. Das wär's, die Scheibe würde platzen, das Wasser explodieren, diese ganze kleine wohlgehütete kühl-schlierige sonnendurchflutete Welt wäre mit einem Mal weg. Du siehst das Schild: Sekretariat. Erst hebst du die Hand, um zu klopfen. Doch du besinnst dich noch rechtzeitig und nimmst die Klinke. Öffnest die Tür. Und da sitzt auch jemand.

Eine Frau. Sie blickt auf und wird blass. Deine Wirkung auf Spießer: Hammer. Du solltest Vorstellungen geben. Sie erhebt sich. »Wer sind Sie?«, fragt sie mit flacher Stimme.

»Ich bin Meggie«, sagst du, und die Frau fällt auf ihren Stuhl. Sie starrt dich nur an.

»Ich möchte zu Herrn Gutvatter«, sagst du sanft.

»In der Halle«, bringt sie heraus.

»Danke«, sagst du, und dein Herz beginnt in mächtigen Schlägen zu klopfen. Du drehst dich schnell um, damit sie es nicht hört. Also doch in die Turnhalle. Bring es hinter dich.

Aber sowie du ihr den Rücken zugekehrt hast, beginnt sie zu reden. »Meggie?«, sagt sie.

»Welche Meggie?«, ruft sie dir hinterher.

»Das ist – he, Moment mal!« Sie schreit.

»Stopp! Sie können da nicht einfach rein, das ist –!«

Sie brüllt und rennt dir hinterher. »Halt! Nein! Stopp! Meggie! Ich –«

Sie würden ein Angebot machen, sagten die Architekten, sie sagten es wie aus einem Mund, einer sprach des anderen Satz fertig. Dabei sahen sie so sehr wie ein einziges Wesen aus, dass Bettina sich plötzlich fragte, wie diese Menschen zu ihren Kindern gekommen waren, da doch die vegetative Vermehrung nach wie vor den niederen Organismen vorbehalten war. Wobei die Architektin der Mund (vermutlich der gesamte Kopf) ihres Familienprojektes zu sein schien. Irgendwie hatte sie beschlossen, dass die Besichtigung beendet war, obwohl sie die Nebengebäude und Obergeschosse noch gar nicht gesehen hatten. Sie legte ihre Mappe auf den alten Gartentisch und begann mit dem Makler den Preis zu verhandeln. Eine knappe halbe Million war die Basis, mehr Geld, als Bettina sich vorstellen konnte. Es kam ihr völlig unwirklich vor, dass sie diese Summe bald auf ihrem Konto haben könnte.

Die Architektin, offensichtlich bereit zu kaufen, zählte jetzt Mängel auf, der Makler deutete an, dass Bettina eventuell bereit wäre, noch ein, zwei Euro am Preis nachzulassen, worauf

Bettina mehr unbewusst als willentlich den Kopf schüttelte. Die Architektin legte nach und ließ jetzt das Haus rhetorisch zur Ruine zerfallen, was den seltsamen Effekt hatte, dass der reale Garten vor aller Augen umso schattigere Grüntöne auflegte, die Mauern edler, die Fensterläden romantischer und die Luft um sie herum weicher und erfrischender wirkte und die Sonne über allem umso heller strahlte.

Es war nicht nötig, im Preis runterzugehen. Das spürte sogar der Makler. Er schaute seine Käufer nur fasziniert an, während die Frau Architektin sich nervös redete und ihr Mann die Mimik dazu lieferte und die Kinder von dem verwunschenen Garten absorbiert wurden.

Und am Ende – als der Makler lächerliche fünftausend wegen der zerbrochenen Dachfenster zugestanden hatte und allen irgendwie klar war, dass der Handel somit stand –, da ging es plötzlich wieder um die Tür.

»Und dieser Raum im Keller«, sagte die Architektin mit Seitenblick auf ihren Mann, »lassen Sie unser Problem sein. Schlüsseldienst ist nicht notwendig.«

»So eine Tür kriegen die doch gar nicht auf«, sagte der Gatte abschätzig.

»Das ist kein normales Schloss, da braucht man Spezialwerkzeug.«

»Also der Schlüssel-Grün, das ist der Einzige hier in Grünstadt, der rund um die Uhr Dienst macht, der ist gar nicht in der Lage, so eine Tür aufzusperren.«

»Der berechnet Ihnen drei Anfahrten, wenn sein Standardwerkzeug nicht passt.«

»Wir kennen den.«

»Der haut Sie nur übers Ohr.«

»Sie müssen Wucherpreise bei dem bezahlen.«

»Das lohnt sich nicht«, schloss die Architektin.

»Gut«, sagte der Makler mit einem drohenden Blick in Richtung Bettina, »dann sollten wir diese alte Kammer vergessen.«

Zur Vorsicht packte er sie am Arm und drückte ziemlich fest zu. »Nicht wahr, Frau Boll?«

Bettina fühlte sich gereizt von dem betulichen Tonfall der Eheleute und setzte gerade an zu sagen, dass sie sich mit Schlössern beruflich auskenne und das dort unten so schwierig jetzt auch wieder nicht sei, als ihr Handy klingelte.

»Schuldigung.« Sie entwand sich dem Makler. Dienststelle, zeigte das Display. »Ich muss da dran.«

Der Makler hob die Brauen. Ihm war seine gleichgültige Kundin ein sichtliches Rätsel, und wahrscheinlich hatte er recht, das hier war bestimmt Bettinas einzige und allerletzte Chance, das Haus überhaupt loszuwerden. Sicher hatte sie den Ernst der Lage einfach nicht begriffen: dass der Bunker sie ruinieren würde, wenn sie ihn nicht loskriegte, allein wegen der Grundsteuern, dass sie die Käufer herzen und liebkosen sollte, statt sich über ihre kleinliche Art zu ärgern.

Aber jetzt musste sie trotzdem ans Telefon. Sie drehte sich etwas nach rechts, fragte sich irrerweise, ob das jetzt Linksliegenlassen im tiefsten Wortsinn war, und konnte nicht verhindern, dass alle unverhohlen die Ohren spitzten. Wenn in diesem Moment irgendwas spannender war als der Abschluss ihres lebensverändernden Geschäfts, dann hatten sie auch das verdammte Recht, daran teilzuhaben.

»Härting! – Ist er –?«, flüsterte Bettina so leise wie möglich. Dann machte sie eine längere Pause. So ein dienstliches Gespräch durfte sie eigentlich nicht vor Zuhörern führen, darum versuchte sie, die Worte, auf die alle Umstehenden sichtlich lauerten, genau zu kontrollieren. »Grünstadt«, antwortete sie knapp. »Ich hab jetzt eigentlich keine Bereitschaft, weißt du, Habermeyer, ich verkaufe grade mein Haus. – Du etwa nicht? – Hör mal …! – Sag. Was ist passiert? – Ich erinnere mich. – Ja und? Bring sie nach Ludwigshafen!«

Nun lauschte Bettina eine Weile stumm, dann nahm sie ihr Handy in die Linke, hielt es vor sich und blickte es kurz und verwundert an. »Sie hat was?«, fragte sie und hielt es wieder ans rechte Ohr. »Oh Mann. Verletzt? – Ach. – Sonst noch wer? – Kann nicht sein. Er liegt im Krankenhaus. – Nein. – Nein! – Gut, ich komme.« Sie blickte auf und sah in eine Reihe neugieriger Gesichter. »Ich ruf in fünf Minuten noch mal an.« Und drückte den Ausknopf. Ihr Blick streifte die dunkle Eibe, die das Haus überragte. »Ich muss los«, sagte sie zu der kleinen Gesellschaft, die ihr Gespräch stumm verfolgt hatte. »Sofort, leider.«

»Schlechte Nachrichten?«, fragte der Makler in scharfem Ton.

Bettina ergriff seine Hand und schüttelte sie. »Vielen Dank, Herr Wollgast. Setzen Sie bitte einen Vertrag auf. Ich komme sehr gerne nächste Woche zu Ihnen ins Büro, Mittwoch ist normal mein freier Tag, da müsste es am ehesten klappen. – Ich denke, wir sind uns einig, und ich werde die Tür im Keller bestimmt zulassen.« Sie lächelte die Architektenfamilie an. »Ich von meiner Seite will gern an Sie verkaufen und wünsche Ihnen viel Erfolg. Bitte entschuldigen Sie mich jetzt.«

»Was ist denn passiert?«

»Müssen Sie weg?«

»Was haben Sie denn?«

Bettina hob die Schultern. »Ich darf es Ihnen nicht sagen. Ein polizeilicher Notfall.«

Du sitzt in einem Büro, dem des Direktors. Hammer. Nein, egal. Auch wenn es strange ist, ausgerechnet in seinem Büro zu sitzen, ist es trotzdem egal. Es ist nicht wichtig. Wichtig ist, dass du *hier sitzt und nicht er. Ja, ihr beide, ihr gehört irgendwie zusammen. Das Karma hat euch vor langen Jahren verbunden. Das war euer Leben: ein langes Rennen, ein Wettstreit um diesen heutigen Tag, um diesen Angeberstuhl in diesem Angeberzimmer. Jetzt gehört er dir. Wer hätte noch vor einer halben Stunde gedacht, dass ausgerechnet du ihn gewinnst?*

Ha.

Und jetzt ist plötzlich alles ganz hell und still um dich. Da draußen rennen sie und rufen, da weinen sie und sind viele. Hier drin aber sprechen sie gedämpft, sie treten vorsichtig ein, einzeln, betrachten dich abwägend, sprechen dich nur zögernd an. Sie denken nicht darüber nach, was sie mit dir machen könnten, sondern was du mit ihnen machen könntest. Sie haben nicht diese bösen Augen. Sie sind nur Gesichter, sie werden zum Bilderrauschen, ihre Stimmen legen sich übereinander, so dass es nur noch angenehm summt, niemand sieht dich so *an. Und du legst deinen Kopf auf den Arm und schläfst.*

Kein Traum.

So müde warst du noch nie.

4

»Schläft«, sagte der dicke Uniformierte am Absperrband, der Bettina empfing, »Schläft«, rief der wohlgenährte Vize vom Dauerdienst aus Pirmasens, der die Einsatzleitung der Tatortaufnahme übernommen hatte und, das Handy in der Hand, im Vorraum der Turnhalle mit mehreren Beamten gleichzeitig konferierte, während er Bettina wenig glaubhaft Zeichen gab, dass er gleich kommen würde, und »Schläft«, erklärte der breite, knautschgesichtige Kollege, der im leeren Schulhaus vor dem Büro des Direktors wachte.

Hier war alles warm und hell und überraschend still für den Aufruhr, der draußen herrschte: ein Flur, ein Mann, ein Aquarium. Frieden.

»Als hätte sie mit letzter Kraft ihr Ziel erreicht und wäre dann einfach zusammengebrochen«, setzte der Beamte nach kurzer Vorstellung hinzu. Er war ein Kriminalhauptkommissar, aus der Nähe von Lautringen, in Zivil, mit sympathischen Falten im Gesicht. Freunscht sein Name. Seine Dienststelle hatte er nicht genannt. Was bedeutete, dass er wichtig war. Oder Bettina nicht ernst nahm.

»Darf ich fragen, welche Zuständigkeit Sie hier haben?«, erkundigte sie sich.

»Ich bin mit dem Terroreinsatzkommando gekommen«, antwortete Freunscht vage. Die Herren in Schwarz sicherten nach wie vor draußen das Gelände. Schießerei in einer Schule, das war die Hölle. Da kamen alle. Sofort. Sogar ein paar Presseautos hatte Bettina draußen schon gesehen.

»Und Sie? Sind die Kollegin von Herrn – hm, dem Opfer aus Heddernheim?«, fragte jetzt er. »Ackermann?«

»Ja«, antwortete Bettina knapp.

»Eine unglaubliche Geschichte«, sprach Freunscht lauernd.

Bettina seufzte und hatte das Bedürfnis abzulenken. Ackermann, der schwarze Peter. »Die Verbindung zwischen den beiden Fällen wurde sehr schnell gezogen«, sagte sie.

»Die Tatwaffe«, sagte Freunscht lapidar. »Die ist ja registriert.«

»Was hat das Mädchen hier gesucht?«, fragte Bettina, die nicht einmal wusste, was genau sie selbst hier machte. Dieses Kaff war allerhinterste Hinterpfalz. Es lag so weit ab vom Schuss, dass es mit Sicherheit Zuständigkeitsgerangel geben würde. Im Moment versammelten sich nur erst mal die Vertreter der Dienststellen.

»Sie hat den Schuldirektor gesucht«, antwortete Freunscht sofort. Er hatte sehr dunkle Augen mit tiefen Ringen und viele Furchen im Gesicht, aber er strahlte so viel Vitalität aus, dass er vermutlich trotzdem jünger wirkte, als er tatsächlich war. Auf den ersten Blick hatte er ausgesehen wie Ende dreißig, aber schon jetzt war Bettina sich da nicht mehr sicher. Er mochte sogar über fünfzig sein. »Herrn Gutvatter«, sagte er jetzt. »Ist vermutlich per Anhalter bis zur Autobahnraststätte oberhalb des Ortes gefahren, wurde im Dorf gesehen, hat sich offen nach Herrn Gutvatter erkundigt, sowohl bei einer Zeugin auf der Straße als auch bei der Schulsekretärin, dann ist sie stracks in die Turnhalle, hat Gutvatter gerufen, er ist aufgestanden, und sie hat ihn vor hundert Zeugen erschossen. Schnell und gezielt, da konnte keiner eingreifen. Fünf Kollegen von der Polizeipuppenbühne mussten zugucken, und vierzig Kinder haben alles mitangesehen. Das werden die nie vergessen.«

Ein Teil von ihnen wurde noch jetzt, zwei Stunden nach der Tat, draußen betreut. Eine solche Entschlossenheit ließ erst mal wenig Raum für Fragen. »Polizeipuppenbühne«, sagte Bettina schließlich.

»Missbrauchsprävention«, antwortete Freunscht.

Bettina nickte. »Hat sie was dazu gesagt? Ist sie wegen denen hier?«

Freunscht schüttelte den Kopf. »Sagen tut sie praktisch nichts, und die Polizeipuppenbühne war unserer Meinung nach ein Zufall. Wenn auch ein pikanter.«

»Sind das diese Puppen mit den Wollhaaren? Antatschen und Neinsagen für die erste und zweite Klasse?«

Freunscht nickte. »Zum Glück waren die Eltern dabei. Die werden ja immer mit eingeladen. Aber bis zur Gesprächsrunde sind sie diesmal nicht gekommen. Und betroffen und geschockt haben danach natürlich alle ausgesehen. Bis hin zu den Kollegen, die die Aufführung gemacht haben.«

»Okay«, sagte Bettina.

Freunscht nickte. »Sie muss ihn gekannt haben«, setzte er hinzu. »Den Gutvatter.«

»Woher?«, fragte Bettina, obwohl sie die Antwort wahrscheinlich schon kannte. Sie hatte die gesamte Hinfahrt über telefoniert, unter anderem mit EKHK Lingen aus Darmstadt, dem Leiter der ehemaligen Soko »Meggie«, der hier vor zehn Jahren das Verschwinden eines sechsjährigen Grundschulkindes untersucht hatte.

»Sie hat vor beiden Zeuginnen angegeben, ihr Name wäre Meggie«, sagte Freunscht bloß.

Über Meggie Lepp und ihr Verschwinden wusste jeder Polizist im Land Bescheid. Ihre Leiche war nie gefunden worden. Dass sie noch lebte, erschien sehr unwahrscheinlich – war aber eben auch nicht unmöglich. Bettina nickte. »Der Erste Kriminalhauptkommissar Lingen wird gleich hier sein. Ich hab unterwegs mit ihm gesprochen.«

Freunscht sah kurz ungehalten aus, als wollte er Lingen nicht auch noch dabeihaben. Bettina betrachtete das Aquarium: Es wirkte ziemlich trübe, etwas zu viele Algen darin und nicht sehr viele Fische.

»Sie sind ZKI Ludwigshafen?«, fragte Freunscht lauernd.

»Ja.« Bettina gehörte der Zentralen Kriminalinspektion an, die als übergeordnete Behörde für Schwerstkriminalität in diesem Landstrich zuständig war. Wenn alles normal verlief, dann würde die Antiterroreinheit demnächst geordnet abziehen, da die Täterin festgenommen war und keine akute Gefahr mehr herrschte. Der Dauerdienst aus den umliegenden Städten würde den Tatort weiter sichern und aufnehmen, während die Ermittlungen und eine eventuelle Soko von Ludwigshafen aus koordiniert werden würden.

»Wo ist denn dann eigentlich Ihr Chef Härting?«

Diese Frage versetzte Bettina in Verlegenheit, denn Härting war tatsächlich als offizieller Leiter der Ermittlungen angekündigt. Das fand Bettina ziemlich eigenartig, und die Mehrzahl ihrer Telefongespräche auf der Herfahrt hatte sich darum gedreht. *Härting, der im Krankenhaus liegt?* Ja, Härting, so hatte die immer gleiche Antwort gelautet, ganz recht, EKHK Härting, aber wieso Krankenhaus? Der EKHK war doch nicht krank! Offiziell befand sich Härting am Einsatzort in Höhbrücken oder auf dem Weg dorthin, das behauptete Mona allen Ernstes auf Anfrage (allerdings nur per Mail, ans Telefon war sie nicht gegangen), das sagte Habermeyer, das war die einzige Antwort, die Bettina bekommen hatte. Und außer Härting und ihr selbst war niemand von der ZKI angefordert, so dass sie nun praktisch die gesamte Inspektion vertrat, ohne zu wissen, was Härting vorhatte oder von ihr erwartete. Sollte sie Leitung und Koordination übernehmen? Wirklich auf den Chef warten, obwohl der niemals erscheinen würde? Die anwesenden Kollegen hinhalten, um Härtings seltsames Manöver zu decken? So viel wie möglich an Frankfurt weitergeben, weil die Täterin in deren Zuständigkeit fiel?

»Der Chef braucht noch ein bisschen«, antwortete sie also. »Er war heute früh schon mit mir in Frankfurt-Heddernheim am Tatort.«

Freunscht nickte ziemlich verächtlich. »Sie beide haben Herrn – hm, Ackermann identifiziert.«

Herrn Ackermann, sagte er. Mit Pause auch noch. Nicht: den

Kollegen. »Genau«, antwortete Bettina und ahnte plötzlich, weshalb sie weit und breit die einzige Beamtin aus ihrer Abteilung war und wohl auch bleiben würde. Die neue Soko würde von einer anderen Behörde geleitet werden, von Lautringen vielleicht. Von Freunscht. Ludwigshafen war viel zu verstrickt in den Fall und sie selbst nur die Halbtagskraft, die elegant abtreten konnte, wenn ein auswärtiger Kollege übernahm. Und das würde passieren. Denn wenn das Mädchen da drin wirklich Meggie Lepp war, dann waren sie einer Sauerei auf der Spur. Dann mussten alle zusehen, dass sie so neutral wie möglich rüberkamen, aber das konnte die ZKI Ludwigshafen in dieser Sache nicht leisten, niemals. Nicht nach Ackermanns Auftritt in der *Sexy Bar*.

»Kann ich sie sehen?«, fragte Bettina jetzt.

Freunscht zuckte die Achseln. Du bist der Boss, sagte die Geste. Noch.

Bettina öffnete die Tür und trat ein.

Im Direktorat herrschte schläfrige Stimmung, der Raum war stickig und sehr warm, weil er nach Süden ging und nur von einem beigen Lamellenvorhang notdürftig gegen die sengenden Sonnenstrahlen geschützt war. Ein Uniformierter erhob sich, als Bettina eintrat, sie wies sich aus und sagte: »Ist sie ansprechbar?«

Der Kollege hob die Achseln und wies auf das Häuflein Mensch, das auf dem schwarzen Direktorensessel zusammengesackt war: schwarzes Haar, grelle, enge, knappe Fähnchen um Brust und Schritt, absurd aussehende hochhackige Schuhe, blasse, fleckige Haut. Diesen Schlaf zu stören schien unmöglich, das Mädchen sah aus wie tot.

Bettina machte einen schnellen Schritt auf sie zu und schüttelte sie sanft. Dann fester. Nichts geschah. Als sie es beinahe aufgegeben hatte, regte sich das Bündel, und ein erstaunlich wacher Blick traf Bettina.

»Hi«, sagte Meggie und richtete sich auf.

»Hi«, antwortete Bettina. Sie stand vor dem schwarzen Schreibtisch aus Kunstholz, musterte kurz die einzige freie Sitzgelegenheit aus schwarzem Kunstleder und blieb stehen, unter einem Kunstdruck mit einer schwarzen Rose drauf. Schwarzweiß war ein Thema hier, und nichts schien echt. Meggie schniefte.

»Ich bin Kriminalkommissarin Boll vom KK11 Ludwigshafen«, sagte Bettina. »Ich möchte mit dir reden.«

Meggie seufzte und nickte und lehnte sich im Stuhl zurück. Sie sah winzig und sehr dünn aus, dick schwarz geschminkte Augen, ein Blick, der schon wieder verschwamm und sich in der verschmierten Mascara verlor. Ackermanns Favoritin. Bettina fasste es immer noch nicht. Ein Kind. Sie holte ein Aufnahmegerät aus ihrem Rucksack und legte es auf den Tisch, lehnte sich selbst daneben. Irgendwo sollte sie sich vielleicht doch niederlassen, aber sie fand es immer noch besser, halb auf dem Schreibtisch zu balancieren, als in diesem miefigen schwarzen Kunstleder einzuschlafen. »Wie ist dein Name?«, fragte sie als Erstes, nachdem sie alles Erforderliche aufgesprochen hatte.

Das Mädchen seufzte tief.

»Du hast dich Meggie genannt«, sagte Bettina nach einer Weile, in der sie beide lauernd geschwiegen hatten.

Meggie nickte.

»Bitte antworte mit ja oder nein.«

»Ja«, flüsterte Meggie und schniefte.

»Ist das dein richtiger Name?«

Meggies Gesicht wurde stumpf und abweisend, sie wirkte völlig desinteressiert.

»Oder heißt du Lisa Engel?«

Keine Reaktion.

»Was verbindet dich mit diesem Ort?«, fragte Bettina weiter. »Höhbrücken? Warst du schon mal hier?«

Meggie schüttelte kaum merklich und eher unwillkürlich den Kopf, sonst äußerte sie sich nicht.

»Möchtest du etwas zu trinken?«

»Haben Sie Veuve Clicquot?«, fragte Meggie darauf so laut und lebendig, dass der Wachhabende zusammenzuckte und Bettina fast vom Tisch fiel.

»Haben wir Grund zum Feiern?«, fragte sie rasch.

Meggie schüttelte den Kopf.

»Dann gibt's nur Wasser«, sprach Bettina trocken. »Der Herr Gutvatter, hast du den gekannt?« Jetzt erhaschte sie ein kurzes Flackern in Meggies Blick, eine Unsicherheit, ein Stutzen.

Doch gleich darauf sah die junge Frau so gelangweilt wie zuvor aus. »Nein«, sagte sie mit ihrer warmen, rauchigen Stimme. Und dann sagte sie gar nichts mehr.

Als Bettina rauskam, sah sie Freunscht, der mit einer unsicher dastehenden Zivilistin verhandelte. Die war so offensichtlich keine Vertreterin irgendeiner Institution, dass Bettina einen Moment lang glaubte, sie sei eine Putzfrau oder sonstige Helferin, die sich irgendwie ungeachtet des Rummels durch einen versteckten Seiteneingang in die Schule begeben hatte, um dort ihr Tagewerk zu verrichten. Dann erkannte sie, dass das Blödsinn war, denn Freunscht sprach sie mit »Frau Lepp« an. Das war Meggies Mutter.

»Meggies Mutter, Frau Lepp«, stellte er vor, als Bettina sich näherte. »Das ist Kriminalkommissarin Boll aus Ludwigshafen.«

»Ludwigshafen?«, sagte Frau Lepp erschrocken und blickte zu Bettina auf. Meggies Mutter war klein und sah aus wie eine einfache Frau, die viel durchgemacht hatte, zarte, faltige Haut, ängstliche Augen, knallrot gefärbtes Haar mit weißem Ansatz, altmodisches Make-up mit leuchtend blauem Kajal am Wimpernrand.

»Hallo, Frau Lepp«, sagte Bettina freundlich. »Ja, die Vorfälle hier waren ziemlich dramatisch, da muss die Kriminaldirektion ran.« Sie sahen sich an.

Lepp, die aus keinem anderen Grund als wegen ihrer Tochter gekommen sein konnte, schielte zur Tür des Sekretariats und traute sich nicht, die Begegnung einzufordern. Sie sah traurig und hilflos aus. »Sie hat den Herrn Gutvatter – em –?«, sagte sie schließlich.

Freunscht seufzte, darüber hatte er mit Lepp ganz sicher schon geredet.

»Ja«, sagte Bettina ernst.

»Ich will sie sehen«, brach es aus Lepp heraus. Sie begann zu weinen. »Meggie«, schluchzte sie. »Meine Meggie ist zurück!« Ihre Schultern bebten.

Bettina warf Freunscht über die weinende Frau hinweg einen fragenden Blick zu. Er zuckte die Achseln und bewegte dann leicht den Zeigefinger hin und her: Nein, hieß das.

Sie ging hin und fasste Lepp zart am Arm. »Frau Lepp, sind Sie ganz allein hier? Haben Sie vielleicht Familienangehörige, die Sie anrufen könnten, damit die Sie abholen kommen, ich glaube, Sie brauchen etwas Beistand.«

Lepp schniefte und schüttelte den Kopf und sah so mutlos die Tür an, dass es Bettina das Herz brach.

»Meggie«, sagte sie sehnsuchtsvoll.

Da ging Bettina zur Tür, öffnete sie und winkte Lepp heran. »Nur kurz«, sagte sie.

Freunscht starrte sie entgeistert an und schüttelte sehr heftig den Kopf. Diese spontane Familienzusammenführung war ganz sicher nicht im Sinne korrekter Ermittlungen, so etwas musste eigentlich geordnet, protokollierbar und unter psychologischer Aufsicht geschehen. Das war Bettina klar. Aber eine Mutter war eine Mutter. Und jetzt, da die Tür offen stand, war Lepp nicht mehr aufzuhalten. Sie ging durch die Öffnung, als schreite sie durch die Pforten des Paradieses, feierlich, unsicher und mit einer Spur demütiger Hoffnung auf ein neues, besseres Leben. Bettina folgte und wurde so Zeugin der Begegnung.

»Meggie?«, sagte Frau Lepp über die Schulter des Wachhabenden, der ihr vorsichtshalber den Weg versperrte. Bettina gab ihm ein Zeichen, und er trat zur Seite. Lepp ging auf das Häuflein Mensch in dem Stuhl zu und begann wieder zu weinen. Meggie bot einfach einen erschreckenden Anblick. Sie wirkte unheimlich, auch wenn sie schlief.

»Meggie?«, sagte Bettina. Freunscht drängte hinter ihr ins Zimmer.

Lepp ging zu dem Mädchen und berührte sie vorsichtig an der Schulter. Dann streichelte sie ihre trockene, eingefallene Wange.

Meggie öffnete die Augen.

»Meggie«, sagte Lepp.

»Wer sind Sie?«, sagte Meggie, schüttelte die Berührung ab und richtete sich auf.

Lepp fehlten die Worte. »Mama«, brachte sie schließlich heraus.

»Das ist deine Mutter, Meggie«, sagte Bettina aufmerksam.

Meggie sah sie ungläubig an und sagte höflich: »Hallo.«

Lepp wollte sich auf sie stürzen und sie liebkosen, das sah man deutlich, doch Meggie hob erst abwehrend die Arme, dann warf sie Lepp einen vernichtend kühlen Blick zu, der die Ältere auf Distanz hielt.

»Frau Lepp, Sie müssen jetzt gehen«, sagte Freunscht sehr bestimmt von hinten.

»Meggie«, sagte Lepp und weinte schon wieder.

Bettina fasste sie an der Schulter und zog sie zurück. »Kommen Sie, Frau Lepp.«

Sie konnte sich kaum losreißen, Meggie dagegen verweigerte jetzt jeden Augenkontakt und zupfte gelangweilt an ihrem Oberteil herum.

Draußen wirkte Lepp wie erstarrt.

»Wir müssen Sie bitten, mit uns zu kommen«, sagte Freunscht bestimmt. »Wenn Sie zu Hause jemanden anrufen können, ist gut, wenn nicht, werde ich einen Sanitäter bitten, Ihnen erst mal einen Tee zu geben, Frau Lepp. Geht's?« Er blickte Bettina strafend an. »Na gut. Alles klar? Dann kommen Sie jetzt bitte –«

Trotz seines offensichtlichen Unmuts verlor Freunscht kein Wort über Bettinas eigenmächtige Entscheidung, als sie wieder in dem Flur mit dem Aquarium standen. Auch nachdem sie Frau Lepp in den Hof hinausgebracht und einem Sanitäter übergeben hatten, sagte er nichts dazu. Es war fünf nach vier, unglaublich früh für diesen langen Tag, an dem Bettina schon seit gefühlten zwölf Stunden arbeitete. Tatsächlich waren es knapp dreizehneinhalb, rechnete sie nach. Ihr Gefühl stimmte sogar, fast jedenfalls. Zeit, heimzugehen und mal zu duschen, die heutigen Geschehnisse klebten wie ein schmutziger Film an ihr. Leicht würden sie allerdings nicht abzuwaschen sein, und außerdem war die Arbeit auch noch nicht zu Ende. Da sie hier die Einzige aus der Zentralen Kriminalinspektion war, konnte sie nicht einfach gehen, sondern musste den Fall halbwegs geordnet weitergeben, an wen auch immer. Sie zog sich in den Schatten eines Baumes zurück, holte ihr Handy aus dem Rucksack und klickte ihre Kontakte an, als könnte sie sich dort einen aussuchen.

Der uniformierte Einsatzleiter erschien, er schwitzte. »Wo bringen wir sie hin?«, fragte er Bettina. Genau genommen fragte er Freunscht, der, wie sie jetzt erkannte, wieder neben ihr stand. Er blickte kurz, aber höflich Bettina an.

»JVA Frankenthal«, erwiderte sie automatisch. Es war die beste Antwort, die sie geben konnte, solange nicht klar war, wer den Fall kriegte und welche andere Justizvollzugsanstalt dann passender war. Frankenthal lag halbwegs zentral und war geeigneter als Zweibrücken, die einzige rheinland-pfälzische Alternative.

»Wir machen das, Herr Jeblick«, sagte Freunscht indessen zu dem schwitzenden Kollegen. »Ich hab den Wagen schon bestellt. Drei Begleiter reichen, denke ich.«

Sieh an, dachte Bettina. Freunscht schien wirklich der Anwärter auf die Soko-Leitung zu sein. Woher war er noch gleich? Mainz? Lautringen? Sie ärgerte sich, dass sie nicht nachgehakt hatte, jetzt würde die Frage seltsam wirken. Und dabei hatte sie doch erst vorhin mit Thot eine ähnliche Erfahrung gemacht. Du bist schusselig, schalt sie sich, zu lange auf den Beinen und offenbar auf der falschen Seite. Gewöhnlich erkannte sie den Rang eines unbekannten Kollegen schlicht am Benehmen, aber jetzt hielt man sich ihr gegenüber zurück und betrachtete sie mit Argwohn. Wenn auch nicht ganz unverhohlen. In Freunschts knautschiger Miene zumindest konnte sie in diesem Moment gar nichts erkennen. Er sah sie ganz ruhig an und sagte ernst: »Wollen Sie in die Halle?«

»Natürlich«, sagte Bettina.

Das ganze Gebäude, der Platz davor, die Bäume und Spielgeräte rundherum, alles das war so hübsch. Viele Kindergenerationen hatten es mit Lachen aufgeladen, vieles war bemalt, alles bespielt, an den Ecken abgenutzt und sogar schäbig, und die riesigen Fenster sahen aus, als würden sie nicht richtig schließen und hätten es vielleicht nie getan. Dennoch: Es war ein fröhlicher Ort. Sonnenflecken überall, der Asphalt roch in der Mittagshitze, die Kastanienbäume dufteten süß, und aus der Halle müffelte es nach alten Turnschuhen. Dieser Tatort war so unwirklich wie ein vergilbtes Kinderfoto. »Es ist schwer zu glauben«, sagte Freunscht, der Bettina durch das lebende Bild geleitete.

»Was?«, fragte Bettina, schon an der Tür zur Turnhalle.

»Dass sie den Mumm hatte, hierher zurückzukommen«, sagte Freunscht.

Drinnen im Gebäude herrschte die Art von übersteigerter Betriebsamkeit, die sich einstellt, wenn zuvor etwas Unfassbares passiert ist. Beamte liefen mit wichtigen Gesichtern herum und strahlten so konzentriert Ruhe und Vernunft aus, dass Bettina am liebsten sofort wieder gegangen wäre. Sie begrüßte einige Kollegen in verschiedenen Stadien der Vermummung und hoffte halb, hier auf den Pathologen Dr. Lee zu treffen, weil der mit seiner asiatischen Gelassenheit die Betriebstemperatur auf ein erträgliches Maß runterkühlen konnte. Doch weit und breit war kein langer Koreaner zu sehen, nur knubbelige pfälzische Tatortermittler in weißen Overalls, dazu diverse Zeugen, die in den Umkleiden warteten, sowie die Kollegen von der Polizeipuppenbühne, die hier offenbar bis auf weiteres festsaßen, weil ihre Requisiten Teil des Tatortes waren und nicht abgebaut werden durften.

»Wo ist der Tote?«, fragte Bettina einen jungen Kollegen, der kerzengerade vor ihr stand, tiefernste Miene, stechender Blick.

»Schon abtransportiert«, antwortete Freunscht von der Seite. »Fuhrmann, haben Sie mal ein Paar Galoschen für die Kollegin aus Ludwigshafen, wir wollen zum Tatort.«

»Sie ist die Tür hier reingekommen.« Freunscht wies zurück auf die schwere Turnhallentür, durch die sie soeben eingetreten waren. »Sie müssen sich vorstellen, dass alles voller Zuschauer war, diese Reihen hier waren besetzt, vorn auf den Turnbänken und Matten die Kinder, hinten auf den Stühlen die Eltern und Lehrer.«

Bettina stellte es sich vor. Schulaufführung. Ein lustiges, friedliches Bild.

»Sie ist gelaufen bis dort, wo wir den Boden markiert haben.« Freunscht zeigte auf die Reihen niedriger Stühle, zwischen denen ein freier Gang bis zur Bühne verlief. Ein kleiner Kreis auf dem Boden war mit Kreppband umklebt. »Dort ist sie stehen geblieben und hat nach Herrn Gutvatter gefragt. Sie ist ja eine auffällige Erscheinung, war sofort Mittelpunkt des Interesses. Die meisten dachten sogar, sie wäre Teil der Show. Die Waffe hat sie wohl hinter dem Rücken gehalten, die Zeugen, die hinten saßen, haben ausgesagt, dass sie etwas Waffenartiges gesehen haben, es aber wahnsinnig schnell ging, niemand hatte Zeit zu reagieren. Und davon abgesehen hat auch niemand an einen Anschlag geglaubt. Sie hat ›Herr Gutvatter‹ gerufen, einmal laut, da hat er sich umgedreht, und einmal leiser, da ist er aufgestanden. Die Zeugen sagen, dass die beiden nicht aussahen, als ob sie sich persönlich gekannt hätten. Keine Zeichen von Erkennen. Sie hat ihn gerufen, er ist aufgestanden, das hat ihr gereicht. Und sie war wohl sehr entschlossen. Dann ist sie noch drei Meter nach vorn gegangen, in dem Moment haben mehrere Zeugen die Waffe sehr deutlich gesehen. Dort«, Freunscht wies auf eine weitere Markierung am Boden, »ist sie dann endgültig stehen geblieben, vier Meter entfernt von Gutvatter, der stand da in der dritten Reihe. Zum Glück, wenn man so will, hat er ganz am Rand gesessen, darum war niemand anderes den Schüssen im Weg. Sie hat sofort auf das Opfer gefeuert. Alle acht Schuss. Trotzdem war nur ein Treffer letal. Sie hat nämlich tief gezielt.«

Bettina blickte Freunscht an.

»Ja«, sagte der achselzuckend. »Tödlich war, soweit wir wissen, nur einer der letzten beiden Schüsse, weil Gutvatter da schon zu Boden ging. Sie hat die ganze Zeit in Schritthöhe gezielt und am Ende den Kopf getroffen.«

Bettina verschränkte die Arme und blickte über die Stuhlreihen.

»Ein klassischer Fall sozusagen«, setzte Freunscht mit einer Spur Anzüglichkeit in der Stimme hinzu.

»Sie hat sich gerächt«, sagte Bettina.

»Ja«, sagte Freunscht.

»Dann ist das eher ein ungewöhnlicher Fall«, widersprach Bettina. »Typischerweise müsste sie sich selbst auf einem

Bahnhofsklo den goldenen Schuss setzen, während sie an ihn zurückdenkt. Das wäre klassisch.«

»Frau Boll –«

Weiter kam Freunscht nicht, denn in dem Moment rief eine laute Stimme: »Wo ist sie?«, und mehrere wichtig aussehende Männer drängten zur Tür herein.

Lingen.

Seine Männer waren in Zivil, sahen aber trotzdem mehr nach Uniform aus als jeder normale Schupo. Und sie legten eine perfekte Performance geordneten Personenschutzes hin, Eintreten durch die Tür im zügigen Gleichschritt, wachsamer Blick in die Runde, Aufstellen links und rechts der Tür, Schultern aufgepumpt, Waffen schussbereit, und am Ende: Auftritt des Mannes, der nur EKHK Lingen sein konnte.

Der zumindest benahm sich so, dass man ihn und seinen Rang sofort erkannte. Er ging auf Freunscht zu und sagte: »Erster Kriminalhauptkommissar Lingen, Freunscht, oder? Wir haben telefoniert. Wo ist sie? Ich will sie sehen.«

Freunscht reagierte unbeeindruckt. »Hallo, K'Lingen«, sagte er, und Bettina hatte das Gefühl, dass er die Anrede absichtlich verschluckte, »können wir draußen reden? Wir haben hier noch Tatortaufnahme, und Sie tragen keinen Schutz.«

Lingen blickte auf Freunschts Galoschen, dann auf Bettina. Er trat auf sie zu und reichte ihr die Hand. »Ludwigshafen?«, sagte er. »Wir haben telefoniert. Wo –«

»Boll«, sagte Bettina, ergriff kurz Lingens warme, feste Hand und wandte sich zur Tür. »Gehen wir raus.«

Draußen pflanzte Freunscht sich unter einen Kastanienbaum und schaffte es, Lingen und seine Gorillas dort festzuhalten, obwohl sie mit den Hufen scharrten, um Meggie zu sehen und vielleicht auch mitzunehmen und zu sezieren. Um endlich herauszubekommen, was damals bei Lingens Ermittlungen schiefgelaufen war. Denn schiefgelaufen war etwas. Seine

Soko »Meggie« hatte am Ende dreihundert Leute umfasst und war doch grandios gescheitert. Sie konnte nie eine Erklärung für das Verschwinden der Sechsjährigen liefern. Eine Leiche wurde nicht gefunden, und der Hauptverdächtige, ein farbloser junger Mann, konnte nach einer aufreibenden und betont öffentlichkeitsbezogen geführten Ermittlung aus Mangel an Beweisen nicht angeklagt werden. Ein katastrophaler Ausgang: Der Ruf eines eventuell Unschuldigen war zerstört, und das Verbrechen an dem kleinen Mädchen blieb trotzdem ungesühnt. Lingen hatte in der Folge das Bundesland verlassen, weg aus Ludwigshafen und rüber ins kleinere und überschaubare Darmstadt. Hier in Höhbrücken hatte er nichts verloren, doch natürlich musste er an dem Fall großes Interesse haben.

Und das vertrat er sehr direkt. »Sie nennt sich also Meggie«, sagte er zu Bettina. Seine dunkelbraunen Augen musterten sie prüfend, seine Miene war ernst und verbindlich, kantig mit scharf gezeichneten Linien, dunkle Brauen, klare Haut, tiefe Stimme und breiter Mund. Ein plakativer Mann. Freunscht mit seinem Knautschgesicht sah irgendwie unscharf gegen ihn aus, zwar vital, aber viel weniger präsent. Irgendwie zerfahren und zerfurcht. Eine Fernsehkamera hätte Lingen ohne Zweifel als den Besseren dargestellt.

»Zwei Zeugen haben das bestätigt«, erklärte Freunscht jetzt an Bettinas Stelle.

»Eine überraschende Wendung«, sprach Lingen. Seine ebenfalls glattgesichtigen Männer standen im Kreis um sie herum und sicherten alle vier Himmelsrichtungen ab: Pausenhof, Sportplatz, Klettergerüst, Halleneingang. Kein Feind war in Sicht, aber man wusste ja nie.

»Allerdings«, sagte Freunscht.

Lingen musterte den Kollegen spöttisch. »Wer ist sie wirklich?«, fragte er.

Freunscht verschränkte die Arme.

»Sie glauben, dass es nicht *die* Meggie ist?«, fragte Bettina.

»Nein, ist sie nicht«, sagte Lingen ohne das geringste Anzeichen von Zweifel.

»Wie kommen Sie drauf? Sie hat das richtige Alter, kennt den Schuldirektor, kommt hierher in dieses unbekannte Kaff, fest entschlossen, nennt sich Meggie …?«

Lingen packte sie am Arm, so überraschend, dass Bettina ihm fast eine geklebt hätte. Doch den Unwillen beachtete er gar nicht. »Wissen Sie, was, Ludwigshafen?«, sagte er. »Meggie ist tot.«

»Und wer ist dann das da drin?«, fragte Bettina und schüttelte Lingens unangenehmen Griff ab.

»Um das rauszufinden, bin ich hier.«

»Meggie Lepp?«, sagte Lingen.

Sie war wach, sah aber apathisch aus, was bei der Hitze im Raum kein Wunder war. Teilnahmslos registrierte sie die Ankömmlinge und streifte Lingen mit einem gelangweilten Blick. Er trat auf sie zu und streckte ihr die Hand hin, was Meggie mehr überrumpelt als willentlich erwiderte.

»Sie sind also Meggie?«, wiederholte er die Frage.

Meggie antwortete nicht. Im Raum drängten sich nun sechs Kollegen.

»Sie sind hier aufgewachsen, zur Schule gegangen und jetzt zurückgekommen?«, fragte Lingen weiter.

Sein Ton war abfällig, und irgendetwas darin schien Meggie zu erreichen. Sie warf dem markantesten aller anwesenden Polizisten einen Blick unter ihren verklebten Wimpern hervor zu, dann war sie schlagartig präsent. »Wer bist du?«, sagte sie klar und scharf.

Lingens Gesicht sagte: Das tut nichts zur Sache. »Erster Kriminalhauptkommissar Lingen«, sagte er laut. »Aber das tut nichts zur Sache. Die Frage ist: Wer sind Sie?«

Meggie starrte Lingen an. Ihre Miene sah angestrengt aus, misstrauisch und sehr grimmig. »Ist er wirklich tot?«, fragte sie.

»Ihr Opfer, der Herr Gutvatter? Ja, der ist tot. Wieso haben Sie ihn erschossen?«

Meggie schniefte und betrachtete ihre Handfesseln. »In welches Gefängnis komme ich jetzt?«

Lingens Stimme klang plötzlich so autoritär, als hätte er auf den Tisch gehauen. »Wer sind Sie und was wollen Sie hier?«, herrschte er Meggie an.

Sie hielt den Kopf gesenkt, sah aber Lingen direkt in die Augen. »Ich bin Meggie und ich wollte den Gutvatter, em –«

»Töten?«

»Ja.«

»Warum?«

Meggie schwieg.

»Kannten Sie ihn von früher?«

Schweigen.

»Ich frag das nur«, sagte Lingen, »weil der Herr Gutvatter, den Sie erschossen haben, vor zehn Jahren noch gar nicht offiziell hier an der Schule war.«

Meggie ließ sich davon nicht erschüttern.

»Er war Referendar«, sagte Freunscht kühl. »Er war sehr wohl da. Jeden Tag.«

»Wo komme ich jetzt hin?«, wiederholte Meggie.

»Ich werde Sie mitnehmen. Preungesheim. Eine schöne JVA«, sagte Lingen. »Wir können sofort abfahren, dann werden wir uns mal in Ruhe unterhalten.«

Meggie schluckte und schien blasser zu werden. Freunscht berührte kurz Bettinas Schulter, sie hatte keine Ahnung, ob das ein Zeichen oder ein Versehen war, doch es bewirkte, dass sie vortrat und sagte: »Tut mir leid, aber hierfür sind vorerst Ludwigshafen und die JVA Zweibrücken zuständig. Oder Frankenthal. Das ist schließlich keine hessische Ermittlung.«

»Doch«, sagte Lingen kampflustig, »Frau, äh – Ludwigshafen –«

»Nein«, sagte Bettina ruhig. In diesem Moment spürte sie

keinen Argwohn, sondern die schweigende Mehrheit der Kollegen hinter sich. »Herr Freunscht, wären Sie dann so weit, wir wollen fahren. Frankenthal. Ich ruf da gleich an.«

Frankenthal.

Du sitzt auf dem Rücksitz eines Busses, der nach Frankenthal fährt. Wo auch immer das ist. Hört sich okay an, jedenfalls. Deine Hände sind gefesselt, es ist unbequem und riecht eklig, nach Plastiksitzbezügen und scharfen Putzmitteln und dem, was die Mittel wegputzen mussten. Es holpert auch und alles, und du bist schrecklich müde.

Frankenthal.

Kann sein, dass du da endlich mal schlafen kannst.

* * *

Bettina hielt unter ihrer boshaften Eibe und öffnete die Tür des Taunus. Dann blieb sie einfach sitzen, noch angeschnallt, weil der Tag so lang gewesen war und ihre Beine irgendwie nicht aus dem Auto wollten. Die Luft, die eindrang, war frisch und so weich wie ein Seidenkissen. Um sie herum stand grünes Licht, das machte die Eibe, die ihr Gartenreich hinaus auf die Straße erweiterte. Komm, leg dich auf unser Moosbett, schien ihr buschiges Gefolge aus dem Hintergrund Bettina zuzuflüstern. Komm, wir decken dich mit Farnwedeln zu, wir ranken dir ein bisschen Efeu um die Fesseln, und du kriegst einen Platz unter dem Rotdornstrauch, da, wo deine Schwester damals das kleine Eichhörnchen begraben hat. Vertrau uns. Ruh dich mal ein bisschen aus –

»Tina!«, brüllte da Sammy vom Fenster des Eingangsvestibüls aus. »Da bist du ja endlich! Hast du Döner mitgebracht?«

Den Döner hatte Bettina versprochen, aber vergessen, was nur mit einer Pizza wiedergutzumachen war, und zwar hier, sofort.

Eine Fahrt nach Ludwigshafen und eine möglicherweise unbefriedigende Inspektion des Kühlschranks war Enno und Sammy in ihrem geschwächten Zustand nicht mehr zuzumuten.

»Es ist acht Uhr, Tina«, sprach Sammy leidvoll und bestimmt, aber nicht ohne diese gewisse Verbindlichkeit, die trotz allem angebracht ist, wenn man jemanden zum Pizzabestellen nötigen muss.

»Du hast uns seit heute Vormittag hier allein gelassen, Tina«, fügte Enno an.

»Ohne Essen«, setzte Sammy drauf.

»Mit diesen komischen Leuten.«

»Die wollten einfach nicht gehen«, erklärte Sammy.

»Voll nervig, die sind noch ewig im Haus rum, und wir konnten sie ja schlecht rauswerfen«, sagte Enno in verantwortungsbewusstem Ton.

»Die sind im Haus rum?« Bettina stand jetzt mit ihren Kindern in der großen Eingangshalle, und obwohl der Feind fort war, gab das Haus immer noch seine große Abschiedsvorstellung, durch alle Fenster fiel Abendlicht, der Raum leuchtete golden, wie von innen heraus, und die Kinder sahen aus wie Götter. Eine schwarze Königin in all ihrer Pracht, und ein hellhäutiger dunkelhaariger Apoll.

»Ja, kaum warst du weg, ging es: Hier fehlt aber der Putz und da ist aber der Boden kaputt, sie haben die ganze Zeit gemeckert.«

»Sie wollen vom Kauf zurücktreten?«

Bettinas Kinder sahen sich an.

»Glaub ich nicht«, sagte Enno schließlich und lächelte lässig.

»Nee«, sagte Sammy sonnig.

»Ich glaube, die wollten einfach nur ein bisschen angeben«, sprach Enno weise.

»Und sie waren noch ganz lang im Keller«, ergänzte Sammy. »War voll kalt. Ich bin dann hoch, aber die Kinder von denen haben im Garten rumgehockt, und das hat auch ziemlich genervt.«

»Hast du sie geärgert?«

»Nein!«, rief Sammy mit verdächtiger Empörung.

Bettina ließ das Thema fallen, denn die andere Seite dazu würde sie niemals hören. »Habt ihr die verschlossene Tür aufgemacht?«

»Nein, aber sie waren ziemlich geil drauf.«

»Sie denken, dass dort ein Brunnenraum ist.«

»Ein was?«

»Die haben irgendwie Pläne hier von der Straße, also, sie hatten sie nicht dabei, aber sie kannten die irgendwie, und sie haben von einem Brunnen erzählt, den es hier in der Straße geben muss, vielleicht sogar auf unserem Grundstück. Ich glaube, das wäre toll für die, weil sie dann eigenes Wasser hätten und so.«

»Dann müssten sie keins kaufen.«

»Oh«, sagte Bettina, die sofort an ihre Wasserrechnung dachte. Ein eigener Brunnen, das war ein Schatz. Oder? Musste man das Wasser nicht trotzdem bezahlen?

»Wann kommt eigentlich die Pizza?«, fragte Enno in diese Gedanken und begann gegen das Treppengeländer zu trommeln.

»Halbe Stunde«, sagte Bettina automatisch. »So, Leute, ich will jetzt wissen, was da unten ist. Wenn wir hier eh noch warten müssen, und weil wir sowieso 'ne halbe Million für das Haus kriegen, kann ich auch einen Schlüsseldienst bezahlen.«

Enno und Sammy sahen sich an.

»Ich hab's dir gesagt«, sagte Enno zu seiner Schwester.

»Tina«, sagte Sammy und das goldene Licht umgab sie wie eine schimmernde Aureole. »Wir werden hier wohnen, ja?«

»Nein, ich will nur wissen, was da unten ist.«

Enno trommelte wieder auf dem Geländer herum. »Ich glaube«, sagte er, »wenn wir die Tür aufmachen, dann müssen wir das Haus behalten. Das ist Karma.«

»Nein.«

»Wir können ja in den Ferien herkommen.«

»So wie jetzt«, sagte Sammy.

Bettina holte ihr Handy hervor und suchte nach der Nummer eines Schlüsseldienstes in Grünstadt. »Von mir aus«, sagte sie und hielt den Vorschlag für so absurd und abschreckend, dass sie mit hellem Widerspruch rechnete, »können wir heute Nacht hier campen.«

»Ja! Ja! Ja!«, rief Sammy und begann zu tanzen.

»Yeah«, machte Enno grinsend und trommelte schneller.

Bettina starrte ihre Kinder an, schüttelte den Kopf, und dann ging sie raus zum Telefonieren. Sie würde sich von niemandem manipulieren oder verzaubern lassen, nicht von der Eibe, nicht von dem Haus und nicht von ihren Kindern. Schon gar nicht von dem befremdlichen Eifer dieser Architekten. Nein, sie würde das Haus verkaufen. Aber vorher würde sie herausbekommen, was hinter dieser Tür war.

Die Frau vom Schlüsseldienst traf gleichzeitig mit dem Pizzaboten ein, es war, als kämen die beiden von einer Firma: Die eine schloss auf, der andere servierte das Essen. Bettina, die von dem Duft aus den Kartons heftig daran erinnert wurde, dass sie heute noch praktisch gar nichts gegessen hatte, überließ Enno ihr Portemonnaie und ging mit der Schlüsseldienstlerin in den Keller.

Die Frau war stämmig und sommersprossig, dazu kastanienrote Haare, eine etwas bulligere Version von Bettina selbst, wie sie Ende dreißig, kampferprobt und wortkarg. »Taschenlampe hab ich dabei«, sagte sie, als Bettina auf halbem Weg einfiel, dass sie unten kein Licht hatten. Sie fand die Frau sympathisch: sagte wenig und sah tüchtig aus. In ihrer Gegenwart hatte das alte Haus nichts Leuchtendes oder Furchterregendes an sich: Es war einfach nur ein Haufen Steine. Die Gespenster schwiegen um diese Frau herum, und Bettina war sehr zuversichtlich, dass sie gleich ohne viel Federlesens in dem unbekannten Kellerloch stehen würden.

Ganz so schnell ging es dann doch nicht. Erst hielt die Frau ihre Lampe zwischen den Zähnen, doch nach wenigen Minuten musste Bettina halten, und die andere begann leise zu fluchen.

»Auf die Tasche«, sagte sie.

Bettina hielt das Licht auf die aufgeklappte Werkzeugtasche der Frau, und die fand eine Sprühdose mit einem langen festen Schläuchlein am Sprühkopf. »War lange nicht offen«, knurrte sie.

»Ja«, gab Bettina zu.

Die Frau sprühte, werkelte, sprühte. »Wir müssen warten, bis sich das Öl verteilt hat«, befand sie dann und zündete, ohne vorher zu fragen, ob das genehm war, eine Zigarette an.

In dem Moment überkam Bettina eine so große Lust, mitzurauchen, dass sie spontan um eine Zigarette bat. Diese Frau war so – so ganz ohne Attitüde, vollkommen sachlich, die sah keine Auren, die hörte keine Tanzschritte, die war kein Teil dieses Spukhauses, die stand einfach da und erdete alles. Bettina wollte so sein wie sie, sofort.

Die Frau reichte ihr eine. »Kommt mit auf die Rechnung«, sagte sie ernst und klipste ihr Feuerzeug an. Aber in dem Licht der Flamme, das sie von unten anleuchtete, wirkte ihr Gesicht plötzlich hämisch. Als wäre ihr Werk schon getan. Bettina zögerte und zog nicht. Dann sagte sie, ebenso ernst: »Ich heb sie mir auf. Wollte eigentlich aufhören. Aber Sie können sie gern berechnen.«

Die andere zuckte die Achseln und sah im Widerschein der Lampe, die Bettina jetzt unauffällig höher hielt, ganz selbstverständlich wieder aus wie eine normale Schlüsseldienstlerin mit rotem Haar. Sie stieß Rauch aus, dessen Geruch in Bettina fast einen Würgereflex auslöste. Unglaublich, wie schnell Gier und Ekel sich ablösen konnten.

Sie standen schweigend. Von oben rief Enno: »Tina! Die Pizza ist lecker! Komm, sonst ess ich deine mit!«

Bettina seufzte und blieb stehen. Sie hatte die Lampe. Und sie wollte wissen, wie es hier weiterging.

Die Frau vom Schlüsseldienst ließ das Ende der Zigarette aufglimmen und sagte schließlich: »Neu in Grünstadt?«

»Das Haus gehörte meiner Tante«, antwortete Bettina.

»Sie wollen 'nen Wohnpark draus machen, hab ich gehört.«

»Die zukünftigen Besitzer.«

»Issen schönes Haus«, sagte die Frau vage.

»Aber alt und haunted«, sagte Bettina.

Die Frau nickte, der Glutpunkt wippte. Dann flog er weg, als die Zigarette aus dem Mund genommen wurde. Etwas glimmende Asche schwebte rötlich in Zeitlupe zu Boden. »Haben Sie irgendeine Ahnung, was hier hintendran ist?«

»Wahrscheinlich ein Brunnen«, sagte Bettina.

»Gibt Leute, die sagen, manche Türen sollen verschlossen bleiben«, sagte die Frau etwas nuschelnd, die Kippe jetzt im Mundwinkel. »Kann ich nicht nachvollziehen.« Sie griff ihr Werkzeug, einen kleinen und einen großen Haken. Den einen setzte sie fest ins Schloss, mit dem anderen stocherte sie und machte dann plötzlich eine kraftvolle Bewegung nach oben. »Weil, die Wahrheit ist dem Menschen zumutbar.« Sie hieb mit der flachen Hand gegen die Tür. Die knarrte. Dann warf sie sich mit der Schulter dagegen. Ein Spalt zeigte sich. Die Frau drückte gegen das Türblatt, und mit einem Geräusch, als würde ein Baum ausgerissen, vergrößerte sich der Spalt und wurde zu einem schwarzen Loch.

»Bitte.« Unverhohlen spöttisch wies die Schlüsselmeisterin in die Dunkelheit.

Bettina schauderte, als sie auf die Türschwelle trat. Kalte feuchte Luft strömte ihr entgegen wie eine zähe Flüssigkeit. Es roch brackig, und die Dunkelheit war so dicht, dass die Lampe im ersten Moment einfach nur ins schwarze Nichts leuchtete.

»Ist wirklich ein Brunnen«, sagte die Schlüsselhexe von hinten, sie schien bessere Augen zu haben. Und tatsächlich: Jetzt erkannte auch Bettina die Konturen des Raumes, ein kleines Gewölbe war das, ein rechteckiger Raum mit einer runden Brüstung in der Mitte, Gesamtfläche etwa zehn Quadratmeter. Die Brunnenumrandung war vielleicht einen Meter hoch, also ziemlich niedrig.

Bettina trat heran. Sie zitterte vor Kälte. Vorsichtig blickte sie in das Rund, erkannte nichts, leuchtete hinein, sah dann in etwa drei Metern Tiefe Wasser aufblitzen. »Ein Brunnen«, wiederholte sie und war fast enttäuscht, was hatte sie denn erwartet? Einen Drachen? Ali Babas Schätze?

»Ein Brunnen«, sagte die Schlüsseldienstlerin trocken. »Macht hundertundzwanzig Euro mit Steuer. Plus dreißig für die Anfahrt. Also hundertfuffzig. Die Kippe schenk ich Ihnen. Für das Abenteuer.«

»Wo wollt ihr hier schlafen?«, fragte sie, als sie sich oben zu ihren Kindern auf die Treppe in der großen Halle setzte. Die Stufen wurden nach wie vor von goldenem Licht beschienen und dienten ihnen jetzt als Essplatz. Sie wählte ein riesiges Stück Pizza mit Mozzarella und schwarzen Oliven. Von Domino's, die gab es überall. Und das Fett tropfte nur so runter, aber das war egal. »Wir haben keine Schlafsäcke dabei.«

»Da oben sind Betten mit Matratzen«, sagte Sammy fröhlich, was Bettina schmerzlich daran erinnerte, dass sie das alles noch ausräumen musste.

»Und Decken«, fügte Enno an.

»Findet ihr es hier nicht – spooky?«, fragte Bettina und nahm sich das letzte Stück mit Thunfisch. Solange sie aß, gruselte sie sich nicht, da war das alles nur eine nette kleine theoretische Plauderei.

Sammy blickte sie mit großen Augen an. »Nein!«

»Das ist ein cooles Haus, Tina«, sagte Enno.

»Hier kann man auf dem Flur Longboard fahren.«

Bettina blickte auf.

»Ich hab's nicht dabei.« Sammy hob die Hände. »Ich meine nur: Man könnte.«

»Das ist das Haus von unserer Familie«, sagte Enno ernst, und seine dunklen Augen musterten Bettina fatalistisch. »Das kannst du nicht verkaufen.«

»Tante Elfriede wollte, dass wir hier wohnen«, setzte Sammy hinzu.

»Gut«, sagte Bettina, deren Pizzastück ganz von allein zurück in den Karton gesunken war, »dann werden wir erst mal heute Nacht hier wohnen.« Und morgen seid ihr geheilt, setzte sie in Gedanken hinzu. »Wollt ihr eigentlich gar nicht wissen, was im Keller war?«, fragte sie.

»Ein Brunnen«, sagte Enno lässig.

»Ich hab's gegoogelt, man muss das Wasser wahrscheinlich trotzdem bezahlen, und man soll es nur zum Gießen nehmen«, sagte Sammy. »Ist also nix Besonderes.«

»Wollt ihr ihn sehen?«, fragte Bettina direkt.

»Och, morgen vielleicht«, war die gedehnte Antwort.

»Da unten isses so kalt.«

»Ist doch nur dreckiges Wasser.«

»Komm, wir suchen die Matratzen zusammen.«

»Wir schlafen alle in einem Zimmer, oder?«

»Wollen wir vielleicht in den Garten?«

»Was meinst du, Tina, können wir draußen Feuer machen?«

»Hast du noch die Marshmallows im Kofferraum, die wir bei Ole zum Grillen mitbringen wollten?«

»Haben wir eigentlich Musik?«

Die Kinder standen auf und begannen herumzuhüpfen und zu organisieren, und Bettina aß noch zwei Stücke lauwarme Pizza. Dann half sie Matratzen in ein Zimmer bringen, sie öffnete Fenster, suchte Decken und amüsierte sich wirklich ein bisschen. Schließlich nickte sie auf dem Matratzenlager in einem der vielen leeren Schlafzimmer neben den plaudernden Kindern ein.

Und träumte von einem riesigen Feuer.
Es war warm.
Wurde heiß.
Brannte.

* * *

Bettina wachte auf. Es war Nacht, draußen schrie ein Kauz, es hörte sich an, als käme der Schrei aus einem tiefen Wald. Die Kinder lagen auf ihren Matratzen und schliefen ruhig. Die Nachtluft aus dem Garten war wunderbar, weich und samtig und warm. Aber Bettina war beunruhigt. Dieses Feuer! Es war so echt gewesen! Ihr ganzer Körper war schweißbedeckt, und ihr Herz raste.

Und da fiel ihr ein, was sie alarmierte: Die Schlüsselmeisterin hatte geraucht. Unvorsichtig. Ausladend. Ihr war glühende Asche runtergefallen, und was dann mit der Kippe passiert war, wusste Bettina auch nicht. Am Ende hatte die Tussi sie einfach in den Keller geworfen. Da war zwar alles feucht, aber man wusste ja nie. Vielleicht hatte die Kippe nicht den Steinboden, sondern eine modrige Apfelkiste getroffen. Oder irgendwas anderes, das brannte.

»Halt doch mal höher«, sagte Bettina nervös.

»Tina, du nervst«, sagte Enno charmant und gähnte.

Natürlich hielt er sein Handy, das als Lampe diente, nicht höher, und er war so schläfrig und von dieser ganzen Mission hier im Keller so wenig überzeugt, dass seine geringe Präsenz nicht ausreichte, um Bettina gegen die Geister und die Kälte zu wappnen. Sie zitterte, und sie hatte echte Angst. Alles hier war schrecklich. Sie wollte weg, nur das und das sehr. Aber sie musste nachsehen, ob die Kippe, die diese Schlüsselteufelin nicht mehr im Mund gehabt hatte, als sie nach oben kamen, ihnen nicht vielleicht die Bude unterm Hintern anzündete.

»Dahin!«, herrschte sie Enno an und ergriff seine Hand. Das Licht aus dem Handy leuchtete auf einen dunklen Haufen, der zu einer Wolljacke wurde. Darauf lag tatsächlich ein Zigarettenstummel, der ein winziges Loch in die Wolle gebrannt hatte. Unverschämtheit.

Aber: Nix passiert.

Enno schwenkte zur Tür. »Können wir jetzt gehen?«

»Moment!«

Bettina packte ihren unwilligen Sohn an der Schulter und drehte das Licht wieder Richtung Jacke. Sie nahm den Stummel, befühlte ihn, spürte, dass er kalt war, zerdrückte ihn und ließ ihn fallen.

»Du spinnst, Tina«, sagte Enno dazu liebevoll.

»Ich will nur, dass ihr überlebt«, sagte sie.

Er lachte, dann ließ er das Licht aus dem Handy über die offene Tür zum Brunnenraum tanzen. »Da ist also der Brunnen.«

Bettinas Zähne klapperten, sie musste hier weg. »Ja.«

»Ist da echtes Wasser drin?«

»Hab ich doch gesagt.«

So schläfrig Enno eben noch gewesen war, so schnell war er jetzt im Brunnenraum. »Cool«, klang es von dort drinnen.

Bettina folgte frierend. Irgendetwas Kaltes um sie herum schien zu lachen. Sie erwartete fast, dass die Tür hinter ihnen zufiel, und behielt den offenen Spalt unruhig im Blick.

Enno umrundete den Brunnen und leuchtete alles fröhlich mit seinem Handylicht aus. Dass es manchmal ausging und sie dann sekundenlang im Dunklen standen, schien ihn nicht zu stören, er gab nur seine üblichen Kommentare ab wie »cool«, »strange«, »Hammer«, schließlich sagte er: »Okay, das ist ein Brunnen.«

»Ja«, sagte Bettina. »Lass uns gehen.«

»Aber eine Sache ist komisch«, sprach Enno weiter.

»Was denn?«

»Die Schuhe.«

»Was für Schuhe?«

»Na, die hier.« Enno leuchtete eine Stelle am Boden an. Dort war eine breite Stufe zur Brunnenfassung angebracht, so dass es ein wenig so wirkte, als sei dies der Einstieg zu einem Schwimmbecken. Und neben dieser Stufe, auf der vom Eingang abgewandten Seite, stand ein vermodertes Paar Schuhe, fein säuberlich nebeneinander.

Echtes Leder, dachte Bettina. Jahrzehnte alt. Kleine Schuhe. Wie von einem Kind.

Enno schluckte plötzlich, rückte näher, Bettina spürte, wie seine Stimmung umschwang. Er leuchtete ins Wasser, jetzt ganz ruhig. »Sieht aus, als wäre da einer baden gegangen«, sagte er.

5

Der nächste Tag war ein Samstag und Bettina hatte keine Bereitschaft. Das nützte ihr aber nichts. Ihr Handy klingelte sie aus tiefem Schlaf.

»Nicht mit mir«, krächzte sie ins Telefon, hob mühsam die Lider und erschrak, weil grelles Sonnenlicht ihr plötzlich in die Augen stach. Außerdem klebte eine klamme Decke an ihr und es roch nach Moos und altem Holz und Moder. Mit diesem Geruch war sie noch nie aufgewacht. Das musste ein Traum sein.

»Boll«, sagte Habermeyer streng, »du hast keine Bereitschaft.«

Bettina richtete sich auf. Sie sah nur Licht. Habermeyers Stimme klang in diesem Gleißen wie die letzte Verbindung zur Welt, wie sie sie kannte. »Und da rufst du am, em, mitten in der Nacht an, um mir das zu sagen?« Garten. Es roch nach Garten. Das war Tante Elfriedes Haus. Sie saß auf einer hundert Jahre alten Matratze, und die Sonne knallte durchs offene Fenster.

»Ich rufe an, weil du in der Soko bist«, sagte Habermeyer humorlos.

»Aha?«

»Erinnerst du dich noch an die junge Dame, die du gestern in Frankenthal eingeliefert hast?«

Bettina rieb sich die Augen und erkannte erste Konturen. Nach dieser Nacht kam ihr der Fall Meggie so fern vor wie ihre letzte Steuererklärung. »Ja«, sagte sie knapp.

»Du sollst dich melden, bei einem Kriminalhauptkommissar – Freunscht aus Lautringen.«

Lautringen. Also doch. »Oh, gut.«

»Soko Gutvatter, ihr trefft euch in Höhbrücken Ortsmitte, du musst sofort los.«

Bettina pflückte die seltsame Decke von sich. Irgendwie klebte hier alles, und nicht nur wegen des feuchten Films, der in Tante Elfriedes Haus alles umgab. Sie musste duschen. Dringend. »Ich bin eine Halbtagskraft«, sagte sie. »Hast du den Lautringern das gesagt?«

»Natürlich nicht«, versetzte Habermeyer, und das war mit Sicherheit keine Ironie, denn für Habermeyer war Bettinas Halbtagsarbeit reine Attitüde.

»Habermeyer!«

»Boll!«

»Das müssen die wissen!«

»Was ist jetzt, Boll, willst du mitmachen, ja oder nein?«

»Ich komme …«

»Gut!«

»… später.«

»Mach, Boll, du bist in der Soko! Was meinst du, was Härting sagt!«

»Ah. Härting. Lebt er eigentlich noch?«

»Boll, Boll«, sagte Habermeyer. »Irgendwann kriegst du mal voll auf die Schnauze.«

Da es noch so früh war, leisteten Bettinas Kinder keinen großen Widerstand, als sie verkündete, dass sie gehen musste, was aber nicht bedeutete, dass dieser neue ungeplante Arbeitstag nicht exorbitante und fettreiche Essenswünsche nach sich ziehen würde, mit saftigen Hinweisen auf schändliche mütterliche Vernachlässigung. Bettina schrieb auf einen Zettel, dass zwei Straßen weiter ein wunderbarer Bäcker die leckersten Brötchen anbot, wickelte zehn Euro hinein und malte auf die Außenseite lauter Warnungen und Verbote, den Brunnen betreffend. *Am besten geht ihr gar nicht in den Keller*, schrieb sie zuletzt. *Ich ruf euch an.* Und wenn ihr nicht sofort drangeht, schicke ich die Kollegen vom Notdienst, dachte sie dabei. Diese verdammte Tür, hätte ich sie nur zugelassen. Dann küsste sie ihre gähnenden und sofort weiterschlafenden Kinder und ging. Sie hatte ein schlechtes Gefühl.

Zähne hatte sie auch nicht geputzt.

Unterwegs auf der Autobahnraststätte kaufte sie eine Zahnbürste für fünf Euro und nahm sich fest vor, demnächst einen Lebensvorrat Zahnbürsten auf alle verfügbaren Taschen und Unterkünfte zu verteilen. Fünf Euro für eine Zahnbürste, das war der Grund, weshalb sie ständig pleite war und warum auch die halbe Million sicher kein Jahr halten würde. Sie schrubbte sich über einem sauberen, aber dennoch eklig aussehenden Waschbecken die Zähne und kämmte sich die Haare. Ihr Gesicht war schmal, die Haut bläulich. Ihre Sommersprossen stachen dunkel hervor. Auch kein gutes Zeichen.

Aber Aberglaube, dachte Bettina, bringt nur Unglück. Also Schluss damit und ab in die Hinterpfalz.

* * *

»Und Sie, Frau Boll«, sagte Freunscht, der heute noch verknautschter und wesentlich autoritärer wirkte, »beteiligen sich bitte an der Zeugenbefragung vor Ort. Dort zu der Gruppe.« Er wies auf eine Reihe Beamte, die Bettina ausdruckslos musterten.

Sie trat auf die Kollegen zu und nickte, sagte hallo und erntete ein laut trompetetes »Morsche!«. Was Bettina zusammenzucken ließ, und das war nicht die ideale Einführung bei den Südwestpfälzer Kollegen. Ihre Mienen wurden misstrauisch, und Bettinas nachgeworfenes »Morsche« machte es nicht besser. Große Augen starrten sie abweisend an, dann bildeten die anderen einen Kreis um einen aufgefalteten Ortsplan. Bettina konnte nur über Schultern spähen. Dafür hatte sie ihren freien Tag aufgegeben und war hierher zur Soko gerauscht: Klinkenputzen mit Kollegen, die vermutlich alle in einem einzigen Dorf geboren waren und ein unglaublich kompliziertes Aufnahmeritual hatten. Drei Nächte hintereinander Helene Fischer hören oder so. Und irgendwas Ekliges dazu trinken. Lachen über lustige Katzenvideos. Ganze Wochenenden im Fußballverein. Exotische ländliche Bräuche –

»... Vorderpfalz?«

Bettina blickte auf. »Em –«

»Kommen Sie jetzt?«, herrschte eine dunkelhaarige Kollegin sie an und stampfte dann auf die Dorfstraße hinaus.

»Jawohl«, sagte Bettina und schritt hinterher.

Mit den Ritualen behielt sie recht, denn kaum war die Gruppe dem Blick des Soko-Leiters Freunscht entflohen, stoppten sie an einer kleinen Grünanlage und organisierten sich um. Erst wurde geklärt, wer alles Freunscht kannte (zwei hatten ihn schon mal gesehen, er war in Ordnung, aber ein Kriwwelbisser), dann wurde Bettina kurz erwähnt (Ludwigshafen) und argwöhnisch beäugt, dann das Mittagessen besprochen. Hier im Ort gab es drei Metzger, davon einer ein einheimischer Familienbetrieb, der phantastischen warmen Fleischkäse machte, aber angeblich neuerdings Geschmacksverstärker benutzte. Weiterhin zwei Filialen größerer Firmen, die beide echten Mittagstisch anboten, wobei die einen in puncto Wurstsalat mit Bratkartoffeln weit vorne lagen, was aber nicht hieß, dass es das heute am Samstag geben würde. Es hatte mal wieder keiner geguckt. Insofern war sogar der Jost, der größte Betrieb, eine echte Alternative, denn obwohl deren Saumagen eine Frechheit war und mit Brühwürfel angemacht und im Plastikdarm verkauft wurde, hatten sie ganz anständige Schnitzel, die es immer gab, auch samstags, und außerdem boten sie Salatschüsseln an und das war dann sogar was für Vegetarier. An der Stelle starrten alle Bettina an. Die winkte ab und murmelte, dass sie sehr wohl Fleisch äße, was aber vermutlich nicht überzeugend rüberkam. Denn ihre Essgewohnheiten fielen, gemessen an denen ihrer Mitstreiter, tatsächlich eher unter den vegetarischen Gedanken: Bettina wäre mittags spontan zum Bäcker gegangen und nicht zum Metzger. Das sagte sie auch, worauf sie von mehreren Seiten laut belehrt wurde, dass sie sich dann aber mächtig beeilen müsste, denn wie bereits erwähnt, war es Samstag.

»Und?«, wagte Bettina zu fragen.

Die anderen wandten sich ab, von so viel Dummheit genervt, nur die Dunkelhaarige erbarmte sich und blickte feierlich auf ihre Uhr. »Jetz is neun Uhr sieben«, teilte sie Bettina mit.

»Okay?«, sagte Bettina.

Die Dunkelhaarige seufzte. »Sie kenne jo mo gugge, awwer bei unserm Bäcker gebbts um die Zeit nix mieh amme Samschda.«

»Haben die nicht auch bis zwölf auf?«, fragte Bettina.

Das war ganz offensichtlich zu viel Hochdeutsch und städtische Verweichlichung für die Dunkelhaarige. Sie zuckte die Achseln und warf ein »Isch vertraa awwer des Fett net, und der Joschten kocht so dermaßen fettisch« in die Runde, was einen anderen auf die Idee brachte, man könne ja mal ganz was anderes machen und nach dem Hühnerfred gucken, der eigentlich Samstags am Sparmarkt stehen müsste und der nicht nur Salate, Pommes und Haxen anbot, sondern eben auch Hühnchen, und da könne man der Figur zuliebe die Haut abmachen.

»Die Figur vun wellem Hinkel?«, fragte ein Kollege, der zwei Meter groß war und sich das offensichtlich leisten konnte. Er schielte frech zu der Dunkelhaarigen hinüber, die als Huhn zu bezeichnen in mehrerer Hinsicht gewagt war, worauf sich die Dunkelhaarige in Positur warf, die Arme in die Seiten stemmte, das Kinn hob und sagte: »Besser moi Figürsche als doi Schwollkopp! Isch kann wehnschens abnemme!«

»Awwer net heit«, sagte ein etwas kleinerer sehr bestimmt.

»Du wersch doch net die Haut vumme Hinkel abmache, des is des Beschde.«

Und damit war – für Bettina völlig überraschend – die Diskussion beendet: Es würde Hühnchen vom Hühnerfred geben, und die Dunkelhaarige würde die Haut mitessen, Figur hin oder her. Das sah man an den zufriedenen Gesichtern ringsum. Nur Bettina blieb ein Störfaktor, weil man bei ihr einfach gar nix wusste, nicht, warum sie Fleisch aß, obwohl sie sich wie eine Vegetarierin benahm, ob sie eventuell tatsächlich die Haut von einem Brathuhn abmachen würde, was man nicht zulassen konnte, und ob sie die Autorität des inoffiziellen Chefs ebenso fraglos akzeptieren würde wie alle anderen.

Aber das regelte er schon selbst. »Do vorn is de Bäcker«, sagte er mit einem gereizten Blick auf die Uhr zu Bettina. »Hopp! Jetz awwer schnell! Mir stehn schun e halwie Schdunn do!«

Die Bäckerei war ein kleiner, sehr dunkler Laden, und tatsächlich lag nicht mehr viel in der Auslage: drei Biskuitböden, ein halber Käsekuchen, etwas Mürbegebäck und einige Brötchen. Die Bäckersfrau zählte schon die Kasse. Hinter ihr auf den Regalen stapelten sich aber viele weiße Tüten. Das war wohl der Grund, weshalb sie überhaupt noch offen hatte: damit die Leute ihre Bestellungen abholen konnten. Bettina kaufte zwei Brötchen zum Preis von zwanzig Cent pro Stück, was sie kurz erwägen ließ, die Theke leerzukaufen, aber wohin mit dem Zeug. Dann dachte sie an die Kollegen, die möglicherweise ungeduldig auf sie warteten. Möglicherweise aber auch nicht. Sie sagte: »Kannten Sie eigentlich Meggie? Das kleine Mädchen, das verschwunden ist?«

Die Bäckerin blickte auf. Bettina, die ihr Portemonnaie noch offen hatte, wies ihren Polizistinnenausweis vor. Die Bäckerin kam heran, betrachtete ihn ganz genau und prüfte, ob Bettina mit ihrem Foto übereinstimmte. Schließlich verschränkte sie die Arme und sagte: »Ja.«

Bettina wusste, dass sie eigentlich den Weg der Attentäterin von gestern nachrecherchieren sollten, das bedeutete: ihrem Weg durch das Dorf entlang Zeugen aus den Häusern klingeln und verwertbare Aussagen aufnehmen. Sie wusste auch, dass die Gruppe, in die sie geraten war, jeden Alleingang als ungeheuerliche Anmaßung betrachten würde, als Bestätigung aller Vorurteile und vertane Zeit. Andererseits hatte sie so wenig Lust, da jetzt wieder rauszugehen und den anderen zu Hinkel mit Pommes und Grumbeersalat hinterherzudackeln, dass sie einfach weiterfragte: »Inwiefern haben Sie Meggie gekannt? Wie hatten Sie mit ihr zu tun? War sie öfter hier im Laden?«

»Meggies Mutter ist die Großcousine von meinem Mann«, sagte die Frau bedächtig.

»Sie haben sich also öfter gesehen?«

»Ich war bei ihrer Taufe«, antwortete die Bäckerin schlicht.

»Und das heißt, Sie haben sich gegenseitig besucht, so an Weihnachten, Ostern und so?«

»Ihre Eltern, ja«, sagte die Bäckerin, zufrieden, dass Bettina verstand.

»Wie war Meggie?«

Die Bäckerin nickte, dachte nach, dann sah sie Bettina sehr ernst an. »Sie müssen das wissen, denn Sie sind Polizistin.«

Bettina nickte mit allem gebotenen Respekt und sagte: »Ja.«

»Das, was da gestern passiert ist, das ist eine Schande.«

Bettina nickte.

»Der Herr Gutvatter war ein guter Mann. Das war nicht so einer, wenn sie verstehen. Das hätten wir gewusst.« Sie nickte.

Bettina fühlte ein leichtes Kribbeln in ihrem Magen. »Haben Sie es denn damals bei Meggie gewusst?«, fragte sie sanft.

Die Bäckerin sah Bettina lange und fest in die Augen. »Das ist es ja«, sagte sie schließlich. »Solche Sachen passieren in der Familie.«

»Also«, Bettina flüsterte jetzt fast, »in – Ihrer Familie?«

»Nein«, sagte die Bäckerin prompt. »Eben nicht.« Sie entknotete ihre Arme und stellte sich gerader hin und begann, mit einem Geschirrtuch über ihre Theke zu wischen. »Glauben Sie mir, ich würde es Ihnen sagen, wenn's so wäre. Ich hätte es auch damals gesagt. Als Allererste. Ich kann das nicht verstehen, wie man einem Kind das antun kann. Das ist für mich Mord. Seelenmord. Wir dachten ja wirklich, Meggie wäre tot.« Sie blickte jetzt sehr grimmig und ihr Mund war nur noch ein Strich. Plötzlich stemmte sie die Hände auf die Theke und beugte sich vor. »Es wurde viel geredet, wissen Sie.«

Über die Familie. Bettina verstand.

Die Bäckerin holte Luft. »Meggie war auch nicht – so. Ich meine, es ist nicht die Schuld dieser Kinder, aber man merkt irgendwie, wenn was nicht in Ordnung ist, wissen Sie, und Meggie, die war – unschuldig.«

»Zweifellos«, sagte Bettina.

»Sie wissen, was ich meine«, sagte die Frau.

»Sie meinen, Meggie hat nie einen verstörten Eindruck gemacht und hatte auch sonst keine Verhaltensprobleme?«

»Sie war ein ganz normales, fröhliches Kind«, sagte die Frau sehr fest. »Sie hat sich nicht bei ihren Onkeln auf den Schoß gesetzt, sie war nicht auf einmal zickig und vorlaut, und sie war auch nie traurig oder schüchtern oder aufgeregt. Sie hat nie mit den großen Jungs gespielt. Sie war einfach normal.«

»Man merkt es nicht immer, wissen Sie«, sagte Bettina ernst. »Außerdem war ja angeblich ein junger Mann für die Tat verantwortlich, der –«

»Der Kevin«, sagte die Frau abfällig. »Ich wollt, ich hätt glauben können, dass er's war.« Sie seufzte, aber nur kurz, denn sie redete sich gerade in Rage. »Das hört sich vielleicht kalt an, aber der Kevin, der war unangenehm, und der war so der Typ dafür. Trotzdem hab ich nie geglaubt, dass er der Meggie was getan hat.«

»Wieso?«, fragte Bettina.

»Da hätt es andre Mäd gegeben«, sagte die Frau hart. »Bei denen man damals schon gewusst hat, wenn Sie verstehen. Man weiß es immer. Wir wussten ja auch, dass der letzte Zahnarzt falsch abgerechnet hat, und man hat damals schon gewusst, dass der Mann von der Schulsekretärin irgendwann ins Gefängnis kommt, weil er sich immer prügeln muss.«

»Kennen Sie Kevin näher?«, blieb Bettina beim Thema.

Das Gesicht der Bäckerin verschloss sich. »Nein.«

Nicht verwandt mit ihr, dachte Bettina, und wenn doch, kriege ich es raus. »Was ist denn Ihrer Meinung nach damals mit Meggie geschehen?«, fragte sie leise.

»Ich weiß nicht«, war die entschiedene Antwort.

Klong, ging die Türglocke. Sie fuhren beide herum.

»Morsche! – Stör ich, Gerda?« Laut und fröhlich schritt eine etwa fünfzig Jahre alte Dame mit rot und lila gefärbtem Haar herein, ihre Bluse war orange, ihre Jeans modern angefetzt, ihre Pumps schnittig. Eine, die Spaß am Leben hatte. »Sie sind von der Polizei«, sagte sie zu Bettina, ohne dass die sich auch nur gerührt hatte.

»Woran sieht man das?«

»Hast du dran gedacht, die drei Gestäubte für de Herrmann rauszutun?«, sprach die Bunte derweil in Richtung Theke. »Du weißt, der ist in Berlin.«

Die Bäckerin nahm eine große weiße Tüte vom Regal, blickte hinein und begann zu zählen. »Drei Kümmel, drei Laugen, drei Milch und drei Haferflocken, ja, sind drauß.«

»Sie sehen nicht aus wie eine von der Presse«, sagte die Bunte jetzt zu Bettina und betrachtete sie offen lächelnd. Ein klein wenig Abschätzigkeit lag in ihrem Blick. »Zu wenig«, sie machte einen eleganten Schlenker mit der Rechten, der Bettinas Erscheinung bezeichnete, »Make-up.«

»Sie ist Kriminalkommissarin«, sagte die Bäckerin ernst. Sie hatte Bettinas Ausweis wirklich gelesen. »Kommissarin – Bopp ...?«

»Boll«, sagte Bettina und betrachtete die Bunte genauer. Irgendwie schien die Bäckerin sie ihr vorstellen zu wollen.

»Ah«, machte die Frau höflich und lächelte. »Erika Westrich.« Kein Wort von den gestrigen Ereignissen, sie wartete einfach ab.

»Haben Sie Meggie gekannt?«, begann Bettina. »Ich meine, die kleine?«

»Ich hab ihr gesagt, dass es der Kevin nicht war«, platzte die Bäckerin heraus.

Das Gesicht der Bunten wurde hart. »Das weiß man nicht, und wenn er es war, danke, Gerda, du musst ihn nicht schützen.«

Mit dir ist er verwandt, schloss Bettina haarscharf. Die beiden Damen tätigten etwas verlegen ihr Brötchengeschäft. Dann sagte die Bäckerin: »Die Erika hat die Meggie zuletzt gesehen, aber das wissen Sie sicher.«

»Oh, tatsächlich?«, sagte Bettina und ihr Magen tat einen kleinen Hüpfer. Draußen schlenderten zwei Beamte aus ihrer Gruppe vorbei. Sie sahen hungrig aus. Als sie in den Laden spähten, trat Bettina etwas beiseite, so dass sie von Frau Westrich verdeckt wurde. »Ich kenne zwar die Akte, aber ich hätte Sie nicht gleich erkannt«, improvisierte sie.

»Ist ja auch schon gut zehn Jahre her«, sagte die Bäckerin.

»Ich hab die Haare jetzt anders«, ergänzte Westrich zufrieden. »Ja, vor zehn Jahren haben wir noch anders ausgesehen, was, Gerda?«

Die Bäckerin lächelte vage. »Ja, die Zeit vergeht«, und man sah, dass sie dabei nicht an ihr Aussehen dachte.

Westrich hingegen zupfte an ihrer lila Strähne herum. »Na, du hast dich aber gut gehalten«, sagte sie zur Bäckersfrau, was die zu einem »Du dich auch« nötigte.

»So, dann kommen Sie mal, bevor ich zumache«, sagte Westrich und blickte Bettina an.

Die klappte den Mund zu und nickte. Wer sagte denn, dass

im Dorf alles ewig dauerte? Wenn man die richtigen Leute traf, musste man gar nichts sagen, und trotzdem ging alles ganz schnell.

Westrich führte sie über die Straße zu einem Laden, der von außen dunkel wirkte und innen total vollgestopft war. Es sah aus, als könnte man hier schlichtweg alles kaufen, zumindest alles, was Blümchen, Herzchen oder einen sinnigen Spruch drauf hatte. Und Stifte und Süßigkeiten. Ein Laden, den die Kinder liebten und an den man sich noch nach fünfzig Jahren erinnerte. Im Hintergrund räumte eine kugelige grauhaarige Frau ein bereits volles Regal ein.

»Samstags muss ich immer früh mein Brot holen«, sagte Westrich zu Bettina gewandt und verstaute die Brötchentüte auf einem Tisch, den Bettina erst durch diese Aktion als Theke erkannte, so rundherum vollgestellt und behängt war er. »Da drüben machen sie pünktlich zu«, setzte die Ladenbesitzerin eine Spur süffisant hinzu. »Also der Kevin.«

»Genau«, sagte Bettina und versuchte, eine bequeme, aber standfeste Position in diesem Kosmos aus fragilem, teils schwebend gelagertem Nippes zu finden, so dass sie nicht durch eine unbedachte Geste eine Kettenreaktion auslöste und all die Blümchen und Herzchen zu Boden gingen. Abstauben musste hier eine Qual sein. Niesen war sicher schon gefährlich.

»Er wohnt ja jetzt nicht mehr hier.«

Die Grauhaarige hörte auf zu räumen und gesellte sich dazu. »Der ist schon lange weg«, ergänzte sie gesprächslustig.

»Die Frau ist von der Polizei«, sagte Westrich zu ihr. »Kriminalerin.«

Die Grauhaarige nickte wichtig und murmelte etwas, das Bettina nicht verstand, vielleicht ihren Namen.

»Er ist ja der Sohn von meiner Großnichte«, sagte Westrich etwas schmerzlich.

»Die arme Familie. Die haben viel durchgemacht«, sagte die

Grauhaarige warnend. Die Warnung ging an Bettina: Finger weg von Kevin, der war es nicht.

»Sie sind dann weggezogen«, sagte Westrich. »Hier ging es nicht mehr. War sehr schwierig alles. Es hätte halt einfach ein klares Urteil geben müssen: Er war's oder er war's nicht. Aber so, diese Ungewissheit, das ist das Schlimmste. Die Leute wollten gar nichts mehr mit ihm zu tun haben. Jetzt macht er in Landstuhl irgend so eine ABM-Maßnahme.«

»Und geht es ihm gut?«, fragte Bettina höflich.

Westrich zuckte die Achseln und zupfte an einem Seidenbändchen, das ein Kränzchen zierte, welches um eine Kerze drapiert war, die in einem Gläschen stand, das an einem Drahtbügelchen von der Decke hing. »Ich hab auch nicht mehr so viel Kontakt«, gab sie zu. »Es ist, wissen Sie – Kevin war immer schwierig und seine Mutter hat das so mitgenommen.« Sie schüttelte den Kopf.

»Was ist denn damals genau geschehen?«, fragte Bettina und wünschte, sie könnte ein Notizbuch zücken. Die beiden Frauen würden sich vermutlich sicherer fühlen und offener äußern, wenn sie wichtig mitschrieb. Doch leider hatte sie immer noch keinen neuen Block in ihren Rucksack getan, und in dieser Enge und umgeben von so viel Glas und Keramik darin zu wühlen, das würde am Ende eine Clouseau-Szene mit einem Riesenscherbenhaufen werden. Also lieber dastehen und ein kluges Gesicht machen.

Die beiden Frauen starrten sie an.

»Also hier im Laden«, setzte Bettina schnell hinzu. »Ich meine, ganz genau. Jede Bewegung, jeder Satz.«

»Ah«, sagte Westrich. »Ja. Wissen Sie, Kevin war nicht drin. Er war draußen.«

»Er war gemeinsam mit Meggie unterwegs?«

Die beiden Befragten tauschten schnelle Blicke.

»Er hat sie verfolgt«, sagte Westrich dann mit einem Seufzer. »Meggie hat sich hier in den Laden gerettet.«

»Wie, verfolgt?«

»Es war der Freitag vor Pfingsten«, sagte Westrich und fuhr sich mit der Linken durch ihre lilaroten Haare, so dass sie zu Berge standen, was aber vermutlich sowieso der gewünschte Look war. »Meggie war in der Grundschule, erste Klasse. Kevin ist schon oben in die Realschule gegangen. Normalerweise begegnen sich die Kinder von den beiden Schulen nicht, wissen Sie. Nur freitags. Da haben die Grundschüler keine Ganztagsschule und die Realschüler haben auch früh aus. Außerdem war ja Pfingsten, da hatten sie sowieso alle kürzer Schule. Und Kevin –«

»Er hat immer die Kleinen geärgert«, gab jetzt die Grauhaarige preis.

Westrich nickte. »Er war einfach so.«

»Was hat er denn gemacht, wenn er die Kleinen geärgert hat?«

Westrich seufzte wieder. »Ich weiß auch nicht, was er davon hatte. Er ist ihnen halt nach. Hat sie belästigt.« Sie blickte erschrocken auf. »Ich meine – er ist neben ihnen hergelaufen, hat sie angesprochen, obwohl sie das nicht wollten, und wenn sie gesagt haben: Geh weg, war er beleidigt und hat Streit angefangen. Es war traurig, denn eigentlich war er ein armer Kerl, aber man konnte gar kein Mitleid mit ihm haben. Er war – ja, lästig.«

»Hat er die Kinder auch körperlich attackiert? Sie angegrabscht?«

Wieder tauschten die beiden Frauen Blicke. »Ich weiß es nicht«, sagte Westrich schließlich gequält. »Damals dachte ich, nein, hat er natürlich nicht – er war so naiv, also für mich war er weit davon entfernt, aber ich kann es nicht sagen.« Sie blickte Bettina tief in die Augen. »Ein Mann ist ein Mann.«

Die Grauhaarige schüttelte den Kopf. »Ich hab es damals nicht geglaubt und glaube es heute immer noch nicht«, erklärte sie bestimmt. »Der Kevin war einfach ein bisschen zurückgeblieben. Das gibt's. Ganz kindlich, darum wollte er immer zu den Kleinen. Die haben das natürlich nicht kapiert, und das war das Problem. Der Kevin hat nicht gewusst, dass die Kinder Angst vor ihm hatten, der hat nur gespürt, dass sie ihn loswerden wollen. Da ist er aufdringlich geworden.« Sie zuckte die Achseln. »Wir haben ihn nicht mehr in den Laden gelassen«, setzte sie nüchtern hinzu.

»Es hat ein paarmal Krach gegeben«, bestätigte Westrich bedrückt.

»Und an dem Tag, als Meggie verschwand?«, fragte Bettina.

»Es war kurz nach zwölf und tolles Wetter.« Diesen Satz hatte Westrich sicher schon oft gesagt, und genau so. »Meggie ist in den Laden gekommen, sie hatte ein richtig süßes Kleid an.« An der Stelle blickte die Dame sehr ernst. Als sei klar, dass es ohnehin nicht hätte gut gehen können mit so einem Kleid.

»Was hat sie gesagt?«

»Nichts«, übernahm die Grauhaarige. »Hallo. Sie hat draußen mit Kevin gestritten, das hab ich hier drin gehört. Sie hat geschrien: Geh weg! – Er ist dicht neben ihr gelaufen. Aber dann ist sie hier rein und er ist draußen geblieben. Weil er natürlich wusste, dass wir ihn wegschicken würden. Die Blöße wollte er sich nicht geben.«

»Und dann?«

»Meggie hat ihren Ranzen und ihren Turnbeutel dahin gestellt.« Westrich wies auf einen Flecken neben der Tür, dessen bemerkenswerte Leere somit auch geklärt war: Es war der Ranzenabstellplatz. »Und dann hat sie sich bei den Heftchen rumgedrückt.«

»Und Kevin?«

»Dass der noch draußen war, hab ich erst gemerkt, als Meggie nicht gehen wollte. Ich hab sie gefragt, ob sie nicht heimmuss, da hat sie gesagt, nein, ihre Mutter wäre um die Zeit sowieso noch nicht zu Hause. Aber normal war Meggie keine, die ewig im Laden geblieben ist, und da hab ich mal rausgeguckt, und Kevin hat wirklich auf sie gewartet. Hat da drüben auf der anderen Straßenseite beim Kaugummiautomaten gestanden und rübergelinst. Da hab ich ihn weggeschickt, und dann ist Meggie auch sofort gegangen. Sie ist zwar noch mal kurz zurück, und ich dachte schon, ich müsste jetzt bei Kevins Mutter anrufen, aber sie hatte nur ihren Turnbeutel vergessen.«

»Hm«, machte Bettina.

Die beiden anderen Frauen schwiegen respektvoll. Irgendetwas krähte leise metallisch im Hintergrund, danach hörte man verschiedene Arten von schwachem Ticken und Knacken, so als befänden sie sich im Inneren einer filigranen Spieluhr.

»Sie kannten Meggie gut?«, fragte Bettina schließlich.

»Sie war eins von den Schulkindern«, sagte Westrich achselzuckend.

»Wir kennen alle Grundschulkinder aus dem Dorf«, erklärte die Grauhaarige. »Wir machen im März Schulranzenshow und vor Sankt Martin Bastelnachmittag für Laternen und Schultütenfabrik im Sommer und Weihnachtsschmuck im Herbst. Und außerdem kommen die meisten jeden Tag hier vorbei.«

Bettina betrachtete die Dosen mit Kaugummis und Bonbons auf der Theke. Selbstverständlich kamen die Kinder jeden Tag. Sie kauften hier ihre Hefte und Bleistifte und Süßigkeiten. Und die Mütter kauften Stricknadeln und Heftchen und Präsente und die alten Leute Kommunions- und Beileidskarten. Hierher kamen alle, und sie kannten sich alle, und wenn ein Kevin vor der Tür lauerte, dann konnte man dessen Mutter anrufen, um die Sache zu klären.

»Und Meggie war wie immer?«, fragte sie und dachte an ihre Tochter Sammy, und woran man bei der wohl erkennen könnte, ob sie ein gefährliches Rendezvous vorhatte. Und wie man sie davon abhalten könnte, im Falle. »Sie hatte ein besonders schönes Kleid an, haben Sie gesagt?«

»Ja, es war so ein heißer Tag«, sagte Westrich.

»War es besonders edel? Hat es ausgesehen, als ob Meggie sich extra hübsch gemacht hätte?«

»Es war blaukariert«, sagte Westrich. »Mit einer kleinen Rosenborte. Ganz wunderschön. Hatte ihre Oma selbst genäht, ich hab ihr damals das Schnittmuster verkauft. Meggie hat sehr süß darin ausgesehen.«

»Aber es war ein normales Kleid«, relativierte die Knubbelige. »Nichts besonders Feierliches.«

»Nein«, gab Westrich zu. »Nur eben schön.«

»Und auch normal für die Jahreszeit?«, fragte Bettina. »Nicht zu dünn? Oder zu warm? Es war dem Wetter angemessen?«

»Absolut«, sagte Westrich. »Sie hat bloß einfach gut ausgesehen. Darum hat sich Kevin wahrscheinlich auch an sie gehängt an dem Tag.« Sie seufzte.

»Es war also gar nichts anders an ihr? Sie war nicht aufgeregt, nervös, sie hatte nichts Ungewöhnliches bei sich, keinen Schmuck, kein Geld, sie war haargenau wie immer?«

Westrich sah ihre knubbelige Mitarbeiterin an. Da sagte die plötzlich: »Der Turnbeutel.«

Westrich furchte die Stirn. »Em. Ja, könnte sein. Jetzt, wo du es sagst. Stimmt.«

»Was?«, fragte Bettina.

»Meggie hatte einen Turnbeutel dabei«, sagte die Grauhaarige. »Der war –

»... blau.«

»Ich hätte jetzt gesagt, grün.«

»Jedenfalls dunkel und so –«

»Schäbig«, sagte die Grauhaarige.

»Nein, das nicht, aber halt irgendwie –«

»Ein Jungsturnbeutel«, schloss die Grauhaarige.

»Genau.«

»Und es war nicht der von Meggie.«

Westrich starrte ihre Mitarbeiterin an. »Das gibt's doch nicht, ist mir vorher nie aufgefallen – nie! Und ich hab doch noch gedacht: Wieso läuft die mit diesem Beutel rum? Sie hatte ihn ja auch vergessen.«

»Weil es nicht ihrer war«, schloss die Grauhaarige scharf. »Sie hat sich erst draußen wieder dran erinnert, dass sie ihn dabeihatte.«

»Meggie hatte einen blauen Turnbeutel dabei?«, fragte Bettina. Ganz konnte sie die Aufregung der beiden Frauen nicht teilen, denn die Farbe des Turnbeutels war vermutlich nichts, was einem Entführer und Kinderschänder wichtig war, aber man wusste nie. Und außerdem war alles, was anders war als gewöhnlich, bei so einer Ermittlung essenziell.

»Ja, er war blau.« Westrich blickte triumphierend.

»Grau«, widersprach die Grauhaarige.

»Oder grün, egal, aber es war nicht ihrer.«

»Woher wissen Sie, dass es nicht ihrer war?«, fragte Bettina.

Westrich blickte sie an, als sei sie vom Mond. »Ich hab gemeinsam mit Meggie den Ranzen und den Turnsack ausgesucht«, sagte sie. »Den hat ihre Mutter hier gekauft. Meggie hatte einen ganz normalen. Rosa mit Einhörnern drauf.«

Die Grauhaarige nickte aufgeregt und sah aus, als ob sie gleich Prospekte holen würde. »Das war damals der beliebteste bei den Mädchen. Das letzte Einhorn von Scout. Das hatten noch drei andere, die Lena, die Sophia und die – diese, wie hieß sie noch gleich, eine von den Mädchen vorne vom Chinaladen, die –«

»Irgend so eine Isha«, sagte Westrich ungeduldig. »Jedenfalls, was Meggie da hatte, das war nicht ihrer. – Tut mir leid, aber das ist mir vorher nie aufgefallen.«

»Vielleicht hilft es jetzt«, sagte Bettina ernst. »Haben Sie eine Ahnung, was in dem Turnbeutel drin war?«

»Ich glaube, es war was zu essen«, sagte die Grauhaarige spontan.

»Wie kommen Sie darauf?«

»Ich – Moment mal. Meggie kam, und ich stand da –«

Sie zwängte sich an Bettina vorbei und stellte sich neben die Tür. »Ich hatte gerade irgendwas aus dem Fenster geholt. Ich glaube, einen Chemiebaukasten. Du warst drüben beim Bücherregal –«

»Weiter«, befahl Westrich.

»Meggie kam rein und hat sich umgeguckt, und ich hab gesagt: Ist Kevin noch draußen?, und sie hat gesagt: Nein, aber ich suche die Tasche.« Die Grauhaarige blickte auf den leeren Ranzenabstellplatz. »Das hat sie gesagt: *die* Tasche. Nicht: *meine* Tasche.« Sie bückte sich hinab, als würde sie etwas aufheben. »Ich hab den Beutel genommen und ihn Meggie gegeben. Dann ist sie gegangen.«

»Und es fühlte sich an, als ob Essen drin gewesen wäre?«, fragte Bettina.

Die Grauhaarige schloss die Augen und sah aus wie bei einer Séance. Sie schnüffelte, schüttelte den Kopf, schnüffelte wieder. »Es hat nach frischem Hefekuchen gerochen«, teilte sie ihrem Publikum schließlich mit, wobei sie die Augen geschlossen hielt. Dann hob sie gewichtig die Hand, als zöge sie eine unsichtbare Last. »Und es war schwer, als wäre eine Flasche in dem Beutel.«

Bettina wusste nicht, was sie von dieser Darbietung halten sollte. Spontan wirkte es auf sie ziemlich lächerlich, wie diese kleine, knubbelige Frau mit geschlossenen Augen vor dem völlig überfüllten Schaufenster am einzigen Platz im Laden stand, an dem man sich gefahrlos bücken konnte, und tiefernst einem zehn Jahre alten Hefekuchen nachschnupperte. Andererseits war Hefegeruch unverwechselbar und dies möglicherweise ein Durchbruch in den Ermittlungen. Zumal Turnbeutel normalerweise nicht nach Kuchen rochen.

»Also in dem Sack war was zu essen und zu trinken«, sagte sie langsam. Dann kam ihr eine Idee. »Wenn Sie wissen, was Meggie für Schulzeug hatte, dann wissen Sie vielleicht auch, wem der Beutel mit dem Kuchen gehörte?«, fragte sie Westrich.

Die Knubbelige öffnete die Augen und versicherte: »Der war nicht von uns.«

Westrich nickte. »Ich glaube, das war so ein Adidas-Beutel oder jedenfalls eine Sportmarke.«

»Eher no name«, sagte die Knubbelige abschätzig. »Das führen wir nicht.«

»Könnte er Kevin gehört haben?« Das war nahe an der Suggestivfrage, musste aber geklärt werden, auch wenn die Frauen nicht von selbst drauf kamen. Es folgte angestrengtes Schweigen.

»*Das* kann natürlich sein«, sagte Westrich schließlich.

»Ich weiß nicht, was Kevin für Taschen hatte«, sagte die Grauhaarige. »Der war schon zu alt, der hat sein Zeug nicht mehr hier gekauft. Aber an ihm hätte ich mir so eine vorstellen können.«

»Zu ihm hätte die gepasst.«

»Ja, die könnte Kevins gewesen sein.«

»In dem Fall«, sagte Bettina, »hat vielleicht nicht Kevin den Streit mit Meggie angefangen. Und er hat sie auch nicht grundlos belästigt. Sondern wollte nur von ihr wiederhaben, was ihm gehörte.«

Sie sahen sich an.

»O Gott«, sagte Westrich.

»Aber dann hätte er uns doch gesagt, dass Meggie seine Tasche hat«, sagte die Knubbelige schwach. Es klang so, als ob sie selbst nicht daran glaubte.

»Die Kleinen haben ihn oft geärgert.« Westrich blickte grimmig. »Er war ein bisschen täppisch. Vielleicht hat er die Tasche verloren, und Meggie –«

»Sie hat sie ihm weggenommen!«, rief die Knubbelige.

»Wir haben ihn immer fortgeschickt«, sagte Westrich ahnungsvoll. »Wir haben ihm nie zugehört.«

Sie schwiegen.

Bis Bettina sagte: »Aber tatsächlich ist daraufhin Meggie verschwunden und nicht Kevin. Selbst wenn sie ihn gereizt und ihm die Tasche geklaut hat, ist das immer noch kein Grund, ihr etwas anzutun. Es würde die Sache nur – verständlicher machen.«

»Sie meinen, Kevin steht wieder unter Verdacht?« Jetzt sah Westrich plötzlich richtig feindselig aus.

Bettina schüttelte den Kopf. »Diese Aussage könnte sehr wertvoll sein«, sagte sie so nüchtern wie möglich. »Wenn wir in Erfahrung bringen können, wem der Turnbeutel wirklich gehörte. Und was es mit dem Kuchenduft auf sich hat. – Hatte Kevin denn die Gewohnheit, nach der Schule Einkäufe für sich und seine Familie zu machen?«

Westrich überlegte keine zwei Sekunden. Sie schüttelte den Kopf, sah auf die Uhr und sagte: »Es tut mir leid, aber ich hab jetzt zu tun. Wir müssen hier zumachen. Vielleicht können wir später noch mal reden, aber jetzt muss ich Sie bitten zu gehen.«

Eine Ladenbesitzerin wie Westrich, die Generationen von Schulkindern mit Süßigkeiten und Bastelkram versorgt hatte, war, auch wenn sie sich mit einer Wolke aus rosa Einhornglitter umgab, eben doch eine Frau von großer natürlicher Autorität, weswegen Bettina schneller vor der Tür stand, als sie denken konnte. Oder auch nur schauen. Das wäre aber klüger gewesen, denn auf der Straße wimmelte es von Polizisten und folglich von Leuten, die wissen mussten, dass sie nicht da war, wo sie sein sollte, und nicht tat, was ihr aufgetragen war: paarweise Zeugenbefragung. Zur Paarbildung hatte sie es noch gar nicht gebracht, was bedeutete, dass irgendwo dort draußen ein armer kleiner Kollege – oder eine Kollegin – einsam und traurig auf sie wartete. Oder wütend, je nachdem.

Kaum stand sie auf dem sonnigen Bürgersteig, erblickte Bettina zwei stämmige Kolleginnen aus ihrer Einheit auf der anderen Straßenseite, die sie boshaft musterten und so aussahen, als würden sie über Bettina reden, und zwar nichts Gutes. Um deren fiesen Gesichtern zu entkommen, wandte

Bettina sich geschäftig ab und strebte rasch in die andere Richtung – wo sie nach fünf Schritten an eine Hausecke und dahinter auf Freunscht und Lingen stieß.

Lingen, ganz recht. Heute mit kleinem Gefolge aus nur zwei Gorillas, die nicht übermäßig verbissen aussahen, also für ihre Verhältnisse vermutlich im Flow waren.

»… genau genommen ist die Soko Meggie nie aufgelöst worden«, sagte Lingen gerade zu Freunscht.

Die beiden Chefermittler sahen nicht ganz so tiefenentspannt aus. Sie musterten sich feindselig. Freunscht hatte die Hände zu Fäusten geballt. »Sie sind versetzt worden«, erwiderte er seinem Kollegen und blickte Bettina an. »Die Soko gibt es nicht mehr.«

Sie winkte kurz und wollte sich unauffällig vorbeidrücken, doch Lingen sagte zu ihr: »Sind Sie allein unterwegs?«

»Em«, machte Bettina. »Gewissermaßen – ja.«

Freunscht funkelte sie aus seinem Knautschgesicht an, und Bettina hoffte, dass er sich nicht vor Lingen blamiert fühlte, weil er seine Mannschaft nicht im Griff hatte. Eine Polizistin aus der Truppe allein unterwegs – das gab es eigentlich nicht. Gerichtsverwertbare Aussagen abliefern ging nur mit Zeugen, also zu zweit. Lingen selbst gab mit seiner Leibgarde ja stets Paradebeispiele geordneten Polizeidienstes ab. Freunscht hingegen bewegte sich offenbar gern allein, was für einen leitenden Ermittler gerade noch durchging, aber eben nicht ganz professionell wirkte, welcher Eindruck durch seine unordentliche Untergebene KK Boll sicher nicht gemildert wurde.

»Wussten Sie eigentlich«, sagte sie also zu Lingen, um vom Thema unvollendete Paarbildung abzulenken, »dass Meggie am Tag ihres Verschwindens einen Turnbeutel bei sich hatte, der möglicherweise dem damaligen Hauptverdächtigen Kevin Klein gehörte? Das könnte auch der Grund gewesen sein, warum er sie verfolgt hat: weil sie ihm seine Sporttasche abgenommen hatte.«

Lingen sah irritiert aus, vermutlich mehr, weil sie überhaupt etwas sagte, als vor Überraschung über ihre neue Erkenntnis. Dann zischte er, als wollte er die Worte zurückhalten, die sich zwischen seinen Zähnen herauspressten: »Das ist immer noch mein Fall.« Es klang irgendwie lächerlich, weil es so von ganz tief drinnen kam. Dabei wusste Lingen wohl selbst am allerbesten, dass es eben nicht mehr sein Fall war.

Freunscht sah sie an und sagte: »Frau Boll, ich glaube, Sie haben da tatsächlich ein Detail ermittelt, dass der Soko Meggie damals entgangen ist.«

Jetzt erst registrierte Lingen Bettinas Anwesenheit wirklich. Sein Blick fuhr einmal an ihr hinunter und dann voll triefender Verachtung wieder hoch. Schlampe, sagte dieser Blick. Analphabetin. Frau.

»Spezialausbildung«, antwortete Bettina hochnäsig.

»Glück«, fuhr Freunscht ihr von der Seite über den Mund. »Aber ich glaube, wir werden Sie mit zur Begehung nehmen, was meinen Sie, Lingen?«

»Wieso fragen Sie mich?«, knurrte Lingen. »Ja! Natürlich! Nehmen Sie sie mit! Glück werden Sie brauchen.«

»Begehung?«, fragte Bettina.

»Wir gehen zum Vergleich Meggies Weg ab«, sagte Freunscht.

»Zum hundertsten Mal«, warf Lingen ein.

Freunscht beachtete das nicht. »Den der kleinen Meggie. Ab der Schule. Mit Zeugen.«

»Gut«, sagte Bettina und duckte sich leicht. Auf der anderen Straßenseite tauchten zwei Beamte aus ihrer Gruppe auf. Sie nickten ehrerbietig in Freunschts und Lingens Richtung und warfen Bettina dann kurze, aber umso abschätzigere Blicke zu: Wir wussten es. Hängt beim Chef rum. Will sich vermutlich hochschlafen.

Und während Bettina hinter Lingens Gorillas zur Schule mitlief, fragte sie sich, wie die Pirmasenser Kollegen es schafften, in diese doch eher überschaubare Hierarchie ein derartiges

Gefälle hineinzudeuten. So dass die Kluft zwischen pünktlicher Mittagspause bei Hinkelessen mit Haut und dem, was sie hier ohne einen Gedanken an feste Mahlzeiten taten, unüberbrückbarer nicht hätte sein können. Da müsste man tatsächlich auf der anderen Seite geboren sein.

Der Weg zur Schule war sonnig und kam Bettina steil und heiß vor. Büsche blühten. An einer rau verputzten Gartenmauer hing ein schmutziger signalroter Kaugummiautomat mit etlichen Rostflecken. Für zwanzig Cent konnte man dort Kaugummis in Melonenform kaufen oder Voodoopüppchen für einen Euro.

Sie war etwas zurückgefallen. Lingen und Freunscht schritten eisern schweigend voran. Sie schienen angestrengt, als müssten sie sich konzentrieren, um in der Hitze, dem Sonnenschein und Blütenduft ihre Rage nicht zu verlieren, die sie doch brauchten für die Kämpfe, die weiter oben bei der Schule zweifellos noch anstanden. Bettina hatte wenig Lust, mit ihnen zusammen feindselig zu schweigen. Sie war das Schlusslicht. Und sie hatte noch einen Euro vom Einkaufswagen in der Hosentasche. Niemand sah sie.

Sie blieb stehen.

Wie man wohl auf die Idee kam, Voodoopuppen in Kaugummiautomaten zu vertreiben? Wer machte diese Püppchen, kleine Wollknäuel mit gespenstischen Gesichtern? Ob da auch Nadeln und Verwünschungen mit dabei waren? Sie holte den Euro aus ihrer Hosentasche und steckte ihn in den klebrigen Schlitz, doch da stak bereits ein Zwanzig-Cent-Stück. Sie versuchte, die zwanzig Cent mit den Fingern herauszupulen, doch das klappte nicht, obwohl es kinderleicht aussah. Der Zwanziger wackelte und schien total locker zu sitzen, aber er wollte nicht raus. Sie warf den Kollegen einen zerstreuten Blick nach: Die kämpften sich den Schulberg hoch, waren nur kleine Gestalten am Rande ihres Blickfelds, fern. Bettina öffnete ihre Tasche und suchte nach einem Werkzeug. Natürlich hatte sie keinen Schraubenzieher dabei. Aber einen Stift. Der würde es vielleicht auch tun. Also gut. Sie setzte den Stift an und schob. Das gab's doch nicht, dieser blöde Zwanziger konnte doch nicht wirklich so fest drinstecken! Bettina kniete inzwischen vor dem Automaten. Da! Er bewegte sich!

»… na, na, Frollein, brauchen Sie das wirklich?«

Bettina schrak auf.

»Lohnt sich nicht, dafür seine Freiheit zu riskieren«, sagte ein uralter Herr und wies erstaunlich lässig mit seinem Stock auf den Automaten. Er trug einen Anzug, der ihm zu weit war, seine Haare sahen zart und flaumig aus, sein Blick dagegen war scharf.

»Ich bin Polizistin«, beeilte sich Bettina, ihre Würde zu retten, doch erntete nur ein belustigtes Brauenheben.

Der Herr stützte sich auf seinen Stock. »An diesen Automaten wird immer viel Quatsch gemacht«, sagte er sinnig.

»Ich wollte nachvollziehen, wie der Schulweg von den Kindern hier aussieht«, sagte Bettina etwas lahm. »Ich wollte mir eine Voodoopuppe ziehen«, gab sie schließlich zu und wies ihren Euro vor. »Aber in dem Schlitz steckt eine Münze und blockiert.«

Der Herr nahm Bettina beiseite. »Wissen Sie, das da ist kein echtes Voodoo«, sagte er freundlich. »Das ist nur Kitsch.«

»Da bin ich aber beruhigt«, sagte Bettina und fand, dass sie schleunigst die anderen einholen sollte. Sie sah auf die Uhr.

»Echtes Voodoo hat eine unglaubliche Wucht«, sagte der Herr und setzte sich in Bewegung. Richtung Schule.

»Das hört sich so an, als ob Sie es jeden Tag machen würden«, sagte Bettina.

Der Herr lächelte. »Leider hilft es nicht, diesen Berg hier schneller hochzukommen«, sagte er. »Jedenfalls nicht immer.«

Bettina schritt aus, doch ihr neuer Begleiter blieb mühelos

an ihrer Seite, so wackelig er auch aussah. »Sind Sie ein –?« Sie wusste nicht wie sie es nennen sollte. Voodoo-Master?

Er schüttelte den Kopf. »Ich reise viel«, erwiderte er vage. »Sind Sie wirklich Polizistin?«

»Wollen Sie meinen Ausweis sehen?«

»Ich bitte Sie.« Er winkte ab. »Ein Polizist allein«, sagte er im Plauderton, »ist entweder nicht im Dienst oder gefährlich.«

»Oder ein bisschen unordentlich.«

Der Herr lächelte. »Sie können mir dort oben dann gleich Ihren Herrn Freunscht zeigen. Der hat mich einbestellt.«

»Gern«, sagte Bettina. Und dachte: Aha?

»Es geht wieder mal um die kleine Meggie«, sagte der Herr und schnaufte jetzt leicht. »Ich war der Letzte, der sie gesehen hat.«

»Tatsächlich?« Bettina blieb stehen. Da bist du heute schon der Zweite, dachte sie.

»Der letzte Rechtschaffene«, setzte der Herr ernst hinzu und ging weiter. »Ich wollte, ich hätte an diesem Tag einen anderen Weg genommen«, sagte er über die Schulter. »Nichts für ungut, aber ich habe zu viele Polizisten kennengelernt seitdem.« Er schlenkerte seinen Stock. »Wir hatten einen Spruch früher: Man soll sie sehen, aber nicht hören.«

Oh wie nett, dachte Bettina und holte auf. Einer von denen, die meinen Sold höchstpersönlich aus ihren Steuergeldern bezahlen. »Wo haben Sie Meggie gesehen?«, fragte sie nur.

»Oben bei der Treppe.« Der Herr schwang seinen Stock und wies auf die Häuser linkerhand.

»Sie haben mit ihr gesprochen?«

»Oh ja.«

»Was haben Sie gesagt?«

Der Herr seufzte. »Guten Tag, wohin des Wegs, kleine Dame.« Er schielte zu Bettina hinüber. »Man hat mir unterstellt, ich hätte geredet wie der Wolf im Märchen, aber das war ein unglücklicher Zufall. Ich drücke mich einfach so aus.«

»Wieso?«, fragte Bettina.

»Das ist meine Art«, erwiderte der Herr nüchtern.

»Ah«, sagte Bettina, »ich hab in der Akte über Sie gelesen. Sie sind –«

»Dozent für Geoarchäologie«, sagt der Herr. »War ich.«

»... Geschichtsprofessor!«

»Oder so.«

»Und was hat Meggie gesagt?«

»Sie wollte ins Dorf, zu dem Haus neben der Apotheke.«

»Aha?«

»Ich glaubte die ganze Zeit, dass das nur eine ungefähre Richtungsangabe war. Ihre nächste Station. Das Ortszentrum sozusagen.«

»Sie hat das so gesagt? Ich geh zum Haus neben der Apotheke?«

Der Herr zögerte. »Äh – nein. Angesichts der gestrigen Ereignisse wäre diese Theorie auch zu überdenken.«

Bettina verstand gar nichts mehr. »Welche Theorie? Was hat sie denn gesagt?«

Der Herr antwortete nicht direkt. »Ich lebe schon sehr lange in diesem Ort«, sagte er. »Ich schätzte den Trubel und das lebendige Dorfleben, als ich hergezogen bin.« Er sah sich auf der sonnigen Straße um. Keine Seele weit und breit.

»Ganz so friedlich ist es nicht«, sagte Bettina.

Der Herr nickte. »Und was ich noch mag, ist die historisierende Ausdrucksweise der Leute hier. Vor allem was Orte betrifft. Berufskrankheit.«

»Wie meinen Sie das?«

»Das Haus neben der Apotheke«, sagte der Herr, »liegt genau im Zentrum des Ortes. Früher war da ein kleines Kaufhaus drin. Nach dem wird das Gebäude auch heute noch genannt. Das ganze Eck. Wenn jemand ins Zentrum geht, da, wo der Metzger und der Bäcker und der Geschenkeladen gleich nebenan sind, dann sagt er: Ich geh zum –« Er zögerte.

»Ja?«

»Zum Gutvatter«, sagte der Herr ernst. »So hieß der Laden. So sagen die Leute hier, wenn sie das Zentrum meinen: Ich geh zum Gutvatter.«

Jetzt blieb Bettina stehen, und der Herr hielt ebenfalls an.

»Meggie hat gesagt, sie geht zum *Gutvatter*?«

»In der Tat.«

»Das ist ja –«

»Ich dachte, sie will ausdrücken, dass sie ins Dorf geht. Es hat auch – so geklungen, wenn Sie verstehen. Als ob wir das Gleiche meinen. Man spürt es ja meistens, wenn irgendwo ein Doppelsinn drinsteckt.«

»Ja.«

»Tja«, jetzt sah der alte Herr wirklich alt aus, »und ich bin mir nicht sicher, ob ich das damals wirklich korrekt kommuniziert habe.«

Bettina nickte.

»Ich bin häufig befragt worden«, sagte der Herr und setzte sich wieder in Bewegung. »Von vielen verschiedenen Leuten. Ich musste mehrmals den Wortlaut des Gesprächs genau wiedergeben. Das ist ganz sicher dokumentiert.« Er seufzte. »Aber der wahre Sinn, der ist mir nicht aufgefallen. Ich fragte sie: Wohin des Wegs, kleine Dame. Sie lachte und sagte: Zum Gutvatter. Dann ist ihr die Tasche hingefallen, ich hab sie aufgehoben, und ich hab gesagt: Das ist aber schwer. Sie hat gesagt: Ist nicht so schlimm. Und ist weggehüpft.« Er lächelte schmerzlich.

»Was war das für eine Tasche?«, fragte Bettina.

»Mit Bändel zum Umhängen«, sagte der Herr sofort, auch das war er sicher schon oft gefragt worden.

»War etwas zu essen drin?«, fragte Bettina.

Der Herr sah irritiert aus. »Er hat mehr wie ein Sportbeutel gewirkt«, sagte er.

»Und einen Ranzen hatte Meggie auch?«

Der Herr dachte nach. »Ja. Ja, das hatte sie.«

»Und Sie waren damals und all die Jahre ganz sicher, dass Meggie mit Gutvatter einfach nur einen Ort im Dorf gemeint hat?«

Der Herr nickte. Sie standen vorm Schulhaus, es schien ganz plötzlich aufgetaucht zu sein. Bettinas Handy klingelte. »Sie werden wieder viel zu erzählen haben«, sagte sie zu dem alten Mann. Er nickte und schritt voran, und als Bettina nach ihrem Handy kramte, dachte sie noch, wie elastisch und kraftvoll die Schritte dieses Alten doch in der Rückansicht wirkten.

»Enno?«

»Tina!«

»Hallo, Enno, habt ihr was gegessen? Hier wird's noch ein bisschen dauern.« Bettina sah auf die Uhr.

»Nein, wir essen später«, sagte Enno mit Grabesstimme, und da wusste Bettina, dass etwas im Busch war.

»Tina. Hier ist ein Mord geschehen.«

»Ja, hier auch«, sagte Bettina ungeduldig.

»Den wir aufklären werden.«

»Bitte bleibt aus dem Keller weg, hörst du?«

»Da liegt ein Kind im Brunnen«, sagte Enno ernst, und ohne jede Vorwarnung überlief Bettina eine Gänsehaut.

»Bleibt bloß weg da, dieser Brunnen ist gefährlich.«

»Wir werden rauskriegen, was dort passiert ist.«

»Enno!«

»Sammy und ich werden den Fall lösen«, versprach Enno.

»Bitte geht nicht in den Keller!«

»Tina. Hier geht es um ein Kind.«

»Nein, Enno, es geht um zwei Kinder!«

»Wir sind Enno Holmes und Sammy Marple.«

»Pass auf, Enno, ich sag dir was: Diesen Fall kannst du nicht im Keller lösen. Aber vielleicht hat Tante Elfriede noch was in ihren alten Papieren. Du musst in ihrem Büro gucken. Fotos oder so.«

Enno blieb still.

»Enno?«

»Schreibkram«, knirschte der. »Das machen die Uniformierten.«

Wenn du wüsstest, dachte Bettina. Ihr Schreibtisch im Büro war ein regelrechtes Gebirge. »Ich hab die meisten Schubladen nicht ausgeräumt«, lockte sie. »Da kann alles Mögliche drin sein.«

»However, wir müssen jetzt ein paar Recherchen anstellen«, sagte Enno obenhin. »Ciao.«

»Enno!«, rief Bettina, doch die Leitung war tot. Such nicht im Keller, dachte sie. Such bei den Fotos. Da findest du –

Und das war der erste Moment in Bettinas Leben, in dem sie Übersinnliches für wahrhaft möglich hielt.

Da war etwas gewesen, eben grade, sie wusste, dass sie etwas finden würden. Ihr war ganz kalt. Vor ihr lag die Schule. Sie beschloss nicht bewusst, den Brunnen zu vergessen. Sie vergaß ihn einfach. In genau diesem Moment. Ab, weg, in den Keller damit. Fort. Wo war sie? Ach ja, Schule. Hure erschießt Lehrer. Na dann.

Sie begannen im Sekretariat, weil das der Ort war, den Meggie vor zehn Jahren nach dem regulären Schulschluss als Erstes aufgesucht hatte. Die Sekretärin von damals versah ihr Amt auch heute noch. Sie trug die hier übliche dörfliche Tracht und hatte sich in ein blumiges Shirt zu bedruckten Stretchjeans gezwängt, ein Stil, der in Ludwigshafen allenfalls in Kindergrößen verkauft wurde. Ihr Haar war schwarz gefärbt, ihre Brille gruselig dick und an den Bügeln ebenfalls geblümt. Trotz des Gartens auf ihren Klamotten wirkte sie aber gar nicht lieblich und verträumt. Eher hektisch und sogar ein wenig ungehalten. Es schien ihr nicht recht zu sein, dass sie als Erste aus der Belegschaft die Schule nach der Tragödie betreten musste und somit zur Schlüsselmeisterin und Sprecherin avanciert war, wo sie doch nur halbtags einen Schreibtisch im Seki besetzte und noch nicht einmal studiert hatte.

»Ich bin ja keine Lehrerin«, sagte sie eben zu Freunscht und Lingen und allen anderen Beamten, die sich um sie versammelt hatten, »aber das –! Der Herr Gutvatter! Ich weiß nicht, er war eigentlich nicht –« Sie hob den Blick, sah in viele Gesichter, färbte sich etwas rosa und senkte den Kopf. »Ich hätte es nicht von ihm gedacht«, schloss sie. »Aber man weiß ja nie.« Dann erblickte sie den alten Herrn, der mit Bettina den Schulberg erklommen hatte, nickte ihm sichtlich erleichtert zu und grüßte: »Morsche, Dokter Richter. Immer die Meggie.«

»Guten Morgen, Frau Zerche«, grüßte der höflich zurück. »Oh ja! Unsere Meggie! Aber wer hätte das gedacht!«

»Jetzt hat sie's uns allen so richtig gezeigt«, sagte Frau Zerche missfällig.

»Ein erstaunliches Kind«, sagte Dr. Richter fast liebevoll.

»Also wie ein Kind hat die bei Gott nicht ausgesehen«, erklärte Zerche.

»Sie muss jetzt sechzehn sein«, rechnete Dr. Richter.

Zerche schüttelte den Kopf. »Die hat ausgesehen wie, wie –« Ihr fehlten die Worte.

»Ich hab mal einen Film gesehen«, sagte Dr. Richter so bedachtsam, dass Bettina Zweifel an seiner Ernsthaftigkeit kamen, »mit einer gewissen Frau Croft.«

Zerche blickte ihn irritiert an.

»Die konnte sehr gut mit Waffen umgehen«, sprach Dr. Richter. »Als ich das von Meggie gehört habe, da stand mir das Bild jener bewussten Frau Croft doch sehr deutlich vor Augen.«

Die umstehenden Polizisten entspannten sich, Freunscht lächelte sogar. Leicht.

Zerche dagegen ließ sich nicht einwickeln. Gewissermaßen tat sie es dann aber selbst, denn sie verschränkte die Arme sehr fest vor der geblümten Brust und sagte: »Das ist keine Lara Croft. Das ist eine ...! – Die ist dünner«, schloss sie etwas unglücklich.

Dünn war Meggie in der Tat, dachte Bettina. Mehr als das. Sie war mager, nur Haut und Knochen.

»So, Frau Zerche«, sagte Freunscht indessen. »Dann wollen wir mal.«

Zerche saß nun hinter ihrem Schreibtisch, so wie sie es damals vor zehn Jahren getan hatte. Hier draußen im Raum vor dem Direktorat herrschte nicht diese billige schwarzweiße Coolness mit Kunstlederstühlen und nichtssagenden gerahmten Postern an den Wänden, hier sah man die Schule: Ordner, Zettel, Pflanzen, bunte Stifte, Ablagefächer mit Namen dran. Zerche versicherte, dass sich auch nicht viel geändert hatte. Nicht seit Meggies Verschwinden und nicht seit Zerches Einstellung vor fünfzehn Jahren.

»Meggie kam also zu Ihnen herein ins Sekretariat«, sagte Freunscht und machte zwei Schritte von der Tür bis zum Schreibtisch, um ein Hereinkommen anzudeuten.

Lingen lehnte sperrig an einem Aktenschrank und betrachtete seinen Kollegen finster.

»Wieso eigentlich?«, fragte Freunscht. »Was wollte sie hier an einem sonnigen Freitagmittag nach der Schule, noch dazu vor einem Feiertag, wo doch alle schnell heimrennen?«

Zerche sah ein wenig beleidigt aus, vermutlich weil Freunscht ihr weniger Attraktivität zubilligte als dem Beginn des Pfingstwochenendes. »Ich hab ihrer Klassenlehrerin gesagt, dass sie kommen soll«, sagte sie etwas trotzig. »Sie hatte ihren Antrag für die Ganztagsschule im darauffolgenden Jahr noch nicht abgegeben, und ihre Mutter hatte angerufen, dass sie ein neues Formular braucht, weil Meggie ihres verschlampt hatte, und die Frist war eigentlich schon abgelaufen. Und außerdem sollte Meggie die Fundsachen durchsehen, weil sie ihren Badeanzug im Schwimmbad liegengelassen hatte. Das wollte ihre Mutter auch.« Sie wies mit dem Kopf auf eine große Kiste in der Ecke, die mit Blumen bemalt war. Alle sahen die Kiste an, und Zerche sagte etwas unpassend: »Es war ein süßer Badeanzug.« Nervös setzte sie hinzu: »Meine Tochter hatte denselben, darum weiß ich es noch. Die war damals in der vierten. So ein ganz niedliches Teil mit angenähten Stoffrosen –« Sie brach ab.

»War der zufällig in einem grauen oder blauen Sportbeutel?«, fragte Bettina in die seltsame kleine Pause.

Zerche schüttelte den Kopf. Ihre Brillengläser spiegelten.

»Oder hatte Meggie einen Sportbeutel bei sich, als sie hier hereinkam?«, fragte Bettina weiter.

Unsicher blickte Zerche Dr. Richter an, der sich im Hintergrund hielt. Bettina konnte sein Gesicht nicht erkennen, doch es schien Zerche zu ermutigen. »Also das«, sagte sie, »hat noch keiner gefragt.« Sie zog die Stirn kraus. »Und es ist schon sehr lang her.« Sie schüttelte den Kopf. »Ehrlich gesagt kann ich mich nicht erinnern.«

»Wo hat sie denn den Badeanzug hingetan?«

»Den hab ich ihr in den Ranzen gesteckt.«

»Und wenn sie einen Sportbeutel gehabt hätte, hätten Sie ihn dann da reingetan?«

Zerche spitzte die Lippen. Ihre dicken Brillengläser warfen Reflexe. Sie dachte offensichtlich scharf nach. »Vielleicht hat sie ihn an der Tür abgestellt«, sagte sie dann. »Sie war ja nicht lang hier, ich hab ihr den Badeanzug und den Zettel in den Ranzen getan und fertig.«

»Was für einen Eindruck hat Meggie gemacht?«, übernahm Freunscht jetzt wieder.

Zerche entspannte sich sichtlich, diese Frage hatte sie bestimmt schon hundertmal beantwortet. Alles andere zwar auch, aber dies war ein Topos, den sie mochte, so beständig und tausendfach überliefert wie der röhrende Hirsch. Und während Zerche redete, fragte sich Bettina, ob das eine Polizistinnenmacke war, das Zuhören einzustellen, wenn Menschen diesen bestimmten Gesichtsausdruck aufsetzten. Weil sie dann nur noch Urteile von sich gaben, und unerfreuliche meist dazu. Weil Bettina sich dann plötzlich in engen, beklemmenden Welten wiederfand, in denen das Atmen schwerfiel. Je länger sie Polizistin war, desto weniger wollte sie mit den Meinungen der Leute zu tun haben. Sie blendete Zerche ganz aus und überlegte, ob es sehr unpassend war, das Handy rauszuholen und auf Nachrichten von den Kindern zu überprüfen. Und so war sie die Erste, die registrierte, dass eine Nachricht von der Zentrale kam.

Sie drückte sich etwas in den Hintergrund und öffnete die Mitteilung.

Sie las zweimal.

Dann drängte sie sich vor zu Freunscht und hielt ihm wortlos das Smartphone hin.

Kurze Zeit später waren Dr. Richter und die blumige Zerche vor die Tür verbannt, Freunscht saß hinterm Schreibtisch, sprach ungeduldig in sein Telefon und kritzelte Fadenkreuze auf die Schreibtischunterlage, während Lingen frei im Raum stand, aufrecht wie ein Wegweiser, und lautlos in sein Handy tippte. Er hatte seine Gorillas rausgeschickt. Sie waren nur noch zu dritt im Raum. Bettina lehnte an der Fundkiste und beobachtete die beiden Männer bei der Arbeit. Einer laut, zerstreut, Spuren hinterlassend, der andere eifersüchtig darauf achtend, dass alle seine Äußerungen geheim und unter Kontrolle blieben, bis auf die große Richtung, die er vorgab.

»*Sindelfinger Wald*? Wo ist das genau?«, fragte Freunscht

jetzt dröhnend ins Telefon, und möglicherweise tippte Lingen gerade dasselbe ins Smartphone.

»Ah«, machte Freunscht dann. »Das sind wie viel Kilometer von hier? Dreihundert? Ja, gut, Stuttgart und noch ein paar Zerquetschte. Und er hat sie genau beschrieben? Kein Zweifel? – Ah. Ja, weiß man nicht. Aber dünne Kleine mit Schusswaffe, die sich Meggie nannte, das klingt schon ziemlich nah dran.« Er malte ein Frauenbein mit einem hochhackigen Schuh dran, bemerkte Bettinas Blick, kniff die Augen zusammen und wandte sich ab. »Wann habt ihr ihn gefunden? Vor 'ner Stunde?«

Er nickte, als ob sein Gegenüber das sehen könnte. »Und der Tod ist eingetreten …? Gestern Nachmittag? Genauer geht's nicht? Ach na ja, okay, das reicht schon. Wir kommen dann, sowie wir hier klar Schiff gemacht haben. Wann ging noch mal sein Anruf ein? Gestern Morgen elf Uhr achtunddreißig? – Okay. Ja. Bis gleich.« Er drückte das Gespräch weg und blickte auf. Lingen tippte weiter, änderte rein gar nichts an seiner Haltung und wirkte doch plötzlich noch viel ablehnender. Freunscht betrachtete ihn eine Sekunde, dann sagte er zu Bettina: »Sein Name ist Gerhard Kemper. Er hat sie vermutlich an der Raststätte *Heidesheim Nord* aufgelesen, denn dort haben wir Meggies Fluchtwagen entdeckt. Einen Kia.« Er rollte leicht die Augen. »Kia als Zuhälterauto. Die Zeiten sind ganz schön irre. – Jedenfalls, er hat sie in seinem Truck mitgenommen, kam aus Frankfurt, hatte eine Lieferung in Dahn und wollte weiter nach Baden-Württemberg. Er brachte sie hier oben an die Autobahnraststätte Höhdingens, das lag auf seinem Weg. Dann hat er im Radio gehört, dass davor gewarnt wird, eine Anhalterin in dieser Gegend mitzunehmen, und er hat als guter Staatsbürger den Kollegen vom Notdienst Meldung gemacht. Ich nehme an, sie hat ihn nicht rangelassen. Sonst hätte sie ihm kaum die Waffe gezeigt. Er hat gesagt, sie hätte ihn damit bedroht und wäre gefährlich. Er hätte sie so gegen halb zehn am Parkplatz *Über Höhbrücken* abgesetzt. Dann ist er noch bis kurz hinter Stuttgart gekommen … Tja, und auch er wurde erschossen. Peng.« Freunscht lehnte sich im Stuhl zurück und warf den Stift von sich, so dass er Lingen am Hosenbein traf. Der ließ sein Handy sinken, und eine Sekunde dachte Bettina, dass es jetzt eine Prügelei geben würde. Doch Lingen zertrat nur den Stift. Gruselig genug. Freunscht beobachtete ihn spöttisch.

Bettina sagte: »Zwei völlig unabhängige Vorfälle können das eigentlich nicht gewesen sein.«

Freunscht schüttelte den Kopf. »Da sind noch andere mit Schießeisen unterwegs. Das ist was Großes.«

Jetzt blickte Lingen seinerseits ironisch, denn diese Sam-Spade-Performance mit Stiftewerfen, Schießeisen und etwas Großem war definitiv zu unprofessionell für einen Soko-Leiter. »Anzunehmen, dass diese anderen Leute aus dem Wirkungskreis Ihrer komischen schießwütigen Nutte da sind«, sagte er hochnäsig.

»Sie meinen unsere kleine Meggie«, versetzte Freunscht mit einem unfreundlichen Zähnefletschen in Lingens Richtung.

»Unsere Begehung fällt jetzt wohl aus«, sagte der nur verächtlich. »Die Zeugen waren sowieso nicht vollständig. Der wichtigste hat gefehlt.«

»Bei mir arbeiten die Zeugen auf freiwilliger Basis mit«, erwiderte Freunscht kalt. »Dann sind ihre Aussagen vor Gericht auch was wert.«

»Ich frag mich nur, was Sie hier beweisen wollten – ohne Kevin Klein.«

»Dieser Tathergangsrekonstruktion hätte ein anderer Fokus als Kevin nicht geschadet. Das wäre vermutlich die erste objektive Reko überhaupt gewesen.«

Lingens Augen wurden schmal. Er presste die Arme an die Seiten und roch auf einmal intensiv nach Deo. »Wollen Sie meine Ermittlungen kritisieren, von denen Sie profitieren?«

»Nein«, log Freunscht deutlich.

Die beiden Männer starrten sich an.

»Wenn Sie möchten, können Sie hier weitermachen«, bot Freunscht schließlich an.

»Was soll das bringen?«, fauchte Lingen. »Ich hab das vor Jahren alles mehrfach durchgezogen, und hundertmal professioneller –«

»Aber das hier haben Sie nicht vorausgesehen«, stellte Freunscht aufreizend fest. »Den Besuch der alten Meggie und den toten Trucker.«

»Doch.« Lingens Hände hielten plötzlich die Tischkante. Seine Nasenspitze befand sich direkt vor Freunschts Gesicht und erzeugte ein Kraftfeld, das sogar Bettina spürte. »Das passt alles zusammen. Ich sage Ihnen, diese Kleine, die Sie da festgesetzt haben, das ist nicht Meggie. Meggie ist tot.«

»Und Kevin hat sie getötet.« Freunscht lächelte gezwungen.

Lingen stieß sich vom Tisch ab und schaffte es, elegant in Ruheposition zu kommen. »Wer weiß. – Ja, ich mache diese Tathergangsrekonstruktion. Hier. Jetzt. Sehr gern.«

Worauf Freunscht sich im Stuhl zurücksinken ließ und den Blick auf Bettina richtete. »Gut. Außerdem werden wir Meggies Identität bestätigen.«

Lingen schnaubte.

»Wir bestellen ihre Verwandten ein und vergleichen sie auf Ähnlichkeiten. Nein, war ein Scherz. Gentest läuft schon. Meggies Genprofil ist asserviert. Und inzwischen fragen wir sie einfach mal. Was sie über Kevin weiß. Und diesen Trucker. – Frau Boll, sind Sie eigentlich immer allein oder haben Sie auch Kollegen, mit denen Sie zusammenarbeiten?«

Ackermann, dachte Bettina unwillkürlich. Sie schüttelte sich. Das musste sie loswerden. »Warum?«

»Frau Boll, der Herr Lingen wird unsere Begehung hier fortsetzen und professionell leiten. Ich fahre derweil an den neuen Tatort. Aber außerdem müssen wir rausbekommen, wie Meggie zu all dem steht. Sie werden die Kleine befragen. Frankenthal, das ist Ihre Richtung. Meggie kennt Sie schon. Und vor allem haben Sie im Gefühl, was Sie eine andere Frau fragen müssen. Kriegen Sie das hin? Ich maile Ihnen unterwegs alles, was ich wissen will.«

»Okay«, sagte Bettina nur. Undercover in der Frauenwelt. Auch so eine Sache: Wenn sie jedes Mal einen Mann vorschicken müsste, um Männergeheimnisse zu erfahren, dann könnte sie die Arbeit einstellen. Aber gut, Frankenthal war wirklich ihre Richtung, und Meggie zu dem geheimnisvollen Trucker zu befragen, das konnte interessant werden.

»Haben Sie wen zum Mitnehmen oder soll ich Ihnen jemanden aus Pirmasens zuteilen?«

»Ich habe jemanden«, sagte Bettina schneller, als sie denken konnte. Pirmasens? Hinkel und Angst vorm Chef und pünktlicher Feierabend …?

»Gut«, sagte Freunscht und erhob sich. »Ich hab ja Ihre Nummer, glaub ich, oder?«

»Ja.«

»Schalten Sie Ihr Handy nicht aus.«

Vom Handyausschalten war Bettina weit entfernt, kaum war sie draußen, telefonierte sie alle durch. Erst die Kinder: Die hatten ein altes Bügeleisen als Gewicht an ein langes Stück Gartenbast gebunden, um es im Kellerbrunnen zu versenken und so rauszukriegen, wie hoch der Wasserstand war. Doch natürlich war das Bügeleisen zu schwer und der Bast hatte sich aufgelöst, und nun lag das Bügeleisen im Brunnen. »Zumindest das Eisen und nicht ihr«, sagte Bettina zu Enno, der ihr alles in gemessener Erregung berichtet hatte. »Bitte bleibt vom Brunnen weg.«

Enno ignorierte das und schätzte den Wasserstand auf keinesfalls höher als einen Meter fünfzig.

»Woher willst du das wissen?«

»Wir haben im Internet recherchiert, dass in Brunnen das Wasser meistens in dieser Höhe steht.«

»Aber darauf kannst du dich nicht verlassen!«

»Solange nichts anderes bewiesen ist, gehen wir vom Normalfall aus«, sagte Enno hochnäsig.

»Wie auch immer, das ist gefährlich!«, rief Bettina. »Aus diesem Brunnen kommst du nicht einfach so wieder raus, der Wasserspiegel steht ja schon drei Meter tief! Und wenn's drauf ankommt, kannst du in einer Pfütze ertrinken! Ein Meter fünfzig ist ganz schön hoch, wenn man da einen Abend lang drin stehen muss. Kaltes Wasser ist tödlich. Glaub mir. Das hältst du keine Stunde aus. Dir wird kalt, du wirst müde, du schläfst ein. Das geht ruckzuck, und dann bist du weg.«

»Danke, Tina«, sagte Enno kühl. »Ich bin ein Kind. Du darfst mir keine Todesphantasien in den Kopf setzen.«

Bettina holte Luft. »Du bist ein Teenager in der Pubertät, und wer hier wem Todesphantasien in den Kopf setzt –«

»Moment, da draußen ist wer«, sagte Enno und unterbrach die Verbindung.

Bettina fluchte. Statt sich abzuregen, rief sie sofort in der Ludwigshafener Zentrale an, und das war sicherlich ein Fehler, denn so war sie nicht gewappnet gegen das, was kam:

»Ich kann dir Nessa Kaiser anbieten«, sagte Habermeyer. In seiner Stimme schwang echtes Mitleid, aber auch Unnachgiebigkeit. »Wir haben eine Prügelei mit Verletzten in der Innenstadt, Großaufgebot. Morgen werden die Zeitungen voll sein. Die Einzige, die noch Bereitschaft hat, ist Kaiser.«

»Och, Habermeyer«, sagte Bettina.

»Boll, du bist unprofessionell.«

»Nein, ich bin müde.«

»Soll ich sie anrufen oder nicht?«

Bettina dachte eine Sekunde lang an die hungrigen Kollegen, denen sie mit Müh und Not entkommen war. Ob Nessa besser war, das war noch die Frage, aber zumindest war sie ein bekanntes Übel. »Ja, bitte, Habermeyer.«

»Ich sag ihr, dass du ganz höflich bitten lässt.«

»Tu das.«

»Ich hab ja gehört, dass ihr zwei so richtige Gemeinsamkeiten habt. Ihr habt sicher was zu bereden.«

»Bitte?«

»A-ckermann«, stotterte Habermeyer. »War doch mal Kaisers Freund, oder? Und deiner auch?«

Bettina schwieg. Grimmig.

»Ach, was da immer getratscht wird, ich glaub das ja auch alles gar nicht. Fahr schon mal los. Ich ruf zurück. Sie kommt.«

Als Letztes versuchte Bettina, ihren Chef Härting zu erreichen, doch sie bekam nur die Mailbox dran. Seine Sekretärin Mona an einem Samstag privat anzurufen, das traute sie sich nicht. Irgendwie beunruhigt wünschte sie sich, Habermeyer nach Härting gefragt zu haben. Sie wusste gar nicht, ob der Chef Kinder hatte. Und irgendwann vor Jahren hatte sie mal gehört, dass seine Frau krank und oft in stationärer Behandlung war. Gab es überhaupt irgendwen, der ihn begleitete, wenn er jetzt nicht mehr gesund wurde? Sie wusste es nicht. Vermutlich wollte er auch nicht, dass sie es wusste. Alles war gut. So stieg sie in ihren Taunus und fuhr Richtung Frankenthal.

Die Tante in deiner Zelle: Assi. Wieso sie hier ist: Ist dir egal. Wieso du hier bist: Sie wird es rauskriegen. Sie ist dick, kurzatmig, fängt an zu schnaufen, wenn sie vom Bett steigt. Sie lächelt dich fies an und sagt dir, was ihr alles gehört. Hier in der Zelle. Und was also dann nicht dir gehört. Du bist müde. Du willst schlafen. Du sagst ihr, dass sie fett ist und dass sie den Mund halten soll. Du nimmst das andere Bett, das nicht ihr gehört, aber das gehört ihr auch irgendwie. Natürlich hast du das mit dem fett und Mundhalten nicht wirklich gesagt. Sie konnte es also auch nicht wirklich hören, aber irgendwie hat sie's doch. Sie hasst dich. Jetzt schon. Sie fängt an zu schimpfen. Du drehst dich zur Wand. Fett, denkst du. Fett, fett, fett, fett.

Du schläfst.

6

Als Nessa anrief, war Bettina schon auf der Autobahn.

»Hi, Nessa.« Sie klemmte das Handy ans Ohr. Freisprechanlage in einem Taunus – das war nicht. »Ich brauche Verstärkung.«

»Hab ich gehört«, antwortete Nessa.

»Es geht um diese junge Frau, die Ackermann – hm, erschossen hat.«

»Ausgerechnet wir beide sollen die jetzt verhören.«

»Ich hab kein Problem damit«, sagte Bettina.

»Ich auch nicht«, erwiderte Nessa sofort.

»Na bitte. Wann kannst du in Frankenthal sein?«

»Wann kannst du mich abholen? Das liegt doch auf dem Weg für dich.«

Oh no, dachte Bettina. Nicht auch das noch. »Ich bin mit dem Taunus unterwegs«, warnte sie.

Nessa seufzte. »Macht nix«, sagte sie dann. »Ich bin zu Hause und erwarte dich.« Und damit unterbrach sie die Verbindung. Vielleicht war Bettina aber auch nur versehentlich mit dem Kinn auf den Ausknopf gekommen.

Nessa wohnte schön. Sie hatte eine Etage in einem alten Geschäftsgebäude, in dem einmal ein Blumenladen gewesen war, und Bettina vermutete, dass das malerische Gewächshaus, welches hinter der Mauer des Anwesens hervorlugte, zu Nessas Wohnung gehörte. Die Mauer war mit wildem Wein bewachsen, der sich an den Blattspitzen schon gelblich färbte, die Haustür war türkisblau gestrichen und hatte ein Fenster mit schmiedeeisernen Blumenranken. Alles war sauber und strahlte irgendwie im warmen nachmittäglichen Augustlicht. Bettina, die nie über ihre engen Plattenbau-Mehrfamilien-

Wohnprovisorien hinausgekommen war und jetzt auch noch ein Spukschloss am Hals hatte, überkam der blanke Neid. Wie hübsch und gleichzeitig ungewöhnlich das wirkte, wie lässig die Pflanzen geduldet wurden und wie natürlich gepflegt alles war. Wie viel Zeit man haben musste, um es so hinzubekommen, dass es nicht aufgedonnert war und doch solide und freundlich aussah.

Sie hupte, obwohl sie es hasste, wenn einer vor der Tür hupte. Aber in dieses perfekte Nessa-Interieur würde sie nicht reingehen. Im Leben nicht.

Nessa kam nicht raus.

Bettina fluchte, nahm ihr Handy und rief die Kollegin an.

Die Beifahrertür klemmte mal wieder, und Bettina musste von außen öffnen, damit die Kollegin einsteigen konnte. Nessa stand vor ihrer schönen türkisfarbenen Haustür, die ihrem rotgefärbten Haar, ihrer hellen Haut und überhaupt ihrem ganzen Aussehen schmeichelte, enge Jeans, weites graues Sweatshirt, lässiger Zopf, milde amüsierter Gesichtsausdruck. Nessa war hier im Heimvorteil, und das genoss sie sichtlich. Bettina stieg aus. »Kann sein, dass du hinten sitzen musst«, sagte sie zur Begrüßung. »Oder über den Fahrersitz krabbeln.«

»Wieso nimmst du eigentlich kein Dienstauto?«, fragte Nessa heiter.

Als Antwort versuchte Bettina die Beifahrertür zu öffnen. Natürlich klemmte sie jetzt erst recht. »Hinten oder vorne?«, fragte sie.

»Was einfacher ist.« Nessa lächelte.

Bettina öffnete die Tür zur Rückbank. »Kann sein, dass da noch Kindersachen sind«, sagte sie mit einem Blick auf Ennos Sporttasche, Sammys Regenjacke, einige alte Schuhe und diverse leere Flaschen.

Nessa schaffte es, die Nase nicht zu rümpfen, sondern gelassen einzusteigen. Im Inneren des Wagens schwand ihre

Überlegenheit, aber nicht sehr. Sie war einfach zu aufgeräumt, zu sauber, ordentlich und gut riechend. Ein freier Tag in ihrem privaten, kinderfreien Blumenhaus lag hinter ihr, während Bettina noch das Campen auf Tante Elfriedes alten Matratzen in den Knochen steckte. Und der Brunnen und die Kleine mit der Knarre.

»Was müssen wir tun?«, fragte Nessa so frisch und gut gelaunt, als sei nie irgendetwas zwischen ihr und Bettina vorgefallen. Als hätte sie nicht versucht, Bettina aus der Abteilung werfen zu lassen, weil sie es nicht ertragen konnte, dass Ackermann ihr Avancen machte.

»Wir werden die junge Frau verhören, die sich Meggie nennt und jetzt in Frankenthal einsitzt«, antwortete Bettina und startete den Wagen. Dass Nessa nicht neben, sondern hinter ihr saß, machte sie nervös. »Hast du die Akte so weit gelesen?«, fragte sie.

»Was online war, ja.«

»Gut. Schwerpunkt: wer sie ist. Wieso sie ihr Opfer, den Herrn Gutvatter, gezielt ausgesucht hat. Aber hauptsächlich: aus was für einem Umfeld sie kommt. Ob sie Komplizen hat oder Verfolger. Denn es ist noch jemand gestorben, aber nicht durch Meggies Hand. Ich glaub, das steht noch nicht im Intranet.«

»Nein, steht es nicht. – Wer denn noch?«

Irgendetwas rumpelte hinten auf der Rückbank, und Bettina sah im Spiegel Nessas Kopf auf- und wieder abtauchen. *Schöner Wohnen* im Taunus, dachte sie. Kannste vergessen, Nessa, ich schaffe es allerhöchstens in den Polizeibericht. Aber vermutlich räumte Nessa nicht auf, sondern nur ihren Fußraum frei. Bettina erzählte von Gerhard Kemper, dem Trucker, der erschossen auf der Raststätte *Sindelfinger Wald* in Baden-Württemberg gefunden worden war, nachdem er die flüchtige Meggie mitgenommen und gemeldet hatte. »Ein Zufall kann das eigentlich nicht sein«, schloss sie.

Nessa stimmte zu. Sie hörte sich nachdenklich an.

»Ich frag mich gerade auch, wie weit Ackermann mit dieser Szene vertraut war«, sagte Bettina. »Vielleicht hätte er die Vorfälle sogar erklären können.«

»Du meinst, er war doch nicht nur der Idiot, der sich von einer Hure die Dienstwaffe hat abnehmen und erschießen lassen?«

So wie Nessa das sagte, klang es sehr bissig und fast enttäuscht. Irgendwie machte Bettina das wütend. Schließlich war Nessa diejenige gewesen, die völlig skrupellos darum gekämpft hatte, Ackermann zu halten, und jetzt wollte sie nur noch seine Schäbigkeit bestätigt wissen. Bettina dagegen wünschte von Herzen, Ackermann wäre in Erfüllung seiner Dienstpflicht gestorben, wie weit auch immer er die gefasst hätte.

»Dass Meggie aus der Zwangsprostitution geflohen ist, war leider ziemlich offensichtlich«, sagte sie kühl. »Andererseits gibt es dafür vorerst nur die Indizien, die wir vorgefunden haben, beziehungsweise die Aussagen der Leute aus der *Sexy Bar*, und das kann sich natürlich gestern früh anders dargestellt haben, als es wirklich war. Zumindest ist noch nichts ausgewertet. Und tatsächlich laufen da ja noch Sachen im Hintergrund, wie man an dem toten Trucker sieht.«

Nessa schwieg. Es fühlte sich ironisch an.

»Vielleicht weißt du ja was«, sagte Bettina ärgerlich. »Schließlich warst du mit Ackermann mehr als gut bekannt.«

»Besser als du bestimmt nicht«, versetzte Nessa sofort.

»Habt ihr in letzter Zeit noch Kontakt gehabt?« Das hörte sich so eifersüchtig und mürrisch an, dass Bettina sich innerlich wand, aber eigentlich konnte sie auf diese Frage nicht verzichten. Sie war relevant.

»Nein«, sagte Nessa belustigt von hinten.

»Tut es dir nicht leid, dass Ackermann tot ist?«, platzte Bettina heraus. »Bist du nicht schockiert?«

Nessa seufzte. »Ich war zwei Minuten lang schockiert«, sagte sie dann. »Länger nicht.« Das klang so großspurig, dass es ihr offenbar selbst unangenehm war. »Ich hab ihn auch nicht – so gesehen«, setzte sie begütigend hinzu. »Ich musste nicht mitten in der Nacht raus und ihn identifizieren. Das ist, glaub ich, was anderes. Danach ist man durch, auch wenn es einfach nur ein Kollege war.«

»Ja«, sagte Bettina grimmig.

»Ich hab so was vorausgesehen«, sagte Nessa wieder obenhin. »Ackermann war – nicht krisenfest.«

Sagte die Frau, die wegen Ackermann einen Rosenkrieg im Büro angezettelt und beinahe erreicht hatte, dass Bettina das KK 11 verlassen musste. Jetzt arbeitete Nessa beim Diebstahl, zumindest nicht mehr direkt in Bettinas Abteilung, aber die Grenzen waren fließend und wurden bewusst durchlässig gehalten. Darum waren sie im Moment auch gemeinsam unterwegs.

»Das Mädchen«, sagte Bettina, »das den Schuldirektor erschossen hat. Sie ist – sehr jung. Und sie sieht aus, als ob sie das schon lange sein musste – zum Geldverdienen.«

»Verstehe«, sagte Nessa und hörte sich nicht mehr ganz so arrogant an.

»Das ist es, was mich schockiert hat«, sagte Bettina. »Dass Ackermann zu Kindern gegangen ist.«

»Ja.« Mehr sagte Nessa nicht.

»Dass er da irgendwas ermitteln wollte –«

»Unwahrscheinlich«, kam Nessas Stimme scharf von der Rückbank.

»Ja«, sagte Bettina. »Trotz allem ist es irgendwie strange, dass er da so als Polizist aufgekreuzt ist. Weißt du, was ich meine?«

»Nein.« Jetzt hörte Nessa sich fast mitleidig an. »Und, Tina, bei aller Liebe, undercover war er nicht unterwegs. Ich hab von der Uniform gehört. Alle haben das.«

»Ja! Nein, ich meine, wenn er nicht ermittelt hat, dann war es vielleicht umgekehrt.«

»Wie, umgekehrt?

Bettina bog auf den Besucherparkplatz vor der JVA ein. Vorne an der Schranke zum Parkplatz für die Angehörigen der Justizbehörden – damit waren auch Bettina und Nessa gemeint – standen zwei gelangweilt aussehende Wachmänner und rauchten. »Na, weißt du, ein Bulle geht in einen Kinderpuff.«

»Kommt offensichtlich vor.«

»Aber woher hat er überhaupt gewusst, dass es den gibt?«

Nessa seufzte.

»Nein, jetzt mal ganz im Ernst, das ist doch keine naive Frage, ich meine: Wenn du einen Kinderpuff hättest, würdest du dann einen Bullen in Uniform reinlassen?«

Schweigen.

»Woher hat Ackermann die *Sexy Bar* gekannt?«, fragte Bettina.

»Kann sein, dass er da bei irgendeiner Ermittlung zufällig drauf gestoßen ist und dann – hm –«

»Wir hatten seit Jahren keine Ermittlung mehr in Frankfurt.«

»Das kann irgendein Nebenschauplatz gewesen sein«, wiegelte Nessa ab. »Von dem wir gar nichts wissen.«

Bettina kurbelte das Fenster runter, wies ihren Polizistinnenausweis vor und passierte die Schranke. Dann hielt sie auf dem Parkplatz nahe der grau aufragenden Mauer, schaltete den Motor aus und drehte sich zu Nessa um. »Nehmen wir an, er ist nicht allein und bei einer Ermittlung auf diese Bar gestoßen.«

Nessa schniefte. »Was willst du damit sagen?«

»Nehmen wir an, es hat ihn jemand eingeführt.«

»Kann sein.« Nessa zuckte die Achseln.

»Dann wusste derjenige, dass Ackermann ein Polizist war.«

»Na und?«

»Das ist ein großer Vertrauensvorschuss, findest du nicht? Da weiß einer: Das ist ein Bulle, und nimmt ihn trotzdem mit in so ein Dreckloch.«

»Hör endlich auf mit diesen blöden Bullen. Wir sind Polizisten.«

»Polizistinnen«, sagte Bettina. Wenn schon, denn schon.

Nessa sah sie an, als wäre sie bekloppt.

»Ich meine ja nur, das riecht irgendwie komisch. So als würden da mindestens drei Zwischenschritte fehlen zwischen Ackermann und der kleinen Meggie.« Bettina wandte sich ab und öffnete ihre Tür. Sie dachte an das Misstrauen der Kollegen, das sie schon mehrfach gespürt hatte. »Und es riecht außerdem so«, sagte sie über die Schulter, »als ob Ackermann nicht der einzige Polizist ist, der die *Sexy Bar* kennt.«

Sie wurden in einen Raum geführt, der dumpfig roch und in dem noch das Klirren der vielen Metalltüren nachhallte. Halbhohe Wände unterteilten ihn in einzelne Kabuffs, viele teils spiegelnde Fenster über Augenhöhe lösten die Raumgrenzen auf, und agile Kameras, die unvermittelt fokussierten, verbreiteten Paranoia. Gefangenenuniformen gab es hier nicht, aber das, was Meggie anhatte, sah wie eine aus: eine steife Jeans aus irgendeinem Fundus und ein Pullover, der um ihren ausgemergelten Körper herumschlackerte wie ein Sack. Das Mädchen gähnte ausgiebig. Sie saß hinter einem Tisch, der nicht vom Besucherbereich getrennt war, und blickte leer in die Gegend. Dann kratzte sie sich am Kopf und prüfte ihre kurzen, dunkelrot lackierten Fingernägel. Der Lack blätterte.

Bettina setzte sich ans andere Ende des Tisches. Nessa zögerte, offenbar abgestoßen von so vielen potenziellen Pathogenen, die Meggie sicher jederzeit emittieren konnte.

»Autofahren«, sagte Bettina zu der Inhaftierten und betrachtete sie so lange, bis sie den Kopf hob und hersah. »Wo hast du das gelernt?«

Meggie zuckte die Achseln.

»Du hast es gar nicht gelernt. Kannst du gar nicht, denn du bist erst sechzehn. Wenn überhaupt.«

Meggie gähnte, und in diesem Gähnen steckte ein gewisses Amüsement und das Wissen um all die Möglichkeiten, die ein junger Mensch hatte, abseits der legalen Pfade Autofahren zu lernen.

»Du hast es einfach gemacht, nicht wahr. Du musstest da weg. Sonst wärst du jetzt tot.«

»Ich kann schon immer Auto fahren«, sagte Meggie abweisend, und Bettina erschrak fast, so klar klang ihre Stimme und so natürlich und vernünftig wirkte sie, wenn sie sprach, im Gegensatz zu ihrer absurden Aufmachung aus großem, zerlaufenem Make-up, Fundusklamotten und dem spindeldürren Körper.

»Woher denn?«, fragte Bettina.

Achselzucken.

»Können deine Freundinnen Olga und Nini auch schon immer Auto fahren?«

Meggies Blick wurde wachsam. »Nini«, sagte sie gedehnt.

»Wie lange kennen Sie sich, Sie und Nini?«, fragte Nessa so beiläufig, als würde sie selbst das Mädchen auch schon recht lange kennen.

»Wir kennen uns halt«, sagte Meggie abwehrend.

»Und Olga?«

Die schien Meggie gar nicht zu interessieren. Sie zuckte nur die Achseln und ihr Blick driftete weg.

»Wie lange haben Sie in der *Sexy Bar* gelebt?«

»Zu lang.«

»Waren Olga und Nini schon da, als du kamst?«, fragte Bettina.

Meggies Augen wurden groß. Doch sie schwieg.

»Wo sind Sie geboren?«, fragte Nessa.

Schweigen.

»Hast du mal einen Personalausweis besessen?«, fragte Bettina.

Meggie nickte, dann hielt sie inne.

»Du hattest einen?«

Meggie schüttelte den Kopf. Ganz langsam. Es sah aus, als würde sie weinen.

Wieso ausgerechnet jetzt, fragte sich Bettina. »Auf den Namen Lisa Engel?«

Keine Reaktion.

»Wie heißen Sie?«, fragte Nessa sanft.

»Manga«, sagte Meggie.

»Haben Sie noch mehr Namen?«

Meggie blickte auf, die Augen düster und klar. »Meggie«, sagte sie.

»Und weiter?«, fragte Nessa.

»Lepp.« Das kam sehr schnell. Bettina und Nessa sahen sich an. Der Name Lepp war keine Geheiminformation, aber er war in der Presse aus Rücksicht auf die Angehörigen nicht oft benutzt worden. Diese schnelle Antwort bestätigte Mangas – oder Lisa Engels – Meggie-Identität. Nicht, dass sie die hier wirklich zweifelsfrei nachweisen mussten. Es ging mehr darum, eine glaubwürdige Ansprechpartnerin in ihrem Gegenüber zu finden.

»Hör mal, Meggie«, improvisierte Bettina, »da in Höhbrücken, nach deiner Festnahme. Da hast du doch kurz deine Mutter gesehen. Wie war das? Hast du dich gefreut?«

Keine Reaktion. Bettina hatte noch nie einen Menschen erlebt, den der Köder ›deine Mutter‹ so ungerührt ließ.

»Möchten Sie mal etwas länger mit ihr reden?«, half Nessa. »Wir könnten einen Besuch organisieren. Ihre Mutter würde sich bestimmt sehr freuen.«

Meggie gähnte.

Nessa beugte sich vor. »Wir werden sie fragen.«

»Okay«, sagte Meggie teilnahmslos.

»Gut«, sagte Bettina und schlug einen geschäftsmäßigeren Ton an, um ihre Verhörte am Wegdämmern zu hindern. Genauso sah sie nämlich aus: als ob sie gleich einschlafen würde. »Wir sind hier, weil wir ein paar Sachen klären müssen. Erstens: Wir wollen hören – möglichst genau –, was an dem Tag passierte, als du entführt wurdest. Als Kind. In Höhbrücken.«

»Daran kann ich mich nicht mehr erinnern«, murmelte Meggie.

»Du weißt gar nichts mehr? Was hattest du an? Wie sah dein Schulranzen aus?«

Meggie schüttelte den Kopf.

»Kannst du dich an Leute erinnern, denen du begegnet bist?«

Meggie runzelte desinteressiert die Stirn.

»Hattest du einen Turnbeutel? Eine Tasche?«

Bei diesen Worten regte sich etwas wie Erinnerung in Meggies Miene. »Die war für den Gutvatter«, sagte sie langsam.

»Die Tasche war für den Gutvatter?«

Meggie blickte auf und schüttelte abweisend den Kopf.

»Was war das für eine Tasche? Wie hat sie ausgesehen? Was war drin?«

»Ich weiß es nicht«, sagte Meggie ungeduldig.

»Kuchen?«

Meggie schwieg. Sie schien einfach wegzudriften.

»Okay, darauf kommen wir später noch mal zurück. Jetzt wollen wir erst mal alles, aber auch alles über den LKW-Fahrer wissen, der dich nach Höhbrücken gebracht hat.«

Aufmerksamkeit flackerte in Meggies Blick. Ihre Körperspannung war mit einem Schlag höher, obwohl sie immer noch den Kopf fast auf dem Tisch liegen hatte, die Ellbogen leicht aufgestützt, die Arme als Kissen. Die Ärmel ihres Sweatshirts hatte sie hochgeschoben, so dass ihre mageren Unterarme bläulich aus dem verwaschenen khakifarbenen Stoff herausschauten. Ihre Haut sah kalt und feucht aus. »Alles, aber auch alles«, wiederholte sie mit gefurchter Stirn.

Bettina erkannte, dass sie dem toten Gerhard Kemper zu viel Gewicht gegeben hatte.

»Sie erinnern sich doch an den Trucker, der Sie nach Höhbrücken gebracht hat?«, fragte Nessa viel beiläufiger.

Meggie nickte misstrauisch. »Was ist mit dem?«

»Was war das für ein Typ?«, fragte Bettina.

»Typ Mann«, sagte Meggie ätzend.

Nessa lächelte eine Spur zu spöttisch in Bettinas Richtung. »Haben Sie mit ihm – gesprochen?«

»Nein.« Meggie richtete sich auf und verschränkte die Arme.

»Überhaupt nicht?«

»Hallo, darf ich mitfahren«, gab Meggie nach.

»Und sonst?«

»Nichts. Die Musik war zu laut.«

»Was war das für Musik?«, fragte Bettina, und sowohl Nessa als auch Meggie schauten sie an, als hätte sie sie nicht alle.

»Truckermusik«, sagte Meggie schließlich.

»Wenn ihr nichts geredet habt, wieso hast du den Typen dann mit der gestohlenen Walther P99 bedroht?«

Jetzt guckte Meggie nicht mehr ganz so abfällig. »Hab ich nicht.«

»Das hat der Herr Kemper aber zu Protokoll gegeben, als er dich beim Notruf gemeldet hat.«

»Arschloch«, sagte Meggie dazu nur.

»Also was ist passiert?«

»Was immer passiert«, sagte Meggie, als wäre sie ständig mit geklauten Knarren in Trucks auf der Flucht. »Er wollte mal – hm?«

»Wie hat er das zum Ausdruck gebracht?«

Meggie funkelte Bettina an. »Er hat mich am Hals gepackt und mein Gesicht auf sein Ding gedrückt«, sagte sie zuckersüß.

»Das war wohl deutlich«, kommentierte Nessa.

»Und dann?«, fragte Bettina ruhig.

Meggie zuckte die Achseln.

»Hattest du Geschlechtsverkehr mit ihm?«

»Nein«, sagte Meggie und gönnte sich ein winziges Lächeln,

nicht mehr als ein Zucken ihrer Mundwinkel und ein leichtes Kräuseln der Stirn.

»Denn du konntest ja die Walther P99 einsetzen.«

»Genau.«

»Hast du Herrn Kemper noch sonst wie bedroht? Mit Worten? Hast du Namen genannt? Irgendwen angerufen, der dir helfen sollte?«

Meggie blickte verständnislos. »Wer sollte mir denn helfen?«

»Haben Sie ein Handy dabeigehabt?«, fragte Nessa.

Sichergestellt wurde keins, dachte Bettina.

Meggie schüttelte den Kopf.

»Aber Herr Kemper lebte noch, als du ausgestiegen bist?«, fragte Bettina scharf.

Schneller Blick aus schreckgeweiteten Augen, dann senkten sich hundert verkleisterte Schichten tiefschwarzer Wimperntusche und Kajal über die Fenster zu Meggies Seele. »Was ist passiert?«, brachte sie heraus.

»Er wurde erschossen«, sagte Bettina ernst.

Meggie schluckte.

»Irgendeine Ahnung, von wem?«

Kopfschütteln.

»Ich hab ja die Theorie«, sagte Bettina, »dass dieser Trucker nicht gestorben wäre, wenn er dich nicht kennengelernt hätte.«

Meggie nickte. Dann sagte sie klar und deutlich: »Er hat es verdient.«

»Das klingt, als ob Sie ihn erschossen hätten«, sagte Nessa.

»Vielleicht hab ich das ja.«

»Hast du nicht«, sagte Bettina ruhig.

Meggie starrte sie an. Jetzt saß sie aufrecht, belebt und beseelt, was zuvor an ihr schwach, verkümmert und schäbig gewirkt hatte, war bedrohlich und stark. Sie glühte vor Kraft.

»Das kannst du gar nicht, denn zu der Zeit warst du längst festgenommen. Du hast nicht Kemper erschossen, sondern Herrn Gutvatter. Dafür haben wir über hundert Zeugen.«

»Herr Gutvatter war Ihr Lehrer, nicht wahr?«, sagte Nessa. »Als Sie noch in Höhbrücken zur Schule gingen.«

»Glaub schon«, murmelte Meggie Richtung Nessa und starrte weiter in Bettinas Augen. Konnte es sein, dass sie schneller atmete? »Krass. Wer soll das gewesen sein, der dieses Arschloch von Fahrer erschossen hat?«

»Das würden wir gerne von dir erfahren«, sagte Bettina. »Wir haben keine Ahnung. Du schon.«

Meggies dunkle Augen glommen. Sie schloss ihren Mund ganz fest, so dass er nur noch ein Strich war.

»Wir glauben, dass dich irgendwer verfolgt hat«, sagte Bettina. »Weil er dich vielleicht zurückholen wollte. In die *Sexy Bar*. Oder einen Ableger davon.«

»Dann hat er aber nicht Sie gefunden«, ergänzte Nessa, »sondern nur Ihre Mitfahrgelegenheit.«

»Vielleicht hast du dort im Auto was vergessen«, sprach Bettina.

»Zum Beispiel ein Mobiltelefon«, sagte Nessa.

»Oder du hast Herrn Kemper was erzählt, was er unklugerweise benutzt hat, um deine Verfolger unter Druck zu setzen.«

»Hab ich nicht«, rief Meggie patzig. »Vielleicht ist er auch einfach nur erschossen worden. Von irgendeinem blöden Idioten, der damit gar nichts zu tun hat. Ganz normal.«

So wie man halt ganz normal an der Autobahnraststätte erschossen wird.

»Wer hat dich verfolgt?«, fragte Bettina schließlich.

»Niemand.«

»Hast du Angst?«

»Nein!«

»Dann kannst du es ja sagen.«

»Es war niemand, klar? Wenn du's unbedingt wissen willst: Ich hab den Trucker erschossen.«

Nessa beugte sich vor. »Manga, sagt Ihnen der Begriff Schutzhaft etwas?«

Meggies Blick blieb starr auf sie fixiert, Bettina musste sich konzentrieren, um dieser finsteren Bedrohung, die aus schrecklichen Tiefen kam, etwas entgegenzusetzen. Augenduell mit der Hölle. Sie schwieg.

»Das hier ist keine Schutzhaft«, sagte Meggie nebenhin.

»Stimmt, aber Sie könnten es als eine betrachten, Manga. Sehen Sie es doch mal so: Sie sind hier in Sicherheit.«

Meggie schnaubte, was wohl eine Art Lachen war.

»Wer auch immer Sie in der *Sexy Bar* zur – Arbeit gezwungen hat, wer auch immer Sie verfolgt hat: Er kann Ihnen nichts mehr tun. Hier kommt niemand raus – aber es kommt auch niemand rein. Und da Sie noch eine Weile hierbleiben werden, können Sie uns ganz entspannt alles erzählen.«

Meggie schüttelte den Kopf, leicht nur, es sah nicht schwächlich aus. Eher als müsste sie einen lästigen, irrationalen Gedanken abschütteln.

»Wer hat den Trucker erschossen?«, fragte Bettina sanft.

»Ich«, sagte Meggie.

Und dabei blieb sie.

Draußen vor der Tür war kein Platz zum Laufen, in Gefängnissen gab es den nie. Alles eng und verbaut und trotzdem Raum überall da, wo man ihn nicht gebrauchen konnte, in Schleusen, hinter Gittertüren, vor hochsicherheitsbewachten Fenstern. Bettina fand es so eng, dass sie ohne Zögern eine Zigarette angenommen hätte. Aber niemand bot sie ihr an, das war zugleich Glück und unerträglich. Sie rüttelte an einem Gitter, als müsste sie hier ausbrechen. Eine rote Lampe über dem zugehörigen Türsturz ging an. Nessa betrachtete sie genervt. »Kannst du das lassen?«

»Tschuldigung.«

»Die ist ja irre.«

»Ja.« Bettina hielt den Finger an den Mund, denn in ihrem Handy knackste es. Die Verbindung schien zu stehen. Sie waren rausgegangen, kurze Unterbrechung, in einen Flur, wo sie telefonieren durften. Nach Meggies Aussage gab es Klärungsbedarf mit Freunscht.

»Hallo?«, sagte Bettina, doch die Verbindung brach ganz ab. Sie fluchte und drückte die Wahlwiederholung.

»Sie kann es unmöglich gewesen sein«, sagte Nessa, als sei das eine völlig neue Erkenntnis. »Denn unser Toter hat ja noch den Notdienst gerufen, als sie schon in Höhbrücken war.«

Bettina nickte und lauschte gleichzeitig intensiv in ihr Telefon. Dann blickte sie Nessa an. »Ich glaube, wir haben einfach falsch gefragt. Dass der Brummifahrer getötet wurde, hat sie furchtbar erschreckt, und danach hat sie zugemacht. Die wollte nichts mehr sagen, und die leichteste Art, das Gespräch abzuwürgen, ist, alles zuzugeben.«

»So sieht es aus«, sagte Nessa.

»Aber wir müssen unbedingt ausschließen, dass sie es am Ende eben doch war«, sagte Bettina und rieb sich die Stirn. Irgendwo in ihrem Kopf lauerten Schmerzen. Das hier war total frustrierend.

»Wie soll sie das denn gemacht haben?«

»Ich weiß nicht! Vielleicht gab es noch andere Trucker. Oder PKW-Fahrer. Und Meggie hat nur einen von ihnen erschossen.«

»Glaub ich nicht«, sagte Nessa.

»Ich auch nicht, aber in der Zeit von ein Uhr nachts bis zehn Uhr morgens kann Meggie weiter gefahren sein als einmal von Frankfurt nach Höhbrücken. Da kann sie mehr Begegnungen gehabt haben.«

»Du meinst, sie ist kreuz und quer durch die Republik gefahren in der kurzen Zeit?«

»Man darf es nicht ausschließen.«

Nessa betrachtete nachdenklich das Handy, das Bettina ans Ohr drückte. »Also ich sehe das so: Die Kleine hat alles mitgenommen, was da war. Ackermanns Pistole, sein Geld, seinen

Autoschlüssel und sein Smartphone. Und das von dem Türsteher eben auch. Dessen Handy muss die Verbindung zu den Verfolgern gewesen sein. Das war mit Sicherheit ein schickes Teil, das Gerhard Kemper nicht wieder hergeben wollte. Die anderen aber konnten ihn darüber orten.«

Bettina nickte zerstreut.

»Hallo!«, krähte das Telefon.

»Ah! Herr Freunscht?«

»Was gibt's?«

»Meggie hat den Mord an Gerhard Kemper gestanden.«

Pause.

»Herr Freunscht?«

»Die ist ja größenwahnsinnig.«

»Ich brauche dringend den Todeszeitpunkt, und ich muss wissen, welche Route Herr Kemper gefahren ist.«

»Ich auch«, sagte Freunscht düster. »Mit was will sie ihn denn erschossen haben, mit ihrer Walther P99?«

»Genau.«

»Gut, dann vergessen Sie's, unser Fernfahrer hier steckt voller Zehnmillimetergeschosse, das war wahrscheinlich 'ne Heckler & Koch-MP. Nichts gegen starke Frauen, aber so ein Ding passt nicht in das Strumpfband von unserer kleinen Nu– em, Meggie. Wenn, dann waren das Freunde von ihr.«

»Freunde?«

»Familienmitglieder.«

»Hat Kemper ein Smartphone bei sich gehabt?«

»Ein altes Nokia-Handy. Ja, Frau, äh, Boll, gute Idee, die Theorie ist hier auch schon aufgekommen. Meggie hat dem toten Leon Bausch sicher auch das Smartphone geklaut. Da waren wahrscheinlich wichtige Sachen drauf. Kemper hat es ihr irgendwie abgenommen und dann dummerweise ein paar falsche Tasten gedrückt. Oder die anderen haben einen Tracker.«

Die anderen. Es rauschte. Dann sagte Freunscht: »Sie hat gestanden, sagen Sie?«

»Ja.«

»Wie kommt sie dazu?«

»Tja, ich glaube, sie hat einfach nur Angst. Aber wir reden noch mal mit ihr.«

»Gehen wir wieder rein?«, fragte Nessa, als Bettina ausschaltete.

Die nickte. »Ein Versuch noch. Sie kann's tatsächlich nicht gewesen sein, sagt Freunscht. Ganz andere Waffe. Eine MP.«

Nessa pfiff durch die Zähne. Zwei Wärter in Uniform, mit ernsten Gesichtern und eiligem Schritt, kamen auf sie zu. Erst als die beiden vorübergestampft waren und Bettina und Nessa sich langsamer und leiser in dieselbe Richtung bewegten, sagte Nessa: »Wenn ich wüsste, dass irgendwer mit 'ner MP hinter mir her ist, hätte ich, glaube ich, auch Angst.«

Sie erreichten die Tür zum Vernehmungszimmer, klingelten an der Schleuse zum Verwaltungstrakt und standen dort eine Weile, bis eine betont ruhige Vollzugsbeamtin erschien, die ein Namensschild mit der Aufschrift Irmgard Bäsel trug und ihnen mitteilte, dass Frau Engel sich momentan in einer Disziplinierungsmaßnahme befände. Weitere Vernehmungen seien erst in den nächsten Tagen möglich.

»Disziplinierungsmaßnahme?«, sagte Bettina konsterniert.

»Bei – Meggie? Manga? Frau Engel?«, fragte Nessa.

Bäsel blickte ernst. »Sie hat die Kollegin, die mit ihr im Vernehmungszimmer wartete, angegriffen und schwer verletzt.«

»Bitte?«

»Wieso?«

»Grundlos.«

»Nein.«

»Das kann nicht sein.«

»Die war doch eben noch ganz klar.« Eigentlich war sie aufgebracht gewesen, dachte Bettina. Sie hatte plötzlich furchteinflößend gewirkt.

»Vielleicht kennen Sie den Grund«, sagte Bäsel abweisend.

»Wir nicht. Und bei allem Respekt, aber wenn Sie Veränderungen bemerkt haben, hätten Sie die Kollegin Finsterbrunner auch warnen können.«

»Die war doch die ganze Zeit dabei«, sagte Bettina.

»Es geht ihr nicht gut«, sagte Bäsel eisig. »Danke der Nachfrage.«

»War sie denn gar nicht bewaffnet, die Kollegin Finsterbrunner?«, fragte Nessa etwas zu süß.

Bäsel seufzte.

»Womit hat Meggie sie angegriffen?«

»Dem Tisch, den Händen und ihren Zähnen.« Bäsel blickte genervt. »Ich geb Ihnen die Kameraaufzeichnungen«, sagte sie knapp. »Folgen Sie mir.«

»Aus heiterem Himmel, kein Wortwechsel, nix?«

»Sie haben kurz miteinander gesprochen. Wir können es uns gemeinsam ansehen.«

»Ich möchte die Frau Finsterbrunner sehen.«

»Sie wird noch verarztet.« Bäsel hielt eine Tür zu einem düsteren Raum auf, in dem mehrere Bildschirme flackerten. »Ich weiß nicht«, sagte sie, »was mit diesen Irren los ist. Es sind immer die, denen man es am wenigsten ansieht. Verrückte. Die wollen uns fertigmachen.«

Der Bildschirm war klein, das Bild farbig, nicht sehr verpixelt, aber auch nicht übermäßig deutlich, Grautöne herrschten vor, das lag an der Szenerie mit Meggie und der Vollzugsbeamtin, die waren fahl trotz Make-up oder Uniform, der Umgebung angepasst, ohne viel Kontrast. Der Sound war klar. Meggie saß aufrecht und dominierte den Raum mit furchterregend ruhiger Präsenz. Nichts war mehr mit Wegdämmern und armem Hascherl, das zu unterernährt und geschunden war, um überhaupt den Kopf zu heben. Sie saß da wie eine Königin der Unterwelt und musterte die uniformierte Frau Finsterbrunner, die eine kompakte und durchtrainierte Person war und ihrerseits unerschrocken von der Tür aus wachte. Eine Minute lang passierte nichts. Die beiden Frauen maßen nur stumm Kräfte, allerdings wirkten beide Seiten nicht sonderlich interessiert, es war mehr so eine Art professionelle Routine, mit der man die Feindin abcheckte. Dann schien etwas beider Aufmerksamkeit zu erregen. Ein leises Geräusch, von wem es ausging, hätte Bettina nicht sagen können. Ein Quietschen. Vielleicht von Meggies Stuhl, sie saß weit zurückgelehnt.

Finsterbrunner blickte sie an und sagte: »Hör auf.« Sie wirkte jetzt nervöser und breiter. Ihr Gesicht verzog sich zu einer argwöhnischen Grimasse.

Meggie blickte sie provozierend an und ließ die vorderen Stuhlbeine auf den Boden knallen.

Finsterbrunners Hände waren sofort an ihrem Waffengürtel. »Schade, dass sie dich nicht dahin gebracht haben, wo du her bist«, sagte sie drohend.

Meggie starrte die Beamtin an. »Wo sind wir hier?«, fragte sie unvermittelt.

Finsterbrunner griff nach dem Schlagstock, der an ihrem Gürtel befestigt war. »Wieso, erwartest du Besuch?«

»Rhein-dingens – nicht Hessen?«

»Rheinland-Pfalz, ja.«

Sie fixierten sich, Meggie mit maximaler Körperspannung, die Arme angewinkelt am Tisch, als würde sie ihn jeden Moment wegstoßen, die Augen schmal und dunkel, die Wärterin misstrauisch und kampfbereit.

Und dann schien Meggie ein wenig zu wachsen, sie erhob sich langsam, erkannte Bettina. »Komme ich hier vor den Richter?«, fragte das Mädchen. Sie spuckte jedes Wort einzeln aus.

»Keine Ahnung«, sagte Finsterbrunner, griff den Schlagstock fester und hob ihn etwa auf Brusthöhe.

Da: der Knall. Das Bild implodierte. Erst kippte der Tisch nach vorn, dann stand Meggie groß vor der Kamera, in der Hand den Stuhl, die Wächterin versuchte in Positur zu springen, verlor den Schlagstock oder warf ihn weg, um die Schusswaffe zu greifen, das war ihr Fehler. Dann nur noch undeutliches Handgemenge, Ächzen und Schreien. Finsterbrunner musste doppelt so viel wiegen wie Meggie, und sie war ein alter Haudegen, aber Meggie war von der Hölle geschickt. Sie wollte töten. So sah es jedenfalls aus. Ihr fehlte offenbar auch die natürliche Achtung vor körperlichen Distanzzonen. Sie umklammerte Finsterbrunners Brustkorb mit einer Kraft und Direktheit, die die andere außer Gefecht setzte, einfach so. Sie hängte sich wie eine Laus, eine Zecke an ihr Opfer dran und biss zu.

»Wow«, sagte Nessa, als Bäsel das Video ausschaltete.

»Sie sieht so klein aus«, sagte Bäsel etwas spöttisch, aber hauptsächlich müde. »Neuer Besprechungstermin mit Frau Engel?«

»Ja«, sagte Bettina sofort.

»Wir benachrichtigen Sie kurzfristig.«

»Kann ich es noch mal sehen?«, fragte Bettina.

»Sie können es mitnehmen«, sagte Bäsel, und das klang wie ein völlig unverblümter Rausschmiss.

Auf der Heimfahrt schwiegen sie. Bis Bettina sagte: »Wir müssen dieses Video noch mal angucken.«

»Du musst das«, sagte Nessa. »Nicht wir. Ist nicht mein Fall. Ich war nur dir zuliebe mit.« Bettina blickte rüber zur Kollegin. Die rollte die Augen. »Ich hätte es nicht tun müssen«, sagte sie. »Nicht meine Abteilung. Ich hatte nur Notbereitschaft. Und du hasst mich.«

»Nein«, sagte Bettina.

»Weißt du«, sagte Nessa, »was mich an Ackermann immer am meisten genervt hat? – Achtung!«

Bettina zog den Taunus auf die Spur zurück.

»Nein?«

»Er hatte immer so komische Hemden an«, sagte Nessa. »Entweder total abgerissen oder mit Bildern drauf.«

Bettina wusste nicht, ob das vielleicht eine versteckte Spitze war, denn ungefähr so konnte man auch ihre eigenen Klamotten umschreiben.

»Wenn er sich feinmachen wollte, hat er stundenlang gebügelt, aber dann waren immer so Botschaften auf seinen Sachen«, fuhr Nessa fort. »Oder Segelschiffe. Anker. Billiges Zeug.«

»Er hatte einen miesen Musikgeschmack«, sagte Bettina zögernd, die sich an lange Fahrten mit der immer gleichen *Alan Parsons Project*-CD erinnerte.

»Er hat vom Brot das Knörzchen abgeschnitten und liegen lassen, so dass ich es trocken essen oder wegschmeißen musste«, sagte Nessa, die eine Weile mit Ackermann zusammengewohnt hatte.

Bettina schwieg. Ihr war plötzlich schlecht. Tatsächlich hatte sie Ackermanns Angewohnheiten gemocht, sonst wären sie keine Freunde geworden. Und die falschen Hemden, CDs und das bisschen Lebensmittelverschwendung konnten nicht annähernd erklären, was er in einem Kinderpuff gesucht hatte. Das war einfach ein Abgrund, in den sie nicht hinterhersteigen konnte, das war ein Betrug am Leben selbst. Sie hätte ihn niemals mögen dürfen, er war es nicht wert gewesen. Bettina fühlte sich elend.

»… und dann diese schrecklichen falschen Zähne!«, sagte Nessa, deren Stimme Bettina für eine Weile hatte ausblenden können, sie wirkte jetzt aufgekratzt und munter.

»Da sind wir«, sagte Bettina und hielt vor Nessas perfektem Heim, hübsch anzusehen auch im weichen Licht der Dämmerung und der Straßenlaternen.

»Er war es nicht wert«, sagte Nessa, und Bettina fragte sich, wieso das bei ihr so triumphierend klang.

»Wahrscheinlich nicht«, sagte sie.

Als Nessa sich aus dem Taunus wurschtelte und nebenbei irgendwie bedeutsam ihr Handy checkte (Ich erwarte Nachrichten! Ich habe ein Leben! Männer!), fiel Bettina ein, dass sie ihres immer noch ausgeschaltet hatte, obwohl sie doch unbedingt für die Kinder erreichbar sein wollte. Sie begann es zu suchen, während Nessa noch aus dem Wagen krabbelte, fluchte, als sie es nicht in ihrer Tasche fand, und tastete die Sitze ab.

»Suchst du das hier?« Nessa hielt eine Tasche hoch, die wohl unterm Fahrersitz gelegen hatte: aus olivfarbenem Canvas, abgefetzt und groß genug, um garantiert nicht mehr als Damentasche durchzugehen: Ackermanns One-Man-Pack, wie er es immer genannt hatte. Polizisten mussten allzeit bereit sein.

»Das gehört Ackermann«, sagte Bettina, bevor sie an sich halten konnte.

»Ich weiß«, erwiderte Nessa, die jetzt neben dem Auto stand, in den Wagen gebeugt, die Tasche in spitzen Fingern.

»Das muss seit Monaten da liegen«, sagte Bettina.

Nessa legte den Kopf schräg.

»Wir waren schon ewig nicht mehr miteinander unterwegs«, sagte Bettina gereizt.

Nessa lächelte. »Wollen wir sie aufmachen?«, fragte sie süß.

»Äh –«

Nessa wartete die Antwort nicht ab. Sie öffnete den Reißverschluss und entnahm der Tasche ein krumpeliges T-Shirt, ein getragenes Paar Socken, eine Badehose, ein winziges Handtuch, eine leicht verbeulte, aber volle Dose Cola und zum Schluss eine Pappschachtel Kondome.

»Nessa«, sagte Bettina nach einem Blick auf das leicht verzerrte Gesicht der Kollegin. »Hör auf. Ich schmeiß es weg. Okay?«

Nessa rümpfte die Nase und nestelte an der Kondompackung herum.

»Nessa. Das bringt doch nichts. Lass die Sachen –«

Nessa riss die Packung auf und schüttelte den Inhalt heraus. Ein einsames Kondompäckchen fiel auf den Sitz, gefolgt von einem zusammengerollten Plastiktütchen.

»Ich bring sie weg – was ist –?«

Nessa pflückte die Tüte vom Sitz. Sie rollte sich langsam auf, und heraus fielen zwei kleine braune Barren, die ein wenig glänzten und aussahen wie zwei Rippen Schokolade.

»Sein Safe«, sagte Nessa und blickte Bettina direkt in die Augen.

»Aber –«

»Er war nicht dein Freund«, sagte Nessa hart. »Er war überhaupt kein Freund. Er war verzweifelt. Er hat jeden benutzt.«

»Das ist –« Bettina war schockiert.

»Hasch«, sagte Nessa mitleidig.

»Aber –«

»Bei ihm hätten sie es nicht gefunden.«

»Das ist eine ganze Menge Hasch«, sagte Bettina.

»Ja.«

»Ackermann war kein Kiffer«, sagte Bettina. »Die sehen anders aus.«

»Wie denn?«, fragte Nessa spöttisch.

»Somnambul«, sagte Bettina.

Nessa betrachtete sie stirnrunzelnd, dann sagte sie: »Etwas haben wollen und es benutzen sind zwei Sachen. Wahrscheinlich hat Ackermann dieses Zeug bei einer Razzia mitgehen lassen und wusste dann selbst nicht so genau, was er damit machen sollte. Denn wie du so richtig sagst: Er war kein Kiffer.«

»Ja.«

»Er war einer, der Sex mit Kindern hatte und seine Drogen bei seinen besten Freunden versteckt hat, ohne dass die es wussten.«

»Halt den Mund«, sagte Bettina, es rutschte ihr einfach so

raus, ganz ohne ihr Zutun, weil Nessas Stimme unerträglich schrill geworden war.

»Bitte, gern geschehen«, sagte die eisig, knallte die Tür zu und verschwand stracks in ihrem schönen Heim, nicht ohne vorher eine Wolke Goldstaub unter der Laterne aufzuwirbeln, der eine Sekunde leuchtend und lockend in der Luft stand und sich dann wieder auf allen Ecken und Kanten rund um Nessas Haus festsetzte: Hier zu leben war eine Freude. Dies war das Paradies.

Nicht für mich, dachte Bettina und startete den Wagen. Und vergaß wieder, das Handy anzumachen.

Sie haben den Trucker erschossen. Du kannst nicht sagen, dass es dir leidtut. Der Typ war ätzend, und er hat es verdient. Aber eine gute Nachricht ist es trotzdem nicht. Du hast sau die Angst gekriegt. Vielleicht haben sie dich angelogen, die Bullen? Wieso sollte irgendwer den Trucker umbringen? Bullen lügen, sowieso. Andererseits, du kannst dir schon vorstellen, was mit dem Trucker war. Du kannst es fast vor dir sehen: Eros und Honjo Masamune, die dir hinterherfahren. Dass die dich suchen würden: klar. Die wussten zwar nicht, wo du hin bist, aber mit Sicherheit waren sie on the road. Vielleicht haben sie einfach Longos Handy angerufen, und der Trucker hat mit ihnen geredet. Schön blöd von ihm. Jedenfalls, sie müssen ihn gefunden haben. Wahrscheinlich hat er sich bei Honjo Masamune so Arschloch benommen wie bei dir, und Honjo Masamune darf man eben nicht ärgern, das weiß jeder. Dann ist auch noch Longo tot, dafür will Honjo Masamune garantiert irgendwen killen, außerdem Eros mit seinem Rumgezecke und seinen Waffen und der Trucker, der Longos Handy hat. Das konnte ja nicht gut gehen. Fast lustig, sich das alles vorzustellen, wie die Typen übereinander hergefallen sind. Aber in Wahrheit ist es nicht lustig. Es ist supergruselig. Denn Honjo Masamune und Eros sind nicht die Einzigen, die versuchen werden, dich zu finden. Das sind nur die, die jetzt grade zuständig waren. Es werden andere nachkommen. Vielleicht die dicke Wärterin, die du gebissen hast. Die hat schon so geguckt, als ob sie überlegt, wie sie dich tötet. Das hat dich wütend gemacht. Aber es könnte jeder sein. Grade in der JVA. Aber jetzt hast du ihnen wenigstens gezeigt, dass du dich wehren kannst. Ganz so leicht kriegen sie dich nicht.

7

Die alte Eibe vor Tante Elfriedes Haus erwartete sie sacht winkend: Es war ein Wind aufgekommen. Der Himmel leuchtete in einem unwirklichen Widerschein aus Rosa und Gold, die Straßenecken in den Augenwinkeln hielten tiefdunkel dagegen, vielleicht würde die Nacht ein Gewitter bringen. Die Siedlung wirkte wie leergefegt. Keine rennenden Kinder mehr auf der Straße, obwohl Samstagabend war, keine grillenden Nachbarn. Es war still, und der Wind spielte in der Eibe.

Bettina trat durch das Tor in den Vorgarten, und der böse alte Baum rauschte über ihr. Es erleichterte sie, dass sie ihren Schlüssel schon in der Hand hielt. Oben an der Tür sah sie fast nichts mehr, die Dunkelheit schien wie ein Vorhang vor dem Eingang zu hängen: zentrierte Schatten, von der Eibe, dem Haus, dem Vordach und dem Gestrüpp ringsum auf diesen einen Punkt vor der Tür geworfen. Sie drückte den Schlüssel in das Loch, das sie nur ertasten konnte, drehte und trat ein. Im Vorraum war es kühl, in der Halle düster. Aus dem Obergeschoss schimmerte ein schwacher Lichtschein. Von dort kam auch leises Wummern. »Hallo?«, rief Bettina. Nichts geschah. Sie warf einen misstrauischen Blick Richtung Kellertreppe und ging dann dem Licht entgegen, nach oben.

Das Restlicht des Tages schimmerte unheimlich zwischen Efeuranken hindurch, die das Fenster am Ende des schnurgeraden Flurs bewuchsen. Aus einem Zimmer weiter vorne drangen laute Musik und Gelächter. Erst jetzt merkte Bettina, wie angespannt sie gewesen war: Ihr fiel ein riesiger Stein vom Herzen. Alles war in Ordnung. Das alte Haus hatte sie nicht gekriegt. Die Kinder lebten, gesund und munter.

Dass trotzdem etwas anders war, merkte sie schon vor der Tür: Die Musik war laut, gefälliger als sonst, aber mit mehr Bass und Wums. Und dieses Lachen, das kannte sie nicht. Sie trat ins Zimmer.

»Was zum –«

Das Zimmer war eine Art Salon, auf dem Boden lag ein Teppich, es gab eine Couch, einen Tisch und mehrere Schränke. Der Tisch war bedeckt mit offenen Chipstüten und Bierdosen. Es roch nach Rauch. Auf der Couch fläzte sich eine halbnackte Frau, die Bettina nicht kannte, sie hatte die Augen geschlossen und wippte rhythmisch zu Klängen, die sie über Kopfhörer empfing. Neben ihr auf dem Holzboden lagen mehrere ausgedrückte Zigarettenkippen. Enno hockte auf dem Teppich und justierte mit äußerst wichtiger Miene ein altes Radio, aus dem die laute Musik kam, Sammy tanzte, eine Chipstüte in der Hand, wild durch den Raum, und eine weitere Frau, die praktisch nichts anhatte, hebelte mit einem rostigen Schraubenzieher an einer verschlossenen Schranktür aus Walnussholz herum. Die war auch die Erste, die Bettina in der Tür stehen sah, vermutlich weil sie deren empörten Blick spürte. Sie ließ den Schraubenzieher sinken und begann zu schreien. Einfach nur zu schreien, hoch und schrill und lauter als alle Musik.

Drei weitere Augenpaare richteten sich schlagartig auf Bettina. Die Musik verstummte. Die Frau ebenfalls.

»Tina«, sagte Enno obenhin in die Stille. »Erschreck uns doch nicht so!«

Dann redeten plötzlich alle auf einmal.

»Tina! Du hast uns nichts zum Trinken dagelassen!«

»Das sind Mausi und Mopsi.« Wildes Gekicher.

»Nicht so frech, Kleiner.«

»Wieso kommst du erst jetzt?«

»Wir mussten da so rüber an die Tankstelle, um wenigstens ein paar Dosen zu kriegen.«

»Du bist ganz schön schwer zu finden, Frau Bulle.«

»Wir brauchen Klamotten. Die Kleine so: Sie gibt uns welche.«

»Hast du ein Auto?«

»Cooles Haus, aber bisschen groß für euch drei.«

»Wenn's sein muss, besorgen wir eins.«

»Wieso habt ihr keinen Fernseher?«

»Mir isses hier zu kalt.«

»Könntst 'n geilen Club aufmachen.«

»Mit dem süßen Enno als Chef.«

»Der muss nie fragen, dem mach ich alles.«

»Hallo!«, sagte Bettina laut. Die beiden halbnackten Frauen hatten sich inzwischen zu Enno gesellt und fuhren ihm abwechselnd durchs Haar. Sie kamen Bettina bekannt vor. Waren das nicht …? »Wer seid ihr?«

»Du hast uns eingeladen«, sagte die eine und zwickte Enno ins Ohr. Der war inzwischen knallrot, kicherte und schlug die Hand weg, die seinen Kopf berührte. Aber nicht sehr fest. Die zugehörige Frau trug Hotpants aus Jeansstoff, ein winziges Top, vier Piercings im Gesicht und hatte ziemlich zerzauste blonde Locken.

»Olga!«, sagte Bettina und trat auf sie zu, um sie von ihrem Sohn zu entfernen.

Olga grinste frech und trat einen kleinen Schritt beiseite. Nini, die andere, rettete sich zu ihrer Kollegin und wies mit dem Schraubenzieher auf Bettina. »Du hast uns diese Adresse gegeben«, piepste sie.

»Sieht die immer so fies aus?«, fragte Olga Enno. Sie stand schon wieder dicht hinter ihm und wuschelte ihm durchs Haar. »Wie alt bist du eigentlich, Süßer? Alt genug, oder? Musst du dir noch was sagen lassen?« Die beiden Frauen kicherten.

»Was wollt ihr?«, fragte Bettina grimmig.

»Wonach sieht's denn aus?«, fragte Olga und schnitt eine Grimasse. »Wir hatten Hunger.«

»Wir sind auf der Flucht«, sagte Nini leise, und das hörte sich gleichermaßen ernst und überzogen an.

»Auf der Flucht vor wem?«, fragte Bettina.

Olga hieb Nini in die Seite. »Wir wollten einfach mal raus, weißte, immer nur an einem Fleck ist auf Dauer auch nix.« Sie strahlte Bettina unverschämt an. In dem Moment schrillte wie Donnerhall die alte Türglocke durchs Haus. Bettina erschrak fürchterlich, Sammy blickte überrascht, Enno war jenseits von Gut und Böse unter den Händen der beiden jungen Huren, und nur die blieben völlig gelassen.

»Ah«, sagte Olga obenhin zu Bettina. »Kannste mal? Unser Geld ist alle. Das muss die Pizza sein.«

Bettina riss die Tür auf, hinterm Rücken ein altes Küchenmesser, das war die einzige Waffe, die sie auf die Schnelle gefunden hatte. Der Pizzabote blickte angstvoll, als sei sie Morticia Addams, entweder er hatte Schlimmes vor und fürchtete sich vor den Folgen, oder die Eibe hatte ihm etwas zugeflüstert. Jedenfalls hielt er Bettina ohne ein Wort eine Zweiliterflasche Chianti unter die Nase. Offenbar wollte er wirklich Pizza ausliefern und sonst nichts.

»Das brauch ich nicht«, herrschte Bettina ihn an. Die Hand mit dem Messer bebte hinter ihrem Rücken.

»Das kriegen Sie gratis dazu«, brachte er heraus und duckte sich hinter die Flasche.

Bettina nahm den Wein mit der Linken, stellte ihn ab und blickte dem jungen Mann ins Gesicht. Der schlug die Augen nieder und murmelte: »Dreiundfünfzig achtzig.« Dazu reichte er Bettina eine Plastiktüte, in der sich drei Salatschalen befanden, und holte dann eine riesige Wärmetasche hervor.

»Ich hab nichts bestellt«, sagte Bettina.

Der Pizzabote verzog den Mund und kramte ein Smartphone aus der Tasche. Oder etwas Smartphoneähnliches. Darauf blickte er und sagte: »Im Gebüg 13?«

»Das ist unsere Adresse, ja, aber –«

»Ich kann es auch wieder mitnehmen«, murmelte der Pizzamann, »und die Rechnung an, em, Herrn Enno Boll, Im Gebüg 13 schicken. Das ist bei uns so hinterlegt und nachprüfbar, woher der Anruf kam.«

Na klar, dachte Bettina. »Geben Sie her«, sagte sie böse.

Der Pizzamann reichte ihr ohne aufzusehen vier Kartons. Bettina ließ das Messer fallen, schubste es mit dem Fuß nach hinten in die Halle und streckte beide Hände aus, um die Kartons zu greifen. Der Bote musste das Messer gesehen haben. Er begann leicht zu zittern. »Viermal Party: Diavolo, Grüner Garten, Margherita und Tutti. Und drei Chefsalate, einer mit extra Zwiebeln, ah«, er wühlte in seiner Wärmetasche, »und noch eine große Pommes mit Soße.« Die stellte er vorsichtig auf die vier heißen Kartons, die in der Tat wunderbar dufteten. Nach diesem langen Tag ohne Essen haute der Geruch Bettina fast um. Trotzdem war ihre Wut größer als ihr Hunger. Sie stellte die Kartons auf den Boden, holte ihr Portemonnaie aus der Tasche und zahlte die Rechnung. Der Pizzamann stopfte das Geld weg und rannte fast zu seinem Auto, ein Anblick, der eigentlich komisch war, aber Bettina momentan völlig kaltließ. Sie packte die Kartons, trat das Messer in eine Ecke und verstaute das Essen in der Garderobe. Dann stürmte sie hoch in den ersten Stock.

»Enno!«, schrie sie. »Sammy! Olga und Nini! Kommt sofort her!«

»Du hast drei Tüten Chips gegessen, das reicht«, sagte Bettina kühl zu der protestierenden Olga. Die junge Frau wand sich wie ein Fisch, allein sie runter in die Halle zu bringen war ein hartes Stück Arbeit gewesen, und jetzt also das Auto. Die Pizza lag im Kofferraum und wurde kalt, die beiden Huren und Enno wollten nicht einsteigen.

»Da passen wir zu fünft nicht rein«, beschwerte sich Sammy, die schon brav auf der Rückbank saß.

»Olga«, sagte Bettina, »setz dich.« Damit schubste sie die junge Frau von hinten auf den Beifahrersitz und hieb die Tür ins Schloss.

»Können wir nicht erst essen?«, maulte Enno und öffnete den Kofferraum.

»Lass das zu!«

Enno nahm einen Pizzakarton heraus. »Ich hab Hunger, Tina. Du kannst uns das Essen nicht verbieten. Das steht im Gesetz. Wenn doch, ruf ich das Jugendamt.«

Olga begann wild zu kichern. Enno fühlte sich sichtlich toll und schnupperte an dem Karton.

»Leg das hin«, sagte Bettina gefährlich und zerrte Nini, die Olgas Tür öffnen wollte, zum Fond. »Hier rein.« Polizeigriff im Nacken, die mitzunehmende Person saß. Wie die Fahrt enden würde, musste sich zeigen.

»So«, sagte Bettina zu ihrem Sohn, der sie inzwischen an Körpergröße überragte, nicht aber an Kraft und Entschlossenheit. »Du setzt dich jetzt hier hinten rein, und du kannst froh sein, wenn du zu Hause ein Stück altes Brot kriegst. Und die Pizza kommt in den Kofferraum.«

»Geht das hier auf?« Olga nestelte vorne am Türgriff.

»Nein«, knurrte Bettina und war zum ersten Mal froh über ihre klemmenden Türen.

»Was ist das denn für 'n blöder fuck Oldtimer«, maulte Olga, die jetzt plötzlich schlechte Laune hatte. Sie zog an der Fensterkurbel und riss sie dabei ab. »Scheiß«, sagte sie und warf das Teil zu Boden. »Dein Auto ist echt abgefuckt«, verkündete sie großspurig. Dann schien sie etwas am Boden zu bemerken. Sie bückte sich und verschwand im Fußraum.

»Enno«, sagte Bettina, so ruhig und böse sie konnte, »leg die Pizza hin, mach den Kofferraum zu und setz dich.«

»Du bist doch irre«, sagte Enno verächtlich, tat aber wie geheißen. »Ich ruf das Jugendamt an«, drohte er wieder und zückte sein Handy. Nini neben ihm kicherte und flüsterte ihm etwas ins Ohr, als er sich auf den Sitz fallen ließ. Bettina hieb die Tür zu, atmete durch, umrundete das Auto und setzte sich auf den Fahrersitz.

»Wo habt ihr diese Adresse her?«, fragte sie, als sie losfuhr, obwohl sie die Antwort ahnte. Sie hatte einen Riesenfehler gemacht. Niemals, niemals hätte sie ihre Privatsachen herausgeben dürfen. Der Umschlag, auf dem sie die Nummer vom Frauenhaus notiert hatte. Der musste von einem Brief an Tante Elfriede stammen.

»Die hast du uns gegeben«, flüsterte Nini von hinten und kicherte. Dann wisperte sie wieder irgendetwas in Ennos Ohr, das den laut und künstlich auflachen ließ.

In dem Moment tauchte Olga aus dem Fußraum auf und hielt das Plastiktütchen aus Ackermanns Überlebenstasche hoch. Sie grinste wie ein Smiley auf Dope. »Schau, schau, die Kommissarin geht um«, flötete sie.

»Gib das her!« Bettina griff nach der Tüte, trat aus Versehen heftiger aufs Gas und hätte in der engen Spielstraße beinahe ein parkendes Auto gerammt. Fluchend zog sie den Taunus in die Straßenmitte. Währenddessen machte Olga eine winzige Bewegung Richtung Ausschnitt, und die Tüte war verschwunden. »Bulle, aber Mensch geblieben, wie?«, sagte sie anzüglich.

Contenance, dachte Bettina, du bist die Fahrerin, und deine Kinder sitzen in diesem Wagen. Du musst ruhig bleiben. Ganz ruhig. Da vorne war schon die Autobahnauffahrt. »Behalt's.«

»Echt jetzt?« Sofort blickte Olga misstrauisch.

»Ja«, sagte Bettina, die sich aufs Fahren konzentrieren wollte. »Halt den Mund und nimm's, aber beantworte mir dafür eine Frage.«

»Wahrheit oder Pflicht, oder was?«

»Wahrheit«, sagte Bettina. »Manga. Wie gut kennst du sie? Weißt du was über sie?«

»Tja, ich glaub, sie ist diese Meggie«, sagte Olga und blickte zurück zu Nini, fragend oder beschwörend, das konnte Bettina jetzt so nicht erkennen.

»Ich glaube, dass sie's nicht ist«, sagte Bettina, um Olga zu reizen, aber in dem Moment merkte sie, dass es tatsächlich ihre Meinung war: Manga und Meggie – das war nicht dieselbe Person. Zumindest fehlte etwas an dem Bild. Es war nicht rund.

Und Olgas Reaktion bestätigte sie: Die junge Frau schwieg.

»Wie lange kennt ihr euch schon?«

»Wir waren halt so zusammen im *Sexy*«, wich Olga aus. »Hast du Kippen? Ich geh hier kaputt.«

»In meinem Auto wird nicht geraucht«, sagte Bettina, worauf Enno von hinten fieses unechtes Gelächter losließ.

Dann schnupperte er demonstrativ und sagte: »Hm, lass sehen, wie riecht's denn hier? Tabak? Komisch! – Das zugequalmteste Auto aller Zeiten, Tina, nur hier drin wird nicht geraucht …!«

»Klappe«, sagte Bettina unfein, aber dieses Verhör konnte sie sich nicht von Enno in eine Antiraucherkampagne zerreden lassen. »Wir haben nichts da und fertig. – Wie lange, Olga? Nini? Wie lange kennt ihr Manga?«

»Weißt du, wir waren viel auf Tour«, sagte Olga und klang jetzt unsicher.

»Wann habt ihr euch zum ersten Mal gesehen?«

»Ist nicht so lange her«, sagte Olga, wieder mit Blick nach hinten.

»Monate? Jahre?«

»Paar Monate vielleicht, was soll das, echt jetzt, du nervst.«

»Nini? Wann hast du Manga zum ersten Mal gesehen?«

»Manga war sie ja nur im *Sexy*«, sagte Nini darauf, und Olga hieb ihren Ellenbogen ersatzweise gegen die Tür, weil Nini nicht neben ihr saß und den Schlag mit ihrer Seite abfangen konnte wie gewohnt.

»Wer war sie denn sonst?«, fragte Bettina. »Und wo?«

»Sie war immer Manga, klar?«, sagte Olga kategorisch und wandte sich um. »Im *Sexy* und sonst wo.«

»Wie lange lebt ihr in der *Sexy Bar*?«

»Schon ewig«, schnappte Olga.

»Also kennt ihr Manga auch schon ewig.«

»Nein!«

»Wie lange denn jetzt?«

»Oh!«, sagte Olga, setzte sich gerade hin und verschränkte die Arme. »Ich brauch was zum Rauchen. Ich steck mir jetzt dein Piece an, Bulle, und zwar am Stück, egal, ob deine Kinder in der Karre sitzen. Die sind alt genug.«

»Nini«, sagte Bettina, ohne darauf einzugehen. »Wo warst du vor der *Sexy Bar*?«

Nini schwieg.

»Hast du Manga da schon gekannt?«

Nini murmelte irgendwas.

»Bitte?«

»Ja!«

»Ey, Alder, was machst du da?«, herrschte Olga und drehte sich so schwungvoll um, dass Bettina auf die linke Spur geriet, weil sie Olgas Körper unwillkürlich auswich.

»Kannst du mal sitzen bleiben?«, herrschte sie Olga an. Sie zog zurück nach rechts und fragte: »Wo habt ihr euch kennengelernt?«

»Halt's Maul«, sagte Olga.

»Im *Pretty*«, sagte Nini.

»*Pretty*? Was ist das? Ein Club?«

»Du dumme Kuh«, sagte Olga und ließ sich auf ihren Sitz zurückfallen. »Du bist so echt! Kack! Blöd! Weißt du, was die mit uns machen?«

»Wer macht was mit euch?«

»Niemand nix«, sagte Olga düster.

»Du bist auch blöd«, sagte Nini verletzt. »Was willst du eigentlich, du warst doch nie im *Pretty*.«

»Toll«, sagte Olga. »Jetzt wieder so rumtönen, wie toll alles war in diesem scheiß fuck *Pretty*, wo sie euch gefickt haben wie sonst überall!« Sie beugte sich zurück, jetzt an Sammy gewandt, und sagte: »Warst du mal in 'nem Club, Süße? In 'nem richtig feinen?«

Sammy sagte nichts, vermutlich war sie zu verschüchtert, um überhaupt noch zu reagieren.

»Häh? Warste?«

»Nein«, sagte Sammy.

»Da isses toll«, sagte Olga, jetzt zu Nini, »da haste so 'n eigenes Zimmer und ein Bett so groß wie ein Spielplatz und du kriegst Blumen und so 'n Scheiß.« Sie spuckte Richtung Rückbank, wohin sie traf, konnte Bettina nicht sehen. »Und du wirst Tag und Nacht gefickt. – Weißt du, was ich meine, Süße?«, herrschte sie Sammy an. »Verstehst du, wovon ich rede?«

Sie befanden sich auf der Autobahn. Bettina fuhr den Taunus auf den Standstreifen und hielt an. Der Wagen hinter ihr hupte und zog mit erschreckender Geschwindigkeit am Taunus vorbei. Sie nahm die Hände vom Steuer, schloss kurz die Augen und sagte: »Olga.«

»Ja, ich sitze, Frau Kommissar.«

»Schnall dich an.«

»Fuck«, sagte Olga.

»Schnall dich an.«

»Oder was?«

»Oder ich rufe die Kollegen und lasse dich abholen.« Das hätte sie gleich tun sollen. Alles, was sie hier tat, dieser ganze Abend, war eine Folge von Katastrophen, die sie selbst verursacht hatte. Sie hatte den beiden jungen Huren diesen Umschlag mit Tante Elfriedes Adresse gegeben. Die Möglichkeit, ins Frauenhaus zu gehen, hatten die gar nicht ernst genommen.

Im Auto herrschte Schweigen. Olga schnallte sich an.

»So«, sagte Bettina. »Wir fahren jetzt weiter.« Sie blickte Olga sehr drohend an, das Mädchen war blass, ihre Augen düster, aber auch ängstlich. Auf ihrer Haut waren überall rote Flecken, ihr gepiercter Mundwinkel aufgerissen und blutig und verschorft. »Du lässt meine Tochter in Frieden, verstanden? Wage es nicht, sie noch mal anzuschreien.«

Da füllten sich Olgas Augen mit Hass. Oder etwas Ähnlichem. Sie sah auf einmal aus wie ein Stein. »Alles klar«, sagte sie.

»Fertig?«

»Ja«, flüsterte Nini von hinten.

Bettina fuhr los.

Nach einigen Minuten sagte sie: »Dieser Umschlag, den ich euch gegeben habe, mit der – hm, Anschrift von unserem Haus, also da war eigentlich auch die Nummer von 'nem Frauenhaus drauf.«

»Ja«, sagte Olga desinteressiert.

»Ich glaube, die wollen uns da nicht«, sprach Nini von hinten.

»Doch«, sagte Bettina.

Olga räusperte sich und war wieder voll da. »Weißt du, das ist was für Opfer«, tönte sie.

»Hör mal, Olga«, sagte Bettina, »bist du 'ne gute Schauspielerin?«

»Na klar.«

»Kannst du drei Tage lang so tun, als ob du ein Opfer wärst?«

»Ach, fick dich doch«, sagte Olga böse.

»Wisst ihr, Meggie ist jetzt in Sicherheit«, sagte Bettina. »Die sitzt in Untersuchungshaft.«

»Sicherheit, dass ich nicht lache!«

»Ihr dagegen lauft rum wie zwei lebende Zielscheiben.«

»Wir sind die Freiheit gewöhnt.«

»Ihr seid nicht frei, ihr seid auf der Flucht. Ihr könnt wahrscheinlich kaum lesen und schreiben, dafür seid ihr bis obenhin voll mit Müll und wisst nicht mal eure Namen«, sagte Bettina darauf härter und schneller, als sie wollte.

Schweigen. »Danke«, sagte Olga schließlich eisig.

»Bitte. Hör zu, Olga, ihr seid in Gefahr.« Sie hob die Hand.

»Mehr als sonst. Manga war mit einem Trucker unterwegs. Der ist jetzt tot. Erschossen. Nicht von Manga.« Bettina blickte Olga kurz und ernst ins Gesicht. »Irgendeine Idee, wer das war?«

»Nein.«

»Olga. Du bist auch abgehauen, und du hast dasselbe Leben gelebt. Du bist, lass mich raten, sechzehn. Wie lange bist du im Geschäft?«

»Weiß ich nicht!«

»Wo sind deine Eltern?«

»Verreckt, hoff ich.«

»Wie viele Jahre? Wie viele Clubs?«

»Hör doch endlich auf!«, schrie Olga plötzlich los. Sie trat gegen das Handschuhfach und es brach auf. Ein paar alte Rechnungen verteilten sich auf Olgas Schoß.

»Manga wurde verfolgt. Bestimmt wisst ihr, von wem. Denn derjenige – oder diejenigen – suchen euch mit Sicherheit auch. Ihr kennt die gleichen Leute. Ihr könntet Menschen wiedererkennen, die euch schlecht behandelt haben. Ihr seid minderjährig.«

Olga atmete durch.

»Das ist keine Schande«, sagte Bettina schnell. »Den ersten Schritt hast du getan. Du bist abgehauen. Jetzt musst du dich wehren. Du musst alles erzählen.«

»Ich bin kein Opfer.«

»Olga«, sagte Bettina leise. »Weiß irgendjemand, dass ihr zu mir gefahren seid? Kennt jemand meine Adresse?«

Olga schüttelte den Kopf.

»Ich kann euch helfen«, sagte Bettina. »Aber du musst mir auch helfen. Ich will Namen.«

»Nee –«

Da schob sich eine kleine und ziemlich krüppelige, ja alt aussehende Hand vor und packte Olga bei der Schulter. »Eros«, piepste Nini. »Und Honjo Masamune.«

Olga wandte sich um und funkelte Nini an.

»Das sind sie«, sagte die leise.

»Halt's Maul«, zischte Olga.

»Eros und Honjo Masamune, die zwei Securitys aus der *Sexy Bar*?«, fragte Bettina möglichst sachlich.

»Ja«, flüsterte Nini.

»Wer sind Eros und Honjo? Wie sehen die aus? Haben die auch Nachnamen? Wo wohnen die?«

»Das kriegst du nie raus, Bulle«, sagte Olga. »Und sag nicht Honjo zu ihm. Ich meine nur Honjo. Das mag er nicht.«

»Eros ist ein bisschen verrückt und Honjo Masamune –« Ninis Stimme zitterte.

»So 'n großer, fieser Chinese«, sagte Olga provozierend.

»Was haben die für Waffen?«

»Wer weiß«, sagte Olga. »Zu uns mitgenommen haben sie die nie. Hatten die nicht nötig.« Sie schnüffelte. »Sind ja keine Bullen.«

»Aber die beiden«, sagte Bettina, »sind nur Handlanger, oder wie?«

»Was?« Olga starrte Bettina abfällig an, wenn du schon mit mir reden willst, sagte ihr Blick, dann sprich wenigstens Deutsch.

»Das sind nicht die wirklichen Chefs?«, übersetzte Bettina.

Olga lachte. »Chef wovon?« Dann wurde sie ernst. »Doch klar, das sind die Chefs.«

Bettina sah Rücklichter näher kommen und musste sich konzentrieren, um rechtzeitig die Bremse zu treten. »Wisst ihr, was? Eure Manga, die sitzt in der Haft und sagt, dass sie Meggie ist. Die sagt auch, dass sie den Brummifahrer erschossen hat, obwohl das nicht sein kann. Die prügelt sich mit Gefängnisaufsehern. Kann es sein, dass sie vor irgendwem Angst hat? Oder jemanden decken will?«

Olga schnaubte. »Typisch«, sagte sie und machte eine Bewegung nach hinten, die irgendwie warnend aussah. »Prügelt sich.«

Nini sagte nichts.

»Vor wem hat sie Angst, vor Eros und Honjo Masamune?«

Olga schnaubte.

»Was könnten die ihr denn tun, wo sie doch jetzt im Gefängnis sitzt?«

Darauf antworteten Olga und Nini gleichzeitig. Nini flüsterte: »Sie könnten uns was tun.«

Und Olga rief: »Die kriegen dich auch im Bau. Grade da.«

»Wer«, fragte Bettina, »kriegt dich auch im Bau? Eros und Honjo? Wie sollten die in die JVA Frankenthal in Mangas Zelle gelangen?«

Schweigen.

Dann ließ sich Olga hinreißen: »Diese Spackos doch nicht.«

»Wer denn dann?«

»Fuck, wie soll ich das wissen? Irgendwer halt! Der Richter hat seine Leute überall, und –« Sie blickte Bettina groß und drohend an. »Wenn du mal in den Bau kommst, dann denk dran, dass der Richter seine Leute überall hat. Einfach überall so. Er kriegt dich, egal wo du bist. Er ist der Typ, der neben dir in der Zelle sitzt. Der Wärter, der dich einsperrt. Der Bulle, der dir die Handschellen anlegt. Und es ist nicht schlimm, in den Bau zu kommen. Gar nicht. Manchmal ist es sogar notwendig. Dann hilft der Richter dir sogar. Du darfst nur nie, niemals was gegen ihn sagen.«

Bettina schwieg. Der *Richter* …? Dann sagte sie: »Olga, woher hast du das? Wer hat dir diese Ansprache gehalten?«

Olga ließ sich heftig in den Sitz zurückfallen und verschränkte die Arme vor der Brust. »Was ey – ich rede nicht mehr mit dir, Bulle. Das hier ist fies, echt, und du kannst mich mal. Ich hab keine Angst.«

»Wer ist der Richter?«, fragte Bettina.

Olga schwieg.

»Wer ist der Richter?« Bettina wandte sich um zu Nini und sah in ein paar schreckgeweitete Augen, eine plötzliche Angst, die ihr das Herz ganz kalt werden ließ.

»Niemand«, sagte Nini tonlos.

»Er hat seine Leute überall …?«, sagte Bettina und guckte wieder auf die Straße.

»Den gibt's in Wirklichkeit gar nicht«, flüsterte Nini. »Der ist nur Märchen.«

»Wovor habt ihr dann Angst?«

»Wir haben keine Angst!«, schnarrte Olga. Dann wandte sie sich großspurig an Enno und Sammy, die nur noch stumm dieser Aussprache folgten. »Wir glauben nämlich nicht mehr an den fucking Weihnachtsmann.«

In der breiten, viel befahrenen Straße in der Ludwigshafener Innenstadt, in der Bettina eine halbe Stunde später hielt, gab es die letzte Krise.

»So, hier wäre unsere zuständige Polizeiwache«, sagte Bettina und wies auf ein kleines blaues Schild, das über einer schweren Holztür mit einem Rheinland-Pfalz-Wappen hing.

»Frauenhaus hast du gesagt«, murrte Olga und hieb ihren Ellenbogen gegen die Tür, die immer noch klemmte.

»Ich muss dich in Untersuchungshaft nehmen, denn ich habe Drogen bei dir entdeckt«, sagte Bettina.

»Bitch«, zischte Olga und hieb ihren Ellenbogen gegen das Autofenster. An der Stelle zeigte sich ein Netz aus Glasteilchen.

Bettina schloss die Augen, atmete durch und streckte die Hand aus. Als sie die Augen wieder öffnete, lag Ackermanns Tütchen auf ihrer Handfläche. »Danke«, sagte sie.

»Was ist das?«, fragte Enno von hinten. »Drogen? Was für Drogen?«

»Psst«, machte Olga so scharf, dass er verstummte. Nini blickte ihn strafend an. Bettina ließ die beiden braunen Barren in ihrer Hosentasche verschwinden.

»Wir steigen jetzt aus, Enno und Sammy, ihr bleibt hier drin.«

»Frauenhaus«, sagte Olga eisig. »Hast du gesagt.«

»Ist da vorn.« Bettina wies auf einen unauffälligen Hauseingang in der Nähe.

»Ihr habt hier alles unter Kontrolle, was?«

»Den anderen Frauen ist das recht«, sagte Bettina, als sie ausstieg. »Vermittelt ihnen wohl irgendwie ein Gefühl von Sicherheit.«

Das Haus war nur der Empfang, wusste Bettina, die eigentlichen Wohnungen lagen irgendwo im Block dahinter. Sie wurden in ein Parterrekabuff gelassen, das aus einem Zimmer mit Schreibtisch und Stühlen und einer winzigen Teeküche bestand. Die Atmosphäre war kühl und nüchtern.

»Zwei Neuzugänge, Sie hatten vorhin angerufen, Kommissarin Boll?«, sagte die Frau, die sie eingelassen hatte, eine eindrucksvolle Schönheit um die sechzig mit langem hennarotem Haar. Sie trug Mittelscheitel, gebatikte Kleidung und einen kleinen Traumfänger um den Hals. Olga blickte sie ironisch an, du alberner Hippie, dachte sie deutlich.

Die Frau schaute milde zurück, was sie dachte, sah man nicht. »Ich bin Anna«, sagte sie, »und jetzt brauchen wir Ihre Personalien.« Sie setzte sich an den Schreibtisch und nippte an einer handgetöpferten Tasse, die in ungesund aussehender Schlammfarbe glasiert war.

»Was?«, sagte Olga.

»Unsere Namen«, sagte Nini leise.

»Habt ihr Ausweise dabei?«, fragte Bettina.

Eine Pause entstand. Nini holte ihre Tasche hervor und begann heftig darin zu wühlen.

Olga betrachtete ihre Freundin mitleidig. »Also direkt mitnehmen konnten wir sie nicht«, sagte sie schließlich herausfordernd. Sie stieß Nini in die Seite. Die hörte auf zu suchen.

Bettina wies ihren Polizistinnenausweis vor, fürs Erste. »Die beiden sind aus der Zwangsprostitution geflohen«, sagte sie nüchtern. »Es ist möglich, dass sie verfolgt werden. Sie dürfen auf keinen Fall Kontakt zu ihren Zuhältern aufnehmen. Die sind gefährlich.«

Die schöne Anna ließ die Tasse sinken, zeigte sonst aber keine Reaktion. »Wie heißt ihr?«, fragte sie.

»Olga«, sagte Olga, die Bettina wütend anfunkelte. Die Opferrolle lag ihr einfach nicht.

»Nini.«

»Gut, Olga und Nini, wir werden euch helfen. Aber ihr müsst euch an die Regeln halten. Ihr bekommt ein Zimmer, ihr könnt die Küche benutzen, und wenn ihr nichts zu essen dahabt, dürft ihr euch die Lebensmittel nehmen, die nicht markiert sind. Handys gebt ihr ab, telefoniert wird nur von unserem Festnetzanschluss. Besuche ausschließlich nach Anmeldung, ihr verlasst und betretet das Haus über diesen Eingang hier und meldet euch immer ab. Weil ihr verfolgt werdet, unterlasst ihr am besten jeden Kontakt nach draußen und bleibt erst mal hier, bis die Gefahr nicht mehr so groß ist. Oft löst sich das Problem schneller als erwartet.« Sie blickte die beiden jungen Frauen ernst an. »Habt ihr Drogen bei euch?«

Olga und Nini schüttelten die Köpfe, ein Bild reinster Unschuld.

»Gut, ich werde euch untersuchen.« Anna wies mit dem Kopf auf die Teeküche. »Da drin. Wenn wir Drogen finden, müsst ihr das Haus sofort verlassen.«

»Wo suchst du?«, fragte Olga.

»Überall«, sagte Anna mit einem unheimlich süßen Lächeln.

»Was ist mit Kippen?«

»Geraucht wird nur draußen.«

»Ach, fuck«, sagte Olga und zog ein Tütchen aus ihrer Jeans. »War für den Notfall«, sagte sie achselzuckend.

Anna blickte Nini an. Die wurde rot und kramte ein winziges Fläschchen aus ihrer Tasche.

»Gut so?«, fragte Olga schnippisch.

»Ich werde trotzdem nachsehen«, sagte Anna und reichte

Bettina die Tüte und das Fläschchen. »Möchten Sie das sicherstellen? – Ich glaube, Frau Boll, Sie sollten vorläufig erreichbar bleiben. Falls die beiden hier abgeholt werden müssen.«

»Okay«, sagte Bettina. Und folgte dem zwingenden Blick Annas, der sie zur Tür wies.

Draußen hörte sie noch, wie Olga murrte, dass sie eigentlich gar nicht hätten weggehen müssen. Denn besser als im Puff sei es hier auch nicht, und dort gäbe es wenigstens was zum Rauchen.

Draußen auf der Straße fühlte Bettina sich kurz orientierungslos: die Lichter, der Lärm. Sie sah ihr Auto nicht gleich, das löste leichte Panik in ihr aus. Der Taunus fiel einfach aus dem Bild, er machte sich unsichtbar, weil er nicht mehr in die Zeit passte, auch er war so ein Gespenst, ein rostiges Vehikel der Vergangenheit. Sie ging in die Richtung, in der sie ihn abgestellt hatte, und da war er dann doch. Als sie die Tür aufmachte, hörte sie sogleich Ennos überaus vorwurfsvolle Stimme, die sagte: »Ich hab Hunger, Tina! Können wir jetzt endlich essen?«

Da knallte sie die Tür wieder zu, holte die kalte Pizza und Salate und Pommes aus dem Kofferraum und brachte sie ins Frauenhaus. Die Mädels waren inzwischen schon fort.

Anna nahm das Essen ohne viele Worte entgegen. »Wie alt sind die beiden?«, fragte sie zum Abschied.

»Zu jung«, sagte Bettina.

»Die werden nicht lang bleiben«, sagte Anna mit Blick auf die Tüten. »Die müssten in eine Einrichtung für Jugendliche.«

Bettina blickte ebenfalls auf die Pizza. »Ich kenne keine«, sagte sie schlicht. Und hob die Hand, als Anna Luft holte. »Ich bin sicher, da gäbe es Möglichkeiten, aber –«

»Ja«, sagte Anna.

»Also dann.«

»Bis bald«, sagte Anna.

Zu Hause in der Ludwigshafener Wohnung rief sie Freunscht an, doch erreichte nur die Mailbox. Da vertagte sie den wichtigen Anruf auf später und machte erst mal Ofenpommes, es war ein langer Tag gewesen. Auch für die Kinder übrigens, die konnten ja im Grunde am wenigsten dafür, dass Olga und Nini den Weg in Tante Elfriedes Haus gefunden hatten, ausgerechnet an dem Tag, als sie dort campierten.

Sammy hockte auf der Couch und schlief über dem Essen fast ein, Enno kaute schön und grimmig, selbst beim Kauen, dachte Bettina, sieht er aus wie ein finsteres Gemälde.

»Diese Olga ist voll komisch«, sagte er.

»Ja«, sagte Bettina.

»Jetzt hör doch endlich mal auf, die zu bemitleiden«, fuhr Enno auf, »das ist echt peinlich, Tina, wie du mit denen redest!«

»Ich dachte eigentlich, ich hätte mich bestimmt und verantwortungsbewusst benommen.«

»Du hast Mitleid!«

»Ja«, sagte Bettina.

»Die brauchen kein Mitleid!«

»Was Besseres können sie aber grade nicht kriegen«, sagte Bettina, und das brachte Enno tatsächlich zum Verstummen.

Für einige Sekunden. Dann sagte er: »Die hat groß angegeben, sie hätte einen Freund.«

»Echt?«

»Das war voll gelogen, denn wenn sie einen Freund hätte, dann würde sie doch zu dem gehen. Ich meine, wenn's um Leben oder Tod geht.«

Bettina nickte und nahm noch eine Pommes.

»Aber sie musste ihn unbedingt anrufen. – Tina, was ist denn jetzt schon wieder, wieso kannst du dich nicht mal hinsetzen und chillen, es ist schon – He, das sind meine!«

Bettina stellte Ennos Pommesteller auf den Couchtisch. »Sie hat ihn angerufen?«

»Ja, dreimal, ich weiß gar nicht –«

»Mit was für einem Telefon?«

»Mit meinem, aber –«

Bettina streckte die Hand aus.

»Nein, das geb ich dir jetzt nicht, da sind alle meine Sachen drauf!«

»Her damit.«

»Und außerdem ist es leer.«

»Gib es her. – Danke. – Sammy?«

Sammy riss sich aus ihrem Dämmer hoch. »Hm?«

»Handy.«

»Was?«

»Wo ist dein Handy?«

Sammy starrte sie schlaftrunken an, klopfte auf ihre Hosentasche und sagte dann: »Scheiße, hab ich in Grünstadt noch am Ladekabel hängen.« Damit schlief sie wieder ein.

»Bist du dir sicher?«

»Tina, was soll denn das, was machst du da, hör doch mal –«

»Was hat Olga gesagt?«, fragte Bettina vom Flur aus, wo sie in Sammys Handtäschchen wühlte. Nichts drin.

»Hab ich nicht gehört!« Enno war jetzt auch aufgestanden und fuchtelte mit den Armen. »Das war ein Privatgespräch. Sagt dir das Wort Intimsphäre was?«

»Du hast recht«, sagte Bettina. »Der Typ, den sie angerufen hat, kann nicht ihr Freund sein.«

»Na und?«

»Und ja, es geht um Leben und Tod. Was weiß ich, wen sie warum angerufen hat, aber Olga hat keine Freunde, verstehst du? Die hat nur uns!«

»Arme Sau!«, rief Enno, und es war nicht ganz klar, wen er meinte: Olga oder Bettina oder sich selbst.

»Hast du nicht irgendwas gehört? Irgendeinen Namen?«

»Nein.«

»Hast du ihr unsere Adresse genannt?«, flüsterte Bettina. »Die hier?«

»Nein!«

»Ganz sicher?«

»Ja!«

»Hast du ihr irgendwas gegeben, einen Brief, einen Zettel, wo was von uns draufsteht?«

»Nein!«

»Und Sammy?«

»Frag sie doch selbst!«

Das tat Bettina, erntete aber nur verschlafenes Gemurmel.

»Hör zu«, sagte sie schließlich zu Enno, »du machst die Läden runter, alle. Ich schließe die Tür ab, und du machst innen den Riegel rein und wartest, bis ich wiederkomme.«

»Und was machst du?«, fragte Enno, jetzt etwas weniger laut.

»Ich bring dein Handy zur Spurensicherung«, sagte Bettina. Und hol meine eigene Walther P99 aus dem Büroschrank, setzte sie im Geiste hinzu. »Du machst niemandem auf, verstanden?«

Enno nickte.

»Niemandem. Wenn ich zurück bin, schließe ich außen auf und ruf dich auf dem Festnetz an. Dann erst machst du den Riegel ab. Und verhaltet euch ruhig. Als würdet ihr schlafen.«

»Gut.«

»Bin gleich wieder da.«

»Tina?«

»Ja?«

»Ich hab dich lieb.«

Da rührte sich Sammy und sagte schlaftrunken: »Ich hab dich auch lieb.«

Sie mussten lachen.

»Ich euch auch«, sagte Bettina. Und ging.

Draußen im Taunus saß sie einige Sekunden ganz starr und konnte den Wagen nicht starten. Der schäbige Parkplatz ihrer schäbigen Wohnsiedlung schien voller Augen zu sein. Blitzte da nicht etwas hinter der Hecke? Kauerte da nicht eine Gestalt neben Frau Schönebergers protzigem neuem SUV? Paranoia, dachte Bettina. Olga und Nini waren nicht Meggie, sie hatten niemanden getötet und keine Blutrache heraufbeschworen. Und warum der Trucker gestorben war, das stand in den Sternen. Ein Streit ums Smartphone, ein Unfall, ein hitziges, hysterisches Versehen nach den dramatischen Ereignissen in der *Sexy Bar*. Irgendein absurder Zufall, der vielleicht nicht einmal mit dem Fall zu tun hatte. Höchst unwahrscheinlich, dass sich so etwas wiederholte, niemand konnte alle oberflächlichen Kontakte aller Mädchen, die jetzt geflohen waren, aufspüren und sie einfach reihenweise abknallen. Die Gefahr war sicher nicht so groß, wie sie sich im Moment anfühlte. Don't believe all the things you tell yourself at night, dachte Bettina. Sie konnte losfahren. Ihre Kinder würden es überleben. Sie waren schließlich auch nicht im Brunnen gelandet.

Aber eines musste sie noch tun, jetzt gleich: Bericht erstatten. Olga und Nini konnte sie nicht für sich behalten. Tatsächlich war auch das ein Fehler gewesen: dass sie nicht sofort die Kollegen benachrichtigt hatte. Nur, wen sollte sie anrufen, mitten in der Nacht? Sie scrollte die Kontakte auf ihrem Handy runter, Freunscht, Härting, die Spusi, Mona, Nessa, die Zentrale. Ackermann. Sie zögerte und verstand selbst nicht recht, wieso. Dann fühlte sie plötzlich die Hanfbarren in ihrer Hosentasche. Das Fläschchen und das Tütchen der Mädels hatte sie gleich dazugesteckt. Was, wenn sie irgendwer damit erwischte? Überhaupt, wenn jemand Ackermanns Stoff bei ihr gefunden hätte in der Zwischenzeit? Was hätte Ackermann getan, wenn sie ihn heute Nacht um Hilfe gebeten hätte? Hätte er die eigene Enttarnung in Kauf genommen und die jungen Zeuginnen beschützt?

Wohl kaum.

Und Ackermann war bestimmt nicht der einzige Kollege, der die *Sexy Bar* kannte.

Bettina starrte ihr Smartphone an und legte es dann ganz sachte auf den Beifahrersitz. Das Auto wirkte plötzlich riesig, kaputt und beschmutzt. Sie brauchte ein neues. Bald. Aber jetzt musste sie erst mal Ennos Handy loswerden. Sofort. Sie startete den Taunus und fuhr raus zur Dienststelle.

Sie war schon öfter mal nachts da gewesen, aber so leer und groß war ihr das Gebäude nie vorgekommen, das Licht so grell, die Wände so abweisend. An der Pforte saßen Kennel und Tavanaianfar, zwei junge, kühle Kollegen, die sie musterten, als sei sie Schimmi zu seinen abgehalftertsten Zeiten, jemand, der vielleicht was zu erzählen hatte, aber zum normalen Dienstablauf nichts beitrug.

»Wer ist in der Zentrale?«, fragte sie knapp.

»Habermeyer«, antwortete Tavanaianfar.

»Hat der auch mal frei?«, fragte Bettina.

Die beiden Kollegen zuckten die Achseln und wandten sich ihren Bildschirmen zu. Bettina warf einen Blick darauf, als sie die Abkürzung durch die Wachstube nahm: Minecraft. Deutschland konnte sich sicher wähnen, denn die Polizei übte sich im Bau von Verteidigungsanlagen, kämpfte gegen Creeper und Endermen und hatte das Böse aus Netherworld ganz offenkundig unter Kontrolle.

In der Zentrale schaffte es Habermeyer, mitten in der Nacht so auszusehen, als leite er einen Großeinsatz. Er saß auf seinem Bürostuhl wie in einem Cockpit, tatsächlich blinkten ein paar Lichter auf seinen Armaturen, zwei Kollegen waren anwesend und wurden befehligt, auch sie hochpräsent, doch man merkte, dass sie die Energie dafür aus Habermeyers Ressourcen bezogen. Der Kollege blickte Bettina kurz an und sah dann wieder weg. Augenkontakt mochte er nicht. Nicht lange. Sein Medium war das Telefon. Der Äther. »Boll«, sagte er. »Guten Abend.«

Er war ein rundlicher Mann mit grauem, traurigem Gesicht, farblosen Augen und einer Aura von gnadenloser Tüchtigkeit. Nichts an ihm wirkte außergewöhnlich, er trug unauffällig Hemd und Cordhose zu seinem ordentlichen Haarschnitt. Auf einem Foto wäre er nicht mehr als bloßer Hintergrund, doch hier dominierte er ganz fraglos den Raum, alles in der Zentrale war durch ihn, für ihn und mit ihm.

»Habermeyer«, sagte Bettina. »Was ist mit deiner Prügelei?« Die war ihr grade noch rechtzeitig wieder eingefallen.

»Dreizehn Festnahmen«, antwortete Habermeyer nicht ohne Stolz. Er blickte einen Kollegen, Fink, an, der sagte zackig:

»Leider einunddreißig Verletzte. Das war ein Hammereinsatz. Paar sind noch draußen. Aber zum Glück ist jetzt alles friedlich.«

Fink ließ sich im Stuhl zurücksinken, und Habermeyer betrachtete ihn wohlwollend. »Ja, der Abend war nicht langweilig«, ergänzte er milde. »Und was ist mit dir, Boll? Wieso schläfst du nicht? Du musst morgen wieder früh raus.«

»Das Gleiche könnte ich dich fragen«, sagte sie nervös. Sie hatte soeben einen Entschluss gefasst. Ob der richtig war, würde sich zeigen. Nach einem langen Tag schwierige Entscheidungen zu treffen war fast immer ein Fehler, aber manchmal musste gehandelt werden, gleich. »Kannst du mal mit vor die Tür kommen? Ich muss dich was Persönliches fragen.«

Fink und der andere, Markgraf, wenn sie nicht irrte, zeigten sogleich amüsiertes Interesse, aber ihr Lächeln und ihre Blicke waren freundlich und lustig, und sie ahnten nichts Böses. Überhaupt herrschte hier eine gute Atmosphäre, wieso, konnte Bettina jetzt nicht erklären. Vielleicht, weil jeder der Anwesenden Habermeyers Autorität neidlos anerkannte. Vielleicht weil er so großzügig Energie abgab, dass es für Freundlichkeit und Späßchen über die korrekte Arbeit hinaus reichte.

»Ich bin verheiratet, Boll«, sagte er nachsichtig.

»Ich auch«, behauptete sie.

»Seit wann?«

Sie seufzte, das war alles zu viel. »Komm mit«, sagte sie. »Ich mach dir nichts, versprochen.«

Sie setzten sich auf die beiden Stühle vor der Herrentoilette, mit Blick auf ein Fenster, das ein Stück schwarzen Himmel und die drei oberen Stockwerke einer von matten Straßenlaternen erhellten Flüchtlingsunterkunft zeigte. Bettina begann mit den Hanfbarren, die waren nämlich was zum Vorzeigen. Die konnte man sehen und anfassen. Sie zeigte sie vor, und Habermeyer fasste sie an. Sie sagte, dass Ackermann seine Drogen bei ihr gelagert hatte, ohne ihr Wissen, dass die Huren, zu denen er gegangen war, Kinder waren, und dass er vielleicht nicht der einzige Polizist war, der diese Mädchen gekannt hatte. Sie sagte, dass sie Kontakt zu zwei weiteren Mädchen aus der *Sexy Bar* hatte, dass sie im Besitz eines Handys war, von dem wahrscheinlich die Nummer eines Zuhälters und Mörders ermittelt werden konnte, dass sie Informationen über Meggies Werdegang besaß und dass sie nicht wusste, wem sie das alles sagen sollte. Weil, wenn sie nicht mal Ackermann trauen konnte, wem dann.

»Du hast mir getraut«, sagte Habermeyer ernst und gerührt.

»Und ich weiß nicht, ob das richtig war«, sagte Bettina unglücklich.

Sie schwiegen.

Dann sagte Habermeyer: »Was sind das für Infos, die du hast?«

Bettina sah ihn an, und er hob die Hände. »Nein, nein, sag mir nichts, ich will keine Einzelheiten. Es geht nur darum, zu entscheiden, wie wichtig sie sind. Ob sie die Ermittlungen weiterbringen, weißt du? Dann darfst du sie nicht verschweigen.«

»Die Securitys aus der *Sexy Bar* haben wahrscheinlich auch

mit dem Tod des Truckers zu tun. Leider wussten die Mädchen nur deren Kampfnamen. Aber sie fühlen sich definitiv jetzt noch von den Männern bedroht«, sagte Bettina.

»Das musst du weitergeben«, erklärte Habermeyer.

»Mach ich. Ich hack drei Sätze in den Computer, mehr geht heute aber nicht mehr.«

»Boll!«

»Ja, ich schreib einen Bericht.«

»Gut.«

»Dann hab ich einen Namen von einem Club, in dem Meggie davor gearbeitet hat. *Pretty* oder so.«

»Das muss in den Bericht mit rein.«

»Und ich weiß, wo die Mädchen sind«, sagte Bettina tonlos. Schweigen. »Die könnten eine Menge erzählen, nehme ich an«, sagte Habermeyer dann.

»Ja.«

»Ist es ein sicherer Ort?«

»Ich hoffe.«

»Dann lass sie erst mal da«, sagte Habermeyer nüchtern. »Und entscheide später, wenn du mehr weißt. Im Moment herrscht ja keine akute Gefahr.«

»Stimmt«, sagte Bettina froh. So hatte sie es noch gar nicht betrachtet.

»Außer vielleicht für dich«, sagte Habermeyer trocken.

»Ich nehm meine Waffe mit«, entgegnete Bettina.

»Auweia, es gibt Krieg, die Hippies rüsten auf«, sagte Habermeyer. Es klang traurig.

»Ich bin doch kein Hippie!«

»Wer, wenn nicht du?« Habermeyer blickte auf Bettinas abgewetzte Cowboystiefel.

»Bin ich nicht. Drogen als Religion finde ich öde.«

»Brauchst du gar nicht. Du bist von Natur aus ’ne somnambule Pazifistin«, sagte Habermeyer fast liebevoll. »Kannst du überhaupt schießen?«

»Na klar.«

»Hast du die Waffe gewartet?«

»Regelmäßig«, log Bettina. Das würde sie zu Hause gleich nachholen.

Habermeyer blickte sie von der Seite an. »Verletz dich nicht, Boll«, sagte er. »Und diese Sache … sprich mit Härting. Ich glaube, das ist der beste Weg.«

»Wie geht's ihm überhaupt?«, fragte Bettina, als sie aufstand.

Habermeyer schüttelte den Kopf. »Nicht gut. Du musst mit ihm reden. Die Zeit ist jetzt reif. Der lebt nicht mehr lang.«

Bettina verschränkte die Arme. »Und wieso das Theater von wegen er ist unterwegs zum Tatort? Wenn du doch wusstest, wie krank er ist? Er kommt gleich, Boll? Fang schon mal an? – Weißt du, wie albern ich mir dort vorgekommen bin?«

Habermeyer zuckte die Achseln. »Du weißt, Ackermann hat uns in eine blöde Situation gebracht. Wir müssten diese Ermittlung führen, aber –«

»Ja. – Kann ich dir das Handy und diese – diese Rauschmittel hierlassen?«

»Nein.«

»Ich nehm sie nicht wieder mit.«

»Du kannst sie mir offiziell vor den Kollegen drin geben, dass ich sie ordnungsgemäß sicherstellen kann. Dann leite ich sie an deine Soko weiter. Ihr trefft euch in Pirmasens morgen früh um acht Uhr auf der Zentralwache, also in«, er blickte auf die Uhr, »knapp fünf Stunden.«

»Ach du Schande.«

»Genau. Geh heim und schlaf.«

»Ich hasse Pirmasens«, sagte Bettina.

»Hopp«, sagte Habermeyer, erhob sich ebenfalls und streckte die Hand aus. »Gib mir den Kram, ich mach die Quittungen fertig, du reitest inzwischen hoch, Cowgirl, deine Waffe holen. Aber vergiss ja nicht, noch mal vorbeizukommen und zu unterschreiben. Sonst kriegt das morgen der Freunscht alles so auf den Tisch, wie du es mir gesagt hast. Ach, und wie hießen diese Typen noch mal? – Ich schreib sie mal gleich mit auf.«

Bettina lächelte dankbar. »Eros und Honjo Masamune.« Sie wandte sich ab. »Und noch ein Typ, der heißt Richter, vor dem haben sie alle Angst. Aber der ist vielleicht nur Phantasie. Tja. Ich reite. Ich komm dann. Ach, du weißt schon.«

»Und denk an dein Halfter«, rief Habermeyer ihr nach.

Die Nacht verging gemächlich, dafür, dass sie zuvor so aufreibend gewesen war, passierte jetzt zu wenig. Bettina war todmüde, konnte aber nicht schlafen. Enno hatte sie gähnend eingelassen und war dann in seinem Zimmer verschwunden, Sammy lag immer noch auf der Couch. Überall standen Teller mit Pommes herum, niemand hatte seine Portion aufgegessen. Bettina brachte das Zeug in die Küche und setzte sich dann auf ihr Bett. Das hier, dachte sie, ist der Himmel. Kinder, die unbehelligt schlafen. Eine abschließbare Tür. Ein Beruf, bei dem du tun kannst, was du für richtig hältst. Und doch wurden die Wände grau und grauer, und jedes Geräusch von außen schreckte sie auf. Sie reinigte ihre Walther P99, direkt hier, auf dem Bettzeug. Dann saß sie mit gekreuzten Beinen, die Waffe vor sich, und wartete auf den Morgen.

8

Gegen sechs erwachte sie frierend, draußen wurde es eben hell. Sie sah die Waffe und dachte, dass sie heute, Sonntag, arbeiten musste. Und dann dachte sie an ihre Kinder. Die konnten hier nicht bleiben.

Sie stand auf. Kaffee, duschen. Unter dem warmen Wasser ging sie die Möglichkeiten durch: Im Grunde waren Enno und Sammy alt genug, die konnten den Tag auswärts bei ihren Freunden verbringen. Andererseits durften Schulfreunde sonntags frühestens um elf angerufen werden und hatten oft selbst etwas vor. Und dann ging Enno selbstverständlich nicht mit zu Sammys Freundinnen und umgekehrt. Schulfreunde fielen flach, die konnten auch nicht eingeweiht werden. Und falls sie es doch tat und deren Eltern anrief und erklärte, dass sie Angst vor zwei mörderischen Zuhältern hatte, die zwar jemand anders suchten, aber eventuell Enno und Sammy ganz nebenbei auch killen wollten, dann konnte sie ihren Kindern übermorgen neue Schulen suchen. Nein, sie brauchte einen Babysitter, so wie früher. Sie drehte das Wasser aus, stand einen Moment da und erkannte, dass es keinen mehr gab. Die Tagesmütter von früher – aus den Augen verloren. Tante Elfriede war tot. Ackermann – tot. Es war niemand mehr da.

Bettina stieg aus der Wanne und griff sich ein Handtuch. Ich brauch neue Handtücher, dachte sie zusammenhanglos. Ich kann die Kinder nicht hier allein lassen. Sie rubbelte sich trocken, warf ihren alten Bademantel über und holte ihr Telefon.

»Du musst mir helfen«, sagte Bettina bestimmt, aber auch demütig. Es würde Nessa auffallen, dass sie die allerletzte Option war. Vielleicht würde es sie freuen, vielleicht wäre sie nur genervt. Im Moment hörte sie sich bloß schlaftrunken und verbindlich an.

»Tina? Was ist los?«

»Ich brauche dich«, erklärte Bettina.

Schweigen. »Wofür?«

Bettina erzählte kurz von den Ereignissen des gestrigen Abends.

»Ach du Schande«, sagte Nessa, und: »Hör auf!«, und: »Ach komm.«

»Ich muss wissen, dass die Kinder nicht den ganzen Tag hier allein rumrennen«, schloss Bettina.

Nessa schniefte. »Wie wär's mit selbst zu Hause bleiben?«, erkundigte sie sich freundlich. »Du arbeitest doch immer noch halbtags, wenn ich nicht irre? Und du kannst heute sowieso nichts Vernünftiges tun. Du musst völlig erschöpft sein. – Und, also ehrlich, Tina, ein Irrsinn, diesen Mädchen deine Adresse zu geben. Das kann dich deine Stelle kosten.«

Ich weiß, dachte Bettina. »Es war ja nicht meine Adresse«, verteidigte sie sich. »Es war die Adresse eines leerstehenden Hauses. Einer Toten.«

»Ja«, sagte Nessa fatalistisch. Ein schrecklicher Fehler, klang durch ihr beredtes Schweigen. Und diesen Fehler muss ich jetzt ausbaden, Frau Boll. Erst Chaos stiften, Leute in Gefahr bringen und dann die Kollegen damit belästigen. »Bring sie her«, sagte sie schließlich.

»Danke«, sagte Bettina.

»Ich hab heute Abend um fünf eine Verabredung«, sagte Nessa. »Da geht's auch um Leben und Tod.«

»Ich bin um halb fünf wieder da.«

»Was essen deine Kinder?«

»Alles«, sagte Bettina.

»Ich bestelle ihnen Pizza auf deine Kosten.«

»Super«, sagte Bettina und fragte sich, ob sie die Pizza in ihrer Erzählung erwähnt hatte. »Ich bin gleich da.«

Die Kinder waren so k. o., dass sie einerseits kaum wachzukriegen waren, andererseits dann aber taten, was Bettina von ihnen verlangte, ohne eigene Ideen einzubringen, und das war in diesem Fall von Vorteil. Weil, Nessa – die kannten sie nicht, und wenn sie je von ihr gehört hatten, dann konnte das nichts Gutes gewesen sein. Bettina hielt sich auch nicht lange mit Erklärungen auf, sie befahl nur: »Aufstehen!«, »Zähneputzen!«, »Anziehen!«, und: »Ab ins Auto!«, und tatsächlich merkten die Kinder erst, wie ihnen geschah, als sie schon mit einer Tüte Brötchen von der Tanke vor Nessas Tür standen.

Dort zerstreuten sich Bettinas Bedenken sofort, denn Sammys Augen begannen zu leuchten, sowie Nessa die Tür öffnete: Eine hübsch schwarzbraun gefleckte Katze lugte heraus.

»Schick«, sagte Enno etwas zu großspurig mit Blick auf die türkisfarbene Tür.

»Hallo«, sagte Nessa. »Ihr braucht Polizeischutz, hab ich gehört.« Sie musterte Bettina, ihr Blick blieb an dem Pistolenhalfter hängen, und sie hob die Brauen bis zur Stirn.

»Eine Katze«, juchzte Sammy. »Wie heißt die?«

»Sie heißt Mama«, sagte Nessa trocken. »Sie hat grade Junge.«

»Junge!« Für Sammy war der Tag ganz klar gerettet, sie sah plötzlich hellwach und entschlossen aus, als wollte sie Nessa aus dem Weg schubsen und die Wohnung stürmen.

»Ja«, sagte Nessa und blickte Bettina an, »das ist nicht meine Katze, aber sie wohnt seit neuestem bei mir. Und sie hat direkt Nachwuchs mitgebracht.«

»Ohhhh, wie süüüüüüß«, rief Sammy hibbelig, ohne auch nur ein einziges Katzenkind gesehen zu haben. Sogar Enno ließ sich zu einem Lächeln herab. Und brachte es fertig, seinen Namen zu nennen, als Nessa ihn danach fragte.

»Eure – em, Tina muss gleich weg, glaube ich«, sagte Nessa.

Die beiden Kinder schauten Bettina kaum mehr an. »Tschüss, Tina!«

»Ciao!«

Dann war die Tür zu.

Katzenbabys.

Nett, dachte Bettina. Nicht, dass sie es sich nicht gewünscht hätte, aber schon komisch, wie schnell die Kinder sie vergessen konnten.

* * *

In Pirmasens war es dann so, wie es eben ist, wenn Drama auf Bürokratie stößt: irgendwie unbefriedigend. Erst mal erwies es sich als schwierig, überhaupt einen Parkplatz zu finden. Die Straßen rund um die Pirmasenser Zentralwache standen voll mit Autos und Kleinbussen aller möglichen Sender und Medienvertreter. Das Interesse an dem Fall war riesig: *Die kleine Meggie kehrt nach einem Jahrzehnt zurück und richtet den Schuldirektor!* Nichts anderes lief mehr auf sämtlichen Kanälen. Dass die mutmaßliche Meggie zuvor in Frankfurt zwei weitere Menschen erschossen hatte und vor allem unter was für Umständen, das war bislang noch nicht durchgedrungen. Zumindest nicht bis in die Nachrichten, die Bettina gehört hatte, bevor sie genervt das Radio ausschaltete. Auf die Pressekonferenz, die für heute Vormittag direkt nach der ersten richtigen Dienstbesprechung der Soko Gutvatter anberaumt war, durfte man gespannt sein. Bettina hoffte inständig, dass Ackermann und vor allem seine Familie nicht Teil dieses Zirkus wurden. Wenn KHK Freunscht und sein Pressesprecher es klug anstellten, musste auch keiner etwas von Ackermanns Rolle in dem Drama erfahren. *Flüchtige erschießt uniformierten Polizisten*, das hörte sich nicht ehrenrührig an und entsprach trotzdem voll und ganz der Wahrheit.

Glaubst du doch selber nicht, sagte eine Stimme, nein, ein ganzer Chor in ihr. Die werden uns zerreißen. Den toten Ackermann und seine Angehörigen und mich mit. Sie fand einen halblegalen Parkplatz in einem privaten Hinterhof, stellte den Taunus ab und lief die paar Meter zur Zentralwache zu Fuß. Seltsamerweise war sie zittrig wie vor einer Prüfung. Das hier war zu viel. Sie war zu lange auf den Beinen, und es war persönlich. Sie sollte sehen, dass sie Land gewann. Sich krankmelden. Jetzt gehen. Aber dann konnte sie nicht mit Freunscht über Schutzmaßnahmen für sich und ihre Kinder sprechen. Also rückte sie das unbequeme Schulterhalfter zurecht und betrat den Platz vor der Zentralwache. Dort herrschte Jahrmarktsatmosphäre. Es war so voll, dass sie kaum durchkam. Leuchtend bunte Kleinbusse hielten an der Straße im absoluten Halteverbot und spuckten rasch Menschen und Equipment aus, Medienleute standen in Gruppen herum, die Wache scharf im Blick. Bettina schlängelte sich durch und wurde auf halbem Wege angerempelt, von einer jungen Frau, die ein Klemmbrett studierte und in diesem Chaos rückwärts lief, als sei sie allein auf der Welt.

»Pardon«, sagte Bettina automatisch.

»Schuldigung!«, gurrte die Frau und drehte sich um. Ihr Gesicht sah aus wie eine Maske, so stark geschminkt war sie. Mit Aufregung im Blick musterte sie Bettina und sagte: »Hi! Weiß man endlich, wann sie kommt?«

»Wer?«

»Na, die«, die junge Frau senkte die Stimme, »Mutter!« Sie sah fast empört aus.

Die Mutter? »Em –«, machte Bettina. Sie betrachtete die Frau näher. An deren Revers klemmte ein Schild, das sie als Kata Becht auswies.

»RTL da vorne hat ja groß rumgetönt, dass sie schon da wäre und zum Seiteneingang rein wäre, aber das kann nicht sein, denn ich stehe seit zwei Stunden hier, und da ist niemand rein.« Becht schaute kurz in Richtung einer unauffälligen Tür an der Seite des Gebäudes.

Bettina ahnte vage, was die andere wollte. »Meggies Mutter?«, fragte sie laut, und sofort richteten sich die Blicke aller Umstehenden auf sie, als habe sie *Bombe!* gerufen.

Becht schüttelte leicht den Kopf und zog Bettina beiseite. »Hast du sie gesehen?«, wisperte sie mit ständigen prüfenden Blicken zur Seitentür.

Bettina schaute auf das Klemmbrett: Das oberste Blatt war ein scharfes, aber unähnliches Foto von Meggies Mutter Anita Lepp, die hier irgendwie hart und erschreckt aussah und jedenfalls nicht so, wie Bettina sie in Erinnerung hatte. Nur die roten Haare waren ein deutliches Erkennungszeichen. An den Rand der Aufnahme waren sorgsam winzige handschriftliche Notizen gemalt. Obenauf stand: wish media. Nichts, wovon Bettina je gehört hätte, das konnte ein Sender oder ein Online-Portal oder Gott weiß was sein. Die junge Frau selbst war vermutlich noch nicht allzu lange im Geschäft, allein wegen ihres Alters, und dann hätte eine erfahrene Reporterin auch die Waffe gesehen und dass Bettina keine Kollegin war. Ihr lag auf der Zunge, dass die Pressekonferenz ganz sicher genug Aufreger versprach, da brauchte es keine Angehörige, die als Zeugin eher zweitrangig und außerdem überhaupt noch nicht richtig vernommen war. Doch natürlich sagte sie das nicht. »Hm«, machte sie stattdessen.

Becht schniefte. »Du bist vom Radio, oder?«, fragte sie.

Bettina lächelte.

Da: ein Ruck.

Die junge Frau wurde förmlich von Bettina fortgerissen. Schreie gingen durch die Menge. Bettina konnte sehen, wie ein dunkler Van am Rande des Platzes anhielt. Türen schlugen auf und schwarz gekleidete bewaffnete Männer sprangen heraus. In unglaublich professioneller Schnelligkeit bahnten die Securitys eine freie Gasse von der Straße bis zum Haupteingang. Es war eine Sache von Sekunden. Bettina fragte sich, ob ihre Kollegen aus Lingens Truppe einen Vergleich mit diesen Supermännern bestehen würden. Unterdessen entschwebte der

Van, und seine Stelle nahm ein weißer Bus ein, dem weitere Securitys, ein Herr im Anzug und zuletzt eine gebückte Frau mit knallrotem Haar entstiegen. Bettina verfolgte ihren Weg zur Zentralwache mit Faszination: Lepp sah hilflos aus, aber auch entschlossen.

»Von wem sind die Leute?«, fragte sie schließlich den Journalisten, der ihr jetzt am nächsten stand, offenbar ein Techniker, der ganz vorn im Gedränge nicht gebraucht wurde. Er musterte Bettina ein wenig spöttisch, vor allem ihr Schulterhalfter. »Privatsender«, sagte er hinhaltend und sah aus, als freute er sich, die Polizistin raten zu lassen, welcher.

Bettina gab sich damit zufrieden. »Hm«, machte sie. Von dem Bild abwenden konnte sie sich aber auch nicht ganz.

»Angeblich haben sie 'ne Viertelmillion gezahlt. Alle Rechte. Die Mutter ist 'ne zähe alte Kröte. Aber die hat ja auch genug Erfahrungen machen müssen im Lauf der Jahre.«

»Hm«, machte Bettina wieder.

»Sieht man irgendwie«, sagte der Mann. Am Eingang entstand jetzt leichtes Gerangel, weil hier die Security auf echte Polizeibeamte stieß, die ungerührt Personalienfeststellung und Einlasskontrolle machten. Das war der Augenblick aller Konkurrenten, die nun eifrig nach vorne drängten und Fotos machten und Fragen brüllten. Wer immer diesen Auftritt geplant hatte, er musste gewusst haben, dass niemand einfach so mit einer Privatarmee in eine deutsche Polizeidienststelle einmarschieren konnte. Die Inszenierung umfasste den Weg vom Auto zum Hauptportal, mehr nicht, aber aus dieser winzigen Szene holten sie schlichtweg alles raus: Drama, Drama, Drama –

»Ich glaub, ich nehm die Seitentür«, sagte Bettina.

Der Journalist grinste. »Bu– Polizistin, wie?«

Bettina lächelte.

»Hier«, sagte er und drückte ihr, schneller, als sie gucken konnte, eine Karte in die Hand. »'ne Viertelmillion gibt's bei uns nicht, aber wenn Sie was Exklusives für uns haben …« Er grinste so freundlich, dass Bettina sich fragte, ob das wirklich ein unmoralisches Angebot oder nur normale Akquise war.

Sie grinste etwas schief und verzog sich zum Seiteneingang. Auf der Karte stand: Sascha Böhmer, Online-Redaktion flixnet. Auch davon hatte Bettina noch nie gehört. An der Seitentür klingelte sie und hielt ihren Ausweis vor die Kamera, dann drehte sie sich kurz noch einmal um und sah, wie Sascha Böhmer mit dem Handy ein Foto von ihr machte. Irgendwie wurde ihr dabei mulmig. Gespenstisch, das alles: die Mutter, die vielen hysterischen Menschen, das vage Versprechen von Geld. Der Türöffner summte. Sie betrat die Schleuse. Ob es drinnen besser werden würde, musste sich erst noch zeigen.

Zumindest war es leiser. Der Lärm verstummte, sowie die Tür hinter Bettina zufiel, und allein das ließ sie aufatmen. Hier drin gab es keine Hysterie. Im Foyer wurden Stühle und Mikrofone für die Pressekonferenz aufgebaut, das war alles. Das Arbeitstreffen selbst sollte im zweiten Stock stattfinden, und dort oben spürte sie dann leichte Aufregung, aber nur, weil hier viele Beamte herumstanden und eintrafen und auch weil Freunscht und noch zwei andere sich in Ausgehuniform geworfen hatten. Pressekonferenz, dachte Bettina. Doch, die stand auch hier im Raum. Das Wort wurde gedacht, leise ausgesprochen, sogar gerufen, und: »… Pressekonferenz!«, sagte Freunscht, der in der Tür zu dem mutmaßlichen Tagungsraum stand, zu einem anderen Herrn in Dunkelblau.

Nein, hier oben herrschte nicht weniger Anspannung. Nur dass Polizistenaufregung sich eben anders äußerte als Journalistenaufregung. Freunscht unterbrach kurz sein halblautes Gespräch und hob die Hand, als er Bettina sah. Dann redete er weiter eindringlich auf seinen Nebenmann ein, bis ein Kollege in Alltagsuniform kam und ihm leise etwas sagte. Darauf nickte Freunscht ziemlich grimmig, klopfte seinem Nebenmann auf die Schulter und folgte dem Schupo Richtung Treppe. »Frau Boll«, sagte er, als er an Bettina vorbeikam, und winkte sie heran. »Bericht von Ihrem zentralen Funker aus Ludwigshafen.« Das klang wie ein Vorwurf. Und wie eine Frage.

Bettina folgte Freunscht zur Treppe. »Ich hätte den Bericht selbst geschrieben, aber es war ein bisschen spät heut früh«, sagte sie nur.

»Ich hab's nicht ganz verstanden«, erklärte Freunscht ungehalten. »Sie hatten Kontakt zu zwei von den Frauen aus Heddernheim und haben bei denen illegale Substanzen sichergestellt? Heute Nacht?« Sie erreichten die Treppe. Freunscht rannte sie fast hinunter.

»Em – ja«, sagte Bettina, als sie ihn unten wieder eingeholt hatte.

Freunscht blieb stehen. »Frau Boll, was meinen Sie mit ›ja‹? Was geht da vor sich?«

Ich hab ihnen meine Adresse verraten, und sie haben zusammen mit meinen minderjährigen Kindern in meinem leeren Haus auf mich gewartet. »Ich hatte ihnen in der *Sexy Bar* Hilfe angeboten«, sagte Bettina und hoffte, dass das reichte.

Nein. »Was für Hilfe?«

»Ich wollte, dass sie nach ihrer Zeugenvernehmung in ein Frauenhaus gehen, das haben die beiden aber abgelehnt.«

»Haben Sie denen etwa Ihre Privatadresse gegeben?«

»Die Adresse von einem leerstehenden Haus in Grünstadt«, antwortete Bettina.

Freunscht starrte sie an.

»Es war ein Versehen und ein Fehler«, gab Bettina zu.

»Frau Boll«, sagte Freunscht ungeduldig und fuhr mit der Rechten unter seinen gestärkten hellblauen Hemdkragen, der aussah, als wäre er zu eng, »wie ich höre, haben Sie Kinder, wollen Sie die in Gefahr bringen?«

»Darüber wollte ich gerade mit Ihnen reden«, sagte Bettina. »Ich brauche –«

»Ich brauche Ihren Bericht«, fuhr Freunscht ihr über den Mund. »Sie haben bei der Spurensicherung ein Privathandy von Ihrem Sohn abgegeben, mit dem diese Frauen angeblich telefoniert haben?«

»Ja«, sagte Bettina zerknirscht. So wie Freunscht es sagte, hörte es sich total verantwortungslos an.

»Wie sind die da drangekommen?«

»Es war ein ganz dummer Zufall, dass die Kinder und diese Frauen sich begegnet sind«, sagte Bettina. »Das konnte ich echt nicht voraussehen.«

»Wo sind die Mädchen jetzt?«, fragte Freunscht leise. Um sie herum sammelten sich Leute, in respektvollem Abstand noch, aber bald würden sie näher kommen. Die Tagesordnung wartete.

»Innenstadt Ludwigshafen«, antwortete Bettina.

»Können Sie Kontakt zu ihnen aufnehmen?«

»Ich weiß, wie sie aussehen.«

Freunscht blickte ihr sehr gerade in die Augen. Bettina schaute so gelassen sie konnte zurück. »Hören Sie«, Freunscht senkte seine Stimme zu einem Wispern, »diese Schießerei da in Heddernheim – das hat die Bordellbetreiber ganz kalt erwischt. Die Hessen finden immer mehr. Das wird Mordskreise ziehen. Ein ganz großes Ding.«

»Gemeldet hat Meggie mit Ackermanns Telefon«, sagte Bettina langsam.

Freunscht packte sie bei der Schulter und drehte sie von den Wartenden weg. »Ist eine Theorie. Frau Boll, diese Kinder, die Sie da aufgesammelt haben, sind in Gefahr, und Ihre eigenen auch, wenn Sie die zusammen spielen lassen.«

»Haben Sie mal was von dem Richter gehört?«, fragte Bettina unvermittelt.

»Wer soll das sein, Frau Boll? – Hören Sie, wir brauchen die Mädchen. Wenn Sie wissen, wo die sind –« Freunscht brach ab und fuhr herum: Jemand hatte ihm die Hand auf den Arm gelegt.

»Werden Sie jetzt noch vor der Pressekonferenz mit Frau Lepp reden?«, fragte ein älterer würdiger Kollege, vermutlich der Pirmasenser Dienststellenleiter.

»Gleich«, sagte Freunscht abweisend. »Haben *Sie* die reingelassen?«

»Sie hat einen Termin«, sagte der andere.

»Heute Nachmittag«, knurrte Freunscht.

»Wollen wir?«, fragte der mutmaßliche Amtsleiter laut und mit einem seinerseits missbilligenden Blick in Bettinas Richtung: Die hielt den ganzen Betrieb auf und versetzte den Soko-Chef kurz vor seinem Auftritt in üble Laune. Und sah aus wie von der Straße aufgesammelt.

»Wir sprechen uns noch«, drohte Freunscht.

Bettina nickte und verzog sich.

Das Foyer war niedrig, aber groß, die Akustik schlecht. Einige Kollegen liefen herum, brachten zusätzliche Stühle und richteten technisches Gerät, zwei Uniformierte wachten an den Türen. Durch deren Glas konnte man raus in die Schleuse gucken, wo noch mehr Beamte standen. Irgendwie wurde es lauter. Die Hysterie, die draußen herrschte, kroch langsam in die Zentralwache hinein und ergriff auch die Polizisten.

Bettina bewegte sich unschlüssig Richtung Treppe. Sie wollte nicht einfach nach oben gehen, weil Freunscht sich so angehört hatte, als ob er mit ihrem Gespräch noch nicht fertig war, aber bei den Galauniformierten herumstehen und offen zuhören mochte sie auch nicht. So bezog sie Posten an einem Pfeiler in der Nähe und betrachtete die Szene.

Freunschts Laune schien sich durch die Begegnung mit Meggies Mutter nicht zu heben. Er sprach mit ihrem Begleiter, einem Herrn im Anzug, gestikulierte dabei und wirkte ärgerlich. Um sie herum standen Kollegen, die entweder auch etwas von Freunscht wollten oder nur der Szene beiwohnten. »… lassen uns keine Termine diktieren«, hörte Bettina

Freunscht sagen, »... ist für vierzehn Uhr vorgeladen«, und: »Meggies Familienzugehörigkeit ist nicht Teil unserer Verlautbarungen!«

Der Anzugträger konterte: »Ermittlungsfehler«, »Polizeiskandal« und »Chance, Ihren Ruf zu retten!«

Es sah nicht aus, als ob die beiden so schnell voneinander lassen würden. Vielleicht, dachte Bettina, wäre Lingen an dieser Stelle besser gewesen, der hätte sich mit diesem Anzugheini nicht auf einen Streit eingelassen, der hätte ihn einfach abserviert. Doch Lingen war weit und breit nicht zu sehen. Dort vorn wurden die Stimmen jetzt lauter. Der Anzug war vermutlich Lepps Anwalt, sonst hätte er kaum die Zentralwache betreten dürfen, aber sicher war er von dem bewussten Privatsender gestellt und bezahlt, denn es ging ihm offenbar sehr um die Pressekonferenz. Dort wollte er seine Mandantin unterbringen, doch von dieser Idee hielt Freunscht sichtlich gar nichts.

»Wir sprechen heute Nachmittag mit Frau Lepp«, sagte er jetzt laut und mürrisch. »So wie es ausgemacht war. Es tut mir leid, wenn Sie sich extra herbemüht haben, aber auf der Pressekonferenz werden andere Themen behandelt, wir haben genug, glauben Sie mir.«

»Pressekonferenzen sind wie Partys«, sagte der Anzugträger darauf glatt. »Die Gäste machen das Fest.« Er trat auf Freunscht zu. »Sie haben DNA-Vergleiche. Da bin ich mir ganz sicher: Sie können Meggies Identität bestätigen. Frau Lepp hat ein Recht darauf, zu erfahren, ob das ihre Tochter ist. Das können Sie nicht erst der Presse und dann der Mutter mitteilen. Ich verlange Auskunft.«

»Wir werden unsere Informationen so herausgeben, dass es den Ermittlungen zuträglich ist«, sagte Freunscht ungehalten. »Das hier ist kein Podium für öffentliche Familienzusammenführungen. Das können Sie in Ihren Samstagabendshows machen.«

»Hören Sie, so dürfen Sie eine Angehörige nicht behandeln«, sagte der Anwalt unbeeindruckt. »Mag sein, dass die Ökonomie Sie zwingt, in vielen Fällen auf psychologische Betreuung zu verzichten. Bei Frau Lepps erstem Zusammentreffen mit ihrer Tochter gab es da ja wohl keine Kapazitäten, das fand, wie ich hörte, eher spontan statt. Traurig, aber nicht mehr zu ändern. Nur: Wenn Sie jetzt schon wissen, ob Ihre Todesschützin die Tochter meiner Mandantin ist, dann müssen Sie uns das verantwortlich mitteilen. Sofort. Bevorzugt. Frau Lepp sollte es nicht aus dem Fernsehen erfahren müssen.«

»Vierzehn Uhr«, sagte Freunscht stur. »Mehr kann ich Ihnen nicht anbieten.«

»Sie sollten nicht versuchen, uns zu übergehen«, sagte der Anwalt mit gruseliger Freundlichkeit. »Das wäre ein Fehler.«

Freunscht schnaubte. »Was machen Sie eigentlich, wenn die beiden nicht verwandt sind?«, fragte er provozierend, was Bettina nicht für sehr klug hielt. Der Anwalt offenbar auch nicht. Er hob die Brauen.

»Dann wird die Frau Lepp mit Sicherheit keinen Anwalt wie Sie mehr brauchen«, setzte Freunscht noch drauf. »Weil Ihr Sender kein Geld mit ihr verdienen wird. Dann haben Sie aufs falsche Pferd gesetzt.«

»Sie irren«, sagte der Anwalt freundlich. »Frau Lepp wird selbstverständlich von mir vertreten, solange sie selbst das für nötig hält. Denn Frau Lepp ist die echte Mutter.« Er lächelte. »Ob Ihre Meggie die wahre Meggie ist, muss sich dagegen erst noch zeigen, nicht wahr?«

Die wahre Meggie.

Kannte Freunscht die Auswertung des DNA-Vergleichs etwa schon? In der Akte hatte noch nichts darüber gestanden, als Bettina vorhin zum letzten Mal reingeguckt hatte, und Freunschts Verhalten ließ sich schwer deuten. Es war zwar äußerst unwahrscheinlich, dass jemand anders Meggie spielte, aber dieser Fall war so seltsam, da konnte einfach alles möglich sein. Große Familienähnlichkeiten zwischen Meggie und ihrer Mutter hatte Bettina bei deren Begegnung tatsächlich nicht festgestellt. Andererseits waren beide so heftig gestylt, dass ihr eigentliches Aussehen hinter den grellen Farben zurücktrat. Vielleicht war das die wahre Familienähnlichkeit? Bettina verließ ihren Pfeiler, um einen Blick auf Lepp zu erhaschen und auf die Art zu einem Schluss zu kommen. Doch Lepp stand nicht mehr in der Runde um den streitenden Freunscht. Lepp hatte sich genau wie Bettina entzogen und saß jetzt ganz in der Nähe auf einem Stuhl, den Kopf zur Bühne gewandt, die erste Zuschauerin der Veranstaltung, die sie selbst sprengen sollte.

»Hallo«, sagte Bettina. »Darf ich?«

Lepp sah auf, konnte Bettina offenbar nicht einordnen und nickte ziemlich abweisend. Zum Plaudern war sie nicht hier. Sie wirkte nervös und in sich gekehrt.

Bettina setzte sich neben die Frau und schaute wie sie auf die Bühne. Die war jetzt eingerichtet und menschenleer. Sie stellte sich vor, wie es wäre, wenn jemand ihre kleine Tochter Sammy entführte und die dann nach zehn Jahren wieder auftauchte, kaputt, aggressiv, ein Racheengel. Wie musste man sich da fühlen? Es war unbegreiflich.

»Sie war noch so klein«, sagte Lepp hilflos.

Bettina nickte.

»Ich hätte nie gedacht«, sprach Lepp weiter, nicht an Bettina gewandt, sondern leise in Richtung Bühne, »dass es der Gutvatter war.«

»Er war Referendar?«, sagte Bettina vorsichtig.

»Die Kinder haben ihn alle gemocht«, sagte Lepp. »Er war jung und lustig. Er hatte einen Spoiler am Auto und war viel unterwegs.« Sie schniefte. »Normal sind es doch immer die Stillen, die allein im Eck hocken.«

Nicht immer, dachte Bettina. »Vor zehn Jahren haben Sie

Meggie zuletzt gesehen?« Das war natürlich klar, aber sie hatte das Gefühl, dass Lepp reden wollte und dazu ein paar Fragen brauchte. Fragen, die sie kannte.

Lepp nickte.

»In einem blaukarierten Sommerkleid mit Rosenborte.«

Lepp schniefte und putzte sich die Nase.

»Und einem Ranzen mit Einhörnern.«

»Sie war so stolz darauf«, sagte Lepp traurig.

»Hatte sie auch einen blauen Turnbeutel?«

Lepp blickte auf und sah Bettina an. »Nein, nie«, sagte sie bestimmt. Ihr Blick wurde scharf. »Wieso fragen Sie das?«

»Weil sie kurz vor ihrem Verschwinden damit gesehen wurde.«

Lepp runzelte die Stirn, dachte nach. »Von einem Turnbeutel hab ich nie gehört«, sagte sie schließlich.

Das klang seltsam nachdrücklich, fand Bettina, doch bevor sie nachhaken konnte, wurde Lepp an der Schulter gepackt. »Frau Lepp, Ihre Vernehmung ist erst heute Nachmittag«, sprach der Anzug. »Darauf bestehen die Beamten hier, da sollten wir uns auch dran halten und nicht vor der Pressekonferenz schon wichtige Informationen preisgeben.« Seine Stimme klang freundlich, aber sehr bestimmt. Jetzt sprach er Bettina an. »Wer sind Sie, wenn ich fragen darf?«

Bettina stand auf. »Kriminalkommissarin Boll.«

»Dr. Neuwerth«, sagte der Anwalt. Er ergriff Bettinas Hand. »Werden Sie später die Vernehmung führen? – Meine Mandantin wünscht, dass ich bei allen Gesprächen dabei bin.«

»Die Kollegin Boll muss jetzt erst mal selbst bei der Dienstbesprechung dabei sein«, sagte Freunscht so gefährlich aus dem Hintergrund, dass Dr. Neuwerth sie höchst interessiert anblickte. »Frau Boll!«

Bettina nickte dem Anwalt zu. »Auf Wiedersehen.«

»Bestimmt«, sagte er ernst.

Sie waren kaum außer Hörweite, da fuhr Freunscht sie an: »Was haben Sie sich denn jetzt noch an diese mediengeile pressegecoachte Tussi ranmachen müssen?« Er war auf hundertachtzig.

»Das ist sie nicht!«, sagte Bettina wesentlich leiser.

»Aber klar doch! Haben Sie mitgekriegt, wie die hier aufmarschiert ist? Mit Leibgarde? Persönlichem juristischem Berater und so weiter?«

»Ich hab es sogar gesehen«, sagte Bettina.

»Die hat ihre Geschichte ans Fernsehen verkauft! Für was weiß ich wie viel tausend Euro! Die profitiert!«

»Nein«, sagte Bettina. »Sie ist traurig und verunsichert und klammert sich an Strohhalme.«

Freunscht blieb stehen und holte Luft.

»Ist sie's?«, fragte Bettina schnell, denn jetzt konnte nur eine Strafpredigt folgen, und die brauchte sie nicht. »Ist es Meggie? Was sagen die Tests?«

Freunscht legte den Kopf schräg. »Frau Boll, ich will, dass Ihnen einfällt, wo diese Mädchen sind, und ich will außerdem, dass Sie mit niemandem mehr Privatgespräche führen. Und heute machen Sie Dienst nach Vorschrift. Standardaufgaben. Verifizieren.«

»Okay«, sagte Bettina ergeben. Verifizieren bedeutete: bereits gemachte Aussagen noch einmal aufnehmen, damit sie gerichtsverwertbar protokolliert wurden.

»Sie melden sich bei Herrn Jeblick hier von der Pirmasenser Truppe und machen haargenau, was er sagt, und sonst nichts, verstanden?«

»Gut«, sagte Bettina ernüchtert. Der Tag erschien plötzlich grau und zäh. Vermutlich würde es Pfälzer Spezialitäten zu essen geben.

Freunscht nahm die Treppe in Angriff. »Negativ«, sagte er leise über die Schulter.

Bettina wusste erst gar nicht, was er meinte, dann hatte sie Mühe, seinen langen Schritten zu folgen.

»Sie meinen, die Tests waren negativ?«, flüsterte sie seinen Rücken an. »Es ist nicht Meggie?«

Freunscht nickte, stoppte und blickte kurz zurück zu Lepp und ihrem Anwalt, die in der Halle standen und redeten. »Wir müssen noch das Ergebnis des Vergleichstests abwarten«, sagte er. »Vorher geht kein Statement raus, schon gar nicht ans Fernsehen. Bei diesem Fall darf nichts mehr schiefgehen.« Er schniefte. »Aber so unter uns: Sie ist es nicht. – Tja, wird wohl eine Enttäuschung für alle, die mit der Geschichte was gutmachen wollten.« Und er hörte sich an, als kenne er das Gefühl.

* * *

Lewwerknepp. Der Alptraum war wahr geworden: Bettina saß in einer Pfälzer Traditionsgaststätte, um sich herum die Pirmasenser Truppe, die nicht bereit war, einen Sonntag ohne ein warmes Mittagessen mit Bratensoße vergehen zu lassen, und vor sich einen Tisch aus wuchtigem Holz, der mit abwaschbaren Blumengestecken und riesigen Tellern bestückt war. Auf ihrem befanden sich eine Familienportion Sauerkraut und zwei monströse Lewwerknepp. Mit dänischen Röstzwiebeln aus der Tüte obendrauf. Und Bratensoße. Der Lärm war ohrenbetäubend. Jeder Tisch, jeder Platz im Raum war besetzt, es hatte Telefonate und Beziehungen gekostet, in diesem Haus zu dieser Stunde einen Tisch für zwanzig Personen zu bekommen. Alle Pirmasenser schaufelten hochzufrieden Fleischberge in sich hinein, im Bewusstsein des Privilegs, in der *Goldenen Grumbeer* zu speisen. Die Kollegin, die gestern den Vorschlag mit den hautlosen Hinkeln vom Hühnerfred gemacht hatte, saß jetzt neben Bettina, verputzte ein Rahmschnitzel und ließ sich durchaus kritisch zum Preis-Leistungs-Verhältnis aus, das ihrer Meinung nach eine leichte Verzerrung zu Ungunsten der Gäste aufwies, aber immer noch absolut fair und im Rahmen war, vor allem, wenn man die Größe der Portionen bedachte.

Bettina bedachte sie mit Schaudern. Sie hatte noch nicht einen Bissen runtergebracht, und sie fragte sich, was sie geritten hatte, ausgerechnet Leberknödel zu bestellen.

»Schmeckt's?«, fragte Hauptkommissar Jeblick, der ihr gegenübersaß, es klang drohend. Die anderen musterten kurz Bettinas Teller, tauschten vielsagende Blicke und sprachen weiter ihrem Mittagessen zu.

»Horsch, do bezahlsch jo auch den Namen mit«, sagte die Kollegin, die neben Jeblick saß, eine mehr als rundliche Blondine, die sich noch einen Extrasalat bestellt hatte. Zu ihrem Rahmbraten. Wegen der Figur.

»Ich find, des is net deier, des koscht jetzt zwölf Euro, so Portion, un guck, drei Stück Broode, wo krieschen des heitsedachs noch amme Sunda in de Wertschaft, des gebbts nimmie, son gudes Sundachsesse. Die dun jo alle sparn, un dann kriesche keen Flesch mehr un nix. Nur noch vegetarisch.« Sie blickte Bettina strafend an, als habe die die Fleischpreise erhöht, den Vegetarismus befördert und die Sitten verdorben. Vielleicht zählten Lewwerknepp in der Pfälzer Küche ja auch gar nicht zum Fleisch. Das waren nur Innereien. Wie Hühnchen oder Lamm: Wenn das Tier das Gras nicht überragte, gehörte es kulinarisch gesehen noch zur Wiese. Bettina hob etwas Sauerkraut auf die Gabel. Die Blonde wandte die Augen ab, als könnte sie den Anblick nicht ertragen.

»Jo«, sagte Jeblick, »wann ses net iwwern Preis mache, dann halt iwwer die Menge. So wie frieher is des nimmie, wo de als sundachs um zwölf in die Wertschaft bisch un es hat gehall bis am Mondachmoje.«

»Un guck«, die Blonde bekam jetzt fast Tränen in die Augen, »der Salat. Des is net nur e Blädsche mit en bissje Olivenöl, des is wie frieher, do sin Karodde, Krautsalat rot und weiß, schee mit Kümmel, und Bohne und Salat. Wie sichs gehert. Do bezahl ich doch gere mei fünf Euro defier.«

»Schmeckt a werklich gut«, sagte Bettinas Nachbarin mit

einem verächtlichen Seitenblick auf die noch intakten Lewwerknepp. »Des is hausgemacht, des merkt mer, und wemm des net schmeckt, der weeß net, was gut is.«

Bettina wäre am liebsten aufgestanden, aber sie saß auf einer Bank, eingekeilt zwischen menschlichem und tierischem Fett, und sie hatte gestern nichts gegessen. Also fasste sie sich ein Herz und probierte die Lewwerknepp.

»Gudd, gell?«, sagte Jeblick spöttisch.

Der Hunger treibt's rein, hätte sie fast gesagt. Aber sie wollte heil hier rauskommen. Und es mochte an ihrem Hunger liegen, aber diese Lewwerknepp, die schmeckten gar nicht schlecht. Zumal mit der Bratensoße. Für zehn Euro achtzig konnte man sich da echt nicht beklagen.

Nach dem Essen (Des war echt needisch!) war der Arbeitstag schon fast vorbei. Drinnen in den heiligen Hallen der *Goldenen Grumbeer* hatte Kollege Jeblick mit Rücksicht auf die allgemeine Stimmung nicht einen Ton über die Arbeit verloren, die sie schwänzten, hier draußen aber fackelte er nicht lange und teilte Bettina einfach ihrer Sitznachbarin von drinnen zu, beziehungsweise ihren beiden Sitznachbarinnen. Sie musste in eine Dreiergruppe. Mit zwei supereingespielten alten Freundinnen, wie es aussah. Die beiden musterten sie drohend. »Wenn Sie wieder plötzlich auf die Idee kommen zu gehn«, herrschte die kräftige Dunkelhaarige Bettina an, »dann melden Sie sich bei mir ab.« Sie schenkte ihr einen langen Blick durch eine dicke Brille, aus Augen, die so verspiegelt und vergrößert und starr aussahen, dass sie fast blind wirkten. »Vorher«, setzte sie gefährlich hinzu.

»Sie hen jo geheert, wo mir hinfahrn«, sagte die fette Blonde und wandte sich ab.

»Nein«, sagte Bettina. Tatsächlich hatte Jeblick die Aufgaben verteilt, bevor er sie den beiden Damen zugeteilt hatte, und sie hatte nicht bei allen Gruppen zugehört.

Eine Pause entstand. Die Blonde drehte sich anklagend wieder um. Vielsagende Blicke wurden getauscht. Als schließlich klar war, dass Bettina sich auch unter Druck nicht erinnerte und die Information einfach gesagt kriegen musste, zumal sie überhaupt die Letzten waren, die hier noch vorm Eingang der *Goldenen Grumbeer* herummachten, zischte die Dunkelhaarige schließlich: »Gutvatter!«

»Wir fahren ins Privathaus des Opfers?«, fragte Bettina.

»Des hen Sie doch geheert«, sagte die Blonde eisig. Sie musterte Bettina. Wenn sie größer gewesen wäre, dann wäre es ein klassischer Von-oben-nach-unten-Blick gewesen, doch so musste sie sich mit schierer Feindseligkeit begnügen. »Hen Sie en Laptop dabei?«, fragte sie, jetzt fast freundlich. Zumindest im Vergleich.

Bettina nickte. Die beiden Kolleginnen wandten sich abrupt ab, schritten in Richtung ihres Autos, flüsterten und lachten dann laut.

Wer die Berichte schreiben würde, war somit wohl auch geklärt.

Die *Goldene Grumbeer* lag in einem engen Waldtal, das keinen anderen sichtbaren Daseinszweck hatte, als die Gaststätte zu umgeben. Andere Pfälzer Täler schmiegten sich um spektakuläre Burgberge oder führten zumindest in zivilisierte Gegenden, dieses jedoch endete im Nirgendwo und verzichtete ganz auf verstiegene Spazierwege zu Ruinen, Teichen oder Sandsteinfelsen. Hier gab es deftiges Essen und Punkt: Pfälzer Lebensart in Essenz. Eine mückenverseuchte Aue führte zurück nach Höhbrücken, das war alles. Bettina stakste zu ihrem Taunus und blickte auf die Uhr: fast drei. Im Grunde sollte sie zurückfahren, wenn sie die Kinder rechtzeitig abholen wollte. Doch das musste sie den Kolleginnen gegenüber erst mal durchsetzen. Sie spielte kurz mit dem Gedanken, einfach zu fahren, denn in einer Dreiergruppe war sie ohnehin zu viel, aber das konnte sie ohne Entschuldigung kein zweites Mal bringen. So stieg sie in den Taunus, musterte kurz und bitter die angeknackste Scheibe der Beifahrertür und suchte sich die Privatadresse des verstorbenen Schuldirektors Gutvatter aus der Online-Akte ihres Laptops. Sein Wohnhaus stand in Höhwindstein. Einmal durch Höhbrücken und dann von der nächsten Schlucht aus wieder hoch auf die Ebene. Bettina kannte das schon von der Herfahrt: lange, holprige Wege im Tal, oben dann weite Felder und Weiden, von schmalen, unbewohnten Senken durchzogen, dazwischen hingetupft winzige Dörfer und mächtige Windräder. Eine Landschaft, so ausgedehnt und unbegrenzt wie ein Meer, und genauso mühsam zu befahren: Die Autobahn streifte die Hochebene nur. Höhbrücken, das am nächsten dazu lag, war das Tor zur Welt für all die kleinen Ortschaften, die man zwar von weit her sehen, aber doch nur über bessere Feldwege erreichen konnte. Höhwindstein lag so ungefähr in der Mitte. Am Ende der Welt, dachte Bettina und startete den Taunus. Wer hier wohnte, der brauchte ein warmes Haus und eine große Idee. Oder so viel Arbeit, dass er zu müde war zum Fliehen.

Du wolltest überall weg. Immer. Ist so. Ganz weg, alles vergessen. Hast dich hundertmal abgeschossen. Mit allem, was dir in die Hände gefallen ist. Aber irgendwann hast du gemerkt, dass du die Erinnerungen brauchst, auch wenn sie fies sind. Du musst wissen, wer du bist. Die Kleine, für die irgendein blöder Name am Spiegel steht, die kann morgen schon eine andere sein. Ganz früher stand da nicht mal ein Name für dich, nirgendwo. Da haben sie nur geflüstert, wenn sie dich gemeint haben. Da hattest du das beste Zimmer im Haus. Du warst das Zimmer. Du warst nie draußen, die Typen, die zu dir wollten, haben nicht dich, sondern das Zimmer gebucht. Dass du nicht das Zimmer bist, hast du erst gemerkt, als du rausmusstest. Ins zweitbeste Zimmer. An dem Tag, als Nini kam. Auch Nini musste irgendwann dort raus. Aber den Namen hat sie behalten.

Auf dem Weg nach Höhbrücken geriet sie hinter einen Traktor, der so breit wie die Straße war und für einen Traktor enorm schnell fuhr, nämlich etwa fünfzig. Trotzdem waren es halt nicht die hundert, die erlaubt waren, oder die siebzig, die möglich waren, oder die hundertdreißig, die ein Einheimischer in einem normalen Auto gefahren wäre. Es war auch klar, dass die Kolleginnen einen Traktor als Entschuldigung fürs Zuspätkommen nicht billigen würden. Es fiel ihnen ja schon schwer, Bettinas schieres Dasein zu ertragen. Aus dem Grund startete sie einen lebensgefährlichen Überholversuch, der an einem lässigen Linksschlenker des Traktors scheiterte, dann fiel sie zurück und begann sich die spontane Heimfahrt nach Ludwigshafen zu rationalisieren.

Tatsächlich konnte sie kaum etwas anderes tun, wenn sie es sich nicht mit Nessa verscherzen wollte, denn wenn sie erst mal drin war im Hause Gutvatter, dann würden Schock und Trauer der Angehörigen sie vereinnahmen. Das konnte Stunden dauern. Sie musste heim. Wenn diese Pirmasenser Schnepfen in der heißesten Ermittlungsphase erst mal drei Stunden lang Mittag essen mussten – dann war der Tag eben danach zu Ende und gut. Sollten sie ihre Berichte allein schreiben.

Sie befand sich jetzt auf der Zielgeraden nach Höhbrücken. Der Traktor machte keine Anstalten, irgendwo abzubiegen. Oder sein Tempo zu verringern. Er bretterte mit fünfzig in die enge Ortsstraße, schrammte mit hauchdünnem Abstand an den beiderseits parkenden Autos vorbei und hielt drauf, als gäbe es kein Morgen. Der Fahrer war ein junger Mann mit dicken Kopfhörern auf, der irgendeinen schnellen Takt mitgroovte. Stille Sonntage auf dem Land, dachte Bettina. Sie blieb hinter der mächtigen Maschine bis in Höhe der Bäckerei und des Nippesladens, dort hielt sie auf einem schmalen Parkplatz und stieg aus, um –

Nein, das Rauchen hatte sie aufgegeben. Sie stand da, schaute dem Traktor nach, atmete Staub und den warmen

Geruch nach halbverbranntem Heizöl, den er hinterlassen hatte, und fühlte sich zwischen den verlassen daliegenden Läden, als sei sie der letzte Mensch auf der Welt. Nein, sie würde nicht rauchen. Sie würde telefonieren.

Sie klaubte ihr Handy vom Beifahrersitz und dachte darüber nach, wie sie sich abseilen konnte, ohne viel Ärger zu kriegen. Sollte sie sich bei Freunscht melden? Bei Jeblick? Den beiden Kolleginnen? Sie konnte sich nicht entscheiden. Am liebsten hätte sie einfach Habermeyer angerufen und den komplizierten Teil ihm überlassen. Unschlüssig und ziemlich genervt sah sie sich um. Es war so seltsam still in dieser Dorfstraße, alle Häuser von Arbeit gezeichnet, lauter gedrungene, trutzige alte Gebäude, jedes eine Burg. Auf der gegenüberliegenden Straßenseite passte sich eine verhältnismäßig großzügig geschnittene Schaufensterfront dem Schwung der Straße an. Die Glasscheiben waren aber mit Packpapier verklebt, und über den blinden Fenstern prangte ein heller Schriftzug auf dem schmutzigen Putz, den eine längst abmontierte Leuchtreklame dort hinterlassen hatte: Gutvatter.

Das also war der namensgebende Laden, zu dem Meggie gelaufen war. Oder auch nicht. Von der Meggie, die den Schuldirektor erschossen hatte, würden sie es nicht erfahren. Oder doch? Woher hatte sie alles hier gekannt? Waren noch mehr Mädchen verschwunden? Wir sollten wissen, wo Direktor Gutvatter vor zehn Jahren gewohnt hat, dachte Bettina. Das müsste eigentlich bekannt sein und in der Akte stehen. Sie ließ sich auf den Fahrersitz zurückfallen und klappte das Laptop auf dem Beifahrersitz auf. Während der kleine Computer hochfuhr, betrachtete sie das Gutvatter-Haus. Auch merkwürdig, dass so ein großes Gebäude über Jahre hinweg ungenutzt leer stand, zumal in der Ortsmitte, wo es doch sicher Nutzungsmöglichkeiten gab. Sie betrachtete die Fenster im Obergeschoss, die mit ganz normalen Gardinen verhängt waren.

Und eine hatte sich soeben bewegt.

»Ja?«, rief eine Stimme, die vermutlich einer älteren Frau gehörte. Einer Raucherin, so rau war sie. Im Treppenhaus roch es leicht modrig mit einer dezenten Putzmittelnote. Alles war sehr sauber. Bettina schritt an der Stahltür, die wohl ein Nebeneingang zum ehemaligen Gutvatter-Laden war, vorbei hoch ins Treppenhaus. Über dem Laden befanden sich noch zwei Geschosse. Und die waren bewohnt.

»Guten Tag«, sagte Bettina, als sie den ersten Stock erreicht hatte und die ältere Frau hinter einer halb offenen Tür erblickte. Insgesamt schienen vier Parteien hier zu leben, denn unten an der Eingangstür befanden sich vier Klingelschilder. Zwei pro Stockwerk. Groß konnten die Wohnungen nicht sein, dachte Bettina.

»Ja?«, wiederholte die Frau misstrauisch. Sie war klein, aber ziemlich breit, struppige Haare, Jogginghosen, darüber ein Sweatshirt, das für die Jahreszeit viel zu warm war, mit einem Hund drauf.

»Kriminalpolizei«, sagte Bettina, weil ihr im Moment nichts Besseres einfiel, worauf die Frau spontan einen Schritt rückwärts machte und die Tür an sich zog. Doch der Kriminalerin einfach die Tür vor der Nase zuschlagen, das schien sie dann doch nicht zu wagen. So stand sie im Spalt und linste böse hinaus.

»Ich hab nur eine kurze Frage«, sagte Bettina versöhnlich. »Fall Meggie.«

»Ja?«, rief die Frau zum dritten Mal.

»Ihr Name ist ...«, Bettina blickte aufs Türschild, »Koppenhöfer?«

»Ja«, bestätigte Koppenhöfer.

»Seit wann wohnen Sie schon hier in diesem Haus, Frau Koppenhöfer?«

Koppenhöfer zögerte.

»Mehr als zehn Jahre?«

Koppenhöfer schüttelte den Kopf.

»Wohnen Sie zur Miete?«

»Ja.«

»Wie lange? Fünf Jahre? – Weniger? – Drei?«

»Ja.«

»Sind die Wohnungen hier alle vermietet?«

»Ja.«

»Wohnen die anderen Mieter schon länger da?«

Pause. Koppenhöfer zuckte die Achseln. Sie zog die Tür kaum merklich immer weiter zu. Gleich würde sie verschwunden sein.

»Wohnt hier auch jemand, der Gutvatter heißt?«

»Nee«, antwortete Koppenhöfer. Und dieses Nein gab ihr offenbar Kraft: Sie schloss ihre Wohnungstür.

Die anderen drei Parteien machten gar nicht erst auf, wenn sie überhaupt da waren. Bettina hätte auch nicht viel zu fragen gewusst. Die Namen der anderen Mieter lauteten Herzig, Krysczynski und Folz. Kein Gutvatter, nichts Verdächtiges. Nur kleine Wohnungen hinter einem abgewohnten Flur. Und Schilder, denen man ansah, dass die Namensetiketten oft ausgetauscht wurden.

Wissen, wer du bist: Das ist das Wichtigste. Am Anfang hattest du keinen Namen. Du warst einfach nur böse. Deine Macht war unbegrenzt. Du konntest große Männer dazu bringen, schreckliche Dinge zu tun. Es war dein unheimlicher Körper, der sie dazu gebracht hat. Du warst die Beherrscherin der Schmerzen. Dann ist Nini gekommen und sie haben dich über den Flur in ein neues Zimmer gebracht. Das Zimmer auf der anderen Seite. Du hast Nini gesehen, als sie gekommen ist: Sie war so klein. Sie hat geweint. Sie hatte Angst. Davor wusstest du nicht, was Angst ist. Davor hat dir auch nie was wehgetan. Auch danach hat dir nix wehgetan, das nicht. Aber du hast Nini schreien hören, im großen Zimmer.

Die Kinder hatten Nessa angesteckt. Die hatten sie in einem halben Tag zur Geisterjägerin gemacht. Nessa Sinclair, die Investigative. Bettina hatte die Kollegin angerufen, weil das am fairsten war, und Nessa hatte prompt erklärt, dass die Kinder ihr die unglaublichsten Dinge erzählt hätten, unter anderem, dass in Bettinas Haus in Grünstadt eine Leiche im Brunnen läge.

»Das ist Blödsinn«, sagte Bettina ungeduldig. Sie stand an ihrem Taunus und schaute hoch zu den Fenstern über dem leeren Gutvatter-Laden. Die Fenster ihrerseits lauerten still herab.

»Hör mal«, sagte Nessa, »mach dir keine Sorgen wegen 'ner halben Stunde, die du zu spät bist. Mein Date hab ich eh abgeschrieben. Ich kenn dich doch.«

»Oh –«, setzte Bettina angefressen an.

»Aber die Sache mit dem Brunnen ist komisch.«

»Das ist nur ein Brunnen«, sagte Bettina und ließ sich ins Auto fallen.

»Enno hat gesagt, dass da Schuhe standen«, sagte Nessas Stimme abgehackt aus dem Smartphone.

»Wird echt Zeit, dass ich dieses Haus verkaufe«, sagte Bettina.

»Weißt du, was«, sagte Nessa, »geh du mal schön zu deiner Vernehmung. Das ist sicher wichtig und aufschlussreich. Nimm auf mich keine Rücksicht. Ich würde es auch so machen.«

»Phhhh –«

»Ich fahr inzwischen mit deinen Kindern nach Grünstadt, ist ja nur ein Katzensprung, und Samantha braucht ihr Handy. Grade in so einer Situation. Die muss dich anrufen können.«

»Das Haus ist abgeschlossen.«

»Dein Sprössling hier hat mir gesagt, dass man über eine Kellertür reinkommt.«

»O Gott, Nessa!«

»Ich tu dir einen Gefallen. Mehrere sogar.«

»Das Haus ist nicht sicher, die Adresse kann Gott weiß wem in die Hände gefallen sein.«

»Wir holen nur das Handy.«

»Nessa, da ist keine Leiche in meinem Keller.«

»Das sagen sie alle«, sagte Nessa.

Und dann hörte Bettina nur noch das Freizeichen.

Im Haus des Schuldirektors Gutvatter herrschte Eiszeit. Eine gewisse Anlage dazu schien das Gebäude selbst mitzubringen, es war ein kühler Neubau in einer Wohnstraße voll ähnlicher Häuser, *Town & Country*, dachte Bettina, Kataloggheime in gerade eben schlüsselfertigem Zustand, überall noch kleine Baustellen, alles ein bisschen kahl. Die Gutvatters hatten ihr Erdgeschoss mit großen weißen Fliesen ausgelegt, was sauber und sehr frostig wirkte. Zudem war Aline Gutvatter, die Ehefrau des Opfers, völlig erstarrt. Sie stand ganz klar unter Schock, wirkte abwesend und wurde von mehreren älteren Familienmitgliedern bewacht. Laut Akte hatte sie zwei Töchter im Grundschulalter, doch die waren nirgends zu sehen. Der Rest der Familie versuchte, dem namenlosen Schrecken mit Kaffee und Kuchen zu begegnen, was natürlich kaum half, doch zumindest ein Zeichen setzte.

Die eigentliche Kälte aber ging von Bettinas Pirmasenser Kolleginnen aus. Als Bettina hereinkam, zischte die Dunkelhaarige voller Hass. So etwas hatte Bettina noch nie gehört, jedenfalls nicht von einer Arbeitskollegin im Dienst, nicht einmal Nessa zu ihren schlimmsten Zeiten hatte je einen solchen Ton von sich gegeben. Bettina stand still und musste erst begreifen, dass wirklich sie gemeint war. Dann zögerte sie, näher heranzutreten.

»Henn Sies wieder net gefunn?«, kehrte die Kollegin jetzt immerhin zur Sprache zurück.

»Sie henn doch en Navi«, setzte die Blonde hinzu. Sie hatte einen Block vor sich liegen und klopfte mit dem Stift auf den Tisch.

Die ältere Dame, die Bettina ins Haus geführt hatte, wies vage entschuldigend auf einen Stuhl. Der Rest der Gutvatters betrachtete, um den Kaffeetisch versammelt, reglos die Polizistinnen. Bettina blieb stehen.

»Sie kenne net zu spät in ein Trauerhaus kommen«, sagte die Dunkelhaarige biestig.

Bettina nickte den Trauernden entschuldigend zu, aber das konnte die Situation auch nicht mehr retten.

»Ich henn jetzt fer Sie des Protokoll aangefang«, sagte die Blonde, offenbar bestrebt, irgendwie doch einen freundlichen Eindruck zu machen. Zumindest für die Gutvatters.

»Danke«, sagte Bettina und nahm rasch Platz.

»Nix danke«, insistierte die Dunkelhaarige. »Des geht net, Frau Boll, Sie kenne die Leit net waade losse, die henn eh schunn genug se verkrafte.«

»Okay«, sagte Bettina. »Tut mir leid.«

»Des macht en scheiß Indruck.«

Darauf wusste selbst Bettina nichts mehr zu sagen.

»Des hier is en Trauerhaus«, wiederholte die Dunkle voll offener Wut.

Bettina nickte stumm. Die Gutvatters sahen vollständig paralysiert aus. Niemand sagte mehr was.

»Henn Sie Ihr Laptop net mit?«, herrschte die Dunkelhaarige schließlich. Ihr Gesicht hatte sich gerötet. Irgendwie musste sie aus dieser Sache rausfinden und wurde dabei immer wütender.

»Doch«, sagte Bettina und klopfte auf die Tasche, die sie neben dem Stuhl abgestellt hatte. »Soll ich –?«

»Loss, ich schreib«, sagte darauf die Blonde mit einem verächtlichen Blick auf Bettina.

Die Kollegin nickte halbwegs triumphierend und wandte sich an die Witwe. »Frau Gutvatter«, sagte sie in einem völlig anderen, aufgesetzt munteren Ton, »hatte Ihr verstorbener Mann einen Internetzugang?«

Gutvatter konnte darauf nicht antworten. Sie war hübsch,

ein bisschen rundlich, reine Haut, ein sonst sicher freundliches Gesicht, das jetzt weiß und ganz blank wirkte. Der Wechsel im Tonfall, das ganze absurde Geplänkel davor, die fast beleidigend banale Frage – all das war sichtlich zu viel für sie. Sie sah gehetzt aus.

»Ja, natürlich hatte er einen Internetzugang«, antwortete ein älterer Herr kühl.

»Des misse mir froo«, sagte die Blonde beschwichtigend.

»Ihre Kollegen haben heute Morgen den Computer mitgenommen«, sagte der Mann ätzend. »Und das Laptop und die Spielekonsole. Des misse Sie wisse.«

Bei den letzten Worten blickte die Dunkelhaarige auf. »Wisse Sie, was Ihr Mann im Internet für Seiten besucht hat?«

Die Witwe schluchzte. Bettinas Kolleginnen tauschten bedeutungsvolle Blicke.

»Mein Sohn war kein Kinderschänder und er hat mit dieser Meggie nicht das Allergeringste zu tun«, fuhr der Mann auf.

»Immerhiin hat sie ihn erschosse«, sagte die Blonde freundlich.

»Das war ein Zufall!«

»Sie hott nach ihm gefragt.«

»Weil er Schuldirektor war!«

»Weil er Gutvatter hieß.«

Der alte Herr Gutvatter starrte die Blonde feindselig an, dann fiel sein Blick auf Bettina. Speziell auf ihr Schulterholster. Das schien ihm gar nicht zu gefallen. »Was machen Sie eigentlich hier?«, schnauzte er sie spontan an. »Was wollen Sie? Wir haben heute genug Polizisten im Haus gehabt. Reicht es nicht langsam? Wir brauchen etwas Ruhe!«

Die Dunkelhaarige lächelte sofort verständnisinnig, die Blonde fixierte Bettina boshaft.

Die stand auf. »Ich wollte mich nur abmelden.«

So ungern sie Bettina bei sich hatten, jetzt nickten die beiden Pirmasenserinnen empört: Klar. Erst unverdient einen Platz in der *Goldenen Grumbeer* (an einem Sonntag!) abkriegen, ihn nicht zu würdigen wissen und dann auch noch die Arbeit nicht schaffen wollen.

»Ich dachte, ich werde die Aussage der Zeugin Fried-Zerche aufnehmen«, sagte Bettina, die sich ein ganz klein wenig vorbereitet hatte. Die Zeugin Fried-Zerche stand auf der abzuarbeitenden Zeugenliste der Soko ganz hinten, sie war eines der ehemaligen Schulkinder, die vor zehn Jahren die kleine Meggie am Tag ihres Verschwindens auf dem Schulweg gesehen hatten. Ihre Aussage war vermutlich völlig unwichtig, musste aber noch einmal verifiziert werden. Was sie für Bettina interessant machte: Sie lebte jetzt in Edenkoben. Das lag auf dem Heimweg. Für die Pirmasenser dagegen wäre es eine Zumutung, für drei banale Sätze über einen längst vergangenen Sommernachmittag in die Vorderpfalz zu fahren. »Die wohnt in Edenkoben«, sagte Bettina folglich. »Ich würde jetzt sofort fahren, das ist ja auch ein Stück, und dann können Sie hier in Ruhe fertig aufnehmen.« Sie blickte die Dunkelhaarige lächelnd an. »Es sei denn, Sie möchten mitkommen, damit wir korrekterweise zu zweit oder dritt sind.«

Einen Moment starrte die Dunkelhaarige Bettina nur an, dann flitzte ihr Blick hinter den dicken Brillengläsern zu der blonden Kollegin.

»Sie kenne gehn«, sagte die gnädig. »Mir kommen allein zurecht.«

Als Bettina schon in der Tür stand, fiel ihr noch etwas ein. Sie drehte sich um. Es war ein seltsames Bild: eine Eckbank voller Leute in einem nagelneuen, gefällig eingerichteten Esszimmer, Kuchen auf dem Tisch, Kaffeeduft in der Luft. Und doch saßen alle betäubt, blickten Bettina ausdruckslos an und taten nichts weiter als zu warten, bis sie ging. »Herr Gutvatter«, wandte sie sich an den älteren Herrn, »hat Ihr Sohn jemals in Höhbrücken im Gutvatter-Haus gewohnt? Da in der Ortsmitte, wo der Laden drin war?«

»Nein«, sagte Gutvatter. Und etwas stolzer: »Mein Sohn hat immer hier in Höhwindstein gewohnt. Immer. Sogar, als er studiert hat.«

Die fette Kuh in deiner Zelle hat jetzt Angst vor dir. Sie liegt auf ihrem Bett und beobachtet dich. Sie würde gern oben schlafen, weil das der bessere Platz ist, weil man dann oben ist. Aber sie ist zu fett, um ständig hoch- und runterzuklettern, darum liegt sie unten. Das ärgert sie, dir ist es egal. Du bist müde. Du legst dich auch ins Bett. Es quietscht und hängt durch. Die unter dir muss dich hassen. Aber du kannst jetzt schlafen, denn sie wird dir nichts tun. Sie hat zu große Angst, dass du dich auf sie setzt, an sie klammerst, beißt. Wie die Wärterin. Die Geschichte hat die Runde gemacht. Ist angekommen. Sie braucht keine Angst zu haben, aber das weiß sie nicht. So eine stinkende Schlampe wie die da unten würdest du nicht mal im Ganzkörperkondom anfassen.

Bettina fuhr bei Landau auf die Autobahn, und auf einem Rastplatz kurz vor Edenkoben hielt sie und rief Nessa an. Die ging nicht ans Telefon. Bettina fluchte und wäre beinahe heimgefahren, dann dachte sie, dass es für alle besser war, wenn sie zumindest einen Versuch startete, die versprochene Zeugenbefragung durchzuziehen. Wobei Fried-Zerche jetzt eine junge Frau sein musste und an einem so herrlichen Augustsonntag vermutlich nicht zu Hause war. Das konnte sich somit ganz schnell erledigt haben. Bettina suchte sich die Kontaktdaten aus der Akte und rief Fried-Zerche an.

Die ging sofort ans Telefon. Ja, sie sei da, sagte sie mit leiser Stimme. Bettina könne vorbeikommen, kein Problem. Im Hintergrund schrie ein Kind. Na gut, dachte Bettina. Bringen wir's hinter uns.

Die Zeugin Fried-Zerche lebte in einem kleinen dunklen Haus in einer engen Straße voller Winzergehöfte: Weinlaub und schmiedeeiserne Schilder überall, Geranienkästen vor Fachwerkmauern, ein fruchtiger Duft nach Most über sonnendurchwärmten Höfen. Bettina fuhr dreimal ums Karree, bis sie die Einfahrt zu einem überraschend großen öffentlichen Parkplatz in der Nähe fand und von dort aus den Weg zu Fried-Zerches schmucklosem Haus. Es war winzig, eingekeilt zwischen einem überladenen Weinlokal und einer modernen Mehrfamilienresidenz, seine Fassade verschwand optisch völlig im Straßenzug. Ohne Navi hätte ich dieses Handtuch nie als Haus wahrgenommen, dachte Bettina, als sie klingelte. Sofort wurde geöffnet. Eine knarrende Holztür schwang nach innen auf, drei Stufen führten hinab in eine dunkle Wohnküche. Eine junge Frau füllte den Türrahmen und blinzelte ins Tageslicht.

»Frau Fried-Zerche?«

Fried-Zerche nickte. Sie war leicht untersetzt und wirkte seltsam trotzig. Vermutlich lag das an ihrem purpurlila Haar. Es hing ihr ordentlich gekämmt weit bis über die Schultern, der Neonton biss sich mit ihrem braven Style, überhaupt mit allem, was sie sonst offenbar darstellen wollte: die junge Ehefrau vor ihrem bescheidenen, aber gepflegten Heim. Ein Ehering an ihrer Linken sprang Bettina sofort ins Auge, denn Fried-Zerches Blick ruhte andächtig darauf, nachdem sie Bettina kurz ins Gesicht geschaut hatte. »Sie haben angerufen?«, sagte sie leise zu ihrer Hand. »Sie sind die Polizistin?«

»Ja«, sagte Bettina. »Darf ich reinkommen?«

Fried-Zerche nickte und gab den Weg nach drinnen frei. Linkerhand befand sich eine Küchenzeile, rechterhand erhellte ein großer Fernseher tonlos den Raum. Davor, auf einer bunten Couch, schlief ein grauhaariger Mann mit einem Baby im Arm. In der Mitte stand ein Esstisch. Alles war freundlich eingerichtet und sehr ordentlich, aber viel zu dunkel. Es roch nach Kleinkind und billigem löslichem Milchkaffee. Fried-

Zerche bat Bettina an den Tisch und fragte, ob sie Cappuccino wolle.

Bettina sah die pulververkrustete Tasse, die neben einer Zeitschrift auf dem Tisch stand, und verzichtete weise. Sie setzte sich. Fried-Zerche blieb stehen. Die junge Frau hatte eine seltsame Ausstrahlung, als ob sie etwas ausnehmend Wichtiges zu sagen hätte. Das musste nichts heißen, wusste Bettina, manche Zeugen waren einfach so. Die wurden nervös, wenn die Polizei kam, auch wenn ihre Aussagen unbrauchbar waren. Aber interessiert war sie jetzt doch.

»Sie sind Carina Fried-Zerche, die Tochter von Hannelore Zerche, die in Höhbrücken als Schulsekretärin arbeitet?«, fragte sie.

Fried-Zerche nickte und verschränkte die Arme vor der Brust. »Meggie ist zurück«, sagte sie. Es klang nicht wie eine Frage.

»Kannten Sie Meggie gut? Damals, als Sie Kinder waren?«

»Sie war noch so klein«, sagte Fried-Zerche zögernd. Das klang mitleidig. Und ein bisschen verlegen.

»Sechs Jahre alt war sie«, entgegnete Bettina. »Sie waren zehn, nicht wahr?«

Fried-Zerche nickte. »Wie sieht sie heute aus?«

Bettinas Magen begann leicht zu kribbeln. Das Interesse dieser ehemaligen Schulkameradin war echt und drängend. »Also die Frau, die ich gesehen habe«, antwortete sie, »würde ich mit Bildern von der kleinen Meggie nicht in Verbindung bringen. Aber die kannte ich ja auch nicht persönlich.«

»Meggie war hübsch«, sagte Fried-Zerche, und jetzt schwang ein klarer Misston mit: Das Mitleid war verflogen.

»Alle Kinder sind hübsch«, sagte Bettina darauf fest. Wenn Fried-Zerche vor zehn Jahren in der vierten Klasse gewesen war, musste sie jetzt um die zwanzig sein. Der Mann, der mit dem Baby auf der Couch lag und mit offenem Mund leicht schnarchte, schien mindestens doppelt so alt wie sie. »Wie sind

Sie aus Höhbrücken nach Edenkoben gekommen?«, fragte Bettina leise.

»Ich musste dort weg«, antwortete Fried-Zerche sofort. Sie hielt plötzlich einen Lappen in der Hand und begann, den sauberen Tisch abzuwischen. Dann räumte sie die Kaffeetasse weg. »Von allem.«

»Haben Sie sich in Höhbrücken nicht wohlgefühlt?«

»Nicht sehr.«

Sie schwiegen. Irgendwas an Fried-Zerches Lebensweg kam Bettina unwahrscheinlich vor. Vordergründig klang er schlüssig: Junge Frau aus dem windigen, vergessenen Teil der Pfalz heiratet und zieht mit Kind und Ehemann in eine wärmere Gegend. Ganz normal. Trotzdem beschwerte eine gewisse Unwirklichkeit dieses Tableau der jungen Familie. Allein der bürgerliche Doppelname an einer gerade mal volljährigen Provinzmami mit lilarotem Haar. Wäre überzeugend als Symbol verzweifelter Landflucht, wenn sie hier auf selbstgestrichenen Stühlen in einer WG in der Großstadt säßen. Aber so? Die eine Provinz verlassen, um in der nächsten, ebenso engen einen zwanzig Jahre älteren Kerl zu heiraten und mit ihm in einem Kellerloch einer Touristenhölle einen Hausstand zu gründen …? Diese Wohnung, dachte Bettina, sieht aus wie ein Versteck. Das ist ein geheimer Hafen. Diese Frau ist auf der Flucht.

»Was hat meine Mutter gesagt?«, fragte Fried-Zerche jetzt nervös.

Vor ihrer Mutter, fügte Bettina im Geiste hinzu. Das war dann schon wieder fast normal.

Und was hatte die Schulsekretärin tatsächlich gesagt? Sie war aufgebracht gewesen. Die mutmaßliche Meggie hatte schließlich ihren Chef erschossen. Aber hauptsächlich erinnerte sich Bettina an das Gefühl, dass Zerche sich an der Aufmachung der jungen Frau gestoßen hatte: dass sie wie eine Hure aussah. Dass sie eine war. »Ihre Mutter hat die Tat selbst nicht gesehen, war aber ganz in der Nähe und hat auch mit der Tatverdächtigen gesprochen«, erklärte sie ausweichend. Über den Fernsehbildschirm flimmerten jetzt Bilder, die ihr vage bekannt vorkamen. Erst als Meggies Kinderfoto eingeblendet wurde, erkannte sie, dass soeben die Höhbrückener Grundschule gezeigt worden war: Der Fall bewegte die Gemüter. Er war total präsent in den Medien. Jeder, der wollte, konnte alles darüber wissen. »Damals, als Meggie verschwunden ist, haben Sie zuvor noch mit ihr gesprochen«, sagte Bettina und packte ihr Laptop aus, um die alte Aussage aufzurufen. »Im Schulgebäude. – Moment, ich muss es eben mal hochfahren.« Dann konnte sie auch gleich ihre Notizen zu dieser Befragung in die Akte stellen und anschließend heimfahren.

Fried-Zerche nickte. Dann sagte sie plötzlich: »Ich verstehe nicht, wieso Meggie den Gutvatter erschossen hat.«

Bettina spürte wieder dieses Flattern im Magen. Sie richtete sich so abrupt auf, dass der Gurt ihres Schulterholsters ihr den Brustkorb zudrückte und den Atem nahm. »Wen hätte sie denn Ihrer Meinung nach erschießen sollen?«, fragte sie etwas gepresst.

»Niemanden«, erwiderte Fried-Zerche sofort.

»Gab es in Höhbrücken jemanden, dem Sie mehr zutrauen, ein kleines Mädchen entführt zu haben? Hat jemand vielleicht auch Sie belästigt?«

Fried-Zerche schüttelte den Kopf, sagte aber nichts. Sie stand da und schaute Bettina ausdruckslos an. Lange.

»Wer war es?«, fragte Bettina schließlich leise.

Die junge Frau öffnete den Mund. Da machte der Computer entsetzlich laut sein Hochfahrgeräusch, das Baby schmatzte, krähte, begann zu weinen, und der Mann rührte sich. Fried-Zerche riss sich los, eilte zur Couch und nahm das Baby. Der Mann setzte sich auf. Er gähnte und erblickte Bettina. »Hallo.« Dann sah er sich im Raum um, als wäre er hier zu Besuch. »Wer ist das?«, fragte er halblaut seine Frau.

»Polizei«, antwortete die leise.

»Wegen …?«

»Höhbrücken. Meggie.«

»Oh«, machte der Mann wegwerfend. Nicht für mich, hieß das. Bettina ärgerte sich total über die Unterbrechung und beschloss im Geiste, den Herrn dafür mal gründlich zu überprüfen. Er sah ein bisschen unsolide aus, ein langer älterer Typ mit schnellen Augen, der wirkte, als trauere er der Zeit nach, in der er überall mit einem Lächeln durchgekommen war. »Ich geh eine rauchen«, sagte er leicht spöttisch und erhob sich.

Nachdem er fort war, benahm Fried-Zerche sich anders. Sie lief mit dem weinenden Baby herum, wiegte es nervös, ihre fahrigen Bewegungen regten das Kind vermutlich überhaupt erst auf. Sein Weinen jedenfalls hüllte die junge Mutter ein wie ein Unberührbarkeitszauber.

»Frau Fried-Zerche«, sagte Bettina laut und, wie sie hoffte, nicht allzu enttäuscht, »können Sie mir bitte Ihre letzte Begegnung mit Meggie vor zehn Jahren schildern?«

»Ich bin zu meiner Mutter ins Sekretariat gegangen«, sagte Fried-Zerche über die Schulter, »da kam sie grade raus. – Ist ja gut, Maus. Alles gut. Schhhhh.«

»Sie haben mit ihr gesprochen?«

»Ich hab ihr gesagt, dass sie unten an der Turnhalle rausgehen soll, weil der Kevin am Ausgang vom Parkplatz steht.«

Bettina nickte: Das stimmte mit dem bereits vorhandenen Protokoll überein. »Was hat Meggie gesagt?«

»Okay und tschüss. Schhhhh.«

»Was hatte Meggie an?«

»Em – ein Kleid. Ja, Maus. Ist ja gut.«

»Was für Dinge hatte sie dabei?«

»Ihren Ranzen. Einen Lolli.«

Der Lolli stand nicht im Protokoll. Bettina machte eine Notiz. »Was für einen Lolli?«

»Sie hatte ihn im Mund.«

»Hatte sie auch einen Turnbeutel?«

»Ja, Maus, ja, Mama macht dir gleich dein Fläschchen. – Em – ich glaube. Kann sein. Weiß nicht mehr. Schhhhh. Doch. Ja, sie hatte einen Turnbeutel.«

Wieder machte Bettina eine Notiz. »Wie sah der aus?«

»Schwer«, sagte Fried-Zerche.

»Irgendeine Ahnung, was drin war?«

»Nein. Schhhhh.«

»Kann es sein, dass der Beutel Kevin gehörte?«

Fried-Zerche blieb stehen. Das Baby verstummte spontan. »Glaub ich nicht«, sagte sie überrascht. »Wie hätte Meggie denn da drankommen sollen? Die wollte Kevin nicht treffen. Niemand wollte das. Darum hab ich sie ja gewarnt.«

»Hat Kevin jüngere Mädchen belästigt? Sexuell?«

»Kann sein«, sagte Fried-Zerche desinteressiert. Das Baby begann wieder zu wimmern. »Er war gemein«, setzte sie hinzu und klang jetzt selbst wie ein Kind. »Und dumm.«

»Hat er Sie belästigt?«, fragte Bettina direkt.

»Nein.«

»Hat Sie sonst irgendwer aus dem Ort belästigt?«

Fried-Zerche schüttelte den Kopf. Ihr Baby begann ernsthaft zu schreien. »Nee. – Och Maus.« Sie wiegte das kleine Bündel so heftig, dass Bettina angst und bange wurde.

Hier gab es nichts mehr für sie zu tun. Unzufrieden klappte sie den Computer zu und stand auf. »Vielen Dank, Frau Fried-Zerche. Wir werden Sie eventuell noch mal kontaktieren. Wenn Sie irgendwas auf dem Herzen haben, dann rufen Sie bitte an.« Sie nahm eine ziemlich verknickte Visitenkarte aus ihrem Portemonnaie und legte sie auf den Tisch.

Fried-Zerche sagte ja und schüttelte unwillkürlich den Kopf.

»Alles Gute.«

»Schhhh«, machte die junge Frau. Und öffnete mit der freien Rechten die Tür, damit Bettina endlich verschwand.

Draußen musste Bettina sich erst orientieren, es war, als würde sie in eine völlig andere Welt treten: Sonnenschein und heitere Weinverkostung überall, selbst der Schatten auf ihrer Straßenseite schien bis zum Anschlag mit Licht unterfüttert zu sein. Es duftete. Autos schoben sich im Schneckentempo die Straße entlang auf der Suche nach Parkplätzen und Einkehrmöglichkeiten. Sonntagnachmittag in der Vorderpfalz. Schnell weg hier, dachte Bettina.

Als sie im Taunus saß, versuchte sie, Nessa anzurufen. Die Mailbox ging dran. Ich lass sie festnehmen, dachte Bettina wütend, wenn sie wirklich gegen meinen Willen mit den Kindern ins Grünstadter Haus gefahren ist. Das ist Einbruch. Das geht nicht, Gespensterjagd hin oder her. Sie probierte es noch zwei Mal, schließlich erklärte sie Nessas Mailbox in einem Wutanfall, dass sie jetzt nach Grünstadt käme und Nessa sich auf etwas gefasst machen sollte. Doch noch während sie sprach, beschlich sie ein ungutes Gefühl. Nicht ans Telefon zu gehen, das war keine Polizistinnenart. Ob alles in Ordnung war? Mist, dass sie Enno nicht anrufen konnte. Moment mal, aber Sammy, das ging! Wenn Nessa wirklich mit den Kindern nach Grünstadt gefahren war, dann befanden Sammy und ihr Handy sich ja jetzt wohl am selben Ort …

9

»Sammy!«, rief Bettina tief erleichtert ins Telefon. Gottlob, es war jemand drangegangen. Jetzt erst merkte sie, wie angespannt sie gewesen war. »Sammy?«

Am anderen Ende rauschte es. Stimmen waren zu hören. Ein Gong. Dann wurde die Verbindung unterbrochen.

Nächster Versuch. Es klingelte lange. Dann das Freizeichen.

Noch mal. Klingeln. Lange. Dann ging jemand dran. »Hallo?«, sagte eine raue Mädchenstimme. Wieder viele Geräusche im Hintergrund. Es hallte.

»Olga?«, riet Bettina, inzwischen hellwach und alarmiert.

»Hallo, Tina Bulle«, sagte Olga und kicherte.

»Wo ist Sammy?«

»Wer ist Sammy?«

»Meine Tochter.«

»Das weiß ich doch nicht, wo die ist, Bulle.« Olga kicherte wieder.

»Wie kommst du an dieses Telefon?«

Olga stieß etwas Luft aus, es hörte sich an, als ob sie Rauch in den Hörer blies. Irgendwo in ihrer Nähe wurde etwas durchgesagt. Etwas quietschte schrill und sehr laut. Bahnhof, dachte Bettina.

»Das Teil ist Kacke«, sagte Olga obenhin. »Kannst du mir bitte mal die PIN sagen?«

Sammy hat es im Haus an der Steckdose vergessen, dachte Bettina, und Olga hat es mitgenommen. Frechheit, dass sie jetzt die PIN forderte, aber das bedeutete auch, dass Olga nur angerufen werden konnte und keinen Zugriff auf Sammys Privatsachen hatte. Noch nicht. Das war im Moment die Erklärung, die ihr am besten gefiel.

»Hast du dieses Handy gestern aus unserem Haus geklaut?«

»Bingo, Bulle.« Olga wollte sich wegschmeißen vor Lachen. »Ey, Bulle, ich klaue nicht. Das war Notwehr«, keuchte sie dann.

»Olga! Was hast du genommen? Bist du am Bahnhof?«

»Du bist 'ne echte Bulle, Bulle. Du weißt alles.«

»An welchem Bahnhof?«

»Phhhh«, machte Olga. »Wieso hast du uns eigentlich nach Ludwigshafen gebracht, Bulle, weißt du, was für 'ne fucking Stadt das ist?« Sie lachte, irgendwas raschelte. »Ey, gib mir das wieder!«, hörte Bettina dann Olgas Stimme etwas leiser. Und wieder ganz nah: »Mannheim.« Luft wurde in den Hörer gepustet. »Mannheim ist ganz okay.« Lachanfall.

»Ihr seid am Mannheimer Bahnhof?«

Die Antwort war ein lautes Prusten.

»Olga! Wo ist Nini? Kann ich die mal sprechen?«

»Nini?«, rief Olga. Im Hintergrund dröhnte etwas.

»Wo ist Nini?«, fragte Bettina.

»Weiß ich nicht, Bulle«, knurrte Olga. Dann sagte sie zu jemand anderem: »He – die Kleine, die bei mir war – hast du die gesehen?« Stimmen.

Bettina konnte nichts mehr verstehen. »Olga?«

»Nini kann nicht, Mann, die hat grad 'nen Job.«

»Ich will sie sprechen«, sagte Bettina.

»Fuck, Bulle, du nervst.« Etwas klickte, und Bettina dachte, die Leitung sei unterbrochen, aber Olga hatte wohl den falschen Knopf gedrückt. Das Rauschen und die Bahnhofsgeräusche setzten gleich darauf wieder ein, und Olgas Stimme sagte von etwas weiter weg: »Total süßer Typ, echt heiß, Augen, du – so! süß! … Aber seine Alte ist 'ne fucking Bulle. Natürlich scharf wie sonst was wegen ihm, du siehst ja, was für einen Stress die macht. – Oh. Stimmt, ist noch an.«

»Olga!«, rief Bettina an dieser Stelle, und sie bekam tatsächlich eine Antwort.

»Fuck«, sagte Olga in den Hörer.

»Olga, wieso seid ihr aus dem Frauenhaus raus?«

Olga schnaubte. »Die wollten uns stalken.«

»Olga!«

»Ja, Mann, das Zimmer war voll dreckig, und dann war da so 'ne Olle, die nur geheult hat, und die haben uns abgehört. Das war Kacke da.«

»Olga! Ihr seid in Gefahr! Ihr müsst da wieder hin!«

Olgas Lachanfall klang nicht echt. Aber er war ausdauernd.

»Ich komm euch holen«, sagte Bettina spontan und vermutlich unklugerweise.

Olga schniefte und lachte noch ein, zwei Mal, dann sagte sie: »Danke, Bulle. Aber wir kommen klar. Wir werden schon abgeholt.«

»Von wem?«

»Von meinem Freund«, sagte Olga hoheitsvoll.

»Dein Freund? Wer soll das sein? Eros? Dieser Masamune?«

»Eros ist süß«, sagte Olga beleidigt. »Und Honjo Masamune – nenn ihn nie anders, klar?«

»Olga, die nehmen dich wieder mit in die Hölle. Oder sie bringen euch gleich um.«

»Fuck«, sagte Olga, und die Verbindung brach ab. Diesmal hatte sie den richtigen Knopf getroffen.

Bettina ließ augenblicklich den Motor an, so aufgebracht war sie. Diese verrückten Mädchen hatten es irgendwie geschafft, einen ihrer ehemaligen Zuhälter zu kontaktieren, und der würde sie einsammeln und ganz bestimmt nicht nett zum Tanzen ausführen. So viel Blödheit gehörte bestraft. Im Grunde sollte ich sie gepflegt ihrem Schicksal überlassen, dachte Bettina. Der alte Taunus bebte und keuchte im Leerlauf, ein Paar in Wanderkleidung ging vorbei und schaute sich das verwundert an. Bettina schaltete den Wagen wieder aus. Ruhe bewahren, dachte sie. Erst mal Nessa und die Kinder anrufen und orten. Dann irgendwem aus der Soko Olgas und Ninis Standort durchgeben. Eine Fahndung einleiten. Erklären, dass zwei Verdächtige mit den Kampfnamen Eros und Honjo Masamune auf dem Weg zum Mannheimer Bahnhof waren und dort festgenommen werden konnten. Im Frauenhaus anrufen und sich beschweren, weil die sich nicht gemeldet hatten, als Olga und Nini gegangen waren. Die Welt retten. Und dann heimgehen und schlafen.

Ihr Handy klingelte. Bettina ließ es fast fallen vor Schreck.

»Tina?«

Es war Nessa. »Ich hab fünfmal versucht, dich anzurufen«, sagte Bettina grußlos und ohne ihren Ärger zu verbergen.

»In deinem Keller ist mein Empfang so scheiße«, sagte Nessa fröhlich.

»Du hast in meinem Keller überhaupt nichts verloren«, entgegnete Bettina wütend.

»Du hast ein sehr beeindruckendes Haus«, erklärte Nessa sehr beeindruckt, allerdings nur von Bettinas Besitz, nicht von ihrem Ärger. Den zu ignorieren fiel ihr offenbar gar nicht schwer.

»Ich werd es verkaufen«, knurrte Bettina.

»Waren deine Vorfahren Unternehmer? Die mit dem Gusswerk?«

»Nein, soviel ich weiß, haben sie Sand verkauft«, sagte Bettina. »Tongrube. Klebsandwerke.« Sie schüttelte sich. Das war jetzt echt kein Thema, das sie auch noch brauchte. »Geht's euch gut? Alles in Ordnung mit den Kindern?«

»Ja, bestens. Sag mal, dieser Brunnen da, der ist wirklich hinter einem Schrank versteckt gewesen? Und du hast nicht gewusst, dass es ihn gibt?«

»Wo seid ihr?«, fragte Bettina kühl dagegen.

»Noch in Grünstadt.«

»Hör zu, Nessa, ich möchte, dass ihr mein Haus verlasst. Jetzt sofort. Die beiden Mädchen, von denen ich dir erzählt habe, die sind aus dem Frauenhaus raus. Die kennen meine Grünstadter Adresse, und die haben Kontakt zu extrem gefährlichen, bewaffneten, gewaltbereiten Typen. Keine Sportpistolen, verstehst du? Das sind die mit den MPs. Die den Trucker erschossen haben. Ich will nicht, dass die euch dort treffen. Ihr müsst aus diesem Haus verschwinden.«

»Wollte ich sowieso grade«, sagte Nessa beleidigt. »Aber den Brunnen muss man untersuchen lassen. Diese Schuhe … das ist gruselig. Das sind Kinderschuhe. Jahrzehnte alt. Handgemacht, mit französischer Schrift.«

»Werd ich«, sagte Bettina mit mühsamer Beherrschung. Ihr war plötzlich eiskalt. Aber was immer diese Kälte ausgelöst hatte, sie konnte es heute nicht auch noch gebrauchen. »Und jetzt sofort raus da. Ich hol die Kinder bei dir ab. Dauert aber vielleicht noch, denn ich muss wahrscheinlich nach Mannheim. Oder zumindest zu uns in die Zentrale.«

»Hab dich nicht so«, sagte Nessa. »Ich pass schon auf sie auf.«

»Gut«, sagte Bettina.

»Schön«, machte Nessa.

»Bye.« Diesmal war es Bettina, die die Verbindung unterbrach.

Sie haben dich geweckt. Sie wollen wissen, wer du bist. War klar, dass das irgendwann zur Sprache kommen musste. Männer sitzen vor dir. Männer, denen du ansehen kannst, wie sie ohne Klamotten aussehen. Du kannst sie fast schmecken. Und eine Gutachterin. Sie sagt dir, dass du nicht drauf bist. Große Überraschung. Dann will sie wissen, wie du clean geworden bist. Sie traut dir nicht zu, dass du das aus eigener Kraft geschafft hast. Du sagst, dass du ja immerhin auch aus eigenem Antrieb die Waffe gestohlen hast. Und dann – selbst! – den Bullen getötet hast, Longo und den Lehrer.

Warum den Lehrer, will sie wissen. Den hast du nicht gekannt. Den hat nicht mal die echte Meggie wirklich gekannt. Der war harmlos, der hatte nix mit Kindern, und du bist auch nicht die echte Meggie. Das sagt die Wissenschaft. Dein Blut ist nicht

Meggies Blut, dein DNA-Profil ist anders. Du bist eine Fremde. Wer bist du?

Ich bin Meggie, sagst du.

Nein, sagt die Gutachterin. Sagen die Männer.

Und dann regen sie sich auf, weil du dabei bleibst. Sie verstehen nicht. Sie haben nicht begriffen, dass es darauf nicht ankommt. Weil sie ganz aus ihren Namen bestehen. Sie waren niemals jemand anders. Du dagegen hattest schon so viele Nicks, und die sind dir alle genauso schnell gestohlen wie angeklebt worden. Das waren nie echte Namen. Die haben sich geändert mit den Zimmern, den Häusern, den Frisuren. Du hattest auch schon mehrere zur selben Zeit. Es ist egal, was die Wissenschaft sagt. Es ist egal, was du für ein Blut hast. Dass Meggies Mutter mit dir nichts anfangen kann: Auch das ist nicht wichtig. Wenn du sagst, dass du Meggie bist, dann bist du Meggie. Ganz einfach. Denn Meggie sein bedeutet, dass du lebst. Und dass Nini lebt, hoffentlich. Und wenn sie lebt und wenn du lebst: Dann ist das die einzige Wahrheit, die zählt.

Mit dem Taunus nach Mannheim fahren: Das war immer so ein Ding, weil der Taunus natürlich keine Umweltplakette hatte, beziehungsweise, es wäre eine rote gewesen. Grün war notwendig. Als Oldtimer hätte er ohne Plakette reingedurft, aber Bettina sah den Taunus als Auto, nicht als Hobby, und sie würde den Teufel tun und sich für die ollen Mannheimer ein Oldtimerkennzeichen holen. So blieb ihr nur, die Strafzettel jedes Mal nachträglich von den Baden-Württemberger Kollegen für ungültig erklären zu lassen, wegen Ausübung ihrer Dienstpflicht. Das ging für eine Ludwigshafenerin in Mannheim gerade noch durch, weil die Städte eigentlich nicht zu trennen waren und ihre Kundschaft schließlich auch nicht auf einer der Rheinbrücken plötzlich haltmachte und sagte: Huch, da darf ich leider gar nicht rüber, ich hab meine Taten ja in Rheinland-Pfalz begangen! – Aber gern gesehen war es nicht. Und es waren auch ein bisschen viele Strafzettel gewesen in letzter Zeit. Die Kinder gingen eben dort in die Schule.

Im Moment war das alles natürlich für Bettina kein Thema, eine Fahndung war ausgeschrieben, die Mannheimer Bereitschaft auf dem Posten, und Bettina sollte zeitnah erscheinen und Olga und Nini identifizieren, bevor die beiden verschwinden oder abgeholt werden konnten oder beides, also raste sie über die Adenauerbrücke und erreichte den Bahnhof in Rekordzeit. Aber unterschwellig spielte die leidige Erfahrung mit den Strafzetteln eben doch eine Rolle, denn als sie nicht gleich einen Parkplatz fand, fuhr sie ein gutes Stück weiter und ertappte sich dabei, wie sie nach unauffälligen und dunklen Ecken zum Halten Ausschau hielt. Fuck, dachte sie, und dann dachte sie, dass sie schon so dachte, wie Olga redete, und dann stellte sie den Taunus ins Halteverbot, warf ihre Jacke über, obwohl es noch fast dreißig Grad hatte, damit man das Schulterholster mit der Waffe nicht so sah, rollte die Haaren im Nacken zusammen und sprintete los. Zum Bahnhof.

Der Mannheimer Hauptbahnhof bestand aus einem repräsentativen Gebäude mit Schalterhalle und Seitenflügeln, einer Mall im Untergeschoss und einer Gleisanlage mit zugigen Bahnsteigen und niedrigen Betondächern. Treffpunkt für sie war die VIP-Ruhezone im Schalterbereich, dort sollte sie den Einsatzleiter Deiwel treffen, KHK Deiwel von der Mannheimer Sitte, den kannte sie vom Sehen.

Sowie sie den Bahnhof erreichte, mäßigte sie ihren Schritt, aber Leute in Eile, dachte sie dann, waren auf einem Bahnhof eigentlich nichts Ungewöhnliches. Es war achtzehn Uhr zwölf, Dunst lag über der Stadt, die Hitze stand in der Bahnhofshalle, Schweiß lief Bettina den Rücken hinab. Da, rechts von ihr, eine diskret mit Folie verklebte Glastür: die VIP-Lounge. Sie holte ihr Smartphone raus, um noch mal die Kontaktinfos zu checken, da schlug diese Tür, die nicht zum Aufschlagen konstruiert war, auf, und eine Gruppe athletischer Männer in ordentlicher Kleidung und mit Bürstenhaarschnitten stürmte heraus. Bettina wurde am Arm gepackt und mitgezerrt.

»KK Boll aus Ludwigshafen?«

»Jawohl.«

»Sie sind unten in der Unterführung«, sagte jemand von der Seite. Einer direkt neben Bettina sprach leise in ein Headset. »Treppen gesichert? Die müssen erst mal aus dem Bahnhof raus. Ja. Gut. Wie viel Personen? Ja. Weiter. Waffen? Welche Waffen? Kannst du sie abschätzen? Oh. Alles klar –«

Ein Smartphone wurde Bettina vor das Gesicht gehalten. »Sind das die beiden Frauen?«

Bettina blickte auf das Foto und nickte. »Ja.«

»Bestätigt«, sagte KHK Deibel zu seinen Kollegen. »Bestätigt«, wiederholte der Typ mit dem Headset.

»Sie sind spät, Frau Boll«, sagte Deibel. Er war ein sportlicher Typ mit lichter werdendem Haar und traurigen Augen, er roch nach Schweiß und Testosteron. Alle taten das. Die Anspannung konnte man fast greifen. Sie passierten die Haupttür und standen jetzt auf dem Bahnhofsvorplatz.

»Die Adenauerbrücke«, sagte Bettina vage. Dort staute sich um die Zeit oft der Verkehr.

Deibel nickte. »Wir haben die beiden Frauen gleich ausfindig gemacht. Wir kennen die Leute hier ja. Die beiden sind auffällig und passten auf Ihre Beschreibung. Die waren unten in der Mall und dann in der Unterführung. Da haben sie sich jetzt vor ein paar Minuten mit den beiden Verdächtigen getroffen. Sie kommen gerade recht.« Wieder zeigte er Bettina ein Bild auf seinem Smartphone, ein Schnappschuss mit zwei männlichen Silhouetten.

»Ich kenne die nicht«, sagte sie bedauernd.

»Wir gehen davon aus, dass es die gesuchten Personen sind, weil sie anscheinend bewaffnet sind und im Moment mit den Mädels rausgehen.« Die letzten Worte stieß Deibel schon gepresst heraus, eine gewisse Eile ergriff die Gruppe, die Beamten verteilten sich auf dem Vorplatz, Deibel zog Bettina mit sich zu einem Taxistand. Da standen sie dann und guckten aufs Bahnhofsportal. Rings um sie floss der Alltag, Leute hievten Koffer in Taxis, wurden abgeholt, traten aus der heißen Bahnhofshalle in den warmen Sommerabend und atmeten auf. Als ein Pärchen in der Tür erschien, hätte Bettina Olga beinahe nicht erkannt, so sehr war sie Teil dieses Paars: Ein kräftiger, gutaussehender Mann verließ mit seiner Freundin den Bahnhof, so schien es, erst auf den zweiten Blick erkannte Bettina Olgas etwas zu hohe Pumps, ihre gepiercten Brauen, ihren fiebrigen Gesichtsausdruck. Ihr Begleiter war dunkel gekleidet, auffällig hübsch, mit steiler Falte auf der Stirn. Er hatte seinen Arm schwer um die zarte Olga gelegt, die mit gerötetem Gesicht neben ihm herlief, im Gleichschritt mit ihm, in flirty Körperhaltung, Brust raus, ihm zugewandt. Dass er es war, der sie abschleppte, war kaum zu erkennen. Nini war nirgendwo zu sehen.

Ein Kollege mit Headset näherte sich Deibel. »Der andere ist mit der kleineren Dunkelblonden noch drin«, sagte er leise. »Die wehrt sich. Sieht nicht gut aus. Er hat 'ne Waffe. Irgendwas Mittelgroßes, vermutlich eine Neunmillimeter. Wie's aussieht, bedroht er sie damit. Was machen wir?«

»Die müssen raus aus der Halle«, sagte Deibel nervös. »Da sind viel zu viele Leute.«

»Kein Zugriff«, sagte der Kollege ins Headset. »Abwarten.«

»Hier draußen sind auch viele Leute«, sagte Bettina.

Deibel nickte grimmig. »Er wird sie nicht auf offener Straße erschießen, wenn er sich nicht bedrängt fühlt.«

»Ich glaube nicht, dass die noch große Pläne mit den Mädchen haben«, sagte Bettina. »Die sind hier, um sie zum Schweigen zu bringen.«

»Da!«, sagte Deibel. Eine Frau war aus der Tür gestolpert. Ein kleiner, bulliger Mann asiatischer Herkunft folgte ihr auf dem Fuße, allerdings nicht im Gleichschritt. Sein Körper strahlte

Brutalität und Dominanz aus. Er hielt die Frau – Nini – mit einer Hand an der Schulter, mit der anderen drückte er ihr irgendetwas in den Rücken. Olga und ihr teuflischer Flirt hatten inzwischen den Vorplatz überquert und näherten sich zielstrebig einem dunkelgrünen Toyota, der in der Haltezone stand. Der Kollege mit dem Headset kommentierte das leise und gab irgendwem das Kennzeichen durch.

»Wir lassen sie hier rausfahren«, entschied Deibel. »Ich will in der Innenstadt keine Schießerei riskieren. Wir stoppen sie, wenn sie die Stadt verlassen haben.«

In diesem Moment kreuzte eine Gruppe Reisender den Weg von Nini und ihrem Entführer. Entführt wurde sie, das sah man ihrem Gesicht an. Und leider fiel das auch einem der Reisenden auf. Er stoppte, brachte die Gruppe ins Ungleichgewicht, wies auf Nini, zückte ein Handy, um zu fotografieren, die Nachfolgenden mussten stoppen, weil es nicht weiterging, jemand schrie. Dann blitzte plötzlich eine Waffe auf, jemand warf sich auf den Boden oder fiel, Schreie gellten.

»Scheiße«, fluchte Deibel und zog seine Dienstpistole, duckte sich, lief auf die verwirrten Menschen zu, der Kollege mit dem Headset folgte, und Bettina tat es ihnen gleich. Schließlich konnte sie nicht tatenlos am Taxistand herumstehen, während die Kollegen ihr Leben riskierten. Da sie aber keinen Knopf im Ohr hatte und somit keine Infos oder Anweisungen erhielt, versuchte sie, das Geschehen auf eigene Faust zu überblicken. Sie fiel hinter den anderen zurück und sah, wie Olga mit ihrem Begleiter in den Toyota stieg. Schreie und Befehle hallten jetzt über den Bahnhofsvorplatz, Reisende flohen, wichen zurück, Polizisten drängten im Gegenzug nach vorn, im Zentrum stand Nini, mit schreckgeweiteten Augen, den Rücken durchgedrückt, hinter ihr der Entführer, der ihr seine Waffe zwischen die Schulterblätter hielt. Er drängte sie vorwärts, er schaute sich um, er suchte. Was sucht er?, dachte Bettina, die ihre Walther P99 wie die anderen Kollegen mit beiden Händen im

Anschlag hielt und zwischendurch einer verschreckten Dame mit Hund Zeichen gab, sich aus der Schusslinie zu begeben und sich hinter ihr in Sicherheit zu bringen.

Er sucht das Auto, dachte sie dann. Er will mit Nini zum Toyota. Sie ist sein Schild. Bis dorthin wird er sie leben lassen.

Jetzt startete der Toyota und fuhr an. Ninis Entführer trieb sie unsanft vorwärts. Der Toyota näherte sich den beiden. Nini stand direkt am Bordstein, wo der Fluchtwagen vorbeikommen musste. Er verlangsamte seine Fahrt, der Entführer stieß Nini noch etwas weiter vor. Brüllte irgendwas. In dem Moment war dieser bullige Mann der Einzige, der noch Laut gab, alle anderen Leute auf dem Platz hatten jetzt kapiert, dass sie Zeugen eines Dramas waren, und standen wie gelähmt, selbst die Polizisten konnten rein gar nichts tun, alle beobachteten nur noch den Abgang der beiden Entführer mit den beiden Mädchen. Doch die gingen gar nicht ab.

Jedenfalls nicht alle vier. Denn der Toyota, der inzwischen fast zum Stehen gekommen war, gab ganz unvermittelt ein knirschendes, hässliches Geräusch von sich. Seine Räder drehten kurz durch, dann beschleunigte er und schoss davon. Ninis Entführer schaute ihm verblüfft nach, dann wurde sein Gesicht weiß, und ein Ausdruck grenzenloser Wut machte sich darauf breit. Er hob die Linke, die Hand, in der er keine Waffe hielt, und einen Moment sah es so aus, als wollte er sich ergeben. Doch dann flog auch seine Rechte nach oben und er drückte seine silberglänzende Pistole mit beiden Händen an Ninis Kopf.

Es knallte.

Bettina erschrak so sehr, dass sie fast umgefallen wäre. Der Rückstoß hatte sie stolpern lassen. Einen Moment sah sie das Nachbild des Mündungsfeuers durch ihr Blickfeld tanzen, sie roch das Pulver und hörte ein fieses Schrillen in den Ohren. Die Waffe, die losgegangen war, war Bettinas Waffe. Und es war auch tatsächlich ein Kopf explodiert. Nicht Ninis, wie es aussah.

Wie es ist, einen Menschen zu töten: ätzend. Echt. Manchmal wirst du so wütend, dass du alles kleinhauen könntest, in dem Moment wäre es leicht. In dem Moment wäre es aber auch sehr dumm, und darum ist es gut, dass du nie eine Waffe hattest, als du so wütend warst. Wie zum Beispiel, als du diese Gefängnistussi gebissen hast. Es ist gut, dass sie nicht gestorben ist, es war auch eklig, ihr Blut zu schmecken. Es war too much. Auch wenn dich jetzt alle mit Respekt behandeln, das ist natürlich ein Vorteil, aber eigentlich wird dir schlecht, wenn du an diese Wut denkst. Auf die Art bringt sie gar nichts und schadet dir nur. Du musst sie mitnehmen, du musst sie einpacken und aufheben für die passende Gelegenheit. Denn du ballerst ja nicht auf jemanden, weil du sehen willst, wie dem das Gehirn aus dem Kopf schießt. Du tust es, weil es die einzige Lösung ist.

»Es war die einzige Lösung«, sagte Deibel in sehr festem Ton zu Bettina, aber seine Augen blickten etwas zu starr, in einer Mischung aus Entsetzen, Mitleid und Befremdung. »Sie haben ihr das Leben gerettet, Frau Boll.«

Sie saßen etwas abseits vom Trubel auf zwei Plastiksitzen einer Bushaltestelle und sahen den geordneten Aufräummaßnahmen zu, die jetzt ganz penibel nach Dienstvorschrift durchgeführt wurden: Leiche bedecken, Zeugenaussagen aufnehmen, Opfer versorgen. Täterin befragen und festhalten. Die Täterin, das war sie. Komisches Gefühl, dachte Bettina, und mehr konnte sie momentan nicht dazu denken. Schwindel erfasste sie, wenn sie versuchte, sich den Tathergang ins Gedächtnis zu rufen. Sie spürte ihren Körper überdeutlich, aber sie hatte ihn gleichzeitig nicht so im Griff wie sonst, wenn sie die Hände ausstreckte, dann zitterten sie unkontrolliert.

»Es war die einzige Möglichkeit, ihn zu stoppen«, wiederholte Deibel. »Gut, dass Sie diese Geistesgegenwart hatten, Frau Boll. Sie haben dem Täter am nächsten gestanden. Sie waren im Grunde die Einzige, die es riskieren konnte zu schießen.«

»Hätten Sie es gemacht, wenn Sie an meinem Platz gewesen wären?«, fragte Bettina und sah, wie ein Zeuge, der ganz in der Nähe befragt wurde, mit dem Finger auf sie zeigte und ernst auf den protokollierenden Beamten einredete. Auch wenn sie vermutlich alles richtig gemacht hatte: Sie hatte einen Menschen getötet. Und dass es die einzige Möglichkeit gewesen war, das stimmte ganz einfach nicht. Es gab nie nur eine einzige Möglichkeit, das lernte man in den ersten fünf Minuten eines jeden Deeskalationsseminars.

»Ich weiß es nicht«, sagte Deibel. »Im fremden Bundesland … Ich kann Ihnen nur ehrlich sagen, Frau Boll, dass ich froh bin, dass ich diese Entscheidung letztlich nicht fällen musste.« Er nickte und seufzte. »Ich bete zu Gott, dass ich so treffe wie Sie, falls ich jemals in die Situation komme.«

»Ich trage selten eine Waffe«, sagte Bettina. »Und ich bin auch nicht die beste Schützin bei uns.«

»Aber Sie sind krisenfest«, sagte Deibel. »Sie haben den richtigen Kopf erwischt.« Er klopfte Bettina kurz aufs Bein und stand auf. »Ein bisschen Irrsinn gehört dazu, Frau Boll. Sie haben spontan gehandelt, das ist eine Gnade. Und Sie haben getroffen, das war Karma. Reden Sie drüber, lassen Sie sich helfen, aber wühlen Sie sich nicht rein. Der Schutzengel dieses Mädchens hat Ihnen die Hand geführt. Glauben Sie mir, das ist die gesündeste Art, damit umzugehen.«

»Wahrscheinlich«, sagte Bettina und streckte probehalber ihre Hand aus. Sie zitterte immer noch.

Deibel schüttelte den Kopf. »Jetzt quälen Sie sich nicht. Ihr Strafverfahren wegen dieser Sache wird eine reine Formsache. Sie haben Nothilfe geleistet, Ihr Schusswaffengebrauch war rechtens und notwendig, dafür haben Sie ein paar Dutzend Zeugen. Fahren Sie heim, Ihre Personalien und Ihre Aussage haben wir. Ruhen Sie sich aus, Freistellung können Sie mit

Ihrem Vorgesetzten klären, und morgen kommen Sie im Lauf des Tages vorbei und unterschreiben Ihre Aussage.«

»Ich brauche keine Freistellung«, sagte Bettina und ließ die Hand sinken.

»Besprechen Sie das mit Ihrer Dienststelle. Sollen wir Sie heimfahren?«

»Nein«, sagte Bettina. »Aber ich möchte das Mädchen mitnehmen.«

Deibel schüttelte den Kopf. »Die gehört jetzt erst mal uns. Wir passen auf sie auf.«

»Ich lasse sie ungern aus den Augen«, sagte Bettina.

»Kommen Sie, Frau Boll. Für heute ist's genug. Wir lassen sie nicht fort, bestimmt nicht. Sie kriegen die Kleine noch früh genug.«

»Solang sie Gelegenheit zum Telefonieren hat, ist sie nirgends sicher.«

»Frau Boll.«

»Okay, okay«, sagte Bettina. »Es wäre nur schade, wissen Sie, wenn – das alles umsonst gewesen wäre. Sie ist eine wichtige Zeugin, und sie steht auf der Abschussliste.«

»Ich muss jetzt«, sagte Deibel entschuldigend und erhob sich.

»Ganz oben!«, rief Bettina ihm nach. Dann fiel ihr noch etwas ein. »Was ist eigentlich mit Olga und ihrem – Freund?«

»Großfahndung«, sagte Deibel über die Schulter. »Die haben den Toyota am Schloss stehen lassen und sind jetzt wahrscheinlich mit 'nem anderen Auto unterwegs, das erschwert die Sache natürlich, aber in spätestens einer halben Stunde haben wir die eingefangen.«

Bettina nickte und erhob sich steif. Diese Großfahndung hätte Olga und ihren Entführer längst aufgespürt haben müssen. Das Verbrannte-Erde-Konzept des gutaussehenden Zuhälters mit der steilen Falte auf der Stirn schien aufzugehen. Als er seinen Kumpan mit Nini auf dem Bahnhofsvorplatz zurückließ, hatte er sich selbst einen Vorsprung von mindestens einer Viertelstunde herausgeschlagen. Diese Viertelstunde konnte für ihn die Freiheit bedeuten. Und für Olga einen nicht ganz so öffentlichen Tod.

Missmutig kickte Bettina einen leeren Kaffeebecher über die Straße. Wenigstens musste sie sich um die Aufbewahrung ihrer Waffe jetzt keine Sorgen mehr machen, die hatten die Mannemer sichergestellt. Ein Spurensicherer schaute sie wegen des Bechers strafend an, und sie machte, dass sie aus der abgesperrten Zone rauskam. Ging in Richtung ihres Autos, das sie im Halteverbot zurückgelassen hatte. Bei ihrem Glück heute würde da mit Sicherheit ein Strafzettel dranhängen.

Es stand tatsächlich einer an ihrem Auto, der was auf einen Zettel schrieb, und Bettina spürte bei seinem Anblick etwas sehr Intensives, das sie erst einen Augenblick später als Wut identifizierte. Contenance, dachte sie erschrocken, bleib einfach weg, bis er fertig ist, reg dich nicht auf. Das fehlte noch, dass sie sich hier mit einem unbescholtenen Ordnungshüter anlegte, wegen eines Strafzettels, den sie ganz leicht annullieren lassen konnte. Lass ihn machen. Warte ab und atme durch.

Dann stand sie aber doch neben ihrem Auto, als der Typ ihr eben was hinters Wischblatt an die Windschutzscheibe steckte, und sie erkannte, dass es nur ein Gebrauchtwagenhändler war, der Karten verteilte. Er hatte dunkle Haut, glattes Haar und ein breites Gesicht. »Ist Ihrer?«, fragte er betont gebrochen mit einem Lächeln, das Bettinas Vorsatz, wortlos einzusteigen und fortzufahren, zunichtemachte.

»Ja.«

»Schöne Auto.« Er fuhr anerkennend über die Kühlerhaube, wo ein großer Rostfleck harmonisch in die stumpfe Goldbraunmetallic-Lackierung überging.

»Ist noch im Originalzustand«, sagte Bettina.

Der Autohändler lächelte tiefer und nickte. »Plus vierzig Jahre. Und mehr.«

»Wie die Zeit vergeht«, sagte Bettina.

Der Händler beugte sich vor. »Ich könnte Ihnen Superpreis machen.«

Bettina nahm seine Karte vom Scheibenwischer. *Zhalgout – Wir kaufen alle Autos!* Stand in Blockschrift darauf. Und handschriftlich: *Ich biete 2000 Euro.*

»Zweitausend?«, sagte Bettina.

»Ist Scheibe kaputt«, sagte Zhalgout entschuldigend und wies auf die Beifahrerseite.

»Das ist ein Zweiundsiebziger TC mit eins Komma sechs Kubik. Knudsennase. Der wird grade wieder in. Sehr cooler Oldtimer, inzwischen.«

»Aber nicht als Oldtimer benutzt, eh?«

»Nein«, gab Bettina zu. Sie blickte auf die Karte und stutzte. »Herr – Zhalgout –«

Der Händler blickte verschmitzt. »Name ist bei mir Programm.«

»Entschuldigen Sie, dass ich Sie aufgehalten hab, ich will gar nicht verkaufen.«

»Sie halten mich nicht auf«, sagte er freundlich. »Sie überlegen es sich, eh?«

»Okay«, sagte Bettina.

Zhalgout lächelte immer noch so freundlich. Vielleicht wollte er einfach nur ein Schwätzchen halten.

»Kaufen Sie wirklich alle Autos?«, fragte Bettina, während sie das Schloss der Fahrertür öffnete. Das begann jetzt auch langsam zu haken.

»Ja, sicher«, sagte Zhalgout und beobachtete, wie Bettina mit der Tür kämpfte. »Bisschen Öl vielleicht«, sagte er weise.

»Mist. – Ihnen kann ich's ja sagen, weil ich das Auto eh nicht verkaufen will, mir ist schon klar, dass ich da einen Edelschrotthaufen fahre.«

»Oh, Schrott, das gibt es nur in Dschermania«, sagte Zhalgout mit großzügig ausladender Geste, und Bettina dachte, dass dieser Typ ganz sicher reinstes Hochdeutsch sprechen konnte, wenn er nur wollte. »Was hier Schrott ist«, sagte er, »das verkaufe ich nach Marokko für dreitausend pro Stück. Lohnt sich Überfahrt und alles. Dort wird Ihre schöne Taunus flottgemacht und hält noch mal fünfzig Jahre.«

»Och«, machte Bettina.

»Doch.« Zhalgout klopfte auf die Kühlerhaube, als sei der Taunus ein verdientes altes Reitpferd. Oder ein Kamel. »Ihre TÜV ist gut und schön, aber Ihre Autos könnten ein Leben nach dem Leben haben.«

Bettina hielt die Karte hoch. »Falls ich jemals verkaufen will, komme ich zu Ihnen.«

Zhalgout nickte, mit ernstem Blick auf das Chaos aus Kinderjacken auf der Rückbank. »Ich habe sehr schöne Audi im Hof stehen – Familienauto, aber mit Stil, eh? Sie können kommen und gucken, ganz unverbindlich.«

»Mal sehen«, sagte Bettina. Die Fahrertür schwang auf. Sie setzte sich.

Zhalgout beugte sich zu ihr herab. »Zwei Jahre TÜV, eh?«

Und ein Leben nach dem Leben.

»Ich überleg es mir«, sagte Bettina.

Am liebsten wäre sie einfach eine Weile im Auto sitzen geblieben, hier auf der Straße, wo niemand sie kannte. Einfach nur dasitzen und nicht noch ein Abendessen für die Kinder organisieren müssen. Doch wenn sie hierblieb, würde das den flinken Zhalgout zurückrufen, und darum startete Bettina kernig den Taunus und verzichtete sogar darauf, erst mal Nessa anzurufen und ihr Kommen anzukündigen.

Als sie dann vor deren Haus im Abendsonnenschein anhielt und sich wunderte, dass es erst acht Uhr war, da schien sie irgendwas auf ihrem Sitz festzuhalten. Sie konnte einfach nicht aussteigen. Es war so herrlich still hier hinter dem Lenkrad in der stickigen Luft, sie kannte jeden Krümel im Auto, jedes

Detail, es war eng und sicher und ruhig. Dort draußen auf der Straße und drin bei Nessa und den Kindern, da würde es nur laut und kompliziert werden und jeder würde Ansprüche stellen, so gut Nessa es vielleicht auch meinte und so hübsch und gefällig alles bei ihr eingerichtet war.

Bettina konnte nicht mehr.

Sie ließ sich tief in den Sitz sinken, die Kopfstütze war ein Witz, viel zu klein, das war ein Nachteil an diesem Auto, definitiv. Und jetzt musste sie natürlich an den Kopf des Mannes denken, der von der Kugel nach hinten geschlagen worden war. Und wie es rot gespritzt hatte. Und sie dachte an Nini und an Olga. Was mit denen geworden war, wusste sie auch nicht. Ein Unding, dass das alles jetzt zusätzlich noch ein Mannheimer Fall war, so würde sie nie rechtzeitig an Infos kommen, Olgas Tod oder Befreiung würde sie wahrscheinlich aus den Nachrichten erfahren. Schrecklich, erst Mittelpunkt des Dramas zu sein und dann nicht zu wissen, wie es weiterging.

Wobei –

Nein.

Das konnte unmöglich sein, das Handy hatte Olga sicher als Erstes weggeworfen, und wenn nicht sie, dann ihr Entführer. Das brauchte sie gar nicht erst zu versuchen.

Versuch's doch, sagte etwas in Bettina. Hast du etwa was zu verlieren?

Ja, warnte eine andere Stimme. Vielleicht bringst du Olga in Gefahr, wenn du sie anrufst. Oder du vertust deine einzige Chance, mit ihr Kontakt aufzunehmen. Am sichersten ist, du lässt einfach die Kollegen versuchen, das Handy zu orten –

»Ja?«, herrschte Olga harsch ins Telefon. Bettina hörte Fahrtgeräusche und eine ärgerliche Männerstimme im Hintergrund. »Nein, jetzt lass mal! – Was?«

»Olga, hier ist Bettina Boll, wo bist du? Wie geht es dir?«

»Mir geht's gut.«

»Olga, wer ist bei dir?«
»Eros«, sagte Olga liebevoll.
»Olga, dieser Mann wird dich töten. Du musst fliehen.«
»Er liebt mich.«
»Nein!«
»Fuck«, sagte Olga. »Sag du's ihr.«
Bettina erwartete Schlaggeräusche, Explosionen, Störpfeifen oder einfach, dass die Verbindung jetzt abbrach, denn Eros konnte eigentlich nichts anderes tun, als dieses Handy zu zerstören, das seinen Standort verraten würde. Doch zu ihrem blanken Erstaunen sagte eine raue Männerstimme: »Ich liebe sie.«
»Beweisen Sie's«, forderte Bettina sofort.
Schweigen. Aber die Verbindung stand.
»Namen«, sagte Bettina. Ihr Herz klopfte so laut, dass sie dachte, er müsste es hören. Ihre Hand zitterte furchtbar. Eros schien immer noch zu lauschen. »Das hier ist ein privater Anruf«, sprach Bettina, so ruhig sie konnte. »Das wird nicht zurückverfolgt. Wer bei der Polizei wusste alles von der *Sexy Bar*? Wer? Sagens Sie's mir. Namen.«
»Lassen Sie sich von Karl-Heinz Ninis Perso geben und gucken Sie sich den mal genau an«, sagte Eros wegwerfend. »Der ist vom Richter.«
»Namen!«
Aber jetzt riss die Verbindung wirklich ab. Ninis Perso. Was sollte mit dem sein? Hatte die überhaupt einen? Und wenn ja, war er auch gefälscht? Das wäre ja keine große Überraschung. Bettina saß einen Moment lang da und schaffte es nicht, ihr Handy vom Ohr zu nehmen, so sehr war sie auf jedes Geräusch konzentriert gewesen. Schließlich rührte sie sich mühsam, rief Freunscht an und berichtete ihm von dem Telefonat, eigentlich nicht ihm, sondern seiner Mailbox. Dann sank sie in den Sitz zurück. Und wäre fast eingeschlafen.

Ob du Angst vor dem Richter hast? Schwer zu sagen, klar, ja – ja. Ja, du hast Angst vor dem Richter. Sonst hättest du die Wärterin nicht nach ihm gefragt, und sonst hättest du sie nicht gebissen. Aber was er dir wirklich tun kann, das weißt du nicht. Vielleicht ist er gar nicht so mächtig, vielleicht bist du auch morgen schon tot, kann sein. Du musst einfach die Augen offen halten und jeden abchecken, der dir nahe kommt. Jeder könnte ein Spezi vom Richter sein. Jeder Bulle, jeder Wärter, die fette Kuh, die jetzt gerade unter dir liegt und summt. Bescheuert. Wenn die den Richter kennt, dann kann es mit ihm echt nicht so weit her sein. Nein, du musst vorsichtig sein, und du musst ihnen zeigen, dass du gar nicht vorhast, den guten alten H.G. zu verraten. Darum geht es nicht. Du kennst H.G., der ist eben, wie er ist, und du willst ihm nichts tun. Worum es hier geht ist nur: dass er dir auch nichts tut.

»Ich hab dir einen Gefallen getan«, sagte Nessa salbungsvoll, als Bettina dann eben doch das Bilderbuch betrat, in dem die Kollegin wohnte. Innen war es fast noch schöner. Ein kleiner Hof ließ Licht herein, der Boden im ehemaligen Blumenverkaufsraum war mit schwarzweißem Terrazzomosaik belegt, eine abgewetzte Ledercouch stand genau dort, wo Bettina sie auch hingestellt hätte, an einer Wand hing die Leuchtreklame, die wahrscheinlich einst über der Tür gehangen hatte, eine offene Küchenzeile mit mildem Chaos deutete an, dass Nessa gern kochte, und dann noch die Katze. Und die Pflanzen. Und Musik, die nach Norah Jones klang.

»Danke«, sagte Bettina. »Das war super von dir, auf die Kinder aufzupassen, und dass sie auch gesund und munter wieder hier sind, du hast was bei mir gut. Und jetzt müssen wir sofort heim.«

»Ist okay«, sagte Nessa. »Danke. Aber ich meine was anderes. Ich habe –«

Ein winziges flauschiges Kätzchen hoppelte vor Bettinas Füße, sah hoch, maunzte klagend. Sofort erschien die Mutterkatze, warf der Fremden einen drohenden Blick zu, fauchte leise, nahm das Katzenkind am Nacken zwischen die Zähne und trug es zum Nest zurück: ein großer Pappkarton, neben dem Enno und Sammy sich häuslich niedergelassen hatten.

»Sie mag mich nicht«, sagte Bettina.

»Aber sie mag deine Kinder«, sagte Nessa lächelnd. »Weißt du, was, du siehst total fertig aus.

»Danke.«

Nessa lächelte. »Ich habe deinen Brunnen ausgelotet. So Pi mal Daumen, mit 'ner Rolle Schnur, die ich im Auto hatte. Der ist ganz schön tief, fast sieben Meter. Und ich habe mit Habermeyer gesprochen. Ich kann verstehen, dass du keine Untersuchung beantragen möchtest, hast ja keine Verdachtsmomente außer diesen Schuhen, also gar nichts auf der Hand, wäre ein reiner Liebesdienst von den Kollegen, aber, also echt, Tina, diese Schuhe – das ist gruselig.«

»Das klären wir später«, sagte Bettina, zu erschöpft, um sich noch zu ärgern. »Ich bin dir dankbar, echt, aber das Grünstadter Haus geht dich nichts an.«

Nessa musterte Bettina nur nachsichtig.

»Also weißt du –«, begann Bettina. Doch das Kätzchen kam zurück, blickte zu ihr auf, maunzte. Sie hätte es nie zugegeben, aber sie hätte es gern gestreichelt. Dieses Fellknäuel sah zum Anbeißen aus, flauschig und schwarzbraun und frech. Jetzt ließ die Mutter sich etwas Zeit mit dem Wiedereinfangen. »Süß«, hörte Bettina sich sagen. Ihre Kinder reagierten darauf unglaublich hellhörig. Hatten sie zuvor kaum Bettinas Ankunft registriert, riefen sie jetzt gleichzeitig:

»Ja, das sind sie!«

»Tina, das findest du auch, oder?

»Nimm es doch mal hoch!«

»Die sind soooo süß!«

»Du musst es streicheln, Tina!«

»Die sind ganz leicht, wie kleine Vögel!«

Nessa hob das Katzenkind auf und reichte es Bettina. »Willst du?«

Prompt erschien die Mutter und blickte drohend zu ihnen hoch.

»Ich glaube, da hätte sie was dagegen«, sagte Bettina, einerseits enttäuscht, weil das Baby wunderhübsch war, andererseits erleichtert, so aus der Nummer rauszukommen, denn wenn sie das Kätzchen erst in der Hand hatte, würde sie es wahrscheinlich doch mit nach Hause nehmen. Nessa trug das Kind zurück zu dem Karton.

»Hast du was von Härting gehört?«, fragte Bettina Nessas Rücken, um sich selbst davon abzulenken, dass Enno und Sammy im Hintergrund einzelne Junge provisorisch in die Familie aufnahmen. »Das Schwarze«, sagte Sammy bestimmt. »Nein, den Tiger«, entgegnete Enno, und dann wünschte Sammy sich wieder die Schwarze, ein endloses Thema in Variationen, untermalt vom Maunzen der Kätzchen.

»Oh, genau, du sollst mal nach ihm gucken«, sagte Nessa. »Fraglich, ob er die Nacht übersteht. Sagt Habermeyer.«

»Heute?«, fragte Bettina. Wenn sie nicht bald heimkam, dann würde sie hier auf der Stelle umfallen. Oder aus Versehen irgendwo draufhauen. »Das geht nicht.«

»Versuch es morgen«, sagte Nessa. »Ich glaub, er will dich noch sehen.«

»Hat er keine Familie?«

Nessa seufzte mitleidig. »Gott, bist du fertig.«

»Nein. – Ja.«

»Ich ruf euch ein Taxi.«

»Nein«, sagte Bettina.

»Wie du meinst. Geh heim, Tina. Kinder, die Kätzchen könnt ihr jetzt sowieso noch nicht mitnehmen. Die sind viel zu klein. Ihr kommt einfach in vier, fünf Wochen noch mal.«

»Nein«, sagte Bettina.

»Doch!«, rief Enno.

Und Sammy: »Nein, morgen!«

»Ihr müsst jetzt heim«, sagte Nessa. Sie legte Bettina kurz den Arm um die Schulter, was sie sich sicher nicht getraut hätte, wenn Bettina noch irgendwie bei Kräften gewesen wäre. »Du hast ein schönes Haus«, sagte sie viel zu vertraulich in Bettinas Ohr. »Aber diese Schuhe da … dieser Brunnen …«

»Nicht jetzt«, sagte Bettina direkt und ungeduldig. Sie konnte einfach nicht mehr.

»Oh Mann«, sagte Nessa. »Geh schlafen.«

Bettina sah Nessa an – sie war ganz nah und schaute ihr besorgt ins Gesicht –, dann schüttelte sie den Kopf und machte sich frei. »Danke fürs Aufpassen«, sagte sie nur. »Ciao.«

10

Sie erwachte mit einem sauren Geschmack im Mund, fühlte sich aber erstaunlich erholt. Es machte eben doch was aus, im eigenen Bett zu schlafen, in einem Haus ohne Gespenster. Die Bilder der Nacht schüttelte sie auf dem Weg ins Bad ganz ab, dass da im Traum kleine Schuhe gewesen waren, ein fieses, kaltes Wasserloch in einem düsteren, hallenden Raum und dahinter ein wütender Mann, dessen Kopf plötzlich zurückflog, das hatte Bettina beim Zähneputzen schon erfolgreich verdrängt. Jetzt mussten sowieso andere Sachen erledigt werden, erster Schultag nach den Sommerferien, das war immer spannend, auch wenn gerade keine Einschulung oder ein Wechsel anstand. Sie musste die Kinder nur feierlich hinfahren, weil man das am ersten Schultag so machte, dann waren sie bis nachmittags versorgt.

Beim Frühstück merkte sie aber, dass natürlich doch noch was fehlte: Brot für Schulbrote, schadstofffreie Trinkflaschen, die Zettel für die Schulbuchausleihe. Sie gab den Kindern die letzten Capri-Sonnen und abgepackte Puddingschnecken mit und ermahnte sie, die vermaledeiten Zettel zu finden, heute Nachmittag!, wobei, letztes Jahr hatten sie die Bücher auch so gekriegt. Dann mussten sie los. Draußen roch die Welt wunderbar. Die Sonne knallte auf den verrosteten Taunus, die Türen ließen sich heute mal ganz leicht öffnen, Enno schaffte es, die abgerissene Fensterkurbel einfach wieder dranzustecken, die Straßen waren frei, die Ampeln grün, im Auto neben ihr sang ein Fahrer bei offenem Fenster. Enno, der auf dem Beifahrersitz saß, guckte sich das an und lächelte dann sein ironisches hübsches Lächeln. »Guter Tag heute«, sagte er.

»Ja«, sagte Bettina.

»Wenn wir das schwarze Kätzchen nehmen«, sprach Sammy von hinten.

Bettina war so gut drauf, dass selbst diese Zumutung sie nicht anfocht. »Mal sehen«, sagte sie nur. Worauf Enno den Tiger ins Spiel brachte und die Fahrt mit Katzengesprächen verging. Als sie dann vor der Schule standen, beglückwünschte Bettina sich innerlich, weil sie es tatsächlich geschafft hatte, keine feste Zusage zu machen. Alles war gut. »Soll ich euch reinbringen?«, fragte sie angesichts der vielen Eltern auf dem Bürgersteig.

Enno blickte sie von der Seite an. »Sei nicht albern, Tina.«

»Sammy?«

Ihre kleine Tochter lächelte sie entschuldigend an und schüttelte verlegen den Kopf.

»Das wäre zu uncool, wie?«

Sammy zog die Nase kraus und nickte. Dann sagte sie: »Ich hab dich lieb, Tina.«

Hammer, wie schnell die Kinder groß wurden.

»Ich hab dich auch lieb«, sagte Bettina. »Euch«, setzte sie hinzu. Enno hieb die Beifahrertür ins Schloss, sein Fenster war natürlich immer noch offen. Er wandte sich um und grinste kurz. Bettina seufzte. Er war so hübsch, er war so cool, und sie liebte ihn. Aber die zerbrochene Scheibe, die würde sich vielleicht gar nicht mehr hochdrehen lassen.

Dass sie jetzt noch rechtzeitig zur Morgenbesprechung der Soko kommen würde, war völlig utopisch. Und obwohl sie eigentlich dringend persönlich Bericht erstatten musste, hatte sie sowieso von mehreren Seiten eine Auszeit ans Herz gelegt gekriegt. Nach einem solchen Erlebnis wie gestern musste sie eigentlich erst mal zur amtsärztlichen Untersuchung. Über die Hälfte aller Kollegen, die an Schießereien oder sonstigen Einsätzen mit Todesfolge beteiligt waren, entwickelten anschließend eine posttraumatische Belastungsstörung, die unbehandelt zu Depression und Berufsaufgabe führen konnte. Und offenbar zeigten sich schon die ersten Symptome, denn eine Berufsaufgabe erschien Bettina jetzt gerade gar nicht so abwegig. Depression spürte sie nicht, aber sie mochte keine Waffe tragen, und sie mochte keine Menschen erschießen. Vielleicht war das, was posttraumatische Belastungsstörung genannt wurde, ja nur ein ganz natürliches Innehalten nach einer Krise. Eine plötzliche Weitsicht, gesunde Unzufriedenheit mit einem fehlerhaften System. Die dazu führte, dass man wirklich krank wurde, wenn man nichts änderte. Bettina dachte, dass sie vielleicht mal was essen sollte. Und Kaffee trinken. Sie hielt spontan am Straßenrand neben einem Café. Dann drehte sie Ennos Scheibe hoch, die sich gefährlich bog, aber hielt. Das war somit der nächste Tagesordnungspunkt: eine Werkstatt. Sie stieg aus, setzte sich in die Sonne, bestellte einen Kaffee und ein Croissant. Komisch, dass noch niemand angerufen hatte. Montagmorgen nach so einem ereignisreichen Wochenende, da musste es doch brummen. Aber bestimmt wäre es ein Fehler, jetzt das Handy rauszuholen und nachzusehen.

Leider dauerte es so lang mit dem Kaffee, dass sie es doch tat. Das Handy war ausgeschaltet – ach so! –, sie machte es an, und das Laufrad drehte sich wieder: dreiundfünfzig Nachrichten allein von der Arbeit – die Dienststelle, die Soko, die Mannemer, sogar die JVA.

Der Kaffee kam. »Hach, was seufzen wir denn?«, fragte der hübsche Kellner. Er trug einen Bart zu lackierten Fingernägeln und schwarz gemalten Katzenaugen.

Bettina legte als Antwort das Handy auf den Tisch. Der Kellner richtete ihr den Teller mit dem Croissant nach der Kaffeetasse aus. »*Don't answer every call*«, sagte er mit nonchalantem Augenklimpern. »*Bon appétit.*« Er schwebte davon.

Bettina probierte den Kaffee. Er war lecker.

Gut, sagte sie sich dann. Eine Nachricht zum Frühstück. Die anderen danach. Nur eine. Also schön, zwei, eine private und eine dienstliche. Sie öffnete die Mail ihres Maklers Wollgast und bestätigte einen Besprechungstermin am Mittwochmorgen in seinem Büro. Der Hausverkauf war auch wichtig. Sehr sogar. Sie fühlte sich viel besser danach und nahm sich vor, diesen Termin wahrzunehmen, komme, was wolle. Schießerei, Bombendrohung, Kindesentführung: Egal, sie würde sich verabschieden und ihr Haus verkaufen. Das musste einfach sein. Okay, und jetzt dienstlich. Da waren so viele. Sie wählte die oberste. Die war von Mona, gesendet vor grade mal zehn Minuten. *Liebe Frau Boll*, stand darin. *Möchten Sie vielleicht nachher mal den Chef besuchen? Er liegt im St. Marienkrankenhaus, Palliativstation, siebter Stock. Zwischen neun und zehn wäre es günstig. Liebe Grüße von Mona Simmler, Verwaltungsangestellte PP Ludwigshafen.*

Palliativstation. Und zweimal Liebe in einer Mail, von der nüchternen Mona, deren Abkürzungen und knapper Ton legendär waren. Es musste furchtbar schlimm um Härting stehen.

Bettina sah auf die Uhr: halb neun. Sie winkte dem Kellner. Der kam und zog die wohlgezupften Brauen bis fast zum Haaransatz. »Ganz deine Meinung, du brauchst da noch was zu«, sagte er streng. »Ich hab Holunderblütengelee aus meinem Dorf in der Pfalz, da ist außenrum zwanzig Kilometer nix als Wald, der Holunder steht in der reinsten Luft, bio as bio can, da könntste 'ne Arschbombe reinmachen. Ein kleines Portiönchen, ja? Und ein Ei, wachsweich? Freilaufend, das ist ja klar. Und Butter dazu? Weißt du, eine Grundlage ist wichtig, immer gleich hopphopp losspringen, wenn dein Buzzer geht, das ist nicht gut, glaub mir.«

Bettina lächelte entschuldigend. »Zahlen.«

»Sechs achtzig«, sagte der junge Mann und schniefte. »Soll ich's dir einpacken?«

»Ich ess es noch«, sagte Bettina. »Acht.« Sie blickte den Kellner an. »Welches Dorf in der Pfalz?«

»Danke – wie meinen?« Er nahm Bettinas Zehn-Euro-Schein und sagte dann: »Heltersberg. Kennst du das?«

»Ich arbeite momentan in der Nähe«, sagte Bettina lächelnd. Heltersberg lag im Wald vor der Höhbrückener Hochebene. »Ruhige Gegend.«

Der Kellner nickte. »Die Marmelade da ist gut«, sagte er und lächelte auch.

»Mir wäre es wahrscheinlich zu still«, sagte Bettina.

Der Kellner grinste. »Ich weiß, was du meinst, aber Ludwigshafen ist nicht viel besser, glaub mir. – Und zwei zurück.« Er zog die Nase kraus. »Es ist wärmer hier, und es gibt Barbershops.« Seine Linke fuhr liebevoll über den vermutlich gefärbten Bart. »Das ist alles.«

Sie biss in das Croissant, hauptsächlich um dem Kellner eine Freude zu machen. »Hmmm.«

Er seufzte. »Lass dir Zeit, ja?«

»Okay«, sagte Bettina kauend. Ihr Handy machte pling. Gleich darauf noch einmal.

»Diese Dinger da versauen dir das ganze Leben«, sagte der Kellner altklug und wandte sich ab.

»Wir können alle nicht zurück«, sagte Bettina, packte das Handy ein, nahm das angebissene Croissant in die Hand und stand auf. »Und das ist auch gut so.«

Einfach so ins Krankenhaus gehen und den Chef besuchen, das klang gut, war aber ein Wunschtraum, sie musste zumindest ihre Ermittlungsergebnisse endlich mal anständig aufbereiten. Dass Olga vielleicht immer noch auf Sammys Handy angerufen und geortet werden konnte, Eros' seltsame Aussage, die Einzelheiten der Schießerei und dann vielleicht noch ein Wort zum verdächtigen Verhalten der Zeugin Fried-Zerche. All das musste in Berichtform in die Akte, das konnte sie nicht nur in Telefonaten und kurzen Notizen weitergeben. Wenn sie aber jetzt auf die Dienststelle fuhr, dann war der Tag vorbei. Also setzte sie sich ins Auto und schrieb auf dem Laptop drei sehr kurze Berichte. Dann war es schon halb zehn.

Na schön, dachte sie. Zieh es durch. Sprich ein letztes Mal mit deinem Chef. Als sie den Taunus startete, fiel ihr ein, dass es Mona ähnlich sehen würde, Termine zuzuteilen: Bettina neun bis zehn, dem Polizeipräsidenten zehn bis elf, dem Innenminister elf bis zwölf. Hoffentlich ist der Chef allein, dachte sie und fuhr an. Und dann dachte sie: Hoffentlich ist er noch nicht tot.

Er war allein, und er lebte noch. Das Zimmer lag nach Süden, stand schutzlos voll Sonnenlicht, das nur durch dünne Vorhänge gefiltert wurde. Es war knallheiß. Fenster aufmachen ging vermutlich nicht wegen des Straßenlärms, Klimaanlage war nicht vorhanden. Die einzige Möglichkeit, frische Luft einzulassen, war die Zimmertür, aber die wollte Härting sofort geschlossen haben. »Machen Sie mal die Tür zu, Böllchen«, war das Erste, was er zu Bettina sagte, noch vor: Guten Tag oder: Gut, dass Sie's noch geschafft haben.

Bettina schloss die Tür. Sofort brach ihr der Schweiß aus. Sie trug Jeans, T-Shirt und Stiefel, so wie immer. Dünne Jeans und ein leichtes T-Shirt, heute mal mit Rosen drauf, um das Rockerbraut-Image loszuwerden, aber selbst das war zu viel. Hier drin kam man um vor Hitze.

»Gut, dass Sie's noch geschafft haben«, sagte Härting jetzt und wies zittrig auf den Besucherstuhl neben seinem Bett. Er sah seltsam eingefallen und jenseitig aus. Das Grau, das ihn immer begleitet hatte, war stark verblasst und einem noch fahleren und ungesünderen Ton gewichen, seine Haut schimmerte durchscheinend und fast weiß, seine Augen waren wässrig und ein wenig fiebrig, so als wollten sie etwas sagen, das sein Mund nicht mehr herausbrachte.

Bettina setzte sich. »Ich hab's nicht geschafft, etwas zu besorgen«, sagte sie, mit Blick auf die blumengeschmückten Tische, entschuldigend.

»Ich brauch keine Blumen«, sagte Härting. Ein Funke seines alten Temperaments belebte seine Stimme. Er bewegte sich, und Bettina merkte, dass er sich aufrichten wollte.

»Nein, lassen Sie, Böllchen.« Er quälte sich. »Das schaff ich noch.«

Er schaffte es nicht. Schließlich fiel er erschöpft aufs Kissen zurück. Bettina wagte es nicht, noch einen Hilfsversuch zu starten.

»Können Sie mal da unten den Hebel ziehen, damit ich Sie sehen kann?«

»Klar«, beeilte Bettina sich zu sagen und stellte das Kopfteil von Härtings Bett höher, so dass er annähernd eine sitzende Position einnahm.

Er atmete schwer, als hätte ihn selbst das zu sehr angestrengt. »Hier sieht's aus wie in einer Leichenhalle.« Ohne Freude wies er mit dem Kinn auf die vielen Blumen. »Feiglinge. Alle schicken Kränze, aber keiner traut sich hierher, nicht mal mein Sohn.«

Bettina wusste, dass Härting Familie hatte, aber genau kannte sie sich nicht aus. »Er kommt sicher noch«, sagte sie und wischte sich dezent etwas Schweiß von der Stirn.

»Glaub ich nicht«, sagte Härting.

Eine Pause entstand. Der Chef sah zu Tode erschöpft aus, aber immer noch mitteilsam, als ob er etwas loswerden wollte. Die Hitze im Raum schien er gar nicht zu bemerken. Bettina dagegen fragte sich, ob ihre Kleidung spontan um zwei Nummern eingelaufen sein konnte. Es ist nicht nur die Temperatur, dachte sie. Es ist der Tod, der hier im Zimmer steht. Der macht mich nervös.

»Wie ich höre, hatten Sie gestern mal Ihre Waffe dabei«, sagte Härting prompt. »Gucken Sie nicht so, Böllchen, glauben Sie, ich kriege nichts mehr mit?«

»Es ging so schnell«, sagte Bettina und zupfte unauffällig an ihrem T-Shirt, um etwas Luft an die Haut zu lassen. Sie sah Härting an. »Haben Sie mal jemanden getötet? Irgendwann?«

Er griff plötzlich nach ihrer Hand. Er musste sich vorbeugen, dann klammerte er sich mit aller Kraft an ihr fest, um das Gleichgewicht zu halten. »Das ist manchmal so«, sagte er und blickte Bettina direkt und schrecklich bedeutsam in die Augen.

»Ja.« Bettina blickte zurück.

»Man tut nicht immer das Richtige.«

»Vermutlich nicht.«

»Einmal nicht nachgedacht, und Sie müssen es Ihr ganzes Leben lang bereuen.«

»Ich denke, ich werde es verarbeiten«, sagte Bettina mit leichtem Trotz. Ihre Kleider klebten wie Pech an ihr. »Ich hab ja zum Glück den Bösewicht getroffen und nicht das Mädchen.«

Härting schluckte, sein Blick driftete davon. Entweder war er jetzt völlig am Ende, oder die Antwort gefiel ihm nicht. Geisterhaft langsam sank er in die Kissen zurück, ließ Bettinas Hand los. Dann öffnete er die Augen zu Schlitzen und winkte sie mit dem Zeigefinger zu sich heran. Bettina erhob sich, beugte sich vor und befürchtete, dass ihr Schweiß auf Härting tropfen würde. Ihre Kniekehlen kribbelten. Irgendetwas kitzelte in ihrem Nacken.

»Böllchen«, wisperte Härting heiser.

»Ja?«

»Würden Sie was für mich tun?«

»Was denn?« Bettina flüsterte jetzt auch.

»Ziehen Sie sich aus.«

Härting sah sie an, ernst und entschlossen, die wässrigen Augen mit einer Schärfe auf sie gerichtet, die er sicher nicht lange halten konnte. Bettina wich etwas zurück, sie hatte alles erwartet, ein Geständnis, eine Amtsübergabe, ein Vermächtnis – nur nicht das. Und er hatte es so nüchtern gesagt, so autoritär, als wollte er sie im Rahmen seiner Dienstpflicht untersuchen.

»Nein«, sagte sie. Sie dachte, sie müsste ersticken.

Da schnaubte er und seine Mundwinkel hoben sich und

Bettina sah ihren Chef lächeln. Ein Wunder. Sein Gesicht war nicht dran gewöhnt, es sah fast schmerzlich aus. Aber seine Augen glänzten. »War ein Versuch«, sagte er. »Nichts für ungut, Frau Boll. Ich wollte nur einfach noch einmal eine Frau sehen.« Er sah sich in dem heißen Zimmer um. »Das Leben ist so kurz. Und so schön.«

Dann schloss er die Augen und schien einzuschlafen.

Bettina stand einen Augenblick vor ihm und spürte den Schweiß ihren Nacken hinabrinnen.

Härting blinzelte.

Er lebte noch.

Sie zog ihr T-Shirt aus.

Ihre Stiefel.

Den BH.

Jeans, Unterhose und Socken.

Wehe, du stirbst nicht, dachte Bettina und tippte Härting auf die Schulter.

Er öffnete die Augen und sah ihren Körper an.

Lange.

Dann machte er die Augen wieder zu.

Und Bettina kämpfte sich in ihre feuchten Sachen zurück und verließ das heiße Sterbezimmer.

Etwas essen. Sie hatte Hunger. Sie dachte, dass sie sich irgendwie fühlen musste: befreit, benutzt? Es war wie immer mit Härting gewesen, sie hatte nichts bekommen, er hatte ihr nichts gegeben, kein letztes Geheimnis, keine Gleichstellung, er hatte dieses Mann-Frau-Chef-Turnschuh-Ding bis zum Ende durchgezogen. Es hätte sehr viele Gründe gegeben, sich nicht für ihn – Bettina mochte es gar nicht denken. Aber da drin war es um Leben und Tod gegangen, sie beide, Härting und Bettina: noch am Leben. In der anderen Ecke: das grinsende schwarze Gespenst, das schon spürbar nach ihnen griff. Sie hatten ihm ins Gesicht gespuckt, es würde trotzdem kommen. Sie hatten nichts gutgemacht, nichts versöhnt, nichts entschuldigt. Es war nicht um Sünden gegangen (auch wenn Härting kurz den Eindruck gemacht hatte, als wollte er etwas beichten), es war nicht um irgendein Erbe gegangen oder die Stellung der Frau. Es war darum gegangen, sich in allem Glanz und aller Schönheit und aller Unzulänglichkeit lebend zu zeigen und den Mittelfinger zu heben und dem Gespenst ins Gesicht zu lachen. Vermutlich war das nicht der richtige Umgang mit einem Feind, der am Ende doch gewinnen würde. Vielleicht war es auch ein Irrtum, überhaupt einen Feind zu sehen. Vielleicht war die Angst der Preis, den man zahlte, wenn man sich irgendwann auf die falsche Seite gestellt hatte.

Hast du dich auf die falsche Seite gestellt?, fragte sich Bettina. Sie wusste es nicht. Sie wusste nur, dass hier draußen auf dem Flur ein völlig anderes Klima herrschte, dass ein angenehmer Luftzug ihre Arme kühlte, dass ihre Hose nicht mehr klebte, sondern hübsch locker saß wie immer, und dass sie mächtig Hunger hatte.

»Wo ist hier die Cafeteria?«, fragte sie eine Krankenschwester, die mit einem rollbaren Wäschekorb an ihr vorbeikam.

»Erdgeschoss«, sagte die Schwester und rollte weiter.

Bettina nahm die Treppe. Doch, es war richtig gewesen. Sie war befreit. Oben, in ihrem vollen Kopf, da herrschte immer noch Chaos und Verwirrung. Doch ihre Füße bewegten sich leicht, und ihr Herz, es frohlockte.

In der Cafeteria setzte Bettina sich an einen Tisch am Fenster und betrachtete ihr volles Tablett: Salat, Obst, Butterbrot. Am Nebentisch saß eine betrübte Frau über einem warmen Mittagessen: ein Viertel Rotwein, am frühen Mittag, dazu hübsch angerichtetes Hühnchen. Außerdem wartete ein großes Stück Apfelstrudel mit Vanillesoße auf seinen Einsatz als Nachtisch. Es sah aus wie ein kleines Fest und wirkte trotzdem schrecklich traurig, weil die Frau nur verloren im Essen stocherte. Bettina hätte ihr gern zugenickt, aber als ihre Nachbarin das Interesse bemerkte, wurde ihr Blick noch ausdrucksloser: Kein Mitleid. Das war das Letzte. Bettina verspeiste also ihren Salat und dachte, dass es so viele private Höllen gab ringsum. Ob diese Frau es schaffen würde, sich zu befreien? Ihr Festmahl wirkte wie ein Ausbruchsversuch, kein erfolgreicher, aber immerhin. Nachher würde sie heimgehen und sich aufhängen – oder die Kurve kriegen und endlich etwas Grundlegendes ändern – oder, am wahrscheinlichsten: genauso weitermachen wie bisher. Das Problem an der Veränderung war, dass man nicht wusste, was kam. Um wirklich auszubrechen, brauchte man mehr als den Leidensdruck. Man brauchte eine Perspektive.

Was war Mangas Perspektive gewesen?, fragte sich Bettina. Ackermanns Walther P99? Konnte die Waffe allein ausreichen, um so einen irren Rachefeldzug und Befreiungsschlag zu starten?

Sie hatte den Salat in Rekordzeit verputzt und bestrich jetzt ihr Brot mit Butter. Das war nicht nur Appetit, das war echter Hunger, den hatte Härting nicht heraufbeschworen, sondern nur deutlich gemacht.

Nein, Ackermanns Waffe allein konnte nicht der Auslöser für Mangas Flucht sein. Denn die Waffe erklärte die Meggie-Geschichte nicht. Was hatte Manga, die erwiesenermaßen nicht die kleine Meggie gewesen war, in Höhbrücken verloren? Irgendeine Verbindung musste es geben. Manga und Meggie mussten sich kennen. Und nicht nur das: Sie mussten eine tiefe Verbindung zueinander besitzen. Sich womöglich im gleichen Umfeld aufhalten. Sicher hatten sie kurz vor Mangas Flucht noch Kontakt gehabt.

Die echte Meggie war jemand aus der *Sexy Bar*. Bettina legte ihr halb aufgegessenes Butterbrot fort. Diese merkwürdige Bar. Die Frankfurter mussten jetzt echt mal hinnemachen. Sie brauchten Informationen. Was war die *Sexy Bar*? Ein dreckiges

Bordell. Mit einem seltsam unbescholtenen Geschäftsführer, verdächtigen Kontakten zur Polizei und minderjährigen Zwangsprostituierten.

Die aber, wenn man es recht überlegte, nicht übermäßig jung wirkten. Sie waren jugendlich, ihre Arbeit im Bordell war illegal, aber sie waren routiniert, und sie sahen aus wie Frauen.

Nicht wie die kleine Meggie.

Nicht wie Kinder.

In der *Sexy Bar* hatte es keine Kinder gegeben. Nur Frauen, die kurz zuvor Kinder gewesen waren. Frauen mit Vergangenheit. Frauen, die spürbar lang im Geschäft waren, die ein gewisses Alter ausstrahlten, Erfahrung und Durchtriebenheit, was sicher nicht attraktiv für echte Kinderschänder war. Nini, Olga, Manga und ihre Kolleginnen aus der *Sexy Bar* waren nicht volljährig, aber trotzdem schon: alt. Verlebt. Unattraktiv. Und Kostenfaktoren. Dafür, dass sie nur noch so viel wert waren wie ganz gewöhnliche Huren, wussten sie viel zu viel. Sie mussten aufwendig bewacht und weggesperrt werden. Ihnen waren die Kunden bekannt, die zu Kindern gingen, sie kannten die Leute, die das möglich machten und organisierten, und dieses Wissen durften sie nie, niemals preisgeben. Man konnte ihnen keinen Platz im offenen Laufhaus zuteilen oder ihnen einen Pass besorgen und sie mit ein paar warmen Worten in die Selbständigkeit entlassen. Man konnte sie auch nicht an irgendeinen Unbekannten verhökern, der aus ihrem Wissen Profit ziehen würde. Dass sie überhaupt normale Kunden hatten, war schon eine Gefahr. Im Grunde genommen gab es keinen Platz für Geschöpfe wie Olga, Nini oder Manga. Ein Wunder, dass sie noch lebten. Wobei das Töten und Entsorgen von so einem Mädchen natürlich auch riskant und – nun ja – mit Sauerei verbunden war.

Ich biete Ihnen 2000 Euro.

Bettina sank im Stuhl zurück.

Schrott, das gibt es nur in Dschermania.

Die *Sexy Bar* war gar kein dreckiges Bordell. Das war nur die Tarnung. In Wahrheit war sie eine dreckige Endstation. Sie war der Ort, an den Mädchen wie Nini, Olga und Manga kamen, wenn sie nicht mehr klein und niedlich waren.

Die *Sexy Bar* war ein Schrottplatz.

Was du brauchst, wirklich brauchst, um zu überleben, um Mensch zu sein, ist: eine Geschichte. Du kannst nicht nur aus einzelnen Augenblicken bestehen, auch wenn es bei den Freiern Spinner gibt, die das behaupten. Nein, wenn du nur ein Loch bist, eine Geldmaschine, ein Fitnesstool, ständig drauf, dann bist du in Gefahr. Dann fängst du an zu fließen und verlässt die Zeit und findest vielleicht nie mehr zurück. Darum musst du dich erinnern, auch wenn das gruselig ist. Es gibt einen Trick: Du musst dir eine Sache von dem Ort, den du speichern willst, ganz genau merken. Nur eine einzige Sache, etwas, das du magst. Das ist dann deine Schnur, an der du alles andere hochholen kannst. Die anderen, krassen Sachen, die brauchst du nicht ständig im Kopf behalten. Die machen dich nur krank. Es gibt aber auch welche, die halten dich am Leben. Woran du dich erinnern willst, für immer: den Abend, als Nini in die Sexy Bar *reinkam. An den anderen Abend, den vor Ewigkeiten, den es ja auch gegeben haben muss, kannst du dich nicht mehr richtig erinnern. Nur dass du das gute Zimmer verlassen musstest. Und dass danach Schreie waren. Irgendwann müssen sie Nini damals ja reingebracht haben. Und sie waren eigentlich nie böse. Jedenfalls nicht die, die euch geholt und gebracht und die Türen hinter euch verschlossen haben. Sie haben die Türen verschlossen, sonst nix, und sie haben es nicht gegen euch getan. Sie haben es gemusst. Sie haben sogar gemerkt, dass du ruhiger, schöner, besser bist, wenn Nini bei dir sein darf. Also haben sie Nini zu dir gelassen, manchmal. Und dann, in der Bar, hundert Jahre später: Nini. Sie hat dich sofort erkannt, hast du an ihren Augen gesehen. Du sie sowieso. Sie hat sogar noch ihren Namen. Deiner ist längst weg, du kannst dich kaum mehr erinnern, wie sie dich genannt haben, als du ins* Pretty *kamst. Fleur oder so. H. G. hat dich Preziose genannt. Daran erinnerst du dich. Und Nini hat dich Mami genannt. Den Tick hat sie heute noch. Papi Karl-Heinz, ha ha. Hat sich gar nicht verändert. Ihre Beine sind immer noch ein bisschen zu fleischig, zu grade, keine Knie. Sie muss Hosen anziehen oder lange Röcke. Schon immer, schon im* Pretty *hat sie das gemusst. Und keine Handgelenke. Armbänder sehen bei ihr komisch aus. Und ihre Haut: weiß. Rosa. Mit langen hellen Härchen, die Härchen, das hast du ihr mal gesagt, die kriegen sie nicht weg. Die kommen immer wieder. Wolfsleggins. Von 'nem weißen Wolf. Dann hat sie gelacht. Du liebst, wie sie lacht. Sie lacht nicht wie Olga, die Schlampe. Ihre Mundwinkel zucken so leicht nach oben, und meistens bleibt es dabei. Manchmal fängt sie aber auch an zu kichern. Du willst dieses Kichern in Sicherheit bringen. Du musst ihm den Weg freischießen. Es muss überleben.*

Nachdem sie alles, aber auch alles aufgegessen hatte, den letzten Apfelschnitz, den letzten Krümel Brot, holte Bettina ihr Handy raus und legte es vor sich auf den Tisch. Es war glatt und schwarz, mit einer orangefarbenen Schale, und es sah so leise und untätig aus. In Wahrheit empfing es natürlich unablässig Nachrichten, Zeugs, das sie nicht hören wollte, vielleicht auch gerade jetzt. Ich sollte es auslassen, dachte sie. Ich sollte heimgehen und mir die Zeit nehmen, die ich brauche. Ich sollte mit irgendjemandem über diesen Kopf reden, der nach hinten geflogen ist. Ich muss in die Werkstatt und nach Mannheim, meine Aussage unterschreiben.

Alles Blödsinn, dachte sie dann und klickte das Handy an. Was du wirklich musst, ist: mit Nini reden.

Einundsechzig Nachrichten. Bis sie die alle gelesen hatte, wäre es Feierabend. Die Frau am Nebentisch war jetzt beim Apfelstrudel angekommen und riskierte einen Blick rüber zu Bettina. Sie schenkte der Frau ein Lächeln, was die sofort wieder abtauchen ließ. Bettina scrollte und fragte sich, womit sie anfangen sollte, da nahm das Gerät ihr die Entscheidung ab. Es klingelte.

»Frau Boll!«, rief Freunscht ins Telefon. »Haben Sie meine Nachricht bekommen?«

»Em –«, machte Bettina, doch Freunscht redete schon weiter.

»Wo sind Sie?«, fragte er.

»Ich bin im Krankenhaus, ich habe gerade Härting besucht«, sagte Bettina.

Pause.

»Er liegt im Sterben«, sagte sie etwas angefressen, weil diese Pause sich irgendwie anklagend anfühlte. »Und er ist mein Chef.«

»Frau Boll, wir müssen mit Ihnen reden.«

»Wer ist wir?«, fragte Bettina spontan und etwas vorlaut.

Wieder schwieg Freunscht. Sie ärgerte sich. Im Moment hatte sie ständig das Gefühl, dass sie nicht den richtigen Ton traf. Dass die Menschen ihr misstrauten. Überlegten, was sie meinte.

»Ich hab Beschwerden über Sie«, sagte Freunscht prompt.

»Beschwerden?«

»Frau Boll, Sie sind heute früh nicht zur Besprechung erschienen.«

»Es ist Schulanfang. Ich arbeite halbtags. Dass ich heute früh die Kinder in die Schule gefahren hab, ist schon seit einem halben Jahr abgesegnet. Das geht nicht anders.«

Freunscht räusperte sich. »Ich hab von Ihrem Schusswaffengebrauch gehört, Frau Boll, und Sie können selbstverständlich freigestellt werden, aber das müssen wir dann zumindest mal bereden. Und die Pirmasenser haben sich über Ihr unkollegiales Verhalten beklagt.«

»Mein – was?«

»Frau Boll, sind Sie sicher, dass Sie den Belastungen der Arbeit in einer Sonderkommission gewachsen sind?«

Bettina hielt das Telefon von sich und blickte es an.

Es quakte undeutlich.

Sie hielt es wieder ans Ohr. »Ich habe unsere Hauptzeugin gerettet! Ich hab in letzter Sekunde auf offener Straße den Typen getötet, der sie hinrichten wollte! Ich habe Kontakt und Draht zu den Mädchen aus der *Sexy Bar*, ich hab eine neue und vielleicht sogar beweisbare Theorie zum Fall Meggie, und Sie wollen mich – tja, hört sich so an, als wollten Sie mich rausschmeißen.«

Die Frau vom Nebentisch hatte ihre Gabel sinken lassen und starrte sie mit offenem Mund an. Bettina feixte und drehte sich weg.

»Die Kollegen sagen, dass Sie sich nicht an die Dienstvorschriften halten«, quoll derweil quengelig Freunschts Stimme aus dem Telefon.

Sie konnte nichts sagen. Nada. Es war zu kleinlich. Sind das die Kollegen, dachte sie nur, die in ihrer Dienstzeit erst drei Stunden lang essen müssen, bevor sie anfangen zu arbeiten? Die vor den traumatisierten Angehörigen eines Opfers eine filmreife Mobbingnummer abziehen? Diese bösartigen hohlen Landeier, die sich in ihrem Dienst nach Vorschrift zu Tode langweilen und nichts toller finden, als wenn sie dem Chef heimlich eins auswischen können?

Freunscht wartete. Dann sagte er förmlich: »Wenn Sie in Ludwigshafen sind, dann kommen Sie bitte mal auf Ihre Dienststelle.«

Ich bin raus, dachte Bettina, fast erleichtert. Das war zu viel. Die ziehen mich ab, ich krieg jetzt Urlaub und dann vielleicht ein paar leichte Bürotätigkeiten. Ich geh heim zu den Kindern.

»Wir brauchen Sie«, sagte Freunscht indessen. »Diese Nausikaa Karima Zimmermann – mit der müssen Sie mal reden.«

Auf der Dienststelle hatte Bettina sofort das Gefühl, dass die Kollegen sie anstarrten. Schon als sie die Schleuse reinkam, war es nicht wie sonst. Sie fand es richtig nervig, wie Tavanaianfar sie ansah, groß und misstrauisch. Ja, ich habe geschossen, dachte sie. Ich hab auch getroffen. Mag sein, dass du bei uns der Schützenkönig bist, aber stell dich erst mal raus auf einen Bahnhofsvorplatz und hab zwei Köpfe vor dir und triff den richtigen. Wenn hundert Passanten zugucken und die Mannheimer Einsatzbereitschaft drum herumsteht und du keine Sekunde lang nachdenken kannst.

»Wie geht es Härting?«, fragte Tavanaianfar. Alle in der Schleuse sahen sie jetzt mit großen Augen an. Sie guckten gar nicht wegen Bettina so, sondern wegen des Chefs.

Sie schüttelte den Kopf. »Ich war vorhin bei ihm, lange wird es nicht mehr dauern. Er hat sich verabschiedet.«

Alle nickten betroffen. Bettina dagegen war plötzlich sehr erleichtert. Und ging Freunscht suchen.

Sie traf ihn vorm Vernehmungsraum II, das war das engere und schlechtere Zimmer, eine bessere Besenkammer, die sie für Leute benutzten, hinter denen man eventuell herputzen musste. »Hallo«, sagte sie zu Freunscht, der auf und ab lief und telefonierte, neben ihm ein unbekannter Kollege als Satellit, er selbst müde und angespannt und in Zivil. Er winkte Bettina herbei, sprach aber weiter in sein Handy.

»Ist die Frau Zimmermann da drin?«, fragte sie den Unbekannten und wies auf die Tür des Vernehmungszimmers.

Der Kollege nickte und reichte ihr die Hand. »Neuer«, sagte er »Ja. Da drin.«

»Wir können auch mit ihr in mein Büro gehen«, schlug Bettina vor, die das Vernehmungszimmer II nicht mochte. »Sie ist ja schließlich eine Zeugin und keine Verdächtige.«

»Nein, das ist schon in Ordnung so«, mischte Freunscht sich ein und steckte sein Handy weg. »Hallo, Frau Boll.« Er reichte ihr die Hand. »Ich will jedes Wort von ihrer Aussage und ihren Gesichtsausdruck auf Band, wenn Sie mit ihr reden, und das geht nur da drin.«

»Wenn ich mit ihr rede?«

»Genau.«

»Jetzt sofort?«

»Gleich. Wir müssen erst noch ein paar Dinge klären.«

»Gut«, sagte Bettina und fragte sich, weshalb die beiden Männer sie so aufmerksam ansahen. Du wirst paranoid, dachte sie.

»Wollen wir da reingehen?«, fragte Freunscht und wies auf die Tür zum Vernehmungszimmer I. Es sah aus, als wollte er nur schnell einen freien Raum benutzen, um beim Reden nicht auf dem Flur zu stehen. Andererseits war es seltsam, dass sie kein Büro aufsuchten. Irgendwas stimmte hier nicht. Bettina sah Freunscht an, der erwiderte ihren Blick etwas zu offen. Er hielt ihr die Tür auf. Sie betrat das Vernehmungszimmer I und setzte sich auf den Stuhl für die zu vernehmende Person. Freunscht und Neuer nahmen das schweigend zur Kenntnis und setzten sich ebenfalls. Bettina blickte hoch zur Kamera. Man konnte nie sehen, ob sie eingeschaltet war, aber manchmal machte sie beim Aufnehmen ganz leichte Summgeräusche, so als ob sie träumen würde. Im Moment war alles still. Hier würde es nicht um die Pirmasenser gehen.

»Frau Boll«, begann Freunscht, nachdem sie sich eine Weile abgeschätzt hatten. »Im Grunde genommen haben wir hierfür keine Zeit. Ihre disziplinären Probleme dürfen unsere Ermittlungen nicht beeinträchtigen. Das geht nicht.«

Offenbar doch die Pirmasenser. »Ich weiß nicht, was Sie meinen.«

Freunscht beugte sich vor. »Frau Boll, Sie ermitteln irgendwo irgendwie vor sich hin, und das alles ganz allein. Kein Mensch kriegt mit, was Sie machen. Ich weiß nicht, wie das sonst von Ihren Vorgesetzten gehandhabt wird, aber hier in der Soko geht das nicht.« Er legte die Hände zusammen. »Kein unlösbares Problem, eigentlich. Sie haben von Ihrer Schusswaffe Gebrauch gemacht, gegen Sie läuft das Standardverfahren, zwar drüben in Baden-Württemberg, aber es wäre sowieso angebracht, Sie jetzt freizustellen.« Er nickte.

Neuer nickte.

Bettina blickte die beiden finster an.

»Aber seltsamerweise«, fuhr Freunscht fort, bevor sie etwas Finsteres sagen konnte, »bewegen Sie sich immer im Zentrum des Geschehens. Sie waren die Vertraute dieses – hm, fragwürdigen Kollegen Ackermann, Sie haben überraschenderweise ganz plötzlich engen Kontakt zu mehreren Mädchen aus der *Sexy Bar*, und – ja: Sie haben einen Zeugen erschossen.«

»Das war ein Entführer und Mordverdächtiger, der einer Unschuldigen eine Waffe an den Kopf gehalten hat«, platzte Bettina heraus. »Und er hätte sie getötet, genau dort!«

Freunscht beugte sich noch weiter vor und blickte ihr tief in die Augen. »Ich hab die Berichte gelesen«, sagte er. »Kein anderer Kollege auf dem ganzen Platz hat sich getraut, auf diesen Mann zu schießen. – Und wissen Sie, warum? Weil es Irrsinn war. Die Chance, dass Sie das Mädchen treffen, lag bei fünfzig Prozent.«

»Ich hab aber nicht das Mädchen getroffen.«

Freunscht nickte, lehnte sich unvermittelt weit im Stuhl zurück und wies mit großspuriger Geste auf den Kollegen. »Sie haben sich ja draußen schon kurz bekannt gemacht, das ist Kriminalrat Neuer vom BKA.«

»Be –?«

»Frau Boll, diese Bar da in Frankfurt, das ist kein normaler Puff.«

»Ach tatsächlich?«, sagte Bettina. Ihre Schrottplatzidee war wohl gar nicht so weit hergeholt. Vielleicht wurde sogar schon in diese Richtung ermittelt. Sie schaute hoch zur Kamera. Hatte sie eben gesummt oder nicht?

»Da werden Frauen – das ist ein Ort, den es eigentlich gar nicht gibt, da haben wir etwas zu Gesicht bekommen, das normalerweise nur in unvorstellbaren Tiefen existiert. Wie ein Riesenkalmar. Dass Ihr Kollege dort erschossen wurde – und dass vor allem diese Tat gemeldet wurde, bevor die aufräumen konnten –, das ist ein kleines Wunder.«

»Ein Alptraum«, sagte Bettina.

Neuer und Freunscht tauschten Blicke.

»Frau Boll«, sagte Freunscht sehr sanft und beugte sich jetzt freundschaftlicher, wie es schien, nach vorn, »Ihr vertrauter Kollege Ackermann –«

Er nickte, und Bettina ertappte sich dabei, wie sie ihn imitierte.

»Woher kannte der die *Sexy Bar*, und wer aus Ihrer Abteilung kennt sie noch?«

»Ich hab keine Ahnung.«

Freunschts Blick lähmte sie irgendwie, doch ihr Körper, registrierte Bettina, saß kerzengerade und widerständig. Wenigstens auf den konnte sie sich verlassen.

»Frau Boll, es geht hier um organisierte Kriminalität. Das BKA ermittelt schon länger in diesem Fall. Die Organisation, von der wir reden, ist überaus gut vernetzt. Leider auch unter Polizistenkollegen. In Frankfurt wurde heute eine Verhaftung vorgenommen.«

»Eines Polizisten?«, fragte Bettina.

Wieder sahen Freunscht und Neuer sich an.

»Falls Sie irgendetwas wissen, Frau Boll«, sprach jetzt Neuer zum ersten Mal, seine Stimme klang verbindlich und dunkel, »dann wäre es besser, Sie würden jetzt gleich reden. Hier. Sofort.«

»Sie haben Familie, Frau Boll«, beschwor sie Freunscht von der Seite. »Sie sind alleinerziehend. Was soll aus Ihren Kindern werden, wenn Sie sich eventuell einer Strafmaßnahme unterziehen müssen? – Ihnen brauche ich doch nicht zu sagen, was da auf Sie zukommt.«

»Ich habe keine Ahnung«, wiederholte Bettina und lauschte ihren Worten nach. Wie hatte sie sich angehört? Schuldig? Wütend? Aggressiv? Fühlen tat sie gar nichts. Es war, als hätte ihr irgendwer den Boden unter den Füßen weggezogen. Die verdächtigten sie! Ihr war innerlich ganz kalt. Schock, dachte sie. Du hast einen Schock.

»Jetzt, da die Spur in Ihre Abteilung führt«, sagte Neuer indessen, »werden wir auch fündig werden. Darauf können Sie sich verlassen, Frau Boll. Es ist sehr unwahrscheinlich, dass nur Ihr Freund, der Herr Ackermann, involviert war. Wir werden den oder die anderen finden.«

»Sie haben diesen Mädchen ja geholfen, Frau Boll«, ergänzte Freunscht. »Und davor sind Sie mit Sicherheit auch nicht selbst hingegangen und haben Kinder missbraucht. Wir könnten sogar darüber hinwegsehen, wenn Sie für Ihr Stillschweigen kleinere Vorteile angenommen hätten, Sie leben ja recht bescheiden, haben keine großen Karriereambitionen, sind also im Grunde genommen unbestechlich. Vielleicht wollten Sie einfach nur niemandem Schwierigkeiten machen. Aber Loyalität ist hier völlig fehl am Platz.«

Danke, dachte Bettina. Vielen, vielen Dank. Ich bin eine Null, ich bin ungefährlich und vielleicht sogar total doof. Sie schwieg. Zähneknirschend. An dieser Stelle aufzubegehren war sicher nicht klug: Doch, doch, Herr Kollege, ich mag Geld, und ich möchte Polizeipräsidentin werden, und legen Sie sich ja nicht mit mir an, ich kann auch anders …

»Es hat mich über die Maßen schockiert«, sagte sie schließlich, nachdem die Männer sie längere Zeit auffordernd angeblickt hatten und sie das Schweigen nicht mehr aushielt, »dass mein – wie Sie es genannt haben: Vertrauter, das war er wirklich! – mein Vertrauter Ackermann in einen Kinderpuff gegangen ist. In Uniform! Das hab ich bis jetzt noch nicht verdaut. Ich hätte es ihm nie zugetraut. Und ich weiß auch von niemand anderem aus unserer Abteilung, der so etwas tun würde.

Das ist ein Unding, und es macht mich fertig. Diese Mädchen sind zu mir gekommen, weil ich ihnen dämlicherweise einen Zettel mit der Adresse von meinem Grünstadter Haus gegeben habe, als ich ihnen die Nummer von einem Frauenhaus aufgeschrieben habe. Das war ein Fehler. Das gebe ich zu. Aber ich kannte sie nicht, und ich hatte nie zuvor mit ihnen zu tun. Die haben sich an mich gehängt, weil ich der erste Mensch war, den sie in Freiheit gesehen haben. Die sind mir einfach dumm nachgelaufen. Ich hab wieder dumm versucht, sie zu schützen. Und dass ich den Zuhälter erschossen habe – das war völlig spontan. Er hat so entschlossen ausgesehen. Die anderen haben wahrscheinlich nicht reagiert, weil sie sein Gesicht nicht sehen konnten. Aber ich hab direkt vor ihm gestanden, und ich hab gesehen, was er wollte: Er wollte jemanden büßen lassen. Das war der blanke Hass. Weil sein Kumpan ihn sitzengelassen hat. Ich hab selbst nicht gemerkt, wie ich abgedrückt habe. Ich war erstaunter als alle anderen.«

Neuer, der während dieser Rede eingehend seine Maniküre überprüft hatte, blickte auf und sagte kühl: »Man fragt sich natürlich, wer für die Organisation gefährlicher wäre: der wütende Zuhälter als Angeklagter oder die kleine Kindernutte, die viel erlebt hat, aber nichts wirklich benennen kann, als Zeugin.«

Es dauerte einen Moment, bis Bettina verstand, was er soeben gesagt hatte. Dann erhob sie sich. »Sie glauben, ich hätte Honjo Masamune ermordet? Um was weiß ich was für einer Organisation einen Gefallen zu tun?«

Neuer blickte gelassen zu ihr auf. »Denen ist mit Sicherheit auch lieber, dass der Mann gestorben ist und nicht das Mädchen.«

»Wenn ich nicht geschossen hätte, dann wären jetzt beide tot und vielleicht noch ein paar Polizisten dazu! Der Typ hätte Nini getötet und dann um sich geballert! Das wäre mit Sicherheit die Lösung gewesen, die Ihre sogenannte Organisation allen anderen vorgezogen hätte! Und dazu hätte ich keinen Finger rühren müssen! Dann wäre ich jetzt sicher nicht hier!«

»Sie sind aber hier«, sagte Neuer ernst.

»Frau Boll«, sagte Freunscht in einem begütigenden Ton, der Bettina eine Gänsehaut verursachte, »bitte setzen Sie sich wieder.« Er wartete nicht ab, dass sie es tat, sondern sprach sofort weiter: »Was wissen Sie über diese beiden Mädchen? Wir wollen alles hören. Alles.«

Bettina setzte sich. »Sie heißen Nausikaa Karima Zimmermann und Olga Pjotrovna, sie waren Zwangsprostituierte in der *Sexy Bar*. Herkunft und Aufenthaltsdauer in der Bar unbekannt, es sei denn, die Frankfurter hätten jetzt vertrauenswürdige Angaben. Ich schätze: Die waren alle noch kein halbes Jahr dort. Wobei die Mädchen in der Bar zwar jung waren, aber keine Kinder mehr.« Bettina verschränkte die Arme und blickte Neuer aufmerksam ins Gesicht. »Meiner Meinung nach war das eine Art Umschlagplatz für ausgemusterte Kinderprostituierte.«

Neuer nickte ganz leicht, blickte aber nicht auf.

Und Bettina dachte, dass ihre Intuition sie hier in Teufels Küche bringen konnte, wenn sie zu viel Richtiges erriet. Sie redete sich vermutlich gerade um Kopf und Kragen. »Das ist im Prinzip alles, was ich weiß«, schloss sie daher etwas lahm.

»Sie haben von Telefonaten mit dieser Pjotrovna berichtet«, insistierte Freunscht. »Wenn man das Bericht nennen kann, was Sie da nachts zusammengestoppelt haben.«

»Olga Pjotrovna hat das Telefon meiner Tochter gestohlen. Darauf habe ich sie mehrmals erreicht. – Haben wir Pjotrovna jetzt übrigens gefunden? Ist sie in Sicherheit?«

Freunscht und Neuer wechselten schnelle Blicke. »Sie ist im Moment noch flüchtig«, sagte der Kriminalrat etwas gepresst.

»Flüchtig? Sie ist ein Opfer!«

»Sie ist mit einem der Täter auf der Flucht«, sagte Neuer, nicht bereit, seine Aussage zu korrigieren.

Du fühlst dich toll, dachte Bettina. Du bist arrogant und eitel. Sie setzte sich gerader hin. »Eros«, sagte sie. »So heißt der Mann, der Olga entführt hat. Der ist noch nicht gefasst?«

Darauf antworteten Freunscht und Neuer gar nicht.

»Was ist mit dem Handy meiner Tochter, konnten Sie das nicht zurückverfolgen?«

»Bis auf die A3, jetzt wissen wir, dass die beiden nach Nordwesten fahren«, sprach Freunscht lakonisch. »Frau Boll, darum geht es hier gar nicht, wir wollen hören, was Sie über die Organisation wissen.«

»Nichts.«

Schweigen.

»Okay, ich hab ja mit Eros gesprochen.«

Jetzt blickten die Männer auf. »Wann war das?«, fragte Neuer halblaut in Freunschts Richtung.

»Wann war das?«, fragte der Bettina.

»Als ich mit ihm telefoniert habe«, sagte Bettina ironisch zu Neuer. »Auf seiner Flucht. Hab ich das nicht in meinem Bericht erwähnt?«

Freunscht knurrte. »Was hat er gesagt?«

»Er hat von einem gewissen Richter geredet.«

»Der Richter«, sagte Neuer tonlos.

Sie sah auf.

Neuer blickte sie drohend an. »Hat er sonst noch was gesagt?«

»Dass ich mir Frau Zimmermanns Perso angucken soll.«

Kriminalrat Neuer starrte sie an.

»Frau Boll«, sprach Freunscht indessen, »wir haben noch ein kleines Experiment mit Ihnen vor.«

»Okay?«

»Ihre Abteilung ist infiziert. Wir müssen säubern, das verstehen Sie sicher.«

Sie seufzte. »Was für ein Experiment?«

»Wir wollen, dass Sie mit Frau Zimmermann sprechen. Eine ganz normale Zeugenvernehmung zu den folgenden Themen.«

Freunscht schob ihr ein bedrucktes Blatt herüber. Eine Wortliste stand darauf, zuoberst: *Sexy Bar.*

»Was soll ich tun?«

»Anhand Ihrer beider Verhalten werden wir hoffentlich weiterführende Erkenntnisse erlangen.«

»Sie meinen ich soll rüber ins VZ II gehen und mit Frau Zimmermann reden, und ich bin dabei die Verdächtige?«

Neuer blickte auf. »Haben Sie sich irgendetwas vorzuwerfen?«

»Nein«, knirschte Bettina.

»Möchten Sie die Arbeitsanweisung Ihres unmittelbaren Vorgesetzten missachten?«

»Nein.«

»Dann gehen Sie und vernehmen Sie Nausikaa Karima Zimmermann, wie es Ihnen befohlen worden ist.«

»Jawohl«, sagte Bettina.

Neuer hob sein Kinn. »Na los. Jetzt.«

Draußen auf dem Flur dachte Bettina, dass sie irre sein musste und dass dies ein Traum war, aus dem sie gleich aufwachen würde. Sie sah auf die Uhr: halb zwei. Der Flur sah aus wie sonst: hässlich, aber gut geputzt. Kein Traum. Auf ihrer Liste standen folgende Punkte: *Sexy Bar, Manga/Meggie, Kolleginnen in der Bar, Freier/Zuhälter, Öffnungszeiten, Zahl der Kunden, Organisation des Tagesablaufs, Wohnsituation, Drogenversorgung, Hierarchie (bitte Diagramm!), Kontakte nach außen, vorheriger Lebenslauf (Namen der Clubs!), wichtige Kunden, ungewöhnliche Vorfälle.* Ein strammes Programm. Sie atmete durch, öffnete die Tür zu VZ II und trat ein.

Der Vernehmungsraum war so eng, dass die eingebaute Kamera auch den fragestellenden Polizisten immer ganz groß mit aufnahm. Darum hatten sie diesen Raum ausgewählt. Bettina sagte: »Hallo.«

Nini, die, wie es schien, über die Tischplatte gebeugt geschlafen hatte, richtete sich auf und fuhr sich durchs Haar. Ihr Gesicht erhellte sich. »Tina!«

Das fing ja schon mal supervertraulich an. Bettina schickte einen Blick hoch zur Kamera und sagte fest und freundlich: »Hi, Nini.«

Nini roch. Nach unmöglich süßem Parfum, mit dem sie sich offenbar literweise eingesprüht hatte. Wahrscheinlich war sie schon länger nicht mehr zum Duschen gekommen, das roch man auch. Sie sah jung und ängstlich aus, ihr Top etwas kastig, ihr Rock irgendwie unförmig. Bei ihrem kurzen Ausflug in die Stadt hatte sie es offenbar auch geschafft, sich die Haarspitzen ihres mausbraunen Haares rosa färben zu lassen, und jetzt, da sie nicht mehr nur Unterwäsche und glänzende Kunstfaserstrumpfhosen dazu trug, hatte das sogar was, es sah grell, aber witzig aus, nach viel mehr Energie als vorher. Selbstbestimmung. Nini, fand Bettina, war von den drei Mädchen aus der *Sexy Bar* überhaupt diejenige, die noch am meisten wie ein Kind wirkte – oder: am wenigsten beschädigt. Sie war nicht gefährlich und fatalistisch wie Manga und auch nicht so flirty-sexy-vorlaut wie Olga. Sie war einfach süß und ein bisschen schüchtern und sah aus wie eine ganz normale junge Frau, die irgendwer mit bunter Schminke bemalt hatte.

»Wie geht's?« Bettina schloss die Tür und setzte sich auf den freien Stuhl. Die Liste mit den Stichpunkten legte sie umgedreht auf den winzigen Tisch, darauf stand sonst nur ein Glas Wasser für Nini.

»Ganz okay«, sagte Nini und gähnte. »Wo ist Olga?«

»Das wissen wir nicht genau.«

»Ist sie bei Eros?«

»Zumindest ist sie gestern mit ihm weggefahren«, antwortete Bettina vage. »Das hast du ja gesehen.« Sie fragte sich, was Nini tatsächlich von den Vorfällen wahrgenommen hatte. In ihrer Situation als Geisel war es möglich, dass sie von allem rundherum überhaupt nichts mitbekommen hatte, nicht, was mit Olga geschehen war, nicht, wer ihren Entführer erschossen hatte. Mit Sicherheit war sie bei den Befragungen danach auf einen einigermaßen aktuellen Stand gebracht worden, aber vielleicht hatte sie dort auf dem Bahnhofsvorplatz nur Lebensgefahr und Drama gespürt und sonst nichts.

»Ich bin müde«, sagte Nini. »Wann kann ich hier weg?«

»Wo würdest du denn hingehen, wenn du wegkönntest?«

Nini seufzte. »In dein Frauenhaus.«

»Und dann? Kennst du irgendwen, hast du Familie?«

Nini schüttelte den Kopf und schwieg. Jetzt sah sie wieder traurig und verstört aus. Bettina blickte auf den Zettel, der umgedreht vor ihr auf dem Tisch lag. Wichtige Themen, klar. Aber wie fies war das, sie mit diesem Wisch hier reinzuschicken und vom Technikraum aus auf Fehler zu lauern, auf ihre! Außerdem stand die wichtigste Frage nicht auf dem Zettel. »Ich glaube, du hast Familie«, sagte Bettina. »Die sogar sehnsüchtig auf dich wartet. Du kennst sie nur nicht mehr.«

Nini blickte auf. Ihr Gesichtsausdruck war ängstlich, nicht schön. Sie sah ertappt aus. Dann holte sie ihre Tasche, ein buntes Ding mit Bändeln und Anhängern, riesig groß und offenbar sehr verwinkelt. Sie stellte die Tasche auf den Tisch und begann hektisch darin zu kramen.

»Nini«, sagte Bettina. »Du und Manga, seit wann kennt ihr euch?«

Keine Antwort.

»Nini, ich weiß, dass die *Sexy Bar* kein Ort ist, an dem man lange bleibt, aber ihr beiden habt euch schon davor gekannt. Das hast du selbst gesagt, als du bei mir im Auto gesessen hast. Du und Olga, ihr habt was von einem Club namens *Pretty* erzählt. Da hast du Manga kennengelernt. Ihr wart vielleicht noch sehr klein.«

Nini sah auf. »Scheiße«, sagte sie und tauchte wieder in ihre Tasche.

»Ihr kennt euch gut. Ihr seid vielleicht zusammen aufgewachsen.«

»Nein«, sagte Nini und schniefte. »Nein.«

»Nini, ich möchte einen Abstrich von dir. Ich bin mir fast sicher, dass du die kleine Meggie aus Höhbrücken bist, die vor zehn Jahren verschwand. Und das werden wir sehr schnell bewiesen haben.«

»Nein.«

Bettina blickte das Wasserglas an. Das Vergleichsmaterial hatten sie vielleicht sogar schon.

Prompt stieß Nini das Glas um, ob absichtlich oder in ihrer hektischen Suche, das konnte Bettina nicht erkennen. So naiv ist die gar nicht, dachte sie. Sie hielt das Glas auf, bevor es zu Boden fallen konnte, und betrachtete das Wasser, das sich auf dem Tisch ausbreitete und ihren Zettel durchtränkte. Ob Nini davon getrunken hatte? Mit leisem Geräusch begann Wasser zu Boden zu tropfen, plopp, plopp –

»Nini!«, rief Bettina ungeduldig und griff nach dem Arm des Mädchens, die immer noch in ihrer Tasche grub. »Guck mich an!«

Nini ließ die Tasche sinken.

»Wir werden es beweisen können.« Sie fing Ninis unsteten Blick ein. Ich kann dich verstehen, dachte sie. Ich würde auch nicht rauswollen in diesen Hype. Fernsehen, Zeitungen und Internet brachten Kinderbilder von Meggie im Halbstundentakt. Meggies Familie kannte sie gar nicht mehr. Außerdem mochte die Aussicht auf Geld und Aufmerksamkeit die Angehörigen in die Öffentlichkeit treiben. Und was mit Manga wurde, stand in den Sternen.

»Ich auch«, sagte Nini, entwand sich Bettinas Griff und suchte weiter. Jetzt räumte sie Sachen aus ihrer Tasche, legte sie einfach auf den nassen Tisch, zwei alte T-Shirts, Schminke und Spray, eine Packung Tampons, eine durchweichte Tüte mit Gebäck, ein Paar Schuhe –

Die Tür ging auf. Freunscht erschien im Rahmen und sagte grimmig: »Frau Boll, auf ein Wort, bitte.«

Bettina nickte und erhob sich. In dem Moment streckte Nini eine kleine Karte hoch. »Ich kann es beweisen«, sagte sie trotzig. »Ich bin nicht Meggie. Ich bin Nausikaa Karima Zimmermann. Hier ist mein Personalausweis.«

Anklagende Gesichter, wohin sie schaute. Jetzt hatten sie sich immerhin im Technikraum zusammengefunden, auch der war eng, aber wenigstens gab es keinen besonderen Platz für Verdächtige, hier waren alle gleich. Freunscht, Neuer, der Techniker Hollebeck und Spohn von der Sitte teilten sich mit Bettina den kleinen Raum. Nur Hollebeck saß und betrachtete seine Bildschirme, alle anderen hatte es von den Stühlen gehoben. Freunscht schaffte es sogar, in dem engen Zimmer hin und her zu laufen. Und zu gestikulieren. »Wie konnten Sie unserer Untersuchung so vorgreifen, ohne das vorher abzusprechen?«, herrschte er Bettina an.

Neuer betrachtete sie kalt, Spohn stand mit verschränkten Armen da. Was der hier plötzlich suchte, war Bettina auch schleierhaft. Toll, dass er mit im Technikraum sitzen und Bettina beurteilen durfte, während sie des Verrats und sogar Mordes bezichtigt worden war.

»Wie kommen Sie darauf, dass diese Nausi– äh, Nini die kleine Meggie ist?«

»Sie kennt diese Frauen«, sagte Neuer mit leisem Triumph in der Stimme und wies auf Bettina.

»Nein!«, widersprach die. »Ich wusste nur, dass Nini und Manga sich in einem Club namens *Pretty* kennengelernt haben. Keine Ahnung, wann, aber die beiden haben eine Verbindung, die über die *Sexy Bar* hinausgeht, und da Manga nicht Meggie ist, wie wir ja bewiesen haben, muss es jemand sein, den sie kennt.«

»Eine kluge Schlussfolgerung – aber, Frau Boll, das war

voreilig und unprofessionell! Wir haben Sie doch vorher ganz explizit nach Ihren Kenntnissen befragt!«

Bettina fühlte sich plötzlich müde. Sie sah einen Stuhl und setzte sich hin. Mochten die anderen stehen und hysterisch herumschreien. »Ich verstehe nicht, wieso Sie sich aufregen«, sagte sie, wohl wissend, dass dies nicht der Ton war, mit dem man eine glänzende Karriere begründete. »Sie ist es ja offensichtlich gar nicht. Sie heißt Zimmermann und besitzt einen gültigen Personalausweis.«

Der Personalausweis war sofort von Neuer konfisziert worden. Freunscht forderte ihn auf, das Dokument herzugeben. Es sah aus, als ob Neuer es ungern tat, aber er holte die kleine Plastikkarte aus seiner Aktentasche. »Das werden wir untersuchen lassen«, sagte er etwas unsicher. »Im Grunde kann es nur eine Fälschung sein.«

»Wir gucken jetzt gleich mal«, widersprach Freunscht ungeduldig. Bettina fragte sich, wer von beiden im Streitfall das Sagen hätte. Grundsätzlich war ein Kriminalrat wie Neuer ranghöher als ein Kriminalhauptkommissar. Aber Freunscht führte hier die Ermittlungen. Und außerdem war dieser Neuer jung und dem energiegeladenen Freunscht in Ausstrahlung und persönlicher Autorität weit unterlegen. »Mach mal Licht«, wies Freunscht Spohn an, der als Nächster zur Tür stand. Er holte eine Lesebrille aus seiner Jacketttasche, setzte sie auf und studierte die kleine Karte. »Die Kontrastumkehr ist da, ich kann die Deutschlandkarte fühlen – 3-D-Bundesadler, alle Schriften stimmen – ausgestellt im Bezirksamt Treptow-Köpenick, BÜA II. – Also Berlin.« Er sah auf und blickte fragend in die Runde. »Aber die Wohnadresse ist hier. Die von der *Sexy Bar*.«

»Vielleicht auch gestohlen«, sagte Neuer und streckte die Hand aus.

»Er sieht echt aus«, sagte Freunscht, ohne das zu beachten. Er blickte Spohn an. »Wir brauchen jemanden von Ihrer Spurensicherung.«

Spohn nickte und zückte sein Handy. »Hallo«, sprach er hinein, als die Verbindung stand. »Ach, du bist es. Ist Frank in der Nähe? – Ah. Ach so. Em, tja, könntest du jemanden in den Verhörtechnikraum schicken? – Persoprüfung. Okay. Danke.« Er machte das Handy aus. »Der Kollege Müller ist gleich da«, sagte er etwas verächtlich. »Wundern Sie sich nicht über ihn«, setzte er kryptisch hinzu.

Klar, dachte Bettina, typisch. Spohn und diese Machos von der Sitte verachten den süßen Müller, obwohl er der beste Techniker weit und breit ist, nur weil er seine Schrullen hat und die Leute nicht anguckt. Die würden noch in hundert Jahren lieber den blöden Frank fragen, der ab drei Uhr nachmittags zu nix mehr zu gebrauchen ist und wahrscheinlich jetzt schon besoffen im Eck liegt. Aber er kann Sprüche kloppen. »Müller ist der Beste«, sagte sie.

Spohn warf ihr einen seltsamen Blick zu und seufzte. Neuer blickte allgemein drohend. Nur Freunscht betrachtete immer noch den Ausweis. »Soweit ich weiß«, sagte er, »haben die hessischen Kollegen in einem Tresor der *Sexy Bar* Ausweise sichergestellt. Für die Mädels. Eine ganze Sammlung, die meisten gefälscht, einer gestohlen. Es waren aber auch drei gültige dabei, die wurden den betreffenden Frauen ausgehändigt. Das muss einer dieser Ausweise sein.« Er starrte das Lichtbild an. »Das Foto sieht ihr ähnlich.« Er blickte auf die Bildschirme, die immer noch Nini zeigten, die inzwischen wieder zu schlafen schien, diesmal im Stuhl zurückgelehnt. »Moment.« Er ging zur Tür, riss sie auf und schrak spontan zurück, weil Müller davorstand.

»Ah!«, rief er und hielt Müller die Hand hin. »Sie sind die Spurensicherung?«

»Guten Tag«, sagte Müller, blickte zu Boden und ignorierte die Hand. Doch Freunscht hatte in dieser Hinsicht keine Befindlichkeiten, außerdem war er von einer Idee erfüllt.

»Sehr gut«, sagte er nur und klopfte Müller auf die Schulter, was den zusammenfahren ließ. »Kommen Sie mit.«

Sie gingen gemeinsam rüber zu Nini. Nur Freunscht passte noch in das VZ II hinein, die anderen standen draußen auf dem Flur. Bettina ganz hinten. »Frau Zimmermann!«, hörte sie Freunscht rufen.

Nini piepste etwas, schien aufzuwachen.

»Gucken Sie mich mal an«, befahl Freunschts sonore Stimme.

Pause. Dann Freunscht: »Sie sehen Ihrem Passbild verdammt ähnlich. Sie haben da am Kinn einen Leberfleck – alles da.«

Piepsen.

Neuer drängte sich weiter vor, er wirkte unruhig, als hätte er etwas verloren.

Die Übersicht, dachte Bettina. Die Führung. Spohn stand nur da und sah gehetzt aus.

»Sie sind in Berlin geboren?«, fragte Freunscht drinnen. »Und dann nach Frankfurt umgezogen?«

Piepsen.

»Verstehe. – Wir müssen das untersuchen, Frau Zimmermann. Ich gebe Ihren Personalausweis unserem Techniker mit. – Sie möchten *was*? Eine *Quittung*?« Jetzt hörte Freunscht sich kurz fassungslos an. »Em, Frau Zimmermann, wir sind hier auf der Polizei, das Dokument bekommen Sie selbstverständlich wieder, falls es echt ist –«

Piepsen.

»Gut«, sagte Freunscht und streckte plötzlich seinen Kopf aus der Tür. Er war etwas gerötet. »Kann mir mal einer Sicherstellungsprotokollformulare besorgen?« Er blickte Spohn an.

Der hob das Kinn und sagte: »Frau Boll?«

Bettina schüttelte den Kopf. »Ich muss hier noch was besprechen«, improvisierte sie.

Spohn knurrte und ging.

»Was wollten Sie besprechen?«, fragte Neuer kühl, als er fort war.

Sie hatte sich nur nicht von dem blöden Spohn rumschicken lassen wollen, aber Fragen hatte sie genug auf Lager. »Werden wir eine Speichelprobe von ihr nehmen, auch wenn der Perso echt ist?«, fragte sie, das Erste, was ihr einfiel.

»Das können wir später machen«, wiegelte Neuer ab. Aber Freunscht hatte zugehört.

»Frau Zimmermann, würden Sie uns eine Speichelprobe für einen DNA-Abgleich zur Verfügung stellen?«, dröhnte er.

Nini piepste wieder etwas, für Bettina hörte es sich ablehnend an.

»Wir brauchen ihr Wasserglas«, sagte sie halblaut zu Müller, der neben ihr stand. Müller stand immer neben ihr, wenn er konnte. Er mochte es auch, wenn sie halblaut mit ihm sprach. Er sah sie nicht an, sie spürte es trotzdem.

Doch ihre Ansprüche beunruhigten ihn zuweilen. »Ich hab kein Sicherungsmaterial dabei«, erklärte er fahrig. Damit meinte er vermutlich die Plastiktüte, in die er das Glas verpacken musste, wenn die Spur ordentlich gesichert werden sollte.

»Das ist ein Notfall«, flüsterte Bettina.

»Aber, Frau Zimmermann«, sprach Freunscht unterdessen laut und streng, »ich dachte, Sie wollten uns bei den Ermittlungen unterstützen?«

»Wenn wir lang nachfragen, isses weg«, sagte Bettina dunkel.

Da machte Müller eins seiner unglaublichen Kunststücke und schlängelte sich, ohne den breit gebauten Soko-Leiter zu berühren, an Freunscht vorbei ins VZ II. Als er zurückkam, hielt er das Glas in spitzigen Fingern. »Ich muss das konservieren«, sagte er nervös. Und ging. Ohne auf den Personalausweis zu warten.

Neuer blickte ihm nach. Es sah aus, als würde er Müller auf eine Liste setzen. Die »Den werden wir mal ganz genau unter die Lupe nehmen«-Liste. »Seltsamer Kerl«, sagte er. Und dann laut in Richtung Tür: »Ich würde gern selber mal mit Frau Zimmermann sprechen. Die Formalien können wir ja später noch klären.«

Spohn erschien mit den Sicherstellungsprotokollformularen und einer Asservatentüte und sah sich um. »Wo ist Müller hin?«

»Sichert eine Spur«, sagte Neuer ätzend.

»Ah«, machte Spohn. Dann drückte er Bettina mit fiesem Lächeln Papiere und Tüte in die Hand. Sie blieb ruhig, ging zur Tür und reichte sie an Freunscht weiter.

Der fertigte drei Protokolle an, tütete den Perso ein und gab Nini einen Durchschlag. »So. Das wär erledigt.« Er wandte sich an Bettina. »Geben Sie das bitte Ihrem Herrn, em –«

»Okay«, sagte Bettina.

»Und wir müssen noch ein bisschen miteinander reden, Frau Zimmermann, also, was sagt Ihnen denn der Name *Pretty* –«

Neuer drängte sich an Bettina vorbei in das Vernehmungszimmer und schloss die Tür.

So stand sie mit Spohn allein auf dem Flur. Aus dem Zimmer, durch die schalldichte Tür, hörte man nichts mehr, was sich irgendwie seltsam anfühlte nach den lauten Gesprächen, die gerade eben noch hier zwischen Tür und Angel geführt worden waren.

Spohn schniefte und ließ seinen Blick an Bettina herabwandern. »Sie suchen einen Maulwurf«, sagte er.

Bettina nickte. »Woher wissen Sie das?«, fragte sie freundlich.

Spohn schnaubte, drehte sich um und ging.

Und Bettina auch.

Bei Müller in der Spurensicherung war alles abgepackt. Plastikhüllen überall, um die Hände des Technikers, um die Spuren, sogar um einzelne Geräte. Und das Kunstlicht brannte so grell, dass alles, was nicht von Natur aus weiß war, seine Farben widerstandslos aufzugeben schien. In Müllers Labor war es hell. Dass hier etwas übersehen wurde, konnte sich niemand vorstellen.

»Hallo«, sagte Bettina, als sie eintrat. Müller war allein und gerade über einen offenen Ordner gebeugt. Er sah nicht auf.

»Hier ist der Perso, den du überprüfen sollst«, sagte Bettina und legte ihm die Tüte hin.

Müller warf einen Blick darauf und sagte: »Der ist echt.« Er schaute weiter in seine Liste, und sie dachte schon, dass die Prüfung damit abgeschlossen war und Müller jetzt auch zu den Zauberern und Alleskönnern übergelaufen war, da erhob er sich und begab sich zu einem kleinen Gerät, das auf einem Tischchen stand. Dort steckte er den Ausweis hinein. »Ich untersuche jetzt das Identigramm«, sagte er. »Der rote Punkt unten links am Kinn der Fotografie.« Und kurz darauf: »Ist alles in Ordnung.« Er holte den Ausweis aus dem Gerät, steckte ihn in einen Chipleser, holte ihn auch da wieder raus, betrachtete ihn nochmals eingehend und sagte: »Der ist echt.«

»Komisch«, sagte Bettina.

Müller zuckte die Achseln.

Sie sagte: »Gut, der Perso ist ja von den Frankfurtern auch schon geprüft worden, die müssen ihn Nini ausgehändigt haben, und es wäre wohl eher unwahrscheinlich, dass die eine Fälschung übersehen.«

»Ja«, sagte Müller.

»Dann hab ich mich vielleicht geirrt«, sprach Bettina enttäuscht, »und diese junge Frau ist einfach nur eine Streunerin, die es irgendwie in die *Sexy Bar* verschlagen hat.«

Müller machte einen unbestimmten Laut, ein großer Brainstormer war er nicht, aber immerhin hörte er zu.

Bettina nahm den Ausweis. »Vielleicht ist auch bei der Meldung getrickst worden …?« Sie seufzte. »Also. Das Dokument ist vor knapp drei Jahren ausgestellt worden – sieht sehr neu aus dafür. Das muss aber nix heißen. Nach dem Geburtsjahr sollte Zimmermann jetzt gerade noch achtzehn sein. Wenn sie Meggie ist, dann wäre sie sechzehn. Aber dieses Foto sieht ihr wirklich ähnlich.«

»Hm«, machte Müller. Er setzte sich an seinen Computer

und rief das EWOIS auf, den polizeiinternen Zugriff auf alle Melderegister. Nausikaa Karima Zimmermann war in Berlin geboren und in Frankfurt registriert. Stand dort. Wie es im Perso stand.

»Weißt du, was, ich hatte ein irres Telefongespräch mit dem Entführer und Mordverdächtigen«, sagte sie. »Der Typ ist mit einem von den Mädchen abgehauen. Ich hab ihn angerufen, und er hat unglaublicherweise echt mit mir geredet und hat mir gesagt, dass er das Mädchen liebt. Ist das nicht seltsam?«

»Wieso?«, fragte Müller. Er klang fast empört.

Bettina sah auf und lächelte.

Müller färbte sich ein kleines bisschen rot.

»Tja«, sagte sie. »Das wäre die unwahrscheinlichste aller Lieben, aber du hast recht: Wieso nicht?« Sie lächelte breiter.

Müller wurde röter.

Sie versuchte seinen Blick zu erhaschen. »Ich hab ihm keine Sekunde geglaubt. Ich hab zu ihm gesagt: Beweis es.«

Müller blinzelte.

War das eben ein Kontakt gewesen? »Und weißt du, was er gesagt hat?«

Müller schüttelte den Kopf.

»Er hat gesagt: Guck dir den Perso von Nini an. Genau das hat er gesagt. Das war sein Tipp.« Bettina entließ Müller aus ihrem Lächeln und blickte wieder die kleine Karte an. »Wir müssen etwas übersehen haben. Irgendwas muss damit sein. Das ist total strange.«

»Ja«, sagte Müller.

Sie schwiegen.

Dann sagte sie enttäuscht: »Oder auch nicht. War wohl eine Ente. Sie ist gemeldet, der Perso ist echt, also Schluss damit.«

Müller sagte gleichzeitig: »Es gibt eine Möglichkeit.«

»Welche?«, fragte Bettina, und einen Moment glaubte sie, er werde sie bitten, mit ihm durchzubrennen, so angespannt sah er aus.

Aber nein: »Bestimmte Behörden haben die Berechtigung, nach Bedarf Personaldokumente an Individuen auszustellen, deren Identität geheim gehalten werden soll«, sagte er. »Echte Personaldokumente.« Jetzt hob er den Blick und sah Bettina tatsächlich in die Augen. Eine Sekunde lang. »Tarnpapiere«, setzte er hinzu. »Macht unter anderem das BKA.«

11

Am Donnerstag voriger Woche war sie zum letzten Mal in ihrem Büro gewesen, es fühlte sich an wie ein ganzes Leben. Sie legte das Laptop und ihre Tasche auf ihren Schreibtisch, es war, wie wenn man nach langer Reise einen Koffer aufs Bett schmiss. Alles kam ihr klein vor. Aber auch farbig und heimelig. Die grellen Töne der letzten Tage schafften es nicht hier herein, Müllers Weiß, die neonfarbenen Haare dieser jungen Frauen, ihre seltsamen Klamotten, die Hitze in Härtings Krankenzimmer, die unwirklichen Stimmungen des Himmels über den Städten: weg. Hier drin war es angenehm kühl und schattig. Die Farben stimmten. Auf ihrem Tisch stand eine vergessene Kaffeetasse, immer noch die alte, auf der stand: *Quiet, please*. Bettina wünschte, ihr ehemaliger Kollege und Zimmernachbar Willenbacher wäre hier. Sie hätte sogar Nessa in Kauf genommen, aber das Zimmer war leer. Was andererseits auch nicht schlecht war, denn sie musste dringend ein bisschen Akte lesen. Die Kollegen aus den anderen Bundesländern waren mit Sicherheit nicht untätig geblieben, und da sie die Morgenbesprechung verpasst hatte, konnte sie nicht mehr auf dem neuesten Stand sein, selbst wenn sie sich, wie Freunscht ihr vorgehalten hatte, immer im Zentrum des Geschehens aufhielt. Sie schaltete ihren PC an und ging sich einen Kaffee holen. Dann las sie eine halbe Stunde lang Mails und Online-Akten.

Die Baden-Württemberger aus Stuttgart waren hauptsächlich mit der Herkunft der Munition befasst, mit der der LKW-Fahrer Gerhard Kemper erschossen worden war, die Mannheimer Ermittlergruppe natürlich mit dem Vorfall auf dem Bahnhof, wo außerordentlich viele Zeugen befragt werden mussten. Die Höhbrückener und Pirmasenser gruben sich derweil in das

Leben des Schuldirektors Gutvatter. In Frankfurt schien am meisten passiert zu sein. Einige Mädchen hatten Stationen ihres Werdegangs benannt, was jetzt weiter untersucht wurde. Es zeigte sich, dass alle bis auf eine Amanda Denis schon extrem jung entführt worden waren, sie stammten großteils aus Krisenländern und hatten Karrieren als Kinderhuren in Hinterzimmern von verschiedenen deutschen Bordellen hinter sich. Die Bordelle wiederum wurden von unterschiedlichen Kriminellen betrieben oder beschützt, deren Namen oder Organisationen Bettina kaum etwas sagten. Wichtig war nur: Es handelte sich um mehrere. Mit der *Sexy Bar* hatte keiner von ihnen direkt zu tun. Was weiter mit den Mädchen geplant gewesen war, konnte niemand genau sagen. Und ob die Bar sich finanziell gelohnt hatte, war auch noch nicht wirklich raus, aber anzunehmen. Bettina starrte den Bildschirm an. Die betreffenden Berichte klangen eher vorsichtig, bestätigten aber ihre Theorie. Ob die Bar einträglich gewirtschaftet hatte, das war übrigens eine interessante Frage. Bettina fand, dass der Sache ein gewisses Non-Profit-Element anhaftete. Die *Sexy Bar* schien unabhängig, konkurrenzlos und ungemein gut vernetzt gewesen zu sein. Eine Einnahmequelle, das schon, aber nicht unbedingt eine Goldgrube. Letztlich wurde sie vermutlich von Leuten betrieben oder zumindest protegiert, die nicht für das Geld brannten, sondern für die Sache: Sex mit Kindern. Und wenn das so war, dann hatten die grauen Eminenzen ganz weit oben (der Richter?) vielleicht doch eine Stelle, an der man sie treffen konnte: Die Kinder kannten sie.

Ihn.

Bettina spürte ihren Atem, der schwer ging, und sah sich unwillkürlich um. War da jemand an der Tür gewesen? Sie dachte, dass sie es irgendwie schaffen musste, noch mal mit Nini zu reden, allein, dann las sie weiter. In Frankfurt war außerdem die Praxis einer Frau Dr. Hennerodt durchsucht worden, der Amtsärztin. Aus ihrer Praxis stammten die Gesundheitszeugnisse der *Sexy Bar*-Mädchen, inwieweit sie selbst involviert war, schien noch unklar. Außerdem war bei den Frankfurtern tatsächlich ein Polizist verhaftet worden, ein gewisser Boldt. Und, sehr gruselig: Eine der Frauen aus der *Sexy Bar* hatte man mit einer Überdosis Heroin im Blut tot aufgefunden. Diandra Misera ihr Name. Laut Akte war sie zweiundfünfzig Jahre alt geworden. Diese Information hätte Bettina fast überlesen. Erst als sie den Text schon weitergescrollt hatte, stutzte sie und fuhr noch mal zurück. Doch, tatsächlich: Diandra Misera, zweiundfünfzig. Und noch etwas stand dort in der Akte, ganz lapidar: Identifiziert durch mitgeführte Papiere. Das bedeutete: *Personalausweis.*

Bettina sprang auf, sie hatte plötzlich das Bedürfnis zu laufen. Sie lief zum Schrank. Und wieder zurück. Diandra Misera, zweiundfünfzig. Der Name hörte sich an wie ein schlechtes Pseudonym, und doch hatte sie einen Personalausweis besessen. Der mit Sicherheit geprüft und registriert worden war, genau wie Ninis. Diandra war mehr als dreimal so alt gewesen wie die übrigen Frauen im Haus. Vielleicht hatte sie auch mehr als dreimal so viel gewusst? Eine Überdosis Heroin hatte sie umgebracht, das konnte alles sein: Mord, Selbstmord oder Unfall. Bettina fühlte sich kribbelig. Sie stand schon wieder am Schrank. Und wieder am Tisch.

Am Schrank. Tatsache war, dass laut Akte nur zwei von den aufgegriffenen Frauen aus der *Sexy Bar* dort auch gemeldet waren, die anderen waren als »Freie« geführt worden. Und nur drei von den zehn Frauen hatten gültige Ausweise besessen. Eine gewisse Amanda Denis, Nini und Diandra. Diandra: war tot. Und Nini wurde gejagt.

Vielleicht werden alle Mädchen gejagt, dachte Bettina. Wahrscheinlich sind die anderen nur nicht so gefährlich, weil sie weniger gut Deutsch können. Möglicherweise versuchen die Verfolger, so viele auszuschalten, wie es nur geht, und Diandra Misera war einfach zu alt, um schnell wegzurennen.

Die hat es wohl nur als Erste erwischt. Und wo war Amanda Denis?

Sie setzte sich an ihren Tisch, atmete durch und suchte sich die Nummer der Frankfurter Ermittlungsgruppe aus der Akte.

»KK Boll aus Ludwigshafen«, sagte sie, als sie sich durch mehrere Instanzen und Warteschleifen telefoniert und endlich einen Tatortermittler aus Frankfurt erreicht hatte, »Soko Gutvatter, wir arbeiten zusammen.«

»Im Moment noch«, sagte die Stimme, was eine seltsame Aussage war. Trotzdem klang der zugehörige Typ fröhlich. »KK Hemmerle«, stellte der Kollege sich vor.

»Im Moment noch …?«, hakte Bettina nach.

»Ja, haben Sie sicher mitgekriegt: Der Fall ist größer als angenommen. Bei Ihnen in Rheinland-Pfalz ist die Sachlage wohl ein bisschen anders, Sie haben ja diesen Lehrermord, das ist was Eigenes. Aber wir sind hier auf organisierte Kriminalität gestoßen, und Sie wissen ja: Kinderprostitution, Menschenhandel, das macht das BKA. Wir geben den Fall grade ab, aber Sie können mich gerne fragen.«

Das BKA übernahm. Frankfurt hatten sie schon. »Okay«, sagte Bettina. »Ich habe Fragen zu Diandra Misera, ich höre, Sie haben den Tatort mit aufgenommen?«

»Ob das ein Tatort war, ist nicht ganz klar«, sagte Hemmerle. »Wir haben es vorsichtshalber als Tatort behandelt, aber da war nicht viel. Sie hat tot in ihrem Bett gelegen, Überdosis. Die Obduktion war heute früh, es gibt ein paar unklare Gewaltspuren, die aber eigentlich schon älter aussehen, wie Prügel von vor einer Woche.«

»Oh«, machte Bettina.

»Ja, die Frauen da haben was mitgemacht.«

»Diandra Misera war aber im Haus gemeldet?«

»Seit 2009.«

»Also schon seit vielen Jahren.«

»Sie war die Puffmutter. Unter mehreren Managern.«

»Und sie hatte einen gültigen Personalausweis?«

Meinte sie das bloß oder sog Hemmerle plötzlich scharf Luft ein? »Ja, in der Tat.«

Und klang er jetzt reservierter als zuvor?

Sie wusste nicht genau, wie sie weitermachen sollte, im Grunde konnte sie das, was sie sagen wollte, nicht sagen: Auch wir haben das BKA im Haus, es wird intern ermittelt, unser Ackermann war ja leider Teil des Menschenhändlerrings, darum sitzen wir in einem Boot, und ich wollte mal nachhorchen, wie weit das BKA bei euch ist und ob nicht vielleicht umgekehrt dort die faulen Eier liegen. »Kann es sein«, fragte sie also nur, »dass die *Sexy Bar* kein wirkliches Bordell war?«

Schweigen.

»Sondern eine Art –«

»Ja«, sagte Hemmerle hart.

»Ein Schrottplatz für ehemalige Kinderprostituierte?«

»Und Ähnliches«, sagte Hemmerle. Seine Stimme klang grimmig. »Eine von den Frauen ist schon dreißig, wissen Sie?«

»Nein.«

»Eine freundliche Person, sehr – hm, beleibt, leider geistig stark behindert und das nicht erst, seit sie dort in der *Sexy Bar* arbeitet. Sie wurde vor zwei Jahren aus einer psychiatrischen Einrichtung entführt. Die konnten wir eindeutig identifizieren.«

»Oh«, sagte Bettina ahnungsvoll. »Ihr Name ist Amanda Denis?«

»Ganz recht.«

Das Rubensmodell. »Was sollte mit den Frauen passieren?«

»Das wird das BKA jetzt ermitteln«, sprach Hemmerle erbittert.

»Organhandel?«

»Kann sein. Ich hab ja die Frau Misera kurz vor ihrem Tod

noch vernommen, und sie hat was von Ausnüchterungsprogrammen gesagt. Wie sie den Mädchen geholfen haben, clean zu werden und so.«

»Aha?«

»Das ist ein Indiz für Organhandel, denn da muss der Körper giftfrei sein. Aber ich denke, wenn sie die jungen Frauen am Stück verkaufen konnten, war's ihnen bestimmt auch recht. Hauptsache weit weg. Aber Genaues kann ich Ihnen da nicht sagen, da war das BKA gleich dran.«

Na gut. »Diese Tarnung als Bordell«, sagte Bettina, »kann es sein, dass die wirklich nur an diesen drei, vier echten Identitäten hing, die es ja wirklich gibt? Nausikaa Zimmermann, Diandra Misera, Amanda Denis und dieser Geschäftsführer, Karl-Heinz –«

»Karl-Heinz Schmitt, ja.«

»Können die drei ausgereicht haben, um einen legalen Bordellbetrieb zu – simulieren?«

»Was heißt da legal, und sie haben es eben unauffällig gemacht«, sagte Hemmerle. »Sie hatten Freunde, sie waren still, und sie waren versifft. Haben keine Begehrlichkeiten geweckt. Bordelle scheitern selten nur an uns, die scheitern an anderen Bordellbesitzern. Wenn sie sich gegenseitig ins Gehege kommen. Aber die, die waren nicht attraktiv. Nur bei –« Er brach ab.

Nur bei den Anspruchslosesten, dachte Bettina. Bei denen, die in Uniform in den Puff wollten. Bei Ackermann. »Ja«, sagte jetzt sie.

»Sind halt nie aufgefallen«, schloss Hemmerle. »Sie waren die ganze Zeit unterm Radar. Und das Haus wurde knapp dreißig Jahre als Club genutzt, da ist man auch keine Bedrohung mehr.«

»Vier Jahre unter dem Geschäftsführer Karl-Heinz Schmitt«, sagte Bettina.

»Genau. Ein Elefant.«

»Die Mädchen, mit denen ich gesprochen habe, haben was von einer Bar namens *Pretty* gesagt«, fragte Bettina weiter. »Wisst ihr da was drüber?«

»Die meinen wahrscheinlich die *Pretty Baby Bar*«, sagte Hemmerle. »Ich hab davon auch jetzt erst während der Ermittlungen gehört, hausieren gehen die damit nicht. Das war ja, davon mal abgesehen, auch keine offizielle Bezeichnung. Das Bordell ist nur unter der Hand so genannt worden. Und für die Ermittler muss es ein übler Reinfall gewesen sein.«

»*Pretty Baby Bar*?«

»Ja«, sagte Hemmerle. »Also da war – Moment – es ist jetzt sieben Jahre her, da gab es einen Skandal bei den Baden-Württembergern in Heidelberg. Metropolregion. Ein Laufhaus, *Eros Center Troy*, so hieß das. Riesig. Super organisiert. Die haben Preise gekriegt, für Sauberkeit, für Fairness, alles. Aber im Keller, beziehungsweise einem Nebengebäude, hatten die eine Kinderabteilung. Die *Pretty Baby Bar*. Die Kollegen vom BKA haben drei Jahre lang ermittelt, Sitte Heidelberg war involviert, alles. Kompliziert und heikel, Verdacht auf Kinderpuff halt, aber sie sind drangeblieben. Angeblich waren sie richtig weit, hätten schon ein, zwei Leute festnageln können. Nur: Sie wollten alle. Am Tag des Zugriffs war der Laden leer. Totaler Reinfall. Ein Riesenpuff. Zwanzig Zimmer im Laufhaus und fünf im *Pretty*. Bar. Pool. Komplett leergeräumt. Die Freien aus dem Laufhaus waren noch da, wussten von gar nix, aber die *Pretty Baby Bar* war tot. Keiner weiß, was aus den Leuten geworden ist. Wo sie allein die Möbel hingeschafft haben.«

Pause.

»Aber das ist jetzt Sache des BKA«, sagte Hemmerle.

Das BKA. Bettina fasste sich ein Herz. »Herr Kollege«, sagte sie und senkte unwillkürlich die Stimme, »wir haben hier ein komisches kleines Problem.«

»Was denn?«

Täuschte sie sich, oder hörte sich Hemmerles Stimme ebenso konspirativ an?

»Sie wissen ja, die Zeugin Zimmermann, die war auf dem Mannheimer Bahnhofsplatz in eine Schießerei verwickelt.«

»Haben wir gehört. Ein Scharfschütze hat ihrem Entführer 'nen Kopfschuss verpasst, nur 'ne Handbreit vom Kopf des Mädchens weg.«

»Genau«, sagte Bettina. »Und dieses Mädchen, die Zimmermann, sitzt jetzt hier bei uns zur Vernehmung. Sie hat ihren Perso dabei. Der ist so echt, wie ein Perso nur echt sein kann.«

»Und?«

»Und wir haben aber auch den Verdacht – einen starken –, dass sie tatsächlich unsere entführte Meggie Lepp ist. Höhbrücken. Sie wissen schon.«

Hemmerle sog scharf Luft ein. »Haben Sie schon den DNA-Abgleich?«

»Bald«, sagte Bettina.

»Den würde ich abwarten«, sagte Hemmerle vorsichtig.

»Sicher«, sagte Bettina. »Aber hier ist inzwischen eine verrückte Theorie aufgetaucht.«

Hemmerle schwieg.

»Dass nur eins von beidem echt sein kann: Meggie oder der Ausweis.«

»Ja«, sagte Hemmerle.

»Und dass wir es im Fall der Fälle mit einem gefälschten echten Perso zu tun haben.«

Hemmerle schluckte. »Ich wurde heute früh den ganzen Vormittag vernommen«, sagte er plötzlich rau. »Von so zwei undurchsichtigen Typen vom BKA. Der Kollege Boldt, Sie wissen schon –«

»Der verhaftet wurde?«

»Das war mein Freund.«

Unvermittelt empfand Bettina Panik und Misstrauen. Sie hatte soeben brisante Informationen an einen Menschen weitergegeben, den sie gar nicht kannte und der mit einem Mitglied des Menschenhändlerrings befreundet gewesen war. Das hier war möglicherweise die größte Dummheit ihrer Laufbahn. Andererseits: »Ackermann, der Kollege, der erschossen wurde«, sagte sie. »Sie wissen schon. Wir waren auch befreundet.«

Hemmerle schniefte seltsam.

»Komisch, was, wie verdächtig einem das bei anderen vorkommt?«

»Es ist verrückt«, sagte Hemmerle. »Von allen Menschen auf der Welt hätte ich es ihm am wenigsten zugetraut.«

»Kenn ich«, sagte Bettina von Herzen.

»Was meinten Sie noch mal mit diesem Ausweis?«, fragte Hemmerle.

»Ich meinte, dass der Ausweis vielleicht gezielt von einer Behörde ausgestellt worden ist. Oder von einer mächtigen Person in dieser Behörde. Vielleicht von jemandem beim BKA.«

»Der Richter«, sagte Hemmerle spontan, und Bettina überlief ein Schauder. Das war ja wie bei Edgar Wallace, der Zinker, der Hexer, der Frosch mit der Maske. Langsam wirkte der Grusel, und sie wurde auf den Richter konditioniert.

»Sie haben von ihm gehört?«, fragte sie und horchte ihrer Stimme nach, ob die wirklich so erschrocken klang. »Wie?«

»Diandra Misera hat von ihm gesprochen«, sagte Hemmerle stumpf. »Ich hab sie ja am Tag vor ihrem Tod vernommen.«

»Was hat sie noch gesagt?«

»Nicht viel. Sie hat keinen sehr intelligenten Eindruck gemacht. War eher so – dämlich arrogant. Untypisch für eine Selbstmordkandidatin. Hat auch laut Autopsiebericht selbst nicht regelmäßig Drogen konsumiert. Ich glaub, sie hat sich verplappert. Sie hat behauptet, dass der Richter sich schon um diese Manga kümmern wird. Wär mir vielleicht gar nicht aufgefallen, weil klar, es wird sich ein Richter um sie kümmern, wie? Aber sie hat es so komisch betont. Und heute Morgen hab ich mich dran erinnert, wie mein Freund Jo– äh, Boldt, ein-, zweimal von *dem* Richter gesprochen hat. So komisch ironisch. Als wär es ein Gespenst. Ist ihm wohl auch rausgerutscht.«

»Haben Sie eine Ahnung, wer es sein könnte?«, fragte Bettina. »Der Richter?«

»Nein«, sprach Hemmerle gepresst.

»Also der einzige Typ in dem ganzen Fall, der Richter heißt und den ich bisher kennengelernt habe, ist ein uralter wackliger Mann in einem kleinen Dorf in der Hinterpfalz«, sagte sie. Eigentlich war das als lockere Absurdität gesagt, eine Art Plauderei, um die Gedanken am Laufen zu halten. Aber so absurd schien es Hemmerle gar nicht vorzukommen.

»Dann reden Sie doch mal mit ihm«, sagte er ernst.

Eigentlich sollte sie da sein, um die Kinder nach der Schule zu empfangen, jetzt war es halb vier, und die Kinder kamen um halb fünf von der Ganztagsschule. Doch dann konnte sie nicht mehr nach Höhbrücken fahren, und Bettina spürte, dass sie das musste. Hemmerle hatte recht: Sie sollte mit dem Richter reden. Nicht allein, allerdings. Auf keinen Fall allein, so uralt und wackelig dieser Mann auch gewirkt hatte. Schlimm genug, dass sie keine Waffe mehr hatte. Aber wen informieren, wen mitnehmen? Bettina dachte kurz nach, dann rief sie Nessa an.

»Ich habe noch fünfzigtausend Berichte zu schreiben«, sagte die ungehalten.

»Bitte«, sagte Bettina.

»Was ist mit Enno und Sammy, die kommen in eine leere Wohnung und kriegen nix zu essen.«

»Ich hol ihnen Brötchen und stell sie ihnen hin.«

»Weißt du, dass aus diesen Gründen – weil viel zu tun ist – Sokos gebildet werden? Das solltest du mal anregen, Tina, ach nein, ich vergaß, es gibt ja schon eine! Mit der du dich nicht verstehst!«

»Es ist kompliziert«, sagte Bettina. »Ich erklär's dir unterwegs.«

»Wie geht's Härting?«, fragte Nessa, und Bettina nahm das als Ja.

»Macht nicht mehr lange«, sagte sie bedauernd. »Wir treffen uns unten am Auto.«

»Ich will einen Dienstwagen«, sagte Nessa. »Mit Klimaanlage. Ich hab heute Abend noch was vor.«

Der einzige mutmaßliche Dienstwagen, der noch auf dem Parkplatz stand, war Härtings Benz. Bettina wusste nicht, ob dieses Auto überhaupt zur Verfügung stand oder wie sie im Falle an die Schlüssel kommen sollte. Dass Mona die freiwillig rausrückte, konnte sie sich nicht vorstellen. Aber sie stellte sich als ein Zeichen guten Willens neben den Benz und wartete dort auf Nessa.

Die kam und verdrehte gleich die Augen. »Ist das wirklich ein Dienstwagen?«, fragte sie. Sie sah hübsch aus, angeregt, mit offenem Haar, trug einen Rock. Einen bunten.

»Ich würde lieber den Taunus nehmen«, sagte Bettina schlicht.

Nessa schüttelte den Kopf, seufzte und zückte ihre Autoschlüssel. »Hast du ein Glück, dass ich bei diesen blöden Berichten fast eingeschlafen wäre. Was machen wir überhaupt?«

»Wir besuchen einen Richter«, sagte Bettina.

»Gut oder böse?«, fragte Nessa.

»Weiß ich nicht«, sagte Bettina ehrlich. »Ich hoffe, das kriegen wir dort raus.«

Nessa hatte einen Golf, mit Ledersitzen. Hübsch aufgeräumt, es roch gut, Klimaanlage. Bettina öffnete die Beifahrertür, sie schwang mit einem leichten Klicken auf. Nessa beobachtete sie ironisch von der Seite. »Wunder der Technik«, sagte sie rachsüchtig.

Bettina warf ihr eine Kusshand zu und setzte sich ins Auto. Über den Ledersitzen sah ihre Jeans so abgewetzt und schmuddelig aus wie ein alter Lappen. »Danke«, sagte sie und meinte es so.

»Dafür musst du zwei Katzen nehmen«, sagte Nessa und schnallte sich an. »Anschnallen.«

Bettina griff nach dem Gurt, er ließ sich so leicht bewegen, als liefe er auf Rollen. »Ich weiß«, sagte sie.

Nessa fuhr an. »Wohin?«

»Erst mal in eine Bäckerei und dann heim zu mir, damit die Kinder was zu essen haben.«

»Du bist so fürsorglich«, sagte Nessa.

»Du willst mir junge Tiere geben«, sagte Bettina. »So schlimm kann ich nicht sein.«

Das brachte Nessa zum Schweigen. Kurz. Dann sagte sie: »Wenigstens bist du nicht langweilig.«

»Da wohnst du?«, fragte Nessa, und es klang echt entsetzt. Bettina blickte auf das Haus, in dem sie mit den Kindern lebte, in Barbas alter Wohnung, die Wohnung der Kinder, die sie übernommen hatte, als sie auch die Kinder ihrer Schwester übernommen hatte, nach deren Tod.

»Ja«, sagte sie und packte die Brötchentüte. Es war kein schönes Haus, und es stand in einer Reihe anderer Häuser, die auch nicht schön waren, alte fünfstöckige Plattenbauten in einer versifften Grünanlage, zertrampelt, verwohnt und eng. Keine gute Gegend außerdem, einige Nachbarn waren polizeibekannt, und es wurden mehr.

»Wieso wohnst du nicht in Grünstadt?«, fragte Nessa missbilligend.

»Das Haus dort ist haunted«, sagte Bettina.

»Mag sein«, sagte Nessa, »aber nur, wenn wirklich ein Toter in deinem Brunnen liegt.«

»Anderes Thema«, sagte Bettina.

»Das hier dagegen ist es in jedem Fall.«

»Was?«

»Haunted.«

»Ich kann mir Grünstadt nicht leisten«, sagte Bettina und knallte die Autotür zu. Und sah, wie Nessa den Kopf schüttelte.

In der Wohnung deckte sie Teller auf den Tisch und schrieb einen Zettel. Nessa hat recht, dachte Bettina, wir müssen hier raus. Und ich hab auch recht: nicht nach Grünstadt. Wir müssen das Haus verkaufen und etwas Schönes suchen. Ein Häuschen im Vorort, ein Loft in der Innenstadt. Irgendwas mit Licht. Mit Platz für Katzen. Sie malte ein Herzchen auf den Zettel, richtete ihn hübsch gerade zwischen den beiden Tellern aus und verließ die Wohnung. Einen Richter fangen.

Dr. Gustav Eberhardt Richter stand auf dem Türschild, sie waren angekündigt. Nessa hatte das nicht klug gefunden. »Der sitzt jetzt da drin, lädt seine Waffen und lässt die Bodentruppen aufmarschieren«, sagte sie.

»Ich glaube nicht, dass er irgendwas mit der Sache zu tun hat«, war Bettinas Antwort.

»Warum sind wir dann hier?«

»Ich muss mit ihm reden.«

»Bettina Bolls holistische Detektei«, spottete Nessa und drückte den Klingelknopf. Dann sah sie sich anerkennend um. »So könntest du dein Grünstadter Haus herrichten, Tina.«

Tatsächlich bestand eine gewisse Ähnlichkeit, auch dieses Haus war groß und eindrucksvoll. Doch wo Tante Elfriedes altes Gemäuer sich feindselig hinter einem Zauberwald aus Dornen und Giftpflanzen verschanzte, stand dieses Gebäude frei und freundlich auf einer Art erhöhtem Terrassenpodest, davor einige knorrige Rhododendren, nebenan ein uralter Gartenteil mit Apfelbäumen, im Hintergrund lichtes, duftendschattiges Grün, das sich in Richtung eines Baches in der

Landschaft verlor. Höhbrücken, fand Bettina, hatte genau ein schönes Haus: dieses. Hier sah die Welt so aus, wie sie sein sollte.

Die Tür öffnete sich. Dr. Gustav Eberhardt Richter erschien im Rahmen, hielt sich fest, sah alt und zart und fast gebrechlich aus. Doch seine Augen blickten wach. »Kriminalkommissarin Boll«, sagte er zu Bettina, obwohl die hinter Nessa stand. Und zu der: »Mit Begleitung. Bitte einzutreten.« Er machte die Tür frei und ließ sie in eine niedrige, aber sonnige Halle. Das Haus roch angenehm, fand Bettina, nach alter Eiche und Lavendel, und es war sehr sauber.

»Wir wollen ins Gartenzimmer gehen«, sagte Richter an Bettina gewandt. »Sie sind beide Polizistinnen?«

»Ja«, sagte Bettina.

»Beim zweiten Mal kommen Sie immer zu zweit«, sagte Richter. »Bitte gehen Sie doch vor. Ich kann nicht mehr so schnell.«

Sie betraten ein Zimmer, dessen Glastüren zum Garten hin geöffnet waren und das voll goldenem Sonnenschein stand. Auf einem kleinen Tisch mit einer altmodischen Tischdecke warteten eine Karaffe Wasser, mehrere Gläser und eine Dose Kekse.

»Ich habe mich selbstverständlich auf Sie vorbereitet«, erklärte Richter und wies auf die Stühle. Sie setzten sich. Er öffnete die Keksdose und schenkte Wasser ein. »So«, sagte er dann.

Bettina hatte keine Ahnung, was sie sagen sollte. Im Grunde wollte ich nur wissen, wie Sie leben, das war nicht ganz der richtige Einstieg. Sind Sie Menschenhändler? – Das klang absurd. »Sie haben einen interessanten Namen«, sagte sie schließlich.

»Es heißt, meine Vorfahren wären Richter gewesen«, sprach Richter und verzog keine Miene. Nessa grinste. Die hatte er schon mal im Sack.

»Dieser Fall«, fuhr Bettina fort, »zieht weite Kreise. Drei Bundesländer sind involviert, wir haben viele Beteiligte und Opfer. Ungeklärte Todesfälle. Kinder in Zwangsprostitution. Da steckt eine weitverzweigte Organisation dahinter.«

»Gut, dass Sie sich der Sache angenommen haben, Frau Boll«, sagte Richter ernst, und Nessa betrachtete ihn liebevoll.

»Ja«, sagte Bettina ebenso ernst. »Herr Doktor Richter, ich hab vielleicht nicht den großen Durchblick, aber eine Sache ist mir aufgefallen.«

»Welche?«, fragte Richter, hob sein Glas und nippte daran.

»Es gibt einen Namen, der immer wieder fällt. Der nur geflüstert wird. Einer, vor dem alle Angst haben. Die Kollegen vom BKA, die Zuhälter und Männer fürs Grobe und die Mädels, die nichts sagen wollen. Alle haben Angst vor – dem Richter.«

»Möglicherweise ist das ein natürliches Phänomen in diesen Berufsgruppen«, sagte Richter, und aus irgendeinem Grund hörte sich seine Ernsthaftigkeit jetzt aufrichtig und fast sogar melancholisch an. Er nippte wieder an seinem Glas. Dann blickte er Nessa an und sagte: »Trinken Sie doch, Sie müssen durstig sein nach der langen Fahrt.«

Nessa lächelte, nahm das Glas zur Hand und stellte es wieder hin. »Vielen Dank«, sagte sie verbindlich.

»Es ist nicht vergiftet«, sagte Richter. Er blickte Bettina an. »In gewisser Weise ehrt es mich, dass Sie mich in meinem Alter für einen Superverbrecher halten. Hauptsächlich macht es mich aber traurig, denn das heißt, Sie misstrauen meinem Charakter.«

Bettina sagte: »Ich will nur sichergehen.«

»Können Sie das denn, durch ein bloßes Gespräch?«, fragte Richter. »Ist Ihre Menschenkenntnis so gut?«

Nein, dachte Bettina. Ist sie nicht. Kein bisschen. Aber: »Darauf kommt es nicht an«, sagte sie. »Es kommt einzig und allein auf die Beweise an.«

»Haben Sie welche gegen mich?«

»Ich würde Sie gerne jemandem gegenüberstellen«, sagte Bettina.

»Selbstverständlich«, sagte Richter. »Das mache ich. Das wird meine Unschuld beweisen.« Jetzt hörte er sich müde an. Sie schwiegen. Richter nahm sich einen Keks und legte ihn vor sich auf den Tisch.

»Ein schönes großes Haus«, sagte Bettina schließlich. »Sehr gepflegt. Und ein wunderbarer Garten. Wie bekommen Sie das alles so hin? Das muss doch sehr viel Arbeit sein.«

»Ich habe Helfer«, sagte Richter. Er warf Bettina einen Blick zu. »Ich weiß, es gibt Geschichten, da ist der Bösewicht nur ein Gehirn in einem Kasten. In gewisser Weise bin ich das auch. Ich bin alt und unbeweglich. Aber Gehirne in Kästen sind Märchen, und ich bin nicht der, den Sie suchen. Ich bin nur ein emeritierter Professor, der aufs Land gezogen ist und dort leider dem falschen Mädchen begegnen musste.«

»Sie sind Geohistoriker?«, fragte Nessa, die im Auto mit Bettina kurz Richters Lebenslauf durchgegangen war.

»Genau.«

»Was macht man da so?«

»In der Forschung und im Felde betrachtet man Geländeformationen.«

»Um Häuser zu finden?«

Richter nickte. »Das auch. Aber in erster Linie Erdwälle. Sandbänke. Fluthorizonte.«

»Da sind Sie wohl viel gereist?«, fragte Nessa. Richter lächelte und nickte. Bettina betrachtete seine schlanke Gestalt, seine klugen Augen.

»Haben Sie vielleicht nebenbei für einen Geheimdienst gearbeitet?«, platzte sie ein wenig direkt heraus.

Richter lächelte. »Nein.«

»Ich frag das nur, weil bei uns ein sehr merkwürdiger Personalausweis aufgetaucht ist. Ein echtes Dokument, das aber nicht ganz zur betreffenden Person passt. Ein Tarnpapier. Das könnte von einem Geheimdienst ausgestellt worden sein.«

Richter schüttelte den Kopf. »So romantisch sich das anhört«, sagte er bedauernd, »auch das bin ich nicht. Ich war nie Geheimagent. Ich hab immer nur Klassiker gelesen und in der Erde gebuddelt.«

»Apropos Klassiker«, sagte Bettina. »Das ist auch so ein Punkt.«

»Was meinen Sie?«

»Wir haben zwei Identitäten, die vermutlich erfunden sind. Ungewöhnliche Namen. Einer davon ist Diandra Misera. Und der andere Nausikaa Karima Zimmermann.«

»Nausikaa«, sagte Richter zweifelnd.

»Ja.«

»Eine Griechin?«

»Vermutlich ist es Meggie.«

»Erstaunlich«, sagte Richter und schwieg.

»Bisschen auffällig für einen Tarnnamen«, sagte Nessa.

»Wenn man sich sicher ist, kann man anfangen zu spielen«, entgegnete Richter. »Und darum ging es hier wohl. Ums Spielen.«

»Für den Richter schon«, sagte Bettina.

»Ich hab lange in Griechenland gearbeitet«, sagte Richter träumerisch. Er biss in seinen Keks. Ein kleiner Krümel blieb in seinem Mundwinkel hängen, als er kaute. Er sah aus wie ein Greis. »Wissen Sie, wer Nausikaa war?«

»Nein«, sagten Bettina und Nessa unisono.

»Sie ist die Tochter des Königs der Phäaken. Die Phäaken sind eines der großen Rätsel der *Odyssee.*«

»Warum?«, fragte Nessa.

»Nach dem Trojanischen Krieg irrt Odysseus, der Sieger, durchs Mittelmeer. In gewisser Weise ist das eine Bestandsaufnahme. Er kommt an alle Orte, die noch da sind. Wenn man sich auskennt, kann man diese Orte noch heute auf der

Karte finden und die Völker, die er besucht, identifizieren. Nur eines nicht: die Phäaken.« Richter schob sich den Rest seines Kekses in den Mund, kaute und sah Bettina an. »Jetzt fragen Sie sich: Was haben diese Phäaken dann in der *Odyssee* zu suchen?«

»Äh«, machte Bettina. »Ja. Was haben die da zu suchen?«

»Machen Sie sich nicht über mich lustig«, warnte der Professor.

»Mach ich nicht«, wehrte sich Bettina.

»Wer sind die Phäaken?«, fragte Nessa ernst.

Richter wandte sich an sie. »Das weiß niemand. Es gibt Theorien. Die können wahr oder auch falsch sein.« Er sah wieder Bettina an. »Meiner Erfahrung nach ist immer die Theorie richtig, aus der wir am meisten lernen können. Wenn eine tiefe Wahrheit transportiert wird, wenn wir spontan sagen: Ja! Das passt! So muss es gewesen sein! – Dann liegen wir richtig.«

Bettina nahm ihr Glas und nippte an dem Wasser. Es schmeckte wie Wasser.

Richter blickte sie gelassen an. »In diesem Falle«, sagte er, »war die Wahrheit, dass der Krieg, der aus Eitelkeit, Übermut und Arroganz begonnen wurde – für eine Nichtigkeit! –, ein Fehler war. Der Trojanische Krieg hat nicht nur Troja zerstört, sondern die gesamte archaische Welt. Danach verwahrloste diese Kultur. Alles fiel in Depression. Die *Odyssee* wurde gedichtet, um die nachfolgenden Generationen zu warnen.«

»Und die Phäaken?«, fragte Nessa.

»Die Phäaken sind die Menschen, denen Odysseus ganz am Ende seiner Reise begegnet. Er hat die Welt gesehen, und jetzt kehrt er zurück.«

»Wohin?«, fragte Bettina.

»Eigentlich in sein Zuhause nach Ithaka, aber gemeinerweise verschlägt es ihn davor noch an den Ort, den er zerstört hat. Nach Troja, aber vor dem Krieg. Die Phäaken sind ein Bild für den Reichtum der alten Welt, der allen zugutegekommen ist, nicht nur den Trojanern allein. Darum weint Odysseus auch die ganze Zeit dort. Weil er weiß, wo er ist, und weil er gezeigt kriegt, was er kaputtgemacht hat.« Richter nahm einen Schluck Wasser. »Und Nausikaa ist die Blume des Ganzen. Sie ist das Glück, das alle hätten haben können. Auch er. Er wird nackt und erschöpft an den Strand gespült, hat alles verloren außer seinem Leben, und sie, die Wunderschöne, findet ihn und nimmt ihn mit nach Hause. Sie ist ein Traum.«

»Nausikaa.« Nessa schaute geistesabwesend hinaus in den Garten. Bettina sah Richter an.

»Frau Boll, belauern Sie mich nicht so, ich bin nicht der einzige Mann auf der Welt mit klassischer Bildung. Ich meine sogar gehört zu haben, dass bei den Geheimdiensten in dieser Hinsicht hohe Anforderungen gestellt werden. Ich habe Ihnen nur Zusammenhänge dargelegt. Ihr Superverbrecher ist sentimental. Daran können Sie ihn vielleicht packen! – Er hat sich eine Nausikaa in der Hinterhand behalten.«

»Herr Richter.« Bettina schüttelte den Kopf. »Sie sind der Einzige hier, der Richter heißt. Und jetzt sind Sie auch der Einzige, dem Ninis seltsamer Name was zu sagen hatte.«

»Glauben Sie, ich würde Ihnen das alles auseinandersetzen, wenn ich befürchten müsste, mich selbst damit zu verraten?«

»Ich weiß nicht«, sagte Bettina. »Vielleicht geht es Ihnen um das Spiel.«

Sie sahen sich an.

Richter seufzte. »Frau Boll, Sie hätte ich nicht gern als Studentin gehabt. Sie sind schwer zu überzeugen.«

»Doch«, sagte Bettina. »Eigentlich schon. Aber diese Phäakengeschichte – die ist nur mal wieder eine Erklärung für den Täter. Ein Mann, der einer Frau einen sentimentalen Namen gibt. Ein Name, der nur zu seiner Wirklichkeit passt. Nicht zu ihrer.«

»Ich denke, es ist essenziell, den Täter zu verstehen«, sagte Richter. »Um ihm auf die Spur zu kommen.«

Bettina schüttelte den Kopf. »Dass der Nutznießer all dessen hier sentimental ist – geschenkt. Sentimental sind alle Profiteure. Ich hab noch keinen anderen kennengelernt.« Sie blickte Richter fest an.

Der holte Luft. Dann setzte er sich etwas gerader hin. »Na gut«, sagte er. »Ich werde Ihnen noch etwas sagen. Es hat nichts mit falschen Ausweisen oder Superverbrechern zu tun. Ich weiß nicht, ob Sie das reizen kann. Aber vielleicht sollten Sie es sich anhören.«

»Sehr gerne«, sagte Bettina.

Richter musterte sie. »Das Phänomen des Dorfklatsches ist Ihnen vertraut?«

Nessa lehnte sich zurück, als wollte sie hierbleiben.

»Ich denke schon«, sagte Bettina.

Der Professor lächelte. Kurz. »In allen Konsequenzen und Spielarten?«

»Was meinen Sie?«

»Wissen Sie, was mich an dem Fall Meggie nach all den Jahren am meisten erstaunt hat?«

»Dass sie noch lebt?«

»Das auch, in der Tat. Aber ich meine etwas anderes. Erstaunt hat mich, dass es im Dorf keinen Konsens darüber gibt, wer der Täter ist.«

»Kevin Klein?«, fragte Nessa.

Richter schüttelte den Kopf. »Von dessen Täterschaft sind nicht alle überzeugt. Ich wage sogar zu behaupten: Niemand ist das. Die Tat hat seinen Ruf zerstört, man traut ihm nicht, man würde ihn nicht einstellen oder als Schwiegersohn akzeptieren. Aber trotzdem zweifelt sogar meine Zugehfrau – und sie ist eine sehr sichere Quelle! – an seiner Beteiligung an der Entführung Meggies.«

»Das ist unlogisch«, sagte Nessa.

»Nein, das ist nur die Überlagerung zweier gegensätzlicher Ausformungen desselben Phänomens«, sprach Richter. »Einerseits kennt man den Verdacht gegen Kevin und ist darum misstrauisch ihm gegenüber. Andererseits kennt man Kevin und weiß daher, wie unwahrscheinlich es ist, dass er so ein Verbrechen begeht.«

»In einem Dorf weiß jeder viel über die anderen«, sagte Bettina nachdenklich.

»Eben. In einem Dorf wissen für gewöhnlich alle, wer etwas getan hat. Vielleicht nicht gleich, aber nach zehn Jahren bestimmt. Nur im Fall Meggie hat der Dorfklatsch versagt.«

»Warum?«, fragte Nessa.

Richter faltete die Hände wie zum Gebet. Seine Augen jedoch sahen nicht nach Beten aus, die waren wach und hell. »Ich weiß es nicht genau, aber ich habe eine These.«

»Die wäre?«

»Nun, der Dorfklatsch stürzt sich zwar gierig auf alles Neue, aber im Grunde seines Wesens ist er konservativ. Er zementiert die Verhältnisse. Nehmen Sie Ihr Beispiel Kevin: Er musste wegziehen, weil er den Mordverdacht nie loswurde.«

»Und?«, fragte Bettina.

»Und das funktioniert bei allen so. Wenn einer erst mal als Schläger gilt, wird er in der Legende immer ein Schläger bleiben. Auch wenn er sich bessert.« Richter blickte Bettina bedeutungsvoll an. »Oder verschlechtert.«

Bettina holte Luft. »Sie meinen, der Täter hat sich hinter seinem schlimmen Ruf versteckt? Der ihm gerade recht kam, weil Meggies Entführung noch krimineller war als das, was die Leute ihm nachsagten?«

»Im Grunde genommen schon, ja.«

»Und haben Sie auch eine Theorie, wer es war?«

Richter zögerte. »Nein, nur eine These, deshalb bin ich ein bisschen vorsichtig, sie preiszugeben. Gerade wegen des Klatsches. Wenn ich falschliege, setze ich vielleicht eine Idee in die Welt, die bestimmten Personen großen Schaden zufügt.«

»Welchen Personen?«

Richter hob die gefalteten Hände zum Mund und blickte Bettina darüber hinweg an.

Sie sagte gar nichts. Manipulieren konnte sie diesen Mann nicht, das würde er höchstens als Anmaßung empfinden.

»Es geht mir nicht um irgendein Spiel, ganz bestimmt nicht«, wich er jetzt aus. »Im Gegenteil. Die Schießerei in der Schule hat mir nicht gefallen. All die Kinder. Und der Herr Gutvatter war ein unbescholtener Mann.«

»Für seine Familie ist es hart«, gab Bettina zu.

»Allerdings«, sagte Richter. »Das ist mehr als tragisch. Und das Fernsehen ist im Dorf. Ständig wird jemand ausgefragt. Alle sind voller Gift und Misstrauen. Im Vordergrund tummeln sich immer die Falschen.« Er seufzte. »Man muss ja noch froh sein, wenn Sie zu mir kommen und mich beschuldigen, statt die armen Gutvatters Spießruten laufen zu lassen, aber so gern ich Sie hier empfangen habe, Frau Boll, ein Dauerzustand kann das auch nicht werden. Die letzten Jahre waren schon unruhig genug wegen Meggie. Und ich werde älter.«

Bettina blickte Richter nur an.

»Ich kann es nicht beweisen.« Er schien sich einen Ruck zu geben. »Aber falls ich recht habe, werden Sie es können, Frau Boll. Mit Leichtigkeit, vermute ich. Sie müssen wahrscheinlich nur einmal in Ihr Melderegister gucken. Und für mich hätte es den Vorteil, dass ich endgültig nicht mehr unter Verdacht stehe, denn meine einzige Verbindung zu dem Fall ist ja meine Begegnung mit Meggie.«

»Ich höre«, sagte Bettina schlicht.

Nessa beugte sich vor.

»Ich habe meine Zugehfrau gefragt«, sagte Richter. »Und sie ihre Nachbarinnen. Also, an dem Tag, als Meggie entführt wurde …«

12

An diesem Tag schaffte Bettina es zur Morgenbesprechung. Sie war sogar mehr als pünktlich. Lief nervös um die Stuhlreihen, versuchte sich im unbekannten Pirmasenser Gebäude einen Kaffee zu organisieren. Als die Kollegen dann langsam eintrafen, klumpten sich die *bad vibes* sofort nur so gegen sie zusammen, alle Pirmasenser schienen riesige Augen hinter backsteindicken Brillengläsern zu haben, und alle starrten sie böse an: Da war sie wieder, die Chaotin, die noch nicht eine einzige Zeugenbefragung korrekt abgewickelt hatte und die für ihre mageren Verhältnisse einfach viel zu laut dachte. Faul, arrogant und frech noch dazu. Der würden sie es zeigen. Das sah man an den Mienen, das hörte man aus dem Gewisper in den Ecken. Alle hatten Kaffee und beglückwünschten sich gegenseitig dazu, weil sie irgendwie zu spüren schienen, dass Bettina auch einen gebraucht hätte. Du bist paranoid, sagte sie sich wieder einmal. Selbst wenn sie dich hassen, sind sie doch harmlos, zumindest bezichtigen sie dich nicht des Mordes wie der blöde Neuer vom BKA.

Aber fast. Kaum war Freunscht – ohne Neuer – eingetroffen und hatte seinen Platz am Kopfende des langen Besprechungstisches eingenommen, erhob sich die dicke Blonde, die Bettina noch aus der Gutvatter-Vernehmung kannte, und sagte: »Ganz korz zur Online-Akte.«

Freunscht hob auffordernd die Hand, und sofort funkelte die Blonde Bettina voller Bosheit an. »Henn Sie vorgischten Owend unser sämtliche Berichte gelöscht?«

»Nein«, sagte Bettina.

»Sie henn doch Zugang zu dieser Akte.«

Bettina sagte nichts, jeder hier hatte Zugang zu dieser Akte. Das war der Sinn des Ganzen.

»Vorgischten Owend hat irgendein User – leider kenne mir net derekt siehn, wer, awwer des kriemer raus – jedenfall, der hott wahrscheinlich versucht, was inzupflegen, net uffgebasst, hopphopp, un hat vier Berichte gelöscht.«

Freunscht verdrehte die Augen. »Frau Boll?«, sagte er.

»Das war ich nicht«, sagte Bettina.

»Des kenne nur Sie gewesen sin«, giftete die Blonde. »Sie warn do online.«

»Ich war aber bestimmt nicht die Einzige«, sagte Bettina und fragte sich, ob die Pirmasenser Kollegen über jeden Online-Status so akribisch Buch führten oder ob ihr allein diese Ehre zuteilwurde. Sie sah die Blonde freimütig an.

Die schüttelte den Kopf, als sei damit der Gipfel der Unbotmäßigkeit erreicht, und warf ihrem Kabinenboss Jeblick einen hilfesuchenden Blick zu. Worauf der Kollege Jeblick seinen Bauch über die Tischkante wuchtete, sich erhob und erklärte, dass in seiner Truppe keiner dabei war, der Berichte löschte. Dass er für alle seine Leute beide Hände ins Feuer legen würde und dass es eine Unverschämtheit sei, zu behaupten, einer von ihnen könnte was mit der Sache zu tun haben.

»Frau Boll, waren Sie an der Akte?«, fragte Freunscht gereizt.

»Natürlich!«, sagte die. »Wie alle anderen auch.«

Große Gesten und Kopfschütteln im Lager der Pirmasenser.

»Gut, dann kommen Sie später mal zu mir«, sagte Freunscht genervt. »Wir müssen diesen Tag leider mit einer schlechten Nachricht beginnen, heute Nacht ist unser Ludwigshafener Kollege EKHK Härting nach kurzer, aber schwerer Krankheit verstorben.«

Bettina fühlte plötzlich den Tisch unter ihren Ellenbogen. Sie hörte nicht mehr, was Freunscht sagte, er schien ohnehin nicht sehr zufrieden damit. Auf seiner Stirn stand eine steile Falte, und seine Stimme klang gepresst. Er redete und redete.

Dass Härting tot war – ein echt seltsames Gefühl. Sie hatte es gewusst, sie hatte es erwartet, und doch. Sie fühlte sich nackt.

Wahrscheinlich eine halbe Stunde – ewig – saß sie nur da, dann hörte sie aus der Ferne ihren Namen.

»– Boll!«

»Hallo!« Ihre Nachbarin stieß ihr ziemlich fest in die Seite.

»Ja«, sagte Bettina und blickte auf.

»Frau Boll, Sie haben einen Tagesordnungspunkt angemeldet?«, fragte Freunscht ungeduldig. »Ansonsten gehen wir dann gleich zu den Aufgaben über, ich will heute mal vor zwölf anfangen.«

»Nur kurz«, sagte Bettina. »Ich möchte eine Begehung machen. Dazu brauche ich Begleitung.«

»Eine Begehung wovon?«, fragte Freunscht. Es klang drohend.

»Meggies Schulweg«, sagte Bettina.

Freunscht starrte sie an. »Haben Sie neue Erkenntnisse?«, stieß er schließlich hervor.

»Ja«, sagte Bettina.

»Frau Boll, wenn Sie glauben, dass wir die Zeugin Zimmermann, die wir mit viel Glück und Spucke in Schutzhaft haben, noch vor dem Ergebnis der DNA-Tests nach Höhbrücken karren, um Rotkäppchen und der böse Wolf mit ihr zu spielen, dann haben Sie sich geschnitten. Das Fräulein Zimmermann ist momentan nicht bereit, irgendwas in Richtung Meggie zuzugeben, und das wird nicht besser, wenn sie da im Dorf rumlaufen muss, glauben Sie mir. Falls sie wirklich Meggie ist, dann steht dieses Mädchen vor einer echten Identitätskrise, und falls sie es nicht ist, dann werden wir alle froh sein, dass wir sie nicht dorthin gebracht haben.«

»Ich brauch sie nicht dazu«, sagte Bettina.

»Gut«, sagte Freunscht. »Wer geht mit Frau Boll?«

Niemand meldete sich. Alle blickten Bettina schadenfroh an.

»Möchten Sie uns kurz erläutern, was Sie vorhaben?«

»Ich möchte Ihnen zeigen, was damals mit Meggie passiert ist. Wer sie entführt hat und warum.«

Freunscht starrte wieder so in ihre Richtung. »Das wissen Sie?«

»Ich denke schon«, sagte Bettina. »Zumindest nach dieser Begehung.«

»Ruhe«, sagte Freunscht zu den Pirmasensern. »Na gut, Frau Boll, Sie haben schon einmal spontan den Richtigen getroffen. Sie pokern. Ich will sehen. Ich mache diese Begehung mit Ihnen. Aber ich will keine langen Telefonate und Vorbereitungen vor Ort, wir gehen dahin, ziehen die Sache durch und gut. Eine halbe Stunde. Mit allem. Wenn wir dort sind, ist alles fertig und geht los.«

»Es ist alles fertig«, sagte Bettina. »Wir können sofort aufbrechen.«

Freunscht schüttelte den Kopf. »Wenn Sie mir jetzt nach all der Zeit einfach sagen können, was mit Meggie war, dann schreib ich heute Abend persönlich Ihre Berichte, Frau Boll.«

Bettina lächelte. Ein bisschen mulmig war ihr schon. Aber sie dachte auch, dass sie dann vielleicht endlich mal dazu kommen würde, den Kindern was zu kochen.

Es war Pause, als sie mit Freunscht den Höhbrückener Schulhof erreichte. Kinder schrien. Die Sonne schien. Es war einer der letzten warmen Tage dieses Sommers, das spürte man irgendwie.

»Mit wem wollten Sie die Begehung denn machen?«, fragte Freunscht und sah sich um. »Nur mit mir? Keine Meggie-Darstellerin, kein Kevin?«

»Ich brauch nur die Leute aus dem Dorf«, sagte Bettina. »Und die sind sowieso da, wo sie immer sind.« Sie sah sich ebenfalls um. »Ich dachte, dass der alte Dr. Richter vielleicht kommt, obwohl er gesagt hat, dass er es wahrscheinlich nicht schafft. Ich hatte gehofft, er wäre trotzdem da. Denn er hat mir geholfen.«

»Wir warten nicht, Frau Boll«, sagte Freunscht. »Los geht's.«

»Gut.« Sie ging Richtung Eingang.

Freunscht folgte ihr. »Was haben Sie vor?«

»Das sehen Sie doch gleich.«

»Sie müssen ein bisschen an Ihrem Verhalten feilen, Frau Boll. Diese Pirmasenser, das sind raue Seelen, geb ich zu, aber gute Leute. Vertrauenswürdig. Das ist wichtig.«

»Hm«, machte Bettina höflich.

»Haben Sie diese Berichte gelöscht?«

Bettina blieb stehen. »Nein!«

»Auch nicht aus Versehen?«

Sie schüttelte den Kopf. »Ich stehe nicht auf der Gehaltsliste des Richters, und ich habe weder aus Versehen noch absichtlich Berichte gelöscht.«

»Des Richters?«, fragte Freunscht mit steiler Falte auf der Stirn.

»Der, vor dem alle Angst haben«, sagte Bettina. »Der Rächer mit dem langen Arm, der alle umbringt, die nicht spuren, und wegen dem die Mädchen nicht reden.«

»Nie gehört«, sagte Freunscht. Es klang ehrlich.

»Neuer hat ihn auch erwähnt«, sagte Bettina. *Der Richter*, so hatte er es gesagt. In komischem Ton. Andererseits war Neuer sowieso komisch, und nur auf Töne zu bauen war ein Vabanquespiel. »Wo ist er überhaupt?«

»Befragt Lingen«, sagte Freunscht zerstreut. »Ein Richter … so was. – Vergessen Sie die Schauermärchen, Frau Boll. Das ist kein seriöser Ermittlungsansatz.« Er kratzte sich am Kopf, eine überraschend einnehmende Geste. »Wissen Sie, was das Schlimmste ist?«

Bettina sah ihn an.

»Wenn man niemandem mehr trauen kann, nicht mal den eigenen Leuten. Das macht einen fertig.«

»Wem sagen Sie das«, sagte Bettina.

Er sah sie an, ein bisschen misstrauisch, aber doch bereit zuzuhören und mitzugehen. »Sie waren mit diesem Ackermann befreundet«, stieß er hervor.

»Ja«, sagte Bettina nur.

»Man hätte Sie von Anfang an aus dem Fall rausnehmen müssen.«

Sie schwieg, das war jetzt nicht mehr rückgängig zu machen.

»In Frankfurt wurde einer verhaftet«, sagte Freunscht grimmig. »Und bei uns löscht einer Berichte.«

Bettina sah auf. »Sie meinen, das war kein Versehen?«

»Seit wann löscht denn irgendwer aus Versehen die Berichte von jemand anderem? Ist Ihnen das schon mal passiert?«

»Nein«, sagte Bettina. »Aber was hätte das Löschen für einen Sinn? Diese Berichte kann man doch jederzeit wieder reinladen, die sind ja nicht weg.«

»Sabotage?« Freunscht hob die Arme. »Ich weiß es nicht!«

Vielleicht wird da gerade ein Sündenbock aufgebaut, dachte Bettina. Vielleicht ich. Ich wäre ideal, denn ich war mit Ackermann befreundet. Ein großer Verlust wäre ich auch nicht, denn ich arbeite nur halbtags. Und ich war bei allen wichtigen Ereignissen dieses Falls dabei. Jetzt weiß ich auch noch, was mit Meggie war. Am Ende schadet mir das nur. Nichts zu wissen, Dienst nach Vorschrift zu schieben: Das wäre auf jeden Fall sicherer.

Aber auch das war jetzt nicht mehr rückgängig zu machen.

Sie standen vor Meggies ehemaligem Klassensaal. Jacken hingen an Haken, Bilder von Marienkäfern zierten die Backsteinwand. Die Tür des Klassenzimmers war geöffnet, drinnen alles menschenleer, aber voller Schulsachen, Ranzen auf dem Boden, Hefte auf den Tischen. Unten im Hof lärmten die Kinder. Es hörte sich fröhlich an und es sah fröhlich aus. Ein geschützter Hafen, dachte Bettina. Aber eben nicht für alle. Es gab Menschen, es gab Kinder, die konnten ihren allernächsten Angehörigen nicht trauen. Die wurden einfach verkauft, verbraucht, abgelegt.

»Hier drin«, sagte sie, »hat es begonnen. Es war der Freitag vor Pfingsten. Ein schöner Sommertag. Meggie war ein hübsches Mädchen aus der ersten Klasse, und sie trug ein hübsches Kleid.«

»Hallo!« Eine Frau erschien am Kopf der Treppe, erblickte die beiden Polizisten und kam auf sie zu. »Sind Sie die Frau – äh, Kommissarin Boll?«

»Hallo«, sagte Bettina. »Ja. Das ist mein Kollege, Kriminalhauptkommissar Freunscht. Diesmal brauchen wir nicht lang.«

»Anstatt«, stellte die Frau sich vor. »Das ist gut, weil, wissen Sie, die Kinder müssen jetzt mal zur Ruhe kommen. Es war ein bisschen viel.«

»Verstehen wir«, sagte Freunscht ernst. »Wir machen es kurz. – Frau Boll. Bitte.«

»Das hier ist Meggies ehemaliges Klassenzimmer?«, sagte Bettina zu Anstatt.

»Ja.« Anstatt stellte sich in die Tür, es sah irgendwie abwehrend aus, als ob sie das Zimmer vor den Blicken der Polizisten schützen wollte.

»Sie waren Meggies Klassenlehrerin.«

»Genau.«

»An diesem Freitag, da wurde Meggie ins Sekretariat bestellt.«

Anstatt nickte. »Genau.«

»Wer hat sie gerufen, wie ging das vor sich?«

»Frau Zerche, die Sekretärin, hat mir in der Pause einen Zettel hingelegt, dass Meggie nach dem Unterricht mal schnell runterspringen soll.«

»Also Sie haben Meggie gesagt, dass sie zu Frau Zerche ins Sekretariat gehen soll.«

»Ja«, sagte Anstatt und runzelte leicht die Stirn. »Warum ist das wichtig?«

»Wir wollen nur den Ablauf klären. Meggie hat also alle ihre Sachen gepackt und ist gegangen.«

»Genau.«

»Hatte sie einen blauen Turnbeutel dabei?«

»Weiß ich nicht«, sagte Anstatt abweisend.

»Hatten Sie an diesem Tag Turnen?«

»Nein, aber die Kinder lassen die Sachen sowieso in der Schule. Manche nehmen sie am Wochenende mit, um sie zu waschen. Es kann gut sein, dass Meggie einen Turnbeutel hatte. Ich hab nicht drauf geachtet.«

»Okay«, sagte Bettina. Es klingelte. Großes Geschrei brach auf dem Schulhof an, unten wurde eine Tür aufgestoßen, Füße trampelten über Steinboden. Ganz plötzlich war ein Mordskrach.

»Ist das immer so?«, fragte Freunscht die Lehrerin amüsiert, dann wurde er von zwei kleinen Jungs, die die Treppe heraufgeschossen kamen, fast umgerannt. Eine ganze Herde Kinder folgte ihnen.

Sie machten die Tür frei und brachten sich in einer Ecke in Sicherheit. Anstatt wartete, bis alle da waren, hielt eine kurze Ansprache übers Stillsein und schloss dann die Tür. »So«, sagte sie und lächelte Freunscht an. »Ja, das ist immer so.« Ihr Lächeln verschwand schnell. Sie sah Bettina misstrauisch an, vielleicht spürte sie, dass heute etwas anders war als bei den vielen anderen Begehungen, die sie zweifellos mitgemacht haben musste.

»Gut«, sagte Bettina und wandte sich zur Treppe. »Meggie ist also mit den anderen Kindern hier runtergelaufen und zum Sekretariat gegangen.« Sie begann die Treppe hinabzusteigen. Freunscht und Anstatt folgten ihr. Über einen dunklen Flur, der mit bunten Bildern behängt war, gelangten sie zum Sekretariat. Dort war alles hell und freundlich. Große Fenster ließen Licht herein, das Sauerstoffgerät des Aquariums brummte, im Abstellbereich unter der Treppe rückte der Hausmeister alte Tische zusammen. Die Tür zum Sekretariat stand offen. Dort saß hinter dem Schreibtisch Frau Zerche und telefonierte. Als sie die kleine Gruppe sah, beendete sie das Gespräch, legte den Hörer auf und erhob sich. »Die Polizei mal wieder«, sagte sie, diesmal entspannter als bei ihrer ersten Begegnung. »Sie hatten angerufen.«

Kurzes Händeschütteln, Zerche war gesprächig und munter. »Was ein Terz«, sagte sie. »Diese Nutte! Was hat die hier bloß gewollt? Sie haben mir ja gesagt, Frau äh – es wäre gar nicht die echte Meggie gewesen. Nicht die echte!«

Freunschts Kopf ruckte herum.

»Aber wer macht so was? Wie kam die hierher? Wenn sie gar nicht die echte war?«

»Frau Boll!«, rief Freunscht in mörderischem Ton und packte Bettina am Arm.

»Moment«, sagte die. Sie befreite sich sanft und ging auf Zerche zu. »Frau Zerche, Sie hatten Meggie am Tag ihres Verschwindens hier einbestellt. Was war noch mal der Grund?«

»Sie sollte das Formular für die Ganztagsschule fürs nächste Jahr holen, das hatte ihre Mutter noch nicht unterschrieben. Und sie sollte ihren Badeanzug mitnehmen.«

»Genau«, sagte Bettina. »Meggie ging also hier herein.« Sie wies auf die Tür. »Sie hatte einen Ranzen auf und ein hübsches Kleid an.«

»Ja.« Zerche lächelte.

»Und als sie wieder rauskam, hatte sie einen Ranzen, einen Turnbeutel und einen Lolli.«

Zerches Brillengläser spiegelten. Sie setzte sich auf ihren Stuhl hinter den Schreibtisch.

»Wofür war der Lolli?«, fragte Bettina.

»Kann sein, dass ich ihr einen Lolli geschenkt habe. Das ist doch nicht verboten. Aber erinnern kann ich mich nicht dran.«

»Ihre Tochter kann sich dran erinnern«, sagte Bettina.

Zerches Gesicht verhärtete sich.

»Ich habe mit Ihrer Tochter gesprochen«, sagte Bettina.

Zerche nickte. Abweisend. Sie sah nicht auf.

»Sie hat gesagt, dass sie Meggie hier in der Tür getroffen hat, dass Meggie einen schweren Turnbeutel trug und einen Lolli hatte.«

Schweigen.

»Ihre Tochter hat Meggie vor Kevin gewarnt, der draußen im Hof auf die Schulkinder lauerte. Meggie ist dann auch tatsächlich von ihm belästigt worden, und deswegen ist sie in den Papierwarenladen geflüchtet. Dort hat die Mitarbeiterin den Turnbeutel aufgehoben und ihn Meggie gegeben, weil die ihn vergessen hatte. Die Frau vom Papierwarenladen sagt, es wäre Kuchen drin gewesen. Sie hätte die frische Hefe gerochen.« Bettina wandte sich an Anstatt: »Haben Sie an diesem Tag in der Schule Kuchen gegessen? Und vielleicht Reste verteilt?«

Anstatt schüttelte den Kopf. Sie betrachtete Zerche alarmiert, als wollte sie ihr irgendwie mitteilen, dass sie falsch reagierte. Doch Zerche reagierte eigentlich gar nicht mehr. Sie saß nur da und schaute die Tischplatte an.

»Ich habe sogar mit Meggies Mutter über diesen Beutel gesprochen«, sagte Bettina. »Sie sagt, Meggie hätte keinen solchen gehabt. Also hat sie mit großer Wahrscheinlichkeit keinen blauen Jungsturnbeutel voll Kuchen aus dem Klassenzimmer mitgenommen. Den muss sie hier bekommen haben. Von Ihnen.«

»Frau Zerche«, sagte Anstatt und schob sich vor zum Schreibtisch, zwischen Bettina und die Sekretärin. Sie blickte Bettina anklagend an und sagte: »Frau Zerche, ist Ihnen nicht gut?«

Die schüttelte den Kopf.

»Den Rest sollten eigentlich Sie erzählen«, sagte Bettina. »Andernfalls werden wir Ihre Tochter fragen müssen.«

Beim Wort ›erzählen‹ formten Zerches Lippen plötzlich eine sehr fest geschlossene Spitze, so rasch, als hätten sie eine eigene Steuerung, unabhängig vom Willen ihrer Besitzerin. Viele kleine, aber tiefe Falten um ihren Mund zeigten, dass dieser Schließreflex nicht zum ersten Mal ausgelöst worden war.

»Sie haben Meggie den Auftrag gegeben, zum Gutvatter zu gehen. Der Gutvatter, das ist ein Haus, das hier jeder kennt. Oben in diesem Haus sind vier einfache Wohnungen. Da wohnen Alleinstehende. So wie zum Beispiel Ihr Exmann. Das habe ich überprüft. Er war zu der Zeit dort gemeldet.«

Zerche sah auf, jetzt schien jeder Lichtstrahl ihre Brillengläser zu meiden, so dass sie keine schützenden Reflexe mehr produzieren konnten. Bettina blickte in ein Paar grotesk vergrößerter Augen, das sie niederträchtig musterte. Unheimlich. Das Bild würde sie verfolgen, wusste Bettina. Schläue und Gewissenlosigkeit in einem Gefängnis aus Feigheit. Hannelore Zerche war beängstigend. »Ich habe nichts getan«, sagte die jetzt mit zittriger, aber entschlossener Stimme.

»Das stimmt nicht ganz, aber es trifft den Kern der Sache«, sagte Bettina, die sich zwingen musste, den Blickkontakt mit Zerches Brille nicht abzubrechen. Die beiden Glasbausteine blieben starr auf sie gerichtet. »Sie haben tatsächlich überhaupt nichts getan, als Sie herausgefunden haben, dass Ihr Exmann bei den Wochenendbesuchen Ihre Tochter missbrauchte. Wo Sie doch dringend etwas hätten unternehmen müssen.«

Schweigen. Keiner gab ein Geräusch von sich, nur Zerches Augengläser schienen noch größer zu werden.

»Und dann haben Sie wieder nichts getan, um Meggie zu retten. Obwohl Sie die Einzige hier waren, die wusste, was mit ihr geschehen ist.«

»Nein!«, sagte da Zerche, immer noch zittrig, immer noch entschlossen. »Meggie hätte gar nichts mehr helfen können. Meggie ist tot! Diese Nutte, die Herrn Gutvatter erschossen hat, das war sie doch gar nicht. Das haben Sie selbst gesagt!«

»Aber diese Frau kannte Meggie sehr gut.«

Zerche schüttelte den Kopf. »Der ihr Leben hat lang und breit in allen Zeitungen gestanden. Die haben Fernsehbeiträge gedreht. Jede Irre könnte sich für Meggie ausgeben.«

»Nicht jede«, warf Freunscht kühl und gelassen von der Seite ein, und diese beiden Worte veranlassten Anstatt, die bislang dicht neben Zerche gestanden hatte, drei Schritte zurückzutreten. Richtung Freunscht. Ihr Gesicht war ganz weiß. Sie sah aufrichtig schockiert aus.

»Ihre Tochter ist missbraucht worden«, sagte Bettina streng und legte so viel Kraft in ihren Blick, als müsste sie die Glasbausteine sprengen. »Und Sie haben *nichts* dagegen getan. Gar nichts.«

»Hab ich doch«, rief Zerche, es klang, als würden die Worte einfach aus ihr herausspringen, ungewollt. Danach sah sie ganz erschrocken aus und spitzte wieder die Lippen zu einem soliden Verschluss.

»Danke.« Bettina hob die Hände. »Genau dazu wollte ich jetzt kommen.« Sie war innerlich selbst ganz zittrig. Nur nicht nachlassen, dachte sie. Bloß nicht. »Denn es stimmt, einmal haben Sie tatsächlich etwas unternommen. An dem Tag vor Pfingsten, als Meggie verschwand.«

Zerche schluckte.

Lehrerin Anstatt, die ihre Sprache wiedergefunden hatte, sagte in sehr bestimmtem Ton: »Frau Zerche. Was haben Sie getan?«

»Ich habe gar –«, begann Zerche, wurde rot und verstummte.

»Ihr Exmann war im Dorf schon früh als schwierig bekannt«, sagte Bettina. »Verrückterweise hat ihn gerade das davor bewahrt, als Kinderschänder in Verruf zu geraten. Denn Ihr Exmann gilt als aggressiver Raufbold. Punkt. Keiner hier kann ihn sich als Pädophilen vorstellen. Was aber gar nicht abwegig ist.« Sie wartete darauf, dass Zerche wieder in Feindseligkeit erstarren würden, doch irgendetwas schien sich geändert zu haben. Die Sekretärin wurde roter, und sie schaffte es nicht mehr, ihren Blick zu fokussieren.

»Das hat mir Dr. Richter gestern klargemacht. Ich hatte ein langes Gespräch mit ihm.«

Da sagte Zerche lauter, schriller als zuvor: »Ich habe es nicht gewusst.«

»Was haben Sie nicht gewusst?«, hakte Anstatt nach.

Zerche wandte ihr den Blick zu und Bettina atmete spontan auf, während Anstatt zurücktaumelte, als hätte sie einen Schlag abbekommen. Doch die Lehrerin fasste und straffte sich. »Frau Zerche«, sagte sie noch einmal. »Was haben Sie nicht gewusst?«

»Na, dass er –«

»Dass er was?«, fragte jetzt Freunscht dunkel aus dem Hintergrund.

Zerche atmete durch, senkte den Kopf, schloss die Augen und sagte kaum hörbar: »Er hatte ein Auto probegefahren.«

»Ja?«, sagte Freunscht, Stimmlage in hypnotischer Tiefe.

Bettina wagte kaum zu atmen. Auto? Was für ein Auto? Die Geschichte war ihr neu. Aber wenn Zerche redete, mussten sie erst mal alles zulassen. »Und?«

»Und na ja, Sie wissen ja wohl, was er für ein Mensch ist!«, fuhr Zerche auf.

Freunscht blickte Bettina fragend an.

»Was war das für ein Auto?«, forschte sie vorsichtig.

»Das war so 'n komischer japanischer SUV, Kia, glaub ich, die waren damals ganz neu, ein Vorführwagen.«

»Kia ist koreanisch«, verbesserte Anstatt spontan.

Zerche blickte auf. Nein, dachte Bettina erschrocken, oh nein, Frau Lehrerin! Nicht ablenken!

Aber Zerche sagte nur: »Stimmt.« Ihr Tonfall normalisierte sich sogar etwas. Nur ihr Gesicht blieb knallrot. »Kia Soul, so hieß das Auto. Bisschen kastig und protzig, nicht mein Geschmack, aber praktisch ein Neuwagen. Stand beim Bohse im Hof, sollte zwanzigtausend kosten. War ein guter Preis.« Sie verstummte.

»Bei unserem Autohändler Bohse hier im Ort?«, fragte Anstatt, offenbar bemüht, ihren Lapsus wiedergutzumachen und das Autogespräch zu einem produktiven Ziel zu führen.

»Ja, daher wusste ich ja von der Probefahrt«, sagte Zerche gepresst. Sie hob die Stimme. »Ach Gott, Hanne, hat der Stefan endlich Arbeit? Der hat unseren Neuzugang probegefahren! Schönes Auto, aber sag mal, kann der sich das leisten? Zwanzigtausend sind ja nicht wenig Geld!«

»Die Bohses haben Ihnen erzählt, dass Ihr Exmann das Auto probegefahren ist«, folgerte Bettina.

»Ja.«

»Aber er hatte gar keine Arbeit«, sagte Anstatt ahnungsvoll. »Und auch kein Geld.«

»Das war so unheimlich«, brach es aus Zerche heraus, fast ein Schluchzen. Doch sie fasste sich gleich wieder. »Ja«, fügte sie an. »Er ist so – war so – immer in Schwierigkeiten. Arbeit? Also, richtige? Die hätte er nie gefunden, war ja vorbestraft. Hatte Verfahren laufen. Er hat oft keinen Unterhalt bezahlt. Zu der Zeit auch nicht. Eigentlich nie. Und wenn er Geld hatte, dann war irgendwas faul.«

Eine Pause entstand.

»Und dann?«, fragte Freunscht schließlich ruhig.

»Er hat mich angerufen.« Es klang, als müsste Zerche die Worte aus tiefen Abgründen heraufholen. »Er lebte ja hier im Dorf. Sonntag war Besuchstag. Carina ist nicht gern hingegangen. Aber sie hat sich auch nicht geweigert.«

»Weiter«, sagte Freunscht dazu nur.

»Dann hat er gesagt, dass er Carina über Pfingsten haben will und dass ich ihr das rote Kleid anziehen soll. Dass sie hübsch sein soll, weil er was mit ihr vorhat.« Den letzten Satz konnte Zerche nur flüstern.

»Haben Sie gefragt, was das für ein Vorhaben ist?«

Kopfschütteln.

»Oder warum er das Auto probegefahren ist? Wie er zu Geld gekommen ist? Oder ob er Geld erwartet?«

»Nein. Das hätte ihn sehr – wütend gemacht.«

»Was haben Sie gesagt?«

»Ich habe ja gesagt«, antwortete Zerche tonlos.

»Obwohl Sie wussten, dass er Ihre zehnjährige Tochter ficken würde?«, polterte Freunscht los, so dass alle im Raum zusammenzuckten. Sie hatten sich so an den Samtton gewöhnt. Doch statt zu verstummen, schrie Zerche:

»Sie verstehen nicht!«

»Ich verstehe sehr wohl«, sagte Freunscht, ballte die Fäuste und pumpte die Schultern auf. Auch sein knautschiges Gesicht war plötzlich sehr rot.

»Nein!«

»Aber ja! Sie wollten keinen Ärger, und Sie wollten kein Aufsehen!«

»Ich wollte meine Tochter behalten«, brüllte Zerche. »Das wollte ich! Zwanzigtausend Euro! Das ist eine ganze Menge Geld! Das kriegt man nicht für einen einzelnen –«

»Fick?« Freunscht legte den Kopf schräg.

Zerche zitterte.

»Nein«, sagte Freunscht verächtlich. »Sie haben recht. Es ist hässlich, das beziffern zu müssen, aber für zwanzigtausend will so ein Kunde sicher nicht nur Geschlechtsverkehr mit einem kleinen Mädchen. Ich nehme an, für dieses Geld kriegt er das ganze Kind.«

Lange Pause.

»Er war nicht immer so«, flüsterte Zerche schließlich. Sie räusperte sich. »Ich weiß nicht, er war – konnte ganz normal sein, oder zumindest – wie üblich eben. Aber dann ist er manchmal Knall auf Fall ausgerastet. Wie damals, als er die Tankstelle überfallen hat. Einfach irgendwie aus Wut – ich weiß es ja auch nicht! – Jedenfalls, ich hab ihn ja gekannt. Sein Ton, wie er geredet hat, am Telefon – er war high. Ich wusste, dass es ein Unglück geben wird.« Sie schniefte und nahm sich ein Kleenex aus der Box auf dem Tisch. »Er hatte was vor.« Sie schnäuzte sich. »Mit Carina.«

»Und da haben Sie ihm einen Ersatz geschickt«, sagte Bettina.

Auf einmal waren sie wieder da, die Riesenaugen hinter den dicken Brillengläsern. »Ich habe meiner Tochter das Leben gerettet«, sagte Zerche fest, und dass sie es mit jeder Faser ihres Wesens glaubte, das spürte man an der Sicherheit, mit der sie sprach.

»Auf Kosten von Meggie!«, rief Anstatt.

»Das war nur ein Versuch«, erklärte Zerche völlig nüchtern. »Ich konnte ja nicht ahnen, was Stefan tun würde.«

Freunscht und Bettina tauschten Blicke: Zerche fuhr im Rekordtempo zurück. In fünf Minuten würde sie sich wieder für unschuldig halten. Ende der Vernehmung. Vorläufig.

Aber Anstatt schob sich empört nach vorn. »Frau Zerche, eben gerade haben Sie uns erklärt, dass Sie Angst hatten, dass Sie einen Verdacht hatten und dass Sie ahnten, was Ihr Mann vorhatte. Sie wussten sogar von dem Missbrauch!«

»Ich wusste gar nichts«, sagte Zerche obenhin.

»Wieso haben Sie dann Meggie geschickt?«

Schweigen.

»Jetzt, wo wir die Zusammenhänge kennen, werden wir das ganz leicht beweisen können«, übernahm Bettina. »Sie haben Meggie einen Auftrag gegeben. Sie haben ihr gesagt: Hier, dieser Kuchen muss zu, was weiß ich, einem alten Herrn, einer Oma, die nicht laufen kann, die oben im Gutvatter wohnt. Ist ein Geheimnis, also erzähl es nicht rum. Du gehst hin, klingelst an der rechten oberen Klingel, bringst das Zeug rein – ich pack es dir ein, in einen Beutel aus dem Fundus – und dafür kriegst du von mir einen Lolli.«

»Ich wusste nicht, was er vorhatte«, sagte Zerche fest.

»Vor einer Minute haben Sie gesagt, dass Sie mit dem Schlimmsten rechneten!«, rief Anstatt.

»Ich wusste aber nicht, was das ist. Und ich wollte einfach nur, dass er uns in Ruhe lässt«, antwortete Zerche mit einem starren Blick aus ihren dicken Gläsern.

Pause. Anstatt fehlten die Worte.

»Hat er Sie denn in Ruhe gelassen?«, fragte Freunscht glatt.

»Ja«, antwortete Zerche darauf trotzig.

»Er hat Ihre Tochter nie mehr missbraucht?«

Zerche schüttelte den Kopf. »Diese Suche nach – der kleinen …« Sie brachte den Namen nicht heraus.

»Meggie«, half Anstatt eisig.

»Ja. Die Polizei im Dorf, die ganze Aufregung, Fernsehen – das war ihm zu viel. Er ist nicht direkt abgehauen, aber er war dann oft weg. Und er hat ja nicht geschafft, es hat ihn keiner vermisst.«

Anstatt wurde zusehends wütender. »Frau Zerche«, rief sie. »Sie haben Meggie in ein schreckliches Schicksal geschickt! Das ganze Land hat nach ihr gesucht! Warum haben Sie all die Jahre nichts gesagt?«

Zerche schwieg, ihre Brille spiegelte.

»Sie sind hundertmal befragt worden, wir hatten gemeinsame Begehungen, ich war dabei! Sie haben uns allen ins Gesicht gelogen! Und – Meggie! Sie kennen ihre Mutter! Sie kennen Kevin! Sie haben Leben zerstört! Was hat Sie abgehalten, diesen Menschen die Wahrheit zu sagen?«

Schweigen. Die Glasbausteine blitzten, Zerche saß aufrecht, keine Spur von Reue.

»Dasselbe, was Sie abgehalten hat, Ihrer Tochter zu helfen, als die in Anführungsstrichen *nur* missbraucht wurde«, sagte Freunscht verächtlich. »Feigheit.«

Zerche rührte sich nicht.

»Wie bald danach kam Ihr Mann eigentlich in den Strafvollzug?«, fragte Freunscht.

»Mein Exmann«, verbesserte Zerche trotzig.

»Wie auch immer. Wie bald?«

»Etwa ein halbes Jahr«, sagte Zerche nach einer Pause.

»Ein halbes Jahr? Und in der Zeit bis dahin hat er Sie hübsch in Ruhe gelassen und sich an den zwanzigtausend Euro erfreut?«

»Ich glaube, so viel war es nicht«, sagte Zerche gepresst.

»Er hat das Auto nicht gekauft«, schloss Freunscht. »Das Geld war gleich wieder weg, Ihr Ex kam ins Gefängnis – wieso eigentlich, Frau Boll?«

»Schwere Körperverletzung mit Todesfolge, eine Prügelei auf dem Dorffest. Zweieinhalb Jahre, weil Zerche es nicht allein war.«

»Aber ab da war Ihr Mann wirklich gar keine Bedrohung mehr – und Sie haben immer noch geschwiegen!«, warf Anstatt der Sekretärin vor.

»Meggie ist tot!«, fuhr Zerche auf. »Was hätte es denn gebracht?«

Sie blickten sich an, plötzlich erschöpft, nur Anstatt sah eher wütend als entnervt aus.

Bettina fasste die aufgebrachte Lehrerin an der Schulter. »Frau Anstatt, vielen Dank, Sie haben sehr geholfen.«

»Ich bin schockiert«, sagte Anstatt Richtung Zerche, es hörte sich an, als wollte sie ihr ins Gesicht spucken. »Und ich bin traurig! – Wenn diese Kinder nur reden würden.«

»Oder die Mütter«, knurrte Freunscht. »Frau Boll, wir brauchen diesen Zerche. Jetzt sofort. Ich will wissen, an wen er Meggie verscherbelt hat.«

»Wir können jederzeit mit ihm sprechen«, sagte Bettina. »Er sitzt in der JVA Frankenthal.«

»Ach.«

»Im Moment wegen Drogenmissbrauchs und schweren Raubes.«

Freunscht schüttelte den Kopf und wies auf Zerche. »Was machen wir mit ihr?«

»Mitnehmen?«

»Hoffen wir, dass der Haftrichter mitspielt«, antwortete Freunscht. »Ich rede mit dem Staatsanwalt, was der machen kann. – Frau Boll, Frau Boll.« Er wandte sich ab. »Packen Sie sie ein. Das ist Ihre Baustelle.«

Olga ist nicht da. Du wirst Olga vielleicht nie mehr wiedersehen, was absolut nicht schlimm ist. Aber du kannst sie hören. Sie redet mit dir. Du liegst in deiner Zelle oben im Bett, unten wuselt die Fette, du schläfst und träumst und schläfst und träumst. Und du hörst Olga. Sie ist irgendwo mit Nini unterwegs, das weißt du aus den Verhören. Sie ist draußen, natürlich. Und sie lacht dich aus. Sie sagt, dass du uncool bist. Du bist aus einem Puff geflohen, na und? Jetzt bist du im Gefängnis, ist das besser? Du hättest so fliehen müssen, Hasilein, dass du nicht im Bau landest. Das sagt Olga, die Schlampe, und lacht.

Du hast doch keine Ahnung, sagst du zu ihr. Was glaubst du, was passiert wäre, wenn ich in der Sexy Bar nur den Bullen erschossen hätte, gut, und Longo auch –, aber jedenfalls, wenn ich dann einfach gegangen wäre. Ohne was. Ohne mich um irgendwas zu kümmern.

Dann wärst du jetzt frei, sagt Olga.

Dann hätten Honjo Masamune, Eros und Karl-Heinz aufgeräumt, sagst du. Du bist sauer, weil Olga so dämlich ist. Sie hätten Longo und den Bullen eingepackt und irgendwo hingebracht, in einen Wald, einen Fluss, weit weg von der Sexy Bar. Die wären erst nach Jahren gefunden worden. Kein echter Polizist hätte je auch nur einen Fuß ins Sexy gesetzt, außer um sich Freischüsse abzuholen wie der tote Bulle. Niemand hätte dort die Türen geöffnet und dich an die Luft gelassen, Olga. Ich musste die Polizei anrufen und die beiden Leichen melden. Sofort. Nur so konnte Nini da raus und du mit ihr. Ich hab dich befreit, Olga, wo immer du auch bist.

Du hättest ja anrufen und dann verschwinden können, sagt Olga.

Nein, sagst du.

Doch, sagt Olga.

Nein, sagst du. Du denkst daran, wie die Leute dich angeguckt haben. Wie sie dich immer noch angucken. Wie die Fette dich heimlich von der Seite mustert, wenn sie am Bett vorbeigeht, wie *die Kinder in der Schule geglotzt haben, als ihr Lehrer umfiel. Wie der Mann den Rasenmäher abgewürgt hat, als er dich sah.*

Wieso hast du den Lehrer erschossen?, fragt Olga. Das ist echt so typisch, Manga, du musst es immer übertreiben. Du hättest ein Leben haben können, so wie ich.

Ich will kein Leben wie du, denkst du.

Aber ich lebe doch, sagst du ihr.

Im Knast, sagt Olga.

Ich wollte einfach sichergehen, sagst du.

Wie, sicher?

Ich passe in diese Rasenmäher-Kinder-fette-Frauen-Welt nicht rein, sagst du. Ich weiß nicht, wie man das macht, da leben. Ich wäre aufgefallen.

Na und?

Und deshalb hätten sie mich gekriegt. Entweder der Richter oder die Polizei. Ich wollte einfach sichergehen, dass es die Polizei sein wird.

Nein, sagt Olga.

Doch, sagst du.

Du wolltest in die Zeitung kommen, sagt Olga. Du wolltest irgendeinen Blödsinn beweisen, für Nini. Du spinnst. Gut, dass Nini von dir weg ist, du hast sie ja fast aufgefressen.

Du wirst sauer. Lass Nini aus dem Spiel, sagst du.

Da, sagt Olga. Das meine ich. Du bist verrückt.

Nein, sagst du.

Doch, sagt Olga. Soll ich dir mal was sagen, Manga, du bist irre, und du bist echt saudoof. Sag doch einfach den Bullen, wer der Richter ist. Ich weiß, dass du es weißt. Du weißt es. Meinst du nicht, das würde sie interessieren? Weißt du, Hasilein, wenn du es ihnen sagst, dann lassen sie dich vielleicht frei.

Bettina hatte für Zerche einen Wagen bestellt, der sie nach Ludwigshafen bringen würde. Die Schulsekretärin hatte einer weiteren Vernehmung zugestimmt, was, so war allen Beteiligten klar, unbedingt ausgenutzt werden musste, denn das schlechte Gewissen und die Kooperation dieser Frau würden bestimmt nicht lange halten. Ob man ihr überhaupt eine Straftat vorwerfen konnte, war noch nicht raus, und als Zeugin hatte sie zwar eine Mitwirkungspflicht, durfte aber nicht festgehalten werden. Im Moment war Zerche ruhig, sie saß stumm auf ihrem Stuhl und rührte sich nicht, wirkte sogar eine Spur erleichtert. Ein gutes Zeichen. Vielleicht würde sie wirklich eine umfassende Aussage machen, jetzt, nach dem langen Schweigen. Aber je mehr Zeit verstrich, desto eher würde die Sekretärin zu der Überzeugung zurückfinden, dass Schuld und Verantwortung anderswo lagen und dass es nichts brachte, zu reden. Das war ganz offensichtlich, und es machte Freunscht ungeduldig. Er tigerte auf dem Flur herum, telefonierte und kehrte mehrmals ins Sekretariat zurück, hielt es nicht lange aus und floh wieder. Jedes Mal wurde seine Miene finsterer. Sie mussten auf den Wagen und die begleitenden Kollegen warten, sie mussten die Möglichkeit einer Untersuchungshaft abchecken, sie mussten Zerche bewachen, es ging nicht voran. Schließlich erschien er und sagte zu Bettina: »Sie sind mit dem eigenen Auto da?«

»Ja.«

Er nickte. »Dann fahren Sie schon mal vor und organisieren Sie unseren Besuch bei ihrem Göttergatten.« Er wies kurz mit dem Kinn auf Zerche, deren Brillengläser sofort einen abweisenden Glanz annahmen. »Ich begleite sie.«

Eine Unterredung mit Stefan Zerche, derzeit wohnhaft Ludwigshafener Straße 20 in Frankenthal, war nicht leicht zu bekommen. Ihn als Zeugen in dem Mordfall Gutvatter zu vernehmen war angesichts seiner gut dokumentierten Aufenthaltsbeschränkungen kaum möglich, zu einer Beschuldigung in Sachen Kindesentführung und Menschenhandel wollte er sich aber nicht einlassen. Bettina führte mehrere Telefonate mit den Leuten von der Geschäftsstelle der JVA, eins davon auf einem Autobahnrastplatz bei Neustadt. Von dort aus rief sie auch Freunscht an, der ihr ins Ohr knurrte, dass er dem Staatsanwalt einen Deal abringen würde, mit diesem Zerche müsse man reden, so oder so. »Warten Sie«, sagte er dann. »Sind Sie unterwegs? Sie hören sich an, als ob Sie auf der Straße stehen.«

»Autobahnraststätte«, sagte Bettina.

»Gut, springen Sie nicht gleich ins Auto, Frau Boll, ich ruf in zehn Minuten noch mal an.«

Es dauerte zwanzig. Bettina saß längst wieder im Taunus und klemmte sich das Handy unters Ohr. »Ja?«

»Frau Boll, sagen Sie diesem Kinderfreund, dass der Staatsanwalt bereit ist, über Verjährung nachzudenken, falls wir von Zerche die Identität des Käufers erfahren. Also: des Käufers. Der Meggie angefordert, bezahlt und übernommen hat.«

»Da wird es einen Mittelsmann gegeben haben«, sagte Bettina zweifelnd.

»Versuchens Sie's. Ich will ja nur mit ihm reden.«

»Okay.«

Sie fuhr von der Autobahn ab, um besser telefonieren zu können, und fand sich in Grünstadt wieder. Irgendwie übte diese Stadt einen unheimlichen Sog aus.

Sie suchte sich den nächsten Parkplatz, bei einem Einkaufszentrum, und rief noch mal in der JVA an. Zerche wollte den Deal nicht. Das war abzusehen gewesen. Die Fragen, die er zu erwarten hatte, waren grausig. Sie akzeptierte, unterbrach die Verbindung und sah sich auf dem Parkplatz um. Leute mit Einkäufen im Sonnenschein. Ruhige, friedliche Familien. Eine Frau mit Kopftuch. Radfahrende Kinder. Tante Elfriedes Haus stand nur drei Straßen weiter, sie konnte sogar die Spitze der Eibe sehen. Dies wäre der Markt, in dem sie alles kaufen würde, wenn sie hier wohnte. Er sah anders aus als der versiffte Penny nahe ihrer Wohnanlage in Ludwigshafen, vor dem sich stinkende Männer trafen und bedrohliche Hunde von der Leine ließen. Alles machte einen soliden, gepflegten Eindruck. Bettina drehte den Schlüssel im Zündschloss, doch der Taunus sprang nicht sofort an, und da fiel ihr ein, dass sie noch mal bei Müller anrufen konnte. Schließlich hatte sie diese lebenswichtige Frage.

»Sie ist es«, sagte Müller lapidar, als hätte sie heute nicht schon fünfmal nachgefragt und als sei diese Info immer sonnenklar gewesen.

»Nausikaa Karima Zimmermann, die bei uns unten im Keller in Schutzhaft sitzt, ist Meggie Lepp?«, fragte Bettina förmlich nach.

»Korrekt«, antwortete Müller. »Ich habe den Test wiederholen lassen – das macht ja ein externes Labor –, um ganz sicherzugehen. Nausikaa hat Meggies DNA.«

»Aber das ist ja –«

»Die Folgerung, die du gezogen hattest.«

»Und der Ausweis?«

»Ich habe mit Herrn Neuer vom BKA über ihn gesprochen«, sagte Müller.

»Was hat er gesagt?«

»Dass er ihn mitnehmen und auf Echtheit prüfen lassen will.«

»Aber du hast ihn schon geprüft!«

»Korrekt.«

»Wo ist der Ausweis?«, fragte Bettina ahnungsvoll.

»In meiner Schreibtischschublade«, sagte Müller, ohne seine leise, ausdruckslose Stimme irgendwie zu ändern.

Bettina grinste vor Überraschung. »Wie das?«

»Es ist mit signifikanter Wahrscheinlichkeit ein Tarnpapier«, sagte Müller lapidar.

»Wie …?«

»Daher dachte ich, es ist besser, wenn wir ihn vorerst behalten.«

»Hast du etwa einen Beweis?«

Müller schniefte, es klag laut und unpassend durch den Äther. »Ich bin nicht sicher, wo die Manipulation stattgefunden hat, darum denke ich, dass die Staatsanwaltschaft das vorerst nicht als relevanten Beweis heranziehen kann. Dazu sind weitere Ermittlungen nötig. Zumal ich hier vermutlich nur die gängige Praxis der Tarnpapierausstellung beobachten konnte. Also keine Straftat.«

»Müller! Sag schon! Wie hast du das gemacht?«

»Für Tarnpapiere werden abgelaufene Identitäten benutzt.«

»Ab– wie bitte?«

»Abgelaufene Identitäten. Ein Mensch lebt, wird registriert, gemeldet, stirbt. Seine Identität läuft ab. Es existieren Daten in Geburtenregistern, in Meldelisten, noch über den Tod hinaus.«

»Du meinst, Nausikaa Karima Zimmermann hat es wirklich gegeben?«

»Sie hatte einen Autounfall«, sagte Müller. »Vor sieben Jahren. In Berlin. Dort ist sie geboren und dort hat sie gelebt. Ihr Tod wurde vermutlich auch registriert, aber da sie vor sieben Jahren noch keine sechzehn war, hatte sie noch keinen Personalausweis. Das machte es leichter, ihren Daten ein anders aussehendes Individuum zuzuordnen. Und in Berlin werden die Meldedaten Verstorbener oder Verzogener nach fünf Jahren archiviert, das heißt, der Zugang wird komplizierter. Wer auch immer da manipuliert hat, er hat diese Umstände ausgenutzt. Und er muss Zugang zur Berliner Stadtverwaltung haben, denn anscheinend ist die Sterbeeintragung Nausikaas von dort aus im Melderegister korrigiert worden.«

»Wie hast du das herausbekommen?«

»Ich hab über EWOIS ihre Mutter ermittelt und angerufen«, sagte Müller nüchtern.

»O Gott, Müller! Was hat sie gesagt?«

»Dass Nausikaa tot ist«, sagte Müller.
»Das ist ja Hammer.«
»Ja.«
»Heb den Ausweis gut auf.«
»Eine Kopie reicht«, sagte Müller trocken.
»Wie hast du es geschafft, ihn Neuer vorzuenthalten?«
»Ich sagte, Frau Zimmermann hätte ihn zurückverlangt. Das hat sie auch. Wir haben ihn ihr nur noch nicht gegeben.«
»War das bevor oder nachdem das Ergebnis des Gentests raus war?«
»Das ist noch nicht öffentlich. Ich pfleg es gerade in die Akte ein. Du bist die Erste, die es erfährt.«
»Danke. – Du, Müller, das nur nebenbei, aber hast du eine Ahnung, wer da vorgestern Abend was in der Akte gelöscht hat?«
»Es wurde etwas in der Akte gelöscht?« Müller klang fast ein wenig betroffen.
»Die Pirmasenser haben das behauptet. Sie haben es mir vorgeworfen, weil ich zu der Zeit online war.«
»Ich kümmere mich darum«, sagte Müller. Bettina dachte schon, er würde einfach auflegen, darum rief sie schnell:
»Noch was!«
»Ja?«
»Em.« Sie wusste nicht genau, wie sie beginnen sollte. »Wenn du glauben müsstest, dass irgendwer irgendwo ganz weit oben in einer Behörde wie zum Beispiel dem BKA –«
»Statistik«, warf Müller ein.
»Bitte?«
»Entschuldige, Tina, ich hatte schon verstanden.«
»Aha?«
Müller räusperte sich. »Ich bin keine Ermittlerin wie du, zwischenmenschliche Phänomene sind mir oft fremd.«
Bettina blickte kurz das Telefon an.
»Aber ich habe festgestellt, dass sich Verhaltensweisen wie-

derholen und simple angewandte Statistik sehr erhellend und hilfreich sein kann.«

»Ach ja?«

»Du rekonstruierst einen Tathergang, der sich aus einer alltäglichen Situation entwickelt hat. Du kennst den normalen Ablauf der Situation. Wenn du den Punkt findest, an dem sich der gewöhnliche Ablauf änderte, und zusätzlich den Menschen, der diese Änderung herbeiführte, hast du im Großteil der Fälle einen Tatbeteiligten identifiziert.«

»Ich weiß, was du meinst«, sagte Bettina. »Man lernt das alles hundertmal auf der Akademie, und eigentlich ist sonnenklar, was du sagst, aber wenn du da draußen bist und mit den Leuten zu tun hast, dann haben die ihre Geschichten, und alles entwickelt eine Dynamik, die einen in ganz verrückte Richtungen treibt. Dabei ist meistens alles ganz einfach. Der, der neben der Leiche sitzt und heult, ist der Mörder.«

»Äh, korrekt«, sagte Müller nach einer kleinen Pause. »In diesem Fall«, fuhr er fort, »also betreffend das BKA, wäre mein Ermittlungsansatz eine Prüfung aller Kollegen aus der ehemaligen Soko Meggie. Primär derjenigen in leitenden Positionen.« Er schwieg einen Moment. »Ein hochrangiger Täter vom BKA hat vielleicht schon im früheren Fall manipuliert. Nach seinen Kriterien ist der befriedigend ausgegangen. Der Aufbau des Ersatztäters ist zwar gescheitert, aber ein starker Tatverdacht, der nicht angemessen bewiesen werden konnte, hat trotzdem ausgereicht, um wenigstens einen moralischen Schuldigen zu produzieren – diesen Jugendlichen –«

»Kevin Klein«, bestätigte Bettina.

»Mit ihm wurden die Bestrebungen, einen weiteren Täter zu finden, auf null reduziert«, sagte Müller.

»Sie haben die Suche eingestellt«, sagte Bettina langsam. »Sowohl nach Meggie als auch nach dem Täter. Und Kevin war ja nicht offiziell verurteilt, er musste – und konnte! – nicht gegen einen Justizirrtum kämpfen.«

»Korrekt«, sprach Müller. »Ich würde mir alle Kollegen ansehen, die damals beteiligt waren oder Personalentscheidungen getroffen haben. Und dann würde ich beim BKA nachfragen, ob einer von ihnen inzwischen dort arbeitet. Oder in sonst einer Behörde, die eine Berechtigung zur Ausstellung von Tarnpapieren besitzt.«

»Ganz einfach«, sagte Bettina.

»Logik«, sagte Müller. Und legte grußlos wie immer auf.

Bettina platzierte das Handy auf dem Beifahrersitz und blickte hinaus auf den Parkplatz. Die Aussicht bestand nach wie vor aus einer Taunusmotorhaube mit Rostflecken, davor heiterer Sonnenschein und gechillte Menschen mit Einkaufswägen.

Beim BKA nachfragen. Das hörte sich so klar und einfach an. Vermutlich würde es aber niemand machen. Auch sie nicht. Selbst wenn sie wollte. Das war ganz offensichtlich einer dieser Pläne, die auf Außenstehende und Autisten wie Müller simpel und folgerichtig wirkten, so als ob sie nicht mehr als den richtigen Fokus und etwas Schreibtischarbeit erforderten. Tatsächlich graute Bettina aber allein beim Gedanken, Freunscht ein solches Projekt vorzustellen, wobei Freunscht kein Mann war, mit dem man nicht reden konnte, und sie selbst keine ängstliche Obrigkeitshörige. Sie konnten und mussten sich der Sache annehmen. Es war nur alles so unsicher gerade. Wem durfte sie überhaupt noch trauen? Nessa? Freunscht? Den »guten Leuten« aus Pirmasens? Ackermann war schuldig, Härting war tot. Neuer, der sie offen der Verschwörung mit Menschenhändlern verdächtigt hatte, war selbst höchst verdächtig, denn er hatte schon großes Interesse an Ninis Personalausweis gezeigt, als noch gar nicht klar war, dass mit dem was nicht stimmte. Andererseits konnte er schlicht einen Wissensvorsprung oder eine Ahnung gehabt haben, die er ganz redlich einsetzen wollte, um Verschwörer zu ermitteln. Nur weil er unsympathisch war, musste er noch lange kein Verräter sein. Und von all dem einmal abgesehen, konnte die Staatsanwaltschaft die Ermittlungen einfach einstellen oder weitergeben, wenn ihnen irgendwas zu heikel war, und heikel war die Angelegenheit. Sogar sehr. Bettina legte den Kopf in den Nacken und blickte auf die Verkleidung des Autodachs. Uraltes Plastik, brüchig, vergilbt. Allein dass sie es auf die Art angucken konnte, war ein Unding, das ging nur, weil die Kopfstützen kaum der Rede wert waren. Auf der Beifahrerscheibe wurden die Risse größer. Sie konnte den Taunus noch höchstens zwei, drei Tage fahren, dann musste sie irgendwas unternehmen. Ein neues Auto kaufen. In die Werkstatt. Selbst eine Pappe einsetzen. Die Dinge würden sich ändern. Bettina seufzte, setzte sich gerade hin und startete den Taunus.

Das Telefon klingelte.

Beinahe wäre sie losgefahren, weil sie sah, wer anrief: irgendwer aus der Geschäftsstelle der JVA Frankenthal. Das konnte nur bedeuten, dass Zerche den Deal jetzt doch wollte, der Sack. Bettina hätte ihm den nicht angeboten. Er hatte keinen verdient. Aber gut. Sie stellte den Motor wieder aus und nahm das Gespräch an.

»Frau Boll?«, sagte Zerches Privatsekretär von der Geschäftsstelle seiner Haftanstalt. »Wir könnten Ihnen einen Termin heute Abend um halb fünf geben. Herr Zerches Anwalt wird anwesend sein.«

»Alles klar«, sagte Bettina. »Wir kommen.«

Als sie in Ludwigshafen auf der Dienststelle eintraf, spürte sie sofort, wie angespannt die Stimmung war. Die Kollegen an der Pforte saßen gerader, blickten ernster, Minecraft im Dienst, das war kaum ein paar Dutzend Stunden her und doch jetzt so unendlich weit weg wie Weihnachten in *Stirb langsam*. Im Haus war Bewegung, Schritte und Stimmen hallten schwach aus unterschiedlichen Richtungen bis hier herunter.

»Härting ist tot«, sagte Tavanaianfar statt einer Begrüßung.

»Ich habe es gehört«, antwortete Bettina. »Ist der KHK Freunscht im Haus?«

»Sitzungssaal«, sagte Tavanaianfar. Der Sitzungssaal war der größte Konferenzraum, den sie hatten.

»Oh«, sagte Bettina.

»Hier ist die Hölle los«, erklärte Kuntz, der zweite diensthabende Pförtner. »BKA ist da.« Er musterte sie prüfend, Bettina musterte spontan zurück, was wollte denn der Kuntz jetzt, der hatte sie noch nie angeguckt, ein älterer, vierschrötiger Kollege mit einer Frisur, die sie bei einem eitleren Mann für eine Perücke gehalten hätte, so akkurat saß jederzeit jedes Haar. Kuntz war phantasielos und hilflos im Umgang mit Kolleginnen. Einer von denen, für die Frauen im Dienst immer noch Monster waren. Aber aus irgendeinem Grund schien er sie plötzlich als Mensch zu akzeptieren. Er winkte sie mit dem Zeigefinger heran und machte ein ernstes Gesicht. »Die haben sich nach dir erkundigt, Frau Boll.«

Er duzte sie.

»Das BKA?«

Kuntz nickte.

»Sind das jetzt schon mehrere?«

»Drei Mann«, sagte Kuntz. Er senkte die Stimme. »Sie haben Spohn mitgenommen.«

Tavanaianfar blickte ihn strafend an. »Wir wissen überhaupt nicht, was Spohn fürs BKA tun soll. Er ist einfach nur mit ihnen rausgegangen. Wir müssen echt keine Gerüchte verbreiten.«

»Spohn von der Sitte?«, fragte Bettina, Tavanaianfar ignorierend.

Kuntz nickte verschwörerisch. »Nach dem haben sie genauso gefragt wie nach dir, Frau Boll.« Jetzt sah er ein wenig selbstgerecht aus, aber immer noch mehr wohlwollend als misstrauisch. Tavanaianfar dagegen verschloss seine Miene.

»Beim Spohn«, sagte Kuntz jetzt, »kann ich mir das vorstellen. Den kenne ich.« Er blickte Bettina an, den Rest, dass er ihr keine Unredlichkeit zutraute (Weil er sie nicht kannte? Sie eine Frau war …?), ließ er ungesagt. Aber es stand im Raum. Tavanaianfar wandte sich ab.

»Na gut«, sagte Bettina. »Dann geh ich mal gucken, was die von mir wollen.«

»Die sind in deinem Büro«, sagte Kuntz.

»Oh«, sagte Bettina. »Danke. Alles klar.«

Sie eilte sofort zum Sitzungssaal, ohne den Umweg über ihr Büro. Im Besprechungsraum war es überraschend leer. Das Haus summte nach wie vor, aber alle schienen weit weg zu sein. Nur ein paar leere Gläser und ein Memoboard, auf dem der Name Zerche geschrieben stand, zeugten von einer vergangenen Konferenz. Bettina wollte gerade ihr Handy herausnehmen, um Freunscht anzurufen, da fegte er in Begleitung Müllers herein.

»Frau Boll«, rief er laut, dann hielt er inne und schaute über die Schulter. »Da sind Sie ja«, setzte er leiser hinzu. Müller sagte nichts, schloss aber energisch die Tür hinter sich, was durchaus als Statement zur Gesamtsituation verstanden werden konnte. Freunscht setzte sich ans Kopfende des langen Tisches, stützte die Ellenbogen auf den Tisch, faltete die Hände und sah Bettina aus seinem Knautschgesicht streng an. »Wir haben eine Komplikation«, begann er unheilvoll. Müller stellte sich neben Bettina. Es hatte etwas Beschützendes.

Das machte ihr mehr Angst als alles andere. »Was ist los?«, fragte sie.

Freunscht starrte sie an. Dann sagte er: »Vielleicht ist Ihnen bekannt, Frau Boll, dass in Frankfurt ein Kollege aus der Abteilung Schwerkriminalität verhaftet wurde.«

»Kommissar Boldt?«, fragte Bettina.

Sofort blickte Freunscht sie argwöhnisch an. »Woher wissen Sie das?«

»Ich habe mit den Frankfurtern telefoniert. Datenabgleich.«

»Aha.« Freunscht starrte immer noch so. »Jedenfalls, dieser vorübergehend vom Dienst freigestellte Herr Boldt möchte sich jetzt spontan wieder Recht und Gesetz zuwenden und macht Aussagen. Ein weiterer Frankfurter Kollege wird inzwischen vernommen. Von hier kannte er auch Leute. Ihren Freund, den Herrn, äh –«

»Ackermann?«

»Genau. Und soeben haben die Kollegen vom BKA noch einen weiteren Kommissar aus diesem Haus zur Befragung mitgenommen.«

»Spohn von der Sitte«, sagte Bettina. Sie begegnete Freunschts Argwohn ruhig. »Haben mir die Jungs an der Pforte gesagt.«

Freunscht schniefte. »Frau Boll, ich kann nicht sagen, dass ich diesem Boldt und seinem Sinneswandel traue, aber soviel ich weiß, sucht das BKA hier bei Ihnen noch einen dritten Mann.« Er sah ihr ins Gesicht und fügte an: »Nein, lassen Sie es mich geschlechtsneutral ausdrücken: eine dritte Person.«

Bettina stand immer noch, das empfand sie momentan als Vorteil. Freunscht musterte sie von unten herauf prüfend, als würde es ihn persönlich schmerzen, wenn sie diese Person wäre.

»Ich bin es nicht«, sagte sie ruhig und knapp. Mit jedem weiteren Wort würde sie sich nur auf eine Verhandlungsbasis begeben, und Verhandlungen waren hier unangebracht.

»Ja«, sagte Freunscht schließlich. Er fuhr sich mit beiden Händen übers Gesicht. »Die Aktenmanipulation.« Er sah Müller an. »Können Sie wiederholen, was Sie mir vorgetragen haben?«

»Informatik ist die Zukunft der Spurensicherung«, sagte Müller.

»Ich meine das mit den verschwundenen Beiträgen zur Akte.«

»Ach so«, sagte Müller gleichmütig. »Die Kollegin Boll hat mich darüber informiert, dass Teile der Akte gelöscht worden sind und dass sie beschuldigt wurde, das gemacht zu haben.«

»Weiter.« Freunscht wedelte mit der Hand.

»Dem bin ich nachgegangen. In dieser Akte gibt es eine verdeckte Chronikanzeige mit automatischer Speicherung, die –«

»Kommen wir zum interessanten Teil«, unterbrach Freunscht ungeduldig.

Das ist er, sagte Müllers leicht verwirrte Miene. »Gelöscht wurden insgesamt vier Berichte, die im Zeitfenster von 17:04 bis 18:22 Uhr eingestellt wurden«, fuhr er fort. »Tatsächlich könnte man eine solche Löschung als Versehen deklarieren. Es besteht eine Fehleranfälligkeit bei einem bestimmten Leseverfahren. Wenn Sie im Verzeichnis mehrere fortlaufende Berichte markieren, die Sie zusammen herunterladen und auf Ihrem PC lesen wollen, kommen Sie in ein Menü, in dem es direkt unter der Schaltfläche fürs Öffnen einen Papierkorb-Button gibt. Falls Sie den irrtümlich drücken und bestätigen, werden die Dateien gelöscht und sind nicht ohne weiteres wiederherstellbar.«

»Das hab ich aber nicht gemacht«, sagte Bettina.

Freunscht hob die Hand und nickte Müller zu.

»Ich habe den Verlauf geprüft und festgestellt, dass die Löschung vorgestern um achtzehn Uhr zweiundzwanzig stattgefunden hat«, sagte der mit seiner monotonen Stimme. Er sah Bettina nicht an, aber sie spürte keine Bedrohung, die von ihm ausging. Nur positive Neutralität.

Freunscht sah sie wartend an.

Da erst ging ihr die Tragweite auf. »Oh! Vorgestern um zwanzig nach sechs war ich in Mannheim und habe – da war ich in Mannheim«, schloss sie. »Ich habe hundert Zeugen.«

»Das wissen wir«, sagte Freunscht in seltsamem Ton. »Sagen Sie, was Sie noch rausgekriegt haben, Herr, äh –«

»Müller«, sagte Bettina liebevoll.

»Genau. Den denkwürdigen Teil.«

»Die Löschung wurde von Kollegin Bolls Account aus vorgenommen«, sagte Müller.

»Bitte?« Wenn Bettina nicht sowieso gestanden hätte, wäre sie spätestens jetzt aufgesprungen. Sie machte einen Schritt auf Freunscht zu. »Das kann nicht sein!«

Freunscht nickte. »Daher die Schimpfe heute Morgen. Die Pirmasenser sind nicht ganz so doof, Frau Boll, das haben die geahnt.« Er setzte sich gerader hin und blickte Bettina noch schärfer ins Gesicht, wenn das überhaupt möglich war. »Die wussten nur nicht, dass Sie zu der Zeit definitiv nicht am Computer gesessen haben. Was insgesamt erstaunlich ist. Und für Ihre Unschuld spricht. Darum verstecke ich mich hier mit Ihnen vorm BKA, Frau Boll, und deshalb werde ich Sie jetzt gleich mit rausschmuggeln, damit Sie mit mir den widerwärtigen Zerche befragen. Weil ich von Ihrer Beteiligung an diesem wie auch immer gearteten großen Komplott nicht überzeugt bin. Ich glaube, da wollte einer mit dem Finger auf Sie zeigen. Sie wären einfach ein guter Sündenbock.« Er seufzte, und sein Gesicht verlor Ausdruck und Spannung. Plötzlich sah er müde aus. »Was für ein Sumpf. In Frankfurt wird die Soko aufgelöst. Dort herrscht komplettes Chaos. Wir werden hier wahrscheinlich auch nicht mehr lange in der Form weitermachen.« Er sah zur Tür. »Kann sein, dass dann die Falschen übernehmen«, sagte er leise. »Aber solange ich verantwortlich bin, werde ich versuchen, Klarheit zu schaffen.« Er warf einen Blick auf die Uhr und erhob sich abrupt. »So, bereit, Frau Boll? Dann lassen Sie uns mal das untere Ende dieser fiesen Handelskette begutachten. Der Herr Zerche wartet.«

»Okay«, sagte Bettina, der jetzt gerade alles etwas schnell ging. »Aber wie –?«

»Dein Büro steht immer leer, und das Passwort zu deinem Dienst-PC ist unglaublich leicht zu knacken, Tina«, sagte Müller. So emotionslos er sonst immer redete, diesen Vorwurf hörte man heraus.

»Wieso, ich ändere es jedes Vierteljahr, genau wie alle anderen auch!« Im Moment war es *sammyenno123*.

»Du hast Kinderbilder mit Namen in deinem Büro hängen«, sagte Müller schlicht. »Ich hatte es in zwei Minuten. Deinen Polis-Zugang genauso.«

Der war *ennosammy123.*

»Du hast mein Passwort geknackt?«

»Klein s, a, mm, y, e, nn, o, 123. Der Poliszugang hat umgekehrte Namen. Ich hege die Vermutung, dass du die beiden im Wechsel benutzt.«

Das stimmte leider. Bettina schwieg.

»Es war nur, um meine Theorie zu prüfen. Wenn ich es kann, dann ist es leicht.«

Da war Bettina nicht so sicher. Irgendwie fühlte sich das alles nicht richtig an. Dankbar war sie Müller trotzdem. »Du hast was gut bei mir«, sagte sie. Und darauf erschien fast so etwas wie ein Lächeln auf Müllers Gesicht.

Sie nahmen den Hinterausgang über die Garage, es fühlte sich an wie die Flucht aus Alcatraz. Müller hatte sich Richtung Labor bewegt, Freunscht redete kein Wort. Sein Handy klingelte mehrmals, er sah jedes Mal nur kurz aufs Display, ging aber nicht dran. Als Bettinas Telefon klingelte, standen sie im Aufzug nach unten, und beinahe hätte sie es Freunscht gleichgetan und das Gespräch abgelehnt, um die Spannung und das Schweigen nicht zu stören. Dann dachte sie, dass das Blödsinn war. Sie hatte sich nichts vorzuwerfen. Sie konnte – und musste! – weiter ihre Arbeit tun. Und für die Kinder erreichbar sein. Sie schaute nicht aufs Display und ging sofort dran.

»Boll?«

»Boll!«, rief Habermeyer laut ins Telefon.

»Ja?«

»Drei Mann, morgen früh.«

»Bitte?«

Großes Rumoren im Hintergrund, ungeduldige Stimmen,

Habermeyer rief: »Verdammt noch mal, das ist für dich!«, dann sprach er wieder zu Bettina. »Kollegen für Beweisaufnahme sind angefordert für dein Haus in Grünstadt, Tina, die würden morgen kurzfristig kommen.«

»Kollegen? – Spusi? Ist das dein Ernst? Nur weil die Zeuginnen Zimmermann und Pjotrovna bei mir waren?« Wie groß war eigentlich der Verdacht, unter dem sie stand? »Hat der Kriminalrat Neuer das angeordnet oder was?«

Wieder Gespräche im Hintergrund. Dann sagte Habermeyer laut: »Tina, ich sag dir eins, wenn das hier rum ist, mach ich Urlaub. – Ich weiß, du wohnst nicht in Grünstadt, und es ist umständlich für dich, aber du musst ja nicht dabei sein. Gib mir einfach den Schlüssel, du bist doch grade hier im Haus, oder? – Den Rest machen die Jungs.«

»Wer hat das angefordert?« Es gehörte zur Standardprozedur, dass alle ermittlungsrelevanten Örtlichkeiten nach Spuren untersucht wurden, das konnte jeder angeordnet haben, Freunscht, Müller, sogar Habermeyer selbst, weil es zum normalen Ablauf gehörte. Oder das BKA. »Ist es, weil die beiden Mädels bei mir waren?«, wiederholte Bettina ihre Frage.

Rumoren. Schließlich sagte Habermeyer erschöpft: »Boll?«

»Ich hab den Schlüssel nicht bei mir«, sprach Bettina rasch. Lange Gespräche mit Habermeyer schienen jetzt unmöglich, folglich musste sie sich auf schnellen Informationsaustausch beschränken.

»Boll!«

»Okay, okay, die Hintertür ist unverschlossen, alles klar? Tor rein, links am Haus vorbei, ist ein bisschen verwachsen, aber egal, dann in den Hof und dort die kleine Tür ganz rechts.«

»Okay, geb ich weiter«, sagte Habermeyer. »Moment. – Das weiß ich doch!«, schrie Habermeyer irgendwohin in seine Zentrale und sprach dann wieder zu Bettina. »Das BKA ist da«, sagte er fatalistisch.

»Weiß ich.«

»Ja, ich weiß, dass du's weißt.« Habermeyer seufzte. Und unterbrach die Verbindung.

Bettina starrte ihr Telefon an und drückte auf den Knopf. Freunscht betrachtete sie mit undurchdringlicher Miene. Der Aufzug stoppte. Die Tür ruckelte auf.

»Nach Ihnen«, sagte Freunscht und wies in die Garage. War da ein ironischer Unterton in seiner Stimme? Aber was hätte der da verloren? Bettina trat aus dem Aufzug. »Haben Sie ein Auto?«, fragte Freunscht.

»Meinen Taunus, aber der steht draußen.«

»Taunus.«

»Er müsste mal in die Werkstatt«, sagte Bettina warnend.

»Hauptsache, wir kommen an.«

Zunächst einmal haute Freunscht das Beifahrerfenster komplett kaputt. Die Tür klemmte natürlich, und es kostete Bettina einige Anstrengung, sie von außen aufzustemmen. Die Nummer mit von drinnen aufhebeln wollte sie sich vor Freunscht nicht geben, und so quälte sie ihr altes Auto, bis es machte, was sie wollte. Freunscht ließ sich in den Sitz plumpsen, so dass der Taunus Schlagseite kriegte. In den Siebzigern waren wohl alle irgendwie zierlicher gewesen, trotz der wachsenden Konjunktur. Dann hieb Freunscht, bevor Bettina ihm zuvorkommen konnte, mit aller Macht die Tür zu, vermutlich weil er dachte, dazu sei ebenso viel Kraft nötig wie zum Öffnen. Das aber ertrug die angeknackste Scheibe nicht, sie sank mit einem Knirschen in sich zusammen und ließ einen Rand aus würfeligen Scherben zurück.

»O Gott«, sagte Freunscht erschrocken durch das entstandene Loch.

»Ich sag ja, er muss in die Werkstatt.«

»Tut mir leid, Frau Boll, das war echt keine Absicht, also, das ist mir jetzt schon peinlich –« Er versuchte, die Tür wieder zu öffnen, doch das war nicht leicht. »Moment! Ich –«

»Bleiben Sie sitzen«, riet Bettina. Sie umrundete das Auto und stieg ein.

»Es tut mir leid«, sagte Freunscht. Sein zerfurchtes Gesicht war rot angelaufen, es sah fast lustig aus.

»Wenn Sie was für mich tun wollen, dann genehmigen Sie mir eine neue Scheibe«, sagte Bettina. »Die ist nämlich tatsächlich im Dienst kaputtgegangen. Olga Pjotrovna hat versucht, sie einzuschlagen, als ich –«

Freunscht blickte plötzlich misstrauisch.

»Ich hab nicht versucht, sie zu entführen«, sagte Bettina. »Ich hab sie nur zum Frauenhaus gefahren.« Sie startete den Wagen.

Freunscht seufzte. »Es gibt nichts Schlimmeres als Misstrauen.«

Wem sagen Sie das, dachte Bettina. »Ich hatte ein Gespräch mit Müller«, begann sie, als sie draußen auf der Straße waren und die Dienststelle hinter ihnen verschwand. Es schien, als wäre dieser Abstand nötig, um offen zu reden.

»Dem Nerd aus Ihrem Labor?«, fragte Freunscht.

»Müller«, korrigierte Bettina. »Wir haben uns über Ninis Personalausweis unterhalten.«

Freunscht sah sie von der Seite an. Er war ein kräftiger Mann, nicht so groß wie Ackermann, aber er füllte den Beifahrersitz mit einer Präsenz aus, die Ackermanns bei weitem übertraf. Der Taunus sah klein und baufällig aus rund um Freunscht. Durchs kaputte Fenster drangen warme Luft und nachmittägliche Stadtgeräusche. »Das ist ein heikler Punkt«, sagte er.

»Der Ausweis ist echt«, sagte Bettina, »und wie wir jetzt ja wissen, ist Nini die gesuchte kleine Meggie.«

»Ja«, sagte Freunscht knapp.

»Also ist der Perso ein Tarnpapier.«

»Das hat mir Ihr Kollege Müller auch schon weiszumachen versucht, abgelaufene Identitäten und so – *abgelaufene Identitäten*! Wie kommt man auf so was? –, aber ich bin überzeugt, dass diese beiden Mädchen da irgendwas getrickst haben«, sagte Freunscht unwirsch.

»Die Mädchen?«

»Gucken Sie nicht so feministisch, Frau Boll, das sind Frauen und Opfer, gut und schön, aber diese sogenannte Manga, die Lisa Engel, die hat kriminelle Energie. Nicht erst seit gestern. Und die beiden, Engel und Zimmermann, die hängen ganz seltsam zusammen. Die haben die Identitäten getauscht. Auf pathologische Weise. Nicht nur mal so zum Spaß, wie kleine Mädchen das machen, sondern da glaubt eine, sie wäre die andere, und umgekehrt. Wir hatten jetzt eine Gutachterin da –« Er sah sie an und mäßigte seinen Ton. »Wahrscheinlich ist Engel diese Zimmermann«, sagte er leiser. »Irgendwie muss sie es geschafft haben, ihre Blutsschwester Meggie zum Meldetermin zu schicken oder so. Ich wette hundert zu eins, dass Engel im bürgerlichen Leben Nausikaa Karima Zimmermann heißt.«

»Ich halte dagegen«, entgegnete Bettina. »Ich wette, die echte Nausikaa ist tot, wie Müller gesagt hat, und keine von unseren Frauen hat ein bürgerliches Leben.«

Freunscht seufzte. »Wir werden es rauskriegen. – Ja! Geb ich zu, diese Mädels sind so kaputt, dass sie nicht mehr wissen, wer sie sind, das nehme ich Ihnen alles ab.«

»Aber?« Sie bog auf den Parkplatz der JVA ein. Grüßte den Wachmann. Wurde durchgelassen.

»Aber es geht trotzdem nicht, dass die in der Weltgeschichte rumrennen und Leute erschießen!«

»Es geht aber noch viel weniger, dass diejenigen, die sie kaputtgemacht haben, einfach weitermachen dürfen!«

Freunscht verschränkte die Arme vor der Brust, es sah aus, als wollte er das Auto sprengen. »Ja!«, blaffte er. »Sehe ich auch so!«

Bettina parkte, Freunscht versuchte, die Tür zu öffnen. Sie klemmte.

»Der Kollege Müller«, sagte Bettina, ohne Anstalten zu machen, ihm zu helfen, »hatte die hervorragende Idee, dass wir die Person suchen sollten, die damals den Fall Meggie zu seinem Abschluss geführt hat: ein Bombenergebnis für den Entführer. Ein moralischer Schuldiger mit wenig Widerspruchsgeist, keine Verurteilung, keine weitere Untersuchung.«

»Nein.« Freunscht schüttelte den Kopf. »Frau Boll, den Schuh zieh ich mir nicht an. Ich weiß, worauf Sie rauswollen. Ich hab Schwierigkeiten mit der Art von Kollege Lingen, das geb ich zu, aber diese üble Nachrede kann ich nicht leiden.«

»Ich habe kein Wort über Lingen gesagt.«

»Aber es läuft doch auf ihn hinaus!«

Bettina lehnte sich im Sitz zurück und betrachtete Freunscht nachdenklich. »Nicht unbedingt«, sagte sie.

»Was soll das heißen?«

»Der Kollege Lingen hatte nicht viel Glück in dieser Angelegenheit. Der Fall Meggie war unangenehm, so oder so, starke Medienbeteiligung, ein verschwundenes Kind. Und am Ende musste er eingestehen, dass er weder das Kind noch eine Lösung finden konnte. Er ist gescheitert und wurde versetzt. Lingen ist nicht der Strippenzieher im Hintergrund, den wir suchen. Ich glaube, er ist ein Bauernopfer.«

»Sie meinen –?« Freunschts Gesicht erhellte sich. Aus Begeisterung über eine neue Erkenntnis? Oder weil sein direkter Konkurrent vielleicht viel unwichtiger war, als er bislang angenommen hatte?

»Ich weiß es nicht«, sagte Bettina. »Ich denke nur, dass Lingen auf seinem jetzigen Posten keine Möglichkeit hat, Tarnpapiere auszustellen.«

Freunscht schnaubte.

Bettina nickte ihm zu – doch, doch, Tarnpapiere! – und fuhr fort: »Ich denke außerdem, dass er insgesamt anders agiert hätte, wenn er ein krimineller Menschenhändler wäre oder auch nur Teil einer Verschwörung. Dann hätte er Kevin Klein nicht nur anklagen lassen, sondern es auch durchgeboxt.

Er hätte Beweise gefälscht. Und er hätte sich keinesfalls in ein anderes Bundesland abschieben lassen. Da hätte er Wege gefunden, das zu verhindern.«

Freunscht starrte aus dem Fenster. Seine Wangenknochen mahlten. »Sie sagen, er wurde auf den Fall Meggie angesetzt, weil er einfach nur doof ist?«

»Ich glaube, der EKHK Lingen ist eingleisig im Denken und durchschaubar in seinen Handlungen«, sagte Bettina vorsichtig. »Ich glaube, es gibt Ermittlungswege, die er von sich aus nicht einschlagen würde, und zwar auch dann nicht, wenn deutliche Hinweise für sie sprechen. Ich denke, dass ein solcher Mann gar nicht Teil einer Verschwörung sein muss. Er mag seine Untergebenen fest im Griff haben und seine Verdächtigen unnachgiebig verfolgen, aber er ist trotzdem leicht zu lenken. Wenn man bei ihm nur die richtigen Knöpfe drückt, dann tut er vermutlich genau das, was man will. Und zur größten Not kann man ihm sogar Befehle ohne Erklärung geben. Lingen ist einer, der an Befehle glaubt.«

»Sie etwa nicht, Frau Boll?« Freunscht schielte sie von der Seite an. »Ich frag mich gerade, was Sie über mich sagen würden, wenn ich den Fall Meggie verhunzt hätte.«

Bettina lächelte.

»Der arme Lingen. – Machen Sie mir jetzt mal die Tür auf, oder soll ich aus dem Fenster klettern? – Also, Lingens Vorgesetzter von damals, das ist unser Moriarty? Wollten Sie das sagen?«

»Keine Ahnung«, sagte Bettina und stieg aus. Sie umrundete den Taunus und öffnete Freunschts Tür. »Ich hab nicht gesagt, dass es so einfach ist.«

»Wir werden der Sache nachgehen«, sagte Freunscht und erhob sich schwerfällig aus dem Sitz. Der Taunus gab mit einem Ächzen nach, als er ausstieg. »Machen Sie zu.« Freunscht trat beiseite. »Ist zwar bisschen spät jetzt, aber wer weiß, was sonst noch alles kaputtgeht.«

Bettina schloss die Beifahrertür.

»Und lassen Sie nichts im Auto«, sagte Freunscht mit einem angewiderten Blick auf die zugemüllte Rückbank. »Haben wir's dann? Na los, wir sind schon spät.«

Dass sie spät waren, hatte den Vorteil, dass sie nicht auf einen Menschen warten mussten, dem Bettina zur Begrüßung am liebsten vor die Füße gekotzt hätte. Sie trafen ihn im selben Vernehmungszimmer, in dem Bettina mit Manga gesprochen hatte, einem Raum, der trotz seiner eindeutigen Abgeschlossenheit so wirkte, als sei er eine von allen Seiten einsehbare Kabine, weil er oberhalb der Sichthöhe komplett verglast war und dort von irgendwoher auch diffuses Tageslicht eindrang. Stefan Zerche hatte seinen Anwalt bei sich. Der Häftling musste knapp eins neunzig sein, hatte breite Schultern und ein gerötetes, pickeliges Gesicht, was in seinem Alter seltsam aussah. Der Anwalt dagegen war jung, reinhäutig und schmal und sortierte Akten, vermutlich um anzudeuten, er habe sie gelesen. Er machte das Gesicht eines Menschen, der entschlossen ist, sich nicht unvorbereitet zu zeigen.

»Hallo«, eröffnete Freunscht und setzte sich. »Herr äh –« Er sah den Anwalt an und ignorierte Zerche.

Der junge Jurist sah auf. »Das ist Herr Zerche«, sagte er lässig und gewann damit die erste Runde. »Mein Name ist Reinhardt.«

»KHK Freunscht und die Kollegin KK Boll«, sagte Freunscht gelassen. »Sie wollten mit uns reden?«

Zerche wurde unruhig. Das Vorgeplänkel machte ihn offenbar nervös.

»Ich war auf dem Stand, dass Sie einen Deal von der Staatsanwaltschaft anbieten«, sagte Reinhardt. »Informationen gegen eine vorzeitige Verjährung Ihrer noch völlig unbewiesenen Anklagepunkte. Sie werfen Herrn Zerche«, er zog ein Papier hervor, »Menschenhandel, Kindesmissbrauch und Kindesentführung vor?«

»Frau Zerche, die Mutter seiner Tochter, hat eine umfassende Aussage gemacht.«

Zerche schnaubte, haute auf den Tisch und ließ sich im Stuhl zurückfallen, als sei nichts weiter zu sagen. »Die ist von Hass zerfressen«, sagte er dann doch mit tiefer, rauer Stimme. »Die hört nie auf, oder? Die ist krank.«

»Sie haben das Protokoll der Aussage?«, sagte Freunscht zu Reinhardt.

Der nickte.

»Herr Zerche, Ihre Exfrau hat ausgesagt, dass Sie Ihre gemeinsame Tochter im Grundschulalter mehrfach sexuell missbraucht haben. Wir halten diese Aussage für glaubhaft und werden dem nachgehen. Sie können jetzt gestehen, oder wir werden Ihre Tochter dazu befragen müssen.«

»Fragen Sie sie«, rief Zerche. »Ja, fragen Sie sie! Die wird Ihnen die Wahrheit sagen! Dieses Weib will mir doch nur eins auswischen!«

»Mit dem Weib meinen Sie Ihre Exfrau«, sagte Reinhardt in so glattem Ton zu Zerche, dass der seinen Verteidiger misstrauisch anlinste.

»Na klar«, knurrte er.

»Das Strafmaß kann drastisch reduziert werden, wenn dem Opfer die Aussage erspart wird«, sagte Bettina, was jeder hier wusste, aber vor einem Mann wie Zerche noch einmal angesprochen werden sollte.

Der setzte auch prompt zu reden an, doch Reinhardt hob die Hand. »Unsere vornehmlichste Frage ist, was Sie anzubieten habe. Dieses Gespräch ist ein Zugeständnis an die Ermittlungsbehörden.« Er sah sie an, ohne rot zu werden. »Wir tun Ihnen einen großen Gefallen. Wir helfen, Recht und Gesetz zu wahren, und setzen uns hier mit Ihnen ins selbe Boot. Eine ganz neue Erfahrung für Herrn Zerche, daher ist er ein bisschen nervös. Sie sollten ihm gleich ganz klar sagen, was Sie anzubieten haben, denn nur so können wir entscheiden, ob wir Ihnen helfen.«

»Sie haben Ihre Tochter missbraucht und deren Schulfreundin Meggie an Mädchenhändler verkauft«, sagte Freunscht zu Zerche, ohne den Anwalt zu beachten. Er sah ihm in die Augen, Zerche blickte hypnotisiert zurück, es war wie Armdrücken, nur ohne Kalorienverbrauch.

»Wir wollen wissen, an wen Sie Meggie verkauft haben«, sagte Bettina eindringlich in das stumme Duell hinein. »Wir wollen Namen, Adressen und Personenbeschreibungen.«

»Und was bieten Sie?«, sagte der Anwalt laut.

»Wie war das«, knurrte Freunscht ganz tief von unten heraus, wie ein Kater, der den Feind nicht aus dem Blick lässt, »damals, als die kleine Meggie in ihrem schönen Sommerkleidchen bei Ihnen vor der Tür stand, einfach so? Und Ihnen Kuchen brachte? Was haben Sie da gedacht? Weihnachten?«

»An wen haben Sie Meggie verkauft?«, wiederholte Bettina leise mit ihrer besten dunklen Fragestimme. »Woher wussten Sie überhaupt, an wen Sie sich wenden sollten? Hat da einer inseriert? Und wo? Wie? Kinder gesucht?«

Zerche schniefte. Sein Gesicht war knallrot. Bettina warf einen kurzen Blick auf den Anwalt. Der betrachtete grimmig seine Papiere und schien sich zu fragen, wie er wirksam eingreifen konnte. Doch Freunscht brach die Spannung selbst, mit einer wegwerfenden Geste. Er lehnte sich im Stuhl zurück, musterte Zerche verächtlich und fragte: »Wann haben Sie eigentlich gemerkt, dass Sie pädophil sind?«

»Ich bin nicht pädophil«, rief Zerche.

»Sie haben Ihre Tochter missbraucht«, sagte Bettina sofort, dankbar, dass sie hier nur die Stimme sein musste und nicht die Augen, die dieses Schwein festnagelten.

Ganz folgerichtig starrte Zerche auch weiter den KHK an.

»Ich hab sie nicht missbraucht, und ich steh! Nicht! Auf Kinder!«

»Wir reden mit Ihrer Tochter«, sagte Freunscht und machte eine abschließende Geste. »Danke für das Gespräch.« Er sah Reinhardt an.

Der hob nur die Brauen, als Bettina aufstand. An dieses Ende glaubte er nicht.

»Das war nur Show«, sagte Zerche.

Bettina dachte erst, er meinte ihre angedeutete Verabschiedung. Doch sie irrte sich.

»Gespielt, verstehen Sie?«

»Show?«, sagte Freunscht gefährlich sanft.

Bettina glitt auf ihren Platz zurück.

»Meine Ex hat mich total abgezockt, die hat mir das Blut ausgesaugt, verstehen Sie? Hat mich vor Gericht gezerrt, weil sie immer noch mehr Unterhalt wollte, also theoretisch bin ich durch die überhaupt erst«, Zerche wies vage in die Luft, »hierher gekommen!«

»Soweit ich weiß, war das erste Delikt, dessen Sie sich schuldig gemacht haben, ein schwerer Raub mit Körperverletzung«, sagte Freunscht und klopfte auf den Aktenstapel des Anwalts. »Sie haben eine Tankstelle überfallen. – Stimmt's, Herr Kollege?«

Der Anwalt sah nach und nickte, schien die Anrede Kollege aber nicht zu mögen.

»Weil die immer so anspruchsvoll war! Ich sag doch: abgezockt! Die hatte das Haus, die Lebensversicherung und meine Tochter!«

»Ihre süße Tochter«, sagte Bettina weich, was Zerche in den Stuhl zurückwarf. Zum ersten Mal sah er Bettina an, ertrug es nicht, blinzelte.

»Ich hab Geld gebraucht«, herrschte er ganz plötzlich Freunscht an und erhob sich halb. »Ich hab einfach ein bisschen Theater mit ihr gespielt, das war alles!« Er setzte sich schwer. »Man sagt ja, diese Filme würden viel Geld bringen, aber wissen Sie, wie man da gelinkt wird? – Wissen Sie, was ich für fünfzehn Minuten astreines Material gekriegt habe?«

Filme. *Beweise.* Freunscht und Bettina wechselten Blicke. Der Anwalt verfolgte das mit düsterer Miene, sagte aber nichts. Du bist jung, dachte Bettina, und du willst Karriere machen, aber auch dir ist gerade schlecht.

»Sie haben Filme mit Ihrer Tochter gedreht«, sagte Freunscht langsam, und Bettina spürte, dass er Mühe hatte, nicht wieder in den Angreifer-Modus zu gehen. Der war aber nicht nötig. Zerche redete ja.

»Das ist totaler Quatsch, dass ich pädophil wäre, das war einzig und allein eine Geldsache. Die hat mich wirklich total abgezockt, klar?«

»Ihre Exfrau.«

»Die spinnt.«

»Und da dachten Sie, Ihre Tochter könnte Ihnen helfen, den Unterhalt wieder einzuspielen.« Freunschts Ton klang gruselig. Freundlich.

»Andere Kinder helfen auch im Geschäft«, ereiferte sich Zerche. »Ich hatte ja Ausgaben! Kamera und so! Pädophil! Ich!«

»Und diese Filme, wie haben Sie die vertrieben?«

»Das hat mir irgendwann ein Kumpel gezeigt, das war so 'ne ganz normale«, er streifte Bettina mit einem allen Ernstes verlegenen Blick, »Erwachsenenseite im Netz, und wenn man da in der Suche a-ti-lol eingegeben hat, also lolita rückwärts, dann ist man auf diese Plattform gekommen.«

»Also Sie haben im Darknet Kinderpornos von Ihrer Tochter verkauft«, sagte Freunscht etwas schärfer als zuvor.

Zerche sah auf.

»Aber Sie haben es nicht genossen, es ging Ihnen nur ums Geld«, setzte der Kriminalhauptkommissar düster hinzu.

»Ums Geschäft«, sagte Zerche mit hochrotem Kopf. »Das war Geschäft, klar?«

»Klar. Und an wen haben Sie die Pornos verkauft?«

Der Anwalt rührte sich immer noch nicht.

»Ich hab sie eingestellt und einfach Geld dafür gekriegt«, sagte Zerche achselzuckend. »Nicht viel!«, setzte er verteidigend hinzu.

Bettina sah, wie Freunscht durchatmete. *Wie* viel, diese Frage sparte er sich. »Von wem? Wie? Hat es Ihnen einer unter der Tür durchgeschoben?«

Zerche sah Freunscht an, als wäre der vom Mond. »Die haben es ganz normal überwiesen.«

Der KHK lehnte sich im Stuhl zurück. »Haben Sie noch Kontoauszüge?«

Zerche lachte. Alle anderen blickten ihn ernst an.

»Kriegen wir raus«, sagte Freunscht, »nicht, dass es nach der Zeit noch viel bringen wird. – Und Meggie? Waren das dieselben Leute, die sie gekauft haben?«

»Weiß ich nicht«, sagte Zerche abweisend.

»Wie sind Sie mit denen in Kontakt getreten?«

»Ich hab ein paar PNs gekriegt, von Leuten, die«, er zögerte, »das hübsche Mädchen persönlich kennenlernen wollten.«

»Ihre Tochter Carina«, sagte Bettina sanft. Diesmal war Zerches Reaktion nicht so stark, aber immerhin zuckte er leicht zusammen.

»Das hübsche Mädchen vom Film«, korrigierte er. »Die haben gute Angebote gemacht, das Doppelte, weil sie Deutsch kann! Da sieht man mal, was da sonst so unterwegs ist! Aber ich wusste, bei denen muss man aufpassen, die linken einen, wo sie können, und dann – ich meine, wir haben diese Sachen ja nur gestellt. Das war nicht echt.«

»Sie wollten Ihre Tochter Carina nicht an echte Pädophile weiterreichen«, sagte Freunscht mit leicht verzerrter Stimme. »Aber das Geld hat Sie schon gereizt.«

»Ich hatte super Angebote«, sagte Zerche. »Dreitausend für eine Begegnung. Bloß Begegnung! Natürlich nur, weil sie deutsch ist, aber nicht mal die ganze Nacht!«

»Das haben Sie Carina aber erspart«, sagte Bettina dunkel.

Zerche nickte und schniefte.

Oder auch nicht, dachte Bettina.

»Und als dann Meggie vor der Tür stand, da hatten Sie plötzlich richtig was zum Anbieten«, sagte Freunscht. »Wie ich hörte, brauchten Sie zu der Zeit gerade ein neues Auto.«

Zerches Schweineaugen bekamen kurz einen träumerischen Glanz. »Ein SUV«, sagte er. »Wollte ich immer schon fahren – na ja. Braucht man alles nicht.«

Hier nicht, dachte Bettina.

»An wen haben Sie Meggie verkauft?«, fragte jetzt Freunscht.

Zerche zögerte und blickte seinen Anwalt an. Der nahm es als Stichwort. »Kein Ton mehr, Herr Zerche«, sagte er trocken und erhob sich. Er reichte Freunscht die Hand. Der saß noch, sah auf und hob seine Pranke wie zum Handkuss, was ironisch aussah, aber vielleicht auch nur einer großen mentalen Erschöpfung geschuldet war.

Reinhardt machte einen kleinen Schritt zurück. »Wir erwarten Ihr Angebot«, sagte er zu Bettina und klopfte seinem Mandanten auf die Schulter. »Unser Vorschlag ist Niederlegung des Anklagepunkts Kindesmissbrauch an der Tochter, das kommt der Familie nur zugute, wie Sie ganz genau wissen. Für den Rest müssten Sie Beweise vorlegen. Und dann, falls die überhaupt für eine Anklage ausreichen, werden wir sehen, ob sich der Herr Zerche zur Frage des Käufers einlassen will. – Herr Zerche? Es ist vorbei.«

Zerche erhob sich und sah Bettina an. »Es war nur Show«, sagte er. Und folgte seinem Anwalt zur Tür.

Draußen sagten sie nichts. Der Anwalt machte, dass er fortkam, Freunscht und Bettina folgten langsamer, ließen die Formalitäten des Check-out stumm über sich ergehen, sahen erstaunt in den blauen Himmel, als sie ins Freie traten.

Es fühlt sich an, als wäre man nach Jahren aus der Haft entlassen worden, dachte Bettina.

Freunscht zog sein Handy hervor und prüfte wortlos seine Nachrichten.

Bettina sah nach, ob der Taunus noch stand. Dann stiegen sie ein und fuhren zurück.

Auf dem Parkplatz der Dienststelle sagte Bettina: »Wie kommen Sie heim?« Freunscht war mit Zerche hergefahren worden, hatte also kein eigenes Auto dabei.

»Ich leih mir was aus Ihrem Fuhrpark«, sagte er vage. »Und Sie?« Er sah die zerbrochene Scheibe an.

»Ich glaub, ich auch«, sagte Bettina. Wenn sie den Taunus so ohne Fensterscheibe vor der Haustür parkte, dann würde sie ihn morgen wahrscheinlich um einen Baum gewickelt finden. Oder abgefüllt mit Hausmüll oder abgefackelt oder sonst was Nettes. Hier auf dem verschlossenen Polizeiparkplatz war er momentan sicherer. »Ich komm morgen früh nicht zur Besprechung«, sagte sie und holte ihr Handy aus der Tasche. Es war schon halb sieben. Was die Kinder machten, wusste sie nicht. Und sie war furchtbar müde.

»Das ist ja mal ganz was Neues«, sagte Freunscht.

»Nach Pirmasens, das ist eine Weltreise, und ich hab mittwochs meinen freien Tag. Morgen früh ist auch ein superwichtiger Maklertermin. Den muss ich einfach wahrnehmen. Und dann sollte ich auch dringend mal nach Mannheim, meine Aussage aufnehmen lassen.«

»Wegen Ihrer Kunstschützenvorstellung?«

»Hmm.«

»Dass die so gar kein Unrechtsbewusstsein haben«, sagte Freunscht unvermittelt. Er schüttelte den Kopf.

»Die Zerches?«

»Wie schafft man es, so was auszublenden?«

»Keine Ahnung«, sagte Bettina. »Aber man kriegt Pickel davon.« Sie dachte an Ackermann. »Und faule Zähne.«

Freunscht sah sie an und schnaubte ein kleines Lachen heraus. »Sie wissen, dass Sie mit den Leuten vom BKA reden müssen.«

»Ich weiß«, sagte sie nach einem Blick auf ihre Anrufliste. Zwei Nachrichten von Neuer, zwei Unbekannte, eine von Müller, eine von der Geschäftsstelle der JVA Frankenthal und zwei von Nessa. Von den Kindern: nichts.

»Also dann, Frau Boll«, sagte Freunscht und sah jetzt auch müde aus.

»Sie schreiben die Berichte«, erinnerte sie.

»Wie meinen?«

»Das haben Sie heute Morgen gesagt, erinnern Sie sich? Wenn ich Ihnen verrate, was mit Meggie war, schreiben Sie die Berichte.«

»Das war erst heute Morgen?« Freunscht schüttelte den Kopf. »Tja, wie's aussieht, hab ich das wirklich gesagt. Unvorsichtig von mir. – Wo gibt's denn bei Ihnen die Autoschlüssel?«

»An der Pforte.« Bettina schloss den Taunus zu und betrachtete ihren Oldtimer zweifelnd.

»Ich glaub, bei einer Million Kilometern kriegt man von Ford einen Neuwagen als Ersatz geschenkt«, sagte Freunscht und klopfte ihr auf die Schulter.

»Na, dann fahr ich ihn wohl doch noch ein bisschen«, sagte Bettina. Und stapfte hinter Freunscht her zur Pforte.

Als Bettina nach Hause kam, hockten die Kinder vor dem Fernseher, das Wohnzimmer sah aus wie Sau, die Schulranzen lagen in der Küche auf dem Boden, neben den Jacken. Das Erste, was man hörte, wenn man reinkam: Gelächter aus der Dose.

»Macht den Mist aus«, brüllte Bettina und stolperte über einen Turnbeutel, der vor der Wohnzimmertür lag.

Sammy, die sich auf der Couch fläzte, hob ihr hübsches braunes Gesicht und sagte freundlich: »Hi, Tina!«

»Hallo, Schatz«, sagte Bettina mühsam beherrscht und hob die Hände. »Was ist denn hier los?«

»Was soll los sein?«, fragte Sammy verständnislos.

»Jetzt raste doch nicht gleich aus«, sagte Enno noch vor einer Begrüßung in seinem hochnäsigsten Tonfall.

»Macht sofort den Fernseher aus«, rief Bettina wütend. »Wisst ihr, wie es hier aussieht?«

Sammy schaltete den Ton aus. »So wie immer«, sagte sie.

»Ganz normal«, ergänzte Enno. »Reg dich doch nicht so auf, Tina! – Was gibt's eigentlich zu essen?«

Es gab Brote, weil sie jetzt keinen Nerv mehr zum Kochen hatte. Als die Kinder im Bett lagen, nahm Bettina sich das Handy vor. Die Nachrichten von Neuer: Er wollte sie sprechen. Die Unbekannten: ein Kollege aus Mannheim, der sie an ihre Aussage in Sachen Bahnhofsschießerei erinnerte, und ihre zuständige Personalrätin HK Martina Weis von der Pressestelle, die sie aus demselben Grund auf die Möglichkeit einer psychologischen Beratung durch einen Amtsarzt hinwies. Nessa: bat einmal um Rückruf und sagte beim zweiten Mal, dass Habermeyer sich der Sache annehmen und sie anrufen würde. Was er dann auch wohl gemacht hatte, denn Nessas Anrufe waren noch vom frühen Morgen, danach hatte Bettina ja schon mit Habermeyer geredet. Den Anruf von der JVA hörte sie erst gar nicht an, wenn sie heute noch ein einziges Mal an diesen Zerche denken musste, dann würde sie die Küche kleinhauen. Der interessanteste Anruf war von Müller. Er sagte, er habe persönlich Recherchen über die Personalstruktur verschiedener Exekutivbehörden aus der Zeit von Meggies Entführung angestellt und sei auf Namen gestoßen. Sie sollten sich morgen mal zusammensetzen und darüber reden. Vielleicht nachmittags gegen vierzehn Uhr fünfzehn, da hätte er Freizeit. Bettina hätte ihn am liebsten sofort angerufen, doch dann sah sie die Uhrzeit: zweiundzwanzig Uhr siebzehn. Wahrscheinlich schlief Müller schon, so ausgeruht, wie der tagsüber immer aussah. Den konnte sie heute nicht mehr aus seinem Privatleben klingeln. Zumal er sich seelisch-moralisch auf morgen Nachmittag eingestellt hatte. Das sollte sie vielleicht auch. Und heute endlich mal schlafen.

13

Am nächsten Morgen um halb sieben stellte sie sich vor ihren Kleiderschrank und fragte sich, welche Jeans zu einem Halbe-Million-Euro-Deal passte. Keine, entschied sie und zog die unbequemste an. Dazu eine Bluse und ein Paar uralte Sandaletten von Barba, die trotzdem neu und schick aussahen, weil sie in der Zwischenzeit nie getragen worden waren. Dann ging sie hinaus auf den Balkon und suchte unwillkürlich nach den Zigaretten, die hier immer gelegen hatten. In diesem Moment hätte sie geraucht, ohne auch nur eine Sekunde nachzudenken. Aber es lagen keine Zigaretten da. Sie lächelte. Die Sonne schien. Sammy streckte ihren Kopf raus auf den Balkon und sagte: »Tschüß, Tina – du siehst gut aus!«

»Du auch«, sagte Bettina.

»Tschö«, rief Enno von drinnen. Dann waren sie weg und Bettina guckte allein runter in die staubigen Büsche. Das hier ist noch längst nicht der Notartermin, dachte sie. Du brauchst nicht aufgeregt zu sein, du brauchst dich nicht zu freuen, es ist noch rein gar nichts verkauft. Und doch war sie plötzlich aufgeregt. Und sie freute sich. Sehr.

Im Maklerbüro war es kühl, der Chef trug Anzug. Die Räumlichkeiten lagen im Halbparterre eines alten Geschäftshauses in der Innenstadt, waren gediegen, aber nicht allzu kostbar eingerichtet. Weiße Möbel, runde Kanten, viele Pflanzen. Und an den Wänden jede Menge Bilder von neuen weißen Häusern mit neuen weißen Gartenzäunen, runden Kanten, vielen Pflanzen. Nichts, wo Bettina eingezogen wäre, aber sie war ja hier, um zu verkaufen. Sie wurde in eine Ecke unter eine Pflanze gesetzt und gebeten zu warten, der Chef – man sah ihn herumsausen – sei gleich da. Käffchen inzwischen?

Bettina nahm einen Cappuccino und wartete.

Der Chef sauste.

Ihr Handy klingelte. Es war Habermeyer. »Boll!«

»Habermeyer!«

»Wo bist du, Boll?«

»Ich hab heute meinen freien Tag, Habermeyer. Keine Bereitschaft. Lebenswichtiger persönlicher Termin.«

»Erst mal: Du musst heute Nachmittag punkt drei in Pirmasens sein, Boll«, sagte Habermeyer völlig unbeeindruckt. »Egal wie's grade in dir aussieht.«

In dir aussieht? »Wieso? Ist jemand gestorben?«

»Schlimmer«, sagte Habermeyer. »Die lösen die Soko auf.«

»Warum?«

»Ich hab keine Ahnung«, blaffte Habermeyer, »bin ich Gott? Aus dem Grund ruf ich dich an, Boll, dass du hinfährst und dir anhörst, was die sagen!« Er senkte die Stimme. »Ich glaub, es hat was damit zu tun, dass unser Kollege Spohn heute Nacht im Verhör zugegeben hat, einer kriminellen Organisation anzugehören. In Frankfurt war's genauso, da haben sie auch einen verhaftet und dann die Ermittlungen vorläufig selbst übernommen.«

»Wer ist die?«

»Na, Neuer! Die! Das BKA!«

»Frau Boll!« Die Sekretärin am Ende des weißen runden Tischs winkte Bettina zu. »Sie können jetzt!«

»Tut mir leid«, sagte Bettina zu Habermeyer. »Ich muss Schluss machen.«

»Sie werden euch eh nur sagen, dass ihr vorläufig nix mehr tun dürft«, sagte Habermeyer düster. »Aber du hast ja jetzt sowieso anderes am Hals. Die von der Bereitschaft haben ein bisschen Theater gemacht, sie wollten eigentlich deine Einwilligung, weil's ja Privatgelände ist und so. Keiner da, alles abgesperrt, Hintertür, das war denen unheimlich. Ich hab sie beruhigt und gesagt, dass alles in Ordnung ist. – Warst du heute Morgen nicht im Büro? Ich hab dir die Einwilligung gebracht und auf den Tisch gelegt. Du hättest nur noch unterschreiben müssen.«

»Einwilligung?«, fragte Bettina verwirrt.

»Ja, die Enkenbacher brauchen eigentlich deine Einwilligung, Boll, die kennen dich ja nicht.«

Enkenbach? »Was will denn die Bereitschaft bei mir, ich dachte, du schickst die Spusi!«

»Boll« sagte Habermeyer im Oberlehrerton, »unsere Spurensicherung hat keine Taucher. Wenn du einen Tauchzug willst, brauchst du die Bereitschaft, das weißt du.«

»Was? – Moment.« Bettina hob die Hand, blickte die Sekretärin an und deutete auf ihr Handy.

Die Sekretärin nickte ziemlich ironisch. Diese Wichtigtuer mit ihren dringenden Gesprächen, sagte ihr Blick.

»Was für ein Tauchzug?«, fragte Bettina, so leise sie konnte, ins Handy. Es war nicht sehr leise.

»Den hast du doch selbst bestellt«, sagte Habermeyer, jetzt kurz angebunden.

»Ich hab keine Taucher bestellt! Wo in drei Teufels Namen sollten die denn bei mir tauchen?«

»Hör mal, ich hab hier einen Antrag auf Einsatz der Bereitschaft. Ein Tauchzug für dein Haus. Drei Mann. Du vermutest eine Leiche in einem alten Brunnen, Wasserspiegel in circa drei bis vier Metern Tiefe, Gesamttiefe schätzungsweise sieben Meter. In deinem Keller. Die Frau Kaiser hat mir den Antrag gegeben.«

Bettina fehlten die Worte. »Einfach so?«, brachte sie schließlich heraus. »Ohne mich zu fragen? Und wer hat dafür unterschrieben?«

Pause. »Härting ist doch nicht mehr da«, sagte Habermeyer schließlich. »Es hat niemand unterschrieben. Beziehungsweise die Frau Kaiser. Aber sie hat gesagt, dass sie mit dir drüber geredet hat und dass wir dir einen Gefallen tun, weil du

Gewissheit willst, weil die Verdachtsmomente eigentlich keine Untersuchung rechtfertigen, du aber ein schlechtes Gefühl hast. – Jedenfalls, die Männer sind jetzt da. Ich wollte nur Bescheid geben.«

»Danke«, sagte Bettina, blickte auf und sah den Makler, der ihr zulächelte und dann auf seine Armbanduhr deutete. »Vielen Dank, Habermeyer.«

Er schniefte. »Wann können wir mit dir rechnen? Es gibt da noch ein paar Fragen, Boll. Wenn da wirklich menschliche Überreste gefunden werden –«

»Ich hätte auch Gesprächsbedarf«, unterbrach sie grimmig und hoffte, dass ihr Antwortlächeln an den Makler nicht allzu schief geriet.

»Mach«, sagte Habermeyer.

»Darauf kannste dich verlassen«, sagte Bettina, schaltete das Handy aus und stand auf.

Sie sagte es dem Makler. Sie musste es dem Makler sagen, dass sie entgegen seiner dringenden Empfehlung diese verfluchte Tür im Keller aufgemacht hatte.

»Sie haben mir geraten, dass ich alles ausräumen soll«, sagte sie schwach. »Es war einfach wichtig für uns, zu wissen, was dahinter ist. Das Haus gehört schließlich meiner Familie. Wir mussten das tun.«

Wollgast musterte sie traurig, nickte mit geschürzten Lippen und sagte dann mit Grabesstimme: »Fünfzigtausend Euro.« Und man hörte jede Silbe, jeden einzelnen Buchstaben dem Verlust nachtrauern.

Bettina erwiderte schnell: »Ja. Gut, noch was, es ist sehr unwahrscheinlich, aber bei uns ist die Vermutung aufgekommen, dass in dem Brunnen hinter der Tür –«

»Da ist also ein Brunnen«, sagte der Makler, und sein Gesicht sagte: Nicht, dass wir es nicht geahnt hätten. *Fünf-zig-tau-send* Euro.

»Genau. – Dass also in dem Brunnen hinter der Tür eventuell menschliche Überreste liegen könnten.«

Jetzt sah das Gesicht des Maklers einen Moment ganz starr aus, vermutlich verursachten die möglichen Auswirkungen des Gesagten auf den Kaufpreis leichte Absencen bei ihm. Dann fasste er sich und schaute Bettina an, als wäre sie nicht zurechnungsfähig. »Menschliche Überreste«, sagte er mitleidig. »Wer hat Ihnen denn diese – wie kommen Sie darauf?«

Bettina hatte eigentlich keine Lust, eine Theorie, die ihr selbst nicht gefiel, jetzt vor diesem Herrn Wollgast zu verteidigen. Aber seine Herablassung mochte sie auch nicht. »Das würde im Moment zu weit führen«, sagte sie würdevoll. »Aber jedenfalls hab ich grade einen Tauchzug von der Bereitschaftspolizei da, der das untersucht.« Und diese Ansage, erkannte Bettina gleich darauf, war ein Fehler gewesen.

Denn jetzt wollte Wollgast hinfahren und sehen.

Sie hatte es ihm nicht abschlagen können, weder die Fahrt dorthin noch die Einladung in sein Auto, er war einfach aufgestanden und losgegangen, und insgeheim wollte Bettina ja auch hinfahren und sehen. Und zur Abwechslung mal gefahren werden, noch dazu in einem Quattroporte, der die Straße entlangschnurrte wie ein fahrendes Sofa, das war auch nicht schlecht. »Es ist nur eine Vermutung«, sagte sie wie zu sich selbst. »Es ist ganz unwahrscheinlich.« Aber tief in ihrem Inneren war wieder dieses kalte Gefühl. Etwas befand sich noch in dem alten Haus. Etwas, an das sie sich erinnern musste. Nicht weil sie schuldig geworden war, sondern weil sie die Letzte war, die da heranreichen konnte.

Der Makler nickte verdrießlich und warf Bettina einen Seitenblick zu. »Warum haben Sie die Tür aufgemacht, Frau Boll?«

»Ich weiß es nicht«, sagte Bettina ehrlich. »Es war ein Gefühl. Wenn wir jetzt Überreste eines Menschen finden, dann hab ich keine Ahnung, von wem die sein könnten.« Sie erzählte von den Schuhen neben dem Brunnen. »Aber wir werden nichts finden«, schloss sie. »Wir sperren die Tür einfach heimlich wieder ab, und dann können die Investoren eine nette Abenteuerbegehung machen und ganz gechillt ihren Brunnen entdecken.«

»Und wenn doch?«, fragte der Makler und hielt mit elegantem Schwung unter Tante Elfriedes bösartiger alter Freundin, der Eibe. Er blickte Bettina ernst an.

»Dann werde ich rauskriegen, wen wir da gefunden haben.«

»Viel Glück.«

Ein weißer Bus parkte vor dem Haus, sonst sah man nichts. Kein Riesenblaulichtchaos, keine Reporter, kein Absperrband. Ein hübscher Einsatzort, hätte Bettina gedacht, wenn es nicht gerade ihr eigenes Haus gewesen wäre. Gemütlich. Entspannt. »Wollen wir?«, sagte sie.

Der Makler stellte den Motor ab. Ein leichtes Vibrieren, das vorher kaum zu spüren gewesen war, hörte auf, sonst veränderte sich nichts. »Natürlich wollen wir«, sagte er. »Was glauben Sie, warum ich diesen Job mache, Frau Boll?«

»Wegen dem Maserati?«

»Weil ich mir gern Häuser angucke.«

Bettina sah ihn an, der Makler lächelte. »Der Maserati wurde mir nur dazugegeben.«

An der Hintertür werkelte ein junger Kollege mit technischem Gerät und verwehrte ihnen erst mal den Einlass. Bettina wies sich aus, worauf ein älterer Kollege erschien und Bettina von oben bis unten musterte. »Kriminalkommissarin Boll vom KK 11?«, fragte er ungläubig.

Bettina sah ebenfalls an sich hinab. »Ja«, sagte sie. »Was ist, haben Sie jemand anders erwartet?«

»Sie sind mir anders beschrieben worden«, sagte der Kollege mit Blick auf Bettinas hochhackige Sandaletten. »Also in diesem Brunnen da unten im Keller – was ein kaltes Loch, wär gut, wenn Sie da gewesen wären, Frau Boll, wir mussten echt suchen –, da vermuten Sie – was denn eigentlich? Ein Verbrechen? Einen Unfall?«

»Es geht mehr darum, etwas Derartiges auszuschließen«, sagte Makler Wollgast und lüpfte elegant seine Armani-Sonnebrille.

Bettina wollte dem Kollegen vom Bereitschaftsdienst nicht erklären müssen, dass sein Einsatz hier auf einem reinen Gefühl beruhte und eine Mauschelei von Nessa war. Mit der hatte sie eh noch ein Wörtchen zu reden. Jetzt nahm sie erst mal den Kollegen beim Arm, trat aufs Haus zu und sagte: »Sie sind noch nicht getaucht, oder?«

Der Polizist lachte. »Wissen Sie, wie dunkel das dort ist? Wir haben ausgelotet. Und das Wasser geprüft. Gar nicht ohne, dieser Brunnen, sehr verschlammt, das Lot hat jedes Mal verschiedene Wasserstände angezeigt. Um die drei Meter. Tauchen können wir aber wahrscheinlich nur bis zwei, zweieinhalb Meter Tiefe. Kann sein, dass wir dann auspumpen. Aber auf jeden Fall müssen wir eine anständige Beleuchtung reinkriegen, gut möglich, dass wir erst morgen runtergehen. Ist ja auch keine Gefahr im Verzug. Das machen wir ganz gemütlich, damit niemand zu Schaden kommt.«

»Okay«, sagte Bettina. »Sie brauchten, glaube ich, noch mein Einverständnis, das haben Sie jetzt. Und der Herr Wollgast möchte mal den Brunnen sehen.«

Sie stapften durch den Keller, der heute mit dicken Kabeln vollgelegt und teilweise grell beleuchtet war. Man sah viel Dreck und alte Geräte und Werkzeuge, die aber überraschend gut erhalten waren. Es sah aus wie das Erwachen nach einem langen Dornröschenschlaf.

»Coole alte Waschmaschine«, sagte der Kollege vom Bereitschaftsdienst im Vorbeigehen zu einem riesigen Trog, den Bettina immer für einen Ofen gehalten hatte. »Vulkan, den hatten wir auch noch im Keller – so.« Sie erreichten den Teil mit den Apfelstiegen.

Hier war es noch dunkel, aber das Licht aus den Räumen davor reichte, um selbst den Brunnenraum ein wenig zu erhellen. Sie stiegen die paar Stufen hinab und sahen sich um. Da war ein Brunnen. Schwarzes Wasser in drei oder vier Metern Tiefe, mehr nicht. Dass eine Leiche darin lag, erschien gleichzeitig unwahrscheinlich und absolut angemessen.

»Was machen wir mit den Schuhen?«, fragte der Kollege vom Bereitschaftsdienst, der ihnen gefolgt war.

»Eintüten und zur Spusi«, sagte Bettina.

»Kinderschuhe«, sagte der Kollege.

Der Makler zog die Brille ab und verstaute sie in seinem Jackett. »Hunderttausend weniger«, verkündete er sein Urteil. »Bis zweihunderttausend. Falls was gefunden wird. Damit kommen wir noch gut weg. Denn selbst im allerschlimmsten Fall scheint es ja doch ein historisches Verbrechen zu sein. Und das Haus soll grundsaniert werden.« Er sah Bettina streng an. »Gern werden die Käufer das trotzdem nicht haben, Frau Boll.«

Sie schnurrten ohne lange Gespräche zurück nach Ludwigshafen und versicherten sich gegenseitig, sie hätten noch unglaublich viel vor. Den Tauchgang abwarten wollten weder Bettina noch Wollgast, aber sie vereinbarten, jederzeit den anderen auf dem Laufenden zu halten. Dann raste Bettina zur Dienststelle, aber dort fühlte der Tag sich dann gar nicht mehr nach Arbeit an. So eilig sie es gehabt hatte, hierherzukommen, so leer und lähmend empfand sie die Atmosphäre im Gebäude. Tavanaianfar saß allein an der Pforte und grüßte, ohne aufzusehen, das Haus war totenstill. Beinahe hätte sie gefragt, ob außer ihnen beiden noch jemand da war. Doch sie ließ Tavanaianfar weiter brüten und stöckelte auf Barbas Sandaletten hinauf in ihr Büro.

Auch dort war es unheimlich still. Bettina öffnete das Fenster, Straßenlärm und Wärme drangen ein, doch die Stimmung verbesserte sich nicht. Draußen vor dem Fenster sammelte sich Dunst im Himmel, die Farben schienen eintöniger, die Entfernungen kürzer. Den Horizont, hinterm Flüchtlingsheim, rahmte ein beunruhigend violetter Schein. Der Sommer würde es noch einmal krachen lassen.

Bettina trat zu ihrem Schreibtisch und begutachtete den Schrieb, den Habermeyer dorthin gelegt hatte.

»Hallo, Tina«, sagte eine leise Stimme.

Sie fuhr herum.

»Hi«, grüßte Müller ein zweites Mal. »Entschuldigung. Habe ich dich erschreckt?«

»O Gott, Müller!« Sie ließ sich in ihren Schreibtischstuhl fallen. »Ja, du hast mich erschreckt.«

»Entschuldigung«, sagte Müller unsicher.

Sie musterte ihn einen Moment, dann sagte sie: »Tut mir auch leid, ist ein bisschen viel momentan.«

»Ja«, sagte Müller und sah sie schweigend an.

»Setz dich doch!«

Müller zog sich einen Stuhl heran und setzte sich steif auf die Kante.

»Du hattest mich angerufen?«, sagte Bettina. »Wegen deiner Rasterfahndung? – Ich dachte, unser Date wäre um Viertel nach zwei?«

»Ich habe festgestellt, dass du dann nicht mehr hier sein kannst, denn deine Soko hat eine Zusammenkunft um fünfzehn Uhr in Pirmasens.«

»Das weißt du?«

»Die allgemeinen Bürogespräche dringen oft nicht bis zu mir vor«, sagte Müller. »Aber das war heute das einzige Thema hier.« Er machte eine winzige Bewegung zur Tür. »Soll ich uns – eine Tasse Kaffee holen?«

Nicht doch, dachte Bettina, sag einfach, was du musst, und dann geh wieder, ich kann jetzt grade gar nicht –

Sie hielt inne und sah Müller an, wie er da saß, unsicher,

ängstlich und freundlich. »Ja«, sagte sie. »Gute Idee.« Sie nahm ihren *Quiet, please*-Kaffeehumpen und knallte ihn Müller vor die Nase. »Schwarz mit viel Zucker.«

Er erhob sich und griff den Becher. »Der ist benutzt«, sagte er konsterniert.

»Ist egal«, sagte Bettina. »Ich will diesen Becher.«

»Ist dir klar, Tina, dass eingetrocknete Zuckerlösung als Nährboden für bakterielle Kulturen benutzt wird?«

Bettina nickte.

»Und weißt du auch, warum?«

»Ich nehme dann einen anderen«, sagte sie ruhig.

»Gut«, sagte Müller und stellte den dreckigen Becher sorgsam auf den Tisch zurück.

Bettina sah ihm nach, wie er in den Gang hinausschlurfte. Nicht heute, dachte sie. Andererseits war Müller vielleicht ihr einziger Freund. Das ganze Haus wirkte so ausgestorben! Auch hier auf dem Gang war niemand zu hören oder zu sehen. Waren die alle schon in Pirmasens? Oder wurden sie einzeln vom BKA verhört? Wo waren die Kollegen?

»Hier ist dein Kaffee«, sagte Müller, der wieder so plötzlich erschienen war, und stellte vorsichtig eine saubere rosa Tasse neben den *Quiet*-Humpen.

»Danke«, sagte Bettina. Sie trank einen Schluck. Er schmeckte gut. »Danke.«

Müller klimperte mit dem Löffel in seiner Tasse.

»Setz dich doch«, sagte Bettina wieder.

Müller blieb stehen. »Ich habe drei Biografien mit Namen«, sagte er.

Bettina nickte und sah in ihren Kaffee. »Das sind alles Leute, die jetzt noch – heute! – beim BKA arbeiten?«

»Zwei davon, einer ist Kämmerer einer größeren Stadt, den habe ich auch in Betracht gezogen, weil er vielleicht Beziehungen hat, die ihm Zugang zu diversen Verwaltungsinstitutionen ermöglichen. Auch ein solcher Funktionär könnte –«

Bettinas Handy klingelte. Sie blickte kurz drauf und unterdrückte den Anruf. »Müller«, sagte sie dann. »Soweit ich weiß, wird unsere Soko heute aufgelöst. Und zwar vom BKA. Ich möchte wahnsinnig gern diesen Typen fangen, der die Mädchen hat entführen lassen, aber momentan bin ich mir nicht mal sicher, ob es ihn überhaupt gibt. Das sind alles nur Gespenster, Müller. Wenn wir so einen Typen festnageln wollen, dann können wir nicht hingehen und sagen: Sie waren damals der Boss von dem unfähigen Lingen, der den Fall Meggie verhauen hat, darum müssen Sie der Erzbösewicht sein, der diese ganze ekelhafte Mädchenhändlerclique anführt. Das reicht nicht. Wir brauchen Beweise.«

Müller starrte sie an, nippte an seinem Kaffee und trat langsam einen Schritt zurück.

»Herrgott, es tut mir leid«, sagte Bettina. »Es war nicht so gemeint, aber du verstehst, was ich sagen will?«

Müller nickte.

Bettinas Telefon klingelte wieder. Die JVA. Dass diesem Zerche nicht einfach mal einer eine Bombe reinschmiss. Sie schluckte und sagte: »Ich muss da dran.«

14

»Müller!« Bettina riss die Tür zum Labor auf. »Müller! Wo bist du?«

Er saß an einem Schreibtisch mit dem Rücken zum Raum, vor sich drei Bildschirme und einen klinisch reinen Schreibtisch. Irgendein Schriftstück nahm ihn ganz gefangen. Er wandte sich nicht um.

»Müller«, Bettina pflanzte sich neben seinem Tisch auf und versuchte, in das gesenkte, abweisende Gesicht zu sehen, »du musst mitkommen.«

»Ich bin beschäftigt«, sagte Müller zu seinem mittleren Bildschirm.

Sie wusste, dass es fast unmöglich war, Müller aus seinem Labor zu locken, wenn er nicht wollte, sie wusste auch, dass der Kaffee oben in ihrem Büro ein Wunder gewesen war, das sie nicht zu würdigen gewusst hatte. »Ich brauche dich«, sagte sie. »Du hattest recht. Wir müssen was unternehmen.« Der Anruf der JVA hatte gar nicht Zerche betroffen. Hätte sie sich eigentlich denken können, der war jetzt schließlich erst mal bedient.

»Du verstehst nicht«, sagte Müller. »Ich hab zu tun.«

Sie beugte sich vor, um womöglich unter seiner Brille durch in seine Augen zu gucken. »Es tut mir leid, ich war eben komisch«, sagte sie ungeduldig. »Aber du bist der einzige Mensch hier, dem ich vertrauen kann. Du musst einfach mitkommen.«

Ihr Handy klingelte.

»Telefon«, sagte Müller abweisend.

Sie sah kurz drauf. »Ja, ich weiß, ich hatte Nessa um Rückruf gebeten. Ist wegen dieser Sache in Grünstadt.«

»Na, dann hast du doch auch was zu tun«, sagte Müller.

»Das muss warten«, sagte Bettina und schaltete das Handy

stumm. »Ich wollte ihr eh nur sagen, was ich davon halte, dass sie mir so eigenmächtig die Bereitschaft ins Haus schickt.«

Sie hatte sich schon gefragt, wie viel die Buschtrommeln weitergetragen hatten. Was es für ihren Job bedeutete, dass in ihrem Haus nach einer Leiche gesucht wurde. Ihre Glaubwürdigkeit erhöhen würde es vermutlich nicht, ganz besonders nicht in dieser schwierigen Situation, wo keiner mehr dem anderen trauen konnte. Sie sah Müllers Überraschung und erkannte, dass jedenfalls er noch nichts gewusst hatte.

»Ich dachte, du wohnst am Ebertpark.« Er wurde augenblicklich rot, als er erkannte, was er da preisgegeben hatte. Bettinas Adresse ging ihn überhaupt nichts an.

Sieh an, dachte sie, sparte sich aber das Lächeln. Sie mussten gehen. Jetzt sofort.

»Hör zu, Müller, ich brauche einen Begleiter. Lisa Engel – die Manga! –, die Ackermann erschossen hat, du erinnerst dich? Ich hab jetzt einen Besprechungstermin mit ihr, den letzten konnte ich nicht zu Ende führen – und ich habe eine Idee, wie wir sie zur Aussage überreden können! Das müssen wir machen, Müller! Ich glaube, die weiß so ziemlich alles über den Fall. Und sie kennt ihn. Die kennt ihn bestimmt.«

»Wen?«, fragte Müller.

»Den Typen, den wir suchen. Den Drahtzieher beim BKA. Den Mann, den du mit deiner Rasterfahndung finden wolltest. Vor dem alle kuschen und Angst haben, auch hier bei uns. Den –«, sie holte Luft, weil sie das albern fand, aber trotzdem nicht anders ausdrücken konnte, »Richter.«

Müller blickte auf und haarscharf an Bettina vorbei.

»Du verstehst nicht«, sagte er nörgelig. »Ich hab eine Essigsäurebedampfung laufen. Ich kann hier nicht weg.«

»Wir müssen das jetzt sofort durchziehen. Heute Nachmittag dürfen wir mit Manga nicht mehr reden. Da dürfen wir gar nichts mehr. Da übernimmt das BKA.« Sie zwang Müller ihren Blick auf. »Der Richter. Wir kriegen ihn.«

»Ich weiß nicht, wer das ist.«

»Jetzt noch nicht, aber gleich, wenn du mitkommst! Du nimmst deine drei Namen – hast du Bilder von den Leuten?«

»Ja, aber ich bin unabkömmlich.«

»Bist du allein hier?«, fragte Bettina.

»Ja.«

»Niemand, der das übernehmen kann?«

»Nein.«

»Ist es sehr wichtig?«

»Jede Spur ist wichtig«, sagte Müller.

»Wie lange wird es dauern?«

Müller sah auf die Bildschirmuhr. »Noch eine Stunde und dreiundzwanzig Minuten.«

»So lang musst du einfach nur warten?«

»Ja, aber dann muss die Spur sofort gesichert werden.«

»Bis dahin sind wir zurück«, log Bettina. »Ich versprech's dir.«

Müller schüttelte den Kopf.

»Oh, Müller.«

Er sagte nichts und starrte stur auf den Tisch.

»Dann gib mir wenigstens die Namen. Und die Bilder. Ich mach es allein. Ist nicht gerichtsverwertbar dann, aber zumindest kann ich Hinweise geben. Die können ja nicht alle Akten löschen und verschwinden lassen.«

Müller zögerte, dann klappte er ein Laptop zu seiner Linken auf, und Bettina überlegte schon, wo sie noch einen Stick hatte, um die brisanten Daten, die nicht online gespeichert werden konnten, draufzuladen, da begann Müller zu ihrer großen Frustration auch noch ein anderes Thema. »Ich hege den Verdacht, dass Spohn deinen Account benutzt hat, um die vier Berichte vom Sonntag zu löschen«, sagte er.

»Spohn«, sagte Bettina wegwerfend. »Kann sein, aber ich versteh nicht, was er damit wollte. Das war ein Eigentor, echt. Kann ich jetzt die Daten haben?«

»Ich mutmaße, dass er zwei Dinge erreichen wollte«, sagte

Müller ungerührt. »Er hat versucht, dir eine Manipulation unterzuschieben und Verdacht auf dich zu lenken. Er musste die Befürchtung hegen, dass man hier im Haus nach einem Verschwörer suchen würde, und er mutmaßte, dass die Ermittler bei der kleinsten Unregelmäßigkeit mit dir als Verdächtige einverstanden wären. Er hat dich als Schuldige angeboten.«

»Ja«, sagte Bettina ungeduldig.

»Zweitens wollte er eventuell sein eigenes Risiko, entdeckt zu werden, minimieren, indem er einen von diesen Berichten eliminierte. Es wurden vier Berichte gelöscht. Drei davon sind wieder eingestellt worden. Der vierte fehlt. Er war von dir, Tina.«

»Von mir? Aber –«

»Der erste der vier«, sagte Müller, sein Ton sagte, dass er keinen Widerspruch akzeptieren würde, weil er es *wusste*. »Eingestellt am Sonntag um siebzehn Uhr vier.«

»Am Sonntag um … nein.«

»Doch«, sagte Müller.

»Ach Gott, ja, das war eine kurze Gesprächsnotiz über die Befragung von –« Sie hielt inne. »Carina Fried-Zerche«, sagte sie dann langsam. »Das hab ich direkt nach der Besprechung eingestellt, weil ich wusste, dass ich abends keine Lust mehr hab. Hör mal – das ist ja –«

»Und anschließend hast du versäumt, die Akte zu prüfen und deinen Bericht wieder einzustellen«, sagte Müller.

»O Gott. Das ist wahr.«

»Deine Arbeitsmoral ist über die Abteilung hinaus bekannt«, sagte Müller. »Spohn konnte mit so etwas rechnen.«

»Nein«, sagte Bettina. »Also das ist übertrieben, ich hätte dieses Ding wieder eingepflegt, eigentlich wollte ich das vorhin, als du mit dem Kaffee kamst.«

»Nicht korrekt«, sagte Müller nüchtern. »Du wolltest telefonieren. Außerdem ist es jetzt immer noch nicht drin.«

»Du weißt, was ich meine.«

Müller blickte auf seinen Bildschirm. »Eventuell erschien Spohn deine Notiz als zu verräterisch. Man könnte es als einen Versuch werten, den Namen Zerche aus der Akte rauszuhalten. Spohn wusste mutmaßlich, dass Zerche der Entführer ist.«

»Dann weiß Zerche auch von Spohn«, sagte Bettina.

»Nur wenn er der Käufer war«, sagte Müller. »Oder dessen Mittelsmann.«

»Eigentlich ein schönes, sauberes Ende«, sagte sie unzufrieden. »Der Entführer ist gefunden, und stellvertretend für alle Mädchenhändler wird der Unsympath Spohn eingebuchtet. Was will man mehr?«

»Einen Orden für dich«, sagte Müller. »Ich kalkuliere, dass sie dich auszeichnen werden. Sie haben keine andere Wahl. Sie können dir nichts nachweisen, und du hast den Fall gelöst.«

»Nein, hab ich nicht.«

»Du hast ihnen die Leute und die Motive geliefert.«

»Ich glaube, das finden die eher verdächtig.« Bettina seufzte. »Vielleicht reicht es ja für eine Beförderung.« Sie klopfte auf den Tisch. »Ich brauch jetzt die Sachen, ich muss los.«

Müller zögerte und blickte wieder so stur auf den mittleren Bildschirm. Der zeigte bewegte Bilder von einem unbewegten Türknauf, der abmontiert war und sich in einer Art Terrarium befand. Vermutlich die Essigsäurebedampfung in Echtzeit.

»Werden wir um genau zwölf Uhr zwanzig wieder hier sein?«, fragte er gepresst.

Bettina sah ihn an. »Versprochen«, sagte sie.

Müller klappte sein Laptop zu und erhob sich. »Ich möchte nicht mit deinem Auto fahren«, sagte er steif. »Dann werde ich mitkommen. Aber nur bis um zwölf. Dann fahre ich spätestens zurück.«

»Gut«, sagte Bettina. »Ach so – eins noch. Du hast doch noch diesen Personalausweis?«

»Zimmermann? – Ja.«

»Nimm ihn mit.«

»Wieso?«

»Wir werden ihn brauchen. Für den Check-in in der JVA. Das ist es nämlich: Wir haben eine Überraschung für Manga.«

Es war wieder derselbe Raum. Mit Manga drin sah er aber ganz anders aus. Diese junge Frau war von einer Glut erfüllt, die sie vermutlich schon bald verzehren würde, aber im Moment gab sie Manga Haltung und Ausstrahlung, die dem jämmerlichen Zerche völlig fehlten. Sie trug Hand- und Fußfesseln und hatte zwei Bewacher zu ihrer Seite gestellt, auch das war anders als bei Zerche, der nur mit seinem Anwalt dagesessen hatte. In letzter Konsequenz wird Zerche irgendwann wegen guter Führung entlassen, dachte Bettina, während Manga eher nach Einzelhaftkandidatin oder geschlossener Verwahrung in irgendeiner Klinik aussieht.

Jetzt, als sie zu dritt eintraten, sprang die junge Frau auf. Ihr Gesicht war erst ganz blank, dann strahlte sie, dann wurde sie von den beiden Wärtern (diesmal waren es Männer) unsanft auf ihren Stuhl zurückgestoßen.

»Nini!«, sagte Manga.

»Hi«, sagte Nini verlegen.

Es war bewegend und erhellend, die Begegnung der beiden jungen Frauen zu sehen. Eine so starke Reaktion hatte Bettina sich gar nicht erhofft, sie war nur von einer Art Komplizenschaft der Mädchen ausgegangen. Die wollte sie ausnutzen, um die beiden zu einer Aussage zu überreden. Doch Nini und Manga waren keine bloßen Komplizinnen. Sie wirkten wie ein altes Liebespaar, wie Geschwister, ganz nahe Angehörige, froh und sofort entspannt, als sie zusammentrafen. Manga lachte, ihre Augen glänzten. Mit den klirrenden Handschellen um die Gelenke griff sie nach Ninis Händen, wurde vom Wärter ermahnt, beachtete ihn nicht, war plötzlich aufgekratzt.

Nini reagierte etwas verhaltener, lächelte auch, aber zog rasch ihre Hände zurück, als sie die Gesichter und den Unwillen der Wärter sah.

Dann saßen sie da und sahen sich an. Ganz fest.

»Manga«, sagte Bettina schließlich, nachdem Müller zum zweiten Mal auf seine Uhr gesehen hatte, »du hast ausgesagt, du wärest Meggie Lepp.«

»Ja«, sagte Manga offen, aber in einem Ton, als sei das jetzt total nebensächlich.

»Tatsächlich haben unsere Gentests bewiesen, dass deine Freundin Nini die gesuchte Meggie ist.«

Manga sah auf.

»Nini, bist du Meggie Lepp?«

Die Mädchen sahen sich an. Manga schüttelte den Kopf.

»Hört zu, ihr beiden«, sagte Bettina. »Ich werde es kurz machen, denn uns bleibt nicht viel Zeit. Ihr müsst die Wahrheit sagen. Eure Aussagen müssen glaubhaft sein. Und zwar alle. Jede einzelne. Sonst wird alles, was ihr zu Protokoll gebt, wertlos. Dann werdet ihr nicht ernst genommen. Aber ihr müsst jetzt endlich was sagen. Darum sind wir hier.«

Die beiden rührten sich nicht.

»Nini«, sagte Bettina. »Bist du Meggie Lepp?«

Nini nickte langsam.

»Bitte antworte mit ja oder nein.«

»Ja«, sagte Nini.

Manga zeigte keine Reaktion. Sie war so mager, dass ihre Haut um die Wangen ganz eingefallen war, straff, trocken, fast faltig. Ihre Haare waren gewaschen und ein bisschen lockig, die kohlschwarze Farbe hatte einen blaumetallischen Unterton, der Ansatz war hell nachgewachsen. Sie trug knallroten Lippenstift, vermutlich das Businessoutfit, dachte Bettina, mit dem sie sich sicher fühlte. Nini dagegen sah jünger und gesünder aus, sie trug gar kein Make-up, hatte irgendwo ein paar lange Jeans und ein T-Shirt in normaler Weite aufgetrieben und wirkte trotz der rosa Haarspitzen wie ein Teenager, der eben mal in der Schule freigekriegt hatte.

»Woher hast du den Pass?«, fragte Bettina. »Diesen Personalausweis mit deinem Bild und deiner Unterschrift, auf dem Nausikaa Karima Zimmermann steht?«

»Den hat mir die Polizei gegeben«, sagte Nini leise.

»Wann?«

»Vor einer Woche in Frankfurt. Der muss im *Sexy* im Tresor gelegen haben, ich hatte keine Ahnung, dass es diesen Perso gibt. Ich hab ihn da zum ersten Mal gesehen.«

»Wurdest du vorher schon mit Nausikaa oder mit Frau Zimmermann angeredet?«

Nini schüttelte den Kopf. »Ich wurde mit Nini angeredet. Aber wir mussten diese Namen wissen, ich meine, für den Fall – Razzia und so«, schloss sie. »Neugierige Kunden. Ich wusste, dass ich so heiße.«

»Welchen Namen solltest du nennen?«, fragte Bettina Manga. Von einem sichergestellten Ausweispapier, das Manga zugeordnet werden konnte, wusste sie nichts. Nicht einmal von einem gefälschten.

Manga furchte die Stirn. »Lisa Engel.«

»Okay, Manga«, sagte Bettina. »Oder Lisa Engel. Oder wer immer du bist. Ich will eins von dir wissen: Warum hast du damals, als du aus der *Sexy Bar* geflohen bist, sofort die Polizei gerufen, um die – hm, Schießerei zu melden?«

Manga schaute Nini an. Sie sagte nichts.

»Damit die anderen Mädchen freikommen?«, half Bettina.

Manga sah ein bisschen verlegen aus. Sie ließ Nini nicht aus den Augen. »Em, sozusagen.«

Nini lächelte.

»Das heißt, du hast uns vertraut. Uns, der Polizei.«

Manga nickte unwillkürlich, blickte auf und sagte: »Na ja.«

Nini kicherte. Manga strahlte.

»Das hast du sehr gut gemacht«, sagte Bettina fest. »Und jetzt musst du mir wieder vertrauen. Ihr beide müsst das. Ich hab euch zusammengebracht, damit ihr das erkennt. Ihr braucht keine Angst mehr vor dem Richter zu haben. Seine Leute werden gerade reihum verhaftet. Oder sonst wie aus dem Verkehr gezogen.« Sie sah Manga eindringlich an. »Manga. Sag es mir: Kennst du den Richter?«

Sofort verschloss Mangas Gesicht sich wieder. Sie blickte zu den Fenstern, die weit über ihnen das Tageslicht einließen. »Er ist Gott«, sagte sie trocken. »Der Boss.« Mit sichtlichem Unbehagen sah sie sich um. »Eben der Richter.«

»Was weißt du über ihn?«

»Er hat Kontakte zu Bullen, er hat Kontakte in den Knast.«

Nini sah ebenfalls hoch zu den Fenstern, sie wirkte beunruhigt. Bettina erwischte sich dabei, wie sie die Wärter von der Seite musterte. Ob die den Richter kannten?

»Ihm gehört das alles, klar? Das *Sexy*. Das *Pretty*. Die Mädchen.«

»Nein, das gehört ihm nicht alles«, widersprach Nini. »Er benutzt es nur.«

»Das kann er jetzt nicht mehr«, warf Bettina ein. »Er ist erledigt.«

»Er kennt die Leute, er hat was zu sagen«, widersprach Manga. »Ich wette, er verdient sich dumm und dämlich.«

Bettina holte Luft, um noch einmal zu erklären, dass auch die Zeit eines Richters einmal kommen musste, da sagte Nini plötzlich zu Manga: »Weißt du, was, Honjo Masamune wollte mich erschießen.«

Manga sah nicht überrascht aus.

»Er hat mir eine Waffe an den Kopf gehalten«, fuhr Nini fort. »Dort.« Sie deutete mit der Rechten auf die betreffende Stelle. Genau dort hatte sie sich eine Haarspange mit einer Blume hingeklemmt. »Aber irgendein Bulle hat ihn vorher erwischt«, ergänzte sie nachdenklich. »Honjo Masamune ist tot.«

»Echt?«

Die beiden Mädchen sahen sich wieder so intensiv an, diesmal ernster.

»Der Richter«, sagte Nini schließlich langsam, »war ein Kunde im *Pretty*.«

»Schon ziemlich alt«, sagte Manga zögernd.

»Er steht auf Kinderficken«, sagte Nini hart. Sie klang obszön, geradezu befremdlich. Der Beweis dafür, dass es unmöglich war, etwas Widerwärtiges zu benennen, ohne selbst vom Dreck abzubekommen. Sie schüttelte sich. »Er liiiiiiebt seine kleinen Schätze.«

»Preziose«, sagte Manga.

»Prinzessin«, entgegnete Nini. Sie sahen sich an.

»Es ist H.G.«, sagte Manga.

»Es war H.G.«, bestätigte Nini tonlos und nickte.

»H.G. ist der Richter«, sagte Manga, als müsste sie diese Worte ganz vorsichtig auskosten.

»H.G. ist der Richter«, wiederholte Nini ernst.

»Woher wisst ihr das?«, fragte Bettina.

»Das wussten wir immer.«

»Er hat uns Blumen gebracht«, sagte Nini.

»Schnapspralinen.«

»Klamotten.«

Bei dem Namen H.G. hatte Müller aufgehorcht. Für seine Verhältnisse sah er ganz kribbelig aus, doch Bettina wollte es ganz sicher und ganz langsam haben. »Und ihr hattet beide mit diesem H.G. zu tun?«

Nini nickte.

»Früher«, sagte Manga. »Nur im *Pretty*.«

»Ihr habt ihn gesehen, mit ihm gesprochen?«

»Alles«, sagte Manga dunkel.

»Ihr kennt seinen Körper?«

Die Mädchen sahen sich an und nickten.

»Wenn ich euch ein Bild von ihm zeigen würde, würdet ihr

ihn dann erkennen? Könntet ihr ihn sicher von anderen Männern unterscheiden?«

Hatte da gerade einer der Wärter nervös an seinem Waffengurt gezerrt? Die Kamera plötzlich auf Zoom geschaltet?

»Ja«, sagte Manga fest.

»Bestimmt«, bestätigte Nini.

»Müller«, sagte Bettina. »Würdest du ihnen die drei Bilder zeigen? Ohne Namen bitte.«

»Wird gemacht«, sagte der. Er klappte das Laptop auf, fuhr den Computer hoch. Es dauerte.

Im Vernehmungszimmer war es mäuschenstill. Das erste Bild. Die Mädchen schwiegen. Das zweite. Keine Reaktion. Müller räusperte sich etwas enttäuscht, und Bettina dachte schon, das sei es jetzt gewesen, denn der dritte Mann sah irgendwie zu sympathisch aus, ein rundlicher Typ mit einem leicht verschmitzten Lächeln und einem Schnurrbart, der fast ein wenig zu lässig war für seinen hohen Posten beim BKA. Da rief Nini: »Das ist H.G.!«

»H.G.«, sagte Manga.

»Stell das Bild so, dass die Kamera es aufnimmt«, sagte Bettina leise zu Müller. Wohl war ihr nicht. »Nur so zur Vorsicht. Wir werden das hier wahrscheinlich nicht wiederholen können.«

Sie wandte sich an Manga. »Jetzt noch mal ganz langsam fürs Protokoll. Ich bin Kriminalkommissarin Bettina Boll vom KK11 in Ludwigshafen, und ich spreche mit einer Person ungeklärter Identität, genannt Lisa Engel beziehungsweise Manga, einsässig in der JVA Frankenthal wegen der Tötungsdelikte an Michael Ackermann, Leon Bausch und Jens Gutvatter. Auf einen Anwalt hat Manga verzichtet. Heute ist der siebenundzwanzigste August, wir befinden uns in der JVA Frankenthal. Es geht um die Identität eines Beteiligten im Fall Meggie. – Gut, Manga, wir haben Ihnen drei Fotos gezeigt, auf einem von ihnen haben Sie einen Mann erkannt. Ist das richtig? Ja? – Okay. Manga, wer ist der Mann auf diesem Foto ...?«

Die Spuren auf dem essigsauer bedampften Türknauf konnten eben noch gerettet werden, aber glücklich war Müller nicht. »Dreizehn Uhr sechsunddreißig«, sagte er vorwurfsvoll zu Bettina. »Wir sind zu spät.«

»Mal wieder«, sagte Bettina, schaltete ihr Handy kurz an, sah etwa hundert neue Nachrichten und schaltete es wieder aus. »Müller, du musst mitkommen nach Pirmasens. Ich weiß überhaupt nicht, mit wem ich da reden soll. Das wird gruselig.«

»Ja«, sagte Müller und sah jetzt wirklich sehr stur aus. »Aber ich komme nicht mit. Unmöglich. Ich hab zu tun.« Er blickte sie kurz an, was ihr Hoffnung gab, weil er ihr zweifellos gerade in die Augen geschaut hatte, doch dann sagte er: »Ich bin unabkömmlich. Und nicht Teil dieser Soko. Ich habe keine Teilnahmeberechtigung.«

Diesmal meinte er es ernst.

»Dann muss ich allein da hin?«

»Ja«, sagte Müller mit seiner monotonen Stimme.

Bettina starrte ihn an. Der Kollege Müller hatte einfach irgendwo seine Grenzen, das sagten alle, das war bekannt. Wenn er für sie Ausnahmen machte, hieß das nicht, dass er gleich ein ganz anderer Mensch wurde. »Ich werde dich vermissen«, sagte sie etwas rachsüchtig und sah zu, wie er sich rosa färbte. Dann tat es ihr leid. »Hey«, sagte sie. »Du warst ganz toll. Danke.«

»Ja«, sagte Müller und wandte sich ab.

Und sie musste mal wieder allein nach Pirmasens.

Nini war da. Du bist sehr müde. Es war gut, Nini zu sehen, es war gut, sich zu erinnern. Aber jetzt hast du dich auch an die anderen Sachen erinnert. All diese Dinge, all die Zeit. Die vielen Stunden, in denen du allein warst. In denen du nichts hattest außer den Schmerzen, die du beherrschen musstest. Die Löcher in deinem Körper zuwachsen lassen. Heil werden. Aushalten.

Warten. Immer und immer wieder warten. Männer, Schwänze, winzige bunte Papierchen mit Lachgesichtern drauf, deine besten Freunde. Blut und klaffende Löcher. Nini, die schreit. Die kreischt. Weint. Wimmert. Und dann, eines Tages, knallt dir einer einen Packen dreckige Heftchen ins Zimmer, Tina, Bella, Mein Schicksal, Neue Post. Du guckst dir die Bilder an und die Buchstaben. Irgendwann kannst du sie lesen, jedenfalls ein paar. Und irgendwann wirst du die Kirschtorte Tiroler Art mit Topfen und Kürbiskerntopping backen, weil das das absolut Schönste ist, was du je gesehen hast. Du wirst eine Mami haben. Meggie hatte eine Mami. Meggie war das Kind, das du in einem von den Heftchen gesehen hast. Zwei Seiten. Ein großes buntes Foto von Meggie. Darunter stand: Meggie (6). Dann noch schwarzweiße Bilder von der Schule und der Mami. Meggie (6) sah aus wie Nini. Irgendwann, an einem schwarzen Tag, hast du ihr das Bild gezeigt. Sie war es. Du warst geschockt. Daran hattest du gar nicht gedacht. Du fandest es nur lustig, dass sie dem Bild so ähnlich sah, aber als du es ihr gezeigt hast, ist sie komisch geworden. Von da an hat sie nur noch selten geschrien. Aber manchmal hat sie sich in dein Zimmer geschmuggelt und darum gebettelt, das Bild zu sehen. Du wolltest es ihr schenken, aber das mochte sie nicht. Sie musste dich bei sich haben, wenn sie es ansah. Und dann hat sie von ihrer Mami erzählt und von dem Tag, als sie zu Hause wegmusste. Es war schwer für sie, sich zu erinnern, aber es war auch etwas, das sie am Leben hielt. Du hast ihre Geschichte hundert Mal gehört.

Hundertundein Mal. Und du hast alles aufgesogen. Denn an den Tag, an dem du von deinem Zuhause wegmusstest, an den kannst du dich nicht mehr erinnern. Du hast keinen solchen Tag. Jetzt nicht mehr. Du hast ihn Nini zurückgegeben. In Wahrheit hat er immer ihr gehört.

* * *

Es war keine Großveranstaltung wie letztes Mal, keine Presse vor der Tür. Das Gewitter, das sich in Ludwigshafen angekündigt hatte, war nicht gekommen, hier sah der Himmel blass und friedlich aus. Die Polizeidienststelle stand still in der Mittagssonne, sah etwas kleiner aus und sehr viel abweisender. Es war fünf nach drei. Bettina fühlte sich unwohl. Sie war zu spät, und sie brachte schlechte Nachrichten.

Zunächst mal wurde aber ihre Leistung gefeiert, ganz wie Müller vorausgesagt hatte. Die Besprechung war im Konferenzzimmer im ersten Stock. Den Weg dorthin fand sie jetzt auch schon fast im Schlaf, obwohl sie immer noch nicht wusste und wohl nie erfahren würde, wo es hier den Kaffee gab. Sie kam gerade so spät, dass sie einen Teil der allgemeinen Vorstellung versäumte, doch sie wusste, dass die gesamte Soko anwesend war, außerdem Vertreter der Staatsanwaltschaft, dazu Beamte vom BKA und eventuell noch anderer Behörden, je nachdem, wer jetzt die Ermittlungen weiterführen sollte. Auf Anhieb erkannte sie Lingen, Neuer und zwei Staatsanwälte. Freunscht stand ganz vorn neben ihnen und blickte grimmig in die Runde, neben ihm ein Herr in Offiziersuniform, daneben mehrere in Anzügen. Dass die Offiziellen alle standen und nur die Soko saß, bedeutete, dass es nicht lange dauern würde. Sie fand einen freien Stuhl etwas weiter vorne am Rand einer Sitzreihe und setzte sich.

»… Vorfälle und eine Verhaftung innerhalb dieser Soko machen es unmöglich, die Ermittlungen in diesem Rahmen weiterzuführen«, sagte eine schlanke Frau ins Mikrofon, die Bettina vom Sehen kannte: die Leitende Oberstaatsanwältin Auer. »Ich möchte aber besonders erwähnen, dass Einzelne hier hervorragende Arbeit geleistet haben. Ich sehe grade die Frau Boll, die hat, wie wir wissen, ganz spektakulär das Leben einer Zeugin gerettet.«

Bettina winkte ab, trotzdem überrascht und froh, denn diese

paar Worte hießen im Klartext, dass die Staatsanwaltschaft geneigt war, ihre Nothilfeleistung für Nini anzuerkennen, so dass sie nicht am Ende noch des Mordes an Honjo Masamune angeklagt werden konnte, wie Neuer es angedeutet hatte. Immerhin.

Die Leitende Oberstaatsanwältin sprach weiter: »Meggies Entführer zu ermitteln war keine leichte Aufgabe und ist Ihnen zusammen innerhalb weniger Tage gelungen, das muss auch einmal gesagt werden. Sie haben einen Tatverdächtigen präsentiert, der bereit ist, sich zu den Anschuldigungen zu äußern. Bravo. Und die Täterin im Fall Gutvatter ist ohnehin gefasst. Insofern ist die Arbeit dieser Sonderkommission erfolgreich beendet. Wir danken Ihnen und möchten alles Weitere jetzt ordnungsgemäß den Kollegen übergeben, die über die Mittel verfügen, gegen organisierte Kriminalität und Menschenhandel wirksam vorzugehen.« Auer trat einen Schritt beiseite, um anzudeuten, dass sie das Mikrofon gleich freigeben würde, dann schien ihr noch etwas einzufallen. Sie kam wieder zurück und sagte: »Leider ist es unumgänglich, diese interne Untersuchung durchzuführen, von der ich eingangs gesprochen habe. Sie sind daher alle angehalten, die Ermittler in jeder Weise zu unterstützen. Es ist uns allen klar, dass dies eine extrem unangenehme Situation ist – für jeden hier! Trotzdem möchte ich Sie bitten, die Ermittlungen in jeder erdenklichen Hinsicht zu unterstützen und sich ganz klar an alle Anweisungen zu halten. Sie müssen bedenken, dass unser aller Ruf auf dem Spiel steht und wir diesem eklatanten Fehlverhalten Einzelner in den eigenen Reihen nur mit Ruhe, Ordnung, Loyalität und Kooperationsbereitschaft entgegentreten können. – Herr Neuer. Bitte.«

Neuer trat ans Mikrofon. Hinter ihm entstand etwas Bewegung, zwei weitere Herren traten vor, groß, mit grauen Gesichtern, einer in Ausgehuniform mit Ordensbändchen am Revers. Das war das BKA. Die drei redeten erst leise miteinander, ein vierter, der zuvor im Hintergrund gestanden hatte, schob sich etwas nach vorn und sagte etwas zu Neuer, ein rundlicher Typ mit einem leicht verschmitzten Gesichtsausdruck und einem fast etwas zu langen Schnurrbärtchen.

H.G.

Bettina spürte ihr Herz, ganz plötzlich, heftig pumpen. Da vorn stand der Richter.

Sie deutete auf ihn. »Wer ist das?«, fragte sie die Frau, die neben ihr saß, eine nicht ganz so dicke Pirmasenserin, die aber gleichwohl Bettina feindselig musterte und »Pst!« sagte.

Bettina stand auf. H.G. drückte sich in den Hintergrund zurück. Neuer begann zu sprechen. Bettina hörte nicht, was er sagte. Sie fixierte den Richter. Er machte irgendwas dort im Rücken der anderen Offiziellen, flüsterte, bewegte sich, ging. – Ging!

Er spazierte einfach zur Tür hinaus, leise und unauffällig, eine graue Eminenz, die von weit oben Fäden zog und hier nur mal kurz nach dem Rechten gesehen hatte.

Bettina sah neben sich eine Tür und folgte ihm auf den Gang. Doch diese Tür führte anderswohin, in eine kleine Abseite mit einem Kaffeeautomaten. Sie fluchte, eilte zurück, im Saal referierte Neuer und schaute sie strafend an. Wenn sie die Tür nehmen wollte, die der Richter genommen hatte, musste sie den halben Saal durchqueren.

Was sie dann auch tat. Trotz des aufkommenden Murrens und der vernichtenden Blicke spurtete sie durch den Saal, rannte hinaus ins Treppenhaus, sah niemanden, eilte hinunter an die Pforte und herrschte den Pförtner an: »Wo ist er?«

»Wer?«

»Der Typ vom BKA, der eben raus ist!«

»Sie meinen den, der eben raus ist?«, fragte der Pirmasenser, der sich auch nicht so leicht veräppeln ließ. Bettina fluchte und rannte weiter. Am Ende des Platzes, da, wo letztes Mal der Übertragungswagen gestanden hatte, stand nun ein unauffälliges, aber schickes graues Mercedes-Coupé. Ein rundlicher Typ öffnete eben die Fahrertür.

Bettina blieb stehen. »Hans-Günther?«, rief sie.

Der Mann schaute auf. Er sah wachsam aus. Und selbst aus der Entfernung verschmitzt.

Bettina trat einen Schritt näher. »Herr – Richter?«

Er musterte sie aufmerksam. Als würde er sich jede Einzelheit an ihr einprägen. Bettina stand zu weit weg, um ihn festzuhalten, was auch immer das gebracht hätte.

Er nickte. »Frau Boll«, sagte er darauf überaus verständlich. Und freundlich. Ihr lief ein Schauer über den Rücken.

Sie machte weitere Schritte nach vorn, doch er saß schon in seinem Auto. Und fuhr an. Als sie seinen Parkplatz erreichte, konnte sie nur noch die Rücklichter sehen.

Sie blickte ihm nach, hörte ihr Herz klopfen und dachte, dass sie dann eben jetzt einfach mit Neuer reden würde, so wie sie es vorgehabt hatte. *(Der sieht aus, als wäre er mit H.G. per du.)* Und mit Freunscht. *(Der muss seine Soko abgeben und ist grade in einer Krise.)* Sie würde einen dicken, fetten, nicht ignorierbaren Bericht schreiben. *(Den vielleicht niemand liest.)* Ihn wenn nötig der Presse zuspielen. *(Dann wirst du gefeuert.)* Und jetzt vor allem nicht in Hysterie verfallen. *(Nachher holst du bitte deine Waffe aus Mannheim zurück und legst sie unters Kopfkissen.)*

Sie wandte sich um und sah zu dem abweisenden Gebäude und dachte: Mit wem soll ich nur reden?

Epilog

Sie hatte kurz mit der Leitenden Oberstaatsanwältin Auer geredet und lange mit Freunscht. Von beiden hatte sie Dankesworte erhalten, von Freunscht grimmige, von Auer zurückhaltende. Dann war sie zurück nach Ludwigshafen gefahren, in ein stilles, angststarres Dienstgebäude. Am Abend kam das Gewitter dann doch, aber nur ein kleines, unbefriedigendes, wie sie manchmal punktuell über der Rheinebene entstehen: kurze Entladungen, die nur Symptome waren für Druck und Spannung, die über der riesigen Ebene lagen. Keine echte Erleichterung. Es donnerte leise. Sie hatte das Gefühl, dass sie jetzt nicht heimgehen konnte. Nicht mit all diesem Wissen, all diesen Erlebnissen und Aufregungen, nicht ohne Verantwortung zu übernehmen. Sie konnte nicht, aber was sollte sie tun?

Da klingelte ihr Telefon.

Das im Büro.

Wer war das?

Sie nahm ab.

Habermeyer. »Ich wusste, dass du noch da bist, Boll«, sagte er.

»Woher?«, sagte sie.

»Ich bin Ermittler«, sagte Habermeyer. »Nee, Boll, ich hab dich reinkommen sehen, und ich hab da eben grade Sachen gehört – ich bin stolz auf dich.«

Sie hätte fast angefangen zu weinen. »Was für Sachen?«

»Ich hatte ein Gespräch mit Müller an der Kaffeemaschine. – Ein kurzes.« Man spürte Habermeyers inneres Lachen in der kleinen Pause, die er machte. »Du, aber ich rufe wegen was anderem an.«

»Warum?«

»Deine Privatuntersuchung da in Grünstadt.« Er schniefte.

»Boll, ich weiß nicht, wie ich es sagen soll, aber du hattest recht. Die Untersuchung ist positiv.«

»Was?«, sagte Bettina.

»Der Taucher hat vorhin menschliche Überreste aus deinem Brunnen geborgen. Ein Hüftbein und einen Oberschenkelknochen. Pathologe ist dort und hat es eben bestätigt. Ein komplettes Skelett wäre natürlich aussagekräftiger, aber sie sind ja bei der Arbeit. Die finden schon noch was.«

Bettina wurde ganz kalt.

»Boll, bist du noch da?«

»Ja.«

»Willst du hinfahren? – Also ich frag das nur, weil, es ist noch niemand offiziell als Ermittler bestellt und du wirst es nicht sein, Boll, und ich denke, es ist im Moment besser, du hältst ein bisschen Abstand, bis da alles geklärt ist. Es kann dich natürlich niemand abhalten, ist ja dein Haus, Boll, aber das isses eben: Es ist dein Haus.«

»Dieses Haus ...!«, sagte Bettina.

»Oder wohnst du da etwa?«

»Nein!«

»Gut, dann –«

»Die sind sich sicher? Wirklich menschliche Knochen? Nicht etwa von einem Hund oder so? Wer ist denn der Pathologe?«

»Dr. Lee.«

»Oh«, sagte Bettina, zum allerersten Mal enttäuscht, als sie hörte, dass der große Koreaner mitwirkte. »Dann besteht wohl kein Zweifel.«

»Ja«, sagte Habermeyer verständnisvoll. »Es tut mir ja leid, aber du hast wirklich eine Leiche im Keller, Boll.«

Epilog 2

Es war ein komplettes Skelett, das eines Kindes, mehr wusste keiner. Eine offizielle Untersuchung war anberaumt, aber niemand führte sie durch. Auf der Dienststelle schien die Zeit stillzustehen, alle Arbeit war niedergelegt. Leere Gänge, wenn Bettina kam, leere Zimmer, wenn sie ging. Ackermann fehlte. Härting fehlte. Sogar Spohn fehlte irgendwie.

Alles war seltsam dumpf und konturlos in diesen Tagen. Sie fuhr nach Mannheim, die Aussage machen, hatte das Auto in die Werkstatt gebracht. Die Käufer ihres Hauses waren mit hunderttausend Euro Preisnachlass einverstanden, nicht aber mit dem historischen Verbrechen, das die Knochen zumindest nahelegten. Ein Notartermin in näherer Zukunft schien unwahrscheinlich, der Makler hatte schon davon gesprochen, das Haus unter der Hand wieder anzubieten. Ackermann wurde beerdigt, Bettina schaffte es, nicht hinzugehen. Hinterher hörte sie, es sei den Umständen entsprechend gewesen. Härting wurde beerdigt. Das gesamte Präsidium erschien, der Polizeipräsident hielt eine Rede. Sie war überrascht, wie viel Familie Härting außerdem noch gehabt hatte. Tatsächlich war sie noch nie auf einer so großen Beerdigung gewesen. Sie hatte aber auch noch nicht auf viele gemusst. Dort am Friedhof traf sie Freunscht, schwitzend im schwarzen Anzug. Er sagte ihr, beim BKA habe es eine Suspendierung gegeben, er könne nicht viel drüber reden, aber offenbar sei der Spuk vorbei. Der Richter war entmachtet, eventuell sogar in Haft, man müsse das BKA eben nur auf seine Art arbeiten lassen. Bettina sagte, dass sie das gern glauben würde. Freunscht sagte, dass er es glaubte und dass sie besser dran täte, das auch zu tun, sonst würden Unsicherheit und Misstrauen sie zerfressen. Dann fragte er sie, ob sie schon wisse, wer ihr neuer Chef würde.

»Nein«, sagte Bettina.

»Ich hab gehört, so ein junger, scharfer«, sagte Freunscht, jetzt viel munterer, und klopfte ihr auf die Schulter wie einem alten Saufkumpan. »Frischer Wind, Frau Boll! Das wird Ihnen guttun!«

»Hmm«, machte Bettina. Erst jetzt fiel ihr auf, dass sie an diese wichtige Angelegenheit, die zumindest Ackermann über Gebühr umgetrieben hatte, noch keinen Gedanken verschwendet hatte. »Wissen Sie, wie er heißt?«, fragte sie Freunscht.

Der schüttelte den Kopf. »Bacher, glaube ich. Oder länger. War auf der Akademie und dann in –«

»Willenbacher?«

»Kann sein«, sagte Freunscht und klopfte ihr wieder so auf die Schulter. »Na dann, war ein Erlebnis, mit Ihnen zu arbeiten, Frau Boll. Diese Fahrt in Ihrem Taunus … und wie Sie diese Sekretärin überführt haben!« Er boxte ihr gegen die Schulter.

Bettina dachte, dass sie in Freunschts Anwesenheit vielleicht die Haare offen tragen sollte. Und einen Rock oder so, damit sie nicht als Punchingball benutzt wurde, mitten auf einer Beerdigung.

»Kopf hoch, Frau Boll, jetzt sehen Sie mal nicht so fertig aus, es ist alles gut!«

»Ja.«

Willenbacher wird der neue Chef, dachte sie. Hammer. Dann freute sie sich plötzlich. Sie dachte an Nini und Manga, an deren erstes Wiedersehen. Sie waren Freundinnen. So wie sie und Willenbacher. Er war vielleicht jünger und mal ihr Untergebener gewesen, aber Willenbacher konnte sie zumindest vertrauen. Eigentlich war das wirklich alles gut.

Epilog 3

Sie rief Hemmerle an.

»Ich habe mit dem Richter gesprochen«, sagte sie.

»Und ich habe von einem hohen Beamten des BKA gehört, der einen Nachmittag lang fluchend Akten vernichtet hat«, antwortete Hemmerle. »Man munkelt von Versetzungen. Vielleicht sogar eine Suspendierung. Jedenfalls Skandal. Ein Sturm ganz weit oben in der Stratosphäre, von dem wir hier unten nur das seltsame Strahlen am Himmel mitkriegen.«

»Ich hasse es«, sagte Bettina dazu nur.

»Yep«, machte Hemmerle. Dann sagte er: »Sie haben wirklich mit dem Richter gesprochen? Sie wissen, wer er ist?«

»Ja«, sagte Bettina mit einem leichten Kribbeln im Bauch. »Allerdings weiß er auch, wer ich bin.«

»Viel Feind, viel Ehr«, sprach Hemmerle. »Wer ist es?«

»Das wissen Sie nicht?«

»Na ja, wir bearbeiten den Fall nicht mehr. Und das BKA teilt seine Ermittlungsakten nicht mit jedem.« Hemmerle machte eine kurze Pause, dann sagte er: »Wo wir hier so reden, fällt mir ein, dass ich auch von Ihnen gehört habe, Sie wären suspendiert worden, Frau Boll. – Nicht dass ich das geglaubt hätte«, fügte er schnell an.

»Ich wäre was?«, sagte Bettina erstaunt.

»Soweit ich weiß, wurde bei Ihnen nur eine Verhaftung durchgeführt. Ihr Kollege Spohn. Dann war da noch Ihr Freund Ackermann, das sind zwei. Aber unser Kollege und Verdächtiger Boldt hier sprach von drei Mitwissern in Ludwigshafen.« Hemmerle seufzte kurz. »Ich glaube, bei uns ging man einfach davon aus, dass –« Er brach ab.

»Dass ich die dritte Frau bin?«

»Ja.«

Hammer. »Ich bin es nicht«, sagte Bettina.

»Nein, bestimmt nicht!«, rief Hemmerle.

Etwas zu begütigend, fand Bettina.

»Sie rufen ja auch von Ihrem Büro aus an, wie ich sehe«, fügte er rasch hinzu.

»Wie kommen Sie bloß auf so was?«, fragte Bettina ärgerlich.

»Es tut mir leid«, sagte Hemmerle, diesmal hörbar ehrlicher. »Vielleicht hat es jemand gesagt, vielleicht lag es nur so in der Luft. Sie waren die engste Vertraute von diesem Ackermann, das wurde oft erwähnt, und dann konnten wir die Ermittlung eben nicht zu Ende führen. Diese unabgeschlossenen Fälle sind furchtbar, die hängen einem ewig nach. Und man behält keine gesicherten Ergebnisse im Kopf, sondern nur die letzte Idee, die man hatte.«

Das war ja unglaublich. Das würde sie nie mehr loswerden.

»Vergessen Sie, was ich gesagt habe. Es war unprofessionell von mir. Und Sie sind, wie man hört, mit Ihrem Fall ja viel weiter gekommen als wir, denn Ihre Soko hat Meggie Lepp wiedergefunden, ihre Entführer ermittelt und offenbar sogar den Richter enttarnt. Das ist doch super, Frau Boll. Und Sie können immerhin stolz sein, dass Sie dabei waren.«

»Äh, ja«, sagte Bettina. »Noch was anderes, fahnden Sie eigentlich noch nach diesem Eros aus der *Sexy Bar*? Sie wissen schon, der die Zeugin Pjotrovna entführt hat. Ich hatte näheren Kontakt zu diesem Mädchen und frage mich, wo sie ist.«

»Tut mir leid«, sagte Hemmerle. »Wir bearbeiten gar nichts mehr von diesem Fall.«

»Was ist aus der *Sexy Bar* geworden?«

»Wurde meines Wissens abgewickelt«, sagte Hemmerle. »Und die Mädels – BKA und internationale Beziehungen hin oder her, ich denke, die können gar nicht alle identifiziert werden. Die wissen teilweise nicht mal, was sie überhaupt für eine Nationalität haben. Drei von den Frauen haben fast kein Deutsch gesprochen – aber auch keine andere Sprache. Jedenfalls nicht richtig. So dass man hätte sagen können: Die ist aus dem und dem Land. Naher Osten, Nordafrika, schärfer war das nicht einzugrenzen. Das sind schon Schicksale. Immerhin sind sie jetzt alle in diversen Einrichtungen, aber klar: Die verstehen die Welt nicht.«

»Wer tut das schon«, sagte Bettina.

»Ja. So, jetzt kommen Sie aber, Frau Boll, wer ist es?«

»Wer ist wer?«

»Na, der Richter!«, rief Hemmerle. »Denken Sie dran, Ihre Überlebenschancen steigen, wenn Sie brisantes Wissen mit Ihrem zuständigen Kripobeamten teilen.«

»Ich glaube, ich schreibe einen anonymen Enthüllungsbericht an alle großen Tageszeitungen«, sagte Bettina und meinte es fast ernst. Dann sagte sie Hemmerle, wer der Richter war und woher sie das so genau wusste.

Hemmerle schwieg, als sie geendet hatte.

»Was ich mich ja frage«, sagte Bettina in sein Schweigen hinein, »ist, wieso Nini einen Personalausweis von ihm bekommen hat. Die war doch jung. Die war für den Verkauf bestimmt. Wieso einen aufwendigen Perso ausgerechnet für sie?«

»Das kann ich Ihnen sagen«, sagte Hemmerle.

»Ach ja? Wieso?«

»Dieser Karl-Heinz Schmitt, der Geschäftsführer der *Sexy Bar*, der saß ja von Anfang an hier bei uns in U-Haft. Er ist mehrmals verhört worden. Ich war zweimal dabei.«

»Er hat freiwillig ausgesagt?«

»Zu Beginn hat er noch viel geredet, weil die weiße Weste seine Rolle war. Später hat er zugemacht, aber seine Aussagen bis dahin waren schon einigermaßen ergiebig. Ist halt eine Frage der Interpretation.«

»Und wieso der Nausikaa-Personalausweis?«

»Ich glaube, sie wollten Diandra Misera loswerden«, sagte Hemmerle. »Von der hat Schmitt sehr abwertend gesprochen. Er hatte richtig Angst vor ihren Aussagen, und sie ist ja dann auch gestorben, damit kann Schmitt allerdings nichts zu tun haben, der war da längst inhaftiert.«

»Wo ist der Zusammenhang mit Nausikaa?«

»Ich glaube, sie sollte die neue Puffmutter werden. Die wollten einfach eine neue Feste aufbauen. Misera hat in dem Laden wohl nur so lange überlebt, weil sie ein Urgestein war, das der ganz alten Kundschaft bekannt war. Ihr Perso war wirklich echt, die hieß so. Und sie war – na ja, sie hat da halt alles mitgemacht. Aber wahrscheinlich ist sie im Lauf der Zeit doch zu einem Risiko geworden.«

»Und da haben sie sich ausgerechnet die kleine Meggie als Ersatz ausgesucht!«

»Karma«, sagte Hemmerle. »Und sie kann Deutsch.«

Bettina überlegte einen Augenblick, dann sagte sie: »Vielleicht hat das tatsächlich einen anderen Grund.«

»Sie meinen, es war Absicht? Die echte Meggie als Attraktion in der *Sexy Bar*?«

»Ja.« Sie dachte an die Theorie des alten Professors Richter über den sentimentalen Superverbrecher, der sich eine Nausikaa in der Hinterhand behalten hatte. »Unser Profiler hat gesagt, dass der Kopf des Ganzen ein Spieler sein muss. Der solche Geheimnisse genießt.«

»Das ist doch riskant!«

»Aber vielleicht anregender als das schiere kalte Mord- und Missbrauchsgeschäft.«

»Sie meinen, das war so ’ne Art Witz vom Richter?«

»Eher heimliche Sinnfindung.«

Hemmerle schnaubte. »Also ehrlich gesagt fände ich dann schlichtes Karma viel besser.«

Epilog 4

Bettina saß in ihrem Büro. Sie hatte immer noch nichts zu tun. Die Zeit stand still, nur ab und an bekamen sie Schnipsel von alten Fällen, die sie irgendwo einsortieren mussten. Jetzt aber stand plötzlich Müller vor der Tür. Er balancierte eine Tasse Kaffee in den Händen, brachte sie rein, stellte sie vor Bettina auf den Schreibtisch.

»Danke«, sagte die überrascht und etwas verlegen, denn das hier war seltsam. Sie hoffte, dass es nicht die Müller'sche Variante eines Dates war, denn mit ihm zu arbeiten war eine Sache, mit ihm auszugehen eine andere. Er war ganz zappelig, wartete, bis sie den Kaffee angenommen hatte, ihn lobte, davon trank. »Magst du keinen?«, fragte sie.

»Tina«, sagte er.

»Ja?«

»Kommst du bitte mal mit runter?«

»Ins Labor?«

»Ja.«

Bettina ließ den Kaffee stehen und folgte Müller schweigend hinaus. Bis zur Hälfte des Weges zum Labor glaubte sie noch an das Date, dann sagte Müller: »Wir haben was geschickt gekriegt.«

»Was denn?«

»Zeig ich dir.«

An einer Seitenwand des strahlend weißen Raums stand ein großer Tisch, der normalerweise leer war, beziehungsweise als Warteplatz für zu untersuchende Gegenstände diente. Gewöhnlich war also alles, was auf diesem Tisch lag, in verschiedene glänzende Hüllen verpackt, die das Licht spiegelten oder zumindest widerscheinen ließen. Heute aber nicht. Heute lag auf dem weißen Tisch ganz offen eine ungeheuer sattgrüne, riesige alte Polizeiuniform. Daneben ein Gürtel, ein paar Schuhe, ein Portemonnaie.

»Das sind Ackermanns Sachen!«, rief Bettina.

Müller nickte. »Die Frankfurter haben sie uns geschickt.«

»Er war schon ein Riese, der Ackermann«, sagte sie etwas unschlüssig. Sie verstand nicht ganz, was Müller wollte. Eine Pietätsbekundung? Eine Grabrede? Vielleicht war das seine Form der Verabschiedung: die Klamotten des Kollegen ausnahmsweise nicht einpacken, sondern offen hinlegen und wirken lassen.

»Ja«, sagte Müller ungeduldig. »Was ich dir zeigen wollte, Tina.«

»Was denn?«

»Ich hab was gefunden.«

»Was?«

»Ich hab es wieder da hingemacht, wo es war.«

»Und was ist es?«

Müller griff ins Revers des Jacketts. Dort war eine kleine Tasche. Aus der holte er eine Karte heraus. Nein, ein gefaltetes Foto. Das gab er Bettina in die Hand. Sie faltete es auf und sah drei Männer, die mit Wolfslächeln in die Kamera grienten, helle rote Lichter in den Augen, dunkle rote Polster im Hintergrund. Einer von ihnen: Ackermann. Die beiden anderen: Spohn und Härting.

Sie sah Müller an, sah das Foto an. Nahm einen Hocker und setzte sich.

»Das war da drin?«, sagte sie.

»Korrekt«, sagte Müller.

»Der Hund«, sagte Bettina und fühlte etwas in ihrem Hals aufsteigen. Etwas Komisches. Eine Emotion.

»Wen meinst du?«, fragte Müller.

»Alle beide«, sagte Bettina. Und dann weinte sie doch, nur kurz, ein Schluchzer, sie ballte die Fäuste, es war vorbei.

Müller machte ein Gesicht, als wollte er sagen, es seien doch drei Personen auf dem Bild, aber er sagte es nicht.

Bettina wendete das Foto in der Hand. Es war abgegriffen und sah irgendwie benutzt aus.

»Das muss seine Eintrittskarte gewesen sein«, sagte sie langsam. »Ackermanns Eintrittskarte in die *Sexy Bar* war: ein Bild von unserem Ersten Kriminalhauptkommissar Härting.« Für den ich –, setzte sie im Geiste hinzu, ohne den Gedanken fertigzudenken.

»Er ist tot«, sagte Müller tröstend.

»Sie sind beide tot«, sagte Bettina.

Müller stand da und sah sie hilflos an. Es dauerte einen Moment, bis Bettina sich gefangen hatte und seine Verwirrung erkannte. Dann erhob sie sich.

»Müller«, sagte sie, »wie trinkst du deinen Kaffee? Ich hol uns jetzt einen.«

Epilog 5

»Boll.«

»Hi! Bist du's, Tina, äh – Kriminalinspektor?«

»Olga!«

»Tina Bulle, du musst mit ihm hier reden.«

»Wo bist du, Olga?«

»Pass auf, hier ist ein Bulle, und der so: Ich nehm Sie vorläufig fest, aber ich so: Vergiss es, ich hab Freunde bei der Kripo.«

»Olga, wir suchen dich! Wo bist du? Wo ist dieser – Eros?«

»Ich hab ihn verlassen«, sagte Olga obenhin.

»Wie bist du ihm entkommen?«

Olga schnaubte. »Fuck, Tina. Der war – voll schwul irgendwie. Hat nur noch geheult, warum ich von ihm wegwill. Das war nicht mehr schön.«

»Hat er dich geschlagen?«

»Willst du mir jetzt helfen oder nicht?«

»Nicht«, sagte Bettina. »Ich will wissen, wo Eros ist.«

»Das letzte Mal gesehen hab ich ihn drüben in fucking Paris«, sagte Olga. »O, là, là, isch verschteh keine Wort …! Echt, Tina Bulle, da war nix von wegen Schlagen und so. Er so: Er will jetzt die Welt sehen. Und eine Familie. Aber es war voll langweilig, immer nur komische kleine Zimmer oder im Auto pennen.«

»Und du willst nicht die Welt sehen und keine Familie.«

Olga schniefte und lachte. Es klang irgendwie ehrlich. »Fuck, doch, irgendwann. Aber nicht im Auto und nicht mit Eros. Ich meine, er hat für die *Sexy Bar* geschafft, oder? Und er hat diesen Brummifahrer gekillt, hat er mir selbst erzählt.« Sie schniefte wieder. »Ich meine, er ist total alt und einfach zu kaputt. Was hab ich denn von dem?«

Bettina spürte eine Art Prusten aus ihrer Lunge hüpfen: Sie hatte gelacht. »Olga«, sagte sie. »Du bist ein gutes Kind.«

Olga schnaubte. »Dieser blaue Typ hier neben mir sieht das anders.«

»Oh«, sagte Bettina. »Dann gib ihn mir in Gottes Namen mal –«

Epilog 6

Die fette Kuh hat ein Versteck an der Lampe. Da, wo die Fassung in die Wand geschraubt ist, ist ein kleiner Hohlraum, da ist eine Plastiktüte drin. Mit, Olga würde es nennen: Zeug. Du könntest es der Fetten abnehmen, wirst du aber nicht machen. Erst mal. Den Stress ist es nicht wert. Aber du könntest sie fragen, wo sie es herhat und was man dafür tun muss. Denn du brauchst was. Du bist auf einmal so müde. So: Du liegst nur da und kannst gar nichts mehr tun. Guckst die Wand an. Manchmal musst du zur Gutachterin, dann ist es, wie wenn du Eisenketten an dir hängen hättest, obwohl du nur ins andere Zimmer gehst. Sie findet es gut, dass du zugenommen hast, aber das ist nicht gut. Gar nicht gut. Du fühlst dich wie auf den Sitz gepappt, wenn du bei ihr bist. Schwer. Schrecklich schwer. Und die Gutachterin nervt sowieso. Warum du das gemacht hast. Wie du es geplant hast. Und wieso.

Und es glaubt dir mal wieder keiner, wenn du sagst: Das hab ich nicht geplant. Das ist ganz einfach eins nach dem anderen geschehen, ich hab nur immer in dem Moment, wo ich das eine getan hab, gesehen, was als Nächstes passieren muss. Aber was hat dich den Plan fassen lassen?, fragt die Gutachterin. Was war die Initialzündung? Du weißt nicht, was das ist. Was hat dich so entschlossen gemacht?, sagt sie. Warum bist du clean, wie hast du das geschafft?

Du weißt es nicht. Du hast es nicht geschafft. Du hattest bloß keine Lust mehr, was zu nehmen, eine Zeitlang. Kann sein, dass sich das wieder ändert.

Seit wann hattest du keine Lust mehr?, fragt sie, und du sagst, dass du auch das nicht weißt, denn das willst du nicht erzählen, ist Privatsache. Seit Nini zur Tür reinkam in der Sexy Bar, *als sie vor dir stand und gelächelt hat, von da ab hattest du keine*

Lust mehr. Braucht niemand zu wissen. Nini ist einfach – das gibst du nicht her. Jedenfalls, da hast du sofort ganz deutlich gesehen, was das für ein Drecksladen ist und dass ihr hier pronto verschwinden müsst. So-fort. Egal wie. Nini wollte aber nicht weg. Nicht heimlich fliehen und sich dann nach drei Tagen wieder einfangen lassen von Honjo Masamune oder sonst wem. Da musstest du dir eben was anderes einfallen lassen. Du musstest es so hinkriegen, dass keiner mehr Zeit haben würde, Nini und dich an irgendeinem Bahnhof einzusammeln. Und Gott hat dich angehört und dich beschenkt. Du hast die Pistole genommen, die er dir hingehalten hat. Danach ist alles von allein geschehen. Aber was du davon hast? Was du erreichen wolltest? Du wolltest nichts erreichen. Du hast Ninis Mami gefunden. Das ist das Beste. Nini kann jetzt endlich nach Hause gehen.

Epilog 7

Ich bin mit meinem achtjährigen Sohn in Wien. Ich lasse ihn die Schule schwänzen, weil er mich zu einer Lesung begleiten soll, außerdem möchten wir nach Schönbrunn und in den Prater. Ich will was mit ihm unternehmen. Besichtigen. Im Hotel wohnen. U-Bahn fahren. Das tun wir an diesem Tag. Wir fahren vom Hotel aus Richtung Schönbrunn und landen an einer Haltestelle, die nicht direkt vor dem Schloss liegt. Also spazieren wir an der Parkmauer entlang. Es ist ein sonniger Morgen, links die Bürgerhäuser, rechts die Mauer, dahinter, wie wir spüren, ein wunderschöner Park. An einem der Häuser steht ein Mädchen. Wir kommen näher. Ich schätze sie auf fünfzehn. Sie gehört offenbar zu einer metallenen Haustür, vor der sie hin- und herläuft. Gekleidet ist sie hauptsächlich in eine von diesen glänzenden Synthetikstrumpfhosen, darüber trägt sie mehrere Schichten formender Trikots. Eng und viele Träger. Die natürliche Form ihres Körpers ist nicht erkennbar. Ihre Haare sind mit Klammern fest an den Kopf gesteckt, als ob sie normalerweise eine Perücke trägt. Ihr Gesicht ist ganz fahl. Sie trägt nur die unterste Make-up-Schicht, also das Braun, davon aber viel und dick, und trotzdem weiß ich: Die ist sehr jung. Ich erkenne es an ihren Augen. Weil sie meinen Sohn ansieht und nicht mich. Sie schaut ihn an, wie ein Kind ein anderes Kind anschaut. So, als könnten sie jetzt gleich ein bisschen hüpfen und losrennen und spielen. Dann ist es ihr peinlich, dass sie da steht. Sie lässt fünfzig Cent fallen. Ich stoppe die Münze mit dem Fuß. Sie bückt sich und hebt sie auf. Und guckt wieder nicht mich, sondern nur Roman an. Ich gehe mit ihm weiter, in den schönen Park.

Danke an

Dörte Graul für ihren guten Namen in *Die Hex ist tot*,

Polizeihauptkommissar a. D. Klaus-Dieter Brehm,

die Polizeipuppenbühne des Polizeipräsidiums Westpfalz,

herland,

Andrea Schneider,

Andrea Holmes, Jutta Braun,
Martina Sema-Weiss und Ana Bügler,

Andreas Peter,

Valentin und Paul Klar,

Elisabeth und Franz Geier,

Roman Klar für seine sehr hilfreichen Kommentare,

Kriminalhauptkommissar a. D. Herbert »Schnully« Walter
(der war übrigens früher beim SEK!),

die wunderbare Ariadne

und an meine ebenso wunderbare Lektorin Ulrike Wand.